SEFİLLER

VICTOR HUGO

Panama 2011

BİRİNCİ BÖLÜM

PİSKOPOS MYRIEL

– I –

Mösyö Miryel 1815 senesinde, Diny kentinde piskoposluk yapan, yetmiş beş yaşlarında, ihtiyar bir adamdı.

Anlatılanlara göre, Miryel, eski meclis üyelerinden, çok zengin bir asilzadenin en büyük oğluydu. O devrin geleneklerine göre, bir baba, oğluna hem servetini hem de makamını bırakabilmek için onu erken yaşta evlendirmek zorundaydı. Miryel'in babası da bu geleneğe uyarak oğlunu çocuk denecek yaşta evlendirmişti. Böylelikle Miryel, genç yaşta büyük bir servet ve şöhret sahibi biri olarak "Monsenyör Şarl Miryel" adını almıştı. Zevk ve sefa içerisinde bir hayat sürerken Fransız İhtilâlı baş göstermişti. Henüz ihtilâlın ilk günleriydi ki karısını, bekâr olan kız kardeşini ve emektar hizmetçileri olan kadını da yanına alıp İtalya'ya kaçmak zorunda kalmıştı. Karısı, uzun süredir pençesinden kurtulamadığı hastalığa yenilmiş ve orada ölmüştü. Çocukları da olmadığından, iki ihtiyar kadınla yoksul bir hayat sürmeye başlamıştı.

Karısının ani ölümü ve ihtilâlın acı sonuçları Miryel'in hayatında büyük değişimlere neden olmuş, kendisini ibadete adamıştı. Eski Fransız sosyetesinin yıkılışı, kendi ailelerinin dağılması ülerinden kaçmak zorunda kalanların tanık oldukları dehşet sahneleri, genç adamın ruhunda bambaşka fikirlerin yeşermesine yol açacaktı. Hiç kimse onun iç dünyasında kopan fırtınaların özünü bilemeyecekti, ancak ne var ki İtalya'ya dönüşünde, eski çapkın salon adamı, kendisini artık dine adamıştı.

Ne şekilde olduğu tam olarak kimse tarafından bilinmez, 1804 senesinde, hayli yaşlanmış bir halde, Paris'in Brinyol mahallesinde papaz kıyafetiyle görüldü. O sırada taç giyme töreni için Paris de bulunan Napolyon, Kardinal Fesh'i görmeye giderken, yolu üzerindeki ihtiyar bir adamın dikkatle kendisini süzdüğünü fark etti. Ansızın dönüp hiddetle:

– Gözlerini üzerime diken bu ihtiyarda kim?

Miryel hiç istifini bozmadan:

– Majesteleri, siz sıradan bir adama bakıyorsunuz, oysa ben büyük bir adama bakıyorum... Bundan ikimiz de istifade edebiliriz.

Napolyon, o günün akşamı, Kardinalden papazın adını sormuştu. Bir süre sonra Mösyö Miryel, Diny piskoposluğuna atandığını öğrenince hayretler içinde kaldı.

Miryel kente gelirken beraberinde kız kardeşini ve hizmetçisi Madam Magluvar'ı da getirmişti.

Mösyö Miryel'in kız kardeşi olan hanımın adı Matmazel Baptistin idi. Uzun boylu, sarı ve soluk tenli, narin yapılı, gerçek anlamda bir hanımefendiydi. Genç yaşta, ailesi dağıldığı için yoksul düşmüş ve evlenememişti. Daha doğrusu, ağabeyi ile ilgilenmekten kısmet aramak aklına gelmemişti. Hayatı hayırlı ve kutsal görevlerle geçtiği için, gençliğinde zayıflık olarak nitelendirilen bu özelliği, yaşı ilerledikçe ona tatlı bir ruhanilik veriyordu. Başı daima önde yürüyen Matmazel Baptistine'yi görüp de saygı ile eğilmeyen neredeyse yok gibiydi.

Eski emektar Madam Magluvar'a gelince: Kısa boylu, dolgun vücutlu, beyaz yüzlü ve çok çalışkan bir kadındı. Güler yüzlü bir kadın olduğu söylenemezdi. Gün boyu evin içinde bir o yana bir bu yana koşturur, sağlığına hiç önem vermezdi. Bu yüzden nefes darlığı çekerdi.

Majestelerinin emri ile piskoposluk görevine atanan Miryel, şan ve şerefine uygun bir şekilde, Piskoposluk sarayına yerleştirilmişti. Vali ve Belediye Başkanı, kendisine ilk ziyareti yapmışlar ve hükümetçe tahsis edilen on beş bin franklık maaşın kendisine yetmeyeceğini bildirdiği takdirde ek ödeme yapabileceklerini bildirdiler. Miryel, bu teklifi kibarca reddetmiş ve maaşıyla yetinebileceğini söyledi.

Miryel, göreve başladığı üçüncü gün piskoposluk sarayına bitişik olan kent hastanesini ziyaret etti. Hastane, tek katlı, minik bir bahçesi olan, dar bir yapı idi. Miryel, hastane ziyaretini bitirdikten sonra müdürünü piskoposluk sarayına davet etti.

Yemek sırasında aralarında şöyle bir konuşma geçti:

– Müdür bey, dedi, şu sıra kaç hastanız bulunuyor?

– Yirmi altı, efendim.

– Evet, ben de o kadar saymıştım. Fakat odalar çok dar ve yataklar birbirine çok yakın. Zavallılar nefes bile almakta zorluk çekiyorlar.

– Haklısınız efendim. Fakat elimizden ne gelir? Güneşli havalarda iyileşme aşamasında olan hastalarımızı bahçeye çıkarmak istiyorum; lakin bahçe o kadar küçük ki, yürüyecek yer bulmakta zorluk çekiyorlar.

– Peki, bulaşıcı hastalıklar baş gösterdiği zamanlarda ne yapıyorsunuz?

– Orasını hiç sormayın efendim! Boyun eğmekten başka ne gelir elimizden?

Miryel, bir süre düşündükten sonra:

– Bu işte bir yanlışlık var, dedi.

Müdür, mahcup bir tavırla:

– Anlayamadım efendim, dedi.

Mösyö Miryel gülerek, oturdukları salonu gösterdi:
– Mösyö, sizce buraya kaç yatak sığar?
Müdür şaşkınlık içinde:
– Monsenyör, fakat burası sizin yemek salonunuz, dedi. Ne demek istediğinizi anlayamadım?
Piskopos cevap vermedi. Kalkıp salonu·dolaşmaya başladı. Kendi kendine, mırıldanarak:
– Rahatlıkla yirmi yatak sığar, dedi.
Sonra sesini yükselterek:
– Söylediğim gibi, Müdür Bey! Bu işte bir yanlışlık var. Yirmi altı kişi küçücük bir odada kalıyorken, biz üç ihtiyar altmış hastanın kalabileceği bir sarayda kalıyoruz. Siz hastalarınızla buraya ben de sizin bulunduğunuz binaya yerleşeceğim. Burası artık sizindir.

Ertesi gün, yirmi altı yoksul hasta piskoposluk sarayına, Mösyö Miryel ve ailesi de hastane binasına taşındılar.

Mösyö Miryel, ihtilal sırasında bütün servetini yitirmişti. Yalnızca, kendisine ömür boyu tahsis edilen, senelik beş yüz franklık bir maaşı vardı ki bu para da üç ihtiyarın geçim masraflarını ancak karşılayabiliyordu. Hükümetin verdiği piskoposluk maaşına gelince, bu paranın nerelere harcandığını Miryel'in kendi el yazısıyla tuttuğu notlarından öğreniyoruz.

Okul için 1500
Meclis için 100
Didye Rahipleri için 100
Paris göçmen okulu için 200
Kudüs ruhanileri için 250
Sadaka Cemiyeti için 300
Hapishaneler için 450
İhtiyaç sahipleri için 500
Borç yüzünden hapis yatanlar için 1000

Öğretmenlerin maaşına ek ödeme için 2000
Kızların eğitimi için..1600
Dul kadınlara verilmek üzere 6000
Ziyarete gelenler için yapılan harcamalar 1000
Toplam maaşım 15000

Tutulan notlardan da anlaşılacağı üzere, Miryel, aldığı maaştan kendisine yalnızca bin frank ayırıyor, kardeşinin beş yüz frankı da buna eklenince toplam da bin beş yüz frank ediyordu. Matmazel Baptistine geçim konusunda sıkıntıya düşeceklerini bildiği halde hem ağabeyi, hem de babası olarak gördüğü Miryel'in bu davranışlarına hiç karşı çıkmıyor, emektar hizmetçi kadına da biraz daha sabretmeleri gerektiği konusunda tavsiyelerde bulunuyordu.

Gelen misafirler o kadar çoğalmıştı ki, Miryel, artık masrafları karşılayamadıklarını dile getirdiği bir gün, Madam Magluvar bir tavsiyede bulundu.

– Efendim! Bildiğim kadarıyla piskoposluk makamında bulunanlara maaşlarından ayrı olarak civar köyleri dolaşmaları için, yol masrafı adı altında ek ödenekler veriliyor. Siz neden hakkınız olan bu parayı da istemeyesiniz ki?

– Elbette, dedi Miryel, haklısınız Madam Magluvar. Hiç vakit kaybetmeden bakanlıktan bu ödeneği de talep etmeliyim.

Bir süre sonra, Belediye Meclisi'ne bu talebin yerine getirilmesi doğrultusunda bir emir geldi. Ve böylece piskoposun maaşı senede üç bin frank kadar artmış oldu. Ne var ki, onun bu isteği kentte bir hayli dedikodulara sebep olacaktı.

Eski meclis üyelerinden bir zat, Diyanet İşleri Bakanlığına bir rapor yazarak, dört bin kişilik bir kasabada araba ve yol masraflarına ödenek ayırmanın aç gözlülükten başka bir şey olmadığı ve eğer İmparator hazretlerinin, bu servet avcısı din adamlarını engellemediği sürece ihtilâlin başarısız olacağını dile getiriyordu.

Kentte dolaşan dedikodular bir yana dursun, Madam Maglu-var, Mösyö Miryel'in bu ödeneği umduğundan daha kolay elde edebildiğini düşünüyor ve artık ellerinin az da olsa bollaşacağını ümit ediyordu. Lakin zavallı kadın büyük bir hayal kırıklığına uğrayacaktı. O akşam Mösyö Miryel yeni bir bütçe düzenliyor ve kız kardeşinden, yazdığı şeylerin harfiyle uygulanmasını istiyordu.

Hastalara et yedirilmesi için 1.500
Yoksul annelere yardım için 250
Darkinyan Yardım Derneğine 250
Sokak çocukları için 500
Yetimler için 500
Araba ve yol masrafı için alınan ek ödenek 3.000

JAN VALJAN

– II–

1 815 senesi Eylül ayının ortalarında, güneşin batmasından yaklaşık bir saat evvel, yaya olarak seyahat eden bir adam, Diny kasabasına giriyordu. Orta boylu, kaba yapılı, kırk beş yaşlarında, yüzü güneşten ötürü esmerleşmiş, güçlü, kuvvetli biriydi. İnsanların dikkatini üzerine çekmemek için başı önde olarak yürüyor olsa da buraların yabancısı olduğu her halinden belli oluyordu. Deri siperli kasketi, güneş ve rüzgârdan yanık yüzünün bir kısmını örtüyordu. Üzerinde küçük bir gümüş bir çıpa ile tutturulmuş kaba, sarı keten gömleği vardı, çok kıllı olan göğsünü açıkta bırakmıştı. Yıpranmış ve rengi solmuş mavi bez pantolonunun dizleri delinmiş; sırtında yepyeni bir asker çantası taşıyor, elinde ucu çatal bir baston tutuyordu. Gömleğinin üzerine solmuş ve parçalanmış, rengi griye çalan bir ceket, çıplak ayaklarına çivili kunduralar giymişti. Saçları kısacık kesilmiş, fakat sakalı uzundu.

Öyle zavallı bir hali vardı ki bu kasabada ondan daha sefil birisini görmek neredeyse imkânsızdı. Sıcaktan sırılsıklam olmuş yüzüne bakanlar hem korkuyor hem de meraklı gözlerle onu izliyorlardı. Zar zor yürümesine bakılırsa epeyce uzak bir mesafeyi yürümüş olduğu anlaşılıyordu. Caddenin sonundaki çeşmenin başında durdu. Doya doya su içti. Sokağın hemen köşesinde oynayan çocuklara belediye binasının nerede olduğunu sordu. Kimsenin daha önce görmediği bu yabancı burada on beş dakika kadar kaldıktan sonra, arka kapıdan çıktı. Yabancı adam binadan çıkarken gri kasketini çıkararak kapıda nöbet tutan askeri saygıyla selamladı. Asker selamına karşılık vermeden onu uzun uzun süzdü, sonra yerinden kalkarak binanın içine girdi.

Meydanın sağ tarafında, "Kolba Haçı" adıyla bilinen meşhur bir han vardı. Napolyon'un bile bu kasabaya geldiği zaman belediye binasında değil de bu han da konakladığı söylenir.

Yabancı adam, işte böylesine meşhur olan Kolba Haçına girdi. Zemin katındaki mutfakta bütün fırınlar, harıl harıl yanıyor, şömineden ateş etrafı aydınlatıyordu. Han sahibi, zengin müşterilerine servis yapmakla meşguldü. Kapının açıldığını duymuş, başını o yana çevirmeden:

– Mösyö, isteğiniz nedir? Dedi.

– Yemek ve uyuyabileceğim bir yer, dedi yolcu.

Hancı gülümseyerek:

– Bundan kolayı var mı, dedi. Sonra başını çevirerek yeni gelen adamın perişan halini gördükten sonra ekledi:

– Tabi parasını ödemek şartıyla.

Yabancı cebinden deri bir kese çıkartarak cevap verdi:

– Yeteri kadar param var.

– Bu durumda her zaman emrinizdeyim!

Adam kesesini cebine yerleştirdi, sırtındaki heybesini yere indirdi ve sopasını kapı dibine dayayarak ateş karşısındaki alçak bir tabureye oturdu. Diny kenti dağlarla kuşatılmış olduğundan ve akşamları serin olurdu.

Han sahibi, diğer müşterilerine hizmet ederken, bir yandan da dikkatle yabancı adamı süzüyordu. Yabancı dayanamayıp sordu:

– Yemek çabuk hazırlanır mı?

– Az sonra hazır olur, dedi hancı.

Yabancı, ateşin yanında ısına dursun, hancı Jaken Labar cebinden kurşun bir kalem çıkarttı, pencere önündeki masada duran eski bir gazeteden koparttığı kâğıt parçasına bir kaç satır karaladı.

Kendisine yamaklık eden ve o sırada etrafı süpürmekte olan bir çocuğu çağırarak ona bu pusulayı verdi ve kulağına bir şeyler fısıldadı. Çocuk yıldırım gibi koşarak uzaklaştı.

Yabancı açlıktan daha fazla dayanamıyor, yemek kokuları başını döndürüyordu. Bir kez daha:

– Yemek ne zaman hazır olur?

– Biraz sonra hazır olur, dedi hancı.

Çocuk geri döndüğünde elinde başka bir kâğıt parçası vardı. Hancı cevap bekleyen birisinin aceleci tavrıyla pusulayı açtı, dikkatlice okuduktan sonra yabancıya bakarak:

– Mösyö, sizi kabul edemeyeceğim, dedi. Adam birden yerinden fırladı.

– Neden? Yoksa ücreti ödemeyeceğimden mi korktunuz? Ama benim param var, isterseniz peşin veririm.

– Onun için değil...

– Ya niçin?

– Sizin paranız var fakat benim boş odam yok...

– Canım samanlıkta da mı yeriniz yok? Ben saman üzerinde de uyurum, yemekten sonra bunu hallederiz.

– Size yemek veremeyeceğim.

Hancının bağırarak söylediği bu sözler yabancının ağırına gitmişti:

– Fakat ben açlıktan ölmek üzereyim, paramı verdikten sonra neden yemek yiyemeyeyim?

– Size verecek yemeğim yok, diyorum; anlasana...

Adam hancının bu sözlerini korkunç bir kahkaha atarak karşıladı, eliyle ocak ve tencereleri göstererek sordu:

– Yemek yok ha! Peki ya bunlar?..

– Bunların hepsi satıldı!

– Kime?

– Şurada oturan arabacılara!

– Onlar kaç kişi?

– On iki kişi.

– Burada en azından yirmi kişiye yetecek yemek var.

– Onlar hepsini kendilerine ayırttılar ve parasını da peşin ödediler.

Adam yerine oturdu ve sesini yükseltmeden:

– Bana vız gelir, dedi. Handayım; karnım aç ve parası ile yemek yemek istiyorum.

O zaman hancı, onun kulağına eğildi ve onu ürperten bir sesle:

– Defolun buradan, dedi.

Ocaktaki ateşleri maşayla karıştıran yolcu birden doğruldu, cevap vermek için ağzını açtı ise de hancı buna fırsat vermedi:

– Bu kadar konuşmak yetti, size adınızı söyleyeyim mi? Adınız Jan Valjan. İsterseniz şimdi de size kim olduğunuzu söyleyeyim; zaten kapıda sizi görünce kuşkulanmıştım; valilikten sordurdum, bakın ne cevap geldi, şu kâğıtta yazılı, okumayı bilir misiniz?

Adama pusulayı uzattı, yolcu bir göz attı. Kısa bir suskunluktan sonra hancı ekledi:

– Müşterilerime karşı terbiyemi bozmak istemem, hadi artık lütfen gidin buradan.

Adam başını eğdi, yere bıraktığı heybesini aldı ve hiçbir şey söylemeden handan çıktı.

Bütün cadde boyunca, ayakları birbirine dolaşarak ilerledi. Sağına soluna bakmadan, gözleri yolda, gelişigüzel yürüyordu. Utanmış, ezilmişti sanki. Arkasına dönüp bakmadı. Geçmişlerinde utanç verici bir suç işleyenler arkalarına bakmazlar. Çünkü kara talihlerinin her zaman kendilerini takip ettiğini bilirler.

Adam böylece bir süre bilmediği sokaklarda yürüdü durdu. Öylesine keder yüklüydü ki, yorgunluğunu bile unutmuştu. Gece yaklaşmıştı; kendine barınacak bir yer bulabilmek için etrafına bakındı ve sokağın sonuna doğru bir ışık gördü. Bir ahır, bir köpek kulübesi bile olsa yeterdi. Burası bir meyhaneydi.

Yolcu pencereden içeriye bir göz attı. Masalardan birine konulan bir gaz lambası salonu aydınlatmıştı; ocakta kütükler yanıyordu; birkaç kişi içki içiyorlardı.

Ocaktaki zincirlere bağlı tencerelerde yemek kaynıyordu. Bir çeşit han olan bu meyhanenin iki kapısı vardı: Bir tanesi sokağa açılıyor, diğeri gübreli bir avluya çıkıyordu.

Yolcu buradan da kovulacağını hissetmiş gibi, içini çekip cesaretini toplayarak tokmağı çevirdi:

Meyhaneci sordu:

– Kim o?

– Karnını doyurmak ve geceyi geçirmek isteyen, paralı bir yolcu.

Kapı açıldı. Meyhaneci, kanlı gözlerini adam dikti. İçinden, "Pek de paralı birine benzemiyor ama neyse" dedi. Sonra yüksek sesle:

– Madem paralı bir müşterisiniz, burada yemekte var yatakta, dedi ve içeri girmesi için ona yol verdi.

– Ateşin başına oturun. Tencerede yemek kaynıyor, gelin ısının dostum, dedi.

Yolcu, ocağın yakınına oturdu, yürümekten yorgun düşmüş ayaklarını dinlendirebilecekti; tencereden enfes kokular yükseliyordu. Adamın gri kasketinin altından görünen yüzünde mutlu bir ifade belirmişti. Oysa bu, çok acılar çekmiş birisinin yüzüydü.

Aslında bu enerjik ve kederli bir yüz ifadesi vardı. Önce çekingen görünen profil sonra birden sertleşiyordu. Kalın kaşların altındaki ışıldayan gözler, çalılar arasında parıldayan ateşlere benziyordu.

Ne var ki, meyhanede ki müşterilerden birisi buraya gelmeden önce, bir iş için belediyeye uğramış ve bu garip yolcu hakkında konuşulanları duymuştu; birden hancıya göz kırptı. Meyhaneci ona yaklaştı, birlikte bir şeyler fısıldadılar. Yolcu kendi düşüncelerine dalmış, başı önünde hiçbir şeyin farkında değildi.

Meyhaneci ocak önünde dinlenen adama yaklaştı ve elini onun omzuna koydu:

– Buradan gitmelisin, dedi.

Yolcu başını çevirdi ve kısık bir sesle cevap verdi:

– Demek siz de öğrendiniz?

– Evet!.. Seni buradan da kovuyorum.

– Peki ben nereye gideyim?

– Canın cehenneme.

Adam bastonunu ve heybesini alarak, hiçbir şey söylemeden meyhaneden çıktı ve yine yola düştü.

Dışarı çıktığında Kolba Haçı'ndan bu yana onu izlemiş olan bir kaç mahalle çocuğu adama taş attılar, adam geri döndü ve onları tehdit edercesine sopasını yukarı kaldırdı. Çocuklar çil yavrusu gibi dağıldılar.

Yabancı, cezaevinin önünden geçerken durakladı. Aklına parlak bir fikir gelmişti. Kapıda zincire asılı bir çan vardı, zincire asıldı. Kapı hemen açılmıştı.

Yabancı saygıyla kasketini çıkartarak:

– Yabancıyım, dedi. Kalacak yerim yok... Beni bu gecelik misafir eder misiniz?

– Cezaevi yolcu hanı değildir; ancak tutuklanırsanız buraya girebilirsiniz. Şimdi git belediye başkanına hakaret et; jandarmalar da seni tutuklayıp buraya getirsinler... O zaman rahatlıkla girebilirsin.

Kapı kapandı. Parlayan gözler kaybolmuştu. Yabancı adam başını sallayarak:

– Ne meslekler var yahu! Bir gardiyandan da ancak böyle bir öneri beklenir...

Bahçeli evlerin bulunduğu ağaçlıklı bir yola saptı, bu evler arasında tek katlı minik bir ev dikkatini çekmişti. Az önce meyhane önünde yaptığı gibi camdan içeriye baktı. Burası yeni boyanmış bir odaydı. Basma örtülü temiz bir yatak ve köşede bir beşik gördü. Duvarda bir tüfek asılıydı.

Beyaz örtüyle süslenmiş masayı bakırdan yapılmış bir lamba aydınlatıyordu; çinko ibrik gümüş gibi parıldıyordu ve şarapla doluydu. Masanın ortasında kocaman bir kâsede sıcak çorbanın dumanı tütüyordu. Sofraya güler yüzlü, kırk yaşlarında bir adam oturmuştu, dizlerinde küçük bir çocukla şakalaşıyor, genç bir kadın beşikte yatan öbür çocuğunun yanına koştu. Mutlu bir aile...

Yabancı bir süre bu tatlı görüntü karşısında düşünceli düşünceli durdu.

Şu anda neler düşünüyordu kim bilir? Belki de bu mutlu ailenin kendisini bir gecelik barındıracağını sanmıştı. Böylesine mutlu kimseler sevmeyi ve acımayı bilirlerdi...

Yavaşça cama vurdu.

Kadın:

– Kapı çalınıyor galiba, dedi.

– Ben bir şey duymadım, dedi adam.

Yabancı bir kez daha cama vurdu. Adam kalkıp kapıyı açtı. Karşısındaki yabancı, sefil bir adam görünce bir adım geriledi.

– Ne istiyorsunuz Mösyö?

– Rahatsız ettiğim için çok üzgünüm! Acaba para karşılığında bana sıcak yemek ve ahırda yatacak bir yer verebilir misiniz?

Ev sahibi şaşkınlıkla:

– Paranız varsa niçin misafirhaneye gitmiyorsunuz?

– Orada yer olmadığını söylediler.

– Nasıl yer yokmuş. Bugün sıradan bir gün. Hiç yer olmaması mümkün değil!

– Bana söylenen bu, efendim.

– Peki, ya Şafo Sokağı'ndaki meyhaneye gittiniz mi?

Yabancı üzgün ve sıkılmış bir halde:

– Orası da kabul etmedi, dedi.

Ev sahibi, elindeki kandili masanın üzerine bıraktı. Gidip duvardaki av tüfeğini eline alıp namlusunu kapıdaki yabancıya çevirdi:

– Hemen git buradan, diye bağırdı. Sonra ekledi:

– Senin kim olduğunu biliyorum ben!

– Tanrı aşkına, hiç olmazsa bir bardak su verin.

– Eğer tek kelime daha edersen kurşunu beynine yersin! Defol git evimden!

Yabancı, çaresiz bir halde geri döndü. Çıkarken bahçe kapısını kapamayı unutmamıştı. Alp dağlarından soğuk rüzgâr esiyordu. Soğuktan tir tir titriyordu:

– Dışarıdakiler, içeridekilerden daha acımasız, diye söylendi.

Uyuşmuş beyni, ayaklarının onu nereye götürdüğünü algılamadan yürüyordu. Ne kadar yürüdüğünü bilmeden dolaştı, durdu. Başını yukarı kaldırdığında belediye binasının önünde olduğunu gördü. İmparatorun halka seslendiği taşa sırtını yasladı. Bir süre dinlendikten sonra yürümeye devam etti. Papaz Okulu'nun yanından geçti. Büyük kiliseye nefret dolu gözlerle baktıktan sonra, sopasını ona doğru kaldırarak kendi kendine bir şeyler mırıldandı. Artık yürümeye mecali kalmamıştı. Kilisenin yanında gördüğü binek taşının üzerine çıkıp uzandı.

O sırada kilisede ibadetini bitirip çıkan yaşlı bir kadın, yabancıyı yatar vaziyette görünce öldüğünü düşünerek bağırmaya başladı. Adam, kadının çığlığını duyunca doğrulup oturdu.

Yaşlı kadın kekeleyerek:

– Burada ne yapıyorsunuz? Diye sordu.

– Görüyorsunuz ya, yatıyorum. Azrail'i bekliyorum.

– Azrail'i mi? Ama niçin?

– Bütün gündür ağzına tek bir lokma bile koymadan yürüyen, ondan sonra da her gittiği kapıdan kovulan bir adam başka ne yapar?

– Her gittiğiniz kapıdan kovuldunuz demek?

– Evet.

Yaşlı kadın, yabancının kolunu tuttu:

– Benimle gel, dedi. Sana bir kapı göstereceğim. Daha önce bu kapıdan kovulan hiç kimse olmamıştır.

Kadın önden yürüyor, adam da onu takip ediyordu. Piskopos Sarayı'nın önüne gelince ikisi birden durdu. Yaşlı kadın sarayın karşısındaki küçük kulübeyi göstererek sordu:

– Şu karşıdaki kapıyı da çaldınız mı Mösyö?

– Hayır, dedi adam.

– Öyleyse bir kez de orasını deneyin. Hiç şüpheniz olmasın yüzünüze kapanmayacaktır.

–III–

O akşam Diny piskoposu kentteki gezintisinden sonra geç vakte kadar yazmakta olduğu "İnsanlara Karşı Vazifelerimiz" isimli kitabı üzerinde çalışmıştı. Saat sekiz olmasına rağmen hâlâ çalışmasına devam ediyordu ki Madam Magluvar odanın kapısını araladı. Kadın her akşam yaptığı gibi Piskoposun yatağının yanındaki dolaptan gümüş yemek takımlarını çıkarmaya gelmişti. Az sonra, piskopos masanın hazır olduğunu ve kız kardeşinin kendisini beklediğini düşünerek, kitabını kapattı, çalışma masasından kalktı ve yemek odasına girdi.

Yemek odasında şömine yanıyordu, buranın kapısı aynı zamanda arka sokağa da açılırdı.

Madam Magluvar, henüz sofrayı kurmasını tamamlamamıştı.

Hem iş yapıyor, hem de bu arada Matmazel Baptistin'e bir şeyler anlatıyordu.

Lamba masanın üzerini aydınlatıyor, şöminede odunlar alev alev yanıyordu.

Piskopos içeri girdiği sırada Madam Magluvar kız kardeşine heyecanla bir şeyler anlatıyordu. Kadıncağız akşam yemeği için alışverişe çıktığında, çarşıda acayip söylentiler duymuştu. Korkunç yüzlü bir serserinin kasabada dolaştığından söz ediliyordu. Kaymakam ile Belediye başkanının iyi geçinemediklerini her-

19

kes bilirdi, bundan böyle, polisten medet ummak gereksiz olurdu. Halka kendilerini korumak için kapılarını sıkı sıkı kapatmaları tavsiye edilirdi.

Madam Magluvar kapalı kapı üzerinde uzun uzun durdu; çünkü piskoposun sokak kapısının ne kilidi vardı, ne de sürgüsü. Dışarıdan kapıyı hafifçe itekleyen kolaylıkla içeri girebilirdi.

Matmazel Baptistin titrek bir sesle ağabeyine:

– Duydunuz mu kardeşim, diye mırıldandı.

Piskopos:

– Evet ben de böyle şeylerden söz edildiğini duymuştum, cevabını verdi fakat tehlikede olduğumuzu sanmam...

İşte o zaman Madam Magluvar, hikâyesine yeni baştan başladı. Yalın ayak bir katil, bir çingene, tehlikeli bir adam, şu anda kentte başıboş dolaşmaktaydı. İlkin Jaken Labar'ın hanına uğramış, hancı onu kovmuştu. Kimse onu barındırmak istememişti.

– Ya demek öyle? diye sordu Piskopos.

Onun bu sorusu Madam Magluvar'a daha da cesaret verdi.

– Evet Monsenyör, bu gece kentte bir felaket olmasından korkuluyor. Herkes bunu konuşuyor, jandarmaların ne kadar yeteneksiz olduğunu bilmeyen kalmadı.

Ah, dağlık bir kasabada yaşamak ve geceleyin sokaklarda fener bile bulunmaması ne kadar korkunç. Hele bizim bu evimizdeki kapının kilidinin bile olmaması beni çok ürkütüyor. İzin verirseniz gidip bir çilingir çağırayım. Kapımıza bir kilit taksın, bir sürgü koysun. Keşke kapıların kilitlerini söktürmeseydiniz. Gece yarısı bir yabancının tokmağı çevirerek içeri girebileceğini düşündükçe tüylerim diken diken oluyor inanın.

Tam o anda kapı vuruldu.

Piskopos:

– Buyurun, dedi.

Kapı açıldı, deminden beri sözü edilen adam tedirgin bir halde içeri girdi. Bu bizim tanıdığımız, o garip yolcuydu.

Kapıyı iterek girdi içeri, fakat daha fazla ilerlemeden bir adım atıp eşikte durdu. Heybesini sırtına atmıştı; elinde sopası, gözlerinde bezgin, korkunç bir ifadeyle ocaktan yayılan aydınlıkta tüyler ürpertici bir görüntüsü vardı. Bu sanki cehennemden çıkıp gelmiş bir insanın yüzüydü.

Madam Magluvar'ın bağırmaya bile mecali kalmamıştı; korkudan olduğu yerde kalmıştı.

Matmazel Baptistin başını çevirdi, içeriye henüz giren adamı gördü ve ürkerek doğruldu fakat ağabeyine bir an gözü iliştikten sonra içindeki korku kayboldu.

Piskopos yabancıya sakin ve rahat bir ifadeyle bakıyordu. Tam ağzını açıp ona ne istediğini soracaktı ki, adam iki eliyle sopasına dayandı ve sırayla yaşlı kadınlara ve ihtiyar adama baktıktan sonra, piskoposun söze başlamasına fırsat vermeden şöyle konuştu:

– Siz sormadan ben söyleyeyim. Adım Jan Valjan, ben bir kürek mahkûmuyum, on dokuz yılımı cezaevinde geçirdim. Dört gün önce bırakıldım. O günden beri yürüyorum. Tulon'dan buraya kadar yaya olarak geldim. Bugün de akşama kadar yürüdüm; açlıktan ölmek üzereyim. Bir hana uğradım, beni kabul etmek istemediler, Jandarmaya göstermek zorunda kaldığım tahliye kâğıdı yüzünden her yerden kovuldum. Bütün kapılar bana kapatıldı. Beni gören bana bir caniymişim gibi bakıyor. Başka bir hana uğradım, oradan da kovuldum. Ceza evinin gardiyanına yalvardım, o da bana kapıyı açmak istemedi. Bir köpek kulübesine sığındım, hayvan geldi beni ısırdı, sanki o bile benim kimliğimi bilirmiş gibi bana dişlerini gösterdi. Kente döndüm bir kapının altına sığınmamak için. Kasabanın meydanında bir taşın üzerine yattığımda, iyi kalpli bir kilise kadını, bana bu kapıyı çalmamı tavsiye etti. Burası neresi? Bir han mı? İstediğiniz parayı veririm, param bol, on dokuz yılda biriktirdiğim yüz dokuz frankım var. Size bir zararım dokunmaz. Çok yorgun ve açım. Beni bu gece burada barındırır mısınız?

Piskopos:

– Madam Magluvar, dedi. Kardeşimiz için sofraya bir tabak daha koyun. Adam üç adım daha atarak, masanın üzerinde ki kandile yaklaştı, sanki iyi anlamamış gibi sordu:

– Şey, benim söylediklerimi duymadınız mı? Ben bir kürek mahkûmuyum, cezamı bitirdim, oradan dönüyorum bakın.

Sonra cebinden çıkardığı bir kâğıdı gösterdi.

– İşte tahliye belgem, her gittiğim yerde bunun yüzünden kovuluyorum. Siz beni bu gece yatırabilir misiniz? Beni barındıracak bir ahırınız var mı?

Piskopos:

– Madam Magluvar, dedi. Konuk odasının yatağına temiz çarşaflar örtünüz.

Sonra, adama dönerek:

– Ayakta kalmayın Mösyö, ısının dedi. Birkaç dakika sonra yemek yeriz, bu arada yatağınız da yapılmış olur.

Adam artık anlamıştı. O ana kadar sert bir ifade olan yüzü birden değişti, sanki çıldırmış gibi konuşmaya başladı:

Sahi mi? Nasıl yani? Beni kovmuyor musunuz? Benim gibi bir kürek mahkûmuna Mösyö dediniz ha? Bana "Defol adi mahlûk, burası senin yerin değil!" demediniz. Oysa ben en başta, size kimliğimi açıklamıştım. Oh, beni buraya yollayan iyi kalpli kadının Tanrı hep yanında olsun. Demek karnımı doyurabileceğim, şilteli ve çarşaflı gerçek bir yatakta yatabileceğim! Gitmemi istemediniz! Oh, sizler ne iyi insanlarsınız!.. Yediklerimin hepsinin parasını veririm, bol param var. Bağışlayın efendim, adınız ne? Ne isterseniz veririm, hiç pazarlık etmem; siz çok mert bir insansınız! Misafirhanenin sahibisiniz değil mi?

Piskopos:

– Hayır evladım, ben burada oturan bir rahibim, dedi.

– Bir rahip ha!.. Oh, iyi kalpli bir rahip, demek benden para da almayacaksınız. Öyle ya, ne kadar aptalım, kıyafetinize hiç dikkat etmemiştim...

– Hayır evladım, dedi piskopos, sizden para alacak değilim. Bu parayı kaç yılda kazanmıştınız?

– Tam on dokuz sene üç ay da.

M. Miryel, derin derin içini çekti.

Adam heybesini ve sopasını yere bırakmış, şöminenin önündeki alçak iskemleye oturmuştu. Bu arada piskopos açık kalan kapıyı kapattı.

Madam Magluvar elinde gümüş tabaklarla, içeri girdi. Madam Miryel:

– Madam Magluvar, dedi. Konuğumuzu mümkün olduğu kadar ateşe yakın oturtalım. Alp dağlarında geceler soğuk olur. Herhalde üşümüş olmalısınız Mösyö.

Tatlı sesiyle her Mösyö deyişinde yabancının yüzü daha da aydınlanıyordu.

Piskopos:

– Şu kandilin ışığı hiç de iyi aydınlatmıyor galiba.

Madam Magluvar onun neyi kastettiğini hemen anlamıştı, koşup rahibin yatak odasındaki şömine üzerinde duran iki gümüş şamdanı getirip masanın üzerine koydu.

Yabancı adam:

– Ah, papaz efendi… Siz çok iyi niyetli bir insansınız. Benim kim olduğumu bildiğiniz halde hor görüp kovmadınız, beni evinize aldınız, benim için en süslü şamdanlarınızı yaktınız, beni soylu bir konuk gibi ağırlıyorsunuz. Sefil bir adamım ben.

Rahip, elini onun elini tutarak:

– Burası benim evim değil, Tanrı'nın evi. Bana kim olduğunuzu söylemenizin hiç gereği yok. Bu kapıdan girene adı sorulmaz. Tüm umutsuzlara, ihtiyacı olanlara açıktır. Sıkıntı çektiniz, açsınız, yorgunsunuz, hoş geldiniz. Teşekkür etmeyin. Sizi ağırladığım için bana asla minnet borçlu değilsiniz, burası kimsenin evi değil, herkesin evi. Buradaki her şey, benim olduğu kadar sizindir de. Adınızın ne olduğuyla ilgilenmiyorum. Aslında, siz bana kim olduğunuzu söylemeden önce, ben biliyordum.

Adam şaşkın şaşkın gözlerini açtı:

– Sahi mi? Beni tanıyor musunuz? Diye sordu.

– Evet, dedi Piskopos. Her ihtiyaç sahibi gibi siz de benim kardeşimsiniz.

Yabancı haykırdı:

– Oh! Papaz efendi, öyle sevinçliyim ki, bakın buraya geldiğimde açlıktan ölmek üzereydim, fakat şimdi açlığımı bile unuttum.

Piskopos yabancının yüzüne dikkatlice bakarak sordu:

– Çok mu acı çektiniz?

– İnanamazsınız. Sırtımızda kırmızı gömlek, ayaklarımızda zincir, geceleri kuru, dar bir tahta üzerinde uyurduk. Sıcak, soğuk, demeden sürekli çalışırdık. Bir hiç için dayak yer, yemeğimizi de vermezlerdi. Hastanede bile ayaklarımızdan zinciri çıkartmazlardı. Köpekler bile bizden daha özgürdür.

Piskopos:

– Evet, haklısın yavrum, dedi. Siz bir çilehaneden geri dönüyorsunuz, ne var ki bu ızdırap yuvasından kalbinizde kinle çıkarsanız, size acırım, yok eğer insanları sever ve onları bağışlarsanız, siz hepimizden bahtiyarsınız o zaman, Cennetimizi kazanırsınız.

Bu arada Madam Magluvar yemek tabaklarını sofraya koyuyordu. Yemekler, zeytinyağlı fasulye, biraz domuz yağı, bir parça koyun eti, kuru incir, taze peynir. Tam ortada ise kocaman bir çavdar ekmeği. Kadın kendiliğinden bir şişe de şarap eklemişti.

Birden piskoposun yüzü güldü; misafirine neşeli bir ifadeyle seslendi.

– Hadi masaya geçelim.

Kız kardeşini soluna, misafirini ise sağına oturttu. Piskopos yemek duasını okudu, daha sonra kendi eliyle çorbaları doldurdu; adam iştahla yemeye başladı.

Onu izleyen piskopos hizmetçi kadına döndü.

– Madam Magluvar, bana kalırsa bu masada eksik olan bir şeyler var.

Aslında aşçı kadın masaya gereken sofra takımlarını koymuştu. Oysa Piskoposun tek kaprisi ve zevki, konukları olduğunda, masasını altı kişilik gümüş çatal ve bıçak takımlarıyla donatmaktı. Yoksulluğu bile büyük bir olgunlukla karşılamasını bilen bu evin tek lüks anlayışı, beyaz örtünün üzerinde ışıldayan gümüş çatal kaşık ve bıçaklardı.

Madam Magluvar kendisinden isteneni anlamıştı, tek kelime söylemeden kapı dışarı çıktı, az sonra piskoposun istediği üç gümüş yemek takımı herkesin önüne konmuştu.

– IV –

Yemek yendikten sonra Monsenyör Bienvenü, masa üzerinde ki gümüş şamdanlardan birini kendi eline aldı, diğerini konuğa uzatarak:

– Mösyö Jan Valjan, yarın yola çıkacaksınız, erken yatıp dinlenseniz iyi edersiniz dedi.

– Evet çok haklısınız papaz efendi.

Adam onun peşinden gitti. Ev öyle yapılmıştı ki, misafir odasına girmek için piskoposun yatak odasından geçmek gerekiyordu.

Onlar odaya girdiklerinde Madam Magluvar bulaşıkları çoktan yıkamış, gümüş takımları efendisinin yatağının yanı başındaki dolaba yerleştiriyordu.

Piskopos, misafirini kar gibi beyaz çarşaflarla donatılmış yatağın başına götürdü.

– İyi geceler kardeşim, dedi. Rahat uyuyun; yarın gitmeden önce ineklerimizin sütünden bir bardak ikram etmek isteriz.

Yabancı:

– Teşekkür ederim papaz efendi, dedi.

Bu sözleri söyledikten hemen sonra, birden haykırarak söylenmeye başladı. Eğer iki yaşlı kadın orada olsalardı, onun bu garip halinden dehşete düşer korkudan ölebilirlerdi. Sanki ruhunda fırtınalar kopuyordu ve anlaşılmayacak bir bunalım içindeydi.

Sanki kendisine bu kadar iyilik eden adamı, uyarmak istemişti? Nedenini bilmediği bir içgüdünün etkisiyle birden kollarını göğsünde kavuşturdu ve ev sahibine vahşi gözlerle bakarak, korkunç bir sesle:

– Olacak şey değil! Demek korkmadan beni böyle evinizde, hem de odanızın bitişiğinde yatırıyorsunuz.

Birden sustu ve çirkin bir gülüşle ekledi:

– Hakkımda ne biliyorsunuz? Katil olmadığımı size kim söyledi?

Piskopos başını tavana kaldırdı ve sakin bir sesle şu şaşırtıcı cevabı verdi:

– Bunu ancak Tanrı bilir.

Daha sonra anlaşılmayan bir dua okuyarak, iki parmağını uzattı ve önündeki adamın alnına bir istavroz işareti çizerek onu takdis etti. Dışarı çıktıktan sonra Monsenyör Bienvenü kapının önünde diz çökerek kısa bir dua daha mırıldandı. Birkaç dakika sonra bahçeye çıkmış karanlıkta yürüyordu. Yıldızları seyretti, çiçekleri okşadı, onlara bu mis kokuları veren Tanrı'ya şükretti. Ruhu ve düşüncesi Tanrı'nın geceleri görebilen gözlere gösterdiği esrarla dolmuştu.

Adama gelince, aslında öylesine yorgun ve bitkindi ki, yatağının temiz ve kar beyaz çarşaflarını bile göremiyordu. Bir üfleyişle mumu söndürmüş ve elbiselerini çıkarmadan, kendisini yatağın üzerine bırakıvermişti. Beynine bir tokmak yemiş gibi derin bir uykuya daldı.

Kilisenin saati on ikiyi çalarken Monsenyör Bienvenü bahçedeki gezintisinden dönmüştü.

Birkaç dakika sonra yoksul evde herkes uykuya daldı.

– V–

Gece yarısından iki saat sonra, Jan Valjan uyandı.

Jan Valjan Brie köylerinden birinin yoksul bir ailesine mensuptu. Çocukluğunda okuma-yazma öğrenmeye imkân bulamamıştı; ergenlik çağına geldiğinde Faverolda meyve ağaçlarını budayarak hayatını kazanıyordu.

Annesi, Jan daha küçükken sıtma hastalığından ölmüştü. Bir sene sonra babası budadığı bir ağaçtan düşerek can vermişti. Kendisini ablası büyütmüştü. Talihsizlik bu ya o sıralarda zavallı kadın da yedi çocuğuyla birlikte dul kalmıştı. Oysa kocasının sağlığında kardeşinden hiçbir şey esirgememiş, onu evlatlarından biri gibi saymıştı. Jan Valjan bundan böyle kendisine analık etmiş dul ablasının çocuklarına bakmaya başlamıştı. Babalarını yitirdiklerinde çocukların en büyüğü sekiz, en küçüğü ise bir yaşındaydı.

O yıl Jan Valjan tam yirmi beş yaşına girmişti. Delikanlı bu ağır yükü kendiliğinden omuzlarına yüklemişti: Köyde onun kızlarla konuştuğunu gören olmamıştı. Zavallının birini sevmeye bile vakti yoktu.

Akşamları eve yorgun döner, tek söz söylemeden önüne konulan çorbasını içerdi. Ablası Jan Ana kardeşinin tabağındaki bir et parçasını gizliden alır, kendi çocuklarından birinin ağzına tıkardı. Oysa Jan bunu görmemezlikten gelir, saçları tabağa dökülerek hiç bir şeyin farkında değil gibi, yemesine devam ederdi.

Ağaç budama mevsiminde günde yirmi beş metelik kazanırdı fakat bununla yetinmez, hasat zamanı gider tarlalarda çalışır, bahçeleri çapalar, hasat vakti bitince de yol işlerinde amelelik ederdi. Verilen işlerin hiçbirini geri çevirmezdi. Elinden gelenden fazlasını yapardı Jan Valjan. Ablası da çalışıyordu bir yandan ama yedi çocuklu dul bir kadın ne kadar çalışabilirdi? Yoksulluk bu sefilleri sarmış ağır ağır boğmaktaydı. Bir sene çok şiddetli bir kış oldu; Jan Valjan işsiz kaldı. Aile yiyecek ekmek bulamadı. Ekmeksiz yedi çocuk...

Bir akşam kasabanın meydanındaki fırıncı tam yatmak üzereydi ki camekânından müthiş bir gürültü geldiğini duydu. Kırık camların arasından bir elin uzandığını ve ekmeklerden birini kaptığını gördü. Hırsız var gücüyle koşmasına rağmen, fırıncı peşinden koşup onu yakaladı. Hırsız ekmeği yere atmıştı fakat eli kanlar içindeydi. Bu ekmek hırsızı Jan Valjan'dı.

Bu olay 1795 yılında meydana geliyordu. Jan Valjan haneye saldırı suçuyla mahkemeye verildi. Delikanlının evinde bir av tüfeği vardı, arada bir kaçak avlanırdı, bu da onun aleyhine oldu; kaçak avcılara karşı kanun zalim davranır, kaçak avlanma devletten mal kaçırma suçuyla aynı derecede "devlet suçu" sayılıyordu. Sonunda Jan Valjan suçlu bulunup hüküm giydi.

1796 yılının 22 Nisan'ında İtalyan ordusu Montenot'ta kazandığı zaferi kutlarken, Paris'te bir sürü mahkûm zincire vuruluyordu. Jan Valjan da bu zincire vurulanlar arasındaydı. Onu Tulon'a yolladılar; yirmi yedi günlük yolculuktan sonra, liman kentine vardı. Tulon'da sırtına kırmızı gömlek giydirdiler. Eski hayatı artık sona ermişti. Artık geçmişi ile ilgili her şeyi unutacaktı. O artık Jan Valjan bile değildi, yalnızca 24601 numaralı mahkûmdu. Kız kardeşi ve yetim yeğenlerine ne olmuştu. Onlarla kim ilgileniyordu? Tulon'da kaldığı süre içinde sadece bir kez ablasından haber alabildi. Aileyi tanıyan birisi ablasını Paris'te görmüştü ve beraberinde en küçük kızı vardı. Öteki altı çocuğu ne olmuştu?

Belki bunu kadının kendisi bile bilmiyordu. Her sabah Sabo sokağındaki bir matbaaya çalışmaya gidiyordu. Sabahın altısından önce iş başı yapması gerekiyordu, kışın hava yarı karanlık olurdu. Matbaanın bulunduğu binada birde çocuklar için anaokulu bulunuyordu. Kadın bu okula küçük kızını yazdırmıştı. Ne var ki, kendisi saat altıda matbaada bulunduğundan, çocuğunu evde yalnız bırakamazdı, oysa okul ancak saat yedide açılırdı. Çocuk avluda bir saat titreyerek, okulun açılış saatini beklerdi. Çocuğun matbaaya girmesi yasaklanmıştı. Avluda başını taşlar üzerinde daya-yarak uyuklayan, bu çocuğa işçiler çok acırlardı. Yağmurlu günlerde, çok merhametli bir insan olan kapıcı kadın, çocuğu oda-sına alır, o da ısınmak için kadının kedisini koynuna alarak, min-derin üzerinde büzülürdü. İşte Jan Valjan'a bunları anlatmışlardı. Bu, aniden açılan bir pencere gibi, kısa bir an için ona vaktiyle sevmiş olduğu kimseleri anımsatmış, sonra bir daha onlardan söz edildiğini duymamıştı. Hepsi bu kadar. Bir daha onları göreme-yecekti.

Cezaevinde geçen birkaç seneden sonra ilk firarını gerçekleş-tirdi. İki gün boyunca tarlalarda, patikalarda amaçsızca; aç, üşü-müş bir halde dolaştı. İkinci günün akşamı yakalandı. Mahkeme bu suçunu, mahkûmiyetini üç sene uzatarak cezalandırdı. Böy-lece, cezası sekiz yıl olmuştu. Altıncı sene yeniden kaçmayı de-nedi fakat daha o gece devriyeler onu limanda yeni yapılmakta olan bir geminin omurgasına gizlenmiş olarak buldular. Bu sefer askerlere direnince, firar ve isyanın cezası olarak beş yıl daha mahkûmiyetine karar verildi. Onuncu sene yine firara teşebbüs ve yakalanma; üç yıl daha ilave mahkûmiyet. On üçüncü yılda bir firar daha; dört saatlik özgürlüğün bedeli, üç yıl. Toplam on dokuz yıl, 1796 yılında bir ekmek çaldığı için girdiği cezaevinden 1815 yılında çıktı.

Cezaevine mutsuz ve pişman olarak giren Jan, oradan çıktı-ğında mezardan çıkmış gibi hiçbir şeye aldırmayan, taş gibi sert ve kara yürekli bir adam olmuştu.

Şunu da belirtmek isteriz ki, Jan Valjan çok güçlü bir adamdı. Üç-dört mahkûmun yapabileceği işi tek başına kolaylıkla başa-rırdı, hatta çok dayanıklı olduğundan arkadaşları ona bir de lakap takmışlardı. Onu Kriko Jan diye çağırırlardı.

Bu arada, çevikliği güçlülüğünü aşıyordu. Kasları esnekti, kol ve bacaklarını tam bir cambaz gibi kullanabilirdi.

Çok az konuşur, hiç gülmezdi. Arada bir şeytanın kahkahasını andıran gülüşünü ondan duymak için müthiş bir heyecana kapılması gerekirdi. Bu da ancak yılda bir ya da iki kez olmuştu. Uzun yıllar süren mahkûmiyeti ruhunu eritmişti, kalbi ve gözleri kupkuru olmuştu. Cezaevinden çıktığından bu yana tek gözyaşı dökmemişti.

Kendisine artık serbestsin dediklerinde kulaklarına inanamadı. Artık hürdü. Jan Valjan yeni bir hayatın başladığına inanmıyordu; ancak bu serbestliğinin yalnızca sarı pasaportlu bir özgürlük olduğunu anlayacaktı.

Bu arada, bir hayli hayal kırıklıklarına uğradı. Mahkûmiyeti boyunca çalıştığı süre boyunca, biriktirdiği paranın, yüz yetmiş bir frank ettiğini hesaplamıştı, oysa eline yalnız yüz dokuz frank vermişlerdi. Parasının gerisinin ne olduğunu sorduğunda vergi olarak kesildiğini söylemişlerdi.

Kurtulduğunun ertesi günü, Gars'da bir şarap fabrikasında iş buldu. Hemen çalışmaya koyuldu; zeki, güçlü, azimliydi elinden geleni yapıyordu. Patronu ondan çok memnundu. Ne yazık ki, çalışırken bir jandarma onu gördü ve kâğıtlarını istedi. Sarı pasaportunu göstermek zorunda kalmıştı.

Akşam olduğunda ustadan parasını istedi, kendisine yalnızca yirmi beş solda verildi. Jan Valjan bunun çok az olduğunu, yüz soldaya anlaştıklarını söylediğinde, adam ona kızgın gözlerle bakarak:

– Sana çok bile, cebinde sarı pasaport taşıyan birine... diye haykırdı.

Ne insanlara ne de devlete güveni kalmamıştı artık. Tersanede devlet, fabrikada patron onun ekmeğini çalıyor, fakat kimse onların yakalarına yapışmıyordu. Oysaki kendisi bir ekmek çaldığı için mahkûm edilmişti. Cezasını bitirmek tam bir özgürlük sayılmazdı, evet, belki kürek mahkûmiyetinden kurtulmuştu fakat geçmişi peşini bırakmayacaktı. İçi kin ve nefret dolu bir şekilde oradan ayrıldı. Diny kasabasının yolunu tuttu. Devamını biliyoruz...

– VI–

Gece yarısından sonra, büyük kilisenin saati ikiyi çalarken, Jan Valjan gözlerini açtı, rahat yatak sanki batmıştı kendisine. Yirmi yıldan beri kuru tahtanın üzerinde yatan biri için bu durum gayet normaldi. Soyunmamış olmasına rağmen mis gibi lavanta çiçeği kokan çarşafların üzerinde yatmak onu oldukça tedirgin etmişti. Dört saatten fazla uyumuş ve bu uyku ona kâfi gelmişti. O, dinlenmeye fazla zaman ayırmazdı. Gözlerini açarak çevresindeki karanlıklara bakındı, sonra, yeniden uyumak için tekrar gözlerini kapadı.

Heyecanlı günlerin gecesinde, insanın uykusu kaçar, artık Jan Valjan'ın uykusu büsbütün açılmıştı. Bir türlü fikirlerine odaklanamıyordu, adeta kafası karışmıştı.

Gün içinde yaşadıklarıyla eski anıları birbirine karışıyordu fakat zihnindeki düşünceleri tek bir şey bastırıyordu. Madam Magluvar'ın akşam yemeğinde masaya dizdiği sofra takımlarına, o gümüş tabaklara takılmıştı aklı.

Bu gümüş takımlar onun adeta vicdanıyla kavga etmesine sebep oluyordu. Onlar birkaç adım ötesinde duruyordu. Yaşlı hizmetçinin onları bitişik odadaki ihtiyar rahibin yatağının yanındaki dolaba koyduğunu görmüştü. Jan Valjan bu takımların en az iki yüz frank edeceğini biliyordu.

Bir saat kadar böyle vicdan muhasebesi yapıp durdu. Saatin tokmağı üç defa vurdu. Gözlerini açtı, elini uzattı, heybesini elledi, sonra ayaklarını uzatıp, nasıl olduğunu bilmeden kendisini yatağında oturur vaziyette buldu.

Bir süre böyle dalgın dalgın durduktan sonra, nihayet heybesini eline aldı ve pabuçlarını ses çıkarmasın diye çıkarıp oraya tıktı; başına kasketini geçirerek el yordamıyla sopasını buldu ve ayaklarının ucuna basarak piskoposun kapısının önüne ilerledi. Adam kapısına aralık bırakmıştı. Jan Valjan kulak kabarttı. Evde derin bir sessizlik vardı. Kapıyı itti ve sessizce içeri süzüldü. Kapının gıcırdamasıyla duyulan ses günahkâr adama kıyamet gününün borazanı gibi geldi.

Ürpererek bekledi, tüm dikkati ile etrafını dinledi. Kimsecikler uyanmamıştı. Adam şakaklarının attığını, kanının başına çıktığını hissetti. Bu gürültü yüzünden yaşlı kadınların uyanacağını, ihtiyar rahibin yatağından kalkarak kendisini suçüstü yakalayıp jandarmaya teslim edeceklerini düşündü.

Yine mahvolmuştu.

Olduğu yerde taş kesilmiş gibi bekledi fakat ortalıkta kendi kalp atışlarından başka ses yoktu.

Gıcırdayan kapının sesine kimse uyanmamıştı. Bu tehlike geçmişti gene de Jan Valjan gerilemedi, onun için en önemlisi işini çabucak halletmekti.

Odanın içi büyük bir sessizlik içindeydi. Bir kaç adım atan adam, birden durdu, yarı karanlıkta yatağın başucuna gelmişti.

Piskopos, soğuk gecede üşümemek için, boğazına kadar düğmeli kahverengi yünden bir ceket giymiş, başını yastığa devirmişti; Rahip yüzüğüyle süslü eli sarkıyordu. Yüzünde tatlı ve nurlu bir ifade vardı. Sanki bütün ruhuyla kimsenin görmediği güzel görüntülere gülümsüyordu. İyi insanların ruhları uykularında, mistik gökleri görür.

Yüzü nurlu bu ihtiyarın karşısında karamsarlığa düştü Jan Valjan. Gri şapkası elinde, bir süre kıpırdamadan durdu, o şimdiye dek böylesine güzel bir şey görmemişti. Din adamının güveni, onu etkilemişti. Günahkâr birisinin, günah işleyeceği sırada, saf ve temiz birisini uyurken seyretmesi gerçekten ibret verici bir olaydır.

Jan Valjan'ın ruhunda kopan fırtınaları anlamak kolay değildi. Bir robot gibi kasketini çıkartıp uyuyan ihtiyarı selamladı.

Piskopos bu korkunç adamın önünde hiçbir şeyden habersiz, uyumaya devam ediyordu.

Birden Jan Valjan kararını verdi; ani bir hareketle, kasketini başına geçirdi ve sert adımlarla dolaba doğru yürüdü, tam kilidi zorlayacaktı ki, anahtarın üstünde olduğunu fark etti. Çekmeceyi açtı. İlk gördüğü gümüş tabaklar oldu, onu kaptı ve bu kez gürültü etmemeye aldırış etmeden koşar adımlarla açık olan pencereye yöneldi. Bir sıçrayışta bahçeye atladı. Gümüş takımları heybesine boşalttıktan sonra sepeti bahçeye, çiçeklerin arasına fırlattı, çantasını ve sopasını alarak hızla oradan uzaklaştı.

Sabah, güneş doğduktan birkaç dakika sonra, piskopos bahçesinde dolaşırken Madam Magluvar büyük bir telaşla ona doğru koştu.

– Monsenyör! Monsenyör! diye haykırdı kadın, gümüş tabakların nerede olduğunu biliyor musunuz?

– Evet, dedi yaşlı Piskopos gülerek...

– Oh, çok şükür! Oysa ben çalındı sanmıştım.

Piskopos çalıların arasında sepeti bulmuştu, onu kadına doğru uzattı.

– İşte!..

– Tamam, fakat içi boş, peki ya gümüş tabaklar ne oldu?

– Yani siz gümüşler için mi tasalandınız? Doğrusu, nerede olduklarını ben de bilmiyorum.

– Eyvah! Demek çalındı! Ah, dün geceki o uğursuz adam çaldı.

Madam Magluvar acı bir çığlıkla adamın gece yattığı odaya koştu ve birkaç dakika sonra kan ter içinde piskoposun yanına döndü.

– Monsenyör, yabancı adam kaçmış, gümüşlerimizi çalarak kaçmış!

Piskopos kısa bir an konuşmadan durdu ve sonra Madam Magluvar'a tatlı bir sesle şu soruyu sordu:

– Bu gümüş takımlar bizim miydi ki çalınsın?

Ne diyorsunuz, Monsenyör?.. Onlar sizin aile yadigârlarınızdı. Rahip daha tatlı bir sesle ekledi:

– Aslında ben boş yere bu kadar kıymetli bir eşyayı evimde saklayıp duruyordum. Dün gece bize misafir olan kardeşimizin onlara ihtiyacı vardı; bende hediye ettim...

Madam Magluvar ağlamaklı bir sesle:

– Fakat Monsenyör, dedi. Siz onlarla yemek yemeyi çok seviyordunuz. Şimdi ne ile yiyeceksiniz?

– Bakır takımlar yok mu?

– Bakır kötü kokar.

– Peki, ya demir sofra takımları almaya ne dersiniz?

– Demir ağızda acı bir tat bırakır.

– Haklısınız madam, dedi rahip, o zaman ben de tahta takımları kullanırım, buna da itirazınız olmaz sanırım.

Birkaç dakika sonra, dün gece Jan Valjan'ın oturduğu masada kız kardeşiyle sohbet ederek sabah kahvaltısını yapıyordu.

Matmazel Baptistin hiç konuşmadan abisinin anlattıklarını dinliyordu ki, birden kapıya vurulduğunu duydular.

Piskopos:

– Buyurun, dedi.

Kapı açıldı, acayip bir kalabalık belirdi. Üç jandarma ve ortalarında Jan Valjan. Jandarma çavuşu olan birisi içeri girdi ve rahibi saygıyla selâmladıktan sonra:

– Monsenyör, diye söze başladı:

Bu unvanı duyan Jan Valjan korku ve üzüntü içindeki yüzünü kaldırarak şaşkın şaşkın kekeledi.

– Monsenyör mü? Oysa ben onu kilisenin papazı sanmıştım.

– Sus, diye uyardı jandarmalardan biri, kendisi Monsenyör Piskopostur.

Bu arada, ihtiyar din adamı gözlerini Jan Valjan'ın yüzüne dikerek:

– Siz misiniz sevgili dostum, dedi. Geri döneceğinizi biliyordum, size şu gümüş şamdanları da vermiştim ama onları götürmeyi unutmuşsunuz. Bunlardan iki yüz frank kazanabilirdiniz. Gelmişken bunları da alın bari neden götürmediniz sanki?

Jan Valjan gözlerini hayretle açarak şaşkın şaşkın ona baktı, yüzünde hiçbir kelimenin ifade edemeyeceği bir anlam belirmişti.

Jandarma çavuşu:

– Monsenyör, demek adamın söyledikleri doğru imiş! Az önce kendisine rastladığımızda kaçan birisi gibi koşuyordu. Şüphelendiğimiz için onu durdurduk. Çantasında bu gümüşleri bulduk...

Piskopos gülümseyerek:

– O da size bunları benim verdiğimi söyledi, değil mi? Siz de ona inanmadan buraya getirdiniz. Bir yanlışlık yapmışsınız demek ki.

Çavuş sordu:

– Onu serbest bırakalım mı?

– Elbette. Adama haksızlık etmişsiniz.

Jandarmalar Jan Valjan'ın yakasını bıraktılar. Adam sanki uykusunda konuşur gibi, boğuk bir sesle söylendi:

– Beni serbest mi bırakıyorsunuz? Rahip gülümseyerek,

– Dostum, dedi. Gitmeden önce şu gümüş şamdanlarınızı da alın, onlarda sizindir.

Şömineye yaklaştı, orada duran ağır, nefis şamdanları kaparak Jan Valjan'a uzattı. Jandarmalar kıpırdamadan bu sahneyi izliyorlardı.

Jan Valjan baştan ayağa titriyordu, robot gibi şamdanları aldı, yüzünde şaşkın bir ifade belirmişti.

Rahip yumuşak sesiyle:

– Haydi, artık gönül rahatlığıyla gidebilirsiniz, dedi. Dostum, bir daha geldiğinizde bahçeden geçmenizin gereği yok, sokağa açılan kapıdan girebilirsiniz. Kapım gece gündüz açıktır.

Daha sonra jandarmalara dönerek:

– Beyler, gidebilirsiniz dedi. Jandarmalar onu selamlayarak uzaklaştılar. Jan Valjan sanki bayılmak üzereydi. Piskopos ona yaklaştı ve kısık bir sesle:

– Unutmayın, dedi. Siz bu parayı dürüst bir adam olmak için kullanacağınıza bana söz vermiştiniz.

Jan Valjan böyle bir söz verdiğini hatırlamıyordu. Rahip kelimelerin üzerine basa basa konuşmuştu; daha sonra onurlu bir sesle şu sözleri ekledi:

– Jan Valjan, kardeşim, artık siz kötülüğün değil, iyiliğin tarafındasınız. Sizin ruhunuzu satın alıyorum bu gümüşlerle. Sizi karanlıklardan, günahlardan arındırdım ve Tanrı'ya emanet ettim.

– VII–

Jan Valjan kaçarmış gibi kentten koşarak çıktı. Ne kadar yol gittiğini bilmeden tarlalardan geçiyor, patikalara sapıyor, bazen aynı yerde döndüğünün bile farkına varmıyordu. Sebebini bilmediği bir öfkeye kapılmıştı. Kime neye kızdığını bilemiyordu. Ayaklarının altında birini ezercesine hiddetle yere basıyordu. Dokunsalar, ağlayacak durumdaydı.

Bütün gün, yoruluncaya kadar, dolaştı durdu. Akşam olmak üzereydi; güneş batmak üzereydi ki, Jan Valjan ıssız bir ovada bir çalının dibine oturdu. Birden neşeli bir ses duyarak başını çevirdi. Sağ tarafındaki patikadan bir çocuk şarkı söyleyerek kendisine doğru geliyordu. Yamalı pantolonuna rağmen neşe içindeydi. Elindeki metelikleri havaya atarak yakalıyor, oynaya oynaya Jan Valjan'a yaklaşıyordu.

Küçük çocuk Jan Valjan'ı görmeden, onun bulunduğu çalının ardından geçerken, paralardan biri elinden fırlayıp Jan Valjan'ın ayağının dibine yuvarlandı.

Jan Valjan farkına varmadan ayağıyla paranın üzerine bastı fakat çocuk bunu görmüştü. Hiç tereddüt etmeden, ona doğru yürüdü.

Küçük, çocukluğa özgü güven ve tatlı bir gülüşle:

– Mösyö dedi. Ayağınızı kaldırır mısınız?

Jan Valjan sordu:

– Senin adın ne?

– Küçük Jerve, Mösyö.

– Kendi iyiliğin için git buradan küçük Jerve, dedi Jan Valjan.

– Mösyö, diye direndi çocuk, bana paramı geri verin.

Jan Valjan başını eğdi; ona cevap vermedi.

– Param, beyim.

Jan Valjan gözlerini yere dikmişti. Çocuk ağlamaklı olmuştu, haykırdı:

– Paramı isterim Mösyö, gümüş iki frangımı isterim. Sanki Jan Valjan, onu duymuyordu.

Çocuk onun yakasına yapıştı, onu sarstı; bu arada parasını zapt eden çivili kundurayı itmek için onu tekmeliyordu.

– Paramı isterim, paramı verin.

Çocuk ağlıyordu. Jan Valjan başını kaldırdı. Gözleri çılgın gibiydi. İlk defa görüyormuş gibi hayretle çocuğa baktı, daha sonra elini sopasına uzatarak korkunç bir sesle haykırdı:

– Defol buradan.

Küçük olmasına rağmen tehdit edici bir görüntü almıştı.

– Yetti artık, çekin ayağınızı, çekin dedim!

Jan Valjan sanki derin bir uykudan uyanmış gibi yerinden doğruldu, ayağa kalkarak:

– Hala burada mısın sen, ne diye vızıldıyorsun başımda, defol bakalım.

Ürken çocuk ona hayretle baktı, sonra tepeden tırnağa titreyerek kaçmaya başladı. Öylesine dehşete düşmüştü ki, ne geriye baktı, ne de sesini çıkardı.

Bir kaç saniye sonra çocuk gözden kayboldu. Güneş batmıştı. Jan Valjan'ın etrafını gölgeler sarıyordu.

Bütün gün, ağzına bir lokma koymamıştı, belki de ateşi vardı.

Ancak çocuk gittikten sonra, ayağa kalkmıştı. Gürültü çıkarırcasına nefes alıyordu, birden ürperdi, gecenin ayazı iliklerine kadar, işlemişti.

Kasketini başına yerleştirdi, eski ceketini iliklemeye uğraştı, öne doğru bir adım attı ve yere düşürdüğü sopasını almak için eğildi.

Tam o anda çocuğun düşürdüğü parayı gördü. Birden titremeye başladı. Dişlerinin arasından mırıldandı:

– Bu da ne ki?

Karanlıkta ışıldayan bu madeni para, sanki onu gözetleyen bir gözdü.

Bir kaç dakika sonra yerdeki parayı eline alıp uzaklara, ovaya doğru gözlerini dikti. Sanki gölgeleri delmek istiyordu. Hiçbir şey göremedi. Gece oluyordu ova ıssız ve soğuktu, gün batımında siyah gölgeler düşüyordu.

Avazı çıktığı kadar bağırarak çocuğun kaçmış olduğu yöne doğru koşmaya başladı, bir süre sonra durdu, kimseyi görememişti.

O zaman olanca gücüyle: "Küçük Jerve... Küçük Jerve..." diye haykırmaya başladı.

Sustu ve bekledi ama bir cevap alamadı.

Hiç bir ses duyulmuyordu. Uçsuz bucaksız bir düzlük kaplıyordu çevresini. Gözleri bir karartı ve bu sonsuzlukta kulakları boş yere bir yankı aradı.

Ayaz çıkmıştı, Alp dağlarından insanın kanını donduran buz gibi bir rüzgâr esiyordu. Yaprakları dökülmüş cılız ağaçlar sıska dallarını yalvarırcasına kararan gökyüzüne doğru uzatmışlardı. Sanki onlar da bir şeyler istiyordu.

Jan Valjan yeniden koşmaya başladı; arada bir duruyor, ıssız yollarda yalvaran bir sesle çağrısını tekrarlıyordu: "Küçük Jerve, Küçük Jerve!.."

Aslında çocuk duysa bile onun bu sesine cevap vermezdi. Bir ara at üzerinde bir papaza rastladı, adama sordu:

– Papaz efendi, buradan geçen bir çocuk gördünüz mü?

– Hayır.

– Adı küçük Jerve onu görmediniz mi?

– Kimseyi görmedim.

Jan Valjan cebinden beşer franklık iki madeni para çıkartarak adama uzattı.

– Buyurun rahip efendi, bunu yoksullara dağıtın; bakın on yaşlarında küçük bir çocuktu; elinde ucu çıngıraklı bir değneği vardı; şarkı söyleyerek gidiyordu, yolunuzun üzerinde rastlarsanız bunları ona veriniz.

– Dediğiniz yabancı bir çocuk olmalı. Çoğu zaman buradan geçerler, belki de dağlardaki köyüne dönüyordu.

Jan Valjan beşer franklık iki madeni parayı daha alarak adamın eline tutuşturdu:

– Bunu da fakirlere dağıtın. Daha sonra çılgın gibi söylendi:

– Beni de jandarmaya teslim edin papaz efendi, ben bir hırsızım.

Rahip bu acayip kılıklı, garip davranışları olan adamdan ürkmüştü; atını kamçılayarak oradan hızla uzaklaştı.

Jan Valjan, ilk saptığı patikadan koşmaya devam etti. Uzun bir süre haykırarak koştu fakat kimselere rastlamadı.

Bir kaç kez, ovada gördüğü bir karartıyı çömelmiş bir çocuğa benzeterek o yöne koştu. Bunlar çalılar ve kayalardı. Nihayet üç patikanın birleştiği bir kavşakta durdu. Ay gökyüzünde parlıyordu, uzaklara bakarak son bir kez seslendi:

"Küçük Jerve, Küçük Jerve."

Bağırışı karanlıklar içinde kayboldu; bir yankı bile uyandırmamıştı, bir kez daha Küçük Jerve diye mırıldandı. Bu, onun son gayreti oldu; birden dizleri büküldü, bitkin bir hâlde kocaman bir taşın üzerine yığıldı, yüzünü elleri arasına alarak: "Ben bir canavarım" diye mırıldandı.

Birden sanki kalbi parçalanmıştı, ağlamaya başladı. Hıçkıra hıçkıra ağlıyordu, on dokuz yıldan beri, ilk kez ağlıyordu.

Jan Valjan, Piskoposun evinden atıldığında, neye uğradığını şaşırmıştı. Karşılaştığı o melek yüzlü adamın iyiliği, onun ruhunda korkunç bir fırtına yaratacaktı. Yıllar boyunca çektikleri kalbini karalaştırmıştı, bu gözyaşlarıyla sanki tüm günahlarından arınmış gibi buldu kendisini.

Birden kendi hayatını düşündü, ruhunun derinliklerinde sanki bir alev yanmıştı, bir meşaleyi andıran bir nura boğulmuştu. Birden bu meşalenin kendisine yardım eden piskopos olduğunu anladı. Piskopos ile kendisini kıyaslayacak oldu. Düşündükçe piskopos gözünde, büyüyor ve kendisi Jan Valjan daha da küçülüyor daha kararıyordu. Birden bir gölge oldu, daha sonra o da silindi, şu anda karşısında yalnızca Piskopos kalmıştı. Din adamı, bu mutsuzun ruhunu göz kamaştırıcı bir nurla doldurmuştu. Jan Valjan uzun uzun ağladı. Kanlı gözyaşları döktü; bir kadın gibi, korkan bir çocuk gibi ağladı.

Kendisinden korktu ve utandı. Hayatına baktı ve dehşete düştü. Ruhuna baktı, onu da karanlık buldu. Oysa hayatının ve ruhunun üzerine yepyeni bir güneş doğuyordu, umut güneşi, Cennet aydınlığında şeytan görür gibi oldu.

Kaç saat böyle ağladı, ağladıktan sonra neler yaptı, nereye gitti bunu hiç kimse bilmiyor ancak bir söylentiye göre, o aynı günün gece yarısında bir posta arabasının sürücüsü, piskoposun evinin önünden geçerken kaldırımda dua eder gibi diz çökmüş bir adam gördüğünü anlatacaktı. Bu adam, Monsenyör Bienvenü'nün kapısında, ellerini kavuşturmuş, hareketsiz duruyormuş.

İKİNCİ BÖLÜM

FANTIN

– I–

Fransız ihtilâlı, gençlerin işine yaramıştı. Kilise baskısından kurtulan ve kiliseye başkaldıran gençler, özgürlüğü aşağılık zevklerine alet ediyorlardı. Hayat kadınları hiç boş durmadan çalışıyor, Pavyonlar dolup boşalıyordu. İhtilâlın Fransası asi üniversitelilerin, ateist filozofların, sanatçıların, ressamların hücum ettikleri bir hayal ülkesi gibiydi. İnsanlar ahlaksızlığın en sefilini sergilemekten çekinmiyor, buna da hürriyet diyorlardı...

1817 yılında dört Parisli genç, sevdikleri hanımlara "Güzel bir oyun oynamaya" karar vermişlerdi.

Aslında hiçbiri Parisli sayılmazdı, hepsi de taşradan gelmiş çocuklardı; ancak üniversiteli olduklarından onlar Parisli diye tanımlanabilirler.

Bunlardan en yaşlısı Tuluz'lu Feliks Tomolyes, ikincisi Kahorlu Listolye, üçüncüsü Limojdan Famöy ve nihayet Montobanda doğmuş Blaşövel. Normal gençlerdi, diğer öğrencilerden aşırı bir üstünlükleri yoktu, ne var ki gençliğin verdiği neşe ve yakışıklılıkla göze hoş görünüyorlar, sözlerini dinleyenler onları esprili buluyorlardı. Bunların her birisinin bir metresi vardı. Blaşövel, Favorita adındaki güzel kıza tutulmuştu. Listolye, Dalyayı severdi. Famöy, Zefine tapıyordu. Tomolyese gelince o da kendisine Fantini seçmişti.

Bunların dördü de zarif, şık, güzel kokulara bürünen kızlardı. Dördü de aynı moda evinde çalıştıklarından atölyede tanışmışlardı.

Aralarında en yaşlısı Favorita en genci de henüz on sekizinde bulunan Fantin'di. O henüz ilk aşkını yaşıyordu. Yirmi üç yaşını süren Favorita ile öteki kızların daha tecrübeli olduklarını söylemek zorunda kalacağız. Gene de dördü de namuslu hanım hanımcık kızlardı.

Delikanlılar yakın arkadaş oldukları gibi kızlarda birbirleriyle iyi anlaşan dostlardı. Arkadaşlıkla astarlanmış bu gibi aşklar, daha uzun sürer.

Fantin, Monyesür'de dünyaya gelmişti. Kimse tanımazdı ailesini. Anasız babasız büyümüştü, hatta vaftiz bile olamamıştı, çünkü o devirde kiliseler kapanmıştı. Yalın ayak sokaklarda koşan küçük kıza, birisi Fantin adını takmıştı. Hakkında kimsenin daha fazla bilgisi yoktu. On yaşlarına geldiğinde küçük Fantin o civardaki çiftliklerden birine girmiş, on beşini doldurduğunda şansını denemek için Paris'e gelmişti. Ünlü bir terzinin yanında çalışıyordu.

Fantin güzel olduğu kadar da aklı başında, namuslu bir kızdı. Aslında üniversiteli Tomolyes onun ilk sevgilisi olmuştu. Hayattaki tek serveti altın küpesi ve bir takım ince kolyesiydi. Bunları üzerinde taşırdı. Altınlarını başında, incilerini de ağzının içinde saklardı. Yaşamak için çalıştı, sonra gene de yaşamak için sevdi.

Evet, Tomolyesi sevdi, genç adam için geçici bir sevda olan bu macera, Fantin'in bütün hayatını etkileyecekti.

Dört delikanlıyla dört güzel kız beraber gezer, beraber eğlenirlerdi. Ekip başı çok esprili ve neşeli olan Tomolyes'di. İçlerinde en yaşlısı Tomolyes'di, otuzuna merdiven dayamıştı, lakin çok zengin bir aile çocuğu idi. Yaşlandığı için saçları dökülmeye başlamış, dişleri çürümüştü, fakat dış görünüşünün bozulmasına karşılık neşesi daha da artıyordu. Bir tiyatro eseri yazmış, kabul edilmemişti arada bir mısralar karalar herkesten her şeyden kuşkulanır, kimseye aldırmaz görünürdü. Gençler bundan böyle onu kendilerine başkan seçmişlerdi. Günün birinde Tomolyes arkadaşlarını etrafına toplayarak onlarla şöyle konuştu:

– Çocuklar, aşağı yukarı bir yıldan beri metreslerimiz bizden bir sürpriz beklemekteler. Biz de onların çok hoşuna gidecek bir şaka hazırlayacağımıza söz vermiştik. Artık bunun vakti geldi derim, hadi bunu kararlaştıralım.

Tomolyes sesini alçaltarak arkadaşlarına uzun uzun bir şeyler anlattı. Çocuklar heyecanlanmışlardı. Blaşövel bir kahkaha atarak:

– Oldu, dedi, doğrusu müthiş birisin Tomolyes.

Bu konuşmanın neticesi de ertesi pazar, dört delikanlının dört güzel kızı davet ettikleri bir kır eğlencesi oldu.

Öğrenciler ve dikişçi kızların sık sık katıldıkları bir kır yemeğiyle sona erecekti bu açık hava eğlencesi. Kızların dördü de birbirinden güzeldi. Favorita saçları sırtında dalgalanarak, genç bir tanrıça gibi hendeklerden atlayarak en önden koşuyordu. Dalia ve Zefin daha nazlı, daha dişi güzellerdi, onlar birbirlerinin bellerine sarılmış, güzelliklerini sanki birleştirerek üstünleşmek istercesine sevimli başlarını yaklaştırmış, kol kola ilerliyorlardı. Fantin, en arkadan geliyordu. O da bir bahar perisi kadar güzeldi. Altın ışınlar saçan saçları beline kadar iniyor, pembe dudakları hayata, aşka gülüyordu. Uzun kirpiklerin gölgelediği kadife teninin beyazlığını meydana çıkaran eflatun bir keten rob giymişti; hasır şapkasını elinde tutuyordu. Bileklerinde kurdelelerle tutuşturulmuş, minik ayaklarına Romalı hanımların giydikleri sandallar geçirmişti. Fantin güzelliğinin farkında olmayan saf bir kızdı. Neşeliydi fakat aynı zamanda çekingen ve utangaçtı.

Gün iyi geçiyordu; tarlalarda çiçek koparan kızların sevgilileri, çevrelerinde ıslık çalarak onları eğlendiriyorlardı; kelebekleri kovalayan, korularda koşuşan bu orman perileri sevgililerinin kendilerine hazırladıkları sürprizi heyecanla bekliyorlardı. Nihayet akşam yaklaşmış, genç sevgililer şarapla ıslattıkları yemeklerini yemişlerdi. Daha henüz masadan kalkmamışlardı ki, Tomolyes ciddi bir sesle:

– Matmazeller, aylardan beri size söz verdiğimiz şakalı sürprizi öğrenmenizin artık vakti geldi.

Blaşövel:

– Şakamız bir buseyle başlayacak, dedi.

Tomolyes:

– Evet, alnınızdan öperek sürprizimize başlıyoruz, diye ekledi.

Gençlerin her biri ciddi ciddi sevgililerini alınlarından öptüler, daha sonra gözlerinde muzip pırıltılar, parmaklarını kalplerine götürerek, kapıya doğru yöneldiler.

Favorita onları el çırparak uğurladı.

Fantin seslendi:

– Çok gecikmeyin, sizi beklediğimizi unutmayın. Yalnız kalan güzel kızlar, merakla birbirlerine baktılar.

Zefin sordu:

– Bize ne getirecekler dersiniz?

Dalia:

– Herhalde güzel bir armağan olmalı, dedi.

Favorita:

– Ben altın olmayan mücevherleri sevmem, diye söylendi.

Daha sonra oturdukları salonun önündeki ırmağa bakarak bir süre oyalandılar. Bu arada bulundukları hanın öbür kapısı yol üzerinde olduğundan posta arabalarının gürültüleri de geliyordu. O devirde güney ve batıya giden posta arabalarının hemen hemen hepsi, bulundukları yol üzerinden geçerdi. Arada bir sarı ya da siyah boyalı, sandık ve bavullarla tepeleme dolu bir yolcu arabasının sürücüsü kamçısını şaklatarak hayvanlarını dörtnala koşturduğunda genç kızlar şen kahkahalar atarak el çırparlardı.

Favorita:

– Amma da şamata yapıyorlar, dedi. Sanki zincirleri uçuyor.
Bir seferinde ağaçların ardından görünen arabalardan biri kısa
bir süre için durmuş ve sonra gene süratle uzaklaşmıştı. Fantin,
buna şaşırmış göründü ve:

– İlginç bir durum dedi, ben posta arabalarının burada mola
verdiklerini bilmiyordum.

Favorita omuz silkti.

– Çok tuhafsın Fantin, neden durmasın? En basit şeylere şa-
şarsın, belki de araba buradan bir yolcu almıştır.

– Bizimkiler de, diye mırıldandı.

Bir süre geçtikten sonra, Favorita derin bir uykudan uyanır
gibi, ürperdi:

– Hey gidi, nerede kaldılar şu bizimkiler. Hani sürprizimiz.

Fantin:

– Geciktiler, diye mırıldandı.

Henüz içini çekerek susmuştu ki, kendilerine servis yapan
garson göründü. Adamın elinde pusulaya benzer bir kâğıt parçası
vardı.

– Beyler bir saat önce, bunu sizin için bırakmışlardı, dedi. Fa-
vorita adamın elindeki zarfı kaptı ve hemen okumaya başladı:

"Ey güzel sevgililerimiz."

İşte beklediğiniz sürpriz. Bizim de bir ailemiz olduğunu unut-
mayın, çoktan beri bu zavallı yaratıklar bizleri özlediklerini ya-
zarak yanlarına çağırıyorlardı. Nihayetinde onları sevindirmeye
karar verdik. Şu satırları okuduğunuzda bizler uzaklarda olacağız.
Vatana ve ailelerimize faydalı olmak yolunu tutuyoruz. Meslek
edineceğiz ve evlenip çocuklar yetiştirmek istiyoruz. Bize acıyın
ve saygı duyun. Aslında bizler vatana kendilerini feda eden zavallı
kurbanlarız. Arkamızdan ağlayın fakat uzun süre yas tutmayın,
güzel gözlerinize yazık olur. Yeni sevgililer edinerek onlara biz-
den söz edin. Bir seneden fazla bir zamandır sizleri mutlu ettik.
Sakın bize kin beslemeyin. Hamiş: Yemek ücreti ödenmiştir.

Blaşövel, Famöy, Listolye, Feliks, Tomolyes. Kızların dördü de hayretle birbirine baktılar. Sessizliği önce Favorita bozdu:

– Doğrusu iyi oyun yaptılar, hoş bir şaka.

– Çok komik, diye ekledi Zefin.

Favorita:

– Bana kalırsa bu Blaşövelin buluşu, dedi. Doğrusu ona olan aşkım daha da arttı.

Dalia itiraz etti:

– Yoo, hayır, bence bu Tomolyes'in buluşu.

Favorita:

– Öyle ise yaşasın Tomolyes, diye haykırdı. Dalia ve Zefin kahkahadan kırılıyorlardı.

– Yaşasın Tomolyes, diye tekrarladılar.

Fantin de arkadaşlarının neşesine katıldı fakat bir saat sonra odasına döndüğünde ağlıyordu. Zavallı kızın hayatındaki ilk erkekti Tomolyes. Onu koca bilmişti ve ondan bir de bebek bekliyordu.

– II–

Paris'deki Montferney kasabasında, XIX. yüzyılın başlarında, bir han bulunurdu. Burasını Tenardiye adında bir çift işletirdi. Kapının üzerine asılı bir levhada sırmalı apoletleri bulunan yaralı bir generali sırtında taşıyan bir asker resmi bulunuyordu.

Tablodan ancak bu kadarı seçilirdi, geri kalan kısım toz dumana karışmış bir savaş sahnesiydi. Altında şu kelimeler yazılıydı: "Vaterlo'nun kahraman çavuşu" han kapısının eşiğine oturmuş kaba saba bir kadın bir ipi çekerek, kırık bir arabanın arasına bağladığı beşiği sallıyordu. Bu beşikte birbirinden güzel iki yavru etraflarına gülücükler saçıyorlardı. Gül yanaklı bebeklerden biri üç, diğeri bir buçuk yaşlarında vardı; temiz giydirilmiş çocuklardan biri kumral, diğeri parlak siyah saçlıydı. Birkaç adım ileride kapının eşiğine oturmuş anneleri, hiç de sevimli görünmüyordu, fakat şu anda, evlatlarına öyle sevgi dolu gözlerle bakıyordu ki...

Kadın bir yandan beşiğin ipini çekiyor, bir yandan son günlerin modası olan bir şarkının ilk mısrasını mırıldanıyordu.

– Sevgilim savaşa gitti,
Oysa ben kaldım burada üzgün ve yalnız!"

Şarkısına ve evlatlarını seyre öylesine dalmıştı ki, çevresindekilerin farkında bile değildi, birden bir ses duydu:

– Ne güzel çocuklarınız var, Madam?

Kadın başını çevirdi, karşısında yabancı bir kadın ve kucağında da bir yavru vardı.

Sol eliyle taşıdığı heybe bir hayli ağır görünüyordu. Kadının kucağındaki çocuk bir melekten farksız, yaklaşık üç yaşlarında bir küçük kızdı.

Beşikteki bebekler kadar temiz giyinmiş belki onlardan bile daha şık idi. Başlığı dantellerle süslü, önlüğü renkli kurdelelerle donatılmıştı. İpekli fistanının altından, tombulca olan beyaz bacakları görünüyordu. Pembe beyaz bir bebekti. Onu gören yanaklarını elma sanarak ısırabilirdi. Şu sırada uyuduğundan gözlerinin rengini görmek mümkün değildi, fakat kirpiklerinin uzunluğu dikkati çekiyordu.

Anneye gelince, o yoksul ve mutsuz görünüyordu, daha iyi günler gördüğü belli olmakla beraber bir işçi kadın kılığına girmişti. Giysileri onun güzelliğini örtüyordu. Başında şekilsiz bir yün şapka vardı, gerçi alnının üzerine sarı bir bukle düşüyordu, ama çenesinin altından bağladığı örtüyle, güzel saçlarını tamamıyla gizlemişti. Solgun, bitkin ve hasta görünüyordu. Kollarında uyuyan çocuğuna derin bir şefkatle bakıyordu. Elleri kızarmış ve şişmiş, çillerle dolmuş, sağ elinin işaret parmağı iğneyle çalışmaktan nasır tutmuştu.

Bir yıl önce sevgilisi Tomolyes'in kolunda ormanda gezintiye çıkan o melekler kadar zarif ve güzel kıza ne olmuştu? Fantin tanınmayacak bir hale gelmişti; gene de ona dikkatle bakan bir göz, onda güzellik kalıntılarını görebilirdi. Dudağını sağa çeken kederli bir ifade, yüzüne mahzun bir hava veriyordu. Eski muslin ve ipekli giysilerinin hepsini bozmuş, kızını süslemişti. Süsüne gelince, tül ve kurdelelerinin aşk ve müzikle örülü o süslü elbiselerinden hiç biri kalmamıştı artık.

O korkunç şakadan bu yana, tam iki yıl geçmişti. Bu süre zarfında neler olmuştu?

Terk edildikten sonra Fantin eski arkadaşlarıyla da ilişkisini kesmişti. O günden sonra bir daha görmemişti onları.

Çocuğunun babası gittikten sonra Fantin yalnız başına kalmıştı. Artık çalışmasını da unutmuştu. Sevgilisi kaçtığı günden beri çalışmaya da hevesi kalmadığından parasını tüketmişti. Önce Tomolyes'e bir mektup yollamış, cevap alamamış, bir daha yazmıştı. Hiçbirine cevap gelmeyince çapkın dostunun kızına da önem vermediğini anlamıştı. Evet, belki Fantin bir hata yapmıştı ama kalbi temiz ve namuslu bir kızdı. Paris gibi bir kentte daha fazla kalırsa, mahvolacağını hissederek doğum yeri olan kasabaya dönmeye karar verdi. Kim bilir, belki orada birisi kendisini hatırlar ve ona bir iş verirdi. Bu arada suçunu gizlemesi gerekiyordu; şimdi çocuğundan ayrılmasının zorunlu olduğunu düşünerek kararını verdi.

O güzel elbiselerden vazgeçmiş, kaba giysilere bürünmüştü, bundan böyle hevesini evladına sakladı, bir-iki giysisini bozarak ona nefis elbiseler dikti. Eşyasını ve dantellerini sattı, eline geçen iki yüz frankla borçlarını ödedikten sonra geriye seksen frankı kalmıştı. Fantin yirmi yaşını doldurduğu gün, güzel bir bahar sabahı, Paris'ten ayrıldı. Çocuğunu sırtına vurmuş, yollara düşmüştü.

Onları görenin içi burkulurdu. Bu kadının dünyada evladından başka kimsesi yoktu. Fantin kızını emzirmiş, bu yüzden zayıf ve yorgun düşmüş, aralıksız öksürüyordu.

Yolun bir kısmını arabada, bir kısmını yaya yapan Fantin öğle saatlerinde Montferney'de bulunuyordu. Tenardiye hanının önünden geçerken beşiklerinde oynaşan küçük kızların görüntüsü dikkatini çekmişti. Bu mutluluk tablosu önünde azıcık durakladı. Bu şirin küçük kızlar, genç annenin kalbini çelmişlerdi. Heyecanla onlara baktı. Melekleri görmek, Cenneti müjdeler. Birden bu rastlantıda kaderin işaretini görür gibi oldu, küçük kızlar öylesine bakımlı, besili ve neşeliydiler ki, bir ara kendisini tutamadan tekrarladı:

– Ne güzel kızlarınız var Madam.

En yabani yaratıklar bile evlatlarının övülmesinin karşısında yumuşarlar. Anne başını kaldırdı, şükranlarını sundu ve yabancı kadını yanıma oturttu.

Kadınlar çene çalmaya başladılar.

Küçük kızların annesi:

– Adım Tenardiye, dedi. Şu gördüğün hanı işletiyoruz. Madam Tenardiye iri yarı, kemikli, kızıl saçlı, çilli suratlı, dişlek bir yaratıktı. Henüz genç sayılırdı; otuzunda ancak vardı, belki ne var ki bu çam yarması yapılı kadın oturuyordu ayakta durmuş olan Fantin onun heybetinden ürker, ona laf atmaya bile cesaret edemezdi. Kader ne küçük ayrıntılara bağlı. Bir kadının ayakta duracağı yerde oturmuş olması Fantinin hayatını değiştirecekti.

Yolcu kadın birkaç kelimeyle acıklı hayatını anlattı. Paris'te bir dikiş atölyesinde çalışıyordu; kocası ölmüş, kızıyla yalnız kalmıştı. Orada iş bulamadığından, vatanı olan Montferney kasabasına dönmeye karar vermişti. Aynı günün sabahı Paris'ten ayrılmış, yolunun bir kısmını arabayla gelmişti; yarım saatten beri yürüyordu. Kızı da biraz yürütmüştü fakat küçük olduğundan hemen yorulmuş, annesinin kucağına çıkarak derin bir uykuya dalmıştı.

Bu sözlerin ardından kızını şefkatle öptü. Çocuk gözlerini açtı. Annesinin gözlerinin aynı iri mavi gözlerini; daha sonra bebek gülmeye başladı ve anasının ısrarlarına rağmen yere atlayarak beşikteki küçük kızlara doğru koştu.

Tenardiye'de, kızlarını beşikten indirip:

– Hadi, üçünüz birden oynayın, dedi.

Bu yaşta arkadaş olmak zor değildi. Birkaç dakika sonra küçük kızlar yaşlarının verdiği saflıkla kaynaşmışlardı bile.

Yeni gelen kız, çok neşeliydi. Durmadan gülüyordu. Ananın ahlâkı çocuğun neşesinde belirir. İyi kalpli Fantin, evladını hiç hırpalamadığından yavru ağlamak nedir bilmezdi.

Kadınlar konuşmalarına devam ettiler:

– Kızınızın adı ne?

– Kozet.

– Kaç yaşında?

– Üç yaşına yeni girdi.

– Benim büyük kızımdan birkaç ay küçük.

Madam Tenardiye, şu anda el ele vermiş oyun oynayan küçük kızlara bakarak:

– Sanki yıllardan beri tanışıyorlarmış gibi nasıl da anlaştılar, dedi. Üçkardeş gibi...

Bu söz herhalde öbür annenin beklediği işaretti. Birden hancı kadının elini yakaladı, ona içtenlikle baktı ve yalvarırcasına sordu:

– Kızımı size emanet edebilir miyim? Ona bakar mısınız? Kadın birden şaşırdı, ama ne hayır ne de evet dedi. Kozet'in annesi, sözlerine devam etti:

– Kızı doğduğum kasabaya götüremiyorum. Oraya çalışmaya gidiyorum çocuk bana ayak bağı olur. Hem de bizim köyde çocuklu kadına kolay iş vermezler. Acayip düşünceleri vardır. Tanrı sizi karşıma çıkardı. Az önce kapınızdan geçerken kızlarınızı gördüm ve kendi kendime işte şefkatli, iyi kalpli bir anne dedim. Oldu, değil mi? Üçü de kardeş gibi yetişirler. Hem de belli olmaz, belki işlerimi yola koyar, daha çabuk dönerim. Bunu kabul eder misiniz?

– Bilmem ki, diye mırıldandı Madam Tenardiye.

– Ayda altı frank verebilirim. Birden handan bir ses yükseldi:

– Olmaz, yedi franktan da aşağı kurtarmaz. Hem de altı aylık peşin alırım.

Madam Tenardiye:

– Altı kere yedi kırk iki eder dedi.

Zavallı anne:

– Veririm, diye atıldı.

Erkeğin sesi ekledi:

– İlk ayların aşırı masrafları için fazladan on beş frank.

Madam Tenardiye:

– Toplam elli yedi frank eder.

– Veririm, diye haykırdı Fantin. Seksen frankım var yanımda. Bununla memlekete gidebilirim. Yaya giderim. Orada para kazanırım, gerekeni biriktirince gelir evladımı alırım.

Erkek sordu:

– Çocuğun elbiseleri var mı?

Tenardiye:

– Bu bey benim kocam, dedi.

– Elbette var. Hem de kızımın nefis bir çeyizi var Mösyö. Düzinelerle gömlekler, elbiseler, hırkalar. İpekli ve dantelle süslü çamaşırlar zengin kızı gibi. İşte şu sırtımdaki heybede.

Adam söylendi:

– Onu da bırakacaksınız.

– Elbette bırakacağım, kızımı çıplak koyacak değilim ya...

Han sahibi birdenbire:

– Pazarlık sona ermişti. Anne geceyi handa geçirdi, parasını verdi ve kızını bıraktı. Heybesini boşalttı, yükü bir hayli hafiflemişti. Ertesi sabah yakında döneceğini yineleyerek yola düştü.

Tenardiyelerin bir komşusu bu mutsuz anayı görmüştü, hana girdiğinde onlara:

Kozet'in annesi gidince, adam karısına:

– Yaşa be kadın dedi, şu yüz on franklık senedimin süresi yarın sona eriyordu, hiç değilse bunu ödeyebilirim. Oh, oh sen küçük kızlarla çok iyi bir tuzak kurdun.

– Bunu bilerek yapmadım, kendi ayaklarıyla geldi, dedi kadın.

– III–

Şu Tenardiye ailesi çok acayip insanlardı. Bunlar ne olduğu belirsiz bir sınıfa aittiler. Ne işçi sayılırdı, ne de soylu. Bundan böyle her iki sınıfın kusurlarına sahip, hiç birinin niteliği olmayan yarı serseri yarı sanatkâr kişilerdi. Kadının hamurunda kabalık, haşinlik; erkeğin ruhunda sahtekârlık vardı. Fenalık yapmada onlardan ustası olmazdı.

Erkeğin yüzüne bir kere bakmak, onun ne tarzda bir insan olduğunu anlamaya yeterdi. Gözlerinin tehlikeli bakışı, sesindeki kuşku onun hayatında büyük sırlar olduğu izlenimini yaratırdı.

Bir zamanlar Tenardiye askerlik yapmış, 1815 yılında Vaterlo savaşında bulunmuştu, hatta orada bir hayli kahramanlıklar sergilemişti. Daha sonraları onun bu savaştaki kahramanlıklarını öğreneceğiz. Meyhane kapısındaki tablo onun kahramanlığının resmiydi. Her işten biraz anlayan Tenardiye fırça oynatmasını da başardığından, bu resmi kendisi çizmişti.

Eşi Madam Tenardiye'ye gelince, en bayrağı romanlarla ruhunu beslemiş merhametsiz, miskin bir kadındı. Gençliğinde durmadan okuduğu bu bayağı hikâyelerden esinlenerek, kızlarına çok acayip isimler takmıştı. Büyük kızının adı Eponine'di, küçük kızına gelince çaresiz yavru Gülnar gibi gülünç bir isme sahip olacaktı ki, tam o arada bir şans eseri, yeni bir roman okuyan anası, ona daha az gülünç olan Azelma adını koymakla yetindi.

– IV–

Bilinen bir gerçektir ki, zengin olmak için kötü ruhlu olmak yetmezdi. Hanın işleri nedeni bilinmez bir şekilde durmadan bozuluyordu. Kadının elli yedi frangının sayesinde bir süre için Tenardiye borçlarını ödeyebilmişti. Bir sonraki ay para sıkıntısı yine baş gösterdiğinden, bu kez Kozet'in çeyizine rehine koydular.

Buna karşılık aldıkları altmış frankıda harcadıktan sonra, Tenardiye ailesi için Kozet evlerine sığıntı olarak aldıkları bir çocuk oldu. Bundan sonra ona karşı davranışları da değişti. Küçük kızın giysilerini bile sattıklarından dolayı onu Eponine ve Azelma'nın eski kıyafetleriyle giydirdiler.

Yemekten arta kalanlarla besleniyordu. Köpekten daha iyi yiyor fakat kedi gibi içecek süt bulamıyordu. Aslında Kozet'in tek arkadaşları evin kedi ve köpeğiydi; kızcağız masa altında onlarla birlikte yemek yerdi.

Montreysür Mer'de yerleşen annesi, her ay mektup yazıyor, daha doğrusu kendisi yazmasını bilmediğinden bir başkasından yardım alıyordu. Tenardiyeler kendisine hep aynı cevabı veriyorlardı; Kozet çok iyi.

İlk altı ay sona erdiğinde, genç kadın yedinci ay için yedi frank yolladı ve her ay düzenli olarak parasını yollamaya devam etti. Henüz yıl sona ermemişti ki, Tenardiye karısına çıkıştı:

– Bu piç kurusunu ne diye başımıza sardık, bundan sonra annesinden on iki frank aylık isteyeceğim.

Bu isteğini mektupla bildirdi; çocuğuna çok iyi bakıldığını sanan genç kadın hiç şikâyet etmeden on iki frank yollamaya başladı.

Bir takım insanlar birini severlerse, mutlak bir başkasından nefret etmek ihtiyacını duyarlar. Tenardiye annede işte böyle bir huya sahipti. Kendi kızlarını canından çok seven cadı karı, yabancı çocuktan nefret ediyordu. Kadın Kozet'in her şeyini kıskanıyordu. Küçük kız varlığıyla evde küçücük bir yer kaplıyordu. Oysa Tenardiye, bunu bile ona çok görürdü. Sanki Kozet odanın havasını kirletiyor, kızlarının almaları gereken havayı soluyordu. Bu kadının da diğer kadınlar gibi her gün dağıtacağı buseler ve tokatlar vardı. Okşamaları, öpüşleri kendi kızlarına; çimdikleri, tokat ve tekmeleri zavallı öksüz kız içindi. Kozet'i evine almamış olsaydı, belki de sevgili kızlarını hırpalayacaktı. Biçare yavrucağın nefes alması bile suç sayılırdı. Bir sevgi havası içinde yaşayan küçük kızların yanında daima dayak yer horlanırdı.

Evin annesi, Kozet'e kötü davrandığından, küçük kızlar da onu hırpalıyorlardı. Bu yaşta çocuklar, annelerini taklit ederler.

Bir yıl geçmiş ikinci yıl sona eriyordu.

Köyde Tenardiyeler için şöyle diyorlardı:

– Şu Tenardiye'ler pekâlâ varlıklı kimseler olmadıkları halde, yetim bir kızı büyütüyorlar.

Herkes Kozet'in anası tarafından terk edildiğini sanıyordu.

Bu arada Tenardiye'ler, Kozet'in piç olduğunu öğrendiklerinde, Fantin'yi sıkıştırarak, ondan ayda on beş frank koparmasını başarmışlardı. Kızın büyüdüğünü ve çok yediğini yazmışlardı ona.

Kozet çocuk olduğu süre içinde, kızların hırpaladıkları, daima ezilen bir oyun arkadaşı olmakla kalmıştı fakat gelişmeye başlayınca, bu kez de evin hizmetçisi oldu. Daha beş yaşına basmamıştı ki, hain Tenardiye, ona durmadan iş buyuruyordu. Kozet'i alışverişe yolluyorlar, salonu süpürtüyorlardı. Evi, bulaşıkları yıkıyor, hatta yük bile taşıyordu.

Bu arada işleri iyi gitmeyen Fantin birkaç ay çocuğun aylığını gönderemeyince, onu daha fazla hırpalamaya başlamışlardı. Kızını bıraktıktan üç yıl sonra Fantin Montferney'e dönse, dünyada onu tanıyamazdı. Tombul, pembe beyaz bir çocuk olarak, hana gelen Kozet'in artık sıskalıktan kemikleri sayılıyordu. Yüzü sapsarı, gözleri üzgündü. Yapılan haksızlıklar onu aksileştirmiş, yoksulluk ise onu çirkinleştirmişti. Evet, üç yıl önceki melek kadar güzel çocuk, çirkin bir kız olmuştu. Yüzündeki tek güzelliği gözleriydi. Parlak yeşilimsi olan bu gözlerde insanın içini burkan bir üzüntü okunuyordu. Daha henüz altı yaşına basmayan bu zavallı yavrunun kış aylarının soğuklarında, yamalı eski elbiseler içinde, şiş ve kızarmış ellerinde bir süpürge, avluyu süpürdüğünü görmek insanın içini sızlatırdı.

Köyde ona Kırlangıç adını takmışlardı. Ne var ki bir kuş kadar zayıf, anasız, yuvasız kuş ötmüyordu.

ÜÇÜNCÜ BÖLÜM

MADLEN BABA

– I –

Küçük Kozet'i Tenardiyelerin yanına bıraktıktan sonra, Fantin doğduğu kasabaya geri döndüğünde kendisinin sefalet içinde yaşarken bu kentin bir hayli değişmiş, kalkınmış, rahata kavuşmuş olduğunu gördü.

Montreysür Mer'in bir özelliği vardı. İngiliz siyah boncuklarını ve Alman siyah camlarını taklit ederlerdi burada fakat ham maddelerin pahalılığı dolayısıyla, uzun yıllar bu sanayi hiç de gelişmemişti. O yıllarda Montreysür Mer'e yerleşen bir yabancı bu endüstriyi kalkındırmıştı. Bu açıkgöz adamının sayesinde, kentin endüstrisinde bir devrim yaratılmıştı.

Bu ufak değişiklikle ham madde fiyatları yarı yarıya azalmış, bunun sonucunda işçilere verilen ücretler artmış, bu da kent için çok müspet olmuştu. Satıcılar boncukları kolaylıkla yaptırabiliyor ve ucuza satılmasına rağmen, birkaç kat fazla kâr elde ediyorlardı.

Bu yönetimin üç sonucu olmuştur.

Üç yıl kadar bir süre içinde bu metodu uygulayan adam zengin olduğu gibi, çevresindekileri de servete kavuşturmuştu. Onun kimliği hakkında kimsenin doğru dürüst bir bilgisi yoktu. Kente yalnızca birkaç yüz franklık bir servetle geldiği söylenirdi. Bu ufak sermayeye olağanüstü buluşunu eklemiş, metotlu çalışması sayesinde, kısa zamanda kendisini ve bulunduğu kenti zenginliğe kavuşturmuştu.

Anlatılanlara göre bu adamı ilk görenler kılığından ve konuşmasından onun bir işçi olduğunu sanmışlardı.

Kasım ayının yağışlı bir akşamında tam o sırada kente girmek üzere olan yabancı, kasabanın belediye binasında bir yangınla karşılaşmıştı. Adam büyük bir cesaretle alevlerin arasına atılmış ve iki çocuğun hayatını kurtarmıştı. Canını tehlikeye atarak çocukları kurtaran bu yabancıyı herkes takdir etmiş. Garip bir rastlantı olarak, bunlar jandarma yüzbaşısının çocuklarıymış. Komutan adama binlerce kez teşekkür edip minnetlerini sunmuş. Bu sebeple adamdan kimlik bile istenmemişti. O gün adını öğrenmişlerdi, adının Madlen olduğunu söyleyen bu yabancıya Madlen Baba diye hitap etmeye başlamışlar.

Anlatılanlara göre elli yaşlarında görünen, dalgın tavırlı, temiz yüzlü, çalışkan bir adamdı.

Geliştirdiği bu endüstri sayesinde Montreysür Mer büyük bir sanayi kenti olma yolundaydı. Siyah boncuklardan çok kullanan İspanya her yıl önemli miktarda sipariş veriyor ve kasaba bu ticaretinde Londra ve Berlin'le rekabet ediyordu. Madlen Babanın kârları öylesine yüksekti ki, kente geldiğinin daha ikinci yılında bir fabrika kurabilmişti. Bu fabrikanın iki atölyesi bulunuyor bir tanesi kadınları, diğeri erkekleri çalıştırıyordu. Çalışmak isteyen hiç kimse Montreysür Mer'de aç kalmazdı; her isteyene yeterli iş, bol para vardı. Madlen Baba'nın işçilerinden istediği sadece iyi niyet ve dürüstlüktü.

Kadınları özellikle ayrı atölyede çalıştırmasının nedeni, onların namuslu kalmalarını sağlamak içindi. Madlen Baba namusa çok önem verirdi. İşçi kadınların akrabaları da Madlen Babaya teşekkür ediyor "Kadın ve kızlarımızın namusları ile çalışıp para kazanabilecekleri bir iş yeri temin edip şerefimizi kurtardın" diyorlarmış.

Aslında bir kışla kenti olan Montreysür Mer'de, kötü yola sapan kızlar boldu; Madlen Babanın kente gelişiyle, kadınların bu haline de bir son verilmişti. Onun gelmesinden önce kasabanın tembel bir yaşamı vardı, oysa artık tüm kentliler arı gibi çalışıyordu; sefalet ve işsizlik ortadan kalkmıştı. Her cep para, her ev mutluluk doluydu.

Kasabanın ileri gelenleri de sık sık ziyaretine geliyor kentlerini sefaletten kurtarıp onları sevindirdiği için şükranlarını sunuyorlarmış.

Bu çalışmanın ortasında Madlen Baba, gerçek servetini kurmuştu fakat onda bir ticaret kafası yoktu, o kendisinden fazla başkalarını düşünürdü. 1820 yılında, Lafit Bankasında altı yüz otuz bin frangı bulunduğu söyleniyordu, oysa rahatça milyoner olabilirdi. Kendisine bu serveti ayırmadan önce kasaba için milyonlar harcamıştı.

Montreysür Mer yukarı kent ve aşağı kent olarak ikiye ayrılır. Madlen Babanın oturduğu aşağı kentte tek bir okul vardı. Fabrikatör iki okul daha yaptırmış birinde kızlar diğerinde erkek çocuklar okuyordu. Kendi cebinden okul öğretmenlerinin maaşlarını iki katına çıkarmıştı. Buna şaşan birisine, şu cevabı vermişti:

– Bence, Devletin en önemli iki memurundan biri sütnine, diğeri de öğretmendir.

Çalışamayacak kadar yaşlı olanlar için bir bakım evi kurduğu gibi, işçilerin haklarını korumak için bir de yardım sandığı akıl etmişti. Fabrikasının bulunduğu mahalleye bedava ilaç dağıtan bir eczane açtırmıştı.

İşe ilk başladığında dedikodu yapmışlar ve onun için: "Zengin olmak isteyen bir maceracı; kendini beğenmiş, ihtiraslı bir ukala" demişlerdi; ancak geçen zaman içinde kendini halka kabul ettirmesini bilmişti.

Madlen Baba dindar bir adamdı, düzenli bir şekilde kiliseye giderdi; bu da o günlerde insanların hoşlandığı bir tutumdu.

1819 yılında kentte şöyle bir söylenti yayılıyordu. Kralın yetkisiyle, Madlen Baba Belediye Başkanı olarak seçilecekti. Yeni gelenin hırslı olduğunu söyleyenler bu fırsattan yararlandılar, gerçekten ertesi günü bütün gazetelerde bu atanmadan söz ediliyordu. Daha sonraları şaşırtıcı bir başka söylenti yayıldı. Madlen Baba belediye başkanlığını reddetmişti.

Önünde sonunda bu adam bir esrar küpüydü. Kent soyluları omuzlarını silkerek onun için: "Sonradan görme bir serseri" demekle yetindiler.

Aynı yıl endüstri sergisinde malları, gösterildiğinden, Madlen Baba'ya altın bir nişan yollandı; adam bunu da geri çevirdi.

Kasaba ve civarında yaşayan herkes ona borçluydu. Öylesine faydalı bir adamdı ki, kendisini sevdirmeyi başarmıştı. Özellikle emrinde çalışan işçiler adeta kendisine taparlardı.

Madlen Baba bu sevgiyi alçak gönüllülükle karşılıyordu. Zengin olduğu iyice bilinince, ona Madlen Baba demekten vazgeçtiler, "Mösyö Madlen" diye çağırmaya başladılar ancak işçiler ve kasabanın çocukları onu Madlen Baba diye çağırmaya devam ediyorlardı. Aslında adamın istediği de buydu. İşleri iyi gittikçe halkın gözünde büyüyordu. Soylu insanlar onunla görüşmek için can atıyorlardı. Başlangıçta kendisine kapatılan kapıların hepsi ardına kadar açılmıştı. Kentin salonlarından davetler yağıyordu fakat Madlen Baba hiçbirine gitmiyordu.

Bu kez yine dedikodu yapmaktan geri kalınmadı, onun için: "Bilgisiz ve kaba adam!" dediler, onun nereden geldiğini bilen yok; her halde salonlarda nasıl davranılacağından habersiz olduğundan, soylu kişilerin arasına karışmaktan çekiniyor. Kim bilir, belki de okuması bile yoktur!

Para kazandığını görenler, onun için tüccar demişlerdi, parasını yoksullara dağıttığını görenler, ona cömert dediler, şan ve şerefi reddettiğini görenler onu maceracı olmakla suçlamışlardı. Kendisine yapılan çağrıları reddetmesinin karşısında, onu kaba olmakla tanımladılar.

1820 yılında, yani kente gelişinden tam beş yıl sonra, kasabaya yaptığı hizmetler yüzünden Kral bir kez daha kendisini belediye başkanı olarak atadı, kaymakamda bu kez daha çok ısrar etti, bir kez daha Madlen Baba bunu kabul etmek istemedi. Kentin bütün ileri gelenleri kendisine ricaya geldiler, halk sokaklarda yolunu kesti; bu ısrar karşısında Madlen Baba bu görevi zoraki de olsa kabul etmek zorunda kalmıştı.

Şöyle anlatıyorlardı, gene reddedeceği sırada, yoksul bir ihtiyar kadının şu gözleri karşısında boyun eğmişti:

— İyi bir belediye başkanı, hepimize faydalı olur, hey Madlen Baba, yoksa bize yardım etmek istemez misin?

Bu onun üçüncü mertebesi sayılırdı, yabancı yolcu Madlen Baba olmuş daha sonra kendisini Mösyö Madlen diye çağırmışlardı, artık bundan böyle ona Sayın Başkan diyeceklerdi.

–II–

Aslına bakılırsa o ilk günkü kadar sade, kendi halinde kalmayı başarmıştı. Saçları beyaz, bakışları ciddi ve her hali düşünceliydi. Belediye Başkanlığı görevini tam manasıyla yerine getiriyordu; yapması gereken vazifeleri bitirdikten sonra, tek kişilik hayatına devam ediyordu. Sadece birkaç kişiyle görüşüyordu. Davet edildiği kalabalıklardan kaçar, sade bir selamla yetinir, fazla konuşmamak için gülümserdi. Hatta kadınlar onun için "Tam bir yabani domuz, fakat iyi kalpli bir domuz." derlerdi.

Yemeklerini tek başına yer, sofrada bile kitap okurdu. İyi düzenlenmiş bir kütüphanesi vardı. Kitapları sever, emin ve sadık birer dost olarak görürdü. Artan servetiyle birlikte, zihnini geliştirmeye de vakti oluyordu.

Boş vakitlerinde sık sık gezintiye çıkar, bu gezintilerinde yanına daima bir tüfek alır, fakat onu hiç kullanmazdı, kullandığı zaman ise hedefi hiç kaçırmazdı. Zararsız bir hayvanı küçük bir kuşu bile öldürmemişti. Genç olmamasına rağmen, onun yaşıtlarından beklenmeyecek bir güce sahip olduğu söylenirdi. Yardıma ihtiyacı olanlara el uzatmaktan hiç çekinmez, düşen bir atı kaldırır, çamura saplanan bir tekerleği kurtarır, ipinden boşanan bir boğayı boynuzlarından yakalayarak durdururdu. Evinden çıkarken daima cepleri dolu çıkar, boş dönerdi.

Herkesin zor zamanında yanında olur, kilise kapısında bir yas örtüsü gördüğünde, hemen içeri girerdi. İnsanların vaftiz ve düğünleri kaçırmadığı gibi, o da cenazeleri kaçırmazdı. Dullara ve yetimlere şefkat gösterirdi. Ölünün ailesinin yasına katılır, üzgün bir yüzle duaları dinlerdi. Başkalarının yaptıkları kötülükleri gizlediği gibi, o da iyiliklerini gizli yapardı. Akşam karanlığında aralık kapılardan evlere süzülür, para ve armağan bıraktıktan sonra sessizce çıkardı. Harap kulübesine akşamleyin dönen yoksul bir işçi kapısının açıldığını hatta zorlandığını görerek, "Eyvah evime hırsız girmiş!" diyerek korkarak içeri girdiğinde, yatağının üzerinde birkaç altın bulurdu.

Güleç bir yüzü olmasına rağmen, daima kimsenin bilmediği bir kederi varmış gibi dertli dururdu.

Halk onun için şöyle derdi:

– Hiç de kibirli olmayan bir zengin adam, hiç de neşeli olmayan, mutlu bir adam.

Geceleri odasının ışıkları hep yanardı. Bunu gören herkes tek başına bunca saat ne yaptığını merak ediyorlardı. Merak etmekle kalmaz odasında kafatasları ve pösteki ile dolu olduğunu yaymışlardı. Bunu duyan Montröyün şık ve soylu hanımlarından biri, bir gün gülerek ona sormuştu:

– Sevgili Başkan, sizin bir mağarada yattığınız söyleniyor, doğru mu?

M. Madlen gülümseyerek, bu meraklı hanıma odasını göstermişti. Bu kadar zengin bir adamın, duvarları on soldalık bir kâğıtla kaplı, tıka basa dolu bir kitaplık, şömine üzerinde ışıl ışıl duran bir çift ağır gümüş şamdanlıktı.

Onun Banker Lafit'e milyonlarını emanet ettiğinide söylenirdi. Oysa aslında bu milyonlar, sadece altı yüz otuz bin franktan ibaretti.

YENİ BİR DEDİKODU

1821 yılının başlarında gazetelerde bir haber yayınlandı. Seksen iki yaşındaki Diny Piskoposu Monsenyör Bienvenü Miryel ölmüştü.

Gazetelerden bu haberi okuyan Madlen, ertesi gün siyah elbiseler giymiş, şapkasına yas alameti olarak siyah bir kurdele takmıştı.

Onun ölen piskoposun yasını tutması, kentte çeşitli dedikodulara yol açmıştı, hatta birçokları onu piskoposun bir yakını olduğunu zannederek, ona daha da saygılı davranmaya başlamışlardı. Evi başsağlığına gelenlerle doluydu. Bir gün, kasabanın en eski ailelerinden yaşlı bir hanım kendisine sordu:

– Sayın başkan, herhalde Monsenyör Bienvenü yakın akrabanızdı?

– Hayır Madam!..

– Ama kendisi için yas tutuyorsunuz?

– Gençliğimde onların hizmetçisi idim. Matemimin sebebi budur.

Bu sözlerini de onun bir şakası sanarak uzun uzun gülmüşlerdi.

Yeni başkanın acayip bir huyu daha vardı; kasabadan ne zaman bir ocak temizleyicisi Savuyalı bir çocuk ya da bir delikanlı geçse, onu çağırtır, adını sorar ve ona para verirdi. Bunu duyan küçük ocak temizleyicileri bu iyi kalpli beyden yararlanmak için, yolları düşsün düşmesin, Montreysür Mer kasabasına uğramayı adet edinmişlerdi.

– III–

Zamanla Mösyö Madlen bütün kasaba halkını kendisine bağlamıştı. Onun dürüst bir adam olduğunda herkes hemfikirdi, hatta çevre kasabalardan ona fikrini sormaya gelenler bile olurdu. Mösyö Madlen kavgaları yatıştırır, düşmanlıklara son verirdi.

Dargınları barıştırır, davalara engel olur, düşmanların dost olmalarını bile sağlardı. Herkes onun sağduyusuna inanmıştı. Onu sevmek onu saymak adeta kasabada bir gelenek olmuştu.

Bütün kentte bu sevgiye katılmayan tek birisi vardı. Mösyö Madlen ne yaparsa yapsın, bu adam onu bir türlü sevemiyordu. Çoğu zaman Mösyö Madlen, bir kalabalık arasından geçerken uzun boylu, koyu renk palto giymiş, gözlerini örten geniş kenarlı şapkası olan bir adam uzun zaman onu gözleriyle izlerdi. Daha sonra bu adam dudaklarını kısarak kendi kendisine şöyle söylenirdi:

"Ahh Tanrım! Ben bu yüzü daha önce gördüm. Şu adamı bir yerden tanıyorum, yüzü bana hiç de yabancı gelmiyor."

Bu kuşkulu adam Javer adında bir polis memuruydu.

O, kasabaya geleli henüz çok olmamıştı. Mösyö Madlenin zamanından çok sonra atanmıştı buraya. Hatta Javer kasabaya geldiğinde, Mösyö Madlen kentin belediye başkanı olmuştu bile.

Javer bir kurttan doğan bir köpeğe benzerdi. Kendisi falcı bir kadının oğlu olarak zindanda doğmuştu. Babası bir kürek mahkûmu idi. Çocuk büyüdükçe kendisinin toplum tarafından kabullenilmeyeceğini biliyor ve kendisini dünyaya getiren ailesine karşı kini de büyüyordu. O, dürüst, namuslu ve iyi olmasını severdi.

Serserilere çingenelere düşmandı. Bu yüzden büyüyünce polis okuluna girdi. Yeni mesleğinde başarılı oldu. Kırk yaşına bastığında müfettiş oldu.

Müfettişin dört köşe bir yüzü, yassı ve basık bir burnu vardı. Yanaklarını uzun favorileri süslüyordu, burun delikleri iki derin mağarayı andırıyordu. Onu ilk gören şöyle bir irkilirdi, Javer güldüğünde ki kırk yılda bir gülerdi, ince dudakları ayrılır ve yalnızca dişleri değil, diş etleri de görülürdü burnunun etrafında, vahşi bir hayvanın yüzü gibi, bir kırışma belirirdi. Javer ciddi durduğunda ki çoğu zaman böyle dururdu bir bekçi köpeğini andırır, güldüğünde bir kaplan olurdu. Alnı dar, fırça gibi saçları gözlerinin üzerine dökülürdü, yüzünde vahşi bir hayvanın izleri okunurdu.

Bu adam iki duygu canlandırırdı. Biri devlete karşı olan saygısız otoriteye hayranlığı, diğeri de asayişsizliğe beslediği nefret.

Javer'in dünyasında iki çeşit insan tipi vardı; biri hiçbir zaman aldanmayan, hata yapmayan devlet memuru ya da kanun adamı, bir de insanlıkla ilişkisini kesmiş, bütün kötülükleri yapabilecek serseri sınıfı. Ona göre suç işleyen bir daha adam olmazdı. Bir hırsız ya da bir caninin yani herhangi bir suçlunun yeniden doğru yola dönmesini imkânsız görürdü.

Babası suçlu olsa ölüme yollar, annesi hırsız olsa peşine düşerdi. Bununla beraber çok sade bir hayat sürerdi. Kendisinden her şeyi esirger; az yer, az içer, devletin verdiği maaşa kanaat eder, hiçbir zevk ve eğlenceye zaman ayırmazdı. Çok dürüst ve namusluydu. Kimse onun bir kadına yan gözle baktığını bile görmemişti. Bütün hayatı şu iki kelimeden ibaretti: Gözetlemek ve beklemek.

Javer'in gözü hiçbir zaman Mösyö Madlen'in üzerinden ayrılmazdı. Bir ara o bunu fark etmiş, fakat buna pek aldırmamıştı doğrusu. O yine Javer'e her zamanki gibi davranır, sürekli bir gözetim altında olduğunu fark etmemiş görünürdü.

Javer, Madlen'in geçmişi hakkında bir araştırma yapmış fakat istediği bilgiyi bir türlü elde edememişti.

Bir sabah Başkan Madlen kentin bozuk yollarının birinden geçerken, bir kalabalığın toplandığını görerek oraya doğru koştu. Bir ihtiyar arabasının altında kalmıştı.

Bu ihtiyar, Madlen Baba'yı hiç sevmezdi. Nedeni çok saçma sayılırdı, bir rastlantı sonucu, Madlenin kasabaya geldiğinde, ihtiyarın işleri bozulmaya başlamıştı. Yabancı endüstriyi geliştire dursun, ihtiyar köylünün, işleri daha da kötüleşmişti, bundan böyle kendisi sefalete sürüklenirken, durmadan kazanan bu yabancıya derin bir kin beslemeye koyulmuştu. Daha sonra, tamamıyla iflas eden ihtiyar adam elinde avucundakiyle bir eski araba ve yaşlı bir at satın almış ve ekmek parası için arabacılığa başlamıştı.

O sabah atın iki ayağı kırılmış, yerinden kıpırdayamıyordu. Araba devrilirken ihtiyar adam iki tekerleğin arasına sıkışmıştı. Öylesine berbat düşmüştü ki, araba tüm ağırlığıyla onun göğsünü eziyordu. Araba çok yüklüydü. Zavallı ihtiyar yürek yakan çığlıklarla yardım istiyordu.

Yollar çok çamurluydu. Yanlış ve ters bir hareket arabayı daha da sıkıştırarak onun ölümüne sebep olurdu; Ancak araba olduğu yerden kaldırılarak onu kurtarmak mümkündü.

Kaza olmadan hemen önce oraya gelen Javer acele bir kaldıraç getirtmek için adamlarını yollamıştı.

Başkan Madlen geldiğinde, kalabalık saygıyla yol açtı; ihtiyar haykırıyordu:

– Tanrı aşkına yardım edin! Beni kurtaracak kimse kalmadı mı?

Mösyö Madlen kazayı seyredenlere döndü:

– Bir kriko yok mu?..

Köylülerden biri cevap verdi:

– Getirmeye gittiler.

– Ne zaman gelir?

– Orası bilinmez. Nalbanta gidildi, en azından on beş dakika sürer.

Mösyö Madlen haykırdı:

– On beş mi?

Bir gün önce yağmur yağmıştı; yerler çamurluydu. Araba ıslak toprağa saplandıkça, ihtiyarın göğsüne batıyordu; beş dakikaya kalmaz, kaburgaları kırılırdı.

Mösyö Madlen kendisine bakan köylülere:

– Bakın dedi, bu kadar bekleyemeyiz; adam ölüyor. Arabanın altında bir kişilik yer var, birisi arabanın altına girsin ve arabayı kaldırsın, bizler de zavallı adamı çeker, çıkarırız. Burada sırtının kuvvetine güvenen biri yok mu?

Kimse kıpırdamadı.

Mösyö Madlen haykırdı:

– Adamcağız ölmek üzere. Neden kimse kılını kıpırdatmıyor.

Oradakiler gözlerini yere indirdiler; içlerinden biri mırıldandı:

– Bunun için çok güçlü olmak gerekir, bir de üstelik ezilmek var sonuçta.

Mösyö Madlen üsteledi:

– İhtiyarı oradan çıkartana yirmi altın vereceğim. Yine sessizlik.

Birden bir ses duyuldu:

– Onlarda eksik olan cesaret değil!

Madlen başını sesin geldiği yöne çevirince Javer'le göz göze geldiler.

Polis sözlerine devam etti:

– Bunun için üstün bir güce sahip olmak gerekir. Böyle bir yükü sırtıyla kaldırmak her adamın işi değil.

Daha sonra gözlerini Mösyö Madlen'den ayırmadan, kelimelerin üzerine basa basa devam etti:

– Mösyö Madlen, sizin istediğiniz şeyi yapacak tek bir adam tanıdım ben hayatımda...

– Ya dedi, makineyi bekleyecek zamanımız yok, bu adamı nereden bulalım.

Mösyö Madlen ürperdi.

Javer ilgisiz bir sesle, lakin gözlerini Madlenin yüzünden ayırmadan devam etti.

– O da bir kürek mahkûmuydu ve Tulon Tersanesi'nde tutukluydu.

Mösyö Madlen yüzü solmuştu.

Bu arada arabanın tekerlekleri daha da batıyordu çamura. Zavallı ihtiyar haykırıyordu:

– Boğuluyorum, nefes alamıyorum, kaburgalarım eziliyor, bir kriko, bir şeyler yapın Tanrı aşkına.

Madlen etrafına bakındı:

– Yirmi altın kazanmak ve şu zavallıyı kurtarmak isteyen kimse yok mu?

Kimse ses vermedi.

Javer:

– Bunu ancak bir tek kişi yapabilirdi, o bir krikonun yerini tutardı, o kürek mahkûmu...

İhtiyar haykırdı:

– Ölüyorum.

Madlen Baba daha fazla dayanamayıp:

– Bu kasabada birinin başına bir şey gelse Tanrı hesabını benden soracak. Çünkü ben onların belediye başkanıyım.

Madlen başını kaldırdı, Javer'in üzerine diktiği gözlerini gördü hareketsiz bekleyen köylülere baktı ve acı acı gülümsedi, sonra tek bir söz söylemeden yere diz çöktü, kalabalığın haykırmasına, itiraz etmesine aldırmadan, arabanın altına girmişti.

Bu öldürücü yükün altında sürünen Mösyö Madlenin boş yere iki kez dirseklerini dizlerinde birleştirmek istediğini gördüler, kalabalık ona haykırdı:

– Çekilin oradan Madlen Baba, ezileceksiniz. Hatta ihtiyarın kendisi bile ümitsizdi.

– Kurtarmaya çalıştığınız adamın bir alçak olduğunu biliyor

musunuz, ben sizi karalayan bir alçağım. Yapmayın Başkan Madlen, benim gibi bir ihtiyar için hayatınızı, tehlikeye atmayın; ne yapalım, kaderde böyle ölmek varmış!

Mösyö Madlen cevap vermedi. İzleyenler nefes bile almıyorlardı, tekerlekler toprağa gömülmeye devam ediyordu; Madlenin oradan sağ çıkması imkânsız görünüyordu.

Birden boğuk bir ses duyuldu. Kocaman arabanın yerinden oynadığını gördüler; kalabalık nefeslerini tuttu; araba ağır ağır kalkıyordu.

– Hadi arkadaşlar çabuk olun, yardım edin!

Bu, artık tüm gücünü harcayan Mösyö Madlenin haykırışıydı.

Hepsi birden hücum ettiler. Bir kişinin yaptığı fedakârlık hepsini güçlendirmişti. Yirmi kol birden uzandı, araba havaya kaldırıldı. İhtiyar kollarından tutulup dışarı çekildi.

Belediye başkanının her tarafı çamur içindeydi. Ayağa kalktı. Yüzünde bir damla kan kalmamıştı; alnından terler süzülüyordu. Giysileri yırtılmış, üstü başı çamurlara bulanmıştı. İhtiyar adam kurtarıcısının ellerini öpüyor, ona "Ey düşmanı için canını tehlikeye atan efendi Tanrı hep yanında olsun." diye sesleniyordu. Mösyö Madlenin yüzünde mutlu bir ifade belirmişti. Kendisini dikkatle izleyen Javer'e, sakin bakışlarıyla karşılık verdi.

– IV–

Bu kazadan sonra ayağı kırılan ihtiyarın iyice tedavi edilmesi gerekiyordu. Başkan Madlen onu hastaneye kaldırdı. Ertesi sabah, ihtiyar adam masasının üzerinde bin frank buldu. Paranın yanında bir pusula vardı. Pusulada şunlar yazıyordu: "Mösyö atınızı ve arabanızı satın alıyorum." Oysaki araba paramparça olmuş, at da ölmüştü.

İhtiyar adam iyileşti fakat bir ayağı sakat kaldığı için hiçbir zaman eskisi gibi olmayacaktı. Başkanın tavsiye etmesi üzerine, onu Paris'te ki Rahibe Manastırı'na bahçıvan olarak aldılar.

Bu olaydan kısa bir süre sonra Mösyö Madlen kente vali olarak atanıyordu. Javer onu otoritesinin simgesi olan mavi beyaz kırmızı atkıyla görünce, birden ürperdi.

O günden sonra yeni validen hep uzak durdu.

Kasabanın kalkınması, halkı da az çok refaha kavuşturmuştu. İş çok olunca, halk vergilerini de sızlanmadan veriyordu.

Fantin geri döndüğünde, kasaba bu durumdaydı. Kimse artık onun yüzünü hatırlamıyordu. Ne var ki, Mösyö Madlenin fabrikasının kapıları genç kadına bir dost gibi açılmıştı. Hemen iş başvurusu yaptı ve kadınlar atölyesine alındı.

Meslek genç kadın için yeni bir işti; kadın canla başla çalışıyor, çalışma gününden fazla bir kâr edemiyordu, fakat hiç değilse şimdilik bu ona yetiyordu.

Fantin ekmek parasını kazanabildiğini görünce, birden kendisini büyük bir sevince kaptırdı. El emeğiyle dürüst bir şekilde yaşayabilmek ne kutsal bir nimetti...

Çalışma hevesine tutuldu. Kendisine bir ayna satın aldı, gençliğini, güzelliğini altın saçlarını, beyaz dişlerini seyretmekten zevk duydu.

Fantin geçmişte ona üzüntü veren olayların birçoğunu unutmuştu; artık tek amacı Kozet'i yanına alabilmekti. Küçük bir oda tuttu ve alacağı maaşlarına güvenerek borç parayla eşya satın aldı.

Evli olmamasına rağmen bir çocuk sahibi olmasını açıklayamayacağı için, Kozet'ten kimseye bahsetmedi. İlk aylarda Tenardiyelere düzenli para yolluyordu. Fantin okul yüzü görmemişti. İmzadan başka yazı bilmediğinden, mektuplarını bir başkasına yazdırıyordu. Onun ayda bir mektup yazdırması etrafındakilerin kuşkulanmasına sebep olmuştu.

Bazı insanlar, sırf kötülük etmek uğruna başkalarına zarar vermekten zevk alırlar. Fantini göz hapsine almışlardı. Aslında onun gençliğini güzelliğini, gür saçlarını inci dişlerini kıskanıyorlardı.

Atölyede çalışırken, arada bir yanaklarına süzülen yaşları silmesi dikkat çekiyordu. O anlar, zavallı ananın evladını özlediği anlardı.

Ayda bir kez ve hep aynı adrese yazdığını biliyorlardı. Adresi elde ettiler: "Mösyö Tenardiye, Montferney'de Hana."

Mektupları yazan adamı içki içirerek ağzını aradılar. Mektupların gittiği adreste Fantinin bir çocuğu olduğunu öğrendiler; bir kadın ta Montferneya kadar giderek Tenardiyeleri konuşturmuştu. Kadın kasabaya döndüğünde:

– Yemin ederim otuz beş frankıma acımıyorum, kalbimdeki şüpheleri atmış oldum. Mektupları yazan adamın dedikleri aynen çıktı. Tenardiyeler'le konuştum, çocuğuda gördüm.

Aslında Viktürniyen adında ki bu mahalle karısı, kötü kalpli bir cadalozdu. Sesi sanki bir koyun sesi gibi çıkıyordu. Ahlak bakımından da hayvandan aşağı kalır yanı yoktu. Gençliğinde, manastırdan kurtulmuş bir rahip ile evlenmişti. Madam Viktürniyen sıska, ekşi suratlı bir yaratıktı.

Bu olanların üzerinden bir süre geçmişti. Fantin bir seneden beri fabrikada çalışmaktaydı. Bir sabah atölye şefi olan kadın onu yanına çağırtmış ve kendisine elli frank uzatarak, Mösyö Madlenin onu işten kovduğunu bildirmişti. Hatta vali beyin onun kasabayı terk etmesini rica ettiğini de eklemişti.

Fantin beyninden vurulmuşa döndü, ne yapabilirdi? Tenardiyeler Kozet'in ücretini on iki franga çıkarmışlardı. Kirasını ve eşyalarının borcunu tamamen ödememişti. Elli frank bu borçları kapatmasına yetmezdi.

Yalvardı, yakardı boş yere. Sonunda boynu bükük üzüntüyle odasına döndü. Demek hatasını artık herkes öğrenmişti.

Bundan böyle, tek kelime söyleyecek gücü kalmamıştı. Kendisine vali beyi görmesini tavsiye ettiler, fakat Fantin buna cesaret edemedi. Mösyö Madlen iyi kalpli olduğundan kendisine elli frank veriyor ama namuslu bir adam olduğundan işinden atıyordu.

Aslında Mösyö Madlenin bütün bu olanlardan haberi bile yoktu. Kadınların çalıştığı atölyelere pek girmezdi. Kadınlar atölyesini devam ettiği kilisenin papazı tarafından tavsiye edilen bir kadına emanet etmişti. Aslında kötü bir kadın değildi ama bağışlamasını bilmeyen bir yaradılışta olduğu gibi, kendi işlemediği hataları da anlayamazdı. Mösyö Madlen ona tam yetki vermişti ve onun işlerine asla karışmazdı. Bu yetkiye güvenen kadın, kendiliğinden Fantine elli frank vermiş ve onu işinden atmıştı. Hatta o, bu parayı Mösyö Madlenin yoksullara ayırdığı paradan vermişti.

Fantin eski mesleği olan hizmetçilik yapmak için kapı kapı dolaştı. Hangi kapıyı çaldıysa kimse onu evine istemedi. Eve aldığı eşyaların borcu yüzünden kasabadan uzaklaşamıyordu. Eşyalarını satın aldığı adam: "Borçlarını ödemeden kenti terk edersen seni hırsız gibi yakalatırım!" demişti.

Ev sahibi, kendisine anlamlı bir sesle, "Genç ve güzelsin, ödeyebilirsin." dedi.

Kadıncağız elli frangını ev sahibi ile döşemeci arasında paylaştırdı. Eşyalarının bir kısmını adama geri verdi ve yalnızca yatağını bıraktı. Bu arada beş parasız ve işsiz kalması da cabası, üstelik bir de yüz frank, borcu vardı.

Kışladaki askerler için gömlek dikme işine başladı. Bunun için günde on iki solda kazanıyordu, oysa Kozet için her gün on solda biriktirmesi gerekirdi, işte o günlerde Tenardiyeler'in aylıklarını aksatmaya başladı.

Akşamları odasına girerken, kendisine mum ışığıyla yol gösteren ihtiyar komşu kadın ona sefaletle geçinme becerisini öğretti.

Fantin kışın ateş yakmadan yaşamasını, iki günde bir soldalık yem yiyen kuşundan vazgeçmesini, etekliğinden yorgan, yorganından eteklik yapmayı, akşam karanlığında komşunun ışığından faydalanarak, çoğunlukla bayatlamış olan ekmeğini yemesini öğrendi.

Namuslu kalmış ve yoksulluk çekmiş bir kimsenin tek bir solda ile neler alabileceğini çok iyi öğrenmişti. Bu da bir sanattı. Fantin de bu beceriyi göstermeye başlayınca biraz umutlandı.

Komşusuna şöyle diyordu:

Geceleri beş saat uyur, günün geri kalan kısmında dikişlerimi dikerek ekmeğimi nasıl olsa kazanırım. Hem zaten sıkıntıda olan insanın iştahı da olmaz.

Bir yandan acılarım, üzüntüm, bir yandan bir kaç lokma ekmek beni bol bol besler. Çorbaya ne gerek var.

Bu karanlık günlerinde kızının yanında olması kendisine güç verirdi. Bir ara kızını yanına getirmesini düşündü, daha sonra onu da sefalete sürüklemekten vazgeçti. Aylardır sıcak yemek görmemişti. Hem de Tenardiyeler'e borçlanmıştı, hem de parasız o kadar uzaklara nasıl giderdi?

Kendisine tutumlu olmanın yollarını gösteren ihtiyar kadın, gerçekten vicdanlı, iyi kalpli bir kadındı. İmzasını atmasından başka bildiği olmayan bu komşunun adı Madam Margerit idi.

Fantin fabrikadan kovulduğunda öylesine utanmıştı ki, ilk zamanlar sokağa bile çıkmaya cesareti yoktu. Yolda herkesin kendisine bakmasından çekiniyordu.

Sefalete alıştığı gibi, hor görülmeye de alışmayı öğrendi. Bir zaman sonra, kararını verdi iki üç ay geçtikten sonra, utancından sıyrıldı ve sanki bir şeycikler olmamış gibi başı dik çıkmaya başladı. "Bana vız gelir." diyordu.

Yüzünde acı bir gülümseyişle gezip dolaşmasına başladı.

Madam Viktürniyen penceresinden arada bir Fantinin üzgün üzgün yürüdüğünü görür ve şu yaratığa iyi bir ders verdiğini düşünerek, için için sevinirdi. Hain kalplerin mutlulukları da karanlık olur.

İyi beslenemediği için üşüyor, aşırı çalıştığı için vücudu yorgun düşmüştü. Kuru öksürüğü daha da arttı. Arada bir komşusu Madam Margerite:

– Ellerimi tutun, bakın ne kadar sıcak, diyordu.

Ne var ki sabahları aynasının önünde güzel saçlarını taradığında, geçici bir mutluluk duyuyordu.

Kış sonlarına işine son verilmişti; yaz geçti, kış gene geri geldi. Günler kısalmış işler azalmıştı. Kışın havalar soğur insan da daha fazla acıkır. Günler hemen geceye bitişiktir. Sabah akşama, hemencecik kavuşur.

Sisli puslu loş karanlık günler, sabah oldu derken birden akşam oluverir.

Kış göklerin suyunu dondurur, insanların kalplerini taşa çevirir. Fantini alacaklıları rahatsız ediyordu.

Genç kadın çok az para kazanıyordu. Bu arada, borçları da artmıştı. Parasını vaktinde alamayan Tenardiye, mektuplarıyla zavallı kadını tehdit ediyordu. Günün birinde, ona "Kozet'in memlekette çok yaygın olan sarıhummaya yakalandığını." yazdılar. Küçük kızın çok acil tedavi edilmesi gerekiyordu, bunun için kırk frank istediler. Kadıncağız bütün gün mektubu elinde buruşturdu durdu. Akşama doğru bir berbere girdi, tokasını çekerek saçlarını döktü. Dizlerine kadar iniyordu altın sarısı saçları, berber:

– Ne güzel saçlarınız var, dedi.

– Kaç para verirsin?

– On frank.

– Hadi, kes o zaman.

Bu parayla ertesi gün, yün bir kazak alarak Tenardiyelere yolladı. Bu kazağı gören karı koca çok sinirlendiler, onların derdi giysi değil, paraydı. Kazağı kendi kızları Eponin'e giydirdiler. Zavallı Kırlangıç hala titriyordu.

Oysa Fantin mutluydu; şöyle düşünüyordu: "Sevgili kızım artık üşümüyor, çünkü onu saçlarımla giydirdim."

Fantinin ruhunda garip bir değişim başlamıştı. Sabahları ayna karşısına geçip de saçlarını tarayamayınca, çevresindekilerin hepsine, özellikle de Mösyö Madlene karşı büyük bir öfke duyuyordu. Kendisini fabrikasından kovduran, ekmeksiz bırakan bu taş yürekli adam değil miydi? Bundan böyle fabrika önünden geçerken, arsız arsız gülmeye, bağırarak şarkı söylemeye başladı. Kızını çok özlemişti, onu taparcasına seviyordu.

Fantin sefalete gömüldükçe, ahlakça alçaldıkça, kendisini hayata bağlayan tek bir umut vardı, bu da melek gibi yavrusu Kozet'di. Kendi kendisine hep şöyle söyleniyordu: "Günün birinde, param olacak ve kızımı yanıma alacağım!"

Öksürüğü hiç dinmiyordu; geceleri ateşleniyor, buz gibi terler döküyordu.

Günün birinde Tenardiye ailesinden şöyle bir mektup daha aldı:

"Kozet ateşlendi, bu kasabayı kırıp geçiren bir bulaşıcı hastalık. Çok pahalı ilaçlar gerekiyor; çevremizde bir kaç kişi öldü. Bir haftaya kadar bize kırk frank yollamazsanız, kızınızın ölüm haberini alırsınız."

Fantin çılgına dönmüştü, ihtiyar komşusuna dert yandı:

– Olur şey değil, bunlar galiba aklını kaçırmış; kırk frank iki altın eder, ben bu serveti nereden bulurum.

Daha sonra merdivenlerden koşarak sokağa indi, çıldırmışçasına durmadan gülüyordu.

Hatta yolda rastladığı biri ona:

– Neden böyle mutlusunuz? Sizi sevindiren ne olabilir ki? diye sordu.

Fantin:

– Ne olacak, köylülerin bana yazdıkları bir şaka, benden kırk frank istiyor budala köylüler! diye karşılık verdi.

Kasabanın meydanından geçerken, bir sürü insanın garip şekildeki bir arabanın etrafında birikmiş olduğunu gördü. Arabanın içinde sarılar giyinmiş bir adam, nutuk atar gibi, bağırarak konuşuyordu. Bu seyyar bir satıcı olmalıydı. Kendisini dinleyenlere takma dişler, dişleri beyazlatacak ilaçlar teklif ediyordu.

Fantin kalabalığa karıştı ve diğerleri gibi adamın saçmalıklarını gülerek dinledi. Bu arada dişçi, güzel kızı fark etti ve ona dikkatle bakarak:

– Hey, şurada gülen kız, dişlerin pek güzel, şu öndeki iki dişini bana satarsan, iki altın alırsın.

Fantin:

– Olacak iş değil, diye haykırdı.

Dişsiz bir kocakarı bu konuşmayı duymuştu.

– İki altın, tam kırk frank eder! dedi. Ne şanslı kadınlar var şu dünyada. Fantin hızla oradan kaçtı, adamın arkasından söylediklerini duymamak için elleriyle kulaklarını tıkadı. Adam hala haykırıyordu:

– İyi düşün güzel kız, iki altın, az para değil. Razı olursan akşama bana gel. Gümüş Saban hanında kalıyorum.

Fantin:

– Ne çirkin bir adam? Teklifi ondan da çirkin.

Fantin hırsla odasına döndü, olayı, iyi kalpli komşusu Madam Margerite anlattı:

– Madam, düşünün sersemin biri ön iki dişimi satın almaya kalktı! Olur şey değil, kim bilir ne kadar çirkin olurum; saç hadi neyse, yeniden uzar ama dişlerimi hiç verir miyim? Onları çektirmektense, kendimi uçurumdan atayım daha iyi.

Margerit sordu:

– Kaç para önermişti sana?

– İki altın.

– Tam da kırk frank eder.

– Evet, diye tekrarladı Fantin sessizce, kırk frank eder!

Düşünceli düşünceli dikişinin başına oturdu. On beş dakika sonra başını kaldırarak yanında örgü ören komşusuna sordu:

– Bulaşıcı bir hastalıktan insan ölür mü dersin?

– Olabilir.

– İlacın faydası olur mu?

– Elbette, baksana, ilaçların sayesinde hastalar eskisi gibi ölmüyor!

Fantin odasından çıktı, merdiven başında pencereye başını yaklaştırarak cebinden çıkardığı mektuba boş gözlerle baktı.

Akşam saatlerinde başını örterek evinden çıktı. Onun hanların bulunduğu yere doğru ilerlediğini gördüler.

Fantin ve Madam Margerit tek bir mum yakmak için, daima beraber çalışırlardı. Ertesi sabah, gün doğmadan kızın odasına giren ihtiyar kadın, Fantini yatağının üzerinde giyinmiş bir halde oturur buldu. Şapkası başından yere düşmüştü; mum bütün gece yandığı için tükenmişti.

Odanın dağınıklığı Madam Margerit'i şaşırttı.

Eşikte durarak:

– Tanrı aşkına söyle, ne oldu? diye haykırdı. Fantin bir gecede sanki on yıl yaşlanmıştı!

– Neyiniz var Fantin, ne oldu size?

Fantin cevap verdi:

– Bir şeyim yok, tam tersine çok mutluyum, çocuğum ölmeyecek, onun hayatını kurtardım.

Bu sözlerle birlikte masanın üzerinde ışıldayan iki altını işaret etti.

İhtiyar kadın haykırdı:

– Yüce Tanrım; fakat bu bir servet, nereden buldunuz bunu?

– Buldum, cevabını verdi Fantin.

Aynı zamanda gülümsedi. İhtiyar kadın elindeki mum ışığı Fantinin yüzünü aydınlattı. Bu sert bir gülümseyişti. Dudaklarından kanla karışık bir tükürük akıyordu, ağzı karanlık bir delik olmuştu.

Ön dişlerini çektirmişti. Kırk frankı Montferneye yolladı. Aslında Tenardiyeler'in para koparmak için başvurdukları bir oyundu bu; Kozet hasta değildi.

Fantin aynasını camdan aşağı attı. Birkaç zaman sonra, ikinci kattaki geniş odanın aylığını ödeyemediğinden çatı katında tavana açılan tek pencereli bir odaya taşınmıştı. Bu tavan arasında başını eğerek yürüyor kendisine dikkat etmezse kafasını krişlere çarpıyordu. Zavallıcık kaderine baş eğdiği gibi odasında da sürünerek yürüyebildi. Karyolası da yoktu, paramparça bir yatakta yatıyor üzerine delik deşik bir örtü örtüyordu. Kırık bir saksıda büyüyen bir gülfidanı susuzluktan kurumuştu, başka bir köşede kırık bir ibrik bulunuyordu. Kışın bunun içindeki su da donardı. Fantin utanmasını unuttuğu gibi, kendisine bakmaktan da vazgeçmişti. Sefaletinin en son işareti başına geçirdiği pis başlıklarıydı. Öylesine, kendisini bırakmıştı ki artık söküklerini bile dikmiyordu. Çorapları yırtıldıkça topuklarını yamalı ayakkabılarının içine çekiyordu. Borçlu olduğu esnaf yolunu kesiyor, durmadan kendisine hakaret ediyordu. Onlara sokakta rastlıyor evinin merdivenlerine kadar peşinden geçiyorlardı. Geceleri düşünüyor, düşünüyordu. Gözleri ışıl ışıl, sırtında bıçak gibi bir sancı vardı. Çok öksürüyordu. Bütün kalbiyle Madlen Babadan nefret ediyor ve halinden asla sızlanmıyordu. Günde tam on yedi saat, iki büklüm dikiş dikerdi. Lakin ceza evinde tutuklu kadınların çalışma yöntemi uygulanınca gündelikleri de dokuz metelik. Günde on yedi saat çalışmaya karşı dokuz metelik. Acıma bilmeyen alacaklılar peşini bırakmıyorlardı. Hemen bütün eşyalarını geri alan döşemeci ona durmadan:

— Paramı ne zaman vereceksin, kahpe? diye yolunu kesiyordu.

Fantin artık tuzağa düşürülmüş bir yabani hayvana benzetiyordu kendisini. Ruhunda o güne kadar farkına varmadığı vahşi duyguların geliştiğini dehşetle görüyordu. Tam o sıralarda Tenardiye'lerden yeni bir mektup aldı. Birikmiş borçlarının karşılığı olarak tam yüz frank istediklerini, aksi halde Kozeti sokağa atacaklarını yazmışlardı. Fantin dehşete kapılmıştı. "Yüz frank, aman Tanrım, bu parayı nasıl bulabilirim. Günde bu kadar para getirecek bir meslek var mı?" diye düşündü.

– V –

Bu kadar dert çeken Fantin eski kişiliğinden çok şey yitirmişti. Çamura bulaştıktan sonra taş kesildi. Ona dokunan üşürdü. O, her şeye boyun eğmiş, çekebileceği tüm acıları çekmiş, her şeyinden vazgeçmişti. Çok ağlamıştı, artık gözyaşları da kurumuştu. Hiçbir şeyden korkmuyordu, dünya üzerine yıkılsa, ona vız gelirdi. Kaybedecek neyi kalmıştı ki? Neden korkacaktı? Istırap uçurumunun dibine kadar inmemiş miydi? Yine de zavallı kadın çilesinin sona erdiğini sanmakla aklanıyordu, hayır, henüz eziyet ve sıkıntıları bitmemişti.

Her memlekette, her kentte yan gelip keyfine bakan, babasının geliriyle yaşayan miras yediler bulunur. İçki içer, kumar oynar, kadına kıza sarkıntılık ederlerdi. Bu kasabada da böyle züppelere çok rastlanırdı.

Yine böyle kendisini beğenmiş kent soylularından biri, altın saplı bastonunu sallayarak, ağzında daima yanan bir puro ile kentin en lüks gazinosunun önünde geziniyordu.

Bu arada sırtında balo elbisesi, saçlarında çiçekler takılmış, kaldırımlarda bir aşağı bir yukarı gezinen bir zavallı kadın, adamın önünden her geçtiğinde adam ona çirkin sözlerle sataşıyordu.

– Çok çirkinsiniz madam. Dişin, tırnağın dökülmüş, defol git buradan...

Bu kibar beyimizin adı Mösyö Batuvaydı. Yaşayan bir hayalet gibi ortalıklarda gezinen, kederli ve süslü kadın da bizim Fantin'den başkası değildi. Sesini hiç çıkarmıyor, kaldırımda bir ileri, bir geri dolaşmaya devam ediyordu. Mösyö Batuva kadının bu ilgisizliğine dayanamadı ve kaldırımdan bir avuç kar alarak, geniş adımlarla kadına yetişip, kadının çıplak ensesinden aşağı soktu. Zavallı kadın acı bir feryat kopardı ve dişi bir kaplan gibi adamın üzerine atılarak onun yüzünü tırmaladı. Bu arada şık beyimizin şapkası yere düşmüştü, kadın onu da bir güzel ezdi.

Gürültüyü duyanlar kahvehaneden çıktılar, kalabalık, kadınla adamın etrafını çevirdi. Kimi alkışlarıyla tempo tutuyor, kimi de gülüyordu. Kadınla adam birbirlerine girmiş kedi-köpek gibi boğuşuyorlardı. Kadın yumruk ve tekme atıyordu durmadan. Saçları kesik, dişsiz kadın öfkesinden daha da çirkinleşmişti.

Kalabalığın içinden, uzun boylu bir adam ayrıldı ve kavga edenlere yaklaştı. Kadını çamura bulanmış saten elbisesinin yakasından yakalayarak:

– Benimle gel! dedi.

Kadın başını kaldırdı. Kendisini yakalayanı görünce, birden öfkeli sesi boğazında düğümlendi. Gözleri bulanmış, yüzü sapsarı kesilmişti; dehşetten titriyordu. Kendisini yakalayan polis Javer'i tanımıştı.

Şık beyefendi bu fırsattan yararlanarak ortadan kayboldu.

– VI–

Kalabalığı dağıtan Javer sefil kadını peşinden sürükleyerek, koşar adımlarla karakola doğru ilerledi. Fantin, bir hayalet gibi, polis şefinin peşinden yürüyordu. İzleyenler bu görüntüden oldukça keyiflenmiş, iğrenç şakalarla onları seyrediyorlardı.

Karakolun tavanları alçak, havasız bir odaydı. Javer kadınla beraber içeri girdi. Fantin girer girmez, ürkmüş, sahibini arayan bir köpek gibi bir köşeye sindi.

Karakol çavuşu yanan bir mum getirdi, Javer masanın başına geçerek olayla ilgili tutanağı yazmaya koyuldu. İşini bitirdiğinde, imzasını attı, kâğıdı katladı ve çavuşa uzattı.

– Yanınıza üç silahlı adam alarak kızı cezaevine götür. Daha sonra Fantine dönerek:

– Sekiz ay cezaevinde yatacaksınız, dedi. Kadın dehşete düşmüş bir sesle haykırdı:

– Sekiz ay mı? Sekiz ay hapis mi yatacağım? Ya kızım ne olacak? Kozet, zavallı Kozet'im. Fakat Tenardiyelere daha yüz frank borcum var, bu parayı tedarik edemezsem, ne olur biliyor musunuz Mösyö Javer? Çamurlu çizme izleriyle kirlenmiş taşların üzerinde sürünerek Javer'in dizlerine sarıldı.

– Mösyö Javer, diye yalvardı, iyi kalpli Mösyö Javer, ne olur beni affedin. Size yemin ederim ki, ben suçlu değilim. Siz görseniz, bana acırdınız. Hiçbir şey yapmadığım halde, şu züppe gelip sırtıma bir avuç kar attı. Oysa ben onu hiç tanımıyordum bile. Ona bir kötülük yapmamıştım ki, neden böyle saldırdı? Birden kendimi kaybettim. Aslında ben biraz hastayım; hem de durmadan beni kızdırıyordu, bana dişin yok, çok çirkinsin diyordu. Evet dişim olmadığını ben de biliyordum, ona cevap bile vermiyordum, eğlenmek isteyen zengin bir züppe diyordum, kendi kendime, tam o anda birden içimi ürperten şu karları sırtıma attı. Mösyö Javer; iyi kalpli efendim, seyirciler arasında yalan söylemediğimi görenler oldu. Belki kızmakta, hata ettim. Birden kendime hâkim olamadım. Ne olur efendim, o beyefendiyi bulup kendisinden özür dileyeceğim, belki o da beni bağışlar. Cezaevinde, günde ancak yedi metelik kazanıldığını biliyor musunuz? Oysa benim yüz frank biriktirmem gerekiyor, aksi halde yavrumu sokağa atacaklar, oh Tanrım, çocuğum perişan olacak, yollara düşecek, ben ne yaparım? Onu alamam ki. Yaptığım iş, öylesine kötü ki, o Kozet'çiğim, o benim küçük kuzum. Size söylüyorum, onu barındıran anlayışsız köylüler, acıma nedir bilmezler. Yalnızca para isterler, para, para. Beni tutuklamayın, çocuğum sokağa atılacak bize acıyın Mösye Javer.

Aslında ben kötü kadın değilim aç gözlülük ve şehvet yüzünden düşmedim bu yola. Sefalet, beni bu çukura sürükledi. İspirto içiyorsam, gene de sefaletten hiç değilse, kısa bir süre için kendimi unutuyordum. Daha mutlu olduğum günlerde, dolaplarıma baksanız düzenli bir kadın olduğumu görürdünüz. Çamaşırlarım dizi dizi idi, bana acıyın Mösyö Javer.

İki büklüm olmuş, hıçkırıklarla ağlıyor, bir yandan da yalvarıyordu. Çıplak elleriyle gözyaşlarını silerken, kesik kesik içi paralanır gibi öksürüyordu. Büyük acılar, en sefilleri bile değiştiren ilâhî bir ışığa benzer. O anda, Fantin saçların ve ön dişlerinin olmamasına rağmen, güzel bile görünüyordu. Arada bir duruyor ve polisin ceketinin eteklerini öpüyordu. Söyledikleri, taştan bir kalbi yumuşatabilirdi ama Javer'i asla.

Bu kaldırım kızı, bir kent soyluya hakaret etmişti, bu onun için bağışlanmayacak bir suçtu.

– Yeter artık, seni çok dinledik. Kalk ve yürü artık. Yüce Tanrı bile seni kurtaramaz.

İşte o zaman Fantin, kararın kesin olduğunu anladı, yere yığılarak:

– Bağışlayın lütfen, diye inledi. Javer kadına sırtını döndü. Jandarma erleri kadını kollarından yakaladılar.

Bu arada, yavaşça kapıdan içeri giren biri Fantinin acı dolu sızlanmalarının hepsini dinlemişti.

Kalkmak istemeyen sefil kadını erler sürüklerken, bir adım atarak gölgelerden çıkan adam:

– Bir dakika durun lütfen, dedi.

Javer, başını kaldırdı. Mösyö Madleni tanımıştı. Şapkasını çıkartarak onu saygı ile selamladı:

– Affedersiniz sayın başkan, dedi, geldiğinizi duymadım...

Bu sayın başkan hitabı Fantini garip bir şekilde etkiledi. Birden hayalet görmüş gibi, ayağa fırladı, kollarını uzattı, kendisini tutan nöbetçileri itti ve tekrar yakalamalarına fırsat vermeden, belediye başkanına yaklaştı.

Nefret dolu bir şekilde:

– Demek belediye başkanı denen alçak sensin ha!

Daha sonra çirkin bir kahkaha atarak, Mösyö Madlen'in yüzüne tükürdü. Belediye başkanı yüzünü silerek, hiçbir şey olmamış gibi:

– Müfettiş Javer, bu kadını derhal serbest bırakın gitsin dedi. Javer, bir an yanlış anladığını sanmıştı; fakat Valinin yüzündeki ifadeyi görünce, doğruluğuna inanabildi.

Bu sözler Fantini de çok şaşırtmıştı, birden çıplak kolunu kaldırarak düşmemek için sobanın kapağına tutundu. Çevresine bakınarak sayıklar gibi konuştu:

– Serbestim ha? Demek beni bıraktınız? Sekiz ay hapis yatmayacak mıyım? Bunu kim söyledi? Hayır, o söyleyemez, yanlış duymuş olmalıyım. Bu canavar belediye başkanı söylemedi, değil mi? Evet siz söylediniz. Beni serbest bıraktıran sizsiniz, Mösyö Javer iyi kalpli efendim benim. Ben sizin kötü bir insan olmadığınızı biliyordum. Evet, sizin bana acıyacağınızı biliyordum. Her şeyi söyleyeceğim ve benim gitmeme engel olmayacaksınız, değil mi? Bu taş kalpli belediye başkanı, bu kart hergele, beni işimden attırdı. Evet, her şeye o sebep oldu. Mösyö Javer, ben fabrikada çalışıyor pekâlâ hayatımı kazanıyordum, günün birinde bu herif beni işten kovdurdu. Olur şey mi, namusuyla ekmeğini kazanan bir kadını işinden çıkarmak? Ondan sonra iş bulamadım, param bitti, borçlarımı ödeyemedim ve felaketler birbirini kovaladı.

Belediye başkanı, onu dikkatli bir şekilde dinliyordu. O konuşurken yeleğinin cebinden kesesini çıkartmıştı, Fantine sordu:

– Ne kadar borcunuz vardı?

Yüzü daima Javer'e dönük olan zavallı kadın, ona döndü.

– Seni ne ilgilendirir, dedi. Ben seninle konuşmuyorum. Daha sonra askerlere:

– Ben çıkıyorum, dedi. Müfettiş bey beni serbest bıraktı. Elini kapının tokmağı üzerine koymuştu ki, o ana kadar taş kesilmiş gibi yerinden kıpırdamayan Javer, birden canlandı.

– Çavuş, görmüyor musunuz? diye haykırdı. Uyuyor musunuz, baksanıza, suçlu gidiyor. Onu kim serbest bırakın dedi?

Mösyö Madlen:

– Ben söyledim!

Javer'in sesini işitip olduğu yerde kalan Fantin, birden gözlerini Mösyö Madlene dikti. Tek kelime söylemeden, bakışlarını Javer'den, Madlene, Madlen'den Javer'e gezdirmeye başladı.

Javer, kısık bir sesle;

– Fakat bu imkânsız sayın başkan dedi.

– Neden?

– Çünkü bu adi kadın, şerefli, itibarlı bir beyefendiye hakaret etti.

Başkan, sakin bir sesle:

– Mösyö Javer, sizin, görevinize sadık, dürüst bir memur olduğunuzu bilirim. Bakın size işin aslını anlatayım. Siz bu kadını yakalayıp buraya getirirken ben de meydandan geçiyordum, olayı baştan beri izleyen kalabalıktan olayı sorup öğrendim. Aslında suçlu olanın bu zavallı kadıncağız olmadığını söylediler. Tutuklamak isterseniz, o itibarlı beyefendiyi yakalatın.

Javer atıldı:

– Fakat bu kadın az önce size de hakaret etti.

– Orası benim bileceğim iştir. Hakaret beni ilgilendirir.

– Sayın başkan, bu hakaret size değil, makamınıza hatta devlete yapılmıştır.

Mösyö Madlen:

Bana bakın Javer, ilk adalet, insanın kendi vicdanıdır. Kadının anlattıklarını duydum. Vicdanım neyi emrediyorsa onu yapacağım.

– Görevim bana bu kadının sekiz ay içerde yatmasını emrediyor.

Mösyö Madlen, tatlı bir sesle:

– Beni dinleyin sevgili dostum, dedi. Kadın bir gün bile hapis yatmayacak. Size kanunun seksen birinci maddesini hatırlatırım, 1799 yılının 13 Aralık'da çıkartılan bu kanunda...

– Sayın başkan, izin verin...

– İtiraz kabul etmiyorum.

– Sayın başkan emrinizi dinlemeye mecbur olduğum için çok üzgünüm. İnanın bana, bunu memuriyet hayatım boyunca ilk defa yapıyorum.

Javer, kurşunu kalbine yemiş bir asker gibi bu darbeyi karşıladı. Başka bir şey söylemeden ağır hareketlerle odadan çıktı.

Fantin, kapıya yaslanmış, dehşet dolu gözlerle bu sahneyi izlemişti.

Genç kadının ruhunda korkunç bir fırtına kopuyordu. İki zıt gücün kendisi için çarpışmasına şahit olmuştu. Adamların ikisinin de ellerinde hayatı, ruhu ve çocuğu vardı. Bunlardan biri, onu karanlıklardan kurtarmak istiyor, diğeri uçurumlara fırlatıyordu. Bunlardan birisi ifrit, diğeri koruyucu meleği gibi konuşuyordu. Oysa kendisine el uzatan kurtarıcı, kendisini hayata aydınlığa çıkartmak isteyen adam, o güne kadar nefret ettiği ve az önce suratına tükürdüğü belediye başkanıydı. Hakaret gören adam onu kurtarıyordu. Yoksa Fantin, aldanmış mıydı? Yoksa bütün inançlarını değiştirmesi mi gerekiyordu?

Tir tir titriyordu. Şaşkın şaşkın dinledi. Mösyö Madlenin sözlerinin kalbini saran kin çemberini erittiğini hissetti. Birden kalbine bir aydınlık doldu. Sevinç güven ve sevgiyi yeniden tadacağına inandı.

Javer dışarı çıkınca, Mösyö Madlen ona döndü ve:

– Söylediğiniz şeylerin hepsini duydum, inanın bana anlattıklarınız hususunda hiçbir şey bilmiyordum. Hatta benim fabrikamda çalıştığınızı ve işinize son verildiğini bile duymamıştım. Neden sanki bana başvurmadınız? Fakat artık üzülmeyin. Borçlarınızı öderim, çocuğunuzu buraya getirtirim ya da isterseniz siz onun yanına gidersiniz, ister Paris'te yaşarsınız, ister burada. Bundan böyle sizin ve çocuğunuzun bakımı bana ait. Size gereken bütün parayı veririm. Siz belki düştünüz fakat hiçbir zaman günah işlemediniz.

Hiç beklemediği bir sırada, önüne çıkıveren bu saadet zavallı

Fantini şaşkına çevirdi. Kozet'e kavuşabilmek, bu korkunç hayattan kurtulmak, paralı, mutlu yaşamak ve en güzeli, kızıyla birlikte yaşamak... Sefaletin karanlığının içinde cennetin nimetlerinin parladığını görebilmek. Şaşkınlıkla kendisine bunları söyleyen adama baktı, hıçkırarak elleriyle yüzünü kapattı.

Daha sonra, bacakları daha fazla dayanamadı ve Mösyö Madlenin önünde diz çöktü. Adamın kendisine engel olmak istediğini anladı, bu arada onun elini yakalayarak ellerinden öptü ve bayılıp düştü.

DÖRDÜNCÜ BÖLÜM

JAVER

– I –

B elediye başkanı, Fantini kendi evindeki revire taşıttı. Onu rahibe hemşirelere teslim etti. Kadın şiddetli bir sıtmaya yakalanmıştı, bütün geceyi sayıklayarak geçirdi. Nihayet sabaha karşı uyuyakaldı.

Ertesi günü ancak öğleye doğru gözlerini açtığında ilk olarak, başucunda bekleyen Mösyö Madleni gördü. Adam üzgün gözlerle yatağın baş tarafında asılı bir çarmıha gerilmiş İsa gravürüne bakıyordu.

Artık Fantin, Mösyö Madleni imdadına yetişmiş bir melek olarak görüyordu. O, sanki nura boyanmıştı. Adam, bir duaya dalmıştı. Genç kadın bir süre onu rahatsız etmemek için nefes almaktan bile çekindi, daha sonra sordu:

– Orada ne yapıyorsunuz?

Mösyö Madlen, bir saatten beri onun uyanmasını bekliyordu. Fantinin nabzını yokladı, dinledikten sonra:

– Nasılsınız, iyi uyuyabildiniz mi? Kendinizi nasıl hissediyorsunuz? diye sordu.

Genç kadın:

– İyiyim, Mösyö Madlen, dedi. Uyku çok iyi geldi. Sıcak bir oda ve bir yatak…

Mösyö Madlen bütün gün ve geceyi Fantin'in geçmişi hakkında bir araştırma yaparak geçirmişti. Artık onun hakkındaki her şeyi biliyordu.

– Ahh, biliyorum! Çok acı çektiniz, yok, hayır, sızlanmayın, Tanrı sevdiklerini imtihan eder. Böylelikle insanlar meleklerin katına ulaşır. Bak yavrum, senin çıktığın bu cehennem, cennetin eşiğidir, buradan geçmen gerekliydi.

Adam derin derin içini çekti, oysa Fantin, ona gülümsüyordu. İki dişi eksik ağzıyla acıklı bir gülüştü bu.

O akşam, Javer yazmış olduğu bir mektubu Paris'e postalamıştı.

Mektup şu adresi taşıyordu:

"Polis Müdürü Mösyö Şabuye."

O akşam meydana gelen olay bir hayli gürültü yapmıştı, postanede çalışan kadın ve birkaç kişi adresi görünce, Javer'in yazısını tanıdılar. Onun istifa etmek istediğini düşündüler.

Aynı gün, Mösyö Madlen derhal Tenardiyelere bir mektup yolladı, Fantin'in onlara yüz elli frank borcu birikmişti. Mösyö Madlen onlara üç yüz frank göndererek, çocuğu derhal kasabaya getirmelerini tembihledi. Hasta olan anne kızını istiyordu.

Bu havadan gelen para Tenardiyeleri şaşırttı. Bu işte büyük kar olacağını sezmişti.

Karısına:

Bana bak kaşık düşmanı, dedi. Kızı yollamayacağım, dur bakalım şu sıska serçe, süt verir bir inek olmak üzere. Anlaşılan annesi zengin bir koca bulmuş.

Hemen oturup bir cevap mektubu yazarak beş yüz franklık sözde doktor, giyim kuşam, ilaç masraflarını da ilave ettiler. Bu paranın tamamını almadan çocuğu göndermeyeceklerini belirttiler.

Mösyö Madlen, hemen üç yüz frank daha gönderdi ve derhal Kozet'in yollanmasını istediğini tekrarladı.

Oysa Tenardiye bir türlü çocuğu yollamak niyetinde değildi. Hemşire rahibeler, ilk başkanın getirdiği bu basit kadınını, hor görmüşler sırf sevap işlemek için ona bakmışlardı. Fakat kısa bir zaman sonra, Fantin onları yumuşatmıştı. Öylesine sevecen ve tatlı konuşuyordu ki hele kızından söz ederken en taş yüreklileri bile merhamete getirirdi. Bir gün gene rahibeler onun şöyle sayıkladığını işittiler:

– Evet ben günah işledim kötü bir insan oldum, fakat çocuğuma kavuştuğumda Tanrı'nın beni bağışladığına inanacağım. Kötülük ettiğim günlerde, Kozet'imi yanıma alamazdım. Onun cevap bekleyen ve üzgün bakışlarını nasıl karşılardım. Oysa onu beslemek için düşmüştüm bu kirli hayatın içine, bundan böle Tanrı beni bağışladı ya... Kozet geldiğinde kendimi Cennette sanacağım. Onu görmek bile bana iyi gelir. O hiç bir şey bilmiyor. O bir melek, kardeşlerim. Bu yaşta henüz meleklerimizin kanatları düşmemiştir.

Mösyö Madlen, onu günde iki kez yoklar ve her seferinde Fantin sorardı:

– Kozet'ime ne zaman kavuşacağım?

– Çok yakında, belki yarın ya da öbür gün gelir. Ben de bekliyorum.

– Tanrım ne kadar mutlu olacağım.

Ne var ki zavallı Fantinin durumu hiç iyiye gitmiyordu, hastalığı birden çoğalmıştı. Gene bir sabah Fantinin göğsünü dinleyen doktor, üzgün üzgün başını salladı. Mösyö Madlen hekime sordu:

– Nesi var?

– Anlatılanlara göre, onun görmek istediği bir çocuğu varmış?

– Evet.

– Öyleyse çocuğu acele getirttin. Kadının ömrü kısa.

Mösyö Madlen birden titredi. Fantin ona soruyordu.

– Neyim varmış? Ne dedi doktor? Başkan gülümsemeye çalışarak:

– Kızınızı hemen getirtmemi, onun yanında daha çabuk iyileşeceğinizi söyledi.

– Ya, evet, ne kadar da haklı. Neden sanki Tenardiyeler kızımı yollamazlar. Tanrım, o gelecek mutluluğa kavuşacağım desenize...

Tenardiyeler ise, bir türlü kızı bırakmıyor ve bunun için de olmadık bahaneler uyduruyorlardı, ya araç yoktu, ya yollar bozuktu, ya da kız henüz tamamıyla iyileşmemişti.

Bu arada Fantin bir türlü iyileşemiyordu. Mösyö Madlen kararını verdi: "En kısa zamanda gidip Kozeti, bizzat ben getireceğim." dedi.

Fantinin yazdırdığı şu satırları, hasta kadına imzalattı:

"Mösyö Tenardiye. Kozeti bu mektubu getiren beye teslim edin. Borcumuz ödendiği halde kızımı getirmediniz, bu yaptığınız yasalara aykırıdır, unuttuğumuz bir borç var ise bu mektubu getiren bey size ödeyecektir. Bugüne kadar evladıma göstermiş olduğunuz ilgiye teşekkür ederim."

Fantin

Ne yazık ki tam bu arada bir aksilik çıkacaktı. Mösyö Madlen bir sabah çalışma odasındayken kendisine Javer'in geldiğini bildirdiler. Bu adı duyan Mösyö Madlen kötü bir hissin etkisine kapıldı. Fantini onun elinden kurtardığı günden bu yana ikisi de hiç karşılaşmamışlardı.

– Gelsin, dedi.

Mösyö Madlen, şömine yanındaki masasında, elinde kalemi, önündeki kâğıtları inceliyordu. Sırtı kapıya dönük olduğu için, Javer'in verdiği selamı görmedi. Javer odanın ortasına kadar ilerledi. Ruhu bir bunalım geçirdiği yüzünden okunuyordu. Aslında dürüst ve vazifesine bağlı bu adamın büyük bir heyecana kapıldığını görmemek mümkün değildi.

Nihayet M. Madlen kalemini masaya bırakarak Javer'e sordu:

– Evet Mösyö Javer, bir şey mi vardı?

Javer bir süre kararsızca bekleyip, söyleyeceği sözleri hatırlamak ister gibi, biraz bekledi.

Sonra hüzünlü bir sesle:

– Büyük bir suç işlenmiştir, Mösyö!

– Nasıl bir suç?

– Devletin alt kademesindeki bir memur, amirine karşı büyük bir saygısızlıkta bulundu. Görevim olduğundan, bunu size bildirmeye geldim.

– Kim bu adam?

– Ben.

– Siz mi?

– Evet, ben.

– Sizden şikâyet edebilecek amir kim?

– Sizsiniz.

Başkan koltuğundan fırladı, Javer önüne bakarak, aynı renksiz sesle:

– Mösyö, ben buraya beni işten atmanız için sizden ricaya geldim.

Başkan şaşırmıştı, tam konuşacağı anda, Javer ona fırsat vermedi:

– Evet belki istifamı verebilirdim, lakin bunu yeterli bulmuyorum. İstifa etmek şerefli bir davranış, oysa ben suçluyum cezalanmalıyım, beni kovmalısınız.

Bir bekleyişten sonra, ekledi:

– Mösyö, geçen akşam haksız yere benimle sert konuştunuz, oysa bugün bana haşin davranmaktasınız.

– Bu da ne demek? diye haykırdı Mösyö Madlen. Bu ne karışık iş, bana karşı nasıl bir hakarette bulunabilirsiniz? Bütün bu söylediklerinizden bir şey anlamadım doğrusu. Yerinize bir başkasının geçmesini mi istiyorsunuz?

– Hayır, kovulmak istiyorum.

– Kovulmak mı, ama neden? Javer derin bir nefes aldı.

– Mösyö, bundan birkaç hafta önce, şu sokak kadını olayından sonra size çok kızmıştım ve sizi ihbar ettim.

– İhbar mı ettiniz?

– Evet, Paris Polis Müdürlüğüne...

Javer gibi, fazla güldüğü görülmeyen Mösyö Madlen, birden gülümsedi:

– Yani polisin işine karışan başkan olarak mı, beni şikâyet ettiniz?

– Hayır, eski bir kürek mahkûmu olarak. Bu cevap üzerine Mösyö Madlen kaskatı kesilmişti.

Gözlerini yerden kaldırmayan Javer anlatmaya devam etti:

– Bundan uzun zamandır şüpheleniyordum. Yüzünüzün benzerliği, hafif aksak yürüyüşünüz, hele şu ihtiyar adamın kazasında gösterdiğiniz cesaretiniz ve insanüstü gücünüz. Bir de isabetli nişancılığınız. Her neyse, sonuçta sizin Jan Valjan olduğunuzdan emindim.

– Ne dediniz? Nasıl bir ad söylediniz?

– Jan Valjan. Yirmi yıl önce Tulon'da gardiyan muavini olduğumda tanımıştım onu. Duyduğuma göre hapisten çıkınca bir piskoposun evini soymuş fakat din adamı bunu ört bas etmiş. Daha sonra onun yol eşkıyalığı yaptığını, ufak bir çocuğun iki frangını çaldığını duydum. Sekiz yıldan beri izini kaybetmiştim, kim bilir nerelerde gizleniyordu. O olduğunuzu düşünerek sizi ihbar ettim.

Başkan sakin bir sesle sordu:

– Nasıl bir cevap aldınız?

– Bana çıldırmış olduğumu söylediler.

– Devam edin?

– Ve haklıydılar.

– Bunu itiraf etmeniz dürüstçe bir davranış.

– Elbette, çünkü gerçek Jan Valjan yakalandı.

Mösyö Madlen'in elindeki kâğıt yere düştü, Javer'i anlamsız bir ifadeyle süzdü sonra birden içini çekti.

– Nasıl olmuş bu olay!

Javer anlatmaya devam etti:

– Kasabamıza yakın köylerin birinde çok sefil bir adam var, ona Şampatiyö derler. Kimsenin aldırmadığı bir sefil. Böylelerinin nasıl yaşadıkları bile bilinmez. Birkaç yıl önce Şampatiyö tutuklanmıştı, galiba komşu çiftliklerin birinde elma çalmak için girerken onu duvarda yakalamışlar. Bunun için de onu haneye tecavüz ve mala zarar vermekten kodese tıkmışlar, bu kadarı bir şey değil, bir kaç hafta ceza ile kurtulabilirdi. Fakat Tanrının işine bakın, sayın başkan, cezaevinde onarım yaptırmak gerektiğinden, mahkeme başkanı Şampatiyö'yü Aras'daki cezaevine yollamayı uygun buldu. Orada da Breve adında eski bir pranga mahkûmu varmış. Herif yıllardır uslu durduğundan, onu gardiyanlık görevine yükseltmişler. Şampatiyö'yü görünce, Breve haykırmaya başlamış; "Hey, sen Jan Valjan değil misin?"

Oysa Şampatiyö bir şey anlamaz gibi yaparak, "O da kim? Ben Jan Valjan adında birini tanımam." diye direne dursun, durum aydınlanmış. Şöyle bir otuz yıl kadar önce, bu Şampatiyö'nün Faverol kazasında çiftçilik yaptığı ortaya çıkmış, sonradan izini kaybetmişler.

Oysa, Jan Valjan zindana girmeden önce ne iş yapardı? Toprakla uğraşan bir çiftçi değil miydi? Hem de Faverol köyündendi. Bir mesele daha var; Onun adı Jan, anasının soyadı ise Matiyö idi. Bu adam başka kasabaya gidince, şive farkı olduğundan Jan, Şam olur. Beni anlayabildiniz mi, Mösyö?

Faverol'da yapılan araştırmada, Jan Valjan ailesinden kimseye rastlanmadı. Belki bilirsiniz, bu sefil ailelerde arada bir ortadan kaybolma görülür.

Aslında böyle adamlar çamurdan tozdan farklı değillerdir ki, bugün varlar yarın yok. Hem de hikâye aşağı yukarı otuz yıllık,

Faverol'da Jan Valjan'ı tanıyan kimse olmayınca, Tulon'da araştırma yapılır. Orada Jan Valjan'la birlikte yatmış iki pranga mahkûmu daha varmış. Koşpay ve Şenildiyö, onlarda buraya getirtildi. Hep birden herifin Jan Valjan'ın ta kendisi olduğuna yemin ettiler. Esasen her şey uyuyor, aynı yaş, aynı boy, aynı adam. Paris'e ihbarımı yolladıktan az sonra, bu haberi aldım. Bana delirdiğimi Jan Valjan'ın Aras'da cezaevinde yargılanmayı beklediğini söylediler. Dahası var, kendim Aras'a gittim herifi gördüm ve tanıdım evet o Jan Valjan.

Mösyö Madlen çok kısık bir sesle sordu:

– Emin misiniz, Javer? Yani vicdanen tatmin oldunuz mu?

Polis şefi acı bir gülümsemeyle cevap verdi:

– Elbette, Mösyö. Hatta gerçek Jan Valjan yakalandıktan sonra, sizi nasıl onunla karıştırmış olabileceğimi düşünerek, ben bile buna şaşıyorum. Lütfen beni bağışlayın!

– Peki, adam ne diyor?

– Doğru daima doğrudur. Herif tilkinin biri, böyle birisini tanımadığını, kendi adının asla Jan Valjan olmadığını, neden kendisini bir başkasına benzettiklerini anlamadığını söyleyip duruyor. Ne var ki, hapı yuttu, Jan Valjan olduğuna göre, yeniden prangaya mahkûm edilecek demektir.

Mösyö Madlen sordu:

– Bu iş ne kadar sürer?

– Bir günü geçmez, herhalde yarın akşama doğru karar alınır, tanıklık etmek üzere ben de orada olacağım; ancak ben kararı bekleyecek değilim, tanıklık eder etmez geri dönerim.

Tamam, dedi Mösyö Madlen ve bir el işaretiyle Javer'e gidebileceğini bildirdi.

Fakat adam yerinden kıpırdamadı.

– Affedersiniz Mösyö, size bir şey hatırlatmak isterim. Beni işimden atacaktınız, unuttunuz mu?

Mösyö Madlen yerinden ağır ağır kalktı.

– Hayır Javer, siz bu devletin şerefli bir memurusunuz. Siz alçalmaya değil, yükselmeye layıksınız, görevinizi yapmak istediniz, yerinizde kalmanızda özellikle ısrar edeceğim.

Javer soğuk, fakat dürüst gözlerini M. Madlene dikti, kısık bir sesle:

– Hayır Vali Bey, ben bunu kabul edemem. Gerçi haksız yere sizden şüphelendim ama bu bir suç sayılmazdı. Nihayet insan aldanır ama elimde hiçbir kanıt olmadan, sırf öfkemi kontrol edemeyerek sizi itham ettim, buna hiç de hakkım yoktu. Sizin gibi saygı değer bir memuru, devletin en yüksek kademesindeki memurlarından birini bir pranga mahkûmu ile karıştırdım.

Sizin kimliğinizde, devlete hakaret etmiş oluyorum. Eğer benim emrimde çalışanların biri, böyle davransaydı, onu derhal işinden attırırdım. Bakın sayın başkan görevim sırasında, çoğu zaman sert olduğum söylenir, ama asla haksızlık etmedim bir başkasına uyguladığımı kendime de uygulamazsam, doğruluğum nerede kalır? O zaman ben yalnızca başkalarını cezalandırmış kendisini bağışlamış bir sefil olurum. O zaman diğerleri benim için ikiyüzlü Javer, diyebilirler ve haksızda sayılmazlar. Bir kent soyluyu tahrik eden bir hayat kadınını bağışlamak, sosyetenin yıkılması için çıkartılan birinci taş sayılır. İşte böyle tutumlarla, mevcut otoriteye karşı gelinir. Evet Mösyö iyi olmak işten bile değil, mesele doğruyu seçmekte. Ah şunu da iyi bilin ki sizin gerçekten o pranga mahkûmu olduğunuzu bilsem, sizi asla bağışlamazdım.

Başkalarına gösterdiğim sertliği, kendime de göstermek zorundayım, beni anlayın. Kaç kez canileri cezalandırırken, bir hata işlediğimde kendime karşı yumuşak davranmayacağımı da tekrarladım. İşte fırsat geldi, ben de bir çeşit suçlu sayılırım, kendimi cezalandıracağım, hepsi bu kadar. Evet, sayın başkan, otoritenin bozulmaması için ben bir örnek olmalıyım, yani polis şefi Javer işinden atılacak.

Mösyö Madlen,

– Pekâlâ, bunu düşüneceğim, dedi. Yerinden kalkarak Javer'e elini uzattı, Javer bir kaç adım geriledi ve titrek bir sesle:

– Olmaz, sayın başkan, dedi. Yüksek bir devlet görevlisi, bir gammazın elini tutamaz. Ben adi bir casusum.

Sonra amirini saygıyla selamladı ve tam kapıdan çıkmak üzereyken:

– Yerime bir başka müfettiş tayin edilinceye kadar hizmete devam edeceğim.

Mösyö Madlen bir süre dalgın dalgın durdu. Javer'in ayak sesleri koridorda uzaklaşırken, etrafı derin bir sessizlik kaplamıştı. Javer'in ziyaretini izleyen günün akşamı, Mösyö Madlen her zamanki gibi Fantini görmeye gitti. Hastanın yanına girmeden önce rahibe Semplisi'yi çağırttı.

Revirde görevli hemşirelerin ikisi de manastırda eğitim görmüş rahibelerdi. Bunlardan biri kaba saba bir köylü kadını olan hemşire Perpetü diğeriyse, insana güven veren görünüşü ve güzelliği ile göz kamaştıran rahibe Semplisi idi. Kimse onun yaşını kestiremezdi, sanki hiç genç olmamış ve hiç bir zaman ihtiyarlamayacak tiplerdendi.

Sapına ağır gelen bir çiçek kadar nazlı idi, insan onun kırılmasından korkardı, aslında taştan bile dayanıklı idi. Mutsuzlara hastalara narin beyaz parmaklarıyla dokunduğunda onları ferahlatırdı. Sanki sözlerinde bir sessizlik sezilirdi, tam gerektiği kadar konuşur, insanın kulağının pasını açan tatlı sesiyle en teselli verici sözleri söylerdi. Hemşire Semplisi'nin bir başka özelliği korkunç denecek derecedeki dürüstlüğü idi. O hayatında asla yalan söylememişti. Bundan böyle, ruhunun nuru dış görünüşüne bulaşmıştı. Gülümseyişi nurlu olduğu gibi, gözleri de nurlu idi. Bu melek kadının vicdanında en ufak bir lekeye bile rastlanmazdı. Kardan bile temizdi.

Manastıra girdiğinde Hemşire Semplisi'nin iki önemsiz kusuru vardı ki zamanla bunlardan da sıyrılmıştı. Şekerli meyvelere olan aşırı düşkünlüğü ve kendisine gelen mektupları tekrar tekrar okumak. Oysa artık Latince bir dua kitabında başkasını okumazdı. Gerçi Latinceyi anlamıyordu lakin kitabı çok iyi anlardı. Bu melek kadın, zavallı Fantini sevmesini öğrenmişti. Onun ruhunun temizliğini anlamıştı. Bundan böyle, ona yalnızca Semplisi hemşire bakıyordu.

O akşam, Mösyö Madlen, Hemşire Semplisi'yi bir kenara çekerek Fantini ona emanet ettiğini söylemişti.

Hasta kadın, başkanın ziyaretlerini sabırsızlıkla beklerdi.

Rahibelere "Ben ancak M. Madlenin karşısında yaşadığımı hissediyorum."

O gün yine zavallı Fantinin ateşi yükselmişti, başkanı görür görmez sordu:

– Kozet'imden haber var mı? Adamcağız gülümseyerek cevap verdi:

– Gelmesi yakındır.

Mösyö Madlen, Fantinle her zamanki gibi konuştu; ancak genellikle yarım saat onun yanında kalan adam, bu kez ziyareti bir saate uzattı. Fantin de buna çok sevinmişti doğrusu. Başkan, hastasının yanından ayrılırken onun hiçbir şeyinin ihmal edilmemesi için, hemşirelere tekrar tekrar uyarılarda bulundu. Bir ara çok üzgün ve düşünceli durduğunu fark etmişlerdi fakat doktorun, hastanın çok ağırlaştığını söylemesine yordular bunu.

Mösyö Madlen, Valilik konağına döndü. Odasını temizleyen hizmetçi, onun uzun bir süre haritaları incelediğini hayretle gördü. Bir kâğıdın üzerine kurşun kalemle bir şeyler de karalamıştı.

Daha sonra, kentin uzak bir mahallesinde bulunan at ve araba kiralayan bir Flemenk tacirin evine uğradı.

İki tekerlekli bir arabayla bir at kiraladı ve bunların birkaç saat içinde kapısının önüne getirilmesini söyledikten sonra, dışarı çıktı ve bir kaç dakika geçmiş geçmemişti ki Felemenk ustanın kapısı yeniden çalındı. M. Madlen, geri dönmüştü, kayıtsız bir sesle sordu:

– Mösyö Skofler, bana kiraladığınız at ve arabanın değeri sizce ne kadar eder?

– Neden sordunuz efendim? Yoksa arabayı benden satın almak mı isterler? Şişko Felemenk gülerek sormuştu bu soruyu.

– Hayır, ama ne olur ne olmaz, belli değil, size bir garanti vermek isterdim. Sizce iki tekerlekli bir arabayla, onu çekecek atın fiyatı ne kadar eder?

– Aşağı yukarı beş yüz frank, Mösyö.

– Buyurun.

M. Madlen masa üzerine bir banknot bıraktıktan sonra, dışarı çıktı.

Felemenk buna şaşırmıştı, karısını çağırıp, onunla buna bir sebep aradılar.

Kadın:

– Her halde M. Madlen Paris'e gidiyor? dedi.

– Sanmam, cevabını verdi, Felemenk.

M. Madlenin şömine üzerinde rakamlarla dolu bir kâğıt unuttuğunu görerek, bunu eline aldı, inceledi:

– Beş, altı, sekiz, bunlar her halde mola yerleri olmalı diye mırıldandı.

Birden karısına döndü gözleri ışıldıyordu:

– Buldum M. Madlen Arasa gidiyor, dedi.

Bu arada başkan evine dönmüştü. Ne var ki, evine dönmek için kestirme yolu seçmemiş, sanki ayakları kendisini zorla sürükler gibi, kilisenin önünden geçmiş uzun bir süre kapıda kararsız durmuştu. Nihayet girmemde karar vererek, yattığı odanın bulunduğu binaya varmıştı. Odasına çıkmış kapısını kilitlemişti. Bu da normal sayılırdı çünkü kentte herkes başkanın çok erken yattığını bilirdi. Ancak fabrikanın kapıcısı ve aynı zamanda M. Madlenin hizmetçisi olan yaşlı kadın, tam o sırada şöyle dedi:

– Yoksa sayın başkan, rahatsız mı? Onu pek endişeli gördüm. Bu kasiyer M. Madlenin odasının bir kat altındaki bir odaya yatardı.

Gece yarısına doğru uyanan adam, üzerinde birisinin gezindiğini hayretle fark etmişti. Sonra bir dolap açıldı, bir eşyanın yeri değiştirildi ve tekdüze ayak sesleri yeniden duyuldu. Kasadar yerinden kalktı ve penceresinin önüne giderek, karşı duvara yansıyan ışıkları görünce, bu gürültünün M. Madlenin odasından geldiğini anladı. Bu ışık titrek bir ışıktı, galiba Vali Bey lambasını değil, şöminesini yakmış olacaktı.

Adam yeniden uyudu sabaha karşı uyandığında, üzerindeki odada yeniden gezinildiğini duydu.

– II–

Piskoposun istekleri yerine gelmiş Jan Valjan namuslu, dürüst bir adam olmuştu.

Bir süre ortalardan kaybolmuş, daha sonra piskoposun verdiği gümüşleri satarak, bunları paraya çevirmişti. Hatıra olarak yalnızca gümüş şamdanları saklamıştı. Şehir şehir dolaştıktan sonra, bir yangın akşamı kasabaya gelmiş, yangından çocukları kurtarmış ve daha önceden anlattığımız mucizeleri yaratarak, kendi servetini ve kasabanın refahını sağlamıştı. Bundan böyle, huzurlu ve mutlu bir yaşamı başlamıştı. Artık onun tek amacı namuslu ve iyi bir yaşam sürmek, insanlardan kaçarak, Tanrı'sına yaklaşmaktı.

Geçmişteki hatıralara öylesine bağlı idi ki, bütün tedbirleri elden bırakarak, onun şamdanlarını gözü gibi muhafaza etmiş, onun yasını tutmuştu. Bu arada geçmişiyle tüm ilişkilerini kesmediğinden, abla ve yeğenlerinden haber almak için Faverol da araştırma yaptırmış ve bir akşam bilmeden işlediği hatayı onar-

mak için, kasabadan geçen bütün Savuryalı çocukları geri çevir-
mesini adet edinmişti. Bütün mübarek kişiler gibi, ilk görevinin
kendisini korumak olmadığını biliyordu.

Ne var ki, kader kendisine güler yüz göstermiş ve yıllar yılı
kimsenin ondan kuşkulanmak aklının ucuna bile gelmemişti.

Piskoposun etkilediği bu mükemmel adamın, bir dakika bile
düşünmeden kendisini gidip teslim etmesi beklenirdi. Fakat böyle
olmayacaktı. Başlangıçta Jan Valjan kendisini korumak isteğiyle
yanıp tutuştu. Bütün gününü sakin geçirmesine rağmen Javer'in
anlattıkları ruhunda korkunç fırtınaların kopmasına neden ola-
caktı. Bir ara ne yapacağını düşünemedi bile, kafası iyice karış-
mıştı.

Fantin'i yoklamaya gitti, sırf kadıncağıza acıdığından ziyare-
tini uzattı, bir kaç günlüğüne uzaklarda olacağını düşünerek onun
hemşire rahibelere emanet etti. Daha sonra herhalde Aras'a git-
mesinin gerekeceğini düşünerek bu yolculuk için bir araba kira-
ladı. Ancak kararı henüz kesin değildi.

Odasına çekilince derin derin düşünmeye başladı. Durumu in-
celedi ve çok acayip olduğunu düşündü. Birden yerinden kalkarak
odasını kilitledi, sanki dışarıdan gelecek tehlikelere karşı koru-
yordu kendisini.

Birkaç dakika sonra yanmakta olan mumunu söndürdü. Işık
kendisini rahatsız ediyordu, sanki birisi gözetliyordu onu ve as-
lında onu rahatsız eden şeyin vicdanı olduğunu biliyordu.

Önce kendisini aldatmaya çalıştı, başını elleri arasına alarak
şöyle düşündü:

– Ne oluyor, neredeyim? Yoksa kâbus mu görüyorum? Bana
ne dediler? Javer'i görüp onunla görüştüğüm gerçek mi? Şu Şam-
patiyö de kimin nesi? Demek bana bu kadar benziyor?

– Oysa daha dün hiç bir şeyden habersiz ve çok rahattım.
Bunun sonu neye varacak?

İşte böyle bir karmaşaya saplanmıştı. Fikirlerini düzenleyemiyordu. Başı ateşler içinde yanıyordu. Pencere önüne giderek camını açtı, gökler yıldızsızdı, karanlık bir gece, masasının başına oturdu.

Bir saatini böyle düşünerek geçirdi.

Daha sonra ağır ağır düşüncelerini düzenleyebildi, duruma hâkim olduğunu hayretle gördü. Kaderi şu anda kendi elindeydi. Bundan böyle yaşamına istediği yönü verebilmek onun elindeydi.

Bu arada yıllar boyunca kendisini kandırmaktan başka bir şey yapmamış olduğunu düşündü. Evet devekuşu gibi başını kumlara sokmuş kendi kendisinden kaçmıştı. Uykusuz gecelerinde en korkutucu kâbus birden karşısında belirmişti. Eski adını duymak onun için en korkunç bir ihtimaldi. Bu ad altında yaşamaya başladığında yeni edindiği kimlikten sıyrılacağını da biliyordu.

Bundan böyle dağ başında Küçük Javer'den iki frank çalmakla gene zindana, kendisini bekleyen o karanlık yere döneceğini anlamıştı. Bir uçurum kenarındaydı. Yanlış bir adım onu sonsuza dek mahvedebilirdi. Fakat neydi bu yanlış adım? Susup kimliğini saklamak ve herkesin sevip saydığı M. Madlen olarak kalmak yerine bir masumu ceza evine yollamak olacaktı.

Aniden mumu yaktı:

"Neden sanki bu kadar düşünüyorum?" diye mırıldandı. İşte ebediyen kurtulmuş sayılırım. Aslında bu zavallı köylünün benim yerime tutuklanması benim için büyük bir şans. Bu saatten sonra benden şüphelenmek kimin aklına gelir? Yıllardır beni göz hapsinde tutan şu Javer bile hata yaptığını düşünüyor. Onun da beni rahat bırakacağından eminim. O, gerçek Jan Valjan'ı yakaladı ya... Kaderin bu cilvesine neden karışacağım? Kim bilir belki de Tanrı bunun böyle olmasını istedi? Onun yaptıklarını bozmak benim ne haddime? Buna hiç karışmayacağım? Fakat neden huzurlu değilim. Benim bu dünyada bir görevim var. İyilik etmek, yoksullara el uzatmak, açları doyurmak... Aslında bir kiliseye giderek rahibe günah çıkartsam, ona danışsam çok iyi olurdu. O bana doğru yolu gösterirdi. Neden sanki bunu yapmaya korkuyorum? Oysa rahibin bana bu işlere burnumu sokmamı tavsiye edeceğinden eminim. Evet, işleri oluruna bırakmalıyım.

Birden yerinden kalktı, artık kesin kararını vermişti ama bu da onu rahatlatmadı. Tam aksine, vicdanıyla aklı arasında büyük bir mücadele başlamış, vicdan azabı denilen korkunç duygunun pençesine düşmüştü ve bütün düşüncelerle boş yere kendisini aldatmak istediğini anladı. Kalbinin sesini bir türlü bastıramıyordu.

Uzun yıllardan beri ilk kez yeniden bir günah işlemek üzereydi. Birden dehşete kapıldı. Evet, hayatının gayesine ulaşmıştı fakat bu gaye yalnızca ismini gizlemek miydi? İnsanları aldatsa bile, Tanrı'yı aldatabilir miydi? Oysa kurtarılması gereken bedeni değil, ruhuydu. Namuslu ve dürüst olmak, doğru bir adam olmak; piskoposun ondan tek isteği buydu. Ama bu kez hırsızlıktan daha büyük bir suç işliyor, kendi yerine bir suçsuzu ölüme ya da ölümden bile beter olan prangaya yolluyordu. Bir adamın ruhunu öldürüyor, bu yüzden katil oluyordu.

– Geçmişin sayfalarını açma.

Ancak susmakla Jan Valjan bu sayfaları kapatmıyor tam tersine hep açık tutuyordu. Oysa eski adına dönerek, Jan Valjan olarak bir masumu kurtarmak ve çıktığı cehennemlerin kapısını ilelebet kapatmak olurdu.

Aslında Cehenneme düşmekle vicdanı kurtulmuş olacaktı. Evet, bunu yapmalıydı. Bunu yapmadığı takdirde hiçbir şey kazanmamış sayılırdı. Sekiz yıllık gayretlerinin hepsi boşa giderdi. Şu anda Jan Valjan sanki karşısında piskoposu görüyordu. Ölmüş olan Monsenyör Bienvenü ona sitemkâr gözlerle bakıyor, Pranga mahkûmu Jan Valjan'ın saygıyı hak eden bir adam olacağını kendisine fısıldıyordu. Evet, belki insanlar onun maskesini görüyorlardı, ama Piskopos onun gerçek yüzünü biliyordu. Evet, Arasa gidecek, sahte Jan Valjan'ı kurtarmak için kendisini ele verecekti! Heyhat, bu şimdiye kadar yapmış olduğu fedakârlıkların en büyüğü idi, ama bunu yapması gerekiyordu. Bu aşılacak son adımdı. Ne acı ki, Tanrı'nın gözünde yükselebilmesi için insanların gözünden düşmesi gerekiyordu.

"Haydi, o zaman, diye mırıldandı. Görevimizi yapalım ve şu masum adamı kurtaralım."

Hesaplarını kontrol etti, yoksul tüccarların borçlarının yazılı olduğu bazı evrakları ateşe attı. Bir mektup yazarak üzerine şu adresi karaladı:

"Mösyö Dafitte Benker. Artuva caddesi Paris."

Tam vicdanının rahatladığını düşündüğü anda, kafasında bir şimşek çaktı. Birden Fantini hatırlamıştı. "Fakat şimdiye kadar yalnızca kendimi düşünmüştüm." diye söylendi. Gidip teslim olup, olmamak yalnızca benim şahsımı ilgilendiren bir durumdu, oysa şu anda bunun bir bencillik olduğunu anlıyorum. Birazda başkalarını düşünsem? Ben, gidip adımın Jan Valjan olduğunu söyledim. Ne olacak? O mahkûm serbest bırakılacak, yerine beni cezaevine koyacaklar. Ya sonra? Burası bir endüstri kenti oldu, burada fabrikalar kurdum. Benim sayemde hayatlarını idame ettiren yüzlerce, binlerce aile var. Her ocağı tüten evde kendi payım olduğunu düşünerek huzur duyuyordum. Ben buradan gidince kurmuş olduğum bu düzen yıkılacak. Her şey bozulacak. Hele ki şu zavallı kadın, yıllardan bu yana, en büyük acıları çekmiş olan şu zavallı ananın hali ne olur? Hani kızını ona geri getirecektim? Yaptığım kötülüklere karşılık bu kadına bir şeyler vermeliyim? Ben gidersem zavallı Kozet ebediyen Tenardiye'lerin elinde kalır, kadın ölür, çocuk da mahvolur, evet, kendimi ele verdiğimde bunların böyle olacağını görür gibi oluyorum.

Haklı olduğumu biliyorum. Artık kararımdan dönmeyeceğim. M. Madlen oldum, bu adı inkâr etmeyeceğim. Jan Valjan diye yakalanan herifin canı cehenneme. Ben o adamı tanımam bile, ondan bana ne? Bu uğursuz isim kimin başına düşerse, onu yakıyor.

"Oh!" diye mırıldandı. "İyi ki acele etmemişim, artık doğru yolu bulduğumdan eminim."

Odada bir tur attı, sonra birden durakladı.

Hadi artık, durmak yok, kararım kesin ama ne yazık ki, beni şu kahrolası Jan Valjan'a bağlayan hatıralar var. Hatta bu odada bile beni suçlayan anılar bulunmakta, bütün bunları bir an önce yok etmeliyim. Cebinden bir anahtar çıkarıp duvardaki dolabı açtı, dolabın içinde gizli bir çekmeceden bazı yırtık pırtık giysileri çıkardı, mavi kadife bir pantolon, sarı bir gömlek, budaklı bir sopa ve eski bir heybe.

Gümüş şamdanları muhafaza ettiği gibi, bunları da saklamıştı. Ne var ki, piskoposun hediye ettiği şamdanlar şömine üzerine bulunduğu halde, bu paçavraları iyi gizliyordu. Kilitli olmasına rağmen, birdenbire açılmasından korkar gibi, ürkek bir şekilde kapıya baktı. Sonra yıllardır sakladığı bu giysilerini ani bir hareketle alevlerin üzerine attı. Birkaç saniye içinde bu yağlı, paslı şeyler alevleri görünce kıvılcımlar saçarak yanmaya başladı. Ocaktan yükselen alevler odayı aydınlatıyordu. Soba yanarken, odanın ortasına kadar kıvılcımlar sıçradı. Bu esnada yanan elbiselerin arasında bir şeyin parladığını gördü. Bu, küçük Jerve'den zorla aldığı gümüş paralar idi.

Tam delilleri yok ettiğini ve bundan sonra hiç kimsenin onu tanımayacağını düşündüğü sırada, birden bakışları alevlerle ışıldayan gümüş şamdanlara takıldı. "Eyvah" diye haykırdı. "Jan Valjan hala burada, bunu da yok etmeli."

Gümüş şamdanları aldı.

Gümüşleri eritecek, onlardan bir külçe yapacak kadar ateş vardı ocakta. Ateşleri gümüş şamdanlarla karıştırdı. Bir dakika sonra onları da alevlerin içine atmıştı.

Dışarıda bir ses duyar gibi oldu:

– Jan Valjan... Jan Valjan...

Ses giderek yükselmeye başlıyordu:

– Seni ikiyüzlü alçak! Şu şamdanları da erit, bu anıyı da yok et. Piskoposu unut, her şeyi unut, hadi, o aziz insanın hatırasını da ateşe at. Bırak şu Şampatiyö senin yerine cezayı çeksin. Demek sen hapise girmezsen, tüm kasaba halkı refah içinde yaşayacak ha! Şeytan seni aldatıyor. O zavallı hapiste çürürken, sen yatağında rahat uyuyabileceğini düşünüyorsan aldanıyorsun. Adamın iniltileri ve bedduaları her saniye kulaklarında çınlayacak, kaçacak delik arayacaksın. Piskopos senin yerinde olsaydı nasıl davranırdı? Haydi, şimdi içinden nasıl geliyorsa öyle yap. Ya piskoposa yaraşır bir şekilde davran, ya da Javer'den daha alçak seviyeye düş. Artık sen bilirsin.

M. Madlenin alnından terler akıyordu, gözleri ölü gözleri gibi, şamdanlara baktı. Oysa ses devam ediyordu:

– Fakat şunu da unutma ki, bu hayatın sonu geldiğinde ve Tanrı karşısına çıktığında, yanında ancak seni lanetleyecek olan o insanın çığlıklarını götüreceksin.

Bu son sözleri öylesine belirli olarak duydu ki, bir başkasının odada konuştuğunu sanarak etrafına bakındı. Dehşetle: "Kim var orada?" diye sordu.

Daha sonra bir budalanın kahkahasına benzeyen bir gülüşle: "Ne kadar da aptalım!" dedi. "Kim olacak benden başka..."

Oysa bir başkası daha vardı; ancak bu başkasını insanoğlunun gözleri göremezdi.

Şamdanları ateşten bin bir zahmetle kurtararak tekrar şöminenin üzerine koydu. Daha sonra altındaki odadaki uyuyan adamı uyandıran yürüyüşüne başladı. Bu yürüyüş onu hem rahatlatıyor, hem de adeta sarhoş ediyordu. Sanki hareket ederek, bir karara varacağını sanıyordu, sanki kendi kendisinden kaçmak istiyordu.

Birden almış olduğu, bir iki zıt karardan vazgeçmiş göründü. İkisi de kendisine korkunç görünüyordu. Hay Allah, tam nefes alacağı bir sırada, şu Şampatiyö'nün yakalanması, onun Jan Valjan olarak tanınması, kaderin çok zalim bir oyunu idi.

Bir an geleceğini düşündü. Teslim olmak, Ulu Tanrı'ya teslim olmak... Nelerden vazgeçmek zorunda kalacağını büyük bir kederle düşündü. Bu iyi bu temiz yaşamına veda edecek, saygıya, fazilete sırt çevirecekti. Bir daha özgür olamayacaktı, tarlalarda yürüyüşe çıkamayacak, mayıs ayında kuşların ötüşlerini duymayacaktı, küçük çocuklara sadaka veremeyecek, üzerine dikilen minnet dolu bakışları göremeyecekti. Yaptırmış olduğu bu evi, bu odayı bırakacaktı. Oysa şu saatte, bu küçük odası gözüne ne kadar güzel görünmüştü. Şu masa üzerinde bir daha yazamayacaktı. Bunun yerine ayağı zincirli kamçı altında yakıcı güneşlerde, yük taşıyacak, kazma kürek sallayacaktı. Ne yapmalıydı?

Sabahın üçü... Bitişik kilisenin saati de çalmıştı. Tam beş saattir bir aşağı, bir yukarı yürüyordu ki, birden iskemlesinin üzerine yığıldı ve bir süre sonra da kâbuslarla dolu bir uykuya daldı. Uyandığında, her yanı taş kesmişti. Açık pencereden giren sabahın ayazı vücudunu uyuşturmuştu. Ateş de sönmüştü. Zavallı adam kalktı; gökyüzü karanlıktı, göklerde hala yıldızlar görünüyordu. Mum çoktan sönmüştü.

Tam yüzünü yıkamıştı ki, evinin avlusunda bir gürültü duydu, aşağı bakınca karanlıkta ışıldayan iki fener etrafı aydınlattı.

Birden uyku sersemliği dağıldı. Bir zincir şıkırtısı aklını başına getirmişti. Fenerlerin aydınlığında, bunun iki tekerlekli hafif bir araba olduğunu fark etti.

"Bu arabanın sabahın köründe, kapımda ne işi var?" diye düşündü.

Tam o anda, kapısını çaldılar.

Birden tepeden tırnağa ürpererek, telaşlı bir sesle sordu:

– Kim var orada?

Birisi cevap verdi:

– Sayın başkan sabahın beşi oldu.

– Bundan bana ne?

– Fakat araba istemiştiniz.

– Ne arabası?

– Mösyö, araba kiraladıklarını unuttular mı? Arabacı sizi almaya geldiğini söyledi.

– Hangi arabacı?

– Atlarını kiraladığınız Mösyö Skoflerin yolladığı arabacı. Birden zihninde bir şimşek çakmıştı, yüzü karmakarışık oldu. İhtiyar hizmetçisi o anda onu görse korkardı.

Uzun bir sessizlik oldu. Adam önüne bakıyor, ihtiyar kadın kapının arkasında bekliyordu.

Nihayet kadın yeniden sordu:

– Efendim, arabacı sizden cevap bekliyor?

– Geliyorum, beklesin hemen iniyorum.

Aras posta arabaları imparatorluk devrinden kalma, modası geçmiş, aşınmış arabalardı. O gece, Montörysür Mer istikametine gelen bir posta arabası, bir kavşakta iki tekerlekli bir araba ile çarpışmıştı. Bu küçük arabada paltosuna sarılmış orta yaşlı bir erkek vardı. Araba bir hayli hırpalanmıştı, posta arabasının sürücüsü yolcuya durmasını tavsiye etti; ancak yabancı adam onu dinlemeden yoluna devam etti.

Böyle acele yoluna devam etmek isteyen bu yolcu acınacak bir adamdı. Nereye gidiyordu, bilemezdi? Neden acele ediyordu? Onu da bilmiyordu. Her halde Arasa gidiyordu, belki de başka yere gidiyordu.

Bir uçuruma saplanır gibi dalmıştı bu karanlık geceye. Kendisini iten bir şeyin, varlığından haberi vardı.

Aslında daha henüz hiç bir karar almamıştı.

Neden gidiyordu Arasa?

Sonuç ne olursa olsun, duruşmada bulunmak, kendi yerine mahkûm edilecek adamı görmek istemişti. Evet, belki o sefil hırsızı gördükten sonra onun yerini almadığını anlayarak daha da rahatlayabilirdi. İradesinin kendi kontrolünde olduğunu bilmek, kendisini güçlendiren bir düşünceydi. Bu arada atını kamçılıyor, arabasını daha hızlı sürmeye çalışıyordu. Gün doğarken açık kırlarda olduğunu gördü. Montreysür Mer kentini bir hayli arkada bırakmıştı, bir kış sabahının şafağına hayret dolu gözlerle baktı. Sabahta gece olduğu gibi hayaletler dolaşır, ancak yolcu bunları görmüyordu.

Yol kıyısında, tek tük çiftliklerin önlerinden geçerken, kendi kendine o evlerde uyuyan saf ve mutlu insanlara imreniyordu.

Atın nal sesleri, komşumun çıngırakları yollarda tekerlek gürültüsü tatlı ve tek düze bir ses çıkartmaktaydı.

Hesdin köyüne geldiğinde, gün iyice ağarmıştı. Bir han önünde durarak atına nefes aldırdı ve ona azıcık arpa yedirdi. At iyi bir cinsti. Görünüşü pek güzel olmamakla beraber en dayanıklı beygir soyundandı. İki saatte bir hayli yol almış olmasına rağmen, terlememişti bile.

Yolcu arabasından inmemişti. Atına arpa getirmiş olan seyis birden sordu:

– Uzağa mı gidiyorsunuz?

Yolcu dalgın dalgın cevap verdi:

– Neden sordunuz?

Seyis gene sordu:

– Uzaklardan mı geldiniz?

– Epeyce uzaktan, aşağı yukarı beş fersah yaptım. Fakat neden soruyorsunuz bunları?

Seyis tekerleği dikkatle inceledi ve kendi kendine konuşur gibi söylendi.

– Belki bu tekerlek beş fersah yapmış olabilir; ancak bundan sonra beş metre bile götürmez sizi.

Yolcu, arabasından aşağı atladı.

– Ne dediniz dostum?

– Bana kalırsa bu arabayı devirmeden beş fersahlık yoldan gelmeniz bir mucize. Baksanıza?

Tekerlek iyice çatlamıştı. Posta arabasıyla çarpışmak, onu

hemen hemen ikiye bölmüştü. Ancak bir-iki santimlik bir yer tutuyordu.

Adam sordu:

– Buralarda bir araba tamircisi bulunur mu?

– Elbette.

– Nerede?

– İki adımlık mesafede, bakın.

Gerçekten araba tamircisi Burgayar usta, kapısının önünde bekliyordu. Geldi, tekerleği kontrol etti.

Yolcu sordu:

– Bana şu tekerleği hemen onarır mısınız?

– Elbette Mösyö.

– Ne zaman hazır olur?

– Ancak yarın.

– Ne... Yarın mı?

– Bu tekerleğin üzerinde bir günlük iş var. Yoksa aceleniz mi var?

– Evet, en çok bir saat sonra yeniden yola çıkmalıyım.

– Olacak iş değil, efendim.

– İstediğiniz kadar bol para veririm.

– Olmaz.

– Hiç değilse birkaç saate kadar hazır olsun.

– Bugüne yetiştiremem, bu imkânsız, tekerleği onarmak yeni baştan yapmak gibidir. Yarın sabah yola çıkabilirsiniz.

– İşim çok acil yarını beklemez, onaracağınıza bir yenisini taksanız olmaz mı?

– Hazır tekerleğim yok, hem iki tekerlek birden yapmam gerekir ki, bu da bütün günümü alır.

– Kasabada sizden başka araba tamircisi yok mu?

– Hayır efendim.

Seyis ve araba tamircisi bir ağızdan cevap vermişlerdi. Birden yolcu derin bir sevince kapıldı. Bu engel Tanrı'nın bir lütfuydu.

Kendisi bir masumu kurtarmak için elinden geleni yaptığı halde talih buna izin vermiyordu. Kadere karşı gelinmezdi. Javer'le görüştüğü günden bu yana, ilk kez rahat bir nefes aldı. Kalbini çevreleyen demir çember sanki gevşemişti.

Tanrı onu koruyordu.

Tam geri dönmeye hazırlanıyordu ki, karşısına ihtiyar bir kadınla bir çocuk çıktı.

– Mösyö, dedi yaşlı kadın. Çocuktan duyduğuma göre, bir arabaya ihtiyacın varmış. Benim bir arabam var.

İhtiyar kadının hasır örtülü kaba saba bir arabası vardı. Seyis ve araba tamircisi, bu müşteriyi elden kaçırmamak için araya girdiler:

– Bu araba sizi iki adım ileride bırakır, öylesine eski ki yolda dağılır.

Evet, adamlar haklıydı, ne var ki, bu eski araç, tekerlekleri olan ve kendisini Arasa ulaştırabilecek tek arabaydı. Yolcu kendi beyaz atını yeni kiraladığı arabaya koşturdu, ötekisini araba tamircisine bıraktı, dönüşte uğrayıp alacağını bildirdi, daha sonra yeniden yola koyuldu.

Henüz bir kaç adım ilerlemişti ki, bir sesin kendisine seslendiğini duyarak umuda benzeyen bir sevinçle yularları kıstı.

İhtiyar kadının oğlu, soluk soluğa:

– Mösyö diyordu, bu arabayı size ben buldum!

– Ne olmuş?

– Bahşişimi vermediniz.

Herkese bol keseden dağıtan M. Madlen Baba, çocuğun bu isteğini pek yersiz, hatta korkunç buldu.

– Seni gidi haylaz oğlan, sana metelik koklatmam, dedi.

Çok vakit kaybetmişti; arabayı acele sürmek istiyordu fakat ocak ayında olduklarından yollar çamurluydu, hem de bu araba önceki iki tekerlekli araba kadar hafif değildi, zor ilerliyordu.

Dört saatlik yolları vardı. Kasaba yolu üzerindeki ilk hana

girdi, hanın önünde indi; atına yem yedirirken kendisi başında durdu. Bu arada hancının eşi kendisine yemek isteyip istemediğini soruyordu.

– Elbette, dedi. Hatta çok aç sayılırım.

Güleç yüzlü genç kadının peşinden basık tavanlı, çiçeklerle süslenmiş yemek salonuna girdi.

– Yalnız servis çabuk olsun acelem var, dedi.

Tombul bir Felemenk kızı, sofrayı kurdu. Kızın sevimli yüzü insanın içini açıyordu. Yolcu düşündü "her halde açlıktan bozulmuştu sinirlerim."

Yemeği getirdiklerinde, ekmeğe sarıldı, bir lokma ısırdıktan sonra masanın üzerine bıraktı. Yan masada yemek yiyen bir arabacıya sordu.

– Neden ekmekleri bu kadar acı?

Müşteri Alman olduğundan, onun sözlerini anlamamıştı, cevap vermedi. Önündekilere el süremeden ahıra atının yanına döndü. Bir saat sonra Sentpol'dan ayrılmış, Arasa beş fersahlık mesafede olan Tink kasabasına doğru ilerliyordu.

Bu yol esnasında neler düşünmedi? Sabahleyin yaptığı gibi, gözlerinin önünde bir şerit gibi çözülen peyzaja, ağaçlara samanla örtülü damlara, sürülmüş tarlalara ve her dönemeçte değişen görüntüye bakıyordu. Seyahat etmek, her an doğup ölmek gibidir. Belki de yolcu bu değişen ufuklarla insan yaşamı arasında bir yakınlaşma yapıyordu. Hayatta birçok şey bizden kaçmaktadır. Gölgeler aydınlığı kovalar. İnsan bakar, koşar durmak ister, el uzatır ama geçenleri yakalayamaz. Her olay bir yol kavşağı gibidir. Birden insan kendisini yaşlanmış bulur, her yer kararmıştır. Bizi sürükleyen hayatımızın, kara atı, birden durur ve peçeli ve bilinmeyen birinin atı gölgelerde süzülerek uzaklaştığını dehşetle görürüz.

Gün batımı yaklaşmıştı, okuldan çıkan çocuklar yabancı yolcunun kasabaya girdiğini gördüler. Yolda çalışan bir işçi başını kaldırarak:

– Atınız çok yorgun görünüyor, dedi. Yoksa Arasa mı gidiyorsunuz?

– Evet.

– Bu kadar yavaş giderseniz, geceleyin yolda kalırsınız. Yolcu atını durdurarak sordu.

– Aras buraya kaç fersah çeker?

– En azından yedi.

– Fakat nasıl olur? Yol haritası beş fersah gösteriyordu.

– Evet, ancak ana yolda çalışma var, bundan sonra, bir çeyrek sonra soldaki Karenky yoluna sapıp, ırmak boyunu izleyeceksiniz, yol da uzayacak.

– Ama ben buraların yabancısıyım, yolumu kaybederim.

– Bakın Mösyö, dedi işçi. Haddim olmayarak size bir akıl vereyim. Atınız yorgun, gelin Tink'e dönüp geceyi handa geçirin, yarın erkenden yola koyulursunuz.

– Olmaz, bu gece Aras'ta olmalıyım.

– Öyleyse yine hana dönün ve başka bir at alın, seyis size kestirme yolları gösterir.

Adam işçinin öğütlerini tuttu. Yarım saat sonra, yanında atın seyisi ile aynı yoldan hızla geçtiler. Artık kaybedecek vakti olmadığını anlamıştı. Karanlık da iyice bastırmıştı; yol gittikçe bozuluyor, hendeklere bata çıka ilerliyorlardı.

Yolcu, seyise:

– Hızlı sür, bahşişini iki katına çıkartırım, dedi.

Tam o arada bir çıtırtı duyuldu, arabanın falakası kırılmıştı.

Seyis:

– Beyim bu durumda yola devam etmek tehlikeli olur, Tirtke dönüp konaklayalım, yarın sabah gün doğmadan yola çıkarız.

Yolcu sordu:

– Bıçağın ve azıcık ipin var mı?

– Var.

Yolcu ağaçların birinden bir dal kesip bir falaka yaptı.

Gene yirmi dakika boşa gitmişti ama arabayı uçarcasına sürdüler. Adam soğuktan donuyordu, sekiz yıl önce Diny ovalarından kaçmasını hatırladı, sanki dün gibi geldi kendisine. Uzak kiliselerden birinden saat çaldı, seyise sordu:

– Saat kaç.

– Sekiz efendim, iki fersah kaldı, dokuzda Aras'da oluruz.

Saat dokuzu birkaç dakika geçe arabaları kente giriyordu. Normal şartlarda altı saat süren yolu tam on dört saatte almışlardı. Mösyö Madlen birden büyük bir sevince kapıldı, herhalde duruşma bitmiş, bu uzak memlekete kadar boş yere gelmişti. Bir gece konaklayıp ertesi sabah geri dönerdi fakat bilmediği bir sesin çağrısına uyar gibi, kentin karanlık sokaklarında yürümeye koyuldu. Dar bir sokak arasında kasabalılardan elinde büyük bir fener tutan bir ihtiyara rastladı, ona sordu:

– Mösyö, Adalet sarayı ne tarafta?

Yaşlı adam elindeki fenerle koca binayı aydınlatmak istercesine:

– Şu beyaz büyük binayı görüyor musunuz? Gerçi ondan başka büyük bina yok ya...

– Ağır ceza davalarına da burada bakılıyor değil mi?

– Elbette. Yalnızca duruşma için gecikmiş olmanızdan korkarım. Genellikle oturumlar en geç saat altıda sona erer.

Konuşarak büyük meydana gelmişlerdi, kasabalı eliyle pencereleri göstererek sevinçle haykırdı:

– Mösyö, doğrusu şansınız varmış, dedi. Baksanıza bu kez dava uzun sürmüş. Bakın şu aydınlık camlara, ağır ceza duruşmalarının görüldüğü salonda iş uzamış, gece oturumu yapıyor olmalılar. Tanık olarak mı geldiniz?

– Hayır, yalnızca avukatlardan biriyle konuşacaklarım vardı.

İhtiyar:

– Bakın Mösyö, işte kapı, merdivenlerden yukarı çıkın, karşınıza çıkacak büyük salon...

Yolcu içeri girdi, merdivenleri tırmandı, koridorda bir avukatla karşılaştı, sordu:

– Mösyö, duruşma ne durumda?

– Bitti, dedi avukat.

– Ne, nasıl, bitti mi yani?

Öylesine acıklı bir sesle haykırmıştı ki, avukat şaşırdı, sordu:

– Bağışlayın Mösyö, yoksa sanık tanıdığınız birisi mi?

– Yoo, hayır, bu kasabada hiç tanıdığım yok benim. Ne ceza verdiler?

– Müebbet kürek cezasına mahkûm edildi. Adam kısık bir sesle sordu:

– Demek zavallının kimliği teyit edildi?

Avukat iyice şaşırmıştı:

– Neler söylüyorsunuz dostum, dedi. Teyit edilecek kimliği de nerden çıkardınız, suç apaçık ortada, iş çok basitti. Esasen cani ruhlu kadın, çocuğunu nasıl boğduğunu itiraf etti. Onu hayatının sonuna kadar mahkûm ettiler.

– Ne... Ne diyorsunuz? Demek suçlu bir kadındı?

– Elbette, Limozen adında günahkâr bir kadın, evlilik dışı dünyaya getirdiği çocuğunu kendi eliyle öldüren bir aşağılık.

– Hakkında hiçbir şey duymadım. Lakin duruşma sona erdiğine göre, salon neden hala aydınlık.

– Bu da yaklaşık bir saat önce başlayan başka bir duruşma. Korkunç suratlı bir herifin, eski bir kürek mahkûmun duruşması. Herif salak rolü oynuyor, boş yere o adam olmadığında yeminler ediyor, oysa onun ne mal olduğunu anlamak için yüzüne bir kere bakmak yeter. Onun da az sonra prangaya mahkûm olacağına kalıbımı basarım.

– Sayın avukat, salona girmek mümkün mü?

– Sanmıyorum; çünkü içerisi dolu, fakat oturuma ara verilmişti, siz yine de bir deneyin.

Avukat M. Madleni selamlayarak yanından ayrıldı. Son bir

kaç dakika içinde M. Madlen baya fazla heyecan tatmıştı. Adamın sözleri sivri iğneler ve ateşten mermiler gibi kalbini deliyordu. Henüz hiçbir şeyin bitmediğini öğrenince, rahat bir nefes aldı. Fakat bu rahatlamanın, neden kaynaklandığını kendiside bilmiyordu. Sevinmeli miydi yoksa üzülmeli miydi?

Koridorda konuşan birkaç kişiye rastladı, söylenenleri dinledi. Sanık elma çalmakla suçlanıyordu; ancak daha bunu bile ispat edebilmiş değillerdi. Gerçi onun bir zamanlar, Tulon cezaevinde ağır kürek mahkûmlarının arasında yatmış olması başını belaya sokuyordu. Soruşturma tamamlanmış, tanıklar dinlenmişti. Mahkûmların üçü de Breve, Şenildiyö ve Koşpay, sanığın yıllar önceki cezaevi arkadaşlarından Jan Valjan olduğunu bir kez daha ısrarla bildirmişlerdi. Adamın tutuklanacağına kesin gözüyle bakılıyordu.

Duruşma salonunun kapısında bekleyen nöbetçiye sordu:

– Kapı ne zaman açılacak?

– Açılmayacak.

– Nasıl yani, oturum yeniden başladığında açmayacak mısınız?

– Hayır.

– Ama neden?

– Salon ağzına kadar dolu da ondan. Oturacak yer kalmadı; ancak mahkeme üyelerinin aralarındaki koltuklar boş, bunlar da en yüksek rütbeli memurlar içindir. Yolcu hemen cebinde bir kâğıt-kalem çıkartarak üzerine "Montreysür Mer Kasabası Başkan Mösyö Madlen" kelimelerini yazdı, kâğıdı kapıda bekleyen nöbetçi mübaşire uzattı:

– Bunu mahkeme reisine götürün, dedi.

Fazla beklemesine gerek kalmadan, saygılı bir ses, kulağına:

– Efendim, lütfen benimle gelir misiniz? diyordu. Bu, az önce kendisine yüz vermeyen, sırt çeviren nöbetçiydi; adam yerlere kadar eğilerek ona bir pusula uzattı.

"Şu an vazife başında olduğumdan dolayı sizi karşılayamıyorum, affınızı diliyorum. Yanımdaki yeri boşaltıyor, şereflendirmenizi bekliyorum"
Kâğıdı elinde buruşturdu ve nöbetçinin peşi sıra yürüdü. Adam, ufak bir çalışma odasına almıştı onu.

Ayrılmadan önce:

– Efendim, sizi hâkim odasına getirdim, şu kapıyı açtığınızda, hâkim koltuğunun arkasında, duruşma salonunda olursunuz.

Nöbetçi onu yalnız bıraktı, en sonunda beklenen o korkunç an gelip çatmıştı. Ne var ki, kaderinin son perdesinin oynanacağı şu dört duvar arasında o, dağılmış düşüncelerini toplayamayacak kadar dalgın ve perişandı.

Yirmi dört saatten bu yana uykusuzdu, ağzına bir lokma koymamıştı. Bitkin düşmüştü. Fakat şu anda hiçbir şey duymuyordu, ne açlığını, ne de yorgunluğunu.

Odanın içinde bir o yana bir bu yana gidip gelirken, birden yeni bir karara varmış gibi kapıyı açarak dışarı fırladı. Gelmiş olduğu koridordan ters yüzü döndü ve sanki kendisini kovalıyorlarmış gibi koşmaya başladı. Nefesi kesilmişti, durdu taş duvara sırtını yasladı, dışarıya kulak verdi. Çevresini hep aynı gölgeler ve aynı sessizlik sarıyordu. Bu karanlıkta durdu ve düşündü. Bütün gece ve bütün bir gün düşünmüş olduğu gibi, düşündü. Kalbinin en derinlerinden gelen ses, hep aynı kelimeyi tekrarlıyordu: "Heyhat."

Yarım saat daha böyle geçti, sonra geriye döndü. Sanki çok ağır bir yük taşır gibi, iki büklüm yürüyordu. Çıktığı odaya geri döndü.

Odanın içinde gözüne ilk çarpan şey, duruşma salonuna açılan kapının metal tokmağı oldu. Sonra kendisinin de nasıl olduğunu anlamadan birden çevirdi tokmağı.

Duruşma salonundaydı artık.

Gürültülü ve kalabalık bir salondu. Bir köşede cübbeleri aşın-

mış yorgunluktan esneyen yargıçlar, diğer köşede çoğunluğu pa-
çavralar giymiş büyük bir kalabalık. Avukatlar ve askerler duruş-
mayı izlemekteydiler. Lekeli lampirilerle örtülü duvarlar, isli bir
tavan, yeşil örtüleri pislikten kararmış kapılar, ışıktan çok duman
saçan meyhane lambaları...

Kalabalıktan hiç kimse onun salona girdiğini fark etmedi. Bu
sırada savcı iddianameyi okuyordu. Mumların aydınlattığı tahta
bir sıranın üzerinde iki jandarma erinin ortasında, bir adam otu-
ruyordu. Onu aramadan gördü, sanki o yüzü önceden tanır gibi
gözlerini ona dikti.

O anda, sanki karşısında yıllar önce Diny Kasabası'na giren,
on dokuz senelik mahkûmiyeti boyunca insanlığını kaybetmiş Jan
Valjan duruyordu. Evet, bu adamın ifadesi yıllar önce onun yü-
zünü saran o korkunç ifadeyle aynıydı.

"Aman Tanrım! Bu ne korkunç bir hal? Yine mi buna benze-
yeceğim?"

Korku içinde gözlerini kapattı, gördüklerinin birer hayal ol-
maları için yalvardı. Ama gözlerini açınca tekrar o korkunç yüzle
karşılaştı. Birden kıpırdandı, yanındakiler sanki kendisine yer ver-
mek istiyormuşçasına geriye çekildiler. Mahkeme başkanı, ge-
lenin Başkan Madlen olduğunu görerek, onu kafasıyla selamladı.
Kendisini önceden tanıyan savcı da, saygı dolu bir ifadeyle başını
eğdi. O ise hiçbir şeyin farkında değildi, sanki büyülenmiş gibi
bakıyordu etrafına. Geçmişin korkunç hayaletleri olan yargıçlarla,
mahkeme yazıcısı, jandarmalarla, tekrar karşılaşmıştı. Korkunç
bir karanlığa düşmüş gibiydi, gözlerini kapadı ve içinden yemin
etti:

"Hayır, asla geri dönmeyeceğim bu cehenneme!"

Sandalyeye oturdu, yargıçların masasındaki dosyaların ardına
yüzünü gizledi. Zamanla kendisini toparladı ve biraz sakinleşti.

Jüri heyeti arasında, Montreysür Mer asilzadelerinden işsiz
güçsüz Mösyö Barmatabuva bulunuyordu. Bu Fantinin sırtına kar
doldurarak, onu yataklara düşüren şımarık züppeydi...

Etrafa tedirgin bakan gözlerle Javer'i aradı ama göremedi. Sanığın avukatı konuşmaktaydı ve duruşma üç saatten beri devam ediyordu. Bu uzun zamandan beri halk korkunç bir suçlamanın yüküyle ezilen zavallı adamı seyrediyordu. Bu meçhul adam, bulduğu sırık bir elma dalını götürürken yakalanmıştı. Onu, bitişik meyve bahçesinin çitini aşıp ağaçtan elma çalmakla suçluyordu. Ve savcı şöyle haykırmıştı:

Şu anda karşınızdaki sadece basit bir hırsız, bir serseri değil, aynı zamanda eski bir kürek mahkûmu, yıllardır aranan bu korkunç suçlu yıllar önce bir piskoposun evinden gümüşler çalmış, ayrıca "Jerve" adında küçük bir çocuğa silahlı olduğu halde saldırarak, onun yolunu kesmiş ve parasını gasp etmiştir.

Zanlının avukatı ise savunmasında gayet rahat ve gevşek davranıyordu. Sanığın yeniden mahkûm edilmediği herkes için kesinleşmişti. Duruşmanın sonu yaklaşıyordu. Başkan, sanığı ayağa kaldırtarak geleneksel soruyu sordu:

– Müdafaanıza son olarak ekleyeceğiniz bir şey var mı?

Sanık büsbütün sersemlemişti, boş gözlerle etrafına bakındı. Başkan sorusunu tekrarladı, sanık bu kez anladığını belirtti. Sanki yeni uyanan birisi gibi seyircilere, jandarmalara, avukatlara ve jüriye baktı. Daha sonra, bakışlarını savcıya dikerek konuştu. İpe sapa gelmeyen, abuk sabuk şeyler söyledi. Sanki uzun zamandan beri kendisini tutarmış gibi kelimeleri bir sel gibi akmaktaydı:

– Evet var, dedi. Sayın Hâkim, diyeceğim şu ki, ben Paris'te bir araba fabrikasında çalışıyordum. Ustamın adı Mösyö Balu'dur. Bunun zor bir iş olduğunu herkes bilir, açık havada yapılır. İşçiyi kapalı mekânlara sokmazlar; çok yer lazım. Kışın insan öylesine üşürdü ki, ellerimiz buz keser, ısınmak için kollarımızı sallarız; olduğumuz yerde tepiniriz. Fakat fazla ısınmamıza izin verilmez, vakit kaybediyorsunuz derlerdi. Bu iş insanı çabuk yıpratır, kırk yaşına geldin mi adın ihtiyara çıkar, zamanından önce kocar gidersin. Kırk yaşından sonra, bu işte çalışan işe yaramaz. Oysa ben elli yaşındayım. İşçiler de kötü kalpli oluyor ha! Sanki bir zaman gelip onlar da yaşlanmayacak gibi büyüklerine saygı göstermezse, onu bunu moruk, koca ayı diye hor görürler. Patronlar beni yaşlı bulduklarından, bana düşük ücret öderlerdi. Kızımla beraber yaşıyordum. O da çamaşırcılık yaparak bana yük olmazdı. İkimiz kazandıklarımızı birleştirerek zar zor geçinirdik. Hani kızımda hiç gün görmedi, az çile çekmedi. Karda kışta, bütün gün beline kadar su içinde çamaşır yıkardı. Bir ara bir çamaşırhaneye işçi olarak girmişti, orası kapalı yerdi, hem de kaynar su musluklardan akarmış. Orada üşümezdi. Bu kez de kaynar su buharı o güzelim gözlerini bozdu. Akşamın yedisinde girerdi yatağına, ne kadar da yorulurdu. Kocası da döverdi onu. Öldü kızım, dayanamadı bu kadar çileye. Hiç de mutlu yaşamadık. Paris bir karabasan gibi yutar oturanları. Kimse kimsenin umurunda olmaz. Kim hatırlar Şampatiyö'yü? Evet, bir kez Mösyö Balu'dan sorun beni. Benden ne istiyorsunuz, ne alıp veremediğiniz var benimle?

Mahkeme başkanı:

– Bunları daha öncede anlatmıştınız. Polisler sözünü ettiğiniz fabrikaya gitmişler, orada daha önceleri Balu adında birisinin çalıştığını fakat işten ayrıldığını söylemişler. Mösyö Balu'nun nerede ikamet ettiğini bilmedikleri gibi, onun yanında çalışan Şampatiyö adında birini tanımadıklarını beyan etmişler. Zor bir durumdasınız. Çok ciddi suçlamalarla karşı karşıyasınız, iyi düşünün ve bana mantıklı cevaplar verin. Meyve bahçesinin çitini kırıp içeri girerek elmaları çaldınız mı? Daha sonra, şunu cevaplandıracaksınız, sekiz yıl önce serbest bırakılan pranga mahkûmu Jan Valjan mısınız?

Sanık sorulan soruları iyice anlamamış gibi, birkaç kez kafasını salladı ve başkana döndü.

– Öncelikle, diye söze başladı. Sonra bir elinde başlığı, şaşkın şaşkın tavana bakarak sustu.

Savcı çok soğuk bir ifadeyle:

– Sorduğumuz sorulara çok saçma cevaplar veriyor, en akla gelmez şeyleri söylüyorsunuz, dedi. Heyecanınız sizi ele veriyor. Sizin Jan Valjan olduğunuzu biliyoruz. Annenizin adı altında Jan Matiyö olarak Ovemeyada bulundunuz, Faverola gittiniz, orada doğdunuz ve uzun yıllar çiftçilik yaptığınızı biliyoruz. Hadi artık suçunuzu itiraf edin, jüri heyeti kararı bildirecekler.

Sanık oturmuştu, savcı sözünü bitirince zavallı adam hırsla yerinden kalktı:

– Hepinizin de çok kötü olduğunu söyleyeceğim. Ben her gün karnını doyuranlardan değilim. Yağmur yağmış, dere taşmıştı; tarlalarda rastgele yürürken yerde üzeri elmalarla dolu, kırık bir dal gördüm. Düşünmeden eğilip aldım, başıma bu kadar bela açacağını bilsem elimi bile sürmezdim. Üç aydır cezaevinde yatıyorum. Durmadan bana soru soruyorlar. İyi bir çocuk olan jandarma bile hadi söylesene diye beni sıkıştırıyor. Ne söyleyeyim? Benim okumam yazmam yok ki! Ben fakirin biriyim. Kimse bunu anlamak istemiyor. Jan Matiyö ve Jan Valjan'dan bahsediyorsunuz. Ben o adamları tanımam bile. Kimdir bu adlarını saydığınız herifler? Benim gibi yoksul köylüler mi? Ben, hastane bulvarında oturan Mösyö Balu'nun atölyesinde çalıştım. Adım da Şampatiyö. Bana doğduğum köyden söz ediyorsunuz, çok ilginçsiniz doğrusu, ben nerede doğduğumu ne bileyim, nasıl bilebilirim? Herkesin dünyaya gelecek evi olur mu? Aman ne bolluk, herkes evlerde mi dünyaya gelir sanırsınız? Galiba anam babam köy köy gezen, nerede iş bulursa çalışan çiftçilermiş. Ne bilirim ben başka. Çocukluğumda beni küçük diye çağırırlardı, oysa şimdi de ihtiyar diyorlar. Evet, Overnaya'da bulundum. Favero'la gittim, bu da mı suç? Şu kılıksız herifler durmadan benimde kendileri gibi kürek mahkûmu olduğumu söyler dururlar. Yemin ederim ki, ben asla benim olmayana el sürmem, hiçbir şey çalmadım, sadece yere düşen elmaları aldım, fırtınadan kırılan daldaki elmaları topladım. Hem de adım Şampatiyö, benden ne alıp veremediğiniz var?

Savcı ayağa kalkmıştı, başkana dönerek:

– Sayın Başkan, sanık kurnazca inkârlar sayesinde kendisini boş yere aptal gibi göstermek istiyor. Bir kez daha Breve, Koşpay ve Şenildiyö adındaki mahkûmları yüksek huzura çağırmanızı rica edeceğim. Bu arada polis şefi Javer'i de bir daha dinlemek isteriz.

Mahkeme başkanı:

– Savcı bey, polis Javer'in soruşturması sonunda mahkemeyi terk edip Möntreysür Mer kentine döndüğünü hatırlatmak isterim.

– Haklısınız Sayın Hâkim; ancak Mösyö Javer'in yokluğunda, jüri üyelerine onun gitmeden önce söylemiş olduklarını bir defa daha hatırlatmak isterim. Javer, amirlerinin saygısını ve güvenini kazanmış, görevine bağlı, dürüst bir memurdur. Tanıklığını şöyle özetledi:

"Sanığı görür görmez tanıdım. Bu adamın adı Şampatiyö değildir. Kendisi çok zorlu ve tehlikeli bir haydut olup, gerçek adı Jan Valjan'dır. Hırsızlık suçuyla prangaya mahkûm edilmiş, birkaç kez kaçmak istemiş, bu yüzden cezası uzayarak on dokuz yıl yatmıştır. Tahliye edildikten sonra, Jerve adında küçük bir çocuğun parasını çaldığı gibi, onun kutsal bir din adamı olan Diny piskoposunun evinde hırsızlık yapmış olduğuna dair tutanaklar var. Tulon'da gardiyan muavinliği yaptığım günlerden tanırım kendisini."

Bu kesin ifade, halkı ve jüriyi çok etkilemişti. Savcı, Javer burada bulunmadığına göre, öteki üç tanığın, Breve, Şenildiyö ve Koşpayın tekrar dinlemelerini önerdi. Başkanın mübaşire bir işareti üzerine tanıklar odasının kapısı açıldı. Bir jandarma yardımıyla Breve adındaki mahkûm elleri kelepçeli olarak getirildi. Başkan ona dönerek:

– Breve, bir kürek mahkûmu olmanız nedeniyle yemin etme hakkından yoksunsunuz. Söylenecek tek bir yanlış kelime, bir adamın hayatına, özgürlüğüne mal olabilir. Bir sözünüzle onun kaderini değiştirebileceğinizi unutmayın. Breve, sanığa iyice bakın ve iyi düşünün bu adam gerçekten sizin eski cezaevi arkadaşınız Jan Valjan mı?

Breve gözlerini kısarak sanığa baktı.

– Evet, Sayın Yargıç, dedi. Bu adamı ilk tanıyan benim. Sözümde ısrar ediyorum ki, bu adam Jan Valjan'dır. İhtiyarlamış ama kesinlikle eminim. 1796 yılında Tulon ceza evine girdi ve 1815 yılında çıktı. Ben de ondan bir yıl sonra serbest bırakılmıştım. Onu kuşkusuz tanıdım.

– Siz şöyle ayakta bekleyin, dedi başkan? Sanık, siz ayakta bekleyin. Şenildiyö adındaki mahkûmu getirin.

Şenildiyö de elleri kelepçeli olarak getirildi. Üzerindeki kırmızı kazaktan ve başındaki yeşil şapkadan onun müebbet hapis cezası almış olan bir mahkûm olduğu belliydi. Aşağı yukarı elli yaşlarında, kısa boylu bir adamdı. Başkan az önce Breve'ye söylediklerini ona da tekrarladı. Kendisine tanığı tanıyıp tanımadığını ısrarla sordu.

– Nasıl tanımam? Beş yıl aynı zincire bağlı yaşadık.

– Yerinize oturun, dedi başkan.

Mahkeme başkanı bu adamı fazla konuşturmadı.

Diğer mahkûm, Koşpay getirildi. Başkan ona da benzer birkaç söz söyledikten sonra, aynı soruyu tekrarladı.

Koşpay:

– Tanımaz olur muyum hiç? Evet, bu adam Jan Valjan'dır, dedi. Buna kalıbımı basarım. Hatta çok güçlü olduğundan onu makine Jan diye çağırırdık. Ama ne olur onu bizim tersaneye göndermeyin. Yoksa şahitlik yaptığım için beni öldürür...

Sanık aptallaşmış gibi, bu suçlamaları dinliyordu. Nihayet, başkan kendisine:

– Sanık, söylenenleri duydunuz, bu suçlamalara karşı vereceğiniz bir cevap var mı? diye sorduğunda, adam:

– Ne diyeyim? Ben bile artık kendimden şüphe eder oldum. Ben, Jan Valjan adında kimseyi tanımıyorum, dedi. Birden salonda mırıldanmalar başladı.

Başkan:

– Mübaşir, dedi. Salonda sessizliği sağlayın, duruşmayı kapatıyorum.

O esnada, başkanın yanında bir ses gürledi.

– Breve, Şenildiyö, Koşpay, bana bakın...

Bu sesi duyanlar buz gibi donup kaldılar. Çok kederli ve iç paralayıcı bir haykırıştı. Bütün gözler sesin geldiği yöne döndü. Başkanın hemen arkasında oturan iyi giyimli, asil görünüşlü biri kalkmış, mahkeme üyelerini salondan ayıran bölmeyi iterek, salonun ortasına kadar ilerlemişti.

Mahkeme Başkanı, savcı, Mösyö Batuva ve hâkimlerden ikisi onu hemen tanımışlardı.

Hep bir ağızdan:

– Mösyö Madlen! Belediye Başkanı, diye haykırdılar.

Evet, gerçekten oydu. Arasa geldiğinde kır olan saçları, şu bir kaç saat içinde bembeyaz olmuştu. Bütün başlar dimdik kesildi. Önce kimse bir şey anlayamadı, kimin haykırmış olduğunu kestiremediler. Bu soğukkanlı adamdan böyle iç sızlatıcı bir feryat kopmuş olmasına, ihtimal veremediler.

Bu kararsızlık ancak bir kaç dakika sürdü. Başkan ve Savcı bir kelime bile söylemeden jandarmalar ve mübaşirler bir jest yapma fırsatını bulamadan, henüz M. Madlen adını verdikleri adam üç mahkûma doğru ilerledi.

– Beni tanımadınız mı? diye sordu.

Üçü de, aptal aptal bakıyorlardı ona. Daha sonra hayır der gibi kafa salladılar.

Mösyö Madlen hâkimlere dönerek, yavaş bir sesle:

– Muhterem hâkimler, dedi. Şu zavallıyı serbest bırakmalısınız. Aradığınız kişi benim. Ben Jan Valjan'ım. Bunu size ispat edeceğim.

Herkes nefesini tutmuştu. İlk şaşkınlığı, daha sonra uzun bir sessizlik izlemişti. Bu esrarengiz olayın karşısında dinleyiciler büyük bir sessizlik içinde kıpırdamaktan bile korkuyorlardı. Oysa Başkanın yüzünü bir keder ve acıma hissi sarmıştı, savcı ile işaretleştiler ve yanındakilere yavaş sesle bir şeyler mırıldandıktan sonra, dinleyicilere sordu:

– Aranızda bir doktor var mı?

Herkes onun ne demek istediğini anlamıştı. M. Madlen'de, Başkanla savcının üzgün üzgün bakışmalarından kuşkulandığından, hemen söze başladı:

– Çok teşekkür ederim Sayın Hâkim, ben deli değilim. Keşke deli olsaydım. Az önce büyük ve önüne geçilemeyecek kadar önemli bir hata yapmak üzereydiniz. Şu adamı serbest bırakın, aradığınız o eski sabıkalı adam benim. İçinizde olanları olduğu gibi gören ve bilen tek ben varım.

Başka bir isim altında gizlenmiş, zengin olmuş, hatta Başkan olmuştum, geçmişi unutup, temiz bir sayfa açıp, namuslu insanlar gibi yaşamak istiyordum, ama ne yazık ki, mümkün olmadı, olamazmış. Tüm hayatımı burada anlatacak değilim fakat günün birinde öğrenirsiniz. Evet, o saygı değer piskoposun gümüşlerini çaldığım, küçük Jerve'nin yolunu kesip zorla parasını aldığım da doğru. Jan Valjan'ın çok kötü ve tehlikeli bir sefil olduğunu söyleyenler yanılmadılar. Ne var ki, belki de tüm suç onda değildi. Dinleyin beni, Sayın Başkan, sözlerime kulak verin, jüri heyeti, benim kadar alçalmış bir adamın sizlere verecek öğüdü yoktur belki ama beni bu denli düşüren yine siz oldunuz. Bir ekmek, -aç kalan yeğenlerim için tek bir ekmek- çalmak yüzünden tam on dokuz yıl süründüm zindanlarda. Orada daha da kötü oldum. Hapse girmeden önce akılsız ve sersem bir köylüydüm. Beni hapishane hayatı değiştirdi; budalalıktan sıyrılıp gerçekten kötü oldum. Daha sonra haksızlığın ve sertliğin böyle kötüleştirdiği adamı yine bir iyilik kurtardı. Evet, bu gün artık meleklerin arasındaki yerini almış olan piskoposun anlayışı beni değiştirdi. Onun sayesinde dürüst bir adam oldum ve yine onun sayesinde bu gün bir masumu kurtarmak için burada bulunmaktayım. Evimde, ocağın külleri arasında, Küçük Jerve'den çalmış olduğum kırk metelik madeni parayı bulabilirsiniz.

Bu sözleri insanın içine işleyen, içten ve hüzün dolu bir ifadeyle söylemişti.

Fakat hala hepiniz kafa sallıyor Mösyö Madlen aklını oynattı diyorsunuz. Ah Tanrım, hiç kimse beni tanımayacak mı? Ah, keşke Javer burada olsaydı, o beni tanımakta gecikmezdi.

Birden eski arkadaşları olan kürek mahkûmlarına dönerek:

– Hey, Breve, bana iyice bak. Tanıdın mı? Hapiste satranç tahtası gibi kareli bir hırka giyerdin, unuttun mu? Sen, anasını inkâr eden Şenildiyö beni nasıl hatırlamazsın? Sağ omzundaki dövmeyi silmek için bir gün, mangalda kızdırılmış bir demirle omzunu dağlamıştım, hatırladın mı?

– Doğru, dedi Şenildiyö. Madlen en son Koşpaya döndü:

– Koşpay, kolunda, dirseğinin tam iç kısmında, karınla evlendiğiniz günün tarihini mavi harflerle dağlatmıştın. Bu tarih, 1 Mart 1815 doğru değil mi?

Koşpay, kolunu açtı, bütün bakışlar ona çevrilmişti, mübaşir lambayı yaklaştırdı. Dövme oradaydı.

Zavallı adam dinleyicilere döndü, yüzünde zaferle birlikte büyük bir üzüntü ve ıstırabın belirtileri olan acıklı bir gülümseyişle:

– Görüyorsunuz ya? Gerçek Jan Valjan benim.

Artık bu salonda savcı, hâkim, jandarma ve kanun adamları yoktu. Yaşlı gözler, üzgün kalpler vardı. Kimse oradaki görevini hatırlamıyordu. Hatta savcı bile suçlamak için bulunduğunu unutmuş göründü. Böyle yüce görünenler, görenleri şaşırtır, herkes hayrete düşmüş, büyük bir nurun karşısında gibi gözlerinin kamaştığını hissediyorlardı.

Karşılarındakinin Jan Valjan olduğundan artık hiçbirinin şüphesi kalmamıştı. Az öncesine kadar basit ve adi bir olay olan dava, birden bambaşka bir niteliğe bürünmüştü. Bütün bu kalabalık, yerine bir başkasının ceza evine girmesine razı olamayacağı için kendisini ele veren bu adamı yarı hayranlık, yarı şaşkınlıkla izliyordu.

Ne yazık ki, bu izlenimi hepsi az sonra unutacaklardı.

Jan Valjan, bu kez daha tok bir sesle.

– Mahkemeyi daha fazla oyalamak istemem, şimdilik gidiyorum. Düzenleyecek önemli işlerim var. Sayın Hâkim beni nerede bulacaklarını bilirler.

Çıkış kapısına yöneldiğinde, ne bir ses yükselmiş, ne de bir jest yapılmıştı.

Kapıya geldiğinde bunu açılmış buldu, kimsenin açtığını görememişti tekrar salona dönerek:

– Sayın Savcı daima emrinizdeyim, dedi. Daha sonra dinleyicilere seslendi:

– Siz ki buradaysanız içinizden hepiniz bana acımaktasınız değil mi? Hey Tanrım oysa ben yapmak üzere olduğum şeyleri düşündükçe kendime imreniyorum, keşke bunların hiç biri olmasaydı.

İki saat sonra, mahkeme kararıyla, Şampatiyö serbest bırakıldı. Zavallı adamcağız hepsini deli sanıyor ve başına gelenlere hala hiçbir anlam veremiyordu.

BEŞİNCİ BÖLÜM

Bütün geceyi uykusuz ve ateşler içinde geçiren Fantin, sabaha karşı biraz uyuyabildi. Rahibe Semplise başucunda sabahlamış, Fantinin uykuya dalışını fırsat bilerek ona bir öksürük şurubu hazırlamak için yanından uzaklaşmıştı. Kadıncağız odanın kapısına gelince irkildi:

– Ah, siz miydiniz Mösyö?

Mösyö Madlen kısık bir sesle:

– Fantinin durumu nasıl? diye sordu.

– Şimdilik iyi sayılır ama bizi bir hayli korkuttu. Dün doktor kendisinden ümidi kesmişti. Fantin, Kozeti getirmeye gittiğinizi sanıyor.

– Böyle düşünmesi güzel, dedi adam. İyi ki onun bu inancını sarsmadınız.

– Fakat uyanıp da kızını göremezse, ona ne diyeceğiz?

– Ne diyeceğimizi Tanrı bilir.

Hemşire kısık bir sesle:

– Olabilir, dedi. Fakat yine de yalan söyleyemeyiz Mösyö.

Etraf iyice aydınlanmıştı, o sırada Mösyö Madlenin saçlarını fark eden hemşire Semplisi haykırdı:

– Aman Tanrım, size ne oldu böyle? Saçlarınız bembeyaz olmuş.

– Beyaz mı?

Mösyö Madlen bunun farkında değildi. Hemşire, doktorun bıraktığı alet çantasından küçük bir ayna çıkartıp başkana uzattı. Mösyö Madlen bir insanın öldüğünden kesinlikle emin olabilmek için nefeslerinin kontrol edildiği bu aynayı aldı, kendisine uzun uzun baktıktan sonra:

– Evet, dedi. Yaşam hiç de kolay değil.

Rahibe bütün bunların ardında bilinmeyen ürkütücü bir şey sezmiş gibi iliklerine kadar donduğunu hissetti. Mösyö Madlen sordu.

– Onu görebilir miyim?

Hemşire soru sormaya korkar gibi kısık bir sesle konuştu:

– Mösyö onun kızını getirtmeyecek misiniz?

– Elbette getirteceğim ama bu en azından iki-üç gün sürer.

– O zaman, bu süre içinde sizi görmemesi çok daha iyi olur. Hiç değilse, sizin kızını getireceğinizi düşünerek rahatlar. Oysa sizi yalnız görünce, çocuğuna bir şey oldu sanarak çok üzülecek. Kendisini oyalamak için bile olsa yalan söyleyemeyiz.

Mösyö Madlen kısa bir an düşündü bu sözleri, sonra çok ciddi bir sesle:

– Belki haklısınız, ama onunla görüşmeliyim, belki daha sonra buna vaktim olmayacak.

– Siz bilirsiniz, dedi. Şu anda hasta uyuyor.

Adam Fantinin yattığı odaya girdi ve perdeleri araladı. Fantin zorlukla nefes alıyordu, buna rağmen onun yüzünde sonsuz bir huzur seziliyordu. Eski güzelliğinin tek kalıntısı, uzun sarı kirpikleri hafifçe titriyordu. Mösyö Madlen bir süre yatağın yanında hareketsiz bekledi. Yere diz çökmüş, duaya başlamıştı.

Fantin gözlerini açtı ve sakin bir gülümseyişle başucunda dua eden adama sordu:

– Kozet'im, kızım nerede?

Ne bir sevinç jesti, ne de bir hayret, yalnızca derin bir sesle sorulan kızım nerede sorusu. O kadar güvenle sorulan bu soruya Mösyö Madlen verebilecek bir cevap bulamadı. Fantin devam etti: Burada olduğunuzu biliyordum, uyuyordum ancak bu arada sizi gördüm. Sizi uzun zamandan beri görmekteyim, bütün gece sizinle beraberdim. Fakat Kozet nerede? Neden onu hemencecik yatağımın üzerine bırakmadınız?

Tam bir ana kalbinin hayali. O Kozet'i hala bıraktığı gibi kucakta taşınacak küçük bir kız olarak düşünüyordu.

Tam o sırada doktor odaya girmiş ve Mösyö Madlen'in imdadına yetişmişti, doğruca Fantin'in yanına gitti ve elini hastasının alnına koyarak:

– Hayır, daha olmaz, dedi. Biraz ateşiniz var, şu anda sizin heyecanlanmanız hiç iyi olmaz. Kızınızı görünce heyecanlanırsınız, bu da size dokunur. Önce iyileşmelisiniz.

– Fakat ben iyileştim, size iyi olduğumu söylüyorum ya. Aman Tanrım, şu doktor da ne anlayışsız bir adam... Ben çocuğumu görmek istiyorum.

Doktor yatıştırıcı bir sesle:

– Bakın, dedi. Nasıl öfkelendiniz? Böyle olduğunuz sürece çocuğunuzu gösteremem size. Her şeyden önce, onun için yaşamanız gerekiyor. Bunun için de iyileşmelisiniz, daha uygun olduğunuzda Kozeti görürsünüz!

Mösyö Madlen onun elini tuttu:

– Kozet güzel bir çocuk, dedi. Sağlığı da yerinde, az sonra onu görürsün. Sakin olmalısın yavrum, böyle durmadan konuşursan yine ateşin yükselir.

Fantin konuştuğu süre içinde durmadan öksürmüştü. Yine bir öksürük nöbetiyle sarsıldı.

– Tamam, siz nasıl isterseniz öyle olsun. Montferney güzel yer değil mi? Yazın Paris'ten oraya bahar şenlikleri düzenlemeye gelirler. Şu Tenardiye'lerin işleri yerinde mi?

– Galiba hanları pekiyi işlemiyor?

Kozet'de geldi, ah bundan böyle, ne denli mutlu olacağız. Küçük bir bahçemiz olacak, evet Mösyö Madlen bunun için söz verdi. Kızım bahçede oynar. Kim bilir, belki artık harfleri bile öğrenmiştir. Otlar arasında koşarak kelebekleri kovalayacak. Acaba o yaşa geldi mi? Parmaklarıyla saymaya başladı. Bir, iki, üç, dört, beş, altı, yedi, Kozet tam yedisinde, papaz efendi onu ilk Hıristiyanlık ayini törenine hazırlar. Ama daha vakit var. Ah! O günleri görebilecek miyim? Kozet'imin başında beyaz bir duvak, temiz çoraplar, genç kız olacak bayağı.

Birden gülmeye başladı.

Mösyö Madlen, Fantinin söylediklerini dalgın dalgın dinlerken önüne bakıyordu. Birden kadının sustuğunu görünce başını kaldırdı. Fantin dirseği üzerinde doğrulmuş, sıska omuzu gömleğinin yakasından fırlamıştı, bir an önce ışıldayan yüzü kül rengini almıştı, odanın bir köşesinde korkunç bir görüntüye dikilmiş olan bakışları dehşetten büyümüştü.

Mösyö Madlen haykırdı:

Tanrım, ne oldu Fantin, neyin var?

Kadın cevap vermeden yüzündeki dehşet ifadesiyle aynı noktaya bakmaya devam etti. Birden eli ile M. Madlene dokunarak arkasına bakmasını işaret etti.

Mösyö Madlen başını çevirdiğinde, kapıda heykel gibi duran Javer'le göz göze geldi. Javer yüzünde şeytani bir sevinçle, gözlerini yıllardır aradığı adama dikmişti. Şüphelerinde haksız olmadığının ortaya çıkması ona tarifi imkânsız bir gurur veriyordu.

Fantin, başkanın kendisini kurtardığı o geceden bu yana Javer'i bir daha görmemişti. Onun korkunç yüzüne bakamadı, yüzünü ellerinin arasına kapayarak haykırdı:

– Mösyö Madlen, yalvarırım kurtarın beni, beni koruyun. Jan Valjan yerinden kalkmıştı.

Sonra Fantine döndü ve çok tatlı bir sesle:

– Korkma kızım, dedi. Senin için gelmedi. Daha sonra Javer'e dönerek:

– Ne istediğinizi biliyorum, dedi.

– O halde ne bekliyorsun? Zorluk çıkarmadan benimle gelin.

Javer'in bu sözlerini duyan Fantin yeniden gözlerini açtı, M.

Madlen yanındaydı kimden ve neden korkacaktı? Javer odanın ortasına kadar ilerleyerek haykırdı:

– Geliyor musun, yoksa zor mu kullanalım?

Mutsuz kadın, çevresine bakındı, odada Rahibe Semplisi ve M. Madlen'den başka kimse yoktu. Javer, sen diye kime seslenebilirdi. Ancak kendisine...

Birden rüyasında görse inanamayacağı kadar korkunç ve şaşırtıcı bir sahneye şahit oldu.

Müfettiş Javer'in vali M. Madleni yakasından yakaladığını ve ötekinin bu duruma boyun eğdiğini gördü. Birden sanki dünyası yıkılmıştı.

– Mösyö, sizden yalnızca bir ricam var, lütfen... Başkalarının duymasını istemiyorum.

– Hayır, efendim, benimle böyle fiskos edemezsin, benimle yüksek sesle konuşulur. Gizleyecek sırrım yok benim.

Jan Valjan ona yaklaştı ve çok yavaş bir sesle:

– Bana üç gün izin verin, dedi. Üç gün. Gidip şu zavallı kadının çocuğunu getireyim, istediğiniz kefaleti öderim, isterseniz siz de benimle gelebilirsiniz.

– Dalga mı geçiyorsun? Olur şey değil, senin bu kadar budala olduğunu bilmezdim doğrusu. Benden izin istersin ha, hem de üç gün. Hem de ne için? Şu fahişenin çocuğunu getirmek için. Hah ha...

Fantin titremeye başladı:

– Çocuğum mu? Kozet'ime ne olmuş? Burada değil mi? Rahibe ne olur, bana cevap verin, Kozet nerede? Ben kızımı isterim. Mösyö Madlen, Mösyö Madlen...

Javer ayağıyla yere vurdu:

– İşte bir bu eksikti, öteki de başladı. Bana bak, kapa çeneni kaltak. Ne biçim memleket burası, tersane mahkûmu başkan oluyor; sokak kadınlarına tertemiz yataklarda prensesler gibi muamele görüyor.

Fantin birden yataktan kalkmak istiyormuş gibi, yerinde doğruldu. Elleriyle kenarlarına tutunarak, odadakileri ilk defa görüyormuş gibi bakışlarıyla hepsini süzdü. Konuşmak için ağzını açtı, bir hırıltıdan başka bir ses çıkmadı. Telaşla kollarını uzattı, sanki boğulan birisi gibi, bir yere tutunmak için ellerini açtı ve başı yastığa düştü. Ağzı açık, gözleri tavana dikili öylece kalakaldı. Ölmüştü...

Jan Valjan kendisini sıkı sıkıya tutan Javer'in ellerinden kendisini kurtardı, sonra polise dönerek:

– Bu kadını siz öldürdünüz, diye haykırdı. Javer hiddetlenerek:

– Artık bu zırvalara bir son verelim, dedi. Buraya senin saçmalıklarını dinlemeye gelmedim. Jandarmalar aşağıda bekliyor, derhal yürü, yoksa karışmam.

Odanın bir köşesinde, hastayı bekleyen hemşirelerin geceleri dinlenmeleri için eski bir demir karyola vardı. Jan Valjan hızla yatağa yöneldi, göz açıp kapayıncaya kadar demir karyolayı parçaladı, sonra bir demir çubuk parçasını kaparak Javer'in üzerine yürüdü. Javer kapıya kadar geriledi. Jan Valjan gibi kuvvetli adaleleri olan bir adam için bunu yapmak çok kolay olmuştu. Jan Valjan elindeki demirle Fantinin yatağına yaklaştı ve sonra başını çevirerek Javer'e tehditkâr gözlerle baktı, duyulmayacak kadar kısık bir sesle:

– Şu anda beni rahatsız etmenizi hiç tavsiye etmem, dedi. Aslında Javer'in de böyle bir niyeti yoktu.

Bir ara aşağı inip jandarmaları çağırmayı düşündü, sonra Jan Valjan'ın bundan faydalanarak kaçma ihtimalini düşünerek vazgeçti. Böylece sırtını kapıya yaslayarak bekledi.

Jan Valjan ölü kadının üzerine eğildi ve onun kulağına bir şeyler mırıldandı. Jan Valjan'ın az önce ölen bu kadına, neler söylediğini kimse duymadı. Fakat belki ölü duymuş olacaktı. Sahnenin tek şahidi rahibe Semplisi, inanılmayacak bir şey gördüğünü daha sonra arkadaşlarına anlattı. Jan Valjan, Fantinin kulağına eğilip onunla konuştuğu anda, kadının soluk dudaklarında hafif bir gülümseyişin belirdiğini ve ölümün donuklaştırdığı o gözlerde bir sevinç ifadesinin ışıldadığını rahibe görmüştü.

Fantinin eli yataktan sarkmıştı. Jan Valjan eğildi, bu eli tuttu, yavaşça kaldırdı ve saygıyla öptü.

Sonra aniden yerinden kalkarak Javer'e döndü.

– Haydi, bundan sonra emrinizdeyim, dedi.

• • •

Javer, geçici olarak, Jan Valjan'ı kasabanın cezaevine teslim etti. Mösyö Madlenin tutuklanma haberi, kasabada bir bomba gibi patlamıştı. Ne yazık ki, onun sabıkalı bir kürek mahkûmu olduğunu duyan herkes iki saat sonra onu terk etmişlerdi. O bir mahkûmdu yıllardan beri kasabayı kalkındırması, yaptığı iyilikler, rahata kavuşturduğu aileler hiçbiri, artık onun adını anmayacaktı. Bütün gün kasaba sakinleri:

"Biliyor muydunuz? Olur şey değil, cezasını tamamlamamış bir kürek mahkûmu imiş. Kim? Kim olacak, Başkan, hem de adı Madlen değilmiş. Asıl adı Bejan mı? Bojart? Bajan mı? Aman Tanrım, yakalanmış. Tutuklandı mı? Elbette, cezaevinde. Daha sonra onu başka yere gönderirler. Yıllar önce, yol keserek yapmış olduğu bir eşkıyalık için ağır ceza mahkemesinde yargılanacak. Zaten ben kuşkulanıyordum doğrusu, fazla iyi biriydi. Bu kadar mükemmel adamların geçmişi daima karışık olur. Kendisine sunulan madalyaları geri çevirmesi, yolda rastladığı her serseri yumurcağa avuç dolusu para vermesi midemi bulandırmıştı. Bunun altında bir bit yeniği olduğundan emindim."

İşte Madlen baba adını taşıyan adam, böylesine kısa bir zamanda tamamıyla unutulacaktı. Montreysür Mer'de, onun anısına üç dört kişi sadık kaldı. Kendisine hizmet eden yaşlı kadında bunların arasındaydı.

O günün akşamı, aynı zamanda kapıcılık yapan bu iyi kalpli kadın, Mösyö Madlenin evine döndüğü her zamanki saatte yerinden kalktı, sonra mumunu yakarak şamdanı da evin girişine koydu. Sonra birden aklına acı gerçek gelince, kadıncağız gözlerinden yaşlar süzülerek kendi kendine: "Aman Tanrım ne kadar budalayım, Mösyö Madlen dönecek gibi onun mumunu yaktım!" diye söylendi.

Tam o anda kapıcı locasının camı açıldı, bir el uzanarak anahtarı ve yanan mumu aldı.

– Aman Tanrım, Mösyö, oysa ben sizi... Adam onun düşüncesini tamamladı:

– Cezaevinde olduğumu söylemek istediniz evet oradaydım. Demir çubuklardan birini sökmeyi başardım ve çatıdan atlayarak kaçabildim. Haydi koş baş hemşire Semplisiyi çağır.

Bir kâğıt aldı ve üzerine şu kelimeleri yazdı. "Mahkemede sözünü ettiğim Küçük Jerve'den çalmış olduğum kırk metelik ve budaklı sopamın demirden uçları."

Bu kâğıdı masanın üzerine bıraktı. Öyle ki odaya girenlerin gözlerine ilk çarpan, bu demir parçalarıyla madeni para olacaktı. Bir dolaptan eski bir gömlek çıkardı, gümüş şamdanları bu gömleğe sardı. Bunları hiç de acelesi yokmuş gibi, ağır ağır yapıyordu, kapı tıkırdadı. Gelen hemşire Semplisiydi.

Jan Valjan yazmış olduğu kâğıdı rahibeye uzatarak:

– Hemşire, dedi. Lütfen bu kâğıdı rahip efendiye verin. Rahibenin aldığı kâğıtta şunlar yazılıydı.

"Burada bıraktıklarımı size emanet ediyorum. Paramın bir kısmı mahkeme masraflarına, diğeri şu zavallı kadının gömülmesine harcansın, geri kalanını yoksullara bırakıyorum."

Tam o anda, merdivenlerde bir şamata koptu. Kapıcı kadın haykırıyordu:

– İyi kalpli beyim, size yemin ederim ki bütün gün ve gece yukarı odaya kimse girmedi. Kapı önünden bir saniye bile ayrılmadım.

133

Bir erkek sesi cevap verdi:

– Şu yukarı odada ışık var. Ayak sesleri kapının önüne geldi. Oda öylesine yapılmıştı ki, kapı açıldığında duvarın bir çıkıntısını arka kısmı gizliyordu. Jan Valjan mumu söndürdü ve kapının ardındaki bu boşluğa gizlendi.

Rahibe Semplisi masanın önüne diz çökerek ellerini kavuşturdu. Kapı hızla açıldı ve Javer içeri girdi.

Rahibe gürültüye aldırmadan duasına devam ediyordu.

Javer rahibeyi görünce olduğu yerde durdu. Polisin karakterinin özünün, otoriteye saygı olduğunu daha önce söylemiştik. Dini otorite onun için en başta gelirdi. Aslında Javer her şeyde olduğu gibi dinde de şöyle adet yerini bulsun diye inançlıydı fakat örnek olmak gayesiyle, asla dinsel görevlerini ihmal etmezdi. Onun gözünde bir rahip, bir rahibe asla aldanmayan ve günah işlemeyen kişilerdi. Onların ruhları, bu dünyanın yalanlarına kapalı ruhlardı, tek bir kapı açıktı ki ondan da ancak doğruluğa ulaşılırdı.

Karşısındaki, hayatında asla yalan söylememiş olan rahibe Semplisi idi, Javer bunu bilir ve özellikle bu kadına karşı büyük saygı duyardı.

– Rahibe, dedi, bu odada yalnız mısınız?

Uzun bir sessizlik oldu, rahibe başını kaldırdı ve sakin bir sesle cevap verdi:

– Evet, gördüğünüz gibi yalnızım. Javer sözüne devam etti:

– Affedersiniz, ısrarlarımı bağışlayın rahibe, bu akşam birisini görmediğinizden emin misiniz? Şu Jan Valjan adındaki sabıkalıyı, onu arıyoruz. Görmediniz mi?

Hemşire hiç telaşlanmadan sakin bir sesle:

– Hayır, dedi.

Javer:

– Beni bağışlayın, diyerek onu saygılı bir şekilde selamladıktan sonra odadan çıktı.

Rahibenin sözü Javer'e yetmişti, öyle ki, masanın üzerinde söndürülmüş bir mumun tütmesindeki acayipliği bile fark etmedi. Bir saat sonra, koşarcasına yürüyen bir adam, Paris istikametine doğru yol alıyordu.

Kendisine yolda rastlayan arabacılar daha sonra sorguya çekildiklerinde, adamın kolunun altında ağır bir paket ve sırtında rengi atmış mavi bir gömlek olduğunu söylediler.

Kısa bir süre sonra Jan Valjan yine yakalanacaktı. Bu tutuklamanın tüm ayrıntılarına girmeden, gazetelerde yayınlanan bazı satırları buraya aktarmakla yetineceğiz. 1923 yılının 25 Temmuz tarihli Sancak gazetesi şöyle yazmıştı:

"Padö Kale ilinin bir kasabası, korkunç bir olaya sahne oldu. Kasabada Mösyö Madlen adında yabancı birisi, yıllardan beri kendi uyguladığı metotlar sayesinde, kentte siyah boncuk ve cam ziynet eşyalarının yapımını kolaylaştırmış ve yepyeni bir endüstrinin gelişmesine sebep olmuştu. Büyük bir servet kazanırken, kasabayı da kalkındırmıştı. Hizmetlerine mükâfat olarak onu kente başkan olarak atamışlardı. Oysa Madlen adındaki bu adamın eski bir kürek mahkûmu olduğu ortada. Tutuklanmasından az önce, Paris'teki Lafit bankasında biriktirdiği yarım milyonu aşan servetini tümüyle geri çektiğini öğrenmiş bulunuyoruz. Tulon cezaevine kapatılan Jan Valjan'ın bu serveti nereye gizlediğini öğrenemedik."

Aynı tarihteki Paris gazetesi ise olayı daha ayrıntılı anlatmıştı:

"Yıllar önce serbest bırakılmış, eski bir sabıkalı olan Jan Valjan, Val ilinin ağır ceza mahkemesinde yargılanıp hüküm giymiş bulunuyor. Bu sinsi adam polisi bile aldatmıştı; adını değiştirmiş ve kuzey kentlerimizden birinin başkanı olmuştu. Bu kasabada hatırı sayılır bir ticaret kurarak kısa zamanda servet sahibi oldu fakat sonunda yakalanmış ve tutuklanmıştır. Bunu da emniyet güçlerinin sistemli çalışmalarına borçluyuz. Jan Valjan sokak kadınlarından birisini metres olarak tutuyordu, kadın dostunun tu-

tuklanacağını öğrenince, heyecandan öldü. İnsanüstü bir güce sahip olan bu haydut, bir kez daha kaçmayı başarmıştı, ne var ki kaçışından üç gün sonra polislerimiz onu Paris'te, Montferney posta arabasına binerken yakalamayı başardı. Bu üç dört gün zarfında, biriktirmiş olduğu oldukça yüklü bir serveti bankadan çektiği söyleniyor. Söylentilere göre, bunu hiç kimsenin bulamayacağı bir köşeye gömmüş olmalı. Val Mahkemesi kendisini sekiz yıl önce küçük bir çocuğun yolunu keserek parasını çalmakla yargıladı. Haydut kendini savunmaktan vazgeçerek suçunu itiraf etti. Jan Valjan'ın güneyi kasıp kavuran eşkıyalarla iş birliği yaptığı da ispat edildi. Bundan dolayı, suçlu bulunan Jan Valjan ölüm cezasına çarptırıldı; ancak çok adil olan kralımız onun cezasını müebbet hapse çevirmiş bulunmaktadır. Jan Valjan, Tulon cezaevine yollandı."

Bu arada Montreysür Mer'de kurulan siyah boncuk endüstrisi gittikçe çöküyordu. Düşman firmalar birbirleriyle dalaşırken, Madlenin atölyeleri kapatılmıştı. İşçiler kasabadan ayrıldılar. Meğer bütün bu endüstrinin ruhu madlenmiş. Kısa bir zaman sonra kasaba eski sefaletine geri dönmüştü.

Bu arada Montferney köyünde çok acayip bir olay yaşandı.

Kasabanın esrarengiz bir efsanesi vardı. Çok eski zamanlardan bu yana, şeytanın Montferney ormanlarını, hazinelerini gizlemek için seçtiği söylenirdi. Hatta ihtiyarlar, son zamanlarda, gün batarken oduncu kılığına girmiş esmer bir adamın, çukur kazdığını gördüklerine yemin ederlerdi. Bu adamın başlık yerine kafasında boynuzlarının olduğunu gözleriyle görmüşlerdi.

Jan Valjan'ın Montferney dolaylarında dolaştığı sıralarda, aynı köyün ihtiyarlarından bir oduncunun ormanda durmadan hendekler kazması dikkati çekti. Köylüler adamı konuşturmak amacıyla, bir akşam meyhanede hem de Tenardiye'nin hanında, bol bol içirdiler. Ne var ki, Bulatürel adındaki bu yol işçisi, gerçekten ketum bir adamdı. Ağzından doğru dürüst laf almanın imkânı yoktu fakat onu öylesine zorlamışlardı ki, iyice sarhoş olduktan sonra anlattıklarından şunu çıkardılar.

Bir sabah yolda taş kırmaya giden Bulatürel, koruda bir ağaç dibinde bir kürekle kazmanın saklanmış olduğunu görerek bundan kuşkulanmıştı. Sonra bunun köye su getiren Sifurun küreği olduğunu düşünerek üzerinde durmamıştı fakat aynı günün akşamı, bir yabancının ormana girdiğini görünce, kendisi de büyük bir ağacın ardına gizlenerek onu izlemişti. Adam dört köşe bir kutu ve kolunun altında bir paket taşıyordu. Bir süre boyunca adamı izleyen Bulatürel, bir ara izini kaybettiyse de o gece dolunay olduğundan, koru başında nöbet tutup adamın çıkmasını beklemeyi akıl etmişti. Gerçekten iki saat sonra, yabancı, ormandan çıkmıştı; bu kez kutusunu ve paketini taşımıyordu. Elinde bir kürekle kazma vardı. Bulatürel adama yanaşmaya cesaret edememişti. Ne var ki, pek de budala olmayan Bulatürel ertesi sabah o çalının dibine koşmuştu, ne yazık ki; kazma ile küreğin yerinde, yeller esiyordu. Böylece yol işçisi, yabancının ormanda bir hendek kazıp kasasını oraya gömdüğünü anlamıştı fakat adam ne gizlemiş olabilirdi? Kasa bir ceset gizlenemeyecek kadar ufaktı, demek ki içinde para bulunuyordu.

Bulatürel günlerce ormanı kazmış, toprağı delik deşik etmiş fakat hiçbir şey bulamamıştı. İşçinin bu hikâyesini dinleyen ihtiyarlar başlarını sallayarak, bunun da şeytanın işi olduğu besbelli. Tanrı bizleri onun kötülüklerinden korusun! diyerek konuyu kapattılar.

• • •

Fransa, İspanya ile savaş halinde idi. Tulon halkı, bu savaş esnasında hasar gören "Orion" savaş gemisinin onarım için girdiğini gördüler. Gemi bir hayli zarar görmüş olmasına rağmen, Tulon limanına girdiğinde, büyüklüğüyle halkı bir hayli etkilemişti.

Her gün sabahtan akşama kadar rıhtım meraklılarla dolup taşıyordu. Bu işsiz güçsüz insanlar sırf Orion gemisini seyretmeye geliyorlardı.

Yine bir sabah, geminin onarımını izleyen halk bir kazaya şahit oldu.

Tayfalar serenlere yelkenleri sarmaya çalışıyorlardı ki, flok yelkeninin köşesini tutan gabyacı birden dengesini kaybederek yuvarlanmak üzereydi ki, elleriyle serenin çevresine tutunmak için çabaladı ve can havliyle ip merdivenlere tutunarak orada asılı kaldı. Denizle arasında öylesine baş döndürücü bir mesafe vardı ki, buradan yuvarlanmak kesin bir ölümdü.

Onun yardımına koşmak korkunç bir tehlikeye atılmak demekti. Tayfalardan ve kıyıdaki balıkçılardan hiçbiri öyle tehlikeli kahramanlığa atılmaya cesaret edemiyorlardı. Bu arada; zavallı gabyacı bir hayli yorulmuştu. Kolları gerilmişti ve yukarı çıkabilmek için yaptığı her gayret, halat merdivenin daha çok sallanmasına yol açıyordu. Gücünü ziyan etmemek için haykırmaya bile korkuyordu. Kıyıdaki halk onun ipi bırakacağı anı bekliyorlardı.

Tam o sırada geminin direğine bir adamın tırmandığı görüldü. Yaban kedisi gibi çevik hareketle tırmanıyordu. Kırmızılar giymiş adamın bir kürek mahkûmu olduğu anlaşıldı. Gözetleme yerine çıktığında rüzgâr yeşilbaşlığını uçurunca, kar gibi beyaz saçları meydana çıktı.

Bir dakika sonra adam direğin tepesindeydi, bir an için durmuş ve bakışlarıyla mesafeyi ölçmüştü. Aşağıdan bu tüyler ürpertici sahneyi seyredenlere, bu birkaç dakika, saatler kadar uzun geliyordu. Nihayet mahkûm gözlerini ileriye dikerek hızlı bir adım attı. Kalabalık rahat bir nefes aldı. Onun seren direği üzerinden koşarcasına geçtiğini gördüler. Uç kısma geldiğinde beline bağlamış olduğu ipin bir ucunu direğe bağladı ve diğer ucunu sarkıttı, sonra elleriyle bu ip boyunca inmeye koyuldu.

Herkes nefesini tutmuştu, sanki nefes alırlarsa, solukları rüzgâra eklenerek bu zavallıları düşürecekmiş gibi hareketsiz duruyorlardı.

Bu arada forsa, tayfanın yanına varmıştı. Tam zamanında yetişmişti, biraz daha gecikse bitkin adam ellerini bırakarak aşağıya yuvarlanacaktı. Forsa bir eliyle ipe tutunup, diğer eliyle adamı halata bağladı, nihayet onun serene çıkarak tayfayı yanına çektiğini gördüler. Daha sonra birlikte ağır ağır gözetleme kulesine ulaştılar.

Forsa oraya vardığında, kaza geçiren zavallıyı arkadaşlarının uzanan kollarına bıraktı.

Tam o anda kalabalık onu coşkuyla alkışlamaya başladı, hatta yaşlı deniz kurtları şapkalarını havaya fırlattı, kadınlar kucaklaştı ve bütün sesler hep bir ağızdan, bu adam bağışlansın, bu kahraman forsa serbest bırakılsın! diye haykırdılar.

Oysa mahkûm, işine geri dönmek için inmeye koyulmuştu, daha çabuk ulaşmak için alçaktaki serenlerden birinin üzerinde koşmaya başladı. Bütün bakışlar onu izliyordu, bir an korktular, adamın yorgunluktan ya da baş dönmesinden sendelediği görüldü. Birden seyircilerden çığlık sesleri geldi, forsa denize düşmüştü.

Bu çok tehlikeli bir düşüş oldu. Orion'un yakınında bir zırhlı demirlemişti ve zavallı mahkûm iki gemi arasına düşmüştü. Gemilerden birinin altına kaymış olması içten bile değildi. Dört gemici, bir sandala atladılar, halk onları yüreklendirmek için haykırıyordu.

Sanki bir pire, zeytinyağına düşmüş gibi denizde bir kırışık bırakmadan sulara gömülmüştü. Akşama kadar boş yere araştırdılar.

Ertesi gün Tulon gazeteleri şu haberi yayınlıyorlardı:

17 Kasım 1823.

Dün Orion savaş gemisinde, onarım işlerinde çalıştırılan bir forsa, direğe asılı kalan tayfalardan birini kurtarırken denize düştü ve boğuldu.

Bütün araştırmalar boşa çıktı. Onun su altındaki tersane kazıklarından birine saplanmış olmasından korkuluyor. Bu adam 9430 numaralı mahkûm Jan Valjan'dır.

● ● ●

Montferney, Mani kıyılarında, bir tepenin yamacına kurulmuş büyükçe bir köydür. XVIII. yüzyıldan kalmış birkaç güzel şato olmasına rağmen, burası yoksul kişilerin barındıkları ıssız bir yerdi.

Burada hayat hiç de zor değildi fakat köy, bir tepe üzerinde kurulmuş olduğundan, su sağlamak bir sorun halini almıştı.

Ganyi tarafındaki evlerde yaşayanlar su almak için ormanlardaki göllere giderlerdi. Oysa kilisenin çevresi ve Şel kısmındaki evlerde yaşayanlar, Şel yolundaki bir kaynağa gitmek zorundaydılar. Orası da Montferneye en azından bir çeyrek saat uzaklıktaydı.

Varlıklı kişiler, köyün soyluları ve Tenardiye hanı günde birkaç metelik karşılığında, bir sakaya taşıtırlardı sularını. Ne yazık ki, köylüler ancak akşamın yedisine kadar çalıştığından hele kış akşamları işine saat beşte son verdiğinden, suyu tükenen kişiler kendileri kaynağa gitmek zorunda kalırlardı.

Küçük Kozet için bundan büyük işkence olamazdı. Sular tükendiğinde ormanlardaki kaynağa Kozet yollanırdı. Oralara gecenin karanlığında girmekten çok korkan küçük kız, her gün suyun yeterli olması için bin bir kurnazlığa başvururdu.

● ● ●

1823 yılının Noel kutlamaları pek parlak geçiyordu. Kış ılıman başladığı gibi havalar hala bozmamıştı. Henüz ne kar yağmış, ne de don olmuştu. Paris'ten gelen gezgin oyuncular validen izin isteyerek köy dışına çadırlarını kurmuşlardı. Bu arada kilise meydanına birkaç işportacı sergilerini açmışlardı. Böylece hanlar ve meyhaneler dolmuş, bu kasabaya gelen yabancılar, oraya neşeli bir ortam sağlamışlardı.

Noel akşamı, Tenardiye'lerin hanı bile dolup taşmaktaydı. Arabacılar ve gezgin satıcılar, oyuncular masa başında kadeh tokuşturarak neşeyle yiyip içiyorlardı. Bu salonda diğer meyhane salonlarından farklı değildi. Masalarda çinko maşrapalar, şişeler, sarhoşlar, tütün çekenler, loş bir ışık, pek çok gürültü. Madam Tenardiye ateşte kızaran etlere bakarken, kocası Tenardiye'de müşterilerle gevezelik ederek, kadeh kadeh şarap içmekten geri kalmıyordu.

Kozet her zamanki yerinde, ocak başındaydı. Üstü başı lime lime, ayakları tahta kunduralar içinde çıplaktı; mum ışığında yün çorap örüyordu. Tenardiye kızlarının giyecekleri yün çoraplardı bunlar. Küçük bir kedi masa altında oynuyordu, bitişik odadan neşeli çocuk sesleri duyuluyordu, bunlar hanın prensesleri olan Eponin ve Azelma'nın sesleriydi.

Ocak başındaki çiviye bir kırbaç asılı duruyordu. Arada bir evin uzak bir köşesinden ağlayan bir çocuğun sesi duyulurdu. Bu üç kış önce Madam Tenardiye'nin doğurduğu bir erkek çocuğun sesiydi. Anası onu emzirmişti fakat sevmezdi. Çocuk yaygarayı bastığında, kocası, oğlun zırlıyor, bak bakalım derdi ne? derdi.

Anası, aman, işim mi yok, çocuk sinirimi bozuyor! cevabını verirdi.

Zavallı yavru ise karanlıklarda haykırmaya devam ederdi.

• • •

Bu arada geçen yıllar, Tenardiyeler üzerinde de izlerini bırakmışlardı. Mösyö Tenardiye ellisine gelmişti, karısı otuzunu bir hayli geride bırakmış olduğundan, kocasıyla arasındaki yaş farkı oldukça göze batıyordu.

Kadının çillerle süslü geniş suratı bir kevgiri andırırdı. Tıpkı kadın kılığına girmiş bir hamala benziyordu. Okumuş olduğu romanlardan edindiği acayip cilveleri olmasa, kimse onun kadın olduğuna inanamayacaktı. Konuşurken onu dinleyenler, ondan bir jandarma diye söz ederler, onun içtiğini görenler, bir arabacı sanır, Kozeti hırpaladığını görenler, onun için cellât derlerdi. Kadınlık zarafetinden bir damla olsun nasibini almamıştı.

Tenardiye babaya gelince, o kara kuru, cılız, ufak tefek bir herifti. Solgun ve kemikli yüzünü gören onu hasta sanır, fakat o bir boğa gibi güçlüdür. Sinsiliği bu görünüşüyle başlardı. Bir âdeti de hiç durmadan gülümsemesiydi, herkese karşı çok terbiyeliydi. Hatta sadaka vermediği dilenciye bile nazik davranırdı. Bir sansar gibi bakar, kültürlü adam tavırları takınırdı. İşi gücü arabacılarla karşılıklı şarap tokuşturmaktı. O güne kadar kimse kendisini sarhoş görmemişti. Kalın bir pipo içerdi. Önlüğünün altına siyah bir kostüm giyerdi. Durmadan Fransız düşünürlerinden sözler söyler, Volteire, Didero ve Jan Jack Rousseau'nun adlarını dilinden düşürmezdi. Köylü ve kaba saba işçileri böylelikle etkiliyordu. Orduda hizmet ettiğini, hatta ateş altında ağır yaralı bir generali sırtında taşıyarak kurtardığını bile söylerdi. Hanına "Vaterlo Çavuşu" adını bundan dolayı koymuştu. Liberal, klasik ve Bonapart taraftarıydı.

Bu canavar ruhlu yaratıkların arasına kaderin fırlattığı Kozet, akla gelmeyen cefalar çeker, durmadan tekmelenir, kamçılanırdı. Bunun uygulayıcısı Madam Tenardiye idi, kışın yalın ayak gezip titremesini ise, giysilerini satıp parasından yararlanan Tenardiye babaya borçluydu.

Zavallı Kozet günde yüz kez merdivenleri iner çıkar, yıkar, fırçalar, siler, süpürür kısacası hep koşuştururdu. Kendisinden ağır eşyaları kaldırır, en zor işleri yapardı.

• • •

Kozet, kara kara düşünüyordu. Henüz sekiz yaşında olmasına rağmen, o kadar acı çekmişti ki, ihtiyar bir kadını andırıyordu.

Gözü morarmıştı. Zalim Madam Tenardiye onu yumrukladıktan sonra durmadan: "Şu sıskaya bakın, morarmış gözüyle ne de çirkin." diye söyleniyordu.

Tam o sırada gezgin satıcılardan biri hana girdi ve haşin bir sesle:

— Atımı sulamamışsınız, dedi.

— Suladık, diye atıldı Tenardiye ana.

— Oysa ben sulanmamış diyorum madam, dedi adam. Kozet saklandığı masanın altından çıkmıştı.

— Aman Mösyö, atınız suyunu içti, hem de tam bir kova dolusu su içti. Kovayı ben götürmüştüm.

Kozet yalan söylüyordu.

İşportacı haykırdı:

— Olur şey değil, bacak kadar yumurcak, boyundan büyük yalanları nasıl da kıvırıyor. Ben sana atımın su içmediğini söylüyorum küçük piç, o susadığı zaman burnundan solur.

Kozet kısık bir sesle direniyordu:

— Hem de öylesine bol içti ki...

Adam:

— Hadi hadi dedi. Yetti artık, atıma su verin de bu komedi bitsin.

Madam Tenardiye:

— Haklısın beyim, dedi. Atın suyunu içmediyse, içmeli. Sonra çevresine bakınarak:

— Nerelere sıvıştı? diye söylendi.

Başını eğerek, masa altına süzülmüş Kozeti gördü.

Kadın hırsla haykırdı:

— Buraya gelecek misin?

Kozet saklandığı yerden çıktı.

— Hadi sıçan yavrusu git ve at için sutaşı.

Kozet duyulmayacak kadar kısık bir sesle:

— Fakat Madam, çeşmenin suyu tükendi. Madam Tenardiye Sokak kapısını ardına dek açtı:

– Ne duruyorsun öyle aptal aptal, o zaman git kaynaktan getir.

Sonra çekmecelerden birini açarak bir kaç meteliklik bir madeni para çıkardı:

– Al bakalım kurbağa suratlı kız, dönüşte fırından taze bir ekmek de getir.

Kozet'in önlüğünün bir yan cebi vardı, aldı parayı cebine attı, sonra ocak başındaki kovayı koluna geçirdi. Aslında bu kova neredeyse onun boyundaydı, rahatlıkla içine oturabilirdi.

Sonra kapı önünde, hareketsiz durdu. Sanki birisinin imdadına gelmesini bekliyordu.

Madam Tenardiye haykırdı:

– Hadi daha ne duruyorsun?

Kozet dışarı çıktı. Kapı üzerine kapandı.

• • •

Tenardiye'lerin hemen yan tarafında bir oyuncakçı dükkânı vardı, dükkânın içi ışıl ışıl yanıyordu. Çanak çömlek ve renk renk bardakların önüne, satıcı bir de oyuncak bebek koymuştu. Bu bebeğin yarım metre boyu ve tozpembe bir elbisesi vardı. Başını altın başaklar süslüyordu, sahici saçları ve mavi mineden gözleri vardı. Bütün gün bu harika bebek için köy çocukları toplanır ve seyrederek hayal kurarlardı. Ne var ki, Montferney'de hiçbir ana, bu şahane bebeği kızına alacak kadar zengin değildi. Eponin ve Azelma'da, saatlerce bu bebeği hayran hayran seyretmişlerdi.

Elinde kovası sokağa çıkan Kozet, tüm üzüntüsüne rağmen bu göz kamaştırıcı görüntüye, bir prensese yakışacak bu bebeğe bakışlarını dikti. Hayatın her türlü cefasına katlanmış, soğuk bir sefalete gömülü bu yavrucak için bu bebek, sahip olmadığı tüm mutlulukların simgesiydi. Çocukluğun sağduyulu ve kederli mantığı ile Kozet, kendisini bu bebekten ayıran uçurumun derinliğini biliyordu. Böyle bir bebeğe sahip olmak için, insanın kraliçe ya da hiç değilse prenses olmasının gerektiğini, belki yüzüncü kez olarak kendi kendisine tekrarladı.

Birden Tenardiye ananın haşin sesi, onu daldığı düşlerden çekip çıkardı.

– Orada ne bekliyorsun? Şimdi geliyorum yanına sana haddini bildiririm.

Kozet kovasını kaparak koşarak uzaklaştı.

Tenardiye hanı, kilise yönünde olduğundan, Kozet, Şel tarafındaki orman kaynağına gitmek zorundaydı. Aydınlanmış yollarda hiç oyalanmadan koştu. İşportaların önlerinden geçtiği sürece, her şey iyi ve güzeldi, fakat son dükkânı da ardında bıraktıktan sonra, birden korkuya kapıldı.

Yürüdükçe gölgeler koyulaşıyordu. Sokaklarda, artık kimse kalmamıştı. Bir ara köylü bir kadın, onu görünce hayretle durdu ve dişlerinin arasından: "Hey Tanrım, bu çocuğun bu kör karanlıkta yollarda ne işi var?" diye söylendi.

"Sakın bir cin olmasın?"

Kozet Montferney köyünün bu sessiz sokaklarından geçti, artık köyün dışına çıkmıştı. Evler azaldıkça o da adımlarını yavaşlattı. Son evi aştıktan sonra olduğu yerde durdu. Daha ileri gitmeyi bir türlü gözü kesmiyordu. Kovasını yere bıraktı, birden otlar arasından hışırtılar duyarak, geriye doğru koşmaya başladı.

Tam köye dönmüştü ki, Tenardiye anayı gözünün önüne getirerek ne yapacağını şaşıranlara özgü bir hareketle kafasını kaşıdı.

Bir yanda Tenardiye ananın hayali karşısına dikilmişti, öbür yanda belki dağdan inen kurtlar ve hortlaklar. Sonunda Tenardiye ananın korkusu baskın çıktı, kovasını kaparak yeniden orman yönünde koşmaya başladı. Bu arada ağlamamak için kendisini zor tutuyordu. Ormanın tüyler ürperten karanlığı, küçük kızın her yanını sarmıştı. Artık ne düşünebiliyor, ne de görebiliyordu. Uçsuz bucaksız bu orman, küçük çocuğu sanki yutacak gibi karşısına dikilmişti.

Sonunda kaynağa ulaştı. İki ayak derinliğinde yosunlarla çev-

rili doğal bir havuzdu burası. Balçık toprakta kendiliğinden oluş-
muş bir çeşit göl. Kaynağın etrafını yeşil otlar ve kocaman kayalar
çevrelemişti.

Kozet nefes almaya bile zaman harcamadan, hemen kovasını
suya daldırdı. Gerçi her yer zifiri karanlıktı, fakat buraya gelmeye
alışkın olduğundan, sol eliyle bir meşe dalına tutundu. Böyle eğil-
miş dururken önlüğün cebindeki madeni paranın suya yuvarlan-
dığını fark etmedi. Su dolu kovasını çekerek otlar üzerine bıraktı.

Hemen geri dönmek isterdi, fakat kovayı doldurmak için öy-
lesine kendisini zorlamıştı ki bir adım daha atacak hali kal-
mamıştı. Oturmaktan başka çaresi yoktu. Yere, nemli otların
üzerine çöktü.

Ovalardan soğuk bir rüzgâr esiyordu, yapraklarda uğuldayan
bu rüzgâr yerdeki uzun otları da dalgalandırıyordu. Çalılar ken-
disini yakalamak isteyen kollar gibi kıvrılıyordu, rüzgârın üfür-
düğü kuru yapraklar sanki kendilerini kovalayan bir tehlikeden
kaçışır gibi hızla kızın önünden uçuştular.

Kozet, doğanın bu korkunç karanlığında boğulur gibi hisse-
diyordu kendisini. Artık duyduğu, korkuyu da aşan bir dehşetti.
Birden içgüdüsel bir atılışla, yüksek sesle şarkı söylemeye baş-
ladı. Kendi sesinden adeta güç alıyordu. Ellerinin nemini, buz gibi
suyun ıslaklığını duydu, yerinden kalktı fakat yine de korkuyordu.
Bacaklarının tüm hızıyla koşmak, hana dönmek istedi. Hiç de-
ğilse tarlalara vardığında uzaktan köyün ışıklarını görebilirdi. Şu
Tenardiye cadısından öylesine korkuyordu ki, su kovasını al-
madan oradan uzaklaşmaya cesaret edemedi. İki eliyle kovanın
kulpuna yapıştı. Kovayı zorlukla yerinden kaldırabildi.

Böylelikle bir kaç adım ilerledi fakat kova öylesine ağırdı ki,
hemen bırakmak zorunda kaldı. Bir saniye nefes aldı, sonra kulpu
yeniden yakaladı ve yine bir kaç adım attı. Tıpkı ihtiyar bir kadın
gibi, öne eğilmiş iki büklüm yürüyordu. Kovanın ağırlığı sıska
kollarını germişti. Her duruşunda kovadan taşan buz gibi su, ayak-

larını ve çıplak bacaklarını ıslatıyordu. Bütün bunlar kış ortasında bir ormanda, kimsenin bulunmadığı ıssız bir köşede geçiyordu ve bu acıklı olayın kahramanı henüz sekizine yeni basmış küçücük bir kız çocuğuydu.

Hıçkırıklar boğazına takılıyor fakat ağlamaya cesaret edemiyordu. Tenardiye cadısı, kendisine öyle bir dehşet aşılamıştı ki ondan uzakta bile olsa, onun yasakladıklarını yapmaya gücü yetmezdi.

Ancak öylesine bıkkın bir kedere düşmüştü ki, bir ara, "Tanrım Tanrım!" diye haykırmaktan kendini alamadı.

Birden kovanın artık kendisine yük olmadığını fark etti. Kova sanki kendiliğinden kalkıyormuş gibi hafiflemişti. Kocaman bir el sapından tutmuş ve kovayı kaldırmıştı. Kozet başını çevirdi. Uzun bir gölge yanı başında ilerliyordu. Bu, arkasından sessizce gelen bir adamdı. Bu adam sessizce ona elini uzatmış, yardım etmişti.

• • •

1823 yılının aynı Noel gününün sabahı, yoksul fakat temiz giyimli bir adam, Paris'in fakir mahallelerinin birinde uzun süre dolaşmıştı.

Sarı redingotlu, yuvarlak şapkalı, dizleri aşınmış gri pantolonlu, kaba siyah yün çoraplı ve bakır tokalı ayakkabılar giymiş bu meçhul adamın elinde budaklı bir sopa bulunuyordu. Bu sopanın üzerinde öylesine ustaca oymalar işlenmişti ki, bunu yapan, tıpkı bir bastona benzetmişti. Nihayet saat dörtte, adam posta arabalarının bulundukları bir çıkmaza girerek Montferney'den önceki durak olan Laney kasabası için bir bilet aldı.

Yola çıkıldı, hava kararmıştı, araba Laney'den iki kilometre uzaklıktaki Şel'den geçerken, meçhul yolcu arabacıya inmek istediğini bildirdi. Ormanda biraz yürüdükten sonra adımlarını yavaşlattı ve sanki kendisinden başka hiç kimsenin bilemediği gizli bir yer arıyor gibi ağaçları dikkatle saymaya koyuldu. Bir ara kaybolmuş gibi şaşkın şaşkın duraksadı ve el yordamıyla ağaçların seyrekleşmiş olduğu bir noktaya geldi. Burada bir yığın beyaz taş kümesi vardı.

Taşlara yaklaşarak onları dikkatle gözden geçirdi. Gövdesi mantarlarla kaplı bir ağaç bu taşlardan biraz uzakta yükseliyordu. Bu ağacın tam karşısında bir de kabukları dökülen bir kestane ağacı bulunuyordu. Buraya işaret olarak bir çinko çivilenmişti. Adam ayaklarının ucunda yükselerek elini bu çinkoya değdirdi. Daha sonra sağına soluna bakarak yönünü buldu ve yeniden yürüyüşüne devam etti.

Kozet'e rastlayan işte bu yabancı adamdı.

Korulardan Montferneye giderken, ağaçlar arasında bu minicik gölgeyi görmüştü. İniltilerini duymuş ve yaklaştığında, kendisinden büyük bir su kovasını taşımaya çalışan küçük kızı görünce, elini uzatarak kovayı kızın minik ellerinden almıştı.

• • •

– Çocuğum, bu kova taşıyamayacağınız kadar ağır, bırak da ben alayım.

Kozet kovanın sapını tutan elini çekti. Adam dişlerinin arasından:

– Olacak iş değil dedi, bu gerçekten ağır, hatta bana bile ağır geldi.

Sonra sordu:

– Kaç yaşındasın yavrum.

– Sekiz yaşındayım efendim.

– Suyu götüreceğin yer uzak mı?

– Biraz uzak sayılır.

– Senin annen-baban yok mu?

Kozet:

– Bilmem ki, dedi. Sonra yabancının soru sormasına vakit bırakmadan, "Başkalarının anneleri babaları var; ancak benim hiçbir zaman bir ailem olmadı.

Adam durdu ve kovayı yere bıraktı, eğilip çocuğun omuzlarından tuttu. Yüzüne dikkatle baktı.

Yıldızlardan süzülen soluk ışıkta Kozet'in zayıf ve yorgun yüzünü görebildi.

– Yavrum, senin adın ne?

– Kozet, efendim.

Yabancı adam birden hayalet görmüş gibi titredi. Kıza bir daha baktı, sonra tekrar kovayı yerden alarak onun yanından yürümeye devam etti:

– Nerede oturuyorsun?

– Bilmem bilir misiniz Montferney'de, buraya on beş dakika uzaklıkta.

– Oraya mı gidiyoruz?

– Evet, efendim.

Adam kısa bir sessizlikten sonra yeniden sordu:

– Bu geç saatte seni ormanlardan su getirmeye kim yolladı?

– Madam Tenardiye, o benim hanımımdır. Hanın sahibi.

Adam:

– Han mı? diye sordu. Bu güzel işte, geceyi orada geçirebilirim. Hadi beni oraya götür.

Birkaç dakikalık sessizlikten sonra, adam yeniden sordu:

– Han'da hizmetçiler yok mu?

– Hayır efendim, ben yalnızım.

Kısa bir duraksamadan sonra, Kozet anlattı:

– İki küçük kızı daha var, Eponin ve Azelma.

– Kim bu Eponin ve Azelma?

– Onlar küçük hanımlarım, hanın sahibi Madam Tenardiye'nin kendi kızları.

– Onlar ne yapar?

– Onların güzel taş bebekleri var, altın yaldızlı oyuncakları, kutuları var, bunlarla oynar eğlenirler.

– Bütün gün mü?

– Evet, Mösyö, bütün gün.

– Ya sen? Onlarla oynamaz mısın?

– Ben çalışırım, iş yaparım.

Kısa bir sessizlikten sonra devam etti:

– Kimi zaman işim erken biterse, izin verirler, ben de eğlenirim.

– Nasıl oynarsın?

– Ne bulursam, ancak benim oyuncağım yok ki! Eponin ve Azelma bebeklerine dokunmama izin vermezler. Benim sadece şu kadarcık olan minik bir kılıcım var.

Çocuk küçük parmağını gösteriyordu.

– Kesiyor mu bari?

– Elbette Mösyö, salatayı ve sinek kafalarını kesiyor. Köye varmışlardı. Kozet, yabancıya yol gösterdi.

Hana yaklaşmışlardı. Kozet yavaşça onun koluna dokundu:

– Hana yaklaştık Mösyö, ne olur kovayı bana bırakın, ben taşıyayım.

– Neden?

– Madam Tenardiye bunu başkasına taşıttığımı görürse beni döver. Adam tek söz söylemeden kovayı ona bıraktı. Birkaç saniye sonra hanın kapısının önündeydiler.

İşportacının önünden geçerlerken, Kozet işportacıdaki güzel bebeğe kaçamak bir bakış fırlattı, sonra han kapısını vurdu, kapı açıldı, Tenardiye ana elinde şamdan, eşikte göründü.

– Ah, sen misin, aptal kız? Kim bilir, yine nerelerde oyuna daldın.

Kozet titreyerek:

– Madam, şu Mösyö, handa kalmak istiyor. Tenardiye asık suratına iğrenti bir gülümseyiş takarak gözleriyle yeni geleni baştan aşağı süzdü.

– Burada kalacak olan siz misiniz?

– Evet Madam, dedi adam, elini şapkasına götürerek. Zengin müşteriler böylesine nazik olmazlar. Yabancının bu saygılı jesti, eski kostümü ve eşyalarının görünüşü Tenardiye'nin suratındaki gülümseyişin silinmesine sebep oldu.

– Gir bakalım.

Adam içeri girdi. Tenardiye ana ona bir kez daha baktı, yamalı pantolonları ve aşınmış redingotu gördü, arabacıların masasında onlarla birlikte içen kocasına bir göz attı. Kocası işaret parmağını sallayarak ve dudaklarını sarkıtarak, ona herifte iş olmadığını anlatmaya çalışıyordu. Bunun üzerine Tenardiye ana söylendi:

– Vah vah babalık, doğrusu üzüldüm, ne yazık ki yerimiz kalmamış.

Yabancı adam:

– Tasalanmayın dedi. Beni tavan arasında ya da ahırda yatırabilirsiniz, oda kirasını ödeyeceğimden emin olun.

– Kırk metelik.

– Olsun.

Arabacılardan biri, Tenardiye anaya, kısık bir sesle:

– Olur şey değil, dedi. Adamı iyi kazıkladın doğrusu, odalar yirmi metelik değil mi?

Madam Tenardiye, aynı ses tonuyla cevap verdi:

– Ondan kırk metelik alacağım, bu fiyat yoksulların tarifesi, onları daha ucuza barındıramam.

Kadının kocası:

– Elbette, dedi. Parasız müşteri, hanın kalitesini düşürür.

Bu arada yabancı adam paketini ve sopasını bir masa üzerine bıraktıktan sonra boş masalardan birine oturdu. Kozet onun önüne bir bardak ve bir şişe şarap getirdi. Su isteyen işportacı, kovayla atına su götürmeye gitmişti. Kozet masanın altındaki yerine geçerek örgüsünü eline aldı.

Adam, oturduğu yerden küçük kızı büyük bir dikkatle süzüyordu.

151

Mutlu ve rahat bir hayatı olsaydı, belki de güzel olabilirdi. Oysa Kozet, sıska ve soluk benizliydi. Sekiz yaşında olmasına rağmen, altısından fazla göstermiyordu. Çukura kaçmış gözleri ağlamaktan hep şişmiş gibi duruyordu.

Korku bir örtü gibi sarmıştı onu. Korkudan dirseklerini kalçasında birleştiriyor, ayaklarının ucuna basarak yürüyor, göze batmamak için mümkün olduğu kadar az yer tutmaya gayret ediyordu.

Birden Tenardiye ana haykırdı:

– Kozet, az kalsın unutuyordum, ekmekler nerede?

Kozet korku ile masa altından sürünerek çıktı. Ekmeği almayı tamamıyla unutmuştu. Ürkek çocukların hilesine başvurdu, ayaküstü bir yalan kıvırdı:

– Madam, fırın kapalıydı.

– Kapıyı vursaydın.

– Vurdum Madam fakat açmadılar.

– Yarın, yalan söyleyip söylemediğini öğrenirim, beni aldatmaya çalışıyorsan, vay hâline. İyice pataklanırsın. Hadi o zaman on beş meteliği geri ver.

Kozet elini önlüğünün cebine daldırdı ve birden yüzü bembeyaz kesildi.

– Hadisene, dedi kadın. Beni duymadın mı?

Kozet cebini ters çevirdi fakat para yoktu, düşürmüş olacaktı ki zavallı kız verecek cevap bulamadı. Korkudan sanki taş kesilmişti.

Tenardiye ana, boğuk sesiyle haykırıyordu:

– Çabuk söyle, paramı kayıp mı ettin, yoksa beni dolandırmak mı istiyorsun?

Elini şömine başında asılı olan kamçıya uzattı.

– Bağışlayın Madam, acıyın, bir daha yapmam.

Kozet köşesine büzüldükçe büzülüyordu. Tenardiye kolunu tekrar kaldırdı.

Yabancı adam:

— Beni bağışlayın Madam, dedi. Demin küçük kızın cebinden bir şeyin masa altına yuvarlandığını görür gibi olmuştum.

Bu arada yere eğildi ve bir şey arar göründü, sonra yerinden doğrularak:

— Tamam, dedi. Bakın buldum. Kadına gümüş parayı uzattı.

Kadın:

— Tamam o zaman, dedi.

Bu onun verdiği on beş metelik değildi; ancak bu yirmi meteliklik bir gümüş para olduğundan, çıkarcı kadın buna itiraz edecek değildi.

Kıza yan yan bakarak:

— Bir daha gözünü dört aç, diye azarladı.

Kozet inine kaçmadan, güven dolu gözlerini yabancı adama çevirdi, henüz başına gelenlere pek anlam veremiyordu, ancak tatlı bir güven duygusu kalbini ısıtmaktaydı.

Tenardiye ana, yolcuya:

— Yemek ister miydiniz? diye sordu.

Adam cevap vermedi, kendi düşüncelerine dalmıştı. Kadın dişleri arasından mırıldandı:

— Bu herif de kimin nesi ki? Herhalde meteliksiz dilencinin biri, yemek parası yok, ister misin bana gecelik parasını da ödemesin. İsabet yerdeki parayı çalmayı akıl etmedi.

Bu arada kapı açılmış ve bitişik odadan, Eponin ve Azelma içeri girmişlerdi. Kızların ikisi de tatlı ve şeker şeylerdi. Köylüden çok, kentli kızları gibi giyinmişlerdi. Büyük kızın açık kumral örgüleri, ötekinin beline kadar inen pırıl pırıl siyah saçları vardı. Her ikisi de tertemiz giyimli, tombul, pembe yanaklı kızlardı.

İçeri girdiklerinde Tenardiye ana içinde güçlü bir, sevginin sezildiği, sözde öfkeli bir sesle:

— Ayol nerede kaldınız dedi.

Kızlar şömine başına geçtiler. Ellerinde birbirlerine attıkları bir bebek vardı. Arada bir Kozet örgüsünden başını kaldırıp imrenerek onlara bakıyordu.

Tenardiye kardeşlerin bebeği, eski ve kırık bir oyuncaktı, ancak bütün hayatında gerçek bir bebek nedir bilmeyen Kozet için bu, harika bir bebekti. Bir ara oradan oraya koşuşan Tenardiye ana, Kozet'in iş göreceği yerde oynayan küçük kızları seyrettiğini fark etti.

– Hınzır piç kurusu, nihayet seni yakaladım, dedi. Ben seni kamçılayarak çalıştırmasını bilirim.

Yabancı adam yerinden kalkmadan Tenardiye anaya döndü:

– Madam, dedi ürkek ürkek gülümseyerek. Bırakın oynasın.

Yolcu bir tabak söğüş et yemiş, bir şişe şarap içmiş olsa ve böyle yoksul kılıklı olmasa, bu dileği belki de bir emir yerine geçebilirdi; ancak böyle eski bir kılıkla ahırda yatmaya razı olan bir zavallının, bir istekte bulunmasına Tenardiye ana dayanamadı, ekşi bir sesle:

– Mademki ekmeğimi yiyor, çalışması gerekir, dedi. Ben onu oynasın diye doyurmuyorum.

– Ne iş yapıyor? diye sordu adam.

– Kızlarım için yün çoraplar örüyor.

Adam Kozet'in şişmiş ve morarmış çıplak ayaklarına baktı:

– Bu çorabı ne zaman bitirir?

– Tembel kız bunu ancak dört gün sonra bitirir. Çorap sona erdiğinde kaç para eder?

Tenardiye ana, yolcuya hor gören bir bakışla bakarak:

– En azından otuz metelik eder.

Adam sordu:

– Bu yarım çorabı beş franga bana satar mısınız? Şişko bir arabacı kaba bir gülüşle:

– Olur şey değil, diye haykırdı. Beş frank ha, elbette verir, kaçırır mı hiç...

Mösyö Tenardiye:

– Mademki istediniz, kaprisinize boyun eğeceğiz. Biz yolcuların isteklerine hayır demeyiz, diyerek işgüzarca gülümsedi.

Tenardiye ana hemen atıldı:

– Peşin para almadan vermem.

Adam cebinden gümüş bir para çıkartarak:

– Ben bu bir çift çorabı satın alıyorum ve işte şimdi ödüyorum.

Daha sonra Kozet'e dönerek:

– Hadi artık, sende oynayabilirsin, dedi. Yapman gereken işin bedelini verdim.

Mösyö Tenardiye parayı hemen kesesine indirdi. Karısının artık bir diyeceği kalmamıştı; ancak hırsından dudaklarını kanatırcasına ısırdı ve yüzünü bir kin dalgası bürüdü.

Ne var ki Kozet, bu olup bitenlerden pek bir şey anlamadığından korkuyla titremeye devam ediyordu.

– Madam doğru mu, ben de oynayabilir miyim? Kadın kısık bir sesle:

– Oyna, diye haykırdı.

– Teşekkür ederim, madam.

Dudakları Tenardiye anaya teşekkür ederken, bütün kalbiyle yabancı adama minnet duyuyordu.

Mösyö Tenardiye yeniden içmeye koyulmuştu, karısı kulağına fısıldadı:

– Kim olabilir şu yabancı herif? Pek gözüm tutmadı doğrusu.

Mösyö Tenardiye dudak bükerek:

– Belli olmaz, dedi. Bu kılıkta gezen zenginleri çok gördüm.

Kozet, örgüsünü bir yana bırakmış; ancak sığınağından dışarı çıkmamıştı. O, mümkün olduğu kadar az ortaya çıkardı, arkasında duran bir kutudan eski paçavraları ve kurşun kılıcını çıkardı.

Eponin ve Azelma onunla ilgilenmiyorlardı. Küçük kızlar çok önemli bir işle uğraşmaktaydılar. Yavru bir kediyi kapmışlar, onu kundaklıyorlardı.

Bu arada, arabacı müşteriler sarhoşlara özgü bir sesle müstehcen bir türkü söylemeye başlamışlardı ve tavanları sarsacak kadar gülüyorlardı. Han sahibi Mösyö Tenardiye onlarla birlikte el çırpıyordu.

Kuşların bir hiçten yuva yaptıkları gibi, küçük kızlar da birkaç bezden hemencecik bir bebek yaparlar. Kozet de kendi minik kılıcını kundaklamıştı, onu da koluna yatırmış, kısık bir sesle ninni söylüyordu.

Bu arada Tenardiye ana, yabancı adamın yanına yaklaşmıştı. "Kocam haklı diye düşünüyordu, kim bilir belki de bu Banker Lafit bile olabilir. Şu zenginler arada bir garip şakalar yapmayı severler.

Adamın masasına oturdu.

– Mösyö, dedi. Çocuğun oynamasına sırf sizin hatırınız için razı oldum. Aslında o miskinin biridir, oysa yediklerinin karşılığını ödemesi için çalışması gerekiyor.

Adam sordu:

– Yoksa o sizin kızınız değil mi?

– Daha neler, yok efendim o acıdığımız için yanımıza aldığımız bir kız. Galiba geri zekâlı olmalı, baksanıza ne kocaman kafası var, beynine su mu yürüdü nedir? Onun için elimizden geleni esirgemeyiz ne var ki, bizlerde pek zengin sayılmayız. Altı aydan bu yana anasından ses seda çıkmadı, herhalde ölmüş olmalı.

Bu arada kendisinden söz edildiğini hisseden Kozet, Tenardiye'den gözlerini ayırmıyordu. Arada bir onca gürültü arasından, tek tük laflar duyuyordu.

Nihayet han sahibinin ısrarları üzerine, yabancı, yemek yemeğe razı oldu.

Kadın sırıtarak sordu:

– Mösyö, ne emrederler?

– Ekmek ve peynir, dedi adam.

Tenardiye ana içinden, "Herif meteliksizin biri." diye düşündü.

O sırada Kozet oyununu bırakmış, küçük kızların yere atmış oldukları bebeği izliyordu.

Aniden kararını vermiş gibi, artık kendisini oyalayamayan kundaklı kılıcını bir yana attı. Tenardiye ana yavaş sesle kocasına bir şeyler anlatıyor, Eponin ve Azelma kedileriyle oynuyorlardı. Yolcuların kimi yemek yiyor, kimisi iskambil oynuyordu. Kimsenin gözü onda değildi. Dizlerinin üzerinde sürünerek ağır ağır masa altından çıktı, bir kez daha etrafını gözledi, kimsenin kendisine dikkat etmediğinden emin olunca bebeğin yattığı yere uzandı ve onu kucağına aldı. Bebekle oynamak onun için öylesine ender bir mutluluktu ki, sanki tatlı bir rüyanın sarhoşluğu içindeydi.

Ekmek ve peynirini yiyen yolcudan başka kimse onun yaptığını görmemişti.

Kozet'in sevinci on beş dakika sürdü. Küçük kız tüm dikkatine rağmen bebeğin ayaklarından birinin gölgelerden çıktığını ve ocağın aydınlığında göründüğünü fark etmemişti. Bu pembe ayak, Azelma'nın dikkatini çekti, kız kardeşini uyararak:

– Hey abla, baksana, dedi.

Küçük kızlar şaşkın şaşkın bakıştılar. Olur şey değil, Kozet bebeği almaya cesaret etmişti.

Eponin yerinden kalktı ve kucağındaki kediyi bırakmadan anasına yaklaşarak eteğinden çekti.

– Anne baksana, dedi, Kozeti göstererek.

Tenardiye ananın yüzü cadı maskesine döndü. Bu kez yaralanan gururu öfkesini körüklüyordu. Kozet tüm sınırları aşmış, küçük hanımların bebeğine el sürme cüretinde bulunmuştu. Hırstan boğuklaşan bir sesle haykırdı:

– Kozet!

Kızcağız sanki bastığı toprak titremiş gibi irkildi, Tenardiye ana daha yüksek bir sesle bağırdı:

– Kozet!..

Kozet elindeki bebeği ardından gelecek cezayı beklemek için saygıyla yere bıraktı. Sonra gözlerini bebekten ayırmadan, ellerini kavuşturdu. Ve sonra ağladı, hıçkırıklarla ağladı. Oysa günün heyecanlarının hiçbiri onun gözünden yaş getirmemişti. Ne karanlıkta ormana gitmesi, ne o ağır su kovasını taşımak, ne parasını yitirme korkusu, ne de annesinin ölüm haberini duyması. Bu son felaket onun için en müthişi oluyordu.

Yabancı adam da yerinden kalkmıştı:

– Ne var bunda, diye sordu?

Tenardiye ana işaret parmağını Kozet'e doğru uzatarak:

– Görmüyor musunuz? diye yerdeki bebeği işaret etti.

– Ee, ne olmuş? dedi adam.

– Daha ne olsun, bu dilenci kız çocuklarımın bebeğine el uzattı.

– Bütün bu gürültü bunun için mi? Bebekle oynarsa, kıyamet mi kopar.

Tenardiye ana:

– Kirli ellerini sürdü, diye haykırdı. O iğrenç ellerini. Kozet hıçkırıklarını daha da yükseltti, kadın bağırdı:

– Susacak mısın artık? Kes dedim şu zırlamayı.

Adam yerinden fırladı, doğruca sokak kapısına gitti ve dışarı çıktı.

Onun çıkmasından faydalanan hancı kadın, masa altındaki kıza bir tekme atarak hırsını aldı.

Az sonra kapı açıldı, adam göründü, kollarında az önce sözünü ettiğimiz o şahane bebeği tutuyordu. Bebeği Kozet'in önüne koyarak:

– Al yavrum, dedi. Bu senindir.

Kozet gözlerini kaldırdı. Elinde bebekle kendisine yaklaşan adamı gördüğünde, güneşi görür gibi olmuştu. Onun şu inanılmaz sözlerini, "Bu senin" dediğini duydu, bir bebeğe baktı, bir adama, tekrar bebeğe baktı ve sonra ağır ağır gerileyerek masa altındaki köşesine büzüldü.

Artık ağlamıyor ve haykırmıyordu, sanki nefes almaya bile korkuyordu. Tenardiyeler ve küçük kızlar adeta heykel gibi donmuşlardı. Müşteriler bile birden susmuşlardı. Bütün meyhaneyi yoğun bir sessizlik kaplamıştı. Taş kesilmiş gibi yerinden kıpırdamayan Tenardiye ana, yine kafasında tahminler kuruyordu, "Tanrım, şu ihtiyar kimin nesi? Yoksul bir adam mı? Ya da bir milyoner mi?"

Meyhaneciye gelince, tüm karakteri şu anda yüzünün ifadesine yansıtmıştı. Bir bebeğe, bir de yabancı yolcuya bakıyordu, adamda para kokusu almıştı. Bu duraksaması kısa bir an sürdü, karşısına yaklaşarak ve kulağına:

– Baksana kadın, dedi. Şu oyuncak en azından otuz frank eder. Saçmalama da herifin önünde dize gelelim.

Tenardiye ana tatlılaştırmaya çalıştırdığı sinsi bir sesle:

– Hadisene Kozet, bebeğini alsana dedi.

Kozet bir çeşit mutlulukla bakıyordu bebeğine. Yüzü hala gözyaşlarıyla ıslaktı fakat gözleri sevinç ile aydınlanmıştı. Şu anda ona: "Küçük kız, siz Fransa Kraliçesisiniz." deseler, bu denli hayrete düşmezdi.

Madam Tenardiye'ye yaklaşarak çekingen bir sesle sordu:

– Alabilir miyim, Madam?

Küçük kızın o anda yüzünde peş peşe beliren keder, korku ve sevinç ifadesini tanımlayacak söz yoktu.

– Hey Tanrım, dedi kadın. Elbette alırsın. Bebek senin, beyefendi sana verdiğine göre?

Yabancı adamın gözleri yaşlarla dolmuştu, ağlamamak için konuşmadı ve başının bir işaretiyle Kozete bebeği alabileceğini söyledi.

Sonra, bebeği küçük kızın minik ellerine uzattı.

Kozet yabani bir tutkuyla atılarak bebeği kollarına aldı:

Küçük kız, hanımına dönerek sordu:

– Madam, onu bir iskemle üzerine koyabilir miyim?

– Elbette çocuğum, dedi Mösyö Tenardiye.

Bu arada Eponin ve Azelma, Kozet'e hasretle bakıyorlardı. Kozet oyuncak bebeği bir iskemleye oturttu ve onun önünde yere oturarak hayran hayran izlemeye başladı.

Kozet'in bir kurtarıcı gibi gördüğü bu yabancı adam, şu sırada Tenardiye anının kalbinde sonsuz bir kin uyandırmıştı.

Ne var ki, katlanmak zorundaydı. Gerçi her davranışta kocasını taklit etmesini bilen ikiyüzlülüğü de başarırdı; ancak bu kadarını yapamayacaktı. Kızlarını odalarına yolladı daha sonra yabancı adamdan Kozeti de yatmaya yollamak için iznini istedi, bu arada şefkatli bir sesle:

– Zavallı yavrucak, bu gün çok yoruldu, demeyi ihmal etmedi.

Kozet, bebeği kucağında yatmaya gitti.

Yabancı adam masasına dirseğini dayamış bir halde, derin düşüncelere dalmıştı. Diğer müşteriler, arabacılar ve işportacılar ondan uzaklaşmış, onu korkuyla karışık bir hayretle seyrediyorlardı. Bu fakir giyimli fakat cebinden frankları kolaylıkla çıkaran esrarlı adam, paçavralar giymiş dilenci kızına, en güzel bebekleri satın alan bu iyi kalpli adam, herhalde çok forslu ve kudretli birisi olmalıydı.

Böylece saatler akıp geçti. Noel gecesi için yapılan gece yarısı ayini sona ermişti. Meyhane kapanmış, müşteriler bir bir evlerine ya da odalarına çekilmişlerdi. Hanın konuk salonu tenhalaşmış, ocaktaki ateş bile sönmüştü. Yabancı ise hep aynı ifadeyle kıpırdamadan oturmaya devam ediyordu.

Tenardiyeler ayıp olmasın diye bir süre adamın karşısında oturdular. Kilise saati sabahın ikisini vurduğunda, kadın esneyerek, kocasına:

– Müsaadene, ben yatıyorum artık, dedi.

Tenardiye savaşta çavuş olduğu günleri hatırlayarak bir köşeye oturdu, bir mum yaktı ve Fransız Kuriyeri adındaki gazeteyi okumaya başladı.

Bir saat de böyle akıp geçti. Hancı en azından üç kez gazetesini baştan sona kadar okumuştu fakat yolcunun yerinden kıpırdamaya hiç niyeti yok gibiydi.

Nihayet Tenardiye, bu garip müşteriye yaklaştı.

– Mösyö dinlenmek istemezler mi? diye sordu.

– Doğru, haklısınız, dedi adam. Ahır nerede? Hancı Tenardiye, tatlı bir gülüşle:

– Peşimden gelin beyefendi, dedi. Sizi odanıza götüreyim.

Şamdanı masanın üzerinden aldı, yabancı adam sopası ve paketi elinde onu izledi. Tenardiye, birinci katta bir odaya çıktı. Burası hanın hiç bir odasında olmadığı kadar çok lüks bir şekilde döşenmişti. Gemi biçiminde bir karyola, döşemeler ve duvarlar kırmızı kadife perdelerle kaplanmıştı.

Yolcu sordu:

– Bu da nesi?

Hancı, bu fırsattan yararlanarak romantik bir hava yaratmak ve yaltaklanmak amacıyla ayaküstü bir yalan kıvırdı:

– Bizim düğün odamız Mösyö. Şu sırada eşimle birlikte başka bir odada yatıyoruz. Burasını sizin gibi kaliteli müşterilerimize açarız, o da yılda ya üç ya da dört kez.

Yabancı adam acı bir gülüşle:

– Ben ahırı tercih ederdim dedi.

Hancı onun bu lafını duymamış gibi davranmayı tercih etti. Renkli uzun mumlar yaktı, şöminede neşeli bir ateş çıtırdıyordu. Yolcu odayı incelerken Tenardiye ortadan kaybolmuştu bile. Hancı, kendi odasına girdiğinde henüz uyumamış karısı kendisine:

– Baksana, dedi. Yarın Kozeti kovuyorum.

Hancı, buz gibi bir sesle:

– Amma da yaptın, henüz ona ihtiyacımız var, dedi. Başka laf etmediler ve birkaç dakika sonra mumlarını söndürerek tasasız bir uykuya daldılar.

Yolcu, odanın bir köşesine sopasını ve paketini bırakmıştı. Hana çekildikten sonra, bir süre ocak başında oturmaya devam etti.

Daha sonra ayakkabılarını çıkardı, mumlardan birini söndürdü, öbürünü eline aldı, odasından çıkararak, sessizce etrafına bakınarak aşağı indi. Bu arada merdivenin altına varmıştı. Merdivenin tam altındaki köşede bir sürü hırdavatın arasında, toz ve örümcek ağlarının ortasında bir yatak, daha doğrusu onun yerini tutan lime lime bir şilte ve yırtık bir örtü vardı. Taşlar üzerindeki bu çarşafsız şiltede yatıyordu Kozet.

Adam yaklaştı, ona dikkatle baktı.

Kozet, daha az üşümek için soyunmamıştı, aslında zavallı yavru gündüz bile giyinik sayılmazdı. Oyuncak bebeğin kocaman gözleri karanlıkta ışıldıyordu, arada bir derin derin iç çeken Kozet, kaybetmekten korkarcasına bebeğine sarılmıştı. Yatağının önünde, tahta kunduralarından ancak bir teki vardı.

Kozet'in yattığı aralığa bir kapı açılırdı. Bu kapıdan bakınca, oldukça geniş bir oda görülüyordu. Odanın dibinde, camlı kapıdan iki beyaz yatak dikkati çekiyordu. Azelma ve Eponin orada uyuyorlardı. Bu karyolanın ardında perdesiz, hazır bir beşikte bütün gece ağlayan küçük bir erkek çocuk yatardı.

Yabancı adam, bu odanın kapısının Tenardiye çiftinin odasına açıldığını gördü. Birden gözü oradaki ocağa takıldı, bu ocakta ateş yakılmamıştı; ancak Noel geleneklerine uymak için biri küçük, diğeri biraz daha büyük iki çocuk patiği konulmuştu. Küçük kızlar Noel Babadan armağan bekledikleri için koymuşlardı pabuçlarını ocağın içine.

Noel baba, yani anaları ziyaretini yapmıştı. Her kunduranın içinde pırıl pırıl on metelikler ışıldıyordu.

Adam oradan uzaklaşacağı sırada, birden ocağın en dibindeki

bir şey dikkatini çekti. Eğildiğinde bunun şekilsiz, kırık ve üzerindeki çamurları kurumuş tahtadan bir takunya olduğunu gördü. Bu da Kozet'in kundurası olacaktı. Asla umutlarını yitirmeyen çocukların güveniyle bir mucize bekleyen Kozet de takunyasını ocağa koymuştu.

Adam eğilip baktı, tahta kundura tahmin ettiği gibi bomboştu. Yabancı, yeleğinin cebini karıştırdı ve Kozet'in kundurasına bir altın para koydu.

Daha sonra ayaklarının ucuna basarak kendi odasına döndü.

• • •

Ertesi sabah, henüz gün doğmadan bir saat önce Mösyö Tenardiye mumunu yakmış, masa başında yolcunun faturasını hazırlıyordu. Ona, tam yirmi üç franklık bir hesap çıkartmıştı. Bir ara yanı başına gelip omzundan bakan karısı, sevinçli bir hayretle:

– Ne? Yirmi üç frank mı? diye haykırdığında, kocası bunu umursamazmış gibi omuz silkti:

– Elbette, bu onun için az bile.

Kızlarına nispet yaparcasına Kozet'e verilen bebeği düşünen kadın hırsla dudaklarını büzdü:

– Evet, haklısın o bu parayı vermeli fakat bana kalırsa bu para fazla, belki de vermek istemez.

– Verir, dedi adam. Daha sonra ekledi; tam bin beş yüz franklık ödenecek bir bonom var. Sen hesap pusulasını adama ver yeter, diyerek yemek salonundan çıktı. Henüz kapıdan çıkmıştı ki merdivenlerde yabancı adam göründü.

Yabancı, elinde çıkını ve sopası ağır ağır basamaklardan iniyordu. Madam Tenardiye ardından yetişerek tatlılaştırmak istediği bir sesle:

– Ne kadar da erken kalktınız, dedi. Yoksa bizden ayrılıyor musunuz, Mösyö?

Bu arada elinde kocasının uzattığı kâğıdı evirip çeviriyordu.

Yüzünde bir çekingenlik ifadesi vardı, yoksul kılıklı bir adama böyle bir hesap verilmezdi. Yolcu, üzgün ve dalgın görünüyordu.

– Evet, Madam gidiyorum, esasen burada işim yoktu, geçerken şöyle bir uğradım. Borcum ne kadar?

Kadın pusulayı uzattı, adam kâğıdı alıp baktı fakat önemsemez görünüyordu, dikkati başka yöndeydi, kadına sordu:

– Madam, Montferney'de işleriniz iyi gidiyor mu?

Tenardiye ana, adamın neyi sormak istediğini önce anlayamadı:

– Mösyö, idare ediyoruz işte, dedi. Daha sonra acıklı bir sesle yakınmaya başladı:

– Ah, Mösyö, ortalık öylesine pahalı ki, bizim buralarda paralı müşteriler ne gezer? Sizin gibi eli açık ve zengin konuklara her zaman rastlanmaz, masraflarımız da öylesine çok ki, mesela şu küçük kız bize çok pahalıya mal oluyor.

– Hangi küçük kız?

– Hangisi olsun, şu Kozet canım. Ah, Mösyö, bizim için hayır yapmak hiç de kolay olmuyor, fazla bir kazancımız yok; oysa vergiler canımıza okur. Herhalde hükümetin bizden haraç kestiğini bilirsiniz, hem de benim gibi kendi kızları olan bir kadının başkalarının çocuklarını doyurmasının gereği var mı?

Adam hiç aldırmazmış gibi sordu:

– Şu Kozeti sizin başınızdan alsam, buna ne dersiniz? Meyhaneci kadının geniş kemikli yüzünde birden bir gülüş belirdi:

– Hay Tanrı sizden razı olsun, dedi. Alın onu, götürün, şımartın ne isterseniz yapın. Hayatımın sonuna kadar duacınız olurum. Doğru mu söylüyorsunuz, yani gerçekten siz o kızı almak mı istiyorsunuz?

– Evet.

Kadın seslendi:

– Kozet.

– Bu arada, ben de masrafı ödeyeyim, dedi ve elindeki pusulaya bir göz atarak hayretle irkildi:

Sonra meyhaneci kadının yüzüne dik dik bakarak:

– Bu da nedir böyle? diye yüksek sesle sordu. Yirmi üç frank mı?

Kadın buna hazırlamıştı kendisini, kesin bir sesle cevap verdi:

– Evet, Mösyö, tam yirmi üç frank.

Yabancı gözlerini kadından ayırmadan, beşer tane beş frangı masanın üzerine bıraktı.

Tam o sırada ortaya çıkan Mösyö Tenardiye, onların yanlarına kadar gelerek:

– Yok canım, dedi. Beyefendinin topu topu yirmi altı metelik borcu var.

Kadın şaşkınlığını saklayamadı:

– Ne dedin, yirmi altı metelik mi? Tenardiye, buz gibi bir sesle:

– Öyle ya, dedi. Oda için yirmi metelik, yemek de altı metelik. Kıza gelince, benim beyle azıcık konuşmam gerekir, bizi baş başa bırak karıcığım.

Tenardiye ana, kocasının bir vurgun vurmak üzere olduğunu anlamakta gecikmedi, tek söz söylemeden oradan çekildi.

Yalnız kaldıklarında, Tenardiye, yolcuya bir iskemle uzattı, adam oturdu, hancı ayakta kaldı, yüzüne bir saflık ve iyilik maskesi geçirmişti.

– Mösyö, dedi. Aslını sorarsanız, ben bu çocuğu taparcasına severim.

Bu işler böyle olur, birlikte yaşaya yaşaya insan birbirine bağlanır. Şimdi siz fazladan verdiğiniz şu beşer franklarınızı geri alın, evet ne diyordum, ben küçük kızı çok severim. Onu götürmek istediğinizi duydum, doğrusu buna razı olamam. Yıllar yılı yanımızda, minicik bir kızken elimize geldi, evet, bize bir hayli pahalıya mal oluyor, inatçı, sinsi, tembel bir kız fakat biz onu kendi kızlarımızdan ayırmayız.

Yabancı sessizce dinlemeye devam ediyordu, Tenardiye yakarmasına devam etti:

– Evet, Mösyö, insan evladını tanımadığı birisine böyle ulu orta verir mi? Haydi onu size verdim diyelim, ben de sevdiğim bu kızdan büsbütün ayrılmak istemem doğrusu, onun nereye gittiğini, ne yaptığını bilmek isterim. Oysa ben sizin adınızı bile bilmiyorum. Onu götürmek istiyorsunuz. Hiç değilse bana pasaportunuzu gösterin.

Yabancı adam gözlerini ondan ayırmadan, sakin bir sesle cevap verdi:

– Buraya bakın Mösyö Tenardiye, Paris'in beş fersah ötesine gitmek için pasaportla yola çıkılmaz ya. Kozeti verirseniz götürürüm, işte hepsi bu kadar. Size ne adımı veririm, ne de adresimi, esasen amacım onun bu hayatla tamamıyla ilişkisini kesmesi, işinize geliyor mu? Ya evet, ya da hayır?

Hancı, karşısındakinin kişilik sahibi, kudretli birisi olduğunu anlamakta gecikmedi. Aslında bir gece öncesinden onu iyice gözetlemiş ve incelemişti. İhtiyarın durmadan Kozet'e bakmasından, onun kızla çok yakından ilgilendiğini anlamıştı. Onun Kozet'in babası olmadığı belliydi, ama kim bilir belki de çocuğun dedesi olabilirdi. Peki öyle ise adam neden kendisini tanıtmamıştı. Adamın Kozet üzerinde hakkı olmadığına göre, başka ne olabilirdi? Ne var ki artık hancı, gizli manevralardan fayda çıkmayacağını anladı, doğrudan hedef üzerine yürümek en iyisiydi, böylece kartlarını açtı.

– Mösyö, dedi. Bana bin beş yüz frank gerekiyor.

Yabancı adam, hiçbir şey söylemeden yan ceplerinin birinden aşınmış meşin bir cüzdan çıkardı ve içinden aldığı üç banknotu masanın üzerine koydu, daha sonra elini paralara bastırarak sert bir sesle:

– Kozet buraya gelsin, dedi.

Bütün bunlar olurken Kozet ne yapıyordu acaba?

Küçük kız uyanır uyanmaz, ocak başındaki tahta takunyasına koşmuş ve içinde ışıl ışıl parıldayan altını bulmuştu. O güne kadar

altın para görmediğinden, önce bunun ne olduğunu pek anlaya-
madı.

Altını cebine attı, bu armağanın nereden geldiğini bilmemekle
birlikte sevinçli fakat çok da şaşkındı. Bütün bu harikulade arma-
ğanlar onu iyice büyülemişti. Ama yine de olanlara inanamıyordu.
Bebek onu ürkütüyor, altın para korkutuyordu; ancak yabancı
adama güveniyor, ondan korkmuyordu. Bütün gece rüyasında
yoksul kılıklı üzgün ve ihtiyar görünen fakat aslında zengin ve iyi
kalpli olan bu adamı düşünüp durmuştu. Ormanda ona rastladığı
saatten bu yana tüm yaşantısı değişmişti. Küçük kız, beş yıldan
bu yana yani kendini bildi bileli, her an korku içinde yaşamış, tit-
remişti. Güvenli bir ortama sığınmak istiyordu, bir ananın gölge-
sinde yaşamanın ne olduğunu bilmiyordu şimdiye kadar.
Tenardiye anadan eskisi kadar korkmuyordu, yalnız değildi artık.
Onu koruyan birisi vardı.

Günlük işlerine koyulmuştu, cebindeki altın parayı dü-
şündükçe, zihni başka yerlere takılıyordu. Yine böyle daldığı bir
sırada, Tenardiye ana onun yanına geldi fakat garip şey, ona ne
bir tokat atmış, ne de küfür etmişti. Hatta inanılmayacak kadar
tatlı bir sesle:

– Kozet, demişti. Kozet, derhal buraya gel.

Bir dakika sonra Kozet, alçak tavanlı salona giriyordu. Adam
getirmiş olduğu paketi açtı. İçinden yünlü bir elbise, bir önlük,
bir iç eteği, bir boyun atkısı, yün çoraplar ve yeni kunduralar çı-
kardı. Bütün bunlar sekiz yaşında bir kız çocuğu için alınmıştı,
hepsi de siyahtı. Yas renginde.

Yabancı adam:

– Evladım, dedi. Al bunları ve hemen giyin.

Kozet nereye gidiyordu böyle? Kiminle gidiyordu, bunu o da
bilmiyordu. Bütün anlayabildiği, artık Tenardiye hanından kur-
tulduğuydu. Nefret ettiği ve kendisine eziyet edilen bu evden
uzaklaşıyordu.

Hiç oyalanmadan handan ayrıldılar. Kozet, altınını yeni önlüğünün cebine koymuştu, arada bir ona bir göz atıyor, daha sonra kendisini götüren iyi kalpli adama bakıyor ve kendisini hiç olmadığı kadar mutlu hissediyordu.

Adam, Kozet'le birlikte evden uzaklaştıklarında, Mösyö Tenardiye karısını bir köşeye çekti ve ona adamdan almış olduğu beşer yüz franklık banknotları gösterdi.

Kadın:

– Bu kadarcık mı? diye söylendi.

– Aslında haklısın, dedi adam. Ben sersem bir adamım, ver şapkamı bakalım.

Evet, evet ben bunağın biriyim, herif para babası, kendisinden istenenleri çabucak veriyor. On beş bin frank istesem onu da alırdım. Ama az sonra yetişirim onlara.

Adamın daha hana gelmeden önce Kozet'e giysiler, hem de yas giysileri satın almış olması, Tenardiye'nin midesini bulandırmıştı. Zenginlerin sırları, altın dolu süngerlere benzer, onları avucunda oynatmak insana servet kazandırır. Bütün bu düşünceler adamın iştahını kabartıyordu.

Köyden dışarı çıkıp düzlüğe varınca çevresine bakındı fakat ortalıkta kimseleri göremedi. Kaybedecek vakti yoktu, tam o sırada rastladığı köylüler, yaşlı adamla bir çocuğun ormana doğru gittiğini söylediler.

Tenardiye, Kozet'in hızlı yürüyemeyeceğini, onlara yetişeceğini tahmin etti, bu arada tüfeğini yanına almamış olmasına hayıflanıyordu.

Koşar adımlarla yoluna devam etti. Gölleri geçip koruları aşarak Sel Manastırından, fışkıran kaynak sularının aktığı tepeye vardığında, ta uzaklarda iki karaltı gördü. Bunlar aradığı yolculardı.

Onların bir ağaç dibine oturup dinlendiklerini anladı.

Tenardiye, onlara yaklaşınca şapkasını çıkartarak soluk soluğa konuştu:

– Bağışlayın beni Mösyö, dedi. İşte size paranızı getirdim. Böyle diyerek adama banknotları uzatmıştı.

Adam sordu:

– Bu da ne demek oluyor?

Tenardiye saygılı bir sesle:

– Mösyö, Kozeti geri almaya geldim.

Küçük kız, ürpererek yeni dostuna sokuldu, yabancı adam kelimelerin üzerine basa basa sordu:

– Kozeti geri almaya mı geldiniz?

– Evet Mösyö, onu geri götüreceğim, bakın söyleyeyim size, iyice düşündüm, onu size vermeye hakkım yok benim. Ben namuslu bir adamım. Bu küçük kız benim değil ve annesi onu bana emanet etti. Kozeti anasından başkasına teslim edemem. Ya da kadından bana imzalı bir kâğıt getirmediğiniz takdirde kızı alamazsınız.

Adam bir şey söylemeden cebine el attı, Mösyö Tenardiye, aşınmış meşin cüzdanı gördü. İçin için sevindi. "Oh oh, babalık, gene mangırları sökülecek."

Ancak adam cüzdanını açmadan önce yalnız olduklarından emin olmak ister gibi çevresine bir bakındı, daha sonra Tenardiye'nin beklediği paraların yerine, dörde katlanmış bir kâğıt parçası çıkardı ve bunu hancıya uzatarak:

– Haklısınız, o zaman buyurun okuyun, diyerek kâğıdı uzattı.

Tenardiye şaşkınlıkla kâğıdı alarak okudu:

"Möntreysür Mer, 25 Mart 1823 Bay Tenardiye:

Bu pusulayı getiren kimseye Kozeti teslim edin. Kalan masraflarınız ödenecek. Sizi selamlarım."

Fantin

Yabancı adam sordu:

– Bu imzayı tanıdınız mı?

Evet, bu Fantinin imzasıydı, Tenardiye bunu tanımıştı. Buna verecek cevap bulamadı. Bu arada yenilmenin acısına paraları kaçırma üzüntüsü de eklenmişti.

– İsterseniz bu kâğıt sizde kalsın.

– Doğrusu bana kalırsa, imza taklit edilmiş gibi fakat olsun, ne yapalım, dedi.

Yine de son bir çareye başvurmaktan geri kalmamıştı:

– Mösyö, mademki kadının gönderdiği adam sizsiniz bir diyeceğim kalmadı; ancak hiç değilse çeşitli masraflar için bir şeyler bırakın.

Yabancı adam, birden sırtını dikleştirdi ve gözlerini hancıya dikerek:

– Buraya bakın Mösyö Tenardiye, dedi. Şubat ayında çocuğun anası size borcu olan yüz yirmi franga karşılık, gönderdiğiniz beş yüz franklık hesap pusulasını ödedi, ayrıca Şubat sonu yüz frank ve Mart ayının ilk günlerinde birkaç yüz frank daha aldınız. Bu aradaki borçlar ancak yüz otuz beş frank eder, buna karşılık az önce size tam bin beş yüz frank verdim.

Tenardiye bir kapana kıstırıldığını anlayan tilkinin son çabasıyla artık saygıyı elden bırakarak haykırdı:

– Hey, kimin nesiysen bana bak, ya bin frank daha uçlanırsın ya da kızı geri alırım, anladın mı?

Yabancı adam sakin bir sesle:

– Benimle gel Kozet, dedi.

Kıza sol elini uzattı ve sağ eline yerdeki sopasını aldı.

Hancı, o ıssız dağ başında böyle heybetli bir adamla başa çıkamayacağını anlamıştı. Onlar ormana doğru yürümeye başladıklarında meyhaneci orada öylece kalakaldı.

Fakat onları hiç değilse izlemek, gidecekleri yönü öğrenmek istedi; ancak bir süre peşlerinden gidebildi. Yabancı başını çevirip Tenardiye'nin peşlerinden geldiğini görünce, ona öyle ürkütücü gözlerle baktı ki, herif ters yüz olarak geri dönmekten başka çare bulamadı.

Kozeti cellâtlarından kurtardığı günün akşamında, Paris'e dönüyorlardı. Çocuğu elinden tutarak, Monso geçidinden geçtiler. Oradan da kendisini kent içine götürecek bir arabaya bindi.

Seyahat, Kozet için çok yorucu ve heyecanlı geçmişti. Korularda peynir ekmek yemişler, durmadan araba değiştirmişler, bir hayli de yürümüşlerdi. Gerçi küçük kız sızlanmıyordu; ancak yine de yorulmuştu. Yabancı adam, yani Jan Valjan onun yürürken ayaklarını sürttüğünü gördü. Kızı sırtına aldı. Kozet ses etmeden ve kucağındaki bebeği bırakmadan, başını kurtarıcısının omzuna dayadı ve derin bir uykuya daldı.

Geldikleri ıssız mahallede, bir fabrika ve iki duvar arasında bir kulübeyi andıran eski bir bina vardı. Aslında burası bir katedral kadar büyüktü. Yoldan bakıldığında ancak bir kapı ve penceresi görülürdü. Buraya "Gorbo Viraneliği" adını vermişlerdi. Kapıdan içeri girildiğinde, bir avluda çeşitli büyüklükte odaları bulunan harap bir ev görünüyordu.

İşte bu viranenin önünde durdu Jan Valjan. Vahşi hayvanlar gibi, inini en ıssız mahallede seçmişti. Yelek cebinden bir maymuncuk çıkartarak kapıyı açtı, ardından dikkatle kapadı ve kucağında Kozet, merdivenlerden ağır ağır üst kata çıktı.

Merdivenin başına gelince, cebinden çıkardığı ikinci anahtarla bir odanın kapısını açtı. Burası oldukça geniş bir odaydı. Yerde bir şilte, oda ortasında bir masa ve iskemleler, bir de köşede gürül gürül yanan bir soba. Sokağın fenerleri bu yoksul yuvayı aydınlatıyordu. Odanın bir köşesindeki kapıdan minicik bir odaya geçilirdi, burada bir portatif karyola vardı. Jan Valjan uyuyan Kozeti buraya yatırdı.

Jan Valjan eğildi ve çocuğun elini öptü. Dokuz ay önce, yine böyle uyuyan Fantinin elini öptüğü gibi.

Gün ışıdığı halde Kozet hala uyanmamıştı. Solgun bir kış güneşi odanın penceresinden içeri nazlı nazlı süzülüyordu. Yüklü bir araba kaldırımlardan gürültüyle geçti.

Birden sıçrayarak uyanan Kozet dehşetle haykırdı:

– Uyandım Madam geliyorum, işte geldim.

Gözleri henüz açılmadan kendisini yere attı, elini duvara uzattı.

– Eyvah, süpürgem nerede? diye haykırdı.

Sonra gözlerini açarak, karşısında kendisine gülümseyen Jan Valjan'ın yüzünü gördü.

– Ah! Doğru ya, artık orada değilim, günaydın Mösyö.

Yatağın ayak ucundaki oyuncak bebeğini gören Kozet, hemen onu kucağına aldı. Bu arada hem oynuyor, hem de Jan Valjan'ı soru yağmuruna tutuyordu. Neredeydi? Paris büyük müydü? Madam Tenardiye uzaklarda mı kalmıştı? Yoksa kadın buraya da gelebilir miydi?

– Oh burası ne kadar da güzel.

Aslında burası kasvetli bir barakaydı; Ancak küçük kız, kendisini burada özgür hissediyordu.

Jan Valjan:

– Kızım, istediğin kadar oynayabilirsin, dedi.

Gün böylece akşama kavuştu. Hiçbir şeye aldırmayan Kozet, bebeğiyle yeni dostunun arasında tarifsiz bir mutlulukla saatlerce oynadı.

Ertesi sabah, Jan Valjan, Kozet'in başucunda onun uyumasını seyrediyordu.

Yepyeni duygulara açılmıştı adamın kalbi Jan Valjan hayatında hiç kimseyi gerçekten sevmemişti. Yirmi beş yıldan bu yana tek başına yaşıyordu. Hiçbir zaman ne baba, ne âşık, ne koca, ne de dost olabilmişti.

Kozeti böyle seyrederken birden kalbinde bir kıpırdanma duydu. Yüreğinde şefkatli ve tutkulu duyguların hepsi birden ayaklandı. Çocuğun yattığı yatağa yaklaştı, sevinçten titriyordu, evladının uykusunu kollayan bir ananın heyecanına kapılmıştı.

Ancak o ellisini geçmiş, Kozet ise henüz sekiz yaşındaydı. Hayatında rastladığı ikinci ışıktı bu. Piskopos onun ufkunda dürüstlük güneşini parlatmış, Kozet ise sevgi güneşini alevlendirmişti.

Birlikte geçirdikleri ilk günlerini, böyle tatlı bir mutluluk içinde yaşadılar.

Kozet de farkına varmadan değişiyordu. O zavallının o güne kadar sevdiği kimse olmamıştı. Annesinden ayrıldığında öylesine küçüktü ki, onu hatırlamıyordu bile. Büyümek için etrafında bulduğu her şeye sarılan sarmaşıklar gibi, birisine dayanmak, birisini sevmek istemişti, fakat çevresinde kimse ondaki bu ihtiyacı karşılayamamıştı.

Böylece, kimseye bağlanmayan ve kimsenin sevmediği Kozet'in de kalbi bir buz parçası gibi donmuştu. İşte bu nedenle kendisine yakınlık ve şefkat gösteren bu yaşlı adama, kalbindeki tüm sevgisiyle bağlandı.

Kader bu iki yalnız insanı birleştirmişti. Kozet bir baba, Jan Valjan da bir evlat arıyordu.

Jan Valjan oturacağı yeri çok isabetle seçmişti. Onu burada aramak kimsenin aklından bile geçmezdi. Evin birinci katında Jan Valjan'ın işlerini gören ihtiyar bir kadın oturuyordu. Evi bu kadından kiralamıştı Jan Valjan. Burada torunu ile beraber yaşamak istediğini söylemişti. Altı aylığını peşin ödemiş ve ihtiyar kadına odayı temizleyip sobayı yakmasını söylemişti.

Haftalar birbirini izledi. Bu sefil sığınakta, bu iki kimsesiz birbirlerine sarılmış mutlu bir yaşam sürüyorlardı.

Bu arada, Jan Valjan ona okumayı öğretiyordu. Çocuğa harfleri gösteren eski forsa, cezaevinde sırf öç almak, kötülük etmek için okuma öğrendiğini düşündükçe, kendi kendisinden nefret ederdi. Oysa bu gün, yeteneğini küçük bir kıza öğretmek için kullanıyordu.

Artık Jan Valjan için hayat ve insanlar kötü değillerdi. Bundan böyle kimseye kin gütmüyordu. Kendisini seven bu çocuğun yanında ihtiyarlamak en büyük mutluluktu. Ne var ki, en iyi insanlar bile bencil olurlar, arada bir Jan Valjan, Kozet'in çirkin olmasına seviniyordu. Böylelikle, büyüyünce de kimse elinden alamazdı onu.

Jan Valjan ihtiyatı elden bırakmamak için gündüzleri asla sokağa çıkmazdı. Akşam olduğunda, bir iki saat gezerdi.

Kimi zaman Kozet'le, çoğunlukla tek başına, en ıssız yolları seçer ve genellikle de kiliselere girerdi. Kozet babasıyla gezmeye gitmediğinde, evdeki ihtiyar hanımla beraber kalırdı; ancak Jan Valjan'la birlikte yürüyüşe çıkmak, kızın en büyük zevklerinden biriydi. Hatta bebeğiyle oynamaktan bile üstün tutardı bu gezintileri.

İşlerine bakan evdeki ihtiyar kadın, kimsenin mutluluğunu çekemeyen, kıskanç bir yaratıktı. Aynı zamanda çok meraklı olduğundan Jan Valjan'ı göz hapsine almıştı. Kozet'e sorduğu soruların hiçbirine doğru dürüst cevap alamamıştı. Bir sabah bu gözlemci hanım, Jan Valjan'ı boş odalardan birine girerken gördü. Kapının ardına saklanarak onu gözetlemeye başladı. Adam cebinden çıkardığı kurudan bir makas almış sonra ceketinin astarını sökerek, sarı bir kâğıt çıkartıp bunu açıp bakmıştı. İhtiyar kiracı kadın, bunun bin franklık bir banknot olduğunu hayretle gördü. Dünyaya geldiğinden bu yana ikinci kez görmüştü bu bin franklık banknotlardan birini.

Az sonra Jan Valjan, ondan bu bin franklık banknotu bozdurmasını rica etti. Bir gün önce çalıştığı yerden aldığı gelirinin üç aylığı olduğunu söylemeyi de ihmal etmemişti. Oysa kadın, bir gün önce onun akşamın altısında çıktığını, o saatte tüm resmi dairelerin kapalı olduklarını biliyordu.

Ertesi gün Jan Valjan avluda odun kesiyordu, Kozet'de neşe ile etrafında koşturarak ona arkadaşlık ediyordu. İhtiyar kadın onların odalarını temizlemekle meşguldü. Yalnız kaldığına emin olunca bir çiviye asılı redingot ceketini aldı, astarı iyice inceledi ve yeniden dikilmiş olduğunu fark etti.

Yaşlı beyin ceplerinde kâğıtlardan başka çeşitli şeylerin, renk renk perukların bulunması kadını büsbütün hayretlere düşürmüştü. Şişkin bir cüzdan, kocaman bir bıçak, iğne ve iplik. Herhalde yeni kiracı bu ceketini dolap gibi kullanıyordu.

Kilise yanındaki kör kuyunun yanı başında oturan bir dilencinin önünden her geçişte ona birkaç metelik uzatmadan yapamazdı. Arada bir onunla konuşur, hatırını sorardı. Çevredekiler bu dilencinin kılık değiştirmiş bir polis olduğunu söylerlerdi. Aslında bu durmadan dualar mırıldanan yetmiş beş yaşlarında eski bir zangoçtu.

Yine bir akşam oradan geçiyordu Jan Valjan. Dilenciyi yeni yakılmış olan sokak fenerinin altında gördü. Adam her zamanki gibi iki büklüm dua ediyordu. Jan Valjan yaklaştı ve adamın avucuna sadakasını bıraktı. Dilenci birden başını kaldırdı ve Jan Valjan'ın yüzüne dikkatle baktı ve hızla başını eğdi. Jan Valjan birden ürperdi. Sokak fenerinin ışığında, tanıdığı zangoçun sersem yüzünün yerine başka birisini, bir hayaleti görmüş gibi olmuştu. Korkunç bir suratı. Vahşi bir hayvanla karşılaşmış gibi dehşete kapılarak geriledi, nefes almaya bile cesaret edemiyordu. "Olur şey değil" diye düşündü. Sanki bir hortlak görmüş gibi korktum, buna imkân var mı?

Ne var ki, odasına döndüğünde bir hayli sarsılmıştı.

Az önce gördüğü adamı Javer'e benzettiğini kendisine bile itiraf etmek istemiyordu.

Bütün gece bu olayı düşündü, konuşmadığına pişman oldu. Ertesi gün akşamüzeri yine oraya gitti. Dilenciye birkaç metelik uzatan Jan Valjan:

– Nasılsınız babalık dedi? Dilenci, gevşek bir sesle:

– Teşekkür ederim iyi kalpli efendim, dedi.

Jan Valjan'ın içi rahatladı. Dilenci her zamanki ihtiyar zangoçtu. Kendi kendine gülerek, "Nasıl da yanıldım, dedi. Javer sanmıştım neredeyse, iyice yaşlandım herhalde, artık saçma hayaller görmeye başladım."

Bir daha bunun üzerinde durmadı.

Birkaç gün sonra, Kozet'e harfleri okutuyordu ki, evin sokak kapısının açılıp kapandığını duydu.

Jan Valjan buna bir anlam veremedi. İhtiyar kadın mum yakmamak için gün batımında girerdi yatağına. Jan Valjan, Kozet'e sessiz olması için işaret etti. Merdivenden birisinin çıktığını duymuştu. İhtiyar kadının hastalanıp eczaneye gitmiş olabileceğini düşündü. Kulak kabarttı. Basamaklardaki ayak sesi bir erkeğe aitti; ancak ihtiyar kadının da çivili kunduruları vardı, yaşlı kadınlar da ağır ağır yürürler. Yine de Jan Valjan mumunu söndürdü. Bir süre hareketsiz ve sırtı kapıya dönük, nefesini tutarak bekledi. Uzun bir süre bir şey duymayınca yerinden kalktı, kapının altından biraz ışık süzülüyordu. Herhalde dışarıda kendilerini gözetleyen birisi vardı. Oysa Jan Valjan en ufak bir ses duymamıştı. Bundan da, kapının ardındaki kişinin ayakkabısını çıkarmış olduğunu anladı.

Giyinik olarak kendisini yatağının üzerine attı; ancak tüm gece gözünü kırpmadı.

Ertesi sabah gün doğarken biraz dalmıştı ki yine ayak seslerini duydu, gözünü anahtar deliğine dayayarak dışarı baktı. Bu, dışarı çıkmak üzere olan erkekti, Jan Valjan onu sırtından görebiliyordu. Uzun boylu, redingot giymiş, kolunun altında bir sopa taşıyan bir adam.

Jan Valjan sokağa açılan pencereden onun gidişini görebilirdi ancak, camdan baktığı takdirde adamın da kendisini göreceğini düşünerek buna cesaret edemedi.

Adamın anahtarla içeriye kendi evine girer gibi girdiğinden şüphe edilemezdi. Bütün bunlar ne demek oluyordu? Sabahın yedisinde ihtiyar kadın temizlik yapmak için kapılarını çaldığında, Jan Valjan onu dikkatle süzdü; ancak bir şey sormadı. Kadın her zamanki gibi sakindi, bir ara odayı süpürürken sordu:

– Mösyö, dün gece bazı gürültüler duydunuz mu?

– Evet, ben de tam size soracaktım, dedi. Kimdi bu gürültücüler bakalım?

İhtiyar kadın:

– Eve alınan yeni bir kiracı, cevabını verdi. Adı da galiba Dümon ya da Dimon. O da sizin gibi bir emekli geliriyle geçinir.

Kadın bunları anlatırken, burgu gibi minicik gözlerini Jan Valjan'ın yüzüne dikmişti. Belki kötü bir niyeti yoktu, ne var ki, adam onun kafasında bambaşka düşünceler olmasından kuşkulanıyordu.

Jan Valjan yalnız kaldığında, dolabından çıkardığı yüz frankları bir paket yaptı, bu arada gürültü etmemek için gösterdiği tüm gayretlerine rağmen, madeni bir beş frank yerdeki çiniler üzerine yuvarlanarak bir hayli ses çıkardı.

Gün batarken aşağı indi, sokağın sağını solunu dikkatle inceledi, yollar ıssızdı. Yeniden yukarı çıktı.

– Gel benimle, buradan gidiyoruz, dedi Kozet'e. Birlikte karanlık sokaklara daldılar.

• • •

Jan Valjan her önüne gelen sokağa sapıyor ve takip edilip edilmediğini anlamak için durmadan arkasına bakıyordu. Ay ışığının yolları aydınlattığı bir geceydi. Bu yüzden gölgelerde yürümeyi tercih ediyordu.

Kozet kendisine hiçbir soru sormadan, elinden tutarak yanından yürüyordu. Yıllar yılı çile çeken kızcağız, nereye sürüklense, itirazsız gitmeyi öğrenmişti. Aslında Jan Valjan'ın yanında, kendini büyük bir güven içinde hissediyor, bundan dolayı da bu esrarengiz yolculuk onu etkilemiyordu.

Jan Valjan da Kozet gibi, nereye gideceğini bilemiyordu. Kozet'in kendisine güvendiği gibi o da Tanrı'ya inanıyordu. Bu arada neden kaçtığından da tam olarak emin değildi.

Yeni kiracının Javer olduğundan kuşkulanmıştı. Hem Javer olsa bile, bakalım polis kendisini tanıyacak mıydı. Herkes için Jan Valjan ölü bir adamdı.

Ne var ki, birkaç günden beri garip olaylar olduğundan, bundan böyle artık kiraladığı eve dönmemeyi daha uygun bulmuştu. İninden kovulan bir hayvan gibi saklanacak bir yer arıyordu.

Hızla bir sokağa girdiler, orada bir hayli yürüdükten sonra, sağdaki caddeye saparak, Fuloren sokağının yokuşundan inip postane caddesine girdiler.

Burada dört yol ağzı bulunuyordu, Jan Valjan bir konağın kapısının gölgesine sığındı. Kendisini kovalayan dört kişi, karşıdan geçerlerse saklandığı yerden onları görebilirdi. Gerçekten de henüz beş dakika geçmemişti ki, adamlar göründüler. Hepsi de boylu poslu, ellerinde polis sopaları taşıyan jandarmalardı. Önlerinde giden ve onları yöneten adam bir ara duraksar gibi oldu, başını çevirdiğinde, ay ışığı yüzünü aydınlatıyordu.

Jan Valjan onu hemen tanıdı, Javer.

Hiç değilse, artık ne yapacağını biliyordu, henüz Javer ve adamları onun nereye gittiğini bilmediklerinden kararsızlık içindeydiler. Jan Valjan, bunun kendi lehine olduğunu düşünerek yüreklendi. Hayvanat bahçesine doğru yürüdü.

Köprüyü geçtikten sonra sağ tarafındaki şantiyeleri gördü, oraya daldı. Karşısına küçük bir sokak çıkmıştı. Sen Antuan Sokağı. Dar ve karanlık bir sokaktı, girmeden önce iyice etrafına bakındı.

Olduğu yerden köprüyü tümüyle görebiliyordu. Köprü üzerinde dört gölge göründü.

Jan Valjan peşindeki avcıları fark eden bir hayvan gibi ürperdi. Kim bilir, belki de bu adamlar köprüye henüz girmişler, onun Kozet'le el ele oradan geçtiğini görmemişlerdi. Bu takdirde önüne açılan dar ve loş sokağa girip, bataklık ve tarlalara ulaşırsa kurtulurdu. Bu sessiz sokak kendisine güven veriyordu, hiç tereddüt etmeden, emin adımlarla sokağa girdi.

Üç yüz adım yürüdükten sonra yolun ikiye ayrıldığı bir kavşağa vardı.

Hiç duraksamadan sağ taraftaki sokağı seçti; çünkü bu yol kırlara doğru gidiyordu.

Ne yazık ki, artık eskisi gibi ilerleyemiyordu, yorulan Kozet onu da yavaşlatmıştı. Yeniden kızı kucağına aldı, Kozet tek söz etmeden başını onun omzuna dayadı.

Yan bir sokağa sapıp izini kaybettirmek için koşar adımlarla ileri atıldı. O anda önüne bir duvar çıktı. Ancak bu duvar, Jan Valjan'ın girdiği sokağın hemen karşısındaki yol boyunca devam ediyordu.

Yine bir karar vermek zorunda kalıyordu, sağa mı sapacaktı, yoksa sol taraftaki yola mı?

Sağına baktı, bu yol bir çıkmazdı, büyük beyaz bir duvarla sıralanmıştı, tam sol tarafındaki sokağa bakmak istedi ki, bu yolun ortasında kara bir gölge gördü. Kesinlikle bu oraya yolunu kesmek için gönderilen bir jandarmaydı.

Jan Valjan geriledi, ardına baktı, yine bazı gölgeler gördü. Çok zor bir durumdaydı, sola sapmak kendisini bekleyen adamın kollarına düşmek, geriye dönmek, Javer'le arkadaşlarına yakalanmak demekti. Bundan dolayı sağ taraftaki çıkmaza girmekten başka seçeneği kalmamıştı.

Kız neye uğradığını anlayamadan duvarın tepesinde bulmuştu kendisini.

Kucağında Kozet, damın üzerine henüz atlamıştı ki, sokaktan sesler duyuldu.

Javer avaz avaz haykırıyordu:

– Çıkmaz sokağı arayın, Pikpas sokağını arayın, onun orada olduğuna adım gibi eminim.

Jandarmalar çıkmaza atıldılar. Jan Valjan damdan kayarak bahçeye atladı. Jan Valjan uçsuz bucaksız bir bahçede buldu kendisini. Söğüt ve kavak ağaçlarıyla dolu bu bahçenin orta yerinde kocaman bir çınar ağacı yükseliyordu, daha sonra budanmış meyve ağaçları dizilmiş, bir köşeye sebzeler ekilmişti. Taş sıraların üzerleri yosun tutmuştu. Küçük yollar fidanlarla sınırlanmış, otlar yer yer adam boyu yükselmişti, pek bakımlı bir bahçe sayılmazdı.

Birkaç adım ilerleyen Jan Valjan, pencereleri demir kafesli bir bina gördü. Pencerelerin hiç birinde ışık görünmüyordu. Bu bina da bir cezaevi kadar kasvetli ve ıssızdı. Adam birden mahkûmiyet yularını hatırlayarak ürperdi.

Etrafta başka ev görünmüyordu, bahçenin çevresi karanlık ve sisli gecede kayboluyordu.

Bu bahçeden daha ıssız ve kederli bir yer düşünülemezdi. Gerçi gecenin ileri bir saatinde bulunuyorlardı; ancak gündüz bile burada kimse dolaşmıyordu her halde.

Jan Valjan'ın ilk işi, önceden fırlattığı kunduralarını bulup giymek oldu, daha sonra sundurmaya gizlendiler. Korkusuyla nefes almaya bile cesaret edemeyen Kozet, ona daha da sokulmuştu.

Bu arada çıkmazı araştıran jandarmaların çıkardığı gürültüleri duyuluyordu.

On beş dakika sonra, bu seslerinde uzaklaştıkları duyuldu. Birden bu sessizlik içinde, farklı bir gürültü duyuldu. Tanrısal bir ses, deminki cehennemi şamatanın tam tersi, insana huzur veren, bambaşka âlemlere götüren bir ses. Bu ilâhi sesleri, bahçenin dibindeki karanlık binadan geliyordu.

Kozet ve Jan Valjan diz çöktüler. Ne olduğunu, nerede bulunduklarını bilmedikleri halde, şu anda dua etmeye ihtiyaçları olduğunu hissediyorlardı.

İlahi sona erdiğinde, aradan geçen zamanı tahmin edemeyecek kadar dalmışlardı.

Yeniden derin bir sessizlik. Ne sokakta, ne de bahçede çıt çıkmıyordu. Tehdit edici ya da yatıştırıcı gürültülerin her ikisi de yok olmuştu. Yalnızca, kuru yaprakları savuran rüzgârın uğultusu duyuluyordu.

Gece ayazı esmeye başlamıştı. Herhalde sabahın ikisi ya da üçü olmalıydı. Zavallı Kozet hiç kıpırdamıyordu, yere oturup başını Jan Valjan'ın dizine dayamış olduğundan, adam onun uyuduğunu düşündü. Eğilerek ona baktı, çocuk derin derin içini çekti. Bulundukları sundurma nemli ve soğuktu, ceketini çıkartarak Kozet'in üstüne örttü.

– Beni bir dakika bekle. Az sonra gelirim.

Adam harabelerden çıktı ve büyük bina boyunca yürüyerek daha emin bir sığınak aradı. Kapılar önünde durarak tek tek yokladı fakat hiçbirini açamadı. Zemin katın tüm pencerelerinde demirden çubuklar vardı.

Viraneye geldiğinde nefes nefese kalmıştı. Paris ortasında böyle bir mezar göreceğini doğrusu tahmin etmemişti, kendisinin bir kâbusun içinde olduğunu sandı. Kozet'in yanına döndüğünde, onun uyuduğunu gördü.

Jan Valjan, onun yanına oturdu ve ona baktıkça yavaş yavaş yatıştığını, daha normal, daha sakin düşünebildiğini fark etti. Kendini toparlayabilmişti. Kozet'le birlikte olacağı süre içinde, bu mutlulukla yetineceğini, kendisi için başka bir şey istemeyeceğini düşünüyordu. Hatta kızı kendi ceketine sardığı halde, keskin soğuğu bile hissetmiyordu.

Birden bu dalgınlığı anında, bambaşka bir gürültü duydu. Bu, gittikçe yaklaşan bir çıngırak sesine benziyordu. Bir koyun sürüsünün yaklaşmasını beklercesine kuşkuyla etrafı araştırdı.

Bahçede bir başkası dolaşıyordu.

Uyuyan Kozeti kucağına aldı ve onu sundurmanın dibine doğru, eski eşyaların atılmış olduğu bir köşeye görürdü.

Alçak sesle:

– Kozet, Kozet diye seslendi. Kız gözlerini açmadı. Jan Valjan onu iyice sarstı. Fakat kız uyanmadı.

– Eyvah, Tanrım, yoksa öldü mü, diye söylendi zavallı adam ve birden saçları diken diken olarak olduğu yerde doğruldu.

Kız yüzü soluk, hiç kıpırdanmadan yere serilmişti. Adam kulağını onun kalbine dayadı. Ölmemişti fakat kalp atışları çok zayıftı.

Onu nasıl ısıtacak, nasıl uyandıracaktı. Birden tüm tehlikeler kafasından silindi, harabelerden dışarı fırladı.

Yarım saate kadar Kozet'in sıcak bir yatakta, yanan bir ocak karşısında bulunmasını zorunlu buluyordu.

Bahçede gördüğü adama doğru yürüdü, elinde bir tomar para vardı. Adam başı yere eğik, bir işle uğraştığından onun yaklaştığını görmemişti. Birkaç adımda Jan Valjan onun yanına vardı. Bahçedeki adam, birden irkilerek başını kaldırdı.

Jan Valjan sakin bir sesle:

– Bu gecelik beni barındırmanıza karşılık size tam yüz frank vereceğim, dedi. Ay ışığı Jan Valjan'ın solgun yüzünü aydınlatıyordu.

Adam:

– Ulu Tanrım! İnanamıyorum Madlen Baba, gerçekten siz misiniz?

Bu karanlık ve ıssız bahçede söylenen bu ad, Jan Valjan'ı şaşırtmış ve korkutmuştu. Birkaç adım geriledi.

Bunu beklemiyordu doğrusu. Kendisine bu adı veren ihtiyar, iki büklüm duran, topal bir adamdı. Bir köylü gibi giyinmiş olan adamın sol dizindeki deri dizliğe bir çıngırak bağlanmıştı. Karanlıkta kalan yüzü iyi seçilmiyordu. Adam başlığını çıkarmış haykırıyordu.

– Aman Tanrım buraya nasıl girdiniz Madlen Baba. Tövbeler olsun gökyüzünden mi düştünüz yoksa? Ancak bu da normal sizin gibi mübarek birisi düşse düşse ancak gökyüzünden düşer. Fakat kılığınız neden böyle perişan? Kravatınız nerede? Ceketiniz de yok. Doğrusu, sizi tanımasam korkardım. Fakat buraya nasıl girebildiniz?

Adam hiç durmadan aklına gelenleri sayıp döküyordu. Bütün bu sözleri saf bir içtenlikle söylemekteydi. Jan Valjan bir fırsatını bulup sordu:

– Siz kimsiniz, bulunduğum bu bahçe neresi?

İhtiyar adam haykırdı:

Madlen Baba, bu kadarı da artık fazla. Olur şey değil doğrusu, burası Sent-Antuvan manastırı değil mi? Dizim kırıldıktan sonra beni buraya bahçıvan olarak siz yollamadınız mı? Yoksa beni de tanımadınız mı?

– Hayır, dedi, Jan Valjan. Siz beni nereden tanıyorsunuz?

Adam sadece:

– Siz benim hayatımı kurtarmıştınız, dedi.

Başını çevirdi, tam o anda üzerine düşen bir ay ışığı, yüzünü aydınlattı ve Jan Valjan ihtiyar Foşlövan'ı tanıdı.

– Doğru, dedi. Evet, evet, sizi tanıdım şimdi, arabacı Foşlövan.

İhtiyar sitemli bir sesle:

– Hele şükür, dedi.

Jan Valjan sordu:

– Burada ne yapıyorsunuz ki?

– Ne yapacağım, kavunlarımı örtüyorum, ay ışığını görünce don çekeceğini anladım, bundan dolayı kavunlarıma kaputlarını giydiriyorum.

Sizde paltonuzu giyseniz fena olmaz, hava soğuk ne de olsa fakat buraya nasıl girdiniz?

– Madlen Baba kişiliğiyle tanınan Jan Valjan, şu sırada daha ihtiyatlı olmak zorunluluğunu anlamıştı. Soruları kendi sormalıydı.

– Şu dizinizdeki çıngırak da neyin nesi?

– Bu çıngırak, benim yaklaştığımı bildirir, öğrencilerin benden kaçmaları içindir. Bu manastırda yalnızca kadınlar var. Bir sürü de genç kız var ya aslında. Benimle karşılaşmaları tehlikeli olacağından dizime bu çıngırağı bağlattılar. Böylece ben geldiğimde onlar kaçar.

– Burası nasıl bir yer?

– Gerçekten bilmiyor musunuz?

– Bilmiyorum.

– Olur şey değil, beni buraya bahçıvan olarak siz yollamadınız mı?

– Sanki hiçbir şey bilmiyormuşum gibi bana cevap verin.

– Burası Pikpas manastırı, Küçük Pikpas rahibeler okulu.

Jan Valjan sonunda hatırladı. İhtiyar Foşlövan'ın araba altında dizi ezilerek sakat kaldığında, onu kendisi bu manastıra bahçıvan olarak yollamıştı. Bu olay üzerinden tam iki yıl geçmişti. Tanrı kendisini bu ıssız bahçeye yollamakla, bir kurtuluş umudu vermişti karanlık ufuklarında.

– Evet, Madlen Baba, burası hiçbir erkeğin ayak basamadığı bir manastır, buraya nasıl girebildiniz, hala aklım ermedi. Gerçi sizin ermiş misali bir adam olduğunuzu bilirim; ancak ne de olsa erkeksiniz...

Jan Valjan adama yaklaştı ve yardım isteyen bir sesle:

– Foşlövan, vaktiyle sizin hayatınızı kurtarmıştım, dedi. Bahçıvan cevap verdi:

– Bunu sizden önce ben hatırladım, size karşı olan minnet borcumu hayatım boyunca ödeyemem.

– Bugün siz de beni kurtarabilirsiniz.

Foşlövan buruşuk elleriyle Jan Valjan'ın güçlü ellerini yakaladı, heyecandan kısılan bir sesle:

– Bak şu Tanrı'nın işine, yıllardır bu fırsatı bekliyordum. Ben mi sizi kurtaracağım Mösyö? Benden ne isterseniz emredin, sizin kulunuz olduğumu unutmayın.

– Size her şeyi anlatacağım. Önce bana kalabileceğim bir oda bulun.

– Eski manastır harabelerinin ardında bir barakam var. Kimsenin görmediği bir köşedir orası. Üç odası vardır.

Gerçekten baraka harabeler ardında öylesine gizlenmişti ki bunu Jan Valjan bile görememişti.

Jan Valjan:

– Tamam, dedi. Şimdi sizden iki şey daha isteyeceğim.

– Emredin efendim?

– Birincisi, benden kimseye söz etmeyeceksin, ikincisi bana hiçbir soru sormayacak, bir şey öğrenmeye çalışmayacaksın.

– Nasıl isterseniz. Sizin hata yapmayacağınızı ve Tanrı'nın sevgili kullarından bir adam olduğunuzu bilirim. Hem de beni buraya siz yerleştirdiğinize göre emrinizdeyim.

– Tamam. Gel benimle, çocuğu almaya gidelim.

– Yanınızda bir de çocuk mu var?

Fakat başka bir yorumda bulunmadan Jan Valjan'ı izledi.

Yirmi dakika sonra, ocakta çıtırdayan ateşin alevleriyle yüzü pembeleşen Kozet, ihtiyar bahçıvanın yatağında rahat rahat uyuyordu.

Jan Valjan redingotunu sırtına geçirmiş, kravatını boynuna bağlamıştı.

Bu arada Foşlövan dizindeki çıngırağın deriden bağını çözmüş, duvar çivisine asıyordu. Adamların ikisi de şöminede ısındıktan sonra masa başına geçtiler. Foşlövan bir parça peynir, köy ekmeği, bir şişe şarap ve iki bardak koymuştu. Elini Jan Valjan'ın elinin üzerine koyarak ona tatlı tatlı sitem etti:

– Ah Madlen Baba, beni tanımadınız? Olur şey değil, insanın hayatını kurtarıyor, sonra da tanımıyorsunuz.

Oysa onlar sizi asla unutmuyorlar.

• • •

Fantinin başucunda, Javer tarafından yakalanan Jan Valjan, kapatıldığı Möntreysür Mer cezaevinden kaçıp kurtulduğunda, polis, Forsa'nın Paris'e gittiğini sanmıştı. Paris her kaçağın sığınabileceği, gizlenebilecek bir delik bulacağı bir kenttir. Bunu bilen tüm kaçaklar oraya sığınırlar. Polis de bunu bildiğinden hiçbir yerde bulamadıklarını Paris'te arar. Montreysür Mer'in eski valisi de bir süre Paris'te arandı.

Javer onun yeniden yakalanmasında büyük çabalar gösterdiğinden, bu başarısına karşılık Paris'e atanmıştı. Javer artık mutlu idi. 1823 yılının Aralık ayında, gazetelerde gözüne çarpan bir haberde, Jan Valjan'ın kaza sonucu boğulduğunu okudu. Javer buna candan sevinerek gazetesini yere attı ve bir daha Jan Valjan'ı düşünmedi bile.

Bir süre sonra, Paris Polis Müdüriyetine gelen bir yazıya göre, Montferney kasabasında, annesi tarafından hancılara bırakılan bir küçük kızın, tanınmayan bir kişi tarafından kaçırıldığı öğrenildi.

Çocuğun adı Kozet, annesi de Fantin adında, hastanede ölen bir sokak kadını olduğu söyleniyordu. Bu olayı öğrenen Javer'in merakı kamçılanmıştı.

O, Fantin adının yabancısı değildi. Hatta tutuklandığı sırada Jan Valjan'ın kadına kızını getirmek için kendisinden üç günlük izin istediğini de hatırlıyordu.

Derhal Montferneye giderek Tenardiye'lerden bir şeyler öğrenmek istedi. Fakat bu yolculuğu tam bir fiyasko ile sonuçlanacaktı. Önce, Kozeti elden kaçıran hancı, gevezelik etmiş hatta bu yüzden polis olayı duymuştu daha sonra başının ilerde belaya girmesinden korkan Tenardiye bu konuda hiçbir açıklamada bulunmamayı daha uygun bulmuştu. Zaten polisle arası hiçbir zaman iyi olmamıştı. Bundan dolayı kendisini soru yağmuruna tutan Javer'i şaşırtmak amacıyla, Kozeti dedesine teslim ettiğini, hatta kendine pasaportunu gösterdiğini ve onun Giyom Lamber adında varlıklı bir çiftçi olduğunu da sözlerine ekledi.

Lamber adı Javer'in tüm kuşkularını silmişti. İçi ferahlayarak Paris'e döndü.

Tam hikâyeyi tamamıyla unutmuştu ki, 1824 yılının Mart ayında, Paris'in kenar mahallelerinin birinde oturan ve dilencilere devamlı sadaka veren bir adamdan söz edildiğini duydu. Bu adamın varlıklı bir kimse olduğu ve sekiz yaşındaki küçük bir kızla oturduğu söyleniyordu. Kimse onun hakkında fazla bir şey bilmiyordu. Kıza gelince Montferney'den geldiğinden başka bir şey söylemiyordu. Dilenci onun sarı bir ceket giydiğini ve astarının banknotlarla dolu olduğunu söylemişti. Bu haberi duyan Javer bu ilginç insanı yakından görmek hevesiyle bir akşam dilencinin kılığına girmiş, başına onun eski kasketini geçirerek yüzünün yarısını örtmüş ve kendisine sadakayı uzatan meçhul kimseye dikkatle bakmıştı.

İşte o akşam Jan Valjan, Javer'i gördüğünü sanarak kuşkulanmıştı.

Javer de Jan Valjan'ı tanır gibi olmuştu. Sersemlemiş bir halde onun peşinden oturduğu Garbo'nun viraneliğine kadar gitmişti.

Onun işlerine bakan ihtiyar kadını konuşturması pek zor olmamıştı. İhtiyar kadın redingot astarında milyonların dikili olduğunu bir kez daha ona tekrarladı. İyice meraklanan Javer o harap evde bir oda kiraladı. Aynı akşam oraya taşınmıştı. Kiracının kapısına kulağını yapıştırarak onun sesini duymak istedi fakat anahtar deliğinden mum ışığını gören Jan Valjan, ses çıkarmamış ve böylelikle polis hiçbir şey öğrenememişti.

Ertesi gün de olanlardan kuşkulanan Jan Valjan kaçmayı karar vermişti. Ne yazık ki, paralarını yanına alırken, yere düşürdüğü bir beş franklık madeni paranın yuvarlanırken çıkardığı gürültü kendisini ele vermişti. Bunu duyan kocakarı hemen koşup Javer'e haber verdi. Gece bastırdığında, Jan Valjan kapıdan çıkarken, ağaçları siper almış olan Javer onu bekliyordu ve yanına iki de yardımcı almıştı.

Javer, Polis Müdürlüğü'nden yardım istemiş; ancak tutuklamak istediği adamın kimliğini açıklamamıştı. Bu başarısının büyük bir yankı uyandıracağından emindi. Herkesin ölü sandığı ve çok tehlikeli olarak tanımlanan eski bir kürek mahkûmunu adalete teslim etmenin tüm şerefinin kendisine ait olmasını istiyordu.

Fakat bir sefer daha Jan Valjan'ı elinden kaçırmıştı.

Kozeti yatağına yatırdıktan sonra, çıtırdayan bir ateş karşısında, Jan Valjan ve yaşlı bahçıvan birer bardak şarapla ekmek ve peynir yemişlerdi. Barakanın tek yatağında Kozet uyuduğundan, adamların ikisi de samanlar üzerine büzüldüler. Jan Valjan uyumadan önce, ev sahibine:

– Bundan böyle burada kalmak zorundayım, demişti.

Jan Valjan kendisinden başka hiçbir erkeğin ayak basamadığı ve giremeyeceği kutsal bir yerde barınmak zorunda kaldığını biliyordu. Javer izini bulduğuna göre, Paris'e döner dönmez yakalanacağı gün gibi açıktı. Onun durumundaki bir kaçak için bu manastırdan daha güvenli bir yer bulunamazdı.

Bütün gece onun bu sözlerini yorumlamaya çalışmıştı ihtiyar Foşlövan. Bütün bu işlere hiç anlam verememişti. Bu aşılmaz duvarlara rağmen, Madlen Baba nasıl girebilmişti buraya? Bu duvarlardan ancak kuşlar geçebilirdi. Bir de çocuk vardı yanında. Kucakta çocukla düz duvara nasıl tırmanılırdı? Kimdi bu çocuk? İkisi de nereden geliyorlardı?

Fakat yaşlı bahçıvan, Madlen Baba gibi kutsal bir kişiye soru sormayı pek uygun görmüyordu. Madlen Baba onun gözünde üstün bir kişiydi; ancak Jan Valjan'ın ağzından kaçırdıklarından, Foşlövan onun iflas etmiş ve borçlarından kurtulmak için saklanmak istediğini tahmin etmişti. İzini kaybettirmek isteyen Madlen Baba'nın, bu manastırı seçmek istemesi akla yatkın geliyordu.

Böylece kararını verdi, gerekirse kendisini feda edecekti Madlen Baba uğruna.

Sabaha kadar bir hayli kafa yorduktan sonra konuğunun da uyumamış olduğunu gören Foşlövan yattığı yerden doğruldu ve konuğuna sordu:

– Burada olduğunuza göre, dışarı çıkmak için ne yapacaksınız?

Bu soru tüm durumu özetliyordu. Jan Valjan düşüncelerinden sıyrıldı.

İkisi de baş başa verip duruma bir çare aradılar.

Bahçıvan:

– Bakın dedi. Öncelikle bu odadan dışarı çıkmayacaksınız, ne siz ne de küçük kız. Bir görülürseniz, yandık demektir.

– Haklısınız.

– Madlen Baba, uygun bir zamanda buraya geldiniz. Rahibeler arasında çok ağır hasta olan bir kadın var. Dakikaları sayılı, ha öldü, ha ölecek. Bu durumda kimsenin bahçeye çıkacağını zannetmiyorum.

Hasta için dualar okunuyor, tüm manastır onun başında beklemekte. Ölmek üzere bulunan bu ermiş kadın kendisine ceza olsun diye yirmi yıldır bir tabutta yatıyordu geceleri. Onun için ölüm pek fark etmez. Yani sizin anlayacağınız, bu günlük rahatız fakat bunun bir de yarını var.

Jan Valjan:

– Fakat dedi, bu baraka gözlerden uzak bir konumda bulunduğundan burada bizi bulabileceklerini pek sanmam.

– Ne yazık ki, kızlar var.

– Hangi kızlar?

Foşlövan cevap vermeye hazırlanıyordu ki, birden bir çan sesi duyuldu.

– Rahibe öldü, dedi bahçıvan. Ölüm çanı çalıyor. Çan bir daha çaldı.

– Tamam Madlen Baba, kadıncağız Tanrısına kavuştu, tam yirmi dört saat çalacak bu çan. Ta ki rahibe gömülünceye kadar.

– Hangi kızlar, diye sorusunu yeniledi Jan Valjan.

– Küçük kızlar. Onların sizi yakalamaları işten bile değil, hemen koşup öğretmenlerine ispiyonlarlar, sonra ne oluruz?

– Anlıyorum Foşlövan, demek bu manastırın bir de okulu ve yatılı öğrencileri var.

Jan Valjan buna sevinmişti. "Şans diye buna derler." diye düşündü, "Kozet'in öğrenimini sağladım sayılır."

– Elbette, cevabını verdi bahçıvan, bir sürü kız öğrenci var, bunlar sizi görünce bütün manastırı ayaklandırırlar. Burada erkek olmak, vebaya yakalanmak gibi bir felaket. Baksanıza, yabani bir hayvan gibi dizime çıngırak bağladılar.

– Doğrusu burası tam bana göre bir yer, ne yazık ki kalmak biraz zor olacak.

– Hayır, dedi, Foşlövan. En zoru buradan çıkmak.

– Çıkmak mı?

– Evet Madlen Baba, buraya girebilmek için, önce buradan çıkmanız gerekiyor. Sizi burada böyle bulurlarsa, ne derler. Bana göre hava hoş, sizin gökyüzünden düştüğünüze inanıyorum fakat rahibeler için kapıdan girmeniz gerekir.

Geldiğiniz yerden çıkabilir misiniz? Jan Valjan sapsarı kesildi. Bunun imkânsız olduğunu biliyordu. Jandarmaların kol gezdiği bir sokağa nasıl çıkardı?

– Mümkünü yok Foşlövan, dedi. Farz et ki ben gökten düştüm.

– Ondan ben eminim zaten, dedi ihtiyar bahçıvan. Tanrının sizi eliyle buraya düşürdüğünü biliyorum ama ne yazık ki, yanılmış olacak, sizi bir erkek manastırına düşüreceği yerde, yanlışlıkla kadın manastırına indirdi.

Eyvah, baksanıza zil çaldı, herhalde kapıcıyla belediye doktorunu çağırtacaklar. İyi kalpli rahibeler belediye doktorunun ziyaretinden hiç hoşlanmazlar, adamın ölüyü görmesini bile istemezler. Buradaki tarikat rahibeleri yüzlerini bile erkek karşısında peçeyle örter. Sizin şu küçük kız da hala uyumakta, adı neydi?

– Kozet.

– Kızınız mı? Yoksa torununuz mu?

– Onun dedesiyim.

– Kızı buradan çıkarmak mesele değil. Nasıl olsa sebze bahçesi için alışverişe giderken daima sırtımda küfe ile çıkarım. Çocuğu küfeye attım mı, iş bitti demektir. Siz ufaklığa ses çıkarmamasını tembih edin yeter. Onu tanıdığım iyi yürekli bir hanım olan bir çiçek kadına emanet ederim. Fakat sizi nasıl çıkaracağız?

Jan Valjan başını salladı:

– Kimse beni görmemeli Foşlövan. Tüm mesele burada. Beni de küfe içinde çıkarabilsen?

İhtiyar bahçıvan düşünceli düşünceli kafasını kaşıdı, tam o sırada birtakım gürültüler duyuldu. Belediye doktorunun ölen rahibeye bakıp gittiği anlaşılıyordu. Bu sırada zil, tam dört kez çaldı. Bahçıvan yerinden fırladı:

– Başrahibe beni yanına çağırtıyor. Yerinizden kıpırdamayın Madlen Baba, beni bekleyin, sizi buradan çıkartmak için bir çare düşünüyorum. Acıkırsanız, şu dolapta ekmek peynir var.

Jan Valjan, onun topal bacağını sürüyerek koşarak gidişini izledi. İki dakika sonra ihtiyar Bahçıvan, Baş rahibenin kapısını çalıyordu, tatlı bir ses cevap verdi:

– Giriniz.

• • •

Yarım saat sonra, yaşlı adam, tüm gücünü bacaklarına vererek koşa koşa kulübesine dönüyordu. Bu arada Kozet de uyanmıştı. Bahçıvan içeri girdiğinde, Jan Valjan, çocuğa duvara asılı küfeyi göstererek:

– Beni iyi dinle Kozet, diyordu. Buradan gitmemiz gerekiyor fakat kısa bir süre sonra tekrar buraya döneceğiz. Bu iyi kalpli adam, seni küfe içinde, sırtında buradan dışarı çıkaracak. Sen beni bir hanımın evinde bekleyeceksin. O cadı Tenardiye'nin eline düşmek istemiyorsan, sözlerimi aynen yerine getirmelisin.

Kozet, ciddi ciddi başını sallayarak anladığını belirtti. Foşlövan:

– İstediğimiz oldu sayılır dedi. Sizi kardeşim olarak tanıttım, yardımcı olarak torununuzla yanıma gelmenize izin çıktı. Bu arada küçük kız da okula alınacak. Kızı buradan çıkarmak içten bile değil, tek sorun sizi nasıl çıkaracağız?

Bir yolunu bulacağız elbette.

– Benim de başım dertte aslında, tabutu toprakla dolduracağımı söyledim; ancak ceset yerine toprak olur mu? Mezarcılar taşırken, tabuttaki topraktan kuşkulanabilirler.

Jan Valjan şaşkın şaşkın ona bakıyordu. Adamın sayıkladığını düşündü.

Sizi yarın baş rahibenin huzuruna çıkarıyorum.

Daha sonra bu iyiliğin, kendisine bir çeşit rüşvet olarak yapıldığını, kendisinin manastıra yapacağı büyük bir hizmete karşılık olarak baş rahibenin, kardeşini yanına yardımcı olarak almasına izin verdiğini anlattı. Bu sabah ölen rahibenin son vasiyeti, yirmi yıldan beri içinde yatmış olduğu tabutla birlikte manastırın bahçesine gömülmekti. Oysa bu kesinlikle hükümetçe yasaklanmıştı. Başrahibe ve diğer rahibeler, ermiş kadının bu son isteğini yerine getirmek için çırpındıklarından, Foşlövan'dan kendilerine yardım etmesini rica etmişlerdi. Foşlövan hükümetin yasağına aldırmadan, kadını yıllardır yatmış olduğu tabutuyla birlikte, manastır kilisesinin mahzenine gömecekti. Bu, kolay bir iş değildi. Başrahibe ona minnetini bildirmek için kardeşini yardımcı olarak, yeğenini de rahibe okuluna öğrenci olarak kabul edecekti; ancak bir sorun vardı. Belediyenin yollayacağı tabut boş mu kalacaktı? Bu tabut da Vojirar mezarlığına gömülecekti. Belediye, cenaze için adamlarını da yollayacaktı. O tabutun içine kim konacaktı?

Jan Valjan, birden elini alnına vurdu, aklına parlak bir fikir gelmişti.

– Tamam, dedi. Nasıl dışarı çıkacağımı buldum. Tabuta beni koyun.

– Madlen Baba, şaka mı yapıyorsunuz?

– Hayır, çok ciddiyim, bundan daha emin bir çıkış olur mu benim için?

Daha sonra Jan Valjan sordu:

– Yarın saat kaçta cenaze memuru gelip tabutu alır?

– Akşama doğru, saat üçte. Tören Vojirar mezarlığında yapılacak, gece yarısından az önce. Buraya pek de yakın sayılmaz.

– Ben de bütün gün boyunca sizin aletlerinizi sakladığınız sundurmada kalırım fakat bana biraz yiyecek gerekiyor.

– İstediğiniz yiyecek olsun. Ben getiririm.

– Beni korkutan mezarlıkta olacaklar.

– Hiç tasalanmayın Madlen Baba. Siz tabutta kalmayı göze alırsanız, ben de sizi mezardan kurtaracağıma yemin ederim. Tabutu toprağa indirdikten sonra cenaze levazım memurları beni mezarcı ile baş başa bırakarak evlerine dönerler. Mezarcı Mestiyen, benim iyi dostumdur. Herif içmeye bayılır. Çoğu zaman zil zurna sarhoş gezer. Bu da bizim ekmeğimize yağ sürer. İki şıktan biri, ya Mestiyen sarhoş gelir ki, o zaman ben kendisine dinlenmesini tavsiye eder, tabutu kendim gömeceğimi söyleyerek, onu evine yollarım ya da ayık gelir. Bu daha iyi, herifi enselediğim gibi doğru meyhaneye, onu iyice sarhoş hale getirdim mi, iş tamamdır. Cebinden mezarlık kartını alır, oraya gelir, sizi tabuttan çıkartırım. Oldu mu?

– Oldu Foşlövan, Tanrı bu yaptıklarının karşılığını verecektir.

– Umarım bir terslik olmaz.

• • •

Aynı gece, karanlık bastırdıktan sonra, iki erkekle bir çocuk Pikpas sokağının altmış iki numaralı kapısını çalıyorlardı.

Bunlar Foşlövan, Jan Valjan ve Kozet idi.

İki yıldan bu yana manastırda görevli olan Foşlövan tüm kuralları bildiğinden, kaplanın aracılığıyla Madlen Baba ile küçük kızı bekleme salonuna aldırdı. Başrahibe elinde tespihi, yanında yardımcısı olan bir rahibeyle birlikte onları karşıladı. Rahibelerin yüzleri peçeyle örtülüydü.

Başrahibe, peçesinin altından araştırıcı bakışlarını Jan Valjan'ın yüzüne dikti ve sordu:

– Bahçıvanımızın kardeşi misiniz?

– Evet rahibe.

– Adınız?

Foşlövan onun yerine cevap verdi:

– Ültüm Foşlövan.

Yıllar önce ölen bir kardeşinin adı Ültüm'dü.

– Nereden geliyorsunuz?

– Pikardiye'den, köyümüz Amiyen dolaylarındadır.

– Kaç yaşındasınız.

Bu sefer Jan Valjan cevap verdi.

– Tam elli yaşındayım, mesleğim de ağabeyiminki gibi bahçelere bakmaktır.

– Dini bütün bir Hıristiyan mısınız?

– Ailemizde herkes dinine bağlıdır rahibe.

– Bu küçük neyiniz olur?

– Torunumdur.

Her iki rahibe, bir köşeye çekilerek baş başa fısıldadılar daha sonra başrahibe bahçıvana dönerek;

– Foşlövan, bundan sonra size çıngıraklı bir ikinci dizlik yollayacağım, kardeşiniz için.

Artık Jan Valjan resmen manastırın bahçıvanı olmuştu, yeni adı Ültüm Foşlövan'dı. Onun bu yere atanmasının en güzel yanı da baş rahibenin Kozet'e yardımı olmuştu. Kadıncağız, onu himayesi altına aldı ve ona öğrencileri arasında bir yer ayırdı. Ne var ki Kozet, soylu ve zengin aile kızları gibi parayla değil, bedava okuyacaktı.

• • •

Manastırda okuyan Kozet, içine kapanık diğer öğrencilerle arasına mesafe koyan suskunluğuna devam ediyordu.

Okula yatılı yazılan Kozet, öğrencilerin formalarını da giymek zorunda kalmıştı. Jan Valjan, kızın sırtından çıkartılan yaş giysilerinin kendisine verilmelerinde ısrar etti. Tenardiye'lerin elinden kurtardığında ona bu elbiseleri giydirmişti. Henüz giysiler pek eskimemişti. Jan Valjan bütün bunları naftaline koyarak, eline geçirdiği eski bir valize koydu. Valizi yatağının ayakucuna yerleştirdi.

Rahibeler dikkat etmediklerinden, dışarı alışveriş için daima ihtiyar Foşlövan'ın çıktığını, genç kardeşinin kendisiyle asla gezmeye gitmediğini fark etmemişlerdi.

Jan Valjan ihtiyatlı davranmakta isabet ediyordu; çünkü Javer tam bir ay mahalleyi göz hapsinde bulundurmuştu.

İhtiyar Foşlövan ile bahçedeki barakada yatıyordu. Tüm gününü bahçede çalışmakla geçiriyor ve bostana çok yararlı oluyordu.

Onun köylü olduğunu, gençliğinde çiftçilik yaptığını, ağaçları budamakta usta olduğunu unutmayalım. Tarım konusunda gerçekten çok bilgili sayılırdı. Meyveliğin bütün ağaçları yabani olduğundan hepsini aşıladı, nefis meyveler elde etti.

Her gün öğle tatilinde Kozet'in dedesiyle bir saat görüşmesine izni vardı. Rahibeler daima kederli ve durgun olduklarından, küçük kız bu iyi kalpli adamın yanında rahatlıyordu. Barakaya girdiğinde sanki neşe ve gençlik getiriyordu.

Artık Kozet de gülüyordu. Kış aylarından sonra bahar güneşinin kara bulutları dağıtması gibi, mutluluk da Kozet'in yüzündeki kederi silmiş, kızın gözlerine neşe gelmişti. Önceleri güzel sayılmayan kız, yavaş yavaş yeni bir çehreye bürünüyordu.

Manastırın Jan Valjan'ın üzerinde de iyileştirici bir etkisi olmuştu. Tanrıya adanmış bu kadınların yanında yaşamak, gece gündüz melekleri andıran pürüzsüz seslerin söyledikleri ilahileri dinlemek adamın ruhuna huzur veriyordu.

Hayatının iki döneminde Tanrı evlerine sığındığını düşündü. Bir seferinde, bütün kapıların üzerine kapandığı, her yerden vahşi bir hayvan gibi kovulduğunda, altın yürekli Piskopos kendisine el uzatmış, evine almıştı. İnsan toplumunun ittiği bu zavallıyı karanlıklardan çekip çıkarmıştı. Bu kez de aynı toplumun kendisini kovaladığı, cezaevlerinin kapılarının açıldığı bir sırada, başka bir Tanrı evine sığınmıştı.

Böylece aradan yıllar geçti...

ALTINCI BÖLÜM

Anlattığınız olaylardan sekiz yıl sonra, Tamp bulvarında, on bir yaşlarında küçük bir erkek çocuğu dolaşıyordu. Aslında o, kimsesiz bir çocuk sayılmazdı. Bir ailesi vardı; ancak babası onu benimsemediği gibi, anası da sevmezdi. Bu gibi çocuklar kimsesiz yavrulardan çok daha acınmaya layıktır.

Ailesi sahip çıkmamış o da kendi gücüyle zorlukla yaşamaya gayret, ediyordu;

Çöplüklerden kendisine yiyecek arar, bulduğunu araklardı. Ne evi vardı, ne de kendisine sahip çıkacak bir büyüğü, sevgiden de yoksundu, ne var ki, özgür olduğundan mutlu sayıyordu kendisini.

Üç-dört ayda bir bizimkileri bir göreyim der ve kısa bir süre ortadan kaybolurdu.

Gittiği yer, okuyucumuzun daha önceden tanımış olduğu, bir zamanlar kısa bir süre için Jan Valjan'ın Kozet'le birlikte oturmuş olduğu harap kulübeydi.

Jan Valjan'ın zamanındaki ihtiyar kadın, baş kiracı ölmüş, yerini başka bir acize almıştı. Bu yeni kocakarının adı Madam Burgon'du.

Papağan yetiştirmekten başka özelliği olmayan, zararsız bir ihtiyar kadıncağızdı.

Bu viranelikteki kiracıların en sefilleri, iki kızları olan bir aileydi.

Bu ailenin sonsuz sefaletinden başka bir özelliği yoktu. Aile reisi odayı kiralarken, adının Jondret olduğunu söylemişti; ancak bu harabeye taşındıktan az sonra, Jondret kapıcılık görevini yapan yaşlı kadına şöyle dedi:

– Eğer günün birinde birisi gelir de bir İtalyan ya da bir İspanyol'u soracak olursa onu benim odaya yollamayı unutma. Bu aile, bizim dostumuz olan küçük çocuğun ailesiydi. Yumurcak buraya döndüğünde, sefaletten başka bir şey bulmazdı. En acısı da hiçbir zaman güler yüzle karşılanmazdı.

Tamp bulvarını arşınlayan bu yumurcağa, orada Gavroş adını verdiklerini söylemeden geçmeyelim. Jondret ailesinin yaşadığı oda koridorun sonundaydı. Bitişik odada çok yoksul bir delikanlı otururdu. Onunda adı Marius Pontmercy idi.

• • •

O yıllarda yaşayanlar, Normandi Bulvarı'nın, Kalver Sentlan sokağındaki konakların birinde oturan Mösyö Jilnorman adındaki bir soyluyu iyi bilirlerdi.

1831'li yıllarda, Mösyö Jilnorman ilerlemiş yaşına rağmen pek dinç, pek uyanık bir adam sayılırdı. O, başka bir çağın adamıydı. O yıllarda, doksan yaşını aşmış olmasına rağmen dimdik yürür, yüksek sesle konuşur, gözleri çok iyi görür, şarabına su katmadan içer, bol yemek yer, uyur ve hatta horlardı. Otuz iki dişi ağzında inci gibi duruyordu.

Onun çok çapkın olduğu söylenir; ancak şöyle bir on yıldan beri kadınlardan vazgeçtiğini eklerlerdi. Fakat kendisi bunun sebebi olarak yaşlı olduğunu söylemez, parasını yitirdiğinden söz ederdi.

Tüm geliri on beş bin franklık bir servetti. Bütün amacı bir mirasa konmak ve yılda yüz bin franklık bir gelirle metreslerini ağırlamaktı. Filozof Voltaire'in sözünü ettiği ve durmadan ölümlerini bekleyen doksanlık ihtiyarlar kategorisine ait değildi o. Bu güçlü ihtiyar hiçbir zaman hasta olmamıştı. Söylediğine itiraz

eden olduğunda bastonunu havaya kaldırır karşısındakini onunla
tehdit ederdi.

Oturduğu ev kendisinindi. Birinci kattaki geniş bir daireyi
kullanırdı. Bu daire tavanlara kadar değerli Goblin hakları ile
süslü ve nefis koltuklarla döşeliydi. Duvarlar ve tavanlarda ünlü
ressamların tabloları asılmıştı. Pencerelerde ağır kadife perdeler
vardı. Çok zengin kitaplığına bitişik olan müstehcen tablolarla
süslü minik bir salonu vardı. Bu konak ve eşyalar yüz yaşına
kadar yaşamış anneannesinden miras kalmıştı. İstediği zamanlar
da neşeli ve şakacı olurdu. Gençliğinde karıları tarafından aldatı-
lan; ancak asla metreslerinin ihanetine uğramayan adamlardan ol-
muştu.

Gelenekçi olduğu için, krala ve krallığa sonuna kadar bağ-
lıydı.

• • •

Bay Jilnorman'ın kızlarına gelince, onlar on yıl ara ile dün-
yaya gelmişlerdi. Gençliklerinde bile birbirlerine pek fazla ben-
ziyorlardı. Küçük kız çok sevimli, cana yakın, aydınlık yüzlü,
coşku dolu bir kızdı. Büyük kıza gelince o, hayal âleminde yaşa-
yan biriydi. Ufuklarda çok zengin bir kocayı hayal eder, bir mil-
yonerle evlenmeyi, konağında davetler, balolar vermeyi düşlerdi.
Kızlar, gençliklerinde böyle ayrı dünyalarda yaşamışlardı.

Küçük kız hayalindeki erkekle evlenmiş; ancak evladını dün-
yaya getirdikten sonra ölmüştü. Ablası aradığını bulamamış ve
hiç evlenmemişti.

Hikâyemizin bu bölümünde, o artık ellisini aşmış tipik bir ih-
tiyar kız, dar görüşlü bir kadındı. Kimse ilk adını bilmez, onu
Matmazel Jilnorman diye çağırırdı.

Softalık bakımından onun üstüne yoktu. Çekingen olmasına
rağmen, küçük yeğeni süvari teğmeni, yakışıklı Teodül'ün ken-
disini durmadan kucaklamasına ses çıkarmazdı.

Konakta bu yaşlı kızla ihtiyar adamın arasında daima dilini yutmuş gibi sessiz, nefes almaya çekinen bir erkek çocuğu vardı. Mösyö Jilnorman ona karşı daima bastonunu tehditkârca kaldırarak sert bir sesle konuşurdu.

Bu onun hayattaki tek torunuydu.

Kızı Jori Pontmercy adında, Napole onun bir subayıyla evlenmişti. Mösyö Jilnorman bu evliliğe karşı çıkmış; ancak sonunda boyun eğmek zorunda kalmıştı. Bir erkek evlat doğurduktan sonra güzel kızı ölünce, Mösyö Jirnorman torununu yanına almakta ısrar etmişti.

Zavallı Pontmercy için oğlu büyük bir teselli olacaktı, ne yazık ki huysuz ihtiyar, çocuğu yanına almadığı takdirde, onu mirasından yoksun bırakacağını bildirmişti. Oğlunun çıkarını düşünen fedakâr baba, bu emre boyun eğmekten başka bir şey yapamamıştı.

Aslında Mösyö Jirnorman'a göre Mösyö Pontmercy bir haydut sayılırdı. Oysa imparator Napoleon, kendisine sadakatle hizmet eden bu subayına baronluk unvanı vermişti.

Marius adındaki çocuk, bir babası olduğunu biliyordu, ancak daha fazlasından habersizdi. Bu konu onun için yasaktı. Babasının saygı değer bir kimse olmadığını sanar ve onu düşündükçe utanırdı.

Çocuk büyüye dursun, bu arada Binbaşı Pontmercy gizlice Paris'e gelir ve Jilnorman teyzenin yeğenini duaya götürdüğü saati kollayarak, kilisede bir direk ardında gizlenmiş olarak evladını doya doya seyrederdi.

Kilisedeki bu gizli ziyaretleri sırasında yaşlı bir bey olan kilise yönetiminden Maböf'le sıkı bir dostluk kurmuştu.

Bu saygıdeğer adamın abisi Sentvernon köyünde papazdı. Bir gün kardeşini ziyaret ederken, kilisede gördüğü subayı tanımış ve bir bahane uydurarak binbaşıyı ziyaret etmişti. Böylelikle onun hikâyesini öğrenmişti yönetici Maböf. Evlat özlemini gidermek için saatlerce kiliselerde nöbet bekleyen bu zavallı askere çok acımış ve ona karşı büyük bir saygı duymuştu. Çocuğunun geleceği için kendi mutluluğunu feda eden bu baba, herkesin hayranlığına layık bir adamdı. Böylece Mösyö Maböf'le Binbaşı Pontmercy arasında derin bir dostluk doğmuştu.

Yılda iki kez, yılbaşında ve Jori adındaki babasının isim günü olan Ermiş Jori yortusunda Marius babasına mektup yazardı. Dedesi Mösyö Jilnorman daha fazlasına izin vermezdi. Zavallı babanın yolladığı şefkat dolu mektupları, ihtiyar da okumadan imha ederdi.

Marius Pontmercy her soylu çocuk gibi iyi bir öğrenim görmüştü. Dedesi onu dar görüşlü bir hocaya teslim etmiş, koleji bitiren çocuk daha sonra hukuk okumuştu. Çocuk kuralcı, dindar ve ciddi idi. Aşırı hoppa ve inançsız bulduğu dedesini pek sevmediği gibi, babasına karşı da olumlu duygular beslemezdi.

Aslında ateşli ve soğuk, soylu ve cömert, gururlu, heyecanlı ve biraz çekingen bir gençti.

1827 yılında, Marius on yedi yaşını bitirmişti. Bir akşam eve döndüğünde, dedesi elinde bir mektupla kendisini karşıladı.

Mösyö Jilnorman:

– Marius dedi, yarın Vernon'a hareket edeceksin. Babanı görmeye gideceksin.

Marius birden ürperdi. Her şeyi beklerdi; ancak günün birinde babasıyla karşılaşacağını ummazdı. Bu onun için gerçekleşmesi imkânsız bir sürprizdi.

Marius politik görüşlerinin ayrılığı bir yana, babasının cumhuriyetçi olduğunu biliyordu, ayrıca adamın kendisini hiç sevmediğine inanmıştı. Kendisini sevmeyen bu babayı o da hiç sevmemişti. Bundan daha normal ne olabilirdi?

O kadar şaşırmıştı ki, dedesine soru bile soramadı. Dedesi sözüne devam etti:

– Baban sözde hastaymış ve seni görmek istiyormuş. Yarın

sabah erkenden yola çık. Posta arabası sabahın altısında hareket ediyor, akşama oraya varırsın.

Ertesi akşam gün batarken Marius, Vernon'da arabadan iniyordu.

Yolda rastladığı ilk adama Mösyö Pontmercy'nin evini sordu. Kendisine evi gösterdiler, zili çaldı. Elinde mum tutan bir kadıncağız kapıyı açtı.

Marius sordu:

– Mösyö Pontmercy?

Kadın başıyla "Evet" dercesine bir işareti yaptı.

– Kendisiyle konuşabilir miyim? Kadın hayır anlamında başını salladı.

Marius:

– Fakat ben onun oğluyum, dedi. O beni bekliyordu.

Kadın:

– Artık sizi bekleyemez, dedi.

O zaman delikanlı, kadının ağladığını fark etti. Kadının yana çekilmesiyle içeri girdi. Tek bir mumun aydınlattığı odada üç kişi vardı. Biri yerde hareketsiz yatıyordu, diğeri ayakta, üçüncüsü de yere diz çökmüş dua ediyordu. Yerde yatan, Binbaşı Pontmercy olmalıydı.

Ötekilerden biri doktor, diğeri rahipti.

Binbaşı üç gün önce beyin hummasına tutulmuştu. Hastalığının ilk gününde, bir önseziye kapılarak Mösyö Jilnorman'a durumunu bildiren bir mektup yazmıştı. Hastalığı her gün daha da kötüleşmişti. Marius gelmeden iki saat önce;

Binbaşı:

– Oğlum gelmiyor, o zaman ben gideyim ona, diyerek yatağından kalkmış ve aynı anda çinilerin üzerine serilmişti. Birkaç dakika içinde son nefesini vermişti.

Mumun titrek ışığında ölünün gözünden süzülen bir damla yaş görülüyordu. Bu gözyaşı, oğlunu ölmeden son bir kez kucaklayamayan babanın dinmeyen özlemiydi.

Marius ilk ve son defa gördüğü bu adama uzun uzun baktı. Bu iyilikle yoğrulmuş erkek yüzüne, bu güçlü bedene, kılıç ve kurşun yaralarının izlerini taşıyan bu vücuda baktı. Kahramanlığın simgesi olan bu yüzdeki iyilik bile delikanlıyı etkilemedi. Marius bu adamın babası olduğunu ve şu anda kendisini göremeden, evladına hasret kaldığını anladığı halde, kalbi buz gibi kalmıştı.

Doktor, rahip ve hizmetçi kadın bu genci hayretle süzdüler. Ölünün oğlu, aralarındaki tek yabancıydı, babasına ağlamayan bir yabancı. Fazla heyecanlanmamış olan Marius, bu durumda ne yapacağını bilmez gibi, şapkasını yere düşürdü. Sanki böylelikle biraz olsun üzüldüğünü belirtmek istemişti.

Bu arada vicdan azabı da çekmiyor değildi, böyle davrandığı için kendisinden utanıyordu. Fakat bunda suçu yoktu ki, babasını sevmiyordu, hepsi bu kadar.

Binbaşı, kendisine hiçbir şey bırakmamıştı. Eşyaların satışı ancak cenaze masraflarını karşılardı. Hizmetçi kadın bir köşede bulduğu buruşuk bir kâğıdı Marius'e uzattı. Binbaşı eliyle şunları yazmıştı:

Oğlum için;

İmparator, savaş alanında bana Baron unvanı verdi. Karşılığını kanımla ödediğim bu unvanı oğlumun benden sonra taşımasını isterim, onun buna layık olacağını biliyorum.

Kâğıdın arka tarafına binbaşı şu satırları eklemişti:

Vaterlo savaşında bir çavuş benim hayatımı kurtardı. Bu adamın adı Tenardiye. Son zamanlarda onun Paris dolaylarında, Şel ya da Montferney kasabasında bir han işlettiğini öğrendim. Oğlum ona rastladığında elinden gelen iyiliği esirgemesin.

Ölülerin son dileklerine saygı gösterilmesinin bir ödev olduğunu bilen Marius, bu kâğıdı cebine attı.

Vernon'da ancak kırk sekiz saat kalmıştı. Cenaze töreninden sonra Paris'e döndü ve hukuk derslerine bıraktığı yerden devam etti. İki günde gömülen Binbaşı, üç gün sonra tamamıyla unutulmuştu.

Marius yalnızca şapkasına siyah bir şerit takmıştı, o da gelenek olduğu için hepsi o kadar.

• • •

Teyzesinin dindar biri olarak yetiştirdiği Marius, geleneklerine sadık kalmıştı. Her pazar sabahı dini ayine giderdi. Yine o pazar sabahı çocukluğunda teyzesiyle gittiği o Sent Süplis kilisesine giderek kırmızı kadife bir iskemleye diz çöktü. İskemle üzerinde Mösyö Maböf adının yazılı olduğunu fark etmemişti. Henüz duaya başlamıştı ki, omzuna dokunun bir elle irkildi:

– Genç dostum özür dilerim fakat burası benim yerim. Marius bir şey söylemeden oradan uzaklaştı, yaşlı yabancı iskemlesine diz çöktü.

Ayin sona erdiğinde Marius yerinden kıpırdamamıştı. İhtiyar yabancı, kendisine yaklaştı ve ona:

– Sizden özür dilemek isterim, dedi. Hakkımda kötü bir fikir beslemenizi istemem. Bakın bu davranışımın nedenini size anlatayım. Yıllar yılı, bu sütun ardında bu günkü yerimde, her ay muntazam buraya gelen bir adamı izledim. Bu zavallı, oğlunu başka türlü göremiyordu.

Ailevi nedenleri dolayısıyla oğlunu görmesini kendisine yasaklamışlardı. Adamcağız oğlunun ayine geleceği saatleri ezberlemişti. Çocuk babasının kendisini gözetlediğinden habersizdi. Oysa babası kendisini göstermemek için şu direk ardına gizlenirdi. Çocuğuna bakar ve ağlardı. Evladını taparcasına seviyordu bu talihsiz baba. Bunu gördüğüm için bu direği kutsal sayıyorum, o zamandan bu yana bende artık duayı burada dinlemeyi adet edindim.

Hatta bu zavallı adamı az çok tanımışlığım da var, onunla dost bile olmuştuk. Kayın pederi, oğlunu yanına aldığı takdirde mirasından yoksun bırakacağını söyleyerek onu tehdit edermiş. Adam oğlunun günün birinde mutlu ve zengin olması için kendisini feda etmişti. Dede, torununu babasından sırf politik görüşleri yüzünden ayırıyordu. Gerçi politikaya saygım vardır; ancak bir adam Vaterlo'da dövüştüğü için bir canavar sayılmaz ya. Bunun için bir babayı oğlundan ayırmayı anlayamam. Adam Napoleon'un binbaşısıydı. Öldü, galiba, Vernon'da oturuyordu. Benim ağabeyim de oradaki kilisenin papazıdır. Hatta adı da Pontmari ya da Pontparsy gibi bir şeydi. Yüzünde bir kılıç yarasının izi görülüyordu.

Marius'un yüzü sararmıştı:

– Pontmerey, dedi.

– Öyle ya, bir ara dostluk etmemize rağmen unutmuş olacağım, yoksa siz de onu tanıyor musunuz?

– Mösyö, o benim babamdı.

İhtiyar adam, ellerini kavuşturarak haykırdı:

– Tanrım, demek o çocuk sizdiniz. Öyle ya, aradan yıllar geçti. Ah zavallı yavrum, sizi çok seven bir babanız olduğunu size söyleyebilirim.

Marius, ihtiyar adamın koluna girerek, onu evine kadar uğurladı.

Ertesi gün dedesine:

– Bir kaç arkadaş ava gitmeyi tasarladık. Üç gün kadar uzaklaşmama izin verir misiniz? diye soruyordu.

Dedesi:

– İstersen dört gün kal, dedi. Git ve iyice eğlen. Daha sonra göz kırparak, kızının kulağına fısıldadı:

– Bizim delikanlı birisine tutuldu galiba.

Marius üç gün sonra geri döndüğünde doğru Hukuk fakültesinin kitaplığına giderek Monitör gazetesinin koleksiyonunu istedi.

Monitörü baştan sona inceledi. Cumhuriyet ve imparatorluk öykülerini, tüm anıları, gazeteleri, bültenleri, bildirileri okudu. Babası Jori Pontmercy'nin Generallerini görmeye gitti. Vernon'da ziyaret ettiği rahip Maböf, delikanlıya o ıssız köyde babasının hayatını anlatmıştı. Onun nasıl tek başına yaşadığını, bahçesinde çiçek yetiştirmekten başka bir zevki olmadığını, durmadan oğlunu sayıkladığını.

Bu arada, artık dedesiyle teyzesini hemen hemen görmez olmuştu. Onları günde birkaç dakika, yemek saatlerinde görüyor, daha sonra ortadan yok oluyordu. Teyzesi homurdanıyor, dedesi ise gülümsüyordu.

– Amma yaptın, diyordu kızına. Herhalde delikanlı, kadınlarla gönül eğlendiriyor, tam zamanı. Ben bunu geçici bir macera sanmıştım, oysa aldanmış olacağım galiba, bu büyük bir aşkmış.

Evet, gerçekten de bu büyük bir aşk idi. Marius babasını taparcasına sevmeye başlamıştı.

Bu arada siyasal fikirleri değişiyordu. O zamana kadar onun için Cumhuriyet, sadece karanlık, imparatorluk karanlık gecede bir aydınlık anlamına gelirdi. Oysa artık bu karanlık gecede, ülkesinin gururlanacağı vatanseverlerin adlarını okumuştu. Bütün bu yüksek ruhlu asker düşünürleri ve politik adamları, hepsini bastıran bir güneşi Napoleon'u yakından tanımasını öğrenmişti. Bundan böyle çürümüş krallığın devrilmesindeki amacı anlıyor, ihtilâlin idealini idrak ediyordu. Marius'un bu öğrendiklerinden gözleri kamaşıyordu âdeta. O ana kadar karanlıklarda yaşamış olduğunu seziyordu.

Vicdan azabı ve üzüntü içindeydi. Neden harikulade bir insan olan, kendisine düşkün bu babayı bu kadar geç tanımıştı. Ah, babasının sağ olması için şu anda neler feda etmezdi. Onun kollarına atılmak, onun yaralı yüzünden öpmek, ona: Baba, işte bak ben geldim, senin oğlun, senin gibi düşünen, seni seven oğlunum diyebilmek için neler vermezdi.

Babasının gerçek kişiliğini anladıktan sonra Napoleon'un da nasıl mükemmel bir komutan, ne büyük bir vatansever olduğunu anlamakta gecikmemişti. Oysa kuralcı olan dedesi çocukluğundan bu yana ona tamamıyla yanlış fikirler aşılamış, Napoleon'u kötülemişti.

Marius tüm bu değişimlerden geçerken, birlikte yaşadığı ailesinin hiçbir şeyden haberi yoktu. Günün birinde bir matbaaya giderek üzerinde Baron Marius Pontmercy yazan yüz tane kartvizit ısmarladı. Bu arada babasına ruhen yaklaşan delikanlı, yavaş yavaş dedesinden nefret etmeye başlamıştı. Gerçi bu duygularından hiçbirini belli etmiyordu; ancak karşılıklı oturduğu dakikalarda hemen hemen hiç konuşmuyorlardı ve evde mümkün olduğu kadar az kalıyordu. Teyzesinin sitemlerine tatlı bir sesle cevap verir, yokluğunda derslerini bahane ederdi. Oysa dedesi yargısında asla şaşmıyordu: O âşık, diyordu. "Böyle şeyler gözümden kaçmaz."

Marius, arada birkaç günlüğüne Paris'ten uzaklaşmaya başladı.

Teyzesi telaşlanarak:

– Böyle nerelere gidiyor, diye tasalanıyordu.

Yine böyle kısa bir seyahati sırasında, babasının vasiyetini yerine getirmek amacıyla, Montferneye uğramış ve orada hancılık yaptığı söylenen, Çavuş Tenardiye'yi boş yere aramıştı. Kasabalılar adamın iflas ettiğini ve hanın kapandığını kendisine söylediler. Kimse Tenardiye'nin nereye gittiğini bilmiyordu. Marius dört gün evine dönmedi.

O günlerde, Marius'un boynunda siyah bir kurdeleye bağlı bir şey taktığını dedesi ve teyzesi fark etmişlerdi.

Mösyö Jilnorman'ın baba tarafından uzak bir akrabası vardı. Süvari teğmeni olan Teodül Jilnorman yakışıklı bir delikanlı sayılırdı.

Sarı saçları ve kılıcını havalı bir taşıyışı vardı. Marius kendisinden birkaç yaş büyük olan bu akrabasını tanımazdı; ancak Teodül Jilnorman, teyzesinin gözbebeği sayılırdı.

Teyzesi, çok seyrek gördüğü için bu uzak yeğenini birlikte yaşadığı Marius'e tercih ederdi. Bir gün Marius dedesinden birkaç günlük izin istemişti.

Dedesi rahatlıkla bu izni vermişti. Jilnorman teyze, çok dindar olduğundan, yeğeninin bu kaçamaklarını zor sindiriyordu. Onun evli bir kadınla ilişki kurmuş olmasından kuşkulanıyordu. Kadıncağız kendisini teselli etmek için eline işlemesini almıştı ki, aniden salon kapısı açılarak içeri Teğmen Teodül Jilnorman girdi. Kadın sevinçle haykırdı. Her ne kadar yaşlı, softa, çekingen olsa da, gene kadın olmaktan vazgeçmiyor, bu yakışıklı subayı görmekten hoşlanıyordu.

– Hoş geldin Teodül, dedi. Doğrusu gelişine çok sevindim. Umarım birkaç gün kalırsın.

– Ah ne kadar isterdim, ne yazık ki, hemen bu akşam yola çıkmam gerekiyor. Kışla değiştiriyoruz. Bu arada Paris'ten geçerken hiç değilse gidip halamı göreyim dedim.

– Oh, ne iyi ettin evladım, al bu da zahmetine karşılık. İhtiyar kız yeğeninin avucuna on altın sıkıştırdı.

– Sevgime karşılık demek istersiniz halacığım, dedi genç subay. Sizi ne kadar candan sevdiğimi bilirsiniz. Ha, halacığım size bir şey sormak isterdim, özel bir izinle geldim, yoluma tek başıma devam edeceğim. Yeğenim Pontmercy de seyahate mi çıkıyor?

Halası birden ilgilenmişti, sordu:

– Bunu da nereden biliyorsun?

– Buraya gelmeden önce posta arabasında yerimi tutarken, listede onun da adını gördüm.

– Ah, haylaz çocuk, dedi. Tüm geceyi posta arabasında geçirecek desene.

– Benim gibi.

– Evet, ancak sen görevli olarak vatan uğruna gidiyorsun, oysa onun bu kaçamakları artık çok fazla olmaya başladı.

Birden yaşlı kadının gözleri parladı, aklına bir fikir gelmişti. Marius'un bu gizli seyahatlerinin nedenini öğrenebilirdi.

– Baksana Teodül, dedi. Marius seni tanımıyor, değil mi?

– Hayır ben onu tanımam, şöyle birkaç kez uzaktan görmüştüm; ancak buraya geldiğimde kendisine rastlamadığımdan, yıllardan beri görüşmedik. Beni hatırlayacağını pek sanmıyorum.

– Bak evlâdım, bu son zamanlarda Marius işi azıttı, durmadan üç dört günlük kaçamaklar yapıyor, kimi geceler eve gelmiyor, güzel bir kız ya da evli bir kadın olmasından kuşkulanıyorum. Babamın bu gibi şeyleri ne denli hoş gördüğünü bilirsin?

– Herhalde bu işlerin altında güzel bir kız olmalı.

– Beni sevindirmek istersen, Marius'u izle, nasılsa seni tanımaz, böylece bu senin için kolay olur. Kızı görmeye gayret et, bana ayrıntıları yazarsın. Babamın da hoşuna gider.

Aslında Teodül böyle casusluk yapacak kadar karaktersiz bir çocuk değildi, ne var ki halasının eline sıkıştırdığı on altın etkisini göstermişti. Onu sevindirmenin kendisine faydalı olacağını bildiğinden bu ricasını reddedemedi.

– Nasıl isterseniz halacığım, dedi. İçinden de "Bir bu eksikti. Artık hafiyelik mi yapacağım?" diye düşünüyordu.

Bayan Jilnorman onu şefkatle kucakladı:

– Ah canım yavrum, dedi. Senin böyle bayağı çapkınlıklarda bulunmayacağını bilirim, sen görevine bağlı, tam bir askersin. Senin böyle kadın, kız için ailenden uzaklaşmayacağını bilirim.

• • •

O gece, posta arabasına bindiğinde, Marius bir gözlemcisinin olduğundan habersizdi. Oysa Teğmen Teodül Jilnorman yerine oturur oturmaz derin bir uykuya dalmıştı. Ertesi gün, güneş doğarken arabacı haykırıyordu:

– Vernon'a, geldik, Vernon'da inecekler hazırlansın... Teğmen Teodül uyandı, ceketinin düğmelerini iliklerken, yeğeni Marius'un arabadan indiğini gördü. Delikanlı, arabaya yaklaşmış olan, çiçek satan bir köylü kızdan bir demet çiçek satın alıyordu.

Teodül de arabadan yere atlarken bu kadar güzel çiçekleri alacak kızın da en azından bu çiçekler kadar güzel olacağını tahmin etti.

Böylece ıssız yollarda ilerleyen Marius'un peşine takıldı. Marius ardından gelen subayın farkında bile değildi, sanki çevresindekileri görmüyormuş gibi dalgın dalgın yürüyordu. Teodül: "Zavallı çocuk sırılsıklam âşık!" diye düşündü. Marius kiliseye doğru ilerledi.

"Kilisede tam randevu yeridir" diye kendi kendisine söylendi genç Teğmen, Tanrının evindeki aşklar daha da kutsal olur, ne var ki, Marius kiliseye girmemiş, yoluna devam ediyordu.

Teodül: "Randevu açık havada olmaz" diye mırıldandı ve ayaklarının ucuna basarak Marius'un girdiği yola saptı.

Ve gördüğü manzara karşısında hayretle durakladı.

Marius, başı elleri arasında, otlar arasındaki bir mezarın önüne diz çökmüş ve çiçeklerini bir bir mezarlığın üzerine serpmişti. Kara tahtadan haçın üzerinde beyaz harflerle şu isim yazılmıştı: "BİNBAŞI BARON PONTMERCY"

Teodül, Marius'un hıçkırıklarla sarsıla sarsıla ağladığını gördü. Güzel bir kız sandıkları şey, bir mezardan başka bir şey değildi.

Paris'ten her ayrıldığında buraya geliyordu Marius. Dedesi onun çapkınlık yaptığını zannederken, o hayatında göremediği babasının mezarında dua ediyordu.

Teğmen Teodül, bu manzara karşısında duygulanmıştı. Mezarlığın verdiği saygıya, bir binbaşıya karşı duyduğu saygı eklenmişti. Mezar, sırmalı apoletli bir binbaşı kişiliğinde görünmüştü ona. Farkında olmadan elini kasketine götürerek mezarı askerce selamladı ve hızla oradan uzaklaştı. Halasına ne diyeceğini bilmediğinden hiçbir şey yazmamayı daha uygun buldu.

Marius üçüncü gün Paris'e döndü. Arabayla yaptığı yolculuktan öylesine yorulmuş ki, ceketini ve boynundaki siyah kurdeleyi çıkartıp doğruca banyo odasına geçti.

Sağlıklı ihtiyarlar gibi erkenden uyanan Mösyö Jilnorman gürültüyü duymuştu, hemen Marius'un odasına çıkarak onu kucaklamak ve ağzını arayarak nereden geldiğini öğrenmek istedi. Marius henüz banyodan çıkmamıştı, ihtiyar, odasına girdiğinde delikanlı yoktu. Bozulmamış yatağın üzerine ceket ve siyah kurdele gelişi güzel atılmışlardı.

Birkaç dakika sonra Mösyö Jilnorman, kızının bulunduğu aşağı kat salonuna zaferle giriyordu. Yüzü aydınlanmıştı:

Mösyö Jilnorman bir elinde redingotu, öbür elinde ucunda minik bir deri kutu sallanan siyah kurdeleyi tutuyordu.

– Zafer, diye haykırdı. Nihayet sırrı çözeceğiz. Bak bizim çapkının boynunda asılı kolyeyi buldum. Herhalde kızın resmi bu madalyon içinde olacak.

Adamcağız keyifle içini çekti, koltuğuna yerleşti ve kutunun düğmesine bastı. Baba kız hayretle kutudan çıkan dörde katlanmış kâğıda baktılar.

Mösyö Jilnorman neşeli bir gülüşle:

– Bir aşk pusulası olsa gerek, dedi. Bu konulardan hiç anlamam.

Kızı:

– Okuyalım babacığım, dedi.

Kadın gözlüklerini taktı, kâğıdı açtılar ve şu kelimeleri okudular:

Oğluma:

"İmparator beni savaş alanında "Baron" ilân etmişti. Kanımla ödediğim bu unvanı oğlumun taşımasını isterim. Buna lâyık olacağından eminim."

Baba kızın neler hissettiklerini tanımlamak imkânsız. Bir hayalet görmüş gibi iliklerine kadar titremişlerdi. Mösyö Jilnorman kendi kendine konuşur gibi alçak sesle mırıldandı:

"Şu kaba askerin yazısı."

Tam bu sırada redingotun iç ceplerinin birinden dört köşe bir mavi kutu yere yuvarlandı. Bunlar Marius'un kartvizitleriydi. Mösyö Jilnorman hemen okudu:

"BARON MARIUS PONTMERCY."

İhtiyar adam öfkeden çılgına dönmüştü.

Böylece uzun bir saat geçti, ihtiyar adamla yaşlı kız, karşılıklı oturmuşlar, derin derin düşünüyorlardı. Marius eşikte göründü.

Daha içeri girmeden, dedesinin elinde kartvizitlerinden birini gördü. Yaşlı adam hor gören bir sesle,

– Bak sen, dedi. Demek artık "Baron" oldunuz, kutlu olsun. Bu da ne demek oluyor şimdi?

Marius hafifçe kızardı:

– Evet! dedi. Babamın oğlu olduğumu nihayet anladım. Mösyö Jilnorman haşin bir sesle:

– Buraya bak, dedi. Senin baban benim. Marius gözleri yerde, sert bir sesle:

– Benim babam kahraman bir adamdı. Fransa Cumhuriyetine şerefle hizmet etti, yaşamının yirmi beş yılını zorluklara göğüs gererek, güneş altında, yağmur altında, kurşun altında geçirdi; yirmi kez yaralandı fakat asla sızlanmadı, tek başına, yoksulluk içinde öldü. En büyük hatası da sonuna kadar iki nankörü sevmesi oldu. Vatanını ve beni.

Bu kadarına Mösyö Jilnorman dayanamazdı. Kral taraftarı adam "Cumhuriyet" sözünü duyunca yerinden fırladı, yüzü mosmor olmuştu:

– Marius, diye hayırdı. Nankör çocuk, babanın ne ve kim olduğunu bilmek bile istemiyorum; ancak tek bildiğim, bütün ihtilâlcılar gibi onun da bir sefil oluşudur. O ve onun gibiler, hemen hemen hepsi kızıl başlıklı serseriler, katil ve hırsızlardır. Dinle beni Marius, Buonoparte'ye hizmet edenlerin hepsi de eşkıyadır. Onlar tüm krallarına ihanet eden vatan hainleri, Prusyalılar ve İngilizlerin önünde geri çekilen alçaklardır. O, Vaterlo savaşı bir kepazelik olmuştur. Baban da onların arasındaydı. Benim tek bildiğim budur.

Bu sözler Marius'u coşturdu. Henüz tanımaya başladığı ve taparcasına sevdiği, saydığı babası hakkında bu söylenenlere nasıl dayanırdı; ancak bu sözleri söyleyen onun öz dedesiydi. Ona karşı bir minnet, bir saygı borcu vardı. İki ateş arasında kalmıştı genç adam. Bir yandan babasının öcünü almak istiyor, diğer taraftan dedesini kırmak istemiyordu. Bir tarafta kutsal bir mezar, diğer yanda ak saçlı bir ihtiyar vardı. Bir süre ne yapacağını bilemez bir hâlde durdu; ancak, sonunda kendine hâkim olamayarak haykırdı.

– Kahrolsun Burbontar, gebersin XVIII. Lui.

Gerçi XVIII. Lui öleli tam dört yıl olmuştu; ancak Marius bu kadarını düşünecek hâlde değildi.

Yaşlı adamın mor yüzü, birden ak saçları kadar beyaz kesilmişti. Kızına dönerek:

– Bir Cumhuriyetçi ile benim gibi bir Krala aynı çatı altında barınamaz, dedi.

Daha sonra başını dikleştirdi ve elini Marius'a uzatarak hırsla haykırdı:

– Defol!..

Marius bu lafı ikiletmedi ve o gün evi terk etti. Ertesi günü Mösyö Jilnorman, kızına:

– Bundan böyle her altı ayda bir bu nanköre altmış altın yollayın ve bir daha benim yanımda onun adını anmayın.

Bu arada Marius, ne yapacağını bilmez bir hâlde dedesinin konağını terk etmişti. Üzüntüsünü arttıran bir aksilik daha olmuştu. Efendisinin emriyle küçük beyin redingotunu odasına götüren yaşlı hizmetçi Nikolet, merdivenlerde siyah kurdeleyi düşürmüş olacaktı. Bu madalyon bir daha bulunamadı. Marius, dedesinin, babasının vasiyetnamesini ateşe atmış olmasından kuşkulandı. Ne yazık ki, babasının el yazısını taşıyan bu kutsal kâğıdı yitirmek genç adamı çok üzmüştü.

O günlerde Paris'te genel bir ihtilâl havası esmekteydi. Birkaç üniversiteli genç kendilerine bir cemiyet kurmuşlar, Yoksulları Kalkındırma Cemiyeti'nin üyeleri olmuşlardı. Bu henüz gizli bir cemiyet sayılırdı ve aralarında birkaç işçi de bulunmaktaydı.

Adları, sırayla "Enjolras, Kombefer, Jan Pruver, Föyi, Kurfeyrak, Bahorel, Legl, Joly ve Granterydi."

Ailenin tek evlâdı olan Enjolras çok varlıklı bir çocuktu, aynı zamanda çok güzel bir yüzü vardı. Yirmi iki yaşında olmasına rağmen, ancak on yedisinde gösteriyordu. Yolda ona rastlayan kızlar, bu uzun sarı kirpikleri, bu tatlı mavi gözleri, rüzgârda uçuşan bu dalgalı saçları, dolgun dudakları, inci gibi düzenli dişleri gördüklerinde, onun ruhunda esen fırtınaları asla anlayamazlardı. Onu yalnızca güzelliğiyle değerlendirenler, gururlu, çapkın bir genç sanırlardı. Oysa Enjolras, inançları uğrunda kan dökmekten çekinmeyecek kadar idealist, hiçbir fedakârlıktan kaçınmayacak kadar davasına sadık bir ihtilâlcıydı.

Kombefer daha filozof yaradılışlı bir gençti. Ona göre ihtilâl, uygarlıkla el ele vermeliydi. Kombefer'in devrimi, Enjolras'in devriminden daha yumuşak bir değişim ifade ediyordu.

Jan Pruver'in fikirleri daha da yumuşaktı. O, âşık ve şairdi.

Saksıda çiçek yetiştirir, mısralar yazar, kadınların kaderine sızlanır, çocukların geleceğini değiştirmek ister, yani güvenli geleceğe ve Tanrıya inanırdı...

Föyi, kimsesiz bir işçi olduğundan gündeliğini zar zor çıkaran ve tek gayesi dünyayı kurtarmak olan çılgın bir idealist idi.

Kurfeyrak, bir aristokrattı ve romanımızın ilk sayfalarında tanıdığımız Fantin'in dostu, küçük Kozet'in babası olan öğrenci Tolomyes'in bir başka kopyasıydı. Esprili, neşeli kimseye metelik vermeyen bir genç... Fakat Kurfeyrak, Tolomyes'den bir kaç derece daha üstündü. O dürüst, iyiliğe inanan, şövalye ruhlu bir gençti.

Aslında grubun elebaşları bunlardı. Tüm bu delikanlıların inandıkları tek şey Fransa'nın kurtuluşu olacağına inandıkları ihtilâldı.

Günlerden bir gün akşam vakti, Lesgl adındaki delikanlı, Müzen kahvesinin önünde oturmuş meydanı seyrediyordu. Tam o sırada karşısından geçen iki tekerlekli bir araba delikanlının dikkatini çekti. Bu arabanın bu kadar yavaş gitmesi Lesgl'yi meraklandırmıştı.

Arabada bir delikanlı, delikanlının yanında kocaman bir çanta bulunuyordu. Çantanın üzerine büyük harflerle bir isim adı işlenmişti:

"MARİUS PONTMERCY."

Bu adı gören Lesgl hemen tutumunu değiştirdi, doğruldu ve arabadaki genç adama sesledi:

– Hey Mösyö, Mösyö Marius Pontmercy!

Araba durdu, dalgın görünen arabadaki yolcu genç, başını sesin geldiği yöne çevirdi.

– Bana mı seslendiniz?

– Siz Mösyö Marius Pontmercy misiniz?

– Evet.

– Ben de sizi arıyordum.

– Nasıl olur, dedi Marius. Ben sizi tanımıyorum.

– Aslında ben de sizi tanımıyorum.

Marius karşısındakinin tam bir kaçık olduğuna inanmak üzereydi ki Lesgl yeniden söze başladı:

– Dün okulda yoktunuz?

– Olabilir. Siz de öğrenci misiniz?

– Evet, tıpkı sizin gibi. Evvelki gün bir rastlantı olarak okula girecek oldum. Hocanın aklına yoklama yapmak gelmişti. Hoş arada bir böyle heveslere kapılırlar. Sizin de adınız okundu, biliyorsunuz üçüncü yoklamada çağrıya cevap vermediğiniz takdirde kayıtlardan silerler adınızı. Bu konularda profesörlerin ne denli gülünç olduklarını bilirsiniz. Altmış frankınız yanar böylece.

Marius, delikanlıyı can kulağıyla dinliyordu, Lesgl devam etti:

– Yoklamayı yapan Blondo idi, bilmem tanır mısınız, sivri burunlu, meraklı bir çocuktur. Rastlantı olarak öğrencilerden hemen hemen hepsi gelmişlerdi. Ben de kendi kendime "Blondo dostum, bugün kimseye kazık atamayacaksın" diye söyleniyordum ki, sıra sizin adınıza geldi. Blondo, "Marius Pontmercy" diye seslendi, kimse cevap vermedi, umutlanan Blondo tekrar bağırdı "Marius Pontmercy" yine cevap yok, hemen eline kalemini aldı, adını kayıtlardan silecek ve böylece altmış frankınız yanacaktı. Birden kararımı verdim, bir dosta gerektiğinde yardım etmek gerekir. İçimden sizin belki de hovardalık ettiğinizi, güzel kızlarla tarlalarda çiçek toplayarak gönül eğlendirdiğinizi düşündüm, birden nasıl oldu bilemeyeceğim, Blondo'nun üçüncü kez adınızı haykırışında "Burada" diye cevaplandırdım. Böylece kaydınız silinmedi.

Marius:

– Mösyö, diyebildi, çok duygulanmıştı.

– Durun, daha sözümü bitirmedim, sizin adınız listeden silinmedi, ne var ki benimki silindi.

– Fakat nasıl olur?

Lesgl anlattı:

– Çok basit, kürsüye yakın oturuyordum. Profesör dik dik bana bakmaktaydı. Tam o sırada, hiç de budala olmayan Blondo sırıtarak, benim adımı okudu. Ben de "Burada" diye cevap verdim. O zaman sinsi bir tatlılıkla bana gülümseyen Blondo: "Pontmercy olduğunuza göre Lesgl olamazsınız" dedi. Adım böylelikle kayıtlardan silindi.

Marius:

– Çok üzgünüm Mösyö, inanın bana... Üzüntümü anlatacak kelime bulamıyorum.

Lesgl:

– Dostum bu size ders olsun bir daha kursları kaçırmayın. Bana gelince, ne yalan söyleyeyim buna sevindim, baro zaferlerinden vazgeçiyorum. Avukat olacaktım ki, kurtuldum. Bundan böyle dulu savunup, yetime saldırmaktan Tanrı beni kurtardı. Ne cübbe, ne de staj. Kayıtlardan silinmemi size borçluyum Mösyö Pontmercy, sizi bir ziyaret edip teşekkür etmeliyim. Nerede oturuyorsunuz?

– Şu gördüğünüz arabada, dedi Marius. Lesgl sakin bir sesle:

– Oldukça lüks bir durum, dedi. Demek ayda dokuz franklık kira vermektesiniz.

Tam o sırada, Kurfeyrak kahveden dışarı çıkıyordu. Marius'u görünce gülümseyerek yanlarına geldi.

– İki saattir bu arabadayım, dedi ve buradan çıktıktan sonra nereye gideceğimi de bilmiyorum.

Kurfeyrak atıldı:

– Bana gelebilirsin.

Lesgl:

– Aslında bu çağrıyı benim yapmam gerekirdi, dedi. Ne yazık ki, benim evim yok.

Kurfeyrak:

– Sus bakalım Lesgl, dedi.

Kurfeyrak arabaya atladı ve arabacıya seslendi:

– Arabacı, Senjak kapısına çek bakalım.

O günün akşamı Marius, Kurfeyrak'ın odasına bitişik bir odaya yerleşmişti.

Bir kaç gün sonra Marius'le Kurfeyrak can ciğer dost olmuşlardı.

Gençlik, süratli dostlukların mevsimidir. Marius Kurfeyrak'ın yanında kendini rahat hissediyordu, bu da onun için yepyeni bir duygu sayılırdı. Kurfeyrak kendisine hiç soru sormadı. Ancak bir sabah Kurfeyrak damdan düşercesine sordu:

– Dostum, sizin siyasi görüşleriniz ne merkezde? Marius şaşırmıştı, önce bocaladı daha sonra:

– Ben Bonapart taraftarı bir demokratım, dedi.

Kurfeyrak:

– Oldukça güvenilir bir görüş, dedi ve konu kapandı. Aradan geçen bir günün sonunda, bir sabah otel müdürü hızla odasına girdi.

– Mösyö, biliyorsunuz, Mösyö Kurfeyrak sizin için kefil oldu, dedi.

– Evet.

– Ancak bana şu an para gerekiyor.

Marius:

– Lütfen Mösyö Kurfeyrak gelsin, benimle konuşsun, dedi.

Kurfeyrak odaya girdiğinde otel sahibi bir şey söylemeden dışarı çıktı. Marius o zaman yeni arkadaşına açıldı, hayatta kimsesi olmadığını söyledi. Ne olacağını, ne yapacağını bilemediğini de ekledi.

Kurfeyrak sordu:

– Paranız var mı?

– On beş frank.

– Size ödünç para vermeme izin verin.

– Asla.

– Giysileriniz var mı?

– İşte şu gördükleriniz.

– Mücevherleriniz.

– Altın bir saatim var.

– Tanıdığım bir eskici, redingotunuzla yeni pantolonunuzu sizden satın alır. Ancak bundan böyle tek bir kıyafetiniz kalır.

– Bir de çizmelerim.

– Saatinizi satın alacak bir saatçi de tanıyorum.

– Oldu.

– Hayır olmadı, daha sonra ne yapacaksınız?

– Namusumla çalışmaya gayret edeceğim.

– Almanca ya da İngilizceyi bilir misiniz?

– Hayır.

– Yazık, bilseniz çok iyi olurdu. Tanıdığım bir kitapçı çeviriler yaptırır bu dillerden. Gerçi fazla para vermez, ama hiç yoktan iyidir.

– İngilizce ve Almanca öğreneceğim. Bu arada satacağım giysilerimin ve saatimin parasıyla yaşamaya çalışırım.

Eskici çağırıldı giysilere yirmi frank verdi, saatçiye gidildi, adam altın saat için tam kırk beş frank saydı. Marius Kurfeyrak'a:

– Hiç de kötü bir başlangıç değil, diyordu. On beş frankımı da buna eklersem tam seksen beş frank eder.

Kurfeyrak:

– Ya otel masrafı, dedi.

– Doğru bak bunu unutmuştum.

Bu arada pek de kötü kalpli olmayan Jilnorman teyze, Marius'un adresini bulmuştu, okuldan döndüğü bir sabah, genç adam teyzesinden bir mektup ve bal mumuyla mühürlü bir kutu aldı. İçinde altmış altın vardı.

Marius bir mektupla altınları teyzesine geri gönderdi. Mektupta, geçim yolunu sağladığını ve kendisi için endişelenmemesi gerektiğini de belirtti. O sırada cebinde sadece üç frankı kalmıştı.

Marius borçlanmaktan korktuğu için Senjak otelini de terk etmek zorunda kaldı.

Marius için hayat zorlaşmıştı. Giysilerinin ve saatinin parasını bitirdikten sonra, çok çetin şartlarda yaşamak zorunda kaldı. Ekmeksiz günler, uykusuz geceler, mumsuz akşamlar, ateşsiz ocak, işsiz haftalar birbirlerini izledi. Geleceği için umutlarını yitirmiş, ceketinin dirsekleri delinmiş, kızları güldüren eski şapkası başında, kirasını veremediği için akşamları kilitli bulduğu kapısı, kapıcının ve aşçının küstahlıkları, komşuların alaylı gülüşleri, bir lokma ekmek karşılığında kabul edilen en aşağılık işler. Marius tüm bunlara katlanmasını öğrenecekti.

Erkeğin sevgi ihtiyacıyla kıvrandığı ve kurtuluş olarak gururuna sarıldığı o yaşlarda, kızların kılıksız olduğundan kendisiyle alay ettiklerini sanıyordu. Yoksul olduğundan gülünç olduğuna inanıyordu.

Jilnorman teyze, kendisine altmış altını, tekrar tekrar yolladı. Her seferinde Marius parasının bol olduğunu söyleyerek bu parayı iade etti.

Fikirlerinde ve hayatında bu değişim olurken babasının yasını tuttuğundan hâlâ siyah giyiniyordu. Günün birinde üzerindeki elbisenin kullanılacak bir tarafı kalmadı. Pantolon şöyle böyle dayanmaktaydı, ancak ceket lime lime dökülüyordu. Kurfeyrak'a bazı hizmetlerde bulunmuştu, delikanlı da ona eski bir elbisesini verdi. Otuz meteliğe Darius'e bunu ters yüz ettirdi ve yeni bir giysi sahibi oldu. Ne var ki, bu da yeşil bir giysiydi. Bundan böyle, gülünç olmamak için Marius gününü odasında geçirip, ancak karanlık bastığında sokağa çıkıyordu.

Bu arada hukuk sınavlarını vermiş ve nihayet avukat olmuştu. Büro olarak Kurfeyrak'ın odasının adresini vermişti. Avukat çıktığında soğuk fakat nazik bir mektupla dedesine bunu haber verdi. Mösyö Jilnorman mektubu aldı titrek elleriyle okudu ve parçalayarak kâğıt sepetine attı. İki gün sonra, babasının tek başına konuştuğunu duyan Matmazel Jilnorman seslere kulak kabarttı. İhtiyar adam şöyle söyleniyordu:

– Sen bir budala olmasan, aynı zamanda hem avukat, hem de baron olunamayacağını bilirdin...

• • •

Sefalet de bir alışkanlık olur. Günün birinde onu şekillendirmek insanoğlunun elindedir. Marius Pontmercy hayatına kendince bir yön vermişti. Dar boğazdan kurtulmuş sayılırdı, ufukları genişliyordu, sabır ve çalışma sonunda yılda yedi yüz frank kazanmayı başarabilmişti. Bu arada Almanca ve İngilizceyi öğrenmiş, Kurfeynak'ın tanıdığı yayıncıyla ilişki kurmuştu. Prospektüsleri, gazeteleri Fransızcaya çeviriyor, bununla da yılda yedi yüz frank kazanıyordu.

Ayda otuz frank vererek Gorb viranesinde karanlık bir oda kiralamıştı. Kapıcı kadına ayda üç frank karşılığında odasını süpürtüyor ve her sabah sıcak su, taze bir yumurta ve biraz ekmek aldırarak bunlarla kahvaltısını yapıyordu. Akşamın altısında dışarı çıkar ve Senjak sokağındaki ucuz bir lokantada akşam yemeğini yerdi. Altı meteliğe bir porsiyon et, üç meteliğe yarım tabak sebze ve üç metelikle bir meyve. Şarap yerine su içer, kendisine servis yapan garsona bir metelik bahşiş verirdi, kasada oturan lokantacının tombul ve güler yüzlü karısı genç adamı gülümseyerek uğurlardı. Marius de birkaç metelik karşılığında, hem karnını doyurur hem de üstelik bu güzel gülümseyişle ruhunu doyurmuş olurdu.

Dört metelik sabah kahvaltısı, akşam yemeği, ekmekle birlikte on altı metelik tuttuğundan, delikanlı günde yirmi meteliğe karnını doyuruyordu, bu da yılda üç yüz altmış beş frank eder, buna otuz franklık kirayı, ihtiyar hizmetçi kadının otuz altı frankını da ekleyecek olursa, yılda dört yüz franka geçinip gidiyordu. Giysileri yüz frank, çamaşırlarının yıkanması ve bakımı yüz elli frankı geçmezdi. Böylece Marius'un fazladan bir elli frankı olurdu ki bununla kendisini zengin hissederdi. Çoğu zaman bir dostuna on frank ödünç verdiği bile olmuştu. Hatta bir seferinde Kurfeyrak ondan tam altmış frank borç istemişti.

Bütün bu zorluklarda ruhuna güç veren, kendisini kanatlandıran bir ideali vardı. Babasına lâyık bir evlât, onun bıraktığı ismin şerefini lekelemeyen bir oğul olduğunu düşünerek güçleniyordu.

O sıralarda Marius yirmi yaşındaydı. Tam üç yıl olmuştu dedesinin konağından ayrılalı.

O zamandan beri her iki taraftan yakınlaşma için hiçbir çaba gösterilmemişti. Aslında şunu da söylemek gerekir ki.

Marius dedesi hakkında da aldanmıştı. Bağıran, çağıran, çocukluğunda bile kendisini bastonuyla tehdit eden bu ihtiyarın kendisini sevmediğini düşünüyordu genç adam. Oysa bu inancında da yanılıyordu. Belki evlatlarını sevmeyen babalar bulunur, fakat torunlarını sevmeyen dedeler çok azdır.

Doğrusu Mösyö Jilnorman torununu taparcasına severdi. Onu azarlardı, tokatlardı, fakat onu gerçekten severdi. Bu çocuk yaşamından çekildiğinde, hayat ihtiyar adam için karanlık bir uçurumdan farksız oldu. Gerçi onun adının anılmamasında ısrar ediyordu. İlk günlerde bu ihtilalcı Napoleon taraftarının geri döneceğinden hemen hemen emindi. Ne var ki haftalar ayları, aylar yılları izlemiş ve kaba askerin oğlu yuvaya dönmemişti. Zavallı ihtiyar tek başına şömine karşısında kendi kendisine söylenirdi: "Onu kovmakla iyi ettim, başka ne yapabilirdim? Bugün yine karşımda bana kafa tutsa yine aynı şeyi yapardım." Ancak kalbi bambaşka şeyler söylüyordu. İhtiyarların da sevgiye ihtiyaçları olur. Güneş gibi sevgi de gereklidir onlara. Marius'un yokluğu bu dinç ihtiyarı çok değiştirmişti, gerçi kendiliğinden ona yaklaşmak için bir adım bile atmazdı fakat gelirse de onu kucaklamaktan kaçmazdı. Kimselerle görüşmeden konağına kapanmış, torununu düşünerek günlerini geçiriyordu.

İhtiyar dede torununu araya dursun, Marius mutluydu. İyi kalpli genç, kin nedir bilmezdi ve dedesini düşündüğünde, her şeye rağmen onu iyilikle anıyordu.

Ancak babasının aleyhinde konuşan birisinden tek bir metelik bile kabul etmemeye yeminliydi. Bu arada çektiği sıkıntılardan zevk alıyordu. Böylece babasına daha da yakınlaşmış olduğunu düşünüyordu. Hayatında, sevmeyi bilmediği babasının uğrunda çektiği acılar, kendisine tatlı geliyordu. Bu yüzden içindeki vicdan azabı azaltarak, çilesini doldurarak, babasının ruhunu ferahlatacağını umuyordu. Babasının "Oğlumun lâyık olacağını bilirim." sözleriyle bıraktığı notta ne demek istediğini anlamış bulunuyordu. Babasının yazdığı pusulayı yitiren Marius, bu sözleri boynunda değil ancak kalbinde kazınmış olarak taşıyordu.

Marius bir yayıncı için çalışıyordu. Ondan çok memnun kalan

yayınevi sahibi ona yanında kalmasını teklif etmiş ve yılda bin beş yüz franklık bir kazanç da vaat etmişti; ancak Marius bu parlak teklifi geri çevirmek zorunda kalmıştı. Bol para için bile olsa o özgürlüğünü satamazdı.

İki yakın dostu vardı. Birisi genç Kurfeyrak, diğeri ihtiyar Maböf. Delikanlı, Enjolras'ın ihtilalcı gurubuna girmemişti. Marius bu iki dostunun arasında, yaşlı Maböf'ü tercih ederdi. "Gözlerimin açılmasını o sağladı, babamı bana o tanıttı" derdi.

Babasının dostlarından emekli generaller, onu evlerine çağırmışlardı. Babasından söz etme olanağını kaçırmak istemeyen delikanlı, bundan böyle arada bir Kont Pajol ya da General Friyon'un konağına gidiyordu. Böyle akşamlarda bu konaklarda müzik olur, dans edilirdi; ancak yollar buz tuttuğu gecelerde giderdi bu balolara, çünkü arabaya verecek parası olmadığından, tozlu çizmelerle gidemeyeceği bu zengin evlerine, ayna gibi ışıldayan çizmeleriyle girmek isterdi.

1831 yılının ortalarına doğru, Marius'un ev işlerini gören yaşlı kapıcı kadın, bitişik odada oturan sefil ailenin kapı dışarı edileceğini kendisine bildirmişti. Bütün gününü dışarıda geçiren Marius, bu komşularını tanımıyordu, sordu:

– Onları neden kovuyorlar?

– Birkaç aydır kirayı vermemişler.

– Borçları ne kadar?

– Yirmi frank, dedi ihtiyar kadın.

Marius'un zor durumlar için biriktirdiği fazladan bir otuz frankı vardı, yirmi beş frangını kadına verdi:

– Şunu alın, dedi. Şu zavallıların kiralarını ödedikten sonra beş frankı da kendilerine verin; ancak benden olduğunu sakın söylemeyin.

Marius gerçekten yakışıklı bir delikanlı olmuştu. Gür siyah saçları, geniş bir alnı, içten ve güven veren yüzü vardı. Alsaz Loren bölgesinden Fransa'ya aşılanan Cermen ırkının yumuşak çizgilerini onun yüzünde görmek mümkündü. Nazik ve sakin tavırları, yüzünün ciddiliğiyle tam bir denge kuruyordu.

En sefil günlerinde bile, kızların kendisine baktıklarını fark ederdi, o zaman onların bakışlarında acıma belirtileri göreceğini sanarak kızlardan kaçar, uzaklaşırdı. Giysilerinin eskiliği yüzünden kendisiyle alay edeceklerini düşünürdü, oysa kızlar Marius'u yakışıklı buldukları için ilgi gösteriyorlardı.

Bu anlaşmazlık yüzünden, o da kadınlardan uzak kalmaya devam ediyordu. Kurfeyrak, onun bu aşırı çekingenliğini alaya alırdı.

– Dostum sana benden bir öğüt, bu denli saygıdeğer olma, kitaplara gömüleceğin yerde, birazcık çevrene bak. Aşifteler tatlı olur.

Kimi zamanda Kurfeyrak, onu kışkırtmak için: "Merhaba rahip efendi" derdi.

Ancak hayatında kaçmadığı ve aldırış etmediği iki kadın vardı ki bunlardan ikisini de dişi olarak tanımlamadığından, onlara önem vermiyordu.

Birincisi sabahları odasını süpüren ihtiyar kadın, ötekisi de çok zaman rastladığı ancak hiç aldırmadığı bir küçük kızdı.

Yaklaşık bir yıldan bu yana, Marius, Lüksemburg parkının ıssız bir yolunda, bir adamla çok genç bir kız görüyordu. Bunlar yan yana tahta bir sıra üzerinde otururlardı. Marius bu yola her girdiğinde bu çifti görürdü. Adam altmış yaşlarında gösteriyordu. Kederli ve ciddi dururdu, dış görünüşünde emekliye ayrılmış savaşçıların güçlü ve yorgun görüntüsü vardı.

Ayağında mavi pantolon, sırtında mavi ceket, başında geniş kenarlı yepyeni bir şapka vardı. Üzerindeki gömleği saçları kadar beyazdı.

Yanındaki kız ise on üç on dört yaşlarında, çirkin denecek kadar zayıf, kollarını, ellerini kullanmasını henüz bilmeyen beceriksizin biriydi. Belki gözleri güzel olabilirdi; ancak geçenlere öyle küstah bakardı ki, bu bakışları hiç de hoş olmuyordu. Manastır öğrencilerinin giydikleri kaba siyah yünlüden hantal bir rob giymişti.

Bir süre bu yaşlı adamla, henüz genç bir hanımefendi olmamış bu sıska kızı inceledi. Oysa onlar kendisine aldırmamışlardı bile. Kendi aralarında sakin sakin konuşuyorlardı. Kız cıvıl cıvıl bir şeyler anlatıyor, yaşlı adam ona arada bir cevaplar vermekle yetiniyordu.

Genç adam parkın bu kısmında dolaşmayı âdet edinmişti, hemen hemen her gün onları görüyordu.

Marius karşıki yoldan onların bulunduğu yola giriyor ve sonra geldiği yere dönüyordu. Haftada beş-altı kez buraya gelip, önlerinden geçtiği hâlde, selamlaşmamışlardı bile. Birkaç üniversiteli genç de Marius gibi burada dolaşırlardı, hatta Kurfeyrak da bunların arasındaydı, fakat kızı çirkin bulduğundan, bu gezilerden vazgeçmişti. Ancak esprili delikanlı, adamın saçlarının beyazlığından ve kızın eteğinin renginden dolayı onlara birer lâkap takmıştı. Mösyö Löblan, Matmazel Lanuvar.

Marius de gerçek adını bilmediği bu beyi "Löbnan" adıyla kabullenmişti.

Bizler de onlar gibi yapalım ve okuyucumuzu şaşırtmamak için bu tanımadığımız beye "Löbnan" adını verelim.

Böylece tam bir yıl, hemen hemen her gün Marius onları gördü. Adamı beğeniyor; ancak kızı somurtkan buluyordu.

• • •

İkinci yıl Marius bu gezisinden bir süre için vazgeçmiş ve tam altı ay parka ayak basmamıştı. Nihayet bir gün aklına esti ve parka gitti. Tatlı bir yaz sabahıydı, hava güzel olduğundan, Marius da kendini mutlu hissediyordu.

Her zamanki ağaçlıklı yola girdi ve aynı tahta sıra üzerinde o çifti gördü; ancak yaklaştığında hayretle durakladı. Adam aynı adamdı, ancak yanındaki kız başkaydı. Bu kez gördüğü, uzun boylu ve güzel bir genç kızdı. Kadın güzelliğinin çocuk saflığıyla karıştığı bir görünümdeydi. On beş yaşlarında bir kızdı bu. Altın tellerin süslediği nefis açık kestane renkli saçlar, sanki mermerden yontulmuş gibi lekesiz bir alın, gül yapraklarını kıskandıracak yanaklar, tatlı bir gülüşle kıvrılan pembe dudaklar. Bu yüze daha şirin bir hava vermek istercesine hoş ve sevimli bir burun, ucu yukarı kalkık tam bir Parisli bumu. Ressamları yeise düşüren, şairlere ilham veren, zarif bir burun.

Marius kızın önünden geçtiğinde, ancak yanaklarını gölgeleyen koyu sarı kirpiklerini görebildi. Yaşlı adamın anlattıklarını gülümseyerek dinliyordu genç kız. Önce Marius, bunun başka bir kız olduğunu sandı. Herhalde, öteki kızın ablası olacaktı; ancak ikinci kez önlerinden geçtiğinde daha dikkatle baktı ve aynı kız olduğuna karar verdi. Altı ayda küçük kız büyümüş, genç kız oluvermişti.

Bu arada giyinişi de değişmişti. Kadife şapkalı, siyah elbiseli kız, güzellikle birlikte zevkini de inceltmiş olacaktı.

Siyah damaskodan güzel dikilmiş bir rob, aynı kumaştan bir pelerin ve beyaz krepten zarif bir şapka giymişti. Beyaz deri eldivenleri ellerinin narinliğini meydana çıkarıyordu, güzel kız fildişi saplı şemsiyesiyle kumda çizgiler çiziyordu. Küçük ayaklarına ipekli potinler giymişti.

Yaşlı adama gelince, o hiç değişmemişti.

Marius önünden ikinci kez geçerken kız başını kaldırdı ve gözlerini ona dikti. Bu gözler gökyüzü kadar koyu mavi ve parlaktı, ancak bakışlarında henüz çocuk saflığı vardı. Marius'a ilgisizce bakmıştı, Marius da bambaşka şeyler düşünerek yürüyüşüne devam etti.

Bunu izleyen günlerde yine eskisi gibi Lüksemburg parkına geldi, yine aynı sıra üzerinde baba-kızı gördü. Kızı düşünmedi bile, çirkin olduğunda, ilgilenmediği bu kız, güzelliğiyle de onu etkilememişti; ancak sırf adet yerini bulsun diye, onun oturduğu sıranın önünden geçiyordu.

Yine bir gün hava ılıktı. Lüksemburg parkı gölge ve güneş dolu, gökyüzü sanki melekler tarafından yıkanmış gibi bulutsuz bir mavilikteydi...

Çiçeklenmiş kestane dallarında kuşlar uçuşarak cıvıldıyorlardı.

Marius ruhunu, doğanın bu güzelliğine açmış hiçbir şey düşünmüyor, yalnızca yaşıyor, nefes alıyordu. Sıranın önünden geçerken genç kız gözlerini kaldırdı ve bakışları karşılaştı.

Kızın bakışlarında ne vardı bu kez? Marius bunu bilemedi, o anda sanki bir şimşek çakmıştı aralarında.

Kız, gözlerini yere eğdi, delikanlı yürümeye devam etti. Gördüğü bir çocuğun saf bakışı değildi, sanki önünde esrarlı bir uçurum açılıp kapanmıştı o bakışla.

Aynı akşam sefil odasına dönen Marius, giysilerine bir göz attı ve dirsekleri aşınmış rengi açılmış pantolonuna, delinmiş çizmelerine âdeta iğrenerek baktı. Lüksemburg parkına böyle kılıksız gittiği için kendi kendisini ayıpladı.

Ertesi sabah, dolabından yeni giysilerini, şapkasını ve çizmelerini çıkardı. Bu nefis kostümüne ek olarak yeni deri eldivenlerini eline geçirdi, Lüksemburg Bahçesi'nin yolunu tuttu.

Park girişinde Kurfeyrak'a rastladı fakat görmemezlikten gelmeyi tercih etti.

Parka girdiğinde, bir süre göl kıyısında dolaşarak, kuğuların durgun su üzerinde ahenkli yüzüşlerini seyretti, sonra zoraki bir yürüyüşle her zamanki ağaçlı yola girdi.

Yolda ilerlediğinde her zamanki sıranın üzerinde Mösyö Löblan'la kızını gördü. Redingotunu çenesine kadar ilikledi, ceketin buruşmaması için dimdik, bir asker gibi yürüdü. Bu ilerleyişinde bir fetih havası vardı.

Marius ona yaklaştıkça adımlarını yavaşlatıyordu, birden yarı yolda nedenini bilmeden geri döndü. Her günkü gibi onların oturdukları sıranın önünden geçememesinin nedenini kendisine bile açıklayamıyordu.

Genç kızın kendisini uzaktan göreceğini ve yeni giysilerinin içinde çok şık durduğunu biliyordu.

Bir kez daha geri döndü ve sıraya daha da yaklaştı, ama daha ileri gitmeye bir türlü cesaret edemiyordu. Bir an kızın yüzünü kendisine doğru çevirdiğini fark eder gibi oldu; ancak duraksamasını yenerek kendisini zorladı ve yürümeye devam etti. Birkaç saniye sonra kulaklarına kadar kızarmış, baba-kızın oturduğu tahta sıranın önünden geçiyordu.

Sağa sola bakmıyordu, elini ceketinin içine sokmuştu, tıpkı Napoleon gibi.

Sıranın önünden geçerek yolun sonuna kadar yürüdü, daha sonra geri dönerek kızın önünden tekrar geçti. Bu kez Marius'un yüzünde renk kalmamış, sapsarı kesilmişti.

Bir daha onların önlerinden geçmeyi denemedi ve biraz ötedeki bir tahta sıranın üzerinde oturdu.

On beş dakika sonra yerinden kalktı, bir süre ayakta bekledi. On beş aydan bu yana ilk kez olarak kızın babasının kendisini artık tanımış olacağını ve onların önünden tekrar geçmesini tuhaf bulacağını düşündü.

Bir süre, düşünceli bir hâlde elindeki bastonuyla kum üzerinde şekiller çizerek oyalandı.

Daha sonra Mösyö Löblan'la kızının tarafına bakmadan parktan çıktı.

O gün akşam yemeğine çıkmayı unuttu. Saat sekiz buçukta aç olduğunu fark etti, ne var ki, Senjak sokağına gitmek için gecikmişti. Dolapta bulduğu bir kuru ekmekle karnını doyurdu. Kostümünü iyice fırçaladıktan sonra, yatarak huzursuz bir uykuya daldı.

Ertesi sabah Madam Burgon, delikanlının yine bayramlıklarını giyerek sokağa çıktığını hayretle gördü.

Marius, Lüksemburg parkına gitti; ancak bu kez onların önlerinden geçmedi, yolun ortasındaki bir sıraya oturdu. Ta uzaklardan siyah etekle beyaz şapkayı görüyordu. Marius saatlerce yerinden kıpırdamadı, hayal kurarken ne kadar zaman geçtiğini ancak havanın karardığını görünce anladı. Mösyö Löblan'la kızının gittiklerini bile görmemişti. Onların batı kapısından çıkmış olduklarını tahmin etti.

Ertesi gün, -bu üçüncü gündü- Madam Burgon beyninden vurulmuşa döndü. Marius yine en yeni giysileri üstünde dışarı çıkmıştı.

Kadın haykırdı:

– Olur şey değil, üç gün üst üste... Kimin için acaba?

Kadın delikanlının peşinden gitmek isterdi; ancak tüm merakına rağmen buna cesaret edemedi. Genç adamın uzun bacaklarıyla nasıl yarışırdı şişko ve kısa bacaklı haliyle.

Marius yine parktaydı.

Genç kız da babasıyla her zamanki yerindeydi. Marius elindeki kitabı okuyarak ağır adımlarla onlara doğru yürüdü fakat yine önlerinden geçmeye cesaret edemedi. Bir gün önce oturduğu sıra üzerinde dört saat geçirdi. Serçelerin uçuşlarını ve çevresinde ötüşmelerini seyrediyordu, sanki minik kuşlar bile kendisiyle alay ediyordu.

Böylece on beş gün daha geçti. Artık Marius parka yürümek için değil, sıranın üzerinde oturmak için gidiyordu. Oraya vardıktan sonra saatlerce kıpırdamadan sırasında oturuyordu. Her gün yeni kostümünü giyiyor, ne yazık ki, güzel kız onu yakından göremiyordu.

Kız harikulade bir güzellikteydi. Onun tek kusuru, kederli bakışına karşılık, gülüşünün çok neşeli oluşuydu. Bu karşıtlık kimi zaman onun yüzüne biraz çılgın bir ifade vermekteydi.

• • •

İkinci haftanın son günlerinden birinde, Marius her zamanki sırasında oturmuş, elinde okumadığı bir kitap, öyle beklerken gördükleriyle aniden irkildi. Şimdiye kadar olmadık bir olayla karşılaşıyordu. Mösyö Löblan ve kızı yerlerinden kalkmışlar, genç kız babasının koluna girmiş, her ikisi de Marius'un oturduğu yolun ortasına doğru yürüyorlardı. Marius kitabını kapadı, yeniden açtı fakat bir türlü yazılanları anlayamıyordu. Heyecandan kalp atışlarını duyabiliyordu.

Aman Tanrım, dedi. Bari şöyle güzel bir şekilde otursam.

Nasıl davranacağını bilemiyordu, kendi kendine: Acaba neden önümden geçiyorlar, yoksa babası benimle konuşacak mı? Yoksa bana kızdı mı? diye tasalanıyordu. Küçük, güzel ayaklar bu kumlarda ilerleyecek ve tam önünden geçecekti. Kendisine bir yüz yıl kadar uzun gelen birkaç saniye geçti. Marius daha da yakışıklı olmayı, göğsü şeref madalyaları ile süslü bir subay olmayı isterdi.

Eğik başını kaldırdığında, baba-kız kendisine çok yaklaşmışlardı. Genç kız tam önünden geçerken ona üzgün ve tatlı bir bakışla baktı. Marius tepeden tırnağa ürperdi.

Sanki güzel kız, günlerden beri önünden geçmediği için kendisine sitem ediyor ve: "Bak, sen gelmedin ama ben geldim" demek istiyordu.

Marius, ışıklar ve uçurumlarla dolu bu gözbebeklerinin karşısında gözleri kamaşarak bakakalmıştı.

Gözden kayboluncaya kadar onu izledi, daha sonra parkta bir çılgın gibi yürümeye başladı. Hatta zaman zaman, kendi kendine gülüyor ve konuşuyordu.

Odeon kemerlerinin altında Kurfeyrak'la karşılaştı, ona birlikte yemek yemeyi teklif etti.

Marius arkadaşını lokantaya götürdü ve yemek için tam altı frank harcadı.

Çılgınlar gibi âşıktı ve gözü hiçbir şeyi görmüyordu.

Yemekten sonra Kurfeyrak'a:

– Hadi gel, seni tiyatroya götüreyim, dedi. Sen-Marten tiyatrosunda "Andre Hanı" oyununu izlediler. Marius çok eğleniyordu. Ertesi günü Kurfeyrak'ın çağrısını kabul ederek, birlikte öğle yemeğine gittiler. Delikanlı yine tıka basa yedi. Öylesine coşkundu ki, yeni tanıştığı bir taşralıyı iki yanağından öptü.

Arkadaşları konuşurken, birden Marius hepsini susturarak,

– Bir madalya sahibi olmak ne güzel olurdu, dedi. Kurfeyrak, Jan Pruver'in kulağına eğilerek:

– Marius gittikçe gülünç oluyor, dedi.

Jan Pruver:

– Hayır, bence, bu çok ciddi bir durum.

Gerçekten durum ciddi sayılırdı. Marius bütün tutkuların başlangıcı olan o hoş zamanlardan birinin arifesindeydi.

Bir bakış sebep olmuştu bu değişime.

Kadınların bakışları böyledir, günlerce bunların yanından sakin sakin geçersiniz. Hatta kimi zaman bu bakışların var olduğunu bile unutursunuz, ancak günün birinde bir mekanizmanın dişlileri gibi sizi yakalar bu gözler. Artık her şey bitmiştir. Makine sıkı sıkı yakalamış, o bakış sizi esir etmiştir. Artık bundan kurtuluş yoktur. Boş yere çırpınırsınız. Kimse yardım edemez size. Esrarlı kuvvetlerin etkisinde bocalarsınız, üzüntüden kedere, kederden işkenceye düşersiniz. Ruhunuz, beyniniz her şeyinizle artık bir başka yaratığın esiri olursunuz. Bu şansınıza göre değişir, ya kötü bir kadına oyuncak ya da yüksek ruhlu birisine âşık, mutlu bir insan olursunuz. Bu durumdan, utançtan değişmiş, ya da tutkudan asilleşmiş olarak kurtulabilirsiniz ancak.

Uzun bir ay daha gelip geçti. Artık Marius her gün parka gidiyordu. Vakit geldiğinde kimse onu bundan alıkoyamazdı. Artık bir masal âleminde yaşıyordu.

Genç adam cesaretlenmişti, onun oturduğu sıraya yaklaşıyor, yine de içgüdüsüne uyarak, onun önünden geçmiyordu. Boş yere, babanın dikkatini çekmek istemezdi. Ağaçların altında ve heykellerin önünde duraklayarak kendisini göstermek için hileler düşünüyordu. Çoğu zaman, tam yarım saat Romalı bir gladyatör heykelinin gölgesinde beklerdi. Elinde okumadığı bir kitap ve gözleri güzel kıza dikili olarak. Genç kıza gelince, o da ak saçlı yaşlı beyle, sakin sakin konuşa dursun, tatlı bakışlı gözlerini Marius'den alamazdı. Ağzıyla babasını cevaplandırırken, gözleri Marius'le konuşurdu.

Ancak Mösyö Löblan bir şeylerden kuşkulanmaya başlamış olacaktı ki, son günlerde Marius'u görünce yerinden kalkıp kızını da çekiştirerek telaşla parktan çıkıyordu. Hatta her zamanki yerinden vazgeçmiş, Romalı gladyatör heykelinin karşısındaki sırada oturmayı adet edinmişti.

Ne var ki, Marius de tam bir sarhoşluk hâline yakalanmıştı. Aşkı şiddetlendikçe daha dalgın oluyordu. Bir gün, büyük bir şans eseri onların oturdukları sıranın altında bir mendil buldu. Bu işlemesiz, kar gibi beyaz bir keten mendildi.

Marius için en güzel kokulara bürünmüştü bu keten parçası. Mendilin köşesinde "U.F." harflerinden oluşan bir marka işlenmişti. Marius güzel kız hakkında hiçbir bilgiye sahip değildi. Onun ne ailesini tanırdı, ne de adını bilirdi, hatta nerede oturduğunu bile bilmiyordu. Bu iki harf, onunla ilgili öğrendiği tek bilgi olacaktı.

Bunun üzerine hayaller kurdu, tahminler yürüttü. "U" kızın adının ilk harfi olacaktı. "Ursula" diye düşündü, ne harika bir ad. Bizde bir süre olaylara Marius açısından bakacağımız için, Kozet'e, Ursula diyelim. Mendili öptü, kokladı, kalbinin üzerine koydu. Geceleri mendili yastığın altında saklıyordu. "Onun ruhunu kokluyorum bu mendilde." diyordu kendi kendine.

Oysa mendili düşüren, ne yazık ki ihtiyar adamdı.

Sonraki günlerde, mendili öperek ve kalbine bastırarak parkta dolaştı. Güzel kız, onun bu hareketlerinden bir şey anlamadığını, biçimli kaşlarını kaldırarak ifade etmek istedi. Marius ise bunu onun utangaçlığına veriyordu.

Bundan birkaç gün sonra Ursula yüzünden çok acı çekecekti Marius.

Genç kızın babasının koluna girip, birlikte ağaçlıklı yolda yürüdükleri rüzgârlı bir günde, baba ve kız, Marius'un oturduğu sıranın önünden geçmişlerdi ki delikanlı da hemen yerinden kalkarak onların peşlerinden gitti.

Birden şiddetli bir rüzgâr, ağaçların yapraklarını hışırdatmakla yetinmeyerek yürüyen çifte sarıldı ve güzel kızın eteğiyle oynaşarak onları uçurdu. Nefis bir çift bacak göründü. Marius bir periye lâyık bu bacakları görünce, kederden ölecek gibi oldu.

Genç kız çekingen bir jestle hemen eteğini indirmişti; ancak bu delikanlının öfkesini yatıştıramazdı. Ya birisi, başka birisi daha bu harika bacakları görseydi. "Fakat olur şey değil, bunu nasıl yaptı?" diye söylendi kıskanç âşık. Oysa zavallı kızcağızın ne suçu vardı? Bu konuda tek suçlu rüzgârdı. Oysa aşkını gölgesinden bile sakınan Marius, herkesi kıskanıyordu.

Ursula yoldan dönerek, yeniden genç adamın önünden geçtiğinde, Marius yerine oturmuştu, ona hiddetli bir bakış fırlattı. Genç kız birden irkildi ve "Ben ne yaptım ki?" anlamında omuzlarını kaldırdı.

Bu ilk kavgaları oldu.

Marius sevgilisinin adının Ursula olduğundan emin görünüyordu. Bu mutlulukla birkaç hafta yetinen Marius, onun hakkında başka şeyler öğrenmek hevesine kapıldı ve Ursula'yı izlemeye başladı.

Genç kız, Batı sokağında üç katlı taş bir evde oturuyordu. O günden sonra, Marius onu parkta görmek mutluluğuna onu evine kadar izlemek mutluluğunu da ekledi.

Hatta bir gün dayanamayarak, o evde oturduğunu tahmin ettiği yaşlı bir kadını sorguya çekti.

– Az önce buraya giren bey, birinci katta mı oturuyordu?

– Hayır efendim, o üçüncü katta oturur.

– Bu bey, ne iş yapar?

– Geliriyle yaşayan varlıklı bir beydir kendisi. Çok iyi bir insandır, fazla zengin olmasına rağmen, çevresine iyilik yapmaktan zevk alır.

Marius sordu:

– Adı ne?

Kapıcı kuşkulanmış olacaktı ki sordu:

– Yoksa siz polis misiniz?

Bu soru üzerine Marius büklüm büklüm oradan uzaklaştı, ancak için için de seviniyordu. Öğrendikleri olumlu haberlerdi.

Ertesi gün, Mösyö Löblan ve kızı parkta çok az kaldılar, henüz gün batmadan çekip gittiler. Marius adet edindiği gibi onları izledi.

Ertesi gün Mösyö Löblan ve kızı parkta görünmediler.

Marius bütün gün onları bekledi ve geceleyin pencerelerinin önünde nöbet tutmaya gitti. Gecenin sonuna kadar bekliyor, sonra kendi odasına dönüyordu.

Tam sekiz gün böyle geçti. Adam ve kız, parka gelmiyorlardı.

Marius endişeler içinde kıvranıyor, gündüz, evlerinin önünden geçmeye cesaret edemiyor, geceyi bekliyordu.

Dokuzuncu gece, evin önüne geldiğinde, pencereleri karanlık buldu. Saatlerce bekledi fakat evde bir hareket yoktu. Sokağa çıkmış olamazlardı. Kimse eve dönmemişti. Sabaha karşı, bitkin bir hâlde oradan ayrıldı.

Ertesi gün, yine Lüksemburg parkına gitti, tekrar eve dönerek beklemeye başladı, pencereler karanlık, panjurlar kapalıydı. Üçüncü kat boş görünüyordu.

Sonunda dayanamayarak araştırmaya karar verdi.

Marius kapıcıya sordu:

– Üçüncü kattaki kiracılar evde mi acaba?

– Taşındılar.

Marius nerede ise bayılacaktı, düşmemek için duvara dayandı.

– Ne zaman? diye sordu.

– Dün.

– Adres bırakmadılar mı?

– Hayır.

Kapıcı kuşkulanmıştı, dikkatle bakınca, bir süre önce yine sorular soran genç adam olduğunu fark etti.

– Olur şey değil, dedi. Yine mi siz? Herhalde siz bir aynasızsınız.

• • •

Yaz geçmiş, güz gelip gitmiş, yeniden kış gelmişti. Mösyö Löbian ve kızı bir daha Lüksemburg parkına ayak basmadılar. Marius için bu taptığı yüzü yeniden görebilmek bir saplantı hâline gelmişti. Hâlâ arıyordu, ancak hiçbir iz bulamamıştı. Artık Marius tamamıyla değişmişti, o heyecanlı idealist genç, o karakter sahibi enerjik adam, kaderine meydan okuyan o güçlü delikanlı yok olmuştu.

Her şey bitmişti onun için, çalışmaktan sıkılıyor, gezmek istemiyor, yalnızlıktan bunalıyordu. Eskiden, kendisini oyalayan güzelliklerin anlamı kalmamıştı artık.

Durmadan kendi kendini yiyordu. Neden sanki genç kızın peşinden gitmişti. Onu görmek mutluluğuyla neden yetinmemişti? Kızın kendisinden hoşlandığını biliyordu, bu yeterli bir mutluluk değil miydi?

Masallarda olduğu gibi, fazla merak yüzünden sevgilisini elden kaçırmıştı. Her şeyi öğrenmek, doğru değildir...

Arkadaşlarına açılmıyordu, ancak Kurfeyrak onun hâlinden bir şeyler sezmiş olacaktı ki, günün birinde onu zorla bir baloya götürdü.

Marius bir saat sonra dostlarını baloda bırakıp yürüyerek döndü Paris'e. Kalbi ağrıyordu ve bu hâlde eğlenmek imkânsızdı onun için.

Odasından çıkmıyor, kimseyi görmüyordu.

Günlerden bir gün, bir rastlantı onu hayli şaşırtmıştı.

Şanzelize Bulvarına açılan daracık sokaklardan birinde bir adam görmüştü. İşçi kılığında mavi önlük ve başında gözlerine kadar inen bir kasket giymiş bu adamın kar gibi beyaz saçları Marius'un dikkatini çekti.

Ağır ağır, sanki bir derdi varmış gibi yürüyen bu adamı izledi delikanlı. Bu işçiyi, Mösyö Löblan'a benzetmişti. Aynı saçlar, aynı profil, aynı kederli gözler. Kasketin altından bu kadarını görebilmişti. Hatta adamın yürüyüşü bile parktaki meçhul ihtiyarın yürüyüşünün eşiydi. Neden sanki o bu kılığa girmişti. Kendisine geldiğinde ilk düşüncesi adamın peşinden gitmek fakat geç kalmıştı, adam yan sokaklardan birine sapmış olacaktı ki, Marius onu bulamadı. Bu rastlantı bir kaç gün onu oyaladı, daha sonra da bunun bir benzerlik olacağını düşünerek bu olaya boş verdi.

Marius, Gorbo viraneliğindeki yoksul odasında oturuyordu. Komşulardan hiçbirini tanımazdı.

Aslında o günlerde koca evde kendisinden ve bitişik komşusu Jondret'lerden başka kiracı yoktu. Marius bu adamların kirasını kapıcı kadınla yolladıktan sonra, onları düşünmemişti bile.

Güneşli bir şubat günü, akşama doğru Marius yemek için evden çıkmıştı.

Bulvar yokuşundan Senjak geçidine doğru ilerliyordu ki, alaca karanlıkta birilerinin kendisine çarparak geçtiklerini gördü. Hemen başını çevirdi ve paçavralar içinde iki genç kız gördü. Bunlar biri kovalıyormuş gibi nefes nefese kaçıyorlardı. Marius onların perişan kılıklarını, yırtık şapkaların altından dökülen yağlı saçlarını ve çıplak ayaklarını gördü. Kızlar koşarken bir yandan da aralarında konuşuyorlardı. Büyük kız yanındakine:

– Aynasızlar geldi, neredeyse enselenecektim, dedi.

Öteki:

– Gördüm, ben de cartayı ondan çektim ya.

Marius, onların bu argo konuşmalarından, polislerden kaçmak zorunda kaldıklarını anlamıştı.

Genç adam birden durdu. Yerde, ayaklarının dibinde şişkin bir zarf görmüştü.

– Herhalde şu zavallı kızların düşürmüş oldukları bir zarf olmalı.

Geri döndü ve seslendi fakat onlar çoktan ortadan kaybolmuşlardı. Paketi cebine atarak lokantaya yemeğe gitti.

Az önce gördüğü o sefil kızlar içini karartmıştı, daha sonra bu gölgeler de dağıldı, her zamanki derdini düşündü. Altı aylık aşk hayatım, Lüksemburg parkının gölgeli ağaçlarını, güneşli yollarını andı.

Akşam, odasında soyunurken, ceketinin cebindeki zarfı fark etti. Onu tamamen unutmuştu. Bunu açıp, sahibinin adresini öğrenebileceğini düşündü.

Zarf mühürlü değildi, içinden dört tane açık mektup çıktı. Üzerlerinde adresleri vardı. Kâğıtların hepsine iğrenç bir tütün kokusu sinmişti.

Birinci mektup:

"Madam Markiz Dö Güşery, Meclis karşısı" adresine yazılmıştı.

Marius, bu mektupların sahiplerini bulmak için yazılanları okumayı uygun buldu ve şu satırları okudu:

Madam La Markiz;

İyilik ve merhamet, toplumu birbirine bağlayan en önemli duygudur. Dindar bir hanımefendi olduğunuzu bildiğimden, size başvurmaktan çekinmedim. Ben, yüksek bir dava uğruna İspanya'da kanını dökmüş bir vatanseverim. Soylu bir İspanyol ailesinin evladı olduğumu eklememe izin verin. Markiz

Hazretleri, sizin ulusumuza ilgi duyduğunuzu bildiğimden, vatanına dönecek parası olmayan bir İspanyol'a, bir Kral taraftarına merhametli elinizi uzatacağınızı biliyorum.

Kulunuzum Hanımefendi DON ALVAREZ
Piyade Yüzbaşısı

Adam, kendi adresini yazmamıştı. Marius ikinci mektup'ta aradığı adresi bulacağını umarak onu eline aldı. Bu da şöyle başlıyordu:

Madam La Kontes dö Montervan, Çekmece sokağı No:9
Madam La Kontes:

En sonuncusu sekiz aylık olan altı çocuğun mutsuz anasıyım. Lohusalığımdan bu yana, hasta yatağımdan kalkamıyorum. Kocam altı ay önce beni terk etti. Beş param yok, en korkuncu, bir sefalet içinde yüzüyorum. Son umudum sizde hanımefendi. Sonsuz saygılarımla.

"Belizar ana"

Bu mektuplar, korkunç imlâ yanlışlarıyla doluydu.

Marius şaşkınlıkla, üçüncü mektubu eline aldı. Bu da bir sadaka mektubuydu.

"Genfolt" imzasını taşıyan bu mektupta meçhul adam, bir piyes yazdığını ve bunu bir türlü oynatamadığını yazıyordu. Zarfın üstündeki yazıyı okuduktan sonra mektubu açtı, bunun ilginç bir adresi vardı: Sen–Jak kilisesinin iyi kalpli beyefendisine şunlar yazılmıştı:

Velinimetim;
Kızımla birlikte yaşadığım yere gelmek zahme-

tinde bulunursanız, ne denli bir sefalette süründüğü-
müzü ve bu hayatı hak etmediğimizi gösteren diplo-
malarımı size gösterebilirim.

Bana acıyacağınızdan eminim, sizin gibi kültürlü
kimselerin kalplerinin, acıma ve iyilik dolu oldukla-
rından esasen eminim. Kader bana karşı çok zalim
davrandı. Beni ihya etmenizi bekleyerek, kulunuz ol-
duğumu bir kez daha tekrarlamama izin vermenizi
rica ederim.

P. Fabantu -Tiyatro yazarı

Bu dört mektubu okuyan Marius, fazla bir şey öğrenememişti. Değişik imzalara rağmen, belirli bir adres yoktu. Hem de mektuplar görünüşte dört değişik kişi tarafından yazılmışlardı. Don Alvares, Balizar ana, şair Genfolt ve tiyatro yazan Fabantu. Ancak tüm bu mektuplar aynı imlâ hatalarıyla dolu ve aynı el yazısıyla yazılmışlardı.

Aynı kâğıtlara yazılan bu sadaka mektuplarının hepsine, aynı keskin tütün kokusu sinmişti.

Dertli delikanlının bu acayip esrarı çözmeye vakti yoktu. Belki de bu mektupları o taraftan geçen kızlar düşürmemişlerdi. Marius bu önemsiz kâğıtları, zarflarına koydu ve bir köşeye fırlattı.

Ertesi gün sabahın yedisinde henüz uyanmış, çalışmaya oturmuştu ki birden kapısının vurulduğunu duydu.

– Giriniz, diye seslendi Marius. Kapı yavaşça açıldı.

Marius başını önündeki çevirilerden kaldırmadan sordu:

– Bir şey mi istediniz, Madam Burgon?

Madam Burgon'un sesi olmayacak kadar ince bir ses duyuldu:

– Affedersiniz Mösyö.

• • •

239

Kapının önünde, çok genç bir kız duruyordu. Tavandaki pencere, bu kızın üzerine donuk bir aydınlık serpmişti. Zayıf vücudunu bir eteklik ve yırtık bir gömlek örtüyordu. Belinde kuşak yerine, bir sicim bağlı olduğu gibi, saçlarını da ensesinde yine bir sicimle bağlamıştı. Kemikli omuzları yırtık gömleğinden görünüyordu, soluk bir sarışınlık, kırmızı eller, kırık dişleri gösteren çatlak dudaklar ve küstah gözler. Onda genç bir kız yapısı ve sefil bir kocakarının bakışı görülüyordu.

Marius yerinden kalkmış bir hayalet gibi solgun bu kıza şaşkın şaşkın bakıyordu.

İlk görüşte bu kızın dünyaya çirkin olarak gelmediği anlaşılıyordu. Bu da insanın kalbini sızlatıyordu. Evet bu kız, çocukluğunda, tombul ve güzel bir bebek olmuştu muhtemelen. Yaşının şirinliği sefaletin yıpratmasına âdeta karşı koyuyordu. Bu genç yüzde bir güzellik kalıntısı görülüyordu.

– Bir şey mi istediniz Matmazel?

Genç kız boğuk sesiyle konuştu:

– Size bir mektup getirdim, Mösyö Marius.

Marius, kendisini adıyla çağıran bu kızın kendisini nereden tanıdığına şaşırmıştı.

Kız içeri girme izni almadan, sallanarak odanın ortasına kadar yürüdü. Ayakları çıplaktı, etekliğinin yırtıklarından uzun bacakları ve sıska dizleri görülüyordu. Kızcağız soğuktan titriyordu.

Marius zarfı açarken, henüz bal mumunun kurumamış olduğunu gördü. Mektup pek uzaklardan gelmemişti anlaşılan, hemen zarfı açtı ve şu satırları okudu:

Merhametli komşum, soylu efendim;

Bana yaptığınız iyiliği öğrendim. Altı ay önce, birikmiş kiralarımı ödediğinizi duydum. Büyük kızım, size iki gündür bir lokma ekmek bile bulamadığımızı anlatır. Tam dört kişilik zavallı bir aileyiz. Hasta eşim,

günlerdir yatağından çıkamıyor, bana yardım elinizi
uzatacağınızı bildiğimden, başınızı ağrıtmak cüre-
tinde bulundum.

Sizin gibi yüce ruhlu, soylu beylere gösterilen say-
gılarımı kabul etmenizi rica ederim efendim.

Hizmetkârınız, Jontret.

Son satırları okumuştu ki, karanlıkta bir mum yanmışta, etrafı aydınlatmış gibi, esrarı çözdü. Bu mektup, bir akşam önce oku-duğu dört mektubu yazanın kaleminden çıkmıştı. Aynı yazı tarzı, aynı imlâ hataları, aynı kâğıt, aynı tütün kokusu.

Bu dört ayrı kişi "İspanyol yüzbaşısı Alvarez", "Sefil Belizar ana", "Şair Genflot" ve "piyes yazarı Fabantu." Dördü de aynı adam, yani komşusu Jontret'ten başka biri değildi. Ancak bakalım Jondret, adamın gerçek adı mıydı?

Artık gerçeği olanca çıplaklığıyla görüyordu. Sefil Jondret, çalışmayı sevmeyen, iyi kalpli insanların merhamet duygularını kışkırtarak para kazanmaktan başka iş yapmasını bilmeyen bir do-landırıcıdan başka bir şey değildi. Merhametli ve varlıklı kimse-lerin adreslerini öğrenip, onları mektuplarla rahatsız ediyor ve kopardığı sadakalarla geçinip gidiyordu. Bu arada, sefil adamın kızlarını bu yolda harcadığı da inkâr edilmeyecek bir gerçekti. Marius bir gün önce kızların konuşmalarından, onların da doğru yoldan sapmış olduklarını ve polisten kaçtıklarını öğrenmiş bu-lunuyordu. Sefaletin mahvettiği zavallı insanlar.

Marius, acıma dolu gözlerle kıza bakarken, o sanki kendi evinde dolaşır gibi, küstahça delikanlının odasını incelemekteydi. Bu arada iskemleleri elliyor, genç adamın tuvalet masası üzerin-deki takımlarının yerlerini değiştiriyordu.

– Vay vay, dedi. Bir de aynanız var demek.

Fakat dikkatli bir göz, bu küstahlığın, endişe ve çekingenliğini gizlemek için yapıldığını anlardı.

Kanatları kırık bir kuş gibi, oradan oraya koşuyor, her şeye hayran hayran bakıyordu. Başka şartlar altında olsa, bu kızın sevimli bir kız olacağından Marius şüphe etmezdi.

Kız masaya yaklaştı:

– Ah, kitaplar, dedi. Ben de okuma bilirim, diye haykırdı. Bunu gururla söylemişti, sanki övülmeyi bekliyordu. Masa üzerindeki kitabı aldı ve akıcı olarak şu cümleleri okudu:

– General Boduven, Vaterlo ovasındaki Hugmon şatosunu kuşatma emrini almıştı...

– Vaterlo, ben bunu iyi bilirim, bir zamanlar orada savaşmışlar. Babam da dövüşmüş, o zaman orduda görevliymiş. Bizler Bonapart taraftarıyız.

Daha sonra kitabı bir yana atarak oradaki kalemlerden birini aldı:

– Ben yazı da yazarım.

Kalemi mürekkebe batırarak Marius'a döndü:

– Bakın, görmek ister misiniz?

Genç adamın cevap vermesine meydan bırakmadan, masanın üzerindeki beyaz kâğıda şunları yazdı: "Aynasızlar geldi." Daha sonra, kalemini atarak:

– Hiç imlâ yanlışı yapmam. Kız kardeşimle beraber iyi bir öğrenim gördük. Bir zamanlar böyle yoksul değildik. Bu sefil yaşam için...

Birden sustu, kederli gözlerini genç adama dikti, sonra acı bir sesle ve tüm sorunlarına aldırmaz gibi:

– Adam sen de... dedi.

Sonra neşeli bir sesle, bir türkü mırıldandı. Şarkısını henüz bitirmişti ki, ev sahibine sordu:

– Tiyatroya gider misiniz, Mösyö Marius? Ben giderim. Küçük erkek kardeşim artistlerle dost olduğundan, bana bedavadan bilet bulur; ancak en tepede oturmasını sevmem, orada, üstleri kötü kokan kimseler bulunur.

Daha sonra Marius'u baştan aşağı dikkatle süzerek, yüzünde değişik bir anlamla:

– Doğrusu yakışıklı birisiniz, Mösyö Marius, dedi. Bunu biliyor musunuz?

Bu sözler delikanlının kıpkırmızı kesilmesine sebep oldu. Kız ona yaklaştı ve elini onun omzuna koyarak,

– Siz beni fark etmediniz Mösyö Marius, ancak ben sizi uzun zamandan beri tanıyorum. Size kaç kez merdivenlerde rastladım. Bir kaç kez sizi Osterliz köyünde oturan Mösyö Maböf'ün evine giderken gördüm. Kimi zaman ben de oralarda gezmeye giderim. Şu kabarık saçlarınız size çok yakışıyor.

Tatlılaştırmaya çalıştığı sesi daha da kısılmıştı.

Marius geriye çekildi ve konuyu değiştirmek amacıyla:

– Matmazel, dedi. Galiba bir mektubunuz bende, bunu size vereyim.

Mektupların bulunduğu şişkin zarfı uzattı. Kız sevinçle el çırptı:

– Vay canına, aramadığımız yer kalmamıştı, demek siz buldunuz. Herhalde koşarken düşürmüş olacağız.

Küçük kız kardeşimin budalalığı, eve döndüğümüzde baktık, paket yok olmuş. Dayak yemek istemediğimizden ve esasen bütün bunların faydasız olduğunu bildiğimizden, adreslere götürdüğümüzü söyledik babamıza. Bunların benim olduğunu nereden anladınız?

Bu arada, mektuplardan birisini ayırmıştı. Bu "Sen-Jak Kilisesi'nin iyi kalpli efendisine" adresini taşıyan mektuptu.

– Bu mektup, sabahları erkenden duaya giden şu moruk için. Oh oh, tam vakti, gidip bunu onun eline sıkıştırayım. Belki de bize biraz yiyecek verir.

Daha sonra gülerek ekledi:

– Biliyor musunuz bugün, bir öğle yemeği bulabilsek, ne kadar hoş olurdu. Tam üç gündür ağzımıza bir lokma koymadık.

Kimi zaman akşamları başımı alır giderim, geceyi dışarıda geçiririm. Buraya gelmeden önce, geçen kışı köprülerin altında geçirdik. Soğuktan donmamak için birbirimize sarılırdık, küçük kız kardeşim ağlardı. Su, ne kadar kasvetli olur, hele de geceleyin. Kaç kez kendimi ırmağa atmak istedim. Sonra çok soğuk olacağını düşünerek bundan vazgeçtim.

Ne yaptığımı bilemeden dolaşıyorum, her şey çevremde dönüyor, insan yemek yemezse, her şey bir tuhaf oluyor.

Kız böyle konuşurken, Marius elini cebine attı ve araştıra araştıra beş frank ve on altı metelik buldu. Şu anda başka parası yoktu. On altı meteliği o günlük yemeğine ayırdı ve beş frangı kıza verdi.

Kız parayı kaptı, sevinçle:

– Oh, yaşadık, dedi. Beş frank, bu bir servet, bununla neler yapılmaz. Siz ne iyi adamsınız, Mösyö Marius.

Gömleğinin yakasını kapattı, Marius'u saygıyla selâmladı ve kapıya koşarak:

– İyi günler Mösyö, dedi. Şimdi gidip şu moruğu da bir tırtıklayayım.

Geçerken komidinin üzerinde bulunan bir parça kurumuş ekmeği de kaparak kapıyı ardından kapadı.

Beş yıldan beri yoksulluk çeken Marius, gerçek sefaleti şu anda görüyordu.

Genç adam yalnızca kendi dertlerine düşerek komşularıyla ilgilenmediği için kendini kınadı. Onların sadece kiralarını ödemekle bir şey yapmış sayılmazdı, doğrusu, onlara daha başka yardımlarda bulunabilirdi. Korkunç bir sefalet içinde yaşayan bu zavallılarla arasında yalnızca bir duvar olduğu hâlde, o güne kadar hiçbirini tanımamıştı bile. Kız, evine gelmese, durumlarından haberi bile olmayacaktı.

Bu düşüncelere dalan Marius, gözlerini komşusuna sınır olan duvara dikmişti. Birden tavana yakın yerde küçük bir delik gördü.

Oradaki alçı dökülmüş olacaktı. Merakını yenemeyen Marius, bir iskemlenin üzerine çıkarak gözünü bu deliğe dayadı.

Gördükleri, genç adamı ta iliklerine kadar ürpertti. Görünen, korkunç bir sefalet yuvasıydı.

Gerçi Marius da parasızdı; ancak onun yoksulluğunda bile bir soyluluk vardı. Odası daima temiz, yatağı derli topluydu. Oysa şu anda gördüğü, onun midesini bulandırmıştı. Burada eşya olarak delik bir hasır iskemle, üçayak üzerinde duran sarsak bir masa, birkaç kırık şişe. Bir köşede bir köpeğin bile yatmayacağı parçalanmış iki şilte. Bu iğrenç oda, gün ışığını tavandaki bir pencereden alıyordu. Bu loşlukta, hortlak suratını andıran bir yüz görebildi Marius. Tıpkı korkunç bir hastalığın izlerini taşıyan bir insan yüzü gibi. Duvarlara müstehcen resimler çizilmişti.

Bu korkunç yerin dehşetini artıran, odanın bir hayli geniş olmasıydı.

Marius masa üzerinde kırık bir hokka, kâğıt ve kalem gördü. Masa başında, altmış yaşlarında, ufak tefek, sıska bir herif oturuyordu.

Bu adamın yüzünü beyaz bir sakal örtüyordu, göğsünün kıllarını açıkta bırakan bir kadın gömleği giymişti. Paçaları çamurlu pantolonun altında, delik potinlerden çıkmış ayak parmakları gözüküyordu.

Adam, ağzındaki bir pipoyla tütün içiyordu. Bu harabede ekmek bulunmaz; ancak tütün eksik olmazdı.

Kırk yaşlarında görünen şişko bir kadın, şömine önünde yere çömelmiş oturuyordu.

O da aşınmış bir yünlü gömlek, yamalı bir etek giymişti.

Kaba kumaştan bir önlük, etekliğini gizliyordu. Kadın iki büklüm durmasına rağmen, uzun boylu olduğu anlaşılıyordu. Kocasının yanında bir dev anası gibi görünüyordu. Kırlaşan çalı gibi kızıl saçları yüzünün üzerine düşüyor, kadın sabırsız bir hareketle, bu perçemleri ardına atıyordu. Elinde, oldukça kalın bir roman, okumaya dalmıştı.

Yataklardan birinin üzerinde sıska bir küçük kız gördü, yarı çıplak çocuk, ayaklarını sallandırıyor ve hiçbir şeyin farkında değil gibi öylesine oturuyordu.

Bu, odasına gelen kızın küçük kardeşi olacaktı. On bir– on iki yaşlarında olmasına rağmen çok daha büyük görünüyordu küçük kız, ancak ona dikkatle bakıldığında, on beş yaşlarında olduğu anlaşılıyordu.

Adam, aniden oturduğu yerden kalkarak haykırdı:

– Lanet olsun, lanet.

Kocasının bu küfürleri kadının içini çekmesine sebep oldu:

– Sevgilim, dedi, sakin ol. Kendini üzme canım, bütün bu adamlara mektup yazmak seni yoruyor.

Adam tekrar masaya oturarak mektubuna devam etti.

Marius, iskemlesinden inerken birden bir gürültü oldu. Sefil odanın kapısı ardına kadar açılarak büyük kız eşikte göründü. Ayaklarına erkek kunduraları giymiş, soğuktan morarmış bacakları çamur içindeydi. Sırtına lime lime olmuş bir manto atmıştı. Kapıyı bir tekmeyle kapadı ve nefes almak için bir an bekledikten sonra sevinçle haykırdı:

– Tamamdır, geliyor.

– Geliyor mu dedin, emin misin?

– Elbette, hem de arabayla geliyor. Baba, heyecanla yerinden kalktı:

– Hiç değilse adresi ona iyice anlattın mı? Ya bulamazsa, koridorun dibindeki son kapı olduğunu söyledin mi? İster misin şaşırsın? Demek onu Kilisede buldun? Mektubumu okudu mu? Sana tam olarak ne dedi?

Kız:

– Hey babalık dedi, azıcık sesini kes. İşte bak anlatayım. Kiliseye girdim, o her zamanki yerindeydi, onu diz kırarak selâmladıktan sonra mektubu verdim, okudu. Sordu, "Nerede oturuyorsunuz kızım?" Sizi götüreyim, dedim. "Hayır olmaz, bana adresinizi verin, kızımın alış verişleri var, ben arabayla daha sonra gelirim" dedi. Dua bittiğinde, onun kızıyla bir arabaya bindiklerini gördüm. Ona koridor dibindeki son kapı olduğunu bir kaç kez tekrarladım.

– Aferin kızım, dedi babası, çok akıllısın doğrusu. Kız terslendi:

Akıllı olduğumu ben de biliyorum ama bana bak babalık, bir daha bu pis ayakkabıları ayağıma sokmam. Çıplak ayakla yürümeyi tercih ederim.

Baba, kızının haşin ses tonuna zıt, çok yumuşak bir sesle:

– Haklısın yavrum, dedi. Ne yazık ki, yoksulların bir kiliseye çıplak ayakla girmeleri yasak olduğundan, oraya başka türlü giremezdin. Bana bak yavrum adamın geldiğinden emin misin?

– Yolda arabasının köşeyi döndüğünü gördüm, bir kaç dakika sonra burada olur.

Adam hemen yerinden fırladı:

– Hey hanım, dedi duydun mu bak, hayırsever adam buraya geliyormuş, hemen ateşi söndür.

Daha sonra büyük kızına emir verdi:

– Sen de şu iskemleyi kır.

Fakat onu beklemeden, iskemleye bir tekme atarak ortasından kırdı.

Daha sonra kızına sordu:

Dışarısı çok mu soğuk?

Çok soğuk, hem de kar yağıyor.

Baba şilte üzerinde kıpırdamadan duran küçük kızına döndü:

– Haydi miskin, dedi. Sabahtan beri kalıp dinlendiriyorsun, sen de iş başına. Hemen şu camı kır.

Kız korkuyla yataktan yere indi.

Çocuk şaşkın şaşkın bakmıyordu. Adam tekrar bağırdı:

– Camı kır dedim, anlamadın mı?

Yavrucak, körü körüne itaat etmek için küçük yumruğunu cama indirdi, cam kırıldı fakat bu arada kızın bileği kesilmişti.

Adam savaştan önce ordusunu gözden geçiren bir general gibi çevresini gözleriyle taradı.

Henüz bir şey söylemeyen kadın titreyerek sordu:

– Sevgilim ne yapmak istiyorsun?

Adam ona da emir verdi:

– Hemen yatağa gir.

Adamın ses tonu itiraz götürmez cinstendi. Kadın inleyerek şiltenin üzerine uzandı.

Bu arada bir köşeden hıçkırıklar yükselmişti.

– Bu da nesi?

Küçük kız gizlendiği köşeden çıkarak, kanlı bileğini gösterdi. Anasının yattığı yere gitmiş, sessiz sessiz ağlıyordu. Kadın yattığı yerden doğruldu ve kocasına çıkıştı:

– Gördün mü yaptığını, camı kırarken yavrucak elini kesti.

– Daha iyi, dedi adam. Ben zaten bunu hesaba katmıştım. Üzerindeki gömleğin bir parçasını yırtarak kızın kanlı bileğine sardı.

Bundan sonra yırtık gömleğine memnunlukla baktı.

Kırık camdan, dondurucu bir rüzgâr içeri giriyor, dışarıda karın lapa lapa yağdığı görülüyordu. Adam bir şey unutup unutmadığını anlamak için etrafına bir daha baktı:

– Tamam, dedi. Artık hayırsever beyi kabul edebiliriz.

• • •

Büyük kızı babasına yaklaştı ve elini uzatarak:

– Bak ne kadar üşüyorum, ateşi yaksaydık bari dedi.

Babası:

– Adam sen de, dedi. Ben senden daha fazla üşüyorum. Karısı hırslanmıştı, haykırdı:

– Sen her şeyi başkalarından daha iyi yaparsın zaten, kötülüğü bile.

– Kapa çeneni, dedi kocası.

Uzun süren bir sessizlik oldu, büyük kız eteğindeki çamurları eliyle siliyor, küçük kardeşi ağlamaya devam ediyordu. Anası onun başını ellerinin arasına aldı ve yüzünü öpücüklere boğarak:

– Canım yavrum, dedi. Ne olur ağlama, babam kızdıracaksın, bak birazdan geçer.

– Hayır, bırak ağlasın bende ağlamasını istiyorum.

Tam o sırada kapıya vuruldu, adam koşarak açtı ve geleni eğilerek karşıladı:

– Buyurun efendimiz, içeri girin, güzel kızınızla birlikte bana şeref verdiniz.

Orta yaşlı bir adamla genç bir kız kapıda göründüler. Gelenleri gören Marius neredeyse sandalyeden yuvarlanıyordu. O andaki duygularını hiçbir sözcükle ifade edemezdi.

Kapıda duran kaybettiği aşkıydı. O gelmişti.

Genç kız, parktaki sevgili, Marius'un Ursula'sıydı. Yokluğu ufuklarını karartan güneş, karşısında yeniden ışıldıyordu. Onun güzel gözleri, onun dudakları ve onun tatlı yüzüydü.

Güzel kız pek değişmemişti. Ancak, biraz daha solgundu, nazlı yüzünü menekşe renkli kadife bir şapka gölgeliyordu, siyah saten bir manto bedenini örtmüştü. Uzun eteklerinden saten potinli minik ayakları görünüyordu.

Yanında Mösyö Löblan vardı.

Genç kız odanın ortasına kadar gelmiş ve elindeki ağır paketi masanın üzerine bırakmıştı.

Büyük kız kapının ardına çekilmiş ve kıskanç gözlerini bu kadife şapkalı, bu ipekli mantolu güzel yüze dikmişti.

İyi kalpli Mösyö Löblan, ev sahibine yaklaştı:

– Bu pakette yeni giysiler, yün çoraplar ve battaniyeler bulacaksınız.

– İyi kalpli velinimetimiz, bizi ihya ediyor, diyerek yerlere kadar eğildi Jondret, bu arada konukların çevrelerine bakmalarından faydalanarak büyük kızına yaklaştı ve onun kulağına:

– Sana demedim mi? dedi. Hep giysi, para yok, söyle bana şu cimrinin mektubunu hangi adla imzalamıştım.

– Fabantu.

Jondret tam zamanında davranmıştı çünkü tam o sırada Mösyö Löblan kendisine dönerek, adını soruyordu.

– Çok acınacak bir durumdasınız Mösyö...

– Fabantu diye acele ile cevap verdi adam.

– A evet, Fabantu.

– Ah, bir zamanlar sahnelerde ne alkışlar toplamıştım. Oysa artık ne yazık ki şansım ters döndü, zavallı yavrularım ısınacak ateş bulamıyorlar. Tek iskemlem de dün parçalandı, camımız kırıldı, eşim yataklara düştü.

– Zavallı kadın, diye mırıldandı Mösyö Löblan.

– Kızım yaralı, diye ekledi Jondret.

Küçük kız yeni gelen güzel harama hayranlıkla bakarken, ağlamayı kesmişti.

Babası kulağına:

– Ağlasana kız, diye söylendi.

Bu arada kızın yaralı eline bir çimdik attı. Kız avaz avaz haykırdı.

Marius'un kalbinde "Ursula" diye isimlendirdiği tapılacak kadar güzel kız, çocuğa yaklaşarak:

– Vah zavallı yavrucak, diye mırıldandı.

Jontret sızlandı:

– Ah güzel hanımcığım, bakın bileği ne oldu. Günde altı metelik kazanmak, için tezgâhta çalışırken elini makineye kaptırdı. Kim bilir belki de kolunu kesmek zorunda kalacağız.

Yaşlı adam telaşlanmıştı:

– Ne diyorsunuz? diye haykırdı.

Küçük kız kendiyle ilgili bu sözleri duyunca daha yüksek sesle ağlamaya başladı.

Babası:

– Hayat acımasız, ne yapalım efendim, diyerek boynunu büktü.

Bir kaç dakikadan bu yana, Jondret bu hayırsever beyi dikkatli gözlerle süzüyordu. Sanki eski anılarını hatırlamak ister gibi, alnını kırıştırmıştı. Yeni gelenlerin yaralı kızıyla ilgilenmelerini fırsat bilerek, karısının kulağına eğilerek:

– Şu herifi iyice dikizle, dedi.

Daha sonra konuğuna dönerek sızlanmalarına devam etti:

– Ah Mösyö, ne feci bir sefalet uçurumuna düştüğümü anlatamam. Bu karakışta, sırtımda karımın bir gömleği o da yırtık. Ceketim bile yok. Üzerime giyecek bir çulum olsa, gider sahne arkadaşım Matmazel Maers'i görürdüm. Ünlü oyuncu beni çok severdi, onun bana yardım edeceğinden kuşkum yok, ne var ki meteliksiz kaldık. Karım hasta, kızım tehlikeli şekilde yaralandı. Ah, bir metelik için diz çökecek kadar düştüm beyim. Evet, işte bir sanatçının sonu... Oysa parlak günlerimde sırf beni alkışlamak için insanların tiyatroyu doldurduklarını düşündükçe, buna bir türlü anlam veremiyorum. Ah iyi kalpli velinimetim, büyük kızım her gün sabah kiliseye duaya geldiğinde, sizi ve güzel hanım kızınızı görüyor...

Evet, kızlarımı dini bütün olarak yetiştirdim. Onların sahneye çıkmalarına asla izin veremem. Namus ve doğru yoldan bir ayrılsınlar onlara gösteririm. Onların namuslu birer aile anası olmaları için hiçbir fedakârlıktan kaçınmadım. Evlatlarım Tanrıya şükürler olsun iyi kalpli, dindar çocuklardır. Ah, Mösyö yarın başıma gelecek felaketi düşündükçe, tüylerim ürperiyor, bugün mühletin son günü, 4 Şubat günü akşama kadar altmış frangı ödemezsem ev sahibi bizi kapı dışarı edecek. Evet Mösyö tam bu yıllık kira borcum var.

Jondret yine yalan söylüyordu, ancak iki aylık borcu vardı ve odanın yıllık kirası kırk frangdı.

Mösyö Löblan, cebinden çıkardığı bir beş frangı masa üzerine bıraktı.

Jondret'in yüzü asılmıştı, kızının kulağına:

– Sersem, dedi. Beş frank için mi camı kırıp, iskemlemi parçaladım. Pek cimri herifmiş kahrolası...

Bu arada Mösyö Löblan sırtındaki paltosunu çıkarmış ve bir iskemle üzerine bırakarak:

– Mösyö Fabantu, dedi. Şu sırada üzerimde bundan fazlası yok ancak kızımı eve götürdükten sonra akşama doğru gelir size altmış frank getiririm.

Jondret'in yüzü aydınlandı:

– Evet saygıdeğer efendim, dedi. Saat sekizde ev sahibine parayı götürmem gerekiyor.

– Saat altıda ben burada olurum, böylece kiranızı zamanında ödersiniz.

– Ah velinimetim, diye haykırdı sinsi adam. Bu arada karısına fısıldadı:

– Onun yüzüne dikkatle bak karıcığım.

Mösyö Löblan, güzel kızının koluna girmiş ve kapıya yöneliyordu. Tam o anda büyük kız, iskemle üzerindeki paltoyu göstererek:

– Mösyö, dedi. Paltonuzu unuttunuz.

Jondret, öfkeli gözlerini kızına dikti. Mösyö Löblan geri döndü ve gülümseyerek cevap verdi:

– Hayır unutmadım yavrum, dedi. Babanıza bıraktım.

Jondret:

– Ey yüksek ruhlu kutsal adam, diye haykırdı. Tanrı sizi korusun. İzin verin, sizi arabanıza kadar götüreyim.

Mösyö Löblan:

– Çıkarken şu paltoyu sırtınıza alın, dışarısı dondurucu soğuk.

Jontret bunu tekrarlatmadı ve sırana kahverengi paltoyu geçirdi. Üçü birden dışarı çıktılar, Jontret konuklarının önünden yürüyordu.

Bütün bu sahneyi odasındaki o küçük delikten izleyen Marius, aslında hiçbir şey görmemişti denilebilir. Gözleri ve kalbi güzel kızda kalmış onu gördüğü süre içinde kendisinden geçmişti. Odanın ortasına bir yıldız düşse, Marius'u bu kadar etkileyemezdi.

Onlar çıkar çıkmaz, Marius de dışarı fırladı, koridorda kimseyi göremedi, aceleyle merdivenlerden inerek sokağa çıktığında arabalarının köşeyi döndüğünü üzüntüyle seyretti. Marius peşlerinden koştu, tam o sırada karşısına çıkan bir arabayı durdurdu.

Ancak Marius, kravatını bile takmamıştı ve yanında on altı metelikten başka parası yoktu. Arabacı bu üstü perişan genci süzdükten sonra eliyle para işareti yaptı.

Delikanlı sordu:

– Ne kadar?

– Saati kırk metelik.

– Dönüşte veririm.

Arabacı bir ıslıkla kamçısını şaklatarak oradan uzaklaştı. Zavallı Marius yirmi dört metelik daha bulamadığı için sevgilisinin adresini öğrenmekten yoksun kalmıştı. O sabah kıza verdiği beş frangı acı acı düşündü. Şu anda bu para yanında olsa kurtulmuştu, üzgün ve bitkin odasına döndü.

Tam içeri girerken sokak köşesinde, Mösyö Löblan'ın paltosu sırtında olan Jondret'in, kötü suratlı bir herifle sıkı fıkı konuştuklarını gördü, ancak öylesine dertliydi ki, buna fazla önem vermedi.

Bu iki adamın böyle fısıldanmalarını bir jandarma görse, şüphesiz onları enseleyerek götürürdü, fakat Marius böyle ayrıntıları düşünecek durumda değildi.

Delikanlı evinin basamaklarını ağır ağır çıktı. Tam odasına gireceği anda arkasından gelen Jondret'in büyük kızını fark etti. Şu sırada onu görmek genç adamın istediği son şeydi. Beş frank verdiği ve bu yüzden sevgilisinin peşinden gidemediğini düşündükçe kıza düşman kesilmişti.

Artık ne yapabilirdi, istese bile kız parayı vermeyeceği gibi öndeki arabayı izlemek için çok geç kalmıştı.

Marius odasına girdi, birden ardından birisinin kapıyı ittiğini gördü.

Gelen, Jondretlerin büyük kızıydı.

Marius sert bir sesle:

— Yine mi sen, dedi. Ne istiyorsun?

Kız düşünceli duruyor, ona cevap vermiyordu. Henüz içeri girmemiş eşikte bekliyordu.

— Ee, artık cevap versenize, diye haykırdı genç adam. Benden ne istiyorsunuz?

Kız gözlerinde garip parıltılarla, ona baktı.

— Mösyö Marius, dedi. Çok üzgün duruyorsunuz neyiniz var?

— Bir şeyim yok.

— Evet var.

— Beni rahat bırak yeter.

Marius kapıyı kapatmak istedi fakat kız atılarak onun elini tuttu:

— Baksanıza, dedi. Böyle inat etmeyin. Aslında çok iyi birisiniz. Zengin olmadığınız hâlde bu sabah bana beş frank verdiniz, sayenizde bol bol karnımı doyurdum, oysa derdinizi bana söylemek istemiyorsunuz. Ben sizin üzüntülü olduğunuzu görüyorum. Sizin dertlenmenizi istemem. Size bir faydam dokunabilir mi? Benden ne isterseniz, isteyin. Sırlarınızı sormak bile istemiyorum, bana hiçbir şey söylemeseniz de size faydalı olmaya çalışırım. Mektup götürmesini, evlere girip çıkmasını, adres bulmasını, birisinin peşinden gitmesini çok iyi bilirim. Beni istediğiniz gibi kullanabilirsiniz?

Birden Marius'un aklına bir fikir gelmişti, denize düşen yılana sarılır.

Kıza yaklaştı:

— Pekâlâ, dinle o zaman, yaşlı beyle kızını buraya sen getirdin değil mi? dedi.

— Evet.

– Adreslerini biliyor musun?

– Hayır.

– Benim için onları bulabilir misin?

Kızın solgun yüzü parlamışken birden karardı.

– Ya, demek istediğiniz bu? dedi.

– Evet.

– Onları tanıyor musunuz?

– Hayır.

– Yani siz o matmazeli tanımadığınız hâlde bulmamı istiyorsunuz?

Kızın sesinde acı titreşimler seziliyordu. Marius'un sabrı tükenmişti:

– Bana yardım edecek misin? Evet mi, hayır mı?

– Güzel hanımın adresini istiyorsunuz. Buna karşılık bana ne vereceksiniz?

– Ne istersen?

– Tamam, adresi öğrenirim fakat siz de sözünüzü unutmayın.

Başını eğdi ve geriye dönerek hızla uzaklaştı. Marius başını ellerinin arasına alarak iskemlenin üzerine yığıldı.

Duyduğu bir ses onu karamsar düşüncelerinden kurtardı. Jondret karısına yüksek sesle bir şeyler anlatıyordu:

– Onu tanıdım, adamın o herif olduğundan eminim diyorum sana.

Jondret kimden ve neden söz ediyordu? Kimi tanımıştı? Ursula'nın babasını mı? Nereden tanıyordu bu Jondret onu? Marius böylelikle belki sevgilisi hakkında bilgi edinecekti? Nihayet kimi sevdiğini öğrenecekti? Bu genç kız kimdi? Babası kimdi? Bu durumu örten sır perdesi nihayet aralanacak mıydı?

Genç adam, hemen iskemlesinin üzerine çıkarak gözünü küçük deliğe dayadı.

Jondretlerin yaşadıkları izbenin içini iyice görebiliyordu. Ana ve kızları yünlü eteklikleri ve çoraptan giymişlerdi. Yatakların üzerini battaniyelerle örtmüşlerdi.

Jondret dışarıdan henüz dönmüştü ki, soluk soluğaydı.

Kızları ocak başında oturmuşlar, büyük kız, kardeşinin eline pansuman yapıyordu. Karısı şiltelerden birinin üzerine yığılmış gibi oturmuştu, Jondret çok heyecanlı görünüyordu, gözleri ışıl ışıl, odada bir aşağı bir yukarı dolaşıyordu.

– Ne diyorsun, bundan emin misin?

– Elbette. Gerçi bütün bunlar olalı sekiz yıl geçti, ancak onu hemen tanıdım. Sen nasıl fark etmedin, oysa sana dikkat etmeni öğütlemiştim. Herif hemen hemen yaşlanmamış bile.

Ne var ki kılığı düzelmiş, hepsi bu kadar. Aniden susarak kızlarına baktı ve bağırarak:

– Haydi bakalım, hemen dışarı, dedi.

Kızlar bu lafı ikiletmeden yerlerinden fırladılar.

Kadın yalvardı:

– Kızın eli yaralı, nereye gider bu soğukta?

– Açık hava ona iyi gelir, haydi defolun dedim size.

Bu adam söz dinletmeye alışkın babalardan olduğunu belli etmek istiyordu. Adam tam kapıdan çıkmak üzereyken büyük kızı kolundan yakaladı ve ona sert bir sesle:

– Bana bak, dedi, saat tam beşte buraya dönmüş olacaksınız. Sana bir iş yaptıracağım.

Kız aceleyle:

– Tamam, diyerek kapıyı ardından hızla kapattı. Karısıyla yalnız kalan Jondret, odanın içinde aşağı yukarı yürümeye başladı. Birden karısına döndü ve kollarını göğsünde kavuşturarak:

– Sana bir haber daha vereyim mi?

– Meraklandırma da söyle.

Adam, duyulmaktan korkuyor gibi odayı araştırdıktan sonra karısının kulağına bir şeyler fısıldadı, doğrulduğunda yüksek sesle:

– İşte o, güzel kızın ta kendisi, dedi.

– Ne, nasıl olur? diye haykırdı karısı.

– Ben ne söylediğimi bilirim, dedi adam.

Kadının "Ne?" diye haykırmasında, tüm sırların cevabı gizliydi sanki.

Hayret, öfke, kin. Kocasının, kulağına mırıldanmış olduğu bu bir kaç kelime kadını çileden çıkarmıştı, o artık kadın olmaktan çıkmış, bir canavar kesilmişti.

– Olamaz, diye haykırdı. Benim kızlarım yalın ayak dolaşırken, sırtlarına giyecek bir elbiseleri bile yokken bu karının ipekli manto, kadife şapka ve saten potinler giymesine nasıl dayanırım? Üzerindekileri sokağa atsan, en azından iki yüz frank eder. Hayır, hayır olamaz yanlışın var. Hem de baksana, o çirkin, miskin ve sıskaydı, oysa bu genç bayan hiç de fena değil. Hayır bu güzel kız, o olamaz.

– Budala gibi konuşma, sana o diyorum. Ben aldanmam. Kocasının bu kesin ifadesine kadın, öfkeden morarmış suratı, korkunç gözleriyle baktı. Bu haliyle Marius onu yırtıcı bir kaplanın bakışına sahip olan dişi bir domuza benzetti.

– Şimdi bu güzel bayan, kızlarıma acıyarak bakan bu yaratık, o sersem kız mı? Tanrım, şu an da onu tekmeleyerek karnını deşmek isterdim.

Yattığı yerden fırladı, saçı başı perişan, odanın ortasında ağzı açık kolları havada durdu. Yumruklarını sıkmış sanki hayali düşmanına saldırmaya hazırlanıyordu. Adam karısına aldırış etmeden, odada dolaşmaya devam ediyordu.

Bu uzun süren suskunluktan sonra yine karısının önünde durdu ve sinsi bir sesle ona:

– Baksana, dedi. Ben altın damarı buldum sayılır. Bundan böyle işim iş.

– Ne demek istiyorsun, diye sordu karısı.

Adam başını salladı ve iğrenç bir göz kırpışla karısına yaklaştı. Tam konuşacaktı ki kadın telaşla:

– Yavaş konuş, dedi. Yerin kulağı vardır.

– Yok canım, komşunun az önce çıktığını gördüm. Hem de o koca sersem ne anlar ki...

Fakat yine de Jondret, sesini alçaltmıştı. Marius, yine de konuşulanları duyabildi.

– Bak, dedi adam, şu kalantor herif elimize düştü sayılır. Ben, bizimkileri gördüm, her şeyi planladım. Sersem herif, saat altıda gelip bana kira parasını getirecek. Ne de enayi, hemen martavalı yuttu, saat altıda komşumuz daima akşam yemeği için dışarı çıkar. Burgon ana da bulaşıkları yıkamaya gider. Kızlara kapıda nöbet bekletirim. Sen de bize yardım edersin, herif yola gelir.

Kadın sordu:

– Peki ya yola gelmezse?

– O zaman da ben onu yola getirmesini bilirim.

Jondret bunları söylerken eliyle korkunç bir jestte bulunmuştu. Hemen ardından da duyanın tüylerini ürperten bir kahkahayla güldü.

Marius ilk olarak onun kahkahasını duyuyordu, sanki kalbi dondu.

Jondret şömine yanındaki bir dolabı açarak içinden çıkardığı eski bir kasketi kafasına geçirdi:

– Şimdi çıkıyorum, dedi, göreceğim kimseler var, bak görürsün, işimi nasıl ayarladım. Az sonra dönerim, sen evde bekle.

Sonra ekledi:

– Moruğun beni tanımaması büyük şans. Aksi hâlde tekrar buraya dönmezdi. Şu romantik sakalım beni kurtardı.

Pencereden sokağa baktı, dışarıda kar yağmaya devam ediyordu.

Paltosunu ilikleyerek:

– Az kalsın unutuyordum, kendine azıcık kömür al.

Karısının önüne, yabancı adamın verdiği beş frangı fırlattı.

– Geri kalanla yemek alayım deme sakın, bu gün yemeğin sırası değil, daha sonra bunu düşünürüz.

Ve Jondret dışarı çıktı.

•••

Marius çok derin düşünen bir insan olmasına rağmen enerjik bir yaradılış vardı. Haksızlığa dayanamazdı. İyiliksever bir yaratılışı olduğu gibi kötülükten tiksinirdi. Şu anda, komşularının, o iyi yürekli insanlara kötülük yapmayı planladıklarını anlamıştı. Onların planlarını bozmaya karar verdi.

Yavaşça gözetleme yerinden indi, eski giysilerini sırtına geçirdi ve hiç gürültü etmemeye çalışarak dışarı çıktı.

Evin, arkasındaki sokaktan geçiyordu ki, iki korkunç kılıklı adamın baş başa bir şeyler fısıldadıklarını gördü. Duvara dayanarak kulak kabarttı. Bu heriflerin hırsız olduklarını konuşmalarından anlamıştı. Patron Minet çetesine bağlı olduklarını laf arasında söylemişlerdi.

Bu arada, bu işi kaçırmanın budalalık olacağını, enselenirlerse eninde sonunda beş yılla kurtulacaklarını da söylemişlerdi.

Marius bu eşkıya kılıklı adamların, Jondret'in entrikalarına alet olacaklarından emindi.

Yolda ilk rastladığı adama, karakolu sordu. Aldığı adres oldukça yalandaydı. Marius doğruca oraya gitti.

Yolda bir yandan Tanrısına şükürler ediyordu. Sonunda cömertliğinin mükâfatını görüyordu. Sabahleyin Jondretlerin büyük kızına beş frank vermemiş olsaydı, Löblanların arabasını izleyecek ve bu arada Jondretlerin korkunç tuzaklarından haberi bile olmayacaktı.

Karakola geldiğinde, giriş kapısındaki nöbetçiye komiserle görüşmek istediğini bildirdi. Kendisine Komiser beyin bulunmadığını ancak polis şefinin burada olduğunu söylediler.

Marius'a gösterdikleri odada, uzun boylu birisi, sobaya dayanmış ve kapıya sırtını çevirmiş olarak ayakta duruyordu. Adam başını çevirdiğinde dört köşe kaba bir surat, ince dudaklı bir ağız ve korkunç bir bakışla karşılaştı.

Doğrusu bu adam görünüş olarak, Jondret'ten çok daha korkunçtu.

– Ne istiyorsunuz? diye, Marius'a sordu.

– Komiser'le görüşmek isterdim.

– Kendisi yok. Sorun nedir?

– Özel bir iş.

– Sizi dinlemeye hazırım.

Marius çaresizce, bu adama güvenmek zorunda olduğunu düşündü ve ona bütün bildiklerini ve duyduklarını bir bir anlattı.

Daha sonra oturduğu evin adresini verdi. Bu adresi duyan polis şefi birden irkilmişti.

– Koridorun dibindeki oda mı?

– Evet, dedi Marius, yoksa siz orasını biliyor musunuz? Adam bir süre konuşmadan kendi düşüncelerine daldı, daha sonra:

– Bilirim. Galiba bu işte Patron Minet çetesinin parmağı var.

Marius, haykırdı:

– Elbette dışarıdaki iki adamın konuşmalarında, bu Patron Minet lafını duymuştum.

Genç adam, sokakta sakallı bir adamla uzun saçlı bir herifin duvar dibinde şüpheli bir şekilde konuşmalarını anlattı. Polis onları tanımıştı:

– Uzun saçlısı Brojon ve sakallı da Dömileyar olmalı, hatta ona Dömileyar derler. Bu iki heriften başka ufak tefek bir adam görmediniz mi? Bir de hayvanat bahçesindeki fili andıran insan azmanı bir herif var mıydı?

– Hayır, dedi Marius, yalnızca Panşo adında birinden bahsettiklerini duydum nedir kuzum bu şebeke?

Polis cevap verdi:

– Dördüncüyü görmüş olamazsınız, kimse onu göremez, hem iş saatleri değil.

Daha sonra Marius'a sordu:

– Acaba, korkak bir adam mısınız?

Marius'un tepesi attı, dakikalardan beri kendisine "Mösyö" bile demeden, adam yerine koymaz gibi konuşan bu herif sinirine dokunuyordu.

– Neden korkacakmışım? diye sordu.

– Canım neden olsun, şu haydutlardan?

– Her hâlde en az sizin kadar yürekliyim. Polis, Marius'un gözlerinin içine baktı, birden onun kıymetini anlamış gibi;

– Aferin doğrusu, dedi. Tam yürekli ve dürüst bir adam olduğunuzu gösterdiniz. İyiliğin, kötülükten korkmadığı gibi, namuslu adam da polisten korkmaz...

Marius onun sözünü kesti:

– Ne yapmayı tasarlıyorsunuz?

– Evin anahtarları var mı sizde?

– Evet.

– Onları bana verin.

Marius cebindeki anahtarı adama uzatarak:

– İşinize karışmak istemem ama şöyle yanınıza bir kaç kişi daha alsanız hiç de fena olmaz, dedi.

Polis, Marius'a alaylı alaylı baktı ve cebinden çıkardığı iki tabancayı genç adama uzatarak:

– Evinize dönün içeri yavaşça girin ve odanıza gizlenin ki sizi dışarıda sansınlar. Tabancaların her ikisi de kurşun doludur. Duvardaki delikten bitişik odayı gözlersiniz, adamlar gelsin ve bırakın kendileri ortaya çıksınlar, ortalık kızışınca havaya bir el ateş edersiniz, ancak acele etmeyin, işler tam kıvamına gelinceye kadar sabredin. Siz avukatsınız bu işleri bilirsiniz.

Marius tabancaları alıp ceplerine soktu.

Polis:

– Haydi, dedi, kaybedecek vaktimiz kalmadı, saat kaçta olacaktı bu iş.

– Altıda, dedi Marius.

– Saat iki buçuk, bu durumda vaktimiz var ancak sınırlı, size söylediklerimi asla unutmayın, zamanı gelince bir el ateş.

– Meraklanmayın, dedi Marius.

Genç adam tam çıkmak üzereyken polis şefi:

– Bana ihtiyacınız olursa buraya gelin, ya da bir haber gönderin yeter. Adım Javer'dir.

Bu konuşmalardan birkaç dakika sonra Lesgl ve Kurfeyrak kol kola yürüyorlardı.

Lesgl:

– Ah baksana bizim Marius, dedi.

Kurfeyrak:

– Evet, ben de gördüm onu, fakat onu rahatsız etmeyelim bence.

– Neden?

– Neden olacak baksana dostum, Marius bir adamın peşinde, onu izliyor sanırım.

– Hayret, diye haykırdı arkadaşı, tam bizim Marius'a yakışacak bir tutum, ortada kadın, kız yok ve o, bir erkeği izliyor. Haydi, biz de peşlerinden gidelim.

Kurfeyrak arkadaşını çekip durdurarak:

– Bana bak dostum, dedi. İşte bu olmaz, bir erkeği izleyen adam izlenmez.

Marius gerçekten de alış veriş yapan Jondret'in peşindeydi. Adam bir ara hırdavatçıya girip çıktı.

Jondret peşinde birisi olduğundan habersiz, yoluna devam ediyordu, hatta bir ara kentin en kötü mahallelerinden birine girerek yıkık bir duvar dibinde etrafına bakındı ve kimsenin kendisini görmediğinden emin olunca, duvardan atlayarak harabelerin içinde kayboldu.

Marius, adamı kaybetmesini kendine bahane ederek evine dönmeye karar verdi. Madam Burgon her gün akşam saatlerinde, kentte bir kaç eve bulaşık yıkamaya giderdi, kapıyı da kilitlediğinden kadın çıkmadan önce Marius'un odasına dönmesi gerekiyordu, çünkü kendi anahtarını polis Javer'e vermişti.

Marius evine döndüğünde kapıyı ardına kadar açık bıraktı. Ayaklarının ucuna basarak merdivenlerden çıktı.

Koridorun her iki yanında kiralık odalar bulunurdu, kapılardan birinin önünden geçerken Marius boş olması gereken odaların birinde saçı sakalı birbirine karışmış dört kişi gördü ancak kendisini göstermek istemediğinden oradan yavaşça uzaklaştı. Tam zamanında davranmıştı, bir kaç dakika sonra Madam Burgon'un sokak kapısını kapatarak dışarı çıktığı duyuldu.

• • •

Marius odasına girdiğinde saat beş buçuk olmuştu. Yarım saat sonra olan olacaktı. Korkmuyordu ancak az sonra olacakları düşündükçe tüylerinin ürpermesine engel olamıyordu. Her şeyin bir rüya olmasını dilerdi, fakat cebindeki tabancaların ağırlığını hissettikçe, rüya olmasına imkân yoktu.

Dışarıda kar durmuştu, ay bulutlardan sıyrılarak gökyüzünde yükseliyordu.

Jondret'in odasından hiçbir ışık sızmıyordu, ancak Marius duvardaki delikten kırmızı bir aydınlığın süzüldüğünü gördü.

Her hâlde bu bir mum ışığı olamazdı. Bundan başka Jondretlerden çıt çıkmıyordu.

Marius çizmelerini çıkardı ve yatağın altına itti.

Birkaç dakika daha geçti, sonra ağır ayak sesleri ile birlikte kapının açıldığı duyuldu. Jondret içeri girmişti.

– Ben geldim, dedi adam. İşler tıkırında, ancak ayakları da dondu bu arada.

– Ben de sokağa çıkmaya hazır bekliyorum.

– Söylediklerimi unutmadın ya, her şeyi harfi harfine yerine getireceksin. Kızlar gözetlemeye gitsinler, hey kızlar dinleyin beni. Bir bakın bakalım komşuda kimse var mı?

Büyük kız:

– Zannetmem, dışarı çıkmıştı.

– Yine de bir bakmaktan zarar gelmez. Haydi kızım al şu şamdanı, git herifin odasını bir dikizle.

Marius bunu duyar duymaz hemen karyolasının altına girdi. Henüz saklanmıştı ki, kapının ardından mum ışığının süzüldüğünü gördü.

– Baba, içerde kimse yok.

– İçeri girdin mi? diye sordu adam.

– Hayır, dedi kız, ancak anahtarını kapının dışında bıraktığına göre çıkmış olmalı.

Babası haykırdı:

– Olsun sen yine de gir.

Kapı açıldı, Marius ailenin büyük kızını elinde şamdan içeri girerken gördü. Bu loş aydınlıkta sabahkinden daha korkunç görünüyordu.

Kız yatağa yanaşmıştı, genç adam ürperdi ancak kız duvardaki ayna önünde durdu, elinin tersiyle saçlarını sıvazladı ve aynadaki aksine bakarak gülümsedi, bu arada kısık sesiyle son moda bir şarkıyı mırıldanıyordu:

"Aşkımız ancak bir tek hafta sürdü.
Mutluluk anları ne denli kısa olur,
Yedi gün sevişmek, neye yarar?
Aşk mevsimi hiç bilmemeli,
Sevişmenin sonu gelmesin, sonu gelmesin."

Bu arada Marius, kızın, kendi soluk alışlarını duymasından korkuyordu.

Dışarıdan babasının sesi duyuldu:

– Hey, niye bu kadar geciktin? Ne yapıyorsun orada?

– Geliyorum, geliyorum, diye bağırdı kız. Bu barakada insanın neye vakti olur ki?

Son bir defa aynaya baktı ve kapıyı çekerek çıktı. Bir kaç dakika sonra Marius, kızların yalın ayak koridorda koşuştuklarını duydu, Jondret onlara sesleniyordu:

– Gözünüzü dört açın, biriniz parmaklık yanında beklesin, ufaklık sen de Küçük Banker sokağının başında dur. Evin kapısından gözünüzü ayırmayın sakın. Bir şey görürseniz dörtnala buraya koşun. Anahtarınız var değil mi?

Kızların büyüğü homurdandı:

– Bu soğukta yine yalın ayak karda nöbet beklemek.

– Yarın her ikinizin de kürkle bezenmiş satenden potinleriniz olacak, haydi dışarı, dedi babaları.

Kızlar merdiveni koşarak indiler.

• • •

Marius gözetleme yerine geçmenin vaktinin geldiğine karar vererek sandalyesine çıktı.

Odanın içi, ocağın içine konmuş demir bir mangalda yanan ateşlerden kızıl bir ışığa boyanmıştı. Kapının yanında iki yığın görülüyordu. Bunlardan biri demir hurdaları, diğeri de bir ip kangalıydı.

Jondret piposunu yakmış, hazır iskemleye oturmuş keyif çatıyordu.

Marius kadına bakınca, gülmemek için kendini zor tuttu. Kadın gülünç bir kılığa girmişti, başında omuzlarına kadar sarkan tüylerle süslü, kralların taç giyme törenlerinde, muhafızların giydikleri şapkalardan biri vardı, yün örgü etekliğinin üzerinden renkli bir atkı atmış, ayaklarına kızının beğenmediği erkek ayakkabılarını geçirmişti.

Jondret'e gelince, o yaşlı beyin kendisine bıraktığı paltoyu sırtından çıkarmamıştı.

Birden adamın sesi duyuldu:

– Baksana, aklıma gelmişken söyleyeyim, bu havada ancak arabayla gelir, sen feneri yak ve aşağı in kapının ardında bekle, arabanın durduğunu duyar duymaz aç kapıyı, fenerle ona merdivende yol gösterirsin, herif buraya girerken sen hemen aşağı koşar, arabacının parasını vererek arabayı geri gönderirsin, anlaşıldı mı?

– Hangi parayla, dedi kadın.

Jondret kasılarak cebinden çıkardığı bir kaç frangı kadının eline sıkıştırdı:

– Al şunu. Sonra ekledi.

– Buraya iki iskemle gerekiyor.

Birden Marius kanının donduğunu hissetti, kadın sakin sakin:

– Gidip komşu delikanlıdan alayım demişti.

Marius yere atlayıp karyolanın alana girecek zamanı ancak bulabildi.

Kocasının mumu vermesine rağmen, kadının iskemleleri rahat taşıyamayacağını söyleyerek ışıksız gelmeyi tercih etmesi genç adamı ferahlattı. Kadın el yordamıyla anahtarı kilitte çevirerek içeri girmiş ve pencereden süzülen ay ışığından faydalanarak, iki iskemleyi omuzlayıp, ardından kapıyı çarparak çıkıp gitmişti.

Delikanlı rahat bir nefes aldı.

Kocası:

– Al feneri hemen aşağı in, dedi.

Böylece Jondret odasında yalnız kalmıştı. İskemleleri masanın çevresine dizdi, ateşteki makası oynattı. Şömine önüne eski bir paravan koyarak, mangalı maskeledi ve ip yığınına giderek sanki bir şey incelemek istercesine eğildi.

Marius bu ip yığını sandığı şeyin, aslında ipten bir merdiven olduğunu gördü.

Bu ip merdiven ve daha başka bir kaç alet, demir hurdalarla birlikte üst üste konmuştu. Genç adam bunların ne işe yaradığını anlayamamıştı. Eğer Marius yeraltı dünyası hakkında daha bilgili olsaydı bunların hırsızlara özgü aletler olduklarını anlamakta gecikmezdi.

Bu arada sessizce piposunu tüttüren Jondret, masanın çekmecelerinden birini açarak, içinden çıkardığı bir mutfak bıçağını uzun uzun inceledi.

Marius de cebinden tabancayı çıkardı.

Birden uzaklardan bir çan sesi duyuldu. Kilisenin kulesindeki saat altıyı vuruyordu.

Jondret keyifle kafasını salladı ve saatin çalması sona erdiğinde eliyle mumu söndürdü.

Henüz yerine oturmuştu ki kapı açıldı.

Jondret ana kapıyı açmış ağzını kulaklarına kadar genişleten bir gülümsemeyle konuğu içeri buyur ediyordu.

Jondret hemen yerinden fırlayarak:

– Buyurun velinimetim, dedi.

Mösyö Löblan eşikte göründü. Adamın yüzündeki ifadeden onun ne kadar iyi kalpli bir kişi olduğu anlaşılıyordu.

Doğruca masaya yönelerek üstüne dört altın bıraktı, bu Jondret'in istediği altmış franktan çok daha fazla, tam seksen frank ediyordu.

– Mösyö Fabantu, dedi. Bununla öncelikli ihtiyaçlarınızı giderin, daha sonra sizin için bir şeyler düşünmekteyim.

Jondret:

– Tanrı bu iyiliklerinizi karşılıksız bırakmasın, dedi. Ve karısının kulağına eğilerek mırıldandı:

– Arabayı geri gönder.

– Oldu bile.

Bu arada konuk oturmuştu. Jondret, Mösyö Löbnan'ın karşısındaki diğer iskemleye oturdu.

– Zavallı küçük yaralı nasıl? Jondret baba üzgün bir gülümseyişle:

– Çok kötü durumda, dedi. Ablası kolunu pansuman yaptırmak için onu dispansere götürdü. Birazdan dönerler.

Mösyö Löbnan ev sahibesinin acayip kılığına bir göz atarak:

– Hele şükür Madam Fabantu'yu daha iyi gördüm, dedi.

Jondret:

– Zavallı ölüm hâlinde, dedi. Ne var ki çok yüreklidir. O bir kadın değil bir öküzdür.

Jondret ana bu övgüden çok duygulanmış gibi cilveli bir sesle haykırdı:

– Ah sen beni daima şımartırsın, Mösyö Jondret...

– Jondret mi? diye şaşkınlıkla tekrarladı. Mösyö Löbnan, oysa ben adınızın Fabantu olduğunu zannetmiştim.

– Mösyö, Fabantu benim tiyatro adım. Bilirsiniz ya sahneye kendi adımızla çıkmayız. Ah, bilseniz, eşimle ne mutlu yıllar geçirdik, aslında bizi kurtaran da bu ya. Yoksa felaket her yerde bize yetişti, işsizlik, çalışmak isteğimize rağmen iş bulamamak, yoksulluk. Ah bilseniz, varlıklı gürlerimizden elimizde kalan, tek bir tablo, bu benim için paha biçilmez bir hazine, ailemizin gözbebeği, ne var ki ekmek parasına bunu bile satmaya hazırım.

Duvara dayalı tabloyu ters çevirdi. Mösyö Löblan sordu:

– Bu da nedir?

– Bu değerli bir ressam fırçasından çıkma bir şaheser. Ben bunu evlatlarım kadar severim, ah yoksulluk belimi bükmese, bundan hiç ayrılır mıydım?

Hâlime acıyın, çok darda olmasam, hiç satar mıydım? Siz buna ne değer biçersiniz?

Mösyö Löblan'ın aklı başına gelmişti, Jondret'in yüzüne dik dik bakarak:

– Baksanıza dostum, bu bir meyhane levhası, bence bu etsin etsin üç franktan fazla etmez.

Jondret yumuşak bir sesle:

– Cüzdanınız yanınızda mı, dedi. Ben bin ekü ile yetinirim.

Mösyö Löblan yerinden kalkarak bu ilginç sahnenin dekoruna gözlerini gezdirdi. Jondret ise sanki sefaletten delirmiş gibi, abuk sabuk konuşmaya başlamıştı:

– İyi kalpli velinimetim, bu tabloyu satın almazsanız inanın kendimi sen nehrine atarım. Başka kurtuluş çarem kalmadı. Oysa düşünün bir kez kızlarıma bir meslek öğretmek niyetindeyim, onlara mukavva kutu yapmasını öğretmek istemiştim. Ancak buna gereken aletler ateş pahasına satılıyor, hem de topu topu günde dört metelik kazanmak için? Bununla nasıl yaşanır?

Bu arada Jondret'in gözü, artık zengin konuğunda değildi, adam bakışlarını kapıya dikmişti. Oysa Mösyö Löblan, durumdan kuşkulanmış olduğundan gözünü Jondret'ten ayırmıyordu. Marius dikkatini ikisinin üzerinde topladı. Jondret bir kaç kez aynı dilenci sesiyle:

– Kendimi karanlık sulara atmaktan başka kurtuluş yolu kalmadı, diye tekrarladı, birden gözlerinde ışıklar yanıp söndü ve aniden doğruldu ve konuğunun karşısına dikildi:

– Buraya baksana seni züppe, bütün bunlar palavra, beni hâlâ tanıyamadın mı?

Aynı anda odanın kapısı açılmış ve yüzleri siyah kâğıt maskeli ızbandut gibi adamlar görünmüştü. Her hâlde Jondret'in beklediği bu hergelelerin gelmesiydi, uzun boylusuna sordu:

– Her şey hazır mı? Montparnaz nerede?

– Yakışıklı delikanlı, büyük kızınla cilveleşmek için arkada kaldı.

– Kahretsin, onunla bunu sonra konuşacağız, araba bekliyor mu?

– Evet, dediklerini harfi harfine yaptık.

Mösyö Löblan artık düştüğü tuzağı anlamış olacaktı ki birden ani bir değişiklik görüldü, az önceki yaşlı adam gitmiş, yerini mücadeleye hazır bir adam almıştı. Masanın ardına geçmiş, yumruğunu iskemlesinin arkalığına dayamıştı, bu haliyle heybetli bir görüntüsü vardı.

Birden aslan kesilen bu iyi kalpli ihtiyar adamla gururlandı Marius, sevdiği kızın babasıydı ne de olsa.

Odaya giren adamlardan biri eline bir çekiç, diğeri pense, üçüncüsü de bıçak almıştı. Marius artık araya girme zamanının geldiğini anlayarak tabancasını havaya kaldırdı, ateş etmeye hazır bekledi. Bu arada Jondret sorusunu tekrarladı.

– Beni tanımadın mı?

Mösyö Löblan ona dik dik bakarak:

– Hayır, dedi.

Jondret yaşlı konuğuna yaklaştı ve avını ısırmaya hazırlanan vahşi bir hayvan pozunda suratını onun yüzüne yaklaştırarak haykırdı:

– Benim adım Fabantu değil, Jondret değil, benim gerçek adım "Tenardiye" anladın mı? Şu Möntferney'deki anayım ben.

Mösyö Löblan'ın yüzü hafifçe kızardı, fakat aynı sakin sesle:

– Hayır, yine de tanıyamadım, siz beni başkasıyla karıştırıyorsunuz, cevabını verdi.

Ne var ki Marius onun cevabını duyamadı. Beyninden vurulmuştu sanki. Adam, "Tenardiye" dediğinde tabanca tutan eli yanına düşmüş dünyalar başına yıkılmıştı. Dört yıldan beri durmadan aradığı babasının kurtarıcısı, o kahraman.

Tenardiye demek karşısındaki şu sefil hayduttu ha... Kaderin bu acı darbesi Marius için korkunç bir yıkım olmuştu. Babası mezarından ona, kurtarıcısına el uzatmasını haykırıyor, minnet borcunu ödemesini istiyor, oysa kendisi yıllardır aradığı adamı bulduğunda polise teslim etmek zorunda kalıyordu. Kendi babasını hayatı pahasına kurtaran bu aynı adam sevdiği kadının babasını öldürtmeye hazırlanan bir sefil, bir hayduttu.

Marius ne yapacağını bilemiyordu. Böyle korkunç bir hayduda karşı nasıl minnet beslenirdi? Öbür yandan ölmüş babasının vasiyetini nasıl çiğneyecekti? Bir el ateş ettiğinde, Mösyö Löblan kurtulacak, fakat Tenardiye mahvolacaktı. İkisinden birini feda etmek zorundaydı.

Tam o anda Tenardiye çılgın gibi odada bir aşağı bir yukarı dolaşarak kendi kendisine konuşur gibi söyleniyordu:

– En sonunda seni buldum ikiyüzlü sinsi herif, para babası, öksüz kızlarına bebek dağıtıcısı, sekiz yıl önce Monferney'deki Noel gecesini ne çabuk unuttun? Aynı yüz, hiç değişmemişsin ne var ki o zaman üstünde hardal rengi aşınmış sarı bir palton vardı hepsi o kadar. Kızı benden alıp götürdün, bunu senin burnundan getirmeye and içtim o gün. O zaman ormanda karşı karşıya kalmıştık, korktum çünkü sen daha güçlüydün, ancak artık tüm kozlar benim elimde, artık hapı yuttun babalık.

Tenardiye sustu, nefes nefese kalmıştı. Semiz bir boğayı parçalayan bir çakalın zevkini duyuyordu şu anda, tam onun gibi alçak ruhlu bir adama yakışacak ruh hâli.

Mösyö Löblan, onu sonuna kadar dinledikten sonra nihayet:

– Neler söylemek istediğinizi hâlâ anlayamadım. Fakat aldanıyorsunuz, ben de yoksul bir adamım, sandığınız gibi zengin değilim.

– Başkalarına yuttur bu martavalları babalık, hâlâ benim kim olduğumu anlayamadın mı?

Böyle bir anda daha da garip ve kudretli görünen bir nezaketle cevap verdi Mösyö Löblan:

– Bağışlayın Mösyö, sözlerinizden tek anladığım sizin bir haydut olduğunuzdur.

En aşağılık kişilerin bile alınganlıkları vardı. Bu haydut kelimesi Tenardiye ailesine pek dokunmuştu. Karı iskemleyi konuğun üzerine fırlatmaya hazırlanmıştı ki, kocasının bir işaretiyle olduğu yerde kaldı, Tenardiye haykırdı:

– Haydut ha... İşte tam sizlere yakışacak bir söz, sizin gibi parasını nereye harcayacağını bilmeyen zenginlerin ağzına lâyık bir söz. Bana iyi bak budala herif. Tam üç günden beri, kursağıma bir lokma girmediği için mi haydut oluyorum? Sizler, ayaklarınızı ısıtıyor, avuç dolusu paraya aldığınız içi kürklü potinleri giyiyor, piskoposların cübbelerini andıran kalın paltoları sırtınıza geçiriyorsunuz. Bana bak babalık, ben de bir zamanlar böyle değildim, ben de bir zengindim. Belki senden daha fazla, hem senin neyin nesi olduğunu kim biliyor? Belki de gerçek haydut sensin. Hem de bana iyi bak avanak ben bir kahramanım. Vatanım için savaştım. Vaterlo savaşında bir generalin hayatını kurtardım. Herif kont mu, baron mu, bir şeylerdi. Bana teşekkür ederken adını söylemişti fakat sersemin sesi öylesine kısıktı ki iyice duyamadım. Bu jestim için, en azından bir madalya hak etmiştim ben... Ah budala herif, bana teşekkür edeceğine adını doğru dürüst söylese şu sıralarda daha fazla işime yarardı. Şu gördüğün tablo ki, en ünlü ressamımız David tarafından yapılmıştır, işte bu sahneyi canlandırıyor. Bak kurşun yağmuru altında sırtımda yaralı Generali taşıyorum. Evet ben Vaterlo kahramanıyım. Haydi artık yeter, fazla bile konuştum. Bana para lazım, sökül metelikleri babalık, yoksa canını cehenneme yollarım gözümü kırpmadan.

Marius kendisini toparlamıştı, herifin bu korkunç açıklamalarını beyni zonklayarak dinledi. Bu korkunç adamın alçaklığı karşısında mert delikanlı ürperiyordu. Hele nankör herifin, babası hakkındaki yargılarını tüyleri diken diken olarak dinlemişti.

Tenardiye soluk alınca yine haykırdı:

– Haydi babalık canını yakmadan sökül paracıklarını yoksa işin iştir.

Bu arada maskeli heriflerden biri, elindeki baltayı havada sallayarak:

– Beni unutmayın sakına, odun kesmekte ustayımdır, dedi. Mösyö Löblan önündeki masayı aniden tekmeleyerek adamlara doğru itti ve bir kaplan çevikliğiyle pencereye sıçradı tam dışarı atlamaya hazırlanmıştı ki, altı güçlü kol birden uzanarak onu zorla içeri çektiler. Bu arada Tenardiye'nin karısı adamı saçlarından yakalamıştı.

– Bu gürültüye koridorda bekleyen haydutlar da koşuştular. Marius içinden bir dua mırıldandı.

– Babacığım beni bağışla, diyerek elini tabancasına götürdü. Tam ateş edecekti ki, Tenardiye'nin sesi yükseldi:

– Herifin canını cehenneme yollamayın, henüz o altın yumurtlayan tavuk, bana onun ölüsü değil, dirisi gerek.

Kurbanın kaçma çabası Tenardiye'nin aklını başına getirmişti, onun benliğinde iki kişilik yaşardı. Birisi zalim, diğeri kurnaz adam. Birden hileye başvurdu. Bu arada Marius da ateş etmekten vazgeçerek, olayların gelişmesini beklemeye karar verdi. Belki de babasının kurtarıcısını ele vermeden Ursula'yı kurtarmayı başarabilirdi. Odada korkunç bir dövüş başlamıştı, çok güçlü olan Mösyö Löblan bir yumrukta haydutlardan birini yere sermiş, tekmesiyle ikisini kapıya yapıştırmıştı. Yakaladığı iki eşkıyayı dizlerinin altında tutuyordu. Kadın adamı yeniden saçlarından yakaladı, kocası da elindeki kalın bir sopayı. Mösyö Löblan'ın kafasına indirdi. Adamın sersemlemesinden faydalanan haydutlar nihayet yaka paça yakaladılar.

Daha sonra emrindeki haydutlara seslendi:

– Ceplerini araştırın.

Mösyö Löblan'ın üzerinde, meşin bir kesede altı frank ve temiz bir mendilden başka bir şey bulamadılar. Tenardiye, cüzdan ya da saat bulamadığından hayal kırıklığına uğramıştı. İpi kaparak adamlarına fırlattı.

– Şunu yatağın demirine sıkı sıkı bağlayın.

Kurban, karyolanın paslı demirlerine bağlanırken hiç zorluk çıkarmadı. Bu işte sona erdikten sonra, Tenardiye gelip onun karşısına geçti suratı tamamıyla değişmiş, sinsi, kurnaz güler yüzlü oluvermişti.

– Beyim, dedi. Pencereden atlamak istemenize şaştım doğrusu, bir yerinizi kırabilirdiniz. Tatlı tatlı konuşalım anlaşacağımızdan eminim, bir şey dikkatimi çekti, "imdat hırsız var," "cankurtaran yok mu?" "Beni öldürüyorlar" diye haykırabilir, yardım isteyebilirdiniz? Bunu yapmadınız, neden? Yoksa sizin de polisten bir korkunuz mu var? Hoş bağırsanız bile kimse sizi duymazdı; ancak sizin de polisten hoşlanmadığınızı anlamış oldum, çoktan beri bundan kuşkulanmaktaydım, gelin dostça anlaşalım.

Marius, hiç kılını kıpırdatmadan Tenardiye'nin karşısında

sakin sakin duran Mösyö Löblan'ın yürekliliğine bir kez daha hayran oldu.

Tenardiye yerinden kalkarak paravanı çekmiş ve ocaktaki mangal ateşinde kızaran pense ve makasları gözler önüne sermişti. Yerine oturarak sözlerine devam etti:

– Evet anlaşabiliriz, demin biraz sinirlenmiş olacağım, ulu orta konuştum. Az önce sizin para babası olduğunuzu söylerken belki düşüncelerimi aşmış olacağım, kendinize göre masraflarınız vardır, hem sizin paranızdan bana ne? Size fazla zarar vermek istemem doğrusu. Bana yalnızca iki yüz bin frank yeter.

Mösyö Löblan konuşmayınca, devam etti:

– Elbette bu kadar parayı üzerinizde taşımayacağınızı ben de biliyorum, sizden tek isteğim, söyleyeceklerimi yazmanız.

Masanın üzerinden aldığı kâğıt ve kalemi adamın önüne koydu. Mösyö Löblan sordu:

– Elim kolum bağlı, nasıl yazabilirim?

Tenardiye:

– Ah, tabii, dedi. Bak bunu unutmuştum. Daha sonra haydutlardan birine emir verdi:

– Sağ kolunu çözün.

Tenardiye, kalemi mürekkebe batırarak adama uzattı:

Size şunu da haber vereyim beyim, dedi. Mektubu götüren kişi geri dönünceye kadar, burada bağlı ve bizim tutsağımız olarak kalacaksınız anlaşıldı mı? Yazın bakalım: Kızım...

Tutsak titreyerek başını kaldırıp eski hancıya baktı. Tenardiye devam etti:

"Sevgili kızım, derhâl gel, sana ihtiyacım var. Bu pusulayı getiren adam, seni buraya getirecek, seni bekliyorum güvenle gel."

Mösyö Löblan, söylenenlerin hepsini yazmıştı, Tenardiye ekledi:

– Şu güvenle gel kelimelerini silelim, kızın aklına kötü şeyler gelebilir. Haydi artık imzanızı atın, adınız neydi?

Tutsak kalemini masa üzerine bırakarak sordu:

– Bu mektup kime yazıldı.

– Biliyorsunuz ya, kızınıza az önce söylemedim mi?

Aslında Tenardiye yine kurnazlıktan şaşmıyor, kızın gerçek adını söylemiyordu, bu da onun planlarının bir ayrıntısı olmalıydı.

– Haydi imzanızı atın, adınız neydi?

– Ürben Fabr, dedi. Adam.

Tenardiye adamın cebinden çıkan mendildeki markalara baktı. Bir "U" bir de "F" harflerini gördü.

– Haydi artık adresinizi de yazın, dedi. Adam bir süre düşünceli durduktan sonra:

"Matmazel Fabr, Sen Dominik Danfer sokağı, numara on yedi, adresini yazdı."

Tenardiye mektubu hemen kaparak karısına verdi:

– Mektubu ne yapacağını biliyorsun, dedi. Hemen git ve çabuk geri dön. Daha sonra haydutlardan birine döndü ve ona emir verdi.

– Sen de arabanın arkasına binersin.

Bir dakika geçmemişti ki, dışarıdan bir kamçı sesi duyuldu, Tenardiye ellerini ovuşturdu:

– Bu süratle giderlerse, kırk beş dakika kadar sonra dönerler.

Daha sonra şömine karşısına oturarak, ayaklarını ateşe uzattı. Odada, tutsak, Tenardiye ve beş hayduttan başka kimse kalmamıştı.

Marius büyük bir heyecanla bekliyordu. Sevdiği kızın üzerine bir esrar perdesi gerilmişti. Tenardiye'nin az önce "Tarla kuşu" diye sözünü ettiği bu genç kız kimdi? Artık mendildeki markanın da anlamı çözülmüştü. "U" ve "F" harfleri adamın adıydı. Bu arada bir karara vardı:

– Şu "Tarla kuşu" lâkabı verilen güzel kız buraya gelirse onu kurtarmak için harekete geçerim, onu bu haydutlara bırakmaktansa kanımı son damlasına kadar veririm. Kimse bana engel olamaz.

Böylece bir yarım saat daha geçti, Tenardiye'nin çenesi açılmıştı.

– Bakın Mösyö Urben diyordu. Karım az sonra gelir, sabırsızlanmayın Tarla kuşunun sizin kızınız olduğundan asla kuşkum yok. Kızınızı rehine olarak kendi bildiğimiz bir yerde gizleyeceğiz, bize istediğimiz iki yüz bini verdiğinizde onu serbest bırakırız. Bu arada beni yakalatmak istediğiniz takdirde, arkadaşım da kızınızın hesabını görür.

Bunları duyan Marius çıldıracak gibi olmuştu, artık yalnızca adamın değil, sevdiği kızın hayatının da tehlikede olduğunu anladı. Bu korkunç durumdan sevdiğini nasıl kurtaracağını düşündü. Daha önceden polis şefi Javer'e, bir el ateş ederek haber vermediğine pişman olmuştu. Kendi kendisine lanetler yağdırdı, babasının vasiyetini yerine getirmek uğruna, sevgilisini tehlikeye atmıştı.

Merdivende duyulan ayak sesleriyle birlikte kapı açıldı ve Tenardiye ana, yüzü gözü soğuktan morarmış, saç baş perişan, bir cadı gibi içeri girdi.

Elleriyle kalçalarına vurarak:

Yanlış adres verdi, diye haykırdı. Gittiğimiz sokakta, bu isimle oturan birini bulamadık. Moruk bize kazık attı.

Marius rahat bir nefes aldı. O, "Ursula," "Tarla Kuşu," adını bilmediği güzel kız şimdilik de olsa kurtulmuştu.

Tenardiye adamın karşısına dikildi ve sakin bir sesle sordu.

– Yanlış adres vermekle ne kazandın sanki?

Tutsak gür bir sesle haykırdı:

– Vakit kazandım, dedi. Bu yetmez mi?

Yedi haydut yerlerinden kıpırdamaya meydan bulamadan o, eğilmiş ve ateşte kızan kocaman makası kapmış elinde savuruyordu. Haydutlar, Tenardiye ve karısı adamın önünde gerilemek zorunda kalmışlardı. Daha önce düşürdüğü ve içinde küçük bir bıçak bulunan şapka sayesinde, tutsak sol elinin bağlarını kimseye sezdirmeden çözmüştü; ancak sol ayağı hâlâ bağlıydı. Tenardiye'nin karısıyla dışarı çıkan haydut haykırdı:

– Meraklanma ahbap, herifin bir bacağı karyolaya bağlı kaçamaz.

Tutsak sesini yükseltti:

– Hepiniz acınacak kadar sefil yaratıklarsınız, ancak benim hayatımın öyle sandığınız kadar değeri yok. Hiçbir şeyle beni korkutamazsınız.

Bunları söylerken elinde tuttuğu kızgın demir makası koluna bastırarak etlerini yaktı. Bir yanık kokusu odaya yayıldı. Oysa yaşlı adamın yüzünde en ufak bir acı ifadesi bile belirmemişti.

– Sefiller, dedi. Sizden nasıl korkmuyorsam sizin de benden korkmanız gereksiz size asla kötülük etmeyeceğim.

Daha sonra makası yanık kolundan çekerek açık pencereden dışarıya karların üzerine fırlattı. Bu sırada, karı kocabaş başa vermiş kendilerine bir plan hazırlıyorlardı. Cadı karı, kocasına fısıldadı:

– Herifin gırtlağını keselim, başka çaremiz kalmadı. Marius, Tenardiye haydudunun, çekmeceden bir ekmek bıçağı aldığını gördü. Artık daha fazla bekleyemezdi.

Bu yürekli, bu yüce adamın gözünün önünde kurbanlık koyun gibi boğazlanmasını seyredecek değildi. Birden aklına çok parlak bir fikir geldi. O sabah Tenardiye'lerin büyük kızlarının bir kâğıt üzerine "Aynasızlar geldi," diye yazıp bıraktığını hatırladı. Böylelikle hem babasının hatırasına ihanet etmeyecek, hem de o zavallı ihtiyarı kurtarmış olacaktı. Hemen duvardan bir sıva kopardı, kâğıda sararak bunu yukarıdaki delikten bitişik odaya fırlattı.

Tam zamanında davranmıştı. Tenardiye ana haykırdı:

– Bu da nedir?

Kadın, kâğıdı kapıp kocasına uzattı, Tenardiye telaşla kâğıdı açarak yüksek sesle okudu:

– Aynasızlar geldi.

Birden hepsini bir telaş almıştı. Tenardiye kâğıdı karısına gösterdi:

– Baksana bu Eponin'in el yazısı, hemen tüyelim.

– Kadın sordu:

– Herifi gebertmeden mi?

– Saçmalama, buna vaktimiz yok.

– Nereden kaçalım?

Kimisi pencereden, kimisi kapıdan kaçmayı öneriyordu, bu arada Tenardiye haykırdı:

– Çıldırdınız mı? Ulan vaktimiz dar, diyorum size. Haydi yaylanın daha ne bekliyorsunuz.

O anda kapı büyük bir gürültüyle açıldı ve bir ses duyuldu:

– İyi akşamlar beyler.

Hep birden kapıya döndüler. Javer, gülümseyerek haydutlara bakıyordu.

Haydutlar kaçmak için oraya buraya fırlatmış oldukları silahların üzerine atıldılar. Birkaç saniye sonra, bu azılı yedi eşkıya, kendilerini savunmaya hazır bekliyorlardı. Tenardiye eline bıçağını, karısı ise kocaman bir taş almıştı.

Javer, kılıcı belinde, sopası kolunun altında, kollarını kavuşturarak, sakin sakin odanın ortasına yürüdü:

– Saçmalamayın, dedi. Pencereden kaçamazsınız, kapıdan çıkmak zorundasınız. Siz tam yedi kişi, biz ise on beş kişiyiz. Sizin için en iyisi teslim olmaktır.

Haydutlardan biri elindeki tabancayı Tenardiye'ye uzatarak:

– Bu müfettiş Javer, ben ona ateş etmeye cesaret edemem, teslim oluyorum, dedi?

– Korkaklar, diye haykıran Tenardiye, tabancayı kaptı. Javer, aynı sakin ses tonuyla konuştu;

– Boşuna zahmet etme dostum, beni vuramazsın. Tenardiye tetiği çekti, kurşun Javer'in başının birkaç santim üstünden duvara saplandı.

Az önce konuşan haydut, elindeki baltasını polis şefinin ayaklarının dibine atarak:

– Sen şeytanın tekisin, ben teslim oluyorum, dedi. Javer diğerlerine sordu,

– Ya sizler?

– Hep bir ağızdan:

– Evet, biz de, diye haykırdılar.

– İçlerinden Babet:

– Tek bir isteğim var, dedi. Kodeste olduğum süre içinde benim tütünümü eksik etmeyin yeter.

Javer:

– Bu isteğin yerine getirildi sayabilirsin, cevabını verdi ve daha sonra arkasına dönerek seslendi:

– Haydi çocuklar içeri girin ve hepsini kelepçeleyin. Tenardiye ana ellerine kelepçeler geçince ağlayarak yere yığıldı:

– Kızlarım, diye sızlandı.

– Tasalanma, dedi. Javer, onları koruyacağız. Haydutların hepsine kelepçeleri takılmıştı.

– Javer, bazı haydutlar hâlâ maskeli olduğu hâlde, hepsine kendi adlarıyla hitap etti.

Tam o sırada tutsağı gördü ve adamlarına emir verdi:

– İplerini çözün.

Daha sonra masaya geçerek cebinden çıkardığı bir kâğıda raporunu yazmaya koyuldu. İlk satırları henüz yazmıştı ki, jandarma erlerine emir verdi:

– Şu haydutların bağladıkları beyi karşıma getirin.

Oysa eşkıyaların tutsağı Mösyö Löblan, ortadan kaybolmuştu. Kapının önünde jandarmalar nöbet bekliyordu, ancak adam kargaşa ve karanlıktan faydalanarak pencereden kaçmış olacaktı. Jandarmalardan biri pencereye koşup baktı fakat kimseleri göremedi. İp merdiven dışarı sarkıtılmıştı.

Javer, dişlerinin arasından mırıldandı:

– Vay canına! Oldukça hızlıymış.

YEDİNCİ BÖLÜM

1 831-1832 yılları, Fransa tarihinin en hareketli ve renkli zamanıdır. Bu olaylara Marius'un dostları da karışmışlardı. Enjolras, hepsini yönlendiren liderleriydi. Arkadaşlarını Müzen kahvesine toplamış ve hepsine birer görev vermiş, ancak Marius onlara katılmamıştı. Genç adam, Javer'in başarısından sonra, geceleyin evden çıkarak Kurfeyrak'ın yanına koşmuştu. Ona geceyi yanında geçireceğini söylemişti. Bir süreden beri Kurfeyrak, eski evinden ayrılmış, Vitrier sokağında oturuyordu. Genç adam sırf politik nedenler yüzünden seçmişti bu mahalleyi. Burası o devrin genç ihtilalcilerinin toplandıkları bir çeşit karargâh yeriydi.

Ertesi gün, sabahın yedisinde Marius, Garbo viranesine gitmiş bir arabaya bir kaç parça eşyasını aldıktan sonra ihtiyar ev sahibine borcunu da verip oradan tamamen ayrılmıştı. Marius'un buradan taşınmak için iki nedeni vardı. Birincisi; artık nefret ettiği bu mahallede daha fazla kalmak istememiş, ikincisi de açılacak davada bulunmak ve Tenardiye'ye karşı tanıklık etmek istememişti. Bu sebeple adresini bile bırakmadan sıvışıyordu.

Her aybaşı, Tenardiye'nin bulunduğu cezaevi kapıcısına, Tenardiye'ye verilmek üzere beş frank bırakıyordu. Parası olmadığı bir gün ise, ilk defa olmak üzere borç olarak beş frankı Kurfeyrak'tan istemişti. Arkadaşının prensiplerini bilen delikanlı buna şaştığı gibi, bu paranın nereden geldiğini bilmeyen Tenardiye'de başına konan bu devlet kuşuna çok şaşırmıştı.

Bu arada, Marius bir bunalım içindeydi. Sevdiği kız yeniden

kayıplara karışmıştı. Artık hayatı, karanlık bir uçurumdan başka bir şey değildi.

Javer odaya girince, adam neden birden yok oluvermişti? Marius haftalar önce ıssız bir mahallede rastlamış olduğu yoksul kılıklı işçiyi düşündü.

Demek Mösyö Löblan arada bir kılık değiştiriyordu? Kızın gerçek babası değil miydi yoksa?

En büyük amacı o güzel kızı yeniden görmekti ancak artık bunu düşünmeye bile cesareti kalmamıştı. Bütün bu karanlıklar arasında tek bir umut ışığı vardı. Kızında kendisine ilgisiz kalmamış olması. Marius onun güzel gözlerinde kendisine beslediği aşkı okumuştu.

Paris dolaylarında ıssız bir tarla vardır. Bir yamacın altında, bir ırmağın suladığı bu tarlada dolaşmasını severdi genç adam. Bir seferinde buradan geçerken rastladığı bir köylüye buranın adını sormuştu ve adamın:

– Buralara Tarla Kuşu'nun yeri derler, demesi üzerine, sevdiği kızla bir isim bağlantısı kuran Marius, bundan böyle her akşamüzeri buraya gelmeyi adet edinmişti.

• • •

Marius o pazartesi günü yine dolaşmaya çıkmıştı. Dönüşte çalışacağını umuyordu. Oysa uzun bir süreden bu yana çevirilerini de ihmal etmekteydi. Almancadan yaptığı çevirilere artık ara vermiş sayılırdı, canı çalışmak istemiyor, günlerini bir dalgınlık ve avarelik içinde geçiriyordu. O günde dayanamadı ve "Tarla Kuşu'nun tarlasına doğru yollandı. O sabah ağaç altında oturduktan sonra yerinden kalkarak ırmak kıyısına yaklaşmıştı ki birden kulağına tanıdık bir ses geldi:

– Oh! Hele şükür buldum seni.

Genç adam, evine gelen Tenardiye'lerin büyük kızını tanıdı. Artık, onun adının Eponin olduğunu öğrenmişti.

– Nihayet sizi buldum, sizi nasıl aradım bir bilseniz, evet beni ıslahhaneye tıktılar; ancak on beş gün sonra serbest bıraktılar; çünkü yaşım küçükmüş. İki aydan bu yana sizi aramaktayım, artık orada oturmuyorsunuz değil mi?

– Hayır, dedi. Marius.

Kız dudağını ısırdı, sonra birden kararını vermiş gibi:

– Baksanıza, dedi. Mösyö Marius bana ne istersem vereceğinizi söylemiştiniz hatırladınız mı?"

– Evet, evet fakat şu konuyu açıkla artık. Kız, Marius'un ta gözlerinin içine baktı:

– Adresi biliyorum, dedi. Aynı anda genç adam sapsarı kesildi.

– Hangi adres? diye sordu.

– Benden istediğiniz adres, o güzel küçük hanımın adresi. Bu sözleri söyledikten sonra, kız üzüntüyle içini çekti.

Marius, kızın elini yakaladı:

– Hadi götür beni oraya, sana ne istersen vereceğim, inan bana.

– Benimle gelin, dedi kız. Sokağı ve numarayı bilmiyorum ancak sizi götürebilirim, buradan bir hayli uzakta, sadece evi biliyorum. Daha sonra elini çekti ve bir başkasının fark edeceği, ancak Marius'un anlamadığı acı bir sesle ekledi:

– Oh, sizi böyle mutlu görmek ne güzel.

Birden Marius'un yüzü bulutlandı, kızı kolundan yakaladı:

– Bana bak Eponin, senden bir şey daha isteyeceğim, bana en kutsal şey üzerine yemin etmelisin, bu adresi sakın babana söyleme. Ona asla söylemeyeceksin, anladın mı?

Kız güldü:

– Oh, bana Eponin dediniz, demek adımı biliyorsunuz, unutmamışsınız?

– Hadi yemin et bana, babana güzel hanımın adresini söylemeyeceğine dair yemin et.

Kız şaşırmıştı:

– Meraklanmayın, babamdan bana ne, hem de aslında o kodesten bir süre çıkamaz, tasalanmayın. Fakat neden beni böyle tutuyorsunuz, bırakın kolumu.

Gerçekten Marius, kızın kolundan yakalamış sarsıyordu.

– Bu adresi, başka kimseye söylemeyeceksin.

– Tamam, kimseye söylemeyeceğim, hadi artık kollarımı bırakın da gidelim.

Bir kaç adım sonra durdu:

– Ben önden gideyim Mösyö Marius, siz bir kaç adım peşimden gelin, sizin gibi soylu bir beyin, benim gibi bir kızla dolaşması uygun düşmez.

Bu zavallı kızın sözlerindeki acı anlamı hiçbir dil tanımlayamaz.

– Bana olan vaadinizi de unutmayın.

Marius telaşla ceplerini karıştırdı, o sabah Kurfeyrak'tan borç aldığı beş franktan başka meteliği yoktu, parayı kızın avucuna sıkıştırdı. Eponin avucunu açarak parayı yere düşürdü, öfkeli bir sesle haykırdı:

– Ben sizden para istemedim. Sizin paranızı almam...

Tenardiye ve suç ortakları, bu olaylardan bir süre önce cezaevinden kaçmıştı. Yine bir haydudun emriyle, Plüme sokağındaki evi gözetlemek için oraya yollamışlardı Eponin'i. Genç kız, bahçede Marius'un sevdiği kızı görünce, bu evde iş olmadığını babasına ve haydutlara bildirmiş, hatta buraya girip soymak istediklerinde onları polise haber vermekle tehdit etmişti. Bütün bunlardan sonra delikanlıya verdiği vaadi hatırlayan zavallı kız, istemeye istemeye onu bu evin kapısına kadar götürmüştü.

SEKİZİNCİ BÖLÜM

XVIII. yüzyıl sonlarında, metresi olan bir soylu, Plüme sokağında, özel bir ev yaptırmıştı. Bu ev tek katlı bir yapıydı. Ön sokaktan geçenler ancak bu kadarını görebilirdi, bu köşkün arkasında dar bir iç avlusu vardı ve bu avluda bir ikinci bina daha bulunuyordu, bu da bir çocukla, dadısının oturması için eklenmiş bir yerdi.

Bu ikinci bina arkadaki sokağa açılırdı, ancak gizli bir koridor ve kapıdan, diğer eve ulaşmak mümkündü. Böylece, bu zengin soyluyu izleyenler, onun hangi eve gittiğini bilemezlerdi. Babil sokağındaki bu yere giren adam, gizli koridor sayesinde Plüme sokağına açılan köşkteki metresini ziyaret ederdi.

1829 yılının son günlerinde, yaşlıca bir bey, bu evin camına asılmış kiralık levhasını görerek müracaat etmiş ve bu evi kiralamıştı. Ev, eşyalı olarak kiraya verilmişti. Zengin soylunun güzel metresi için seçtiği nefis eşyalarla süslüydü. Yeni kiracı bazı onarımlarda bulunmuş, gizli geçidin kapılarının kilitlerini yaptırmış, daha sonra küçük bir kız ve yaşlı bir hizmetçiyle buraya taşınmıştı.

Bu kiracı Löblan olarak tanıdığımız Jan Valjan, genç kız Kozet, ihtiyar hizmetçi ise Jan Valjan'ın, hastanede sefaletten kurtararak yanına aldığı yaşlı bir kadındı.

Jan Valjan, evi Mösyö Foşlövan adıyla kiralamıştı.

Jan Valjan'ın manastırda çok mutlu olduğunu hatırlıyoruz, hatta öylesine memnundu ki çoğu zaman her şeyin bu kadar iyi gitmesi onu korkutuyor, bu durumu bozacak bir felaket beklenti-

siyle endişeleniyordu. En büyük isteği burada ihtiyarlamak ve öl-
mekti.

Ancak böyle yaşamaya devam ederek bir başkasının mut-
luluğu ve hayatıyla oynamış oluyordu. Rahibelerin Kozet'i de ara-
larına almak istediklerini biliyoruz. Belki genç kız tüm yaşamını
manastırda geçirmek istemeyecekti. Jan Valjan'ın henüz baha-
rında olan bu genç hayatı söndürmeye hakkı var mıydı? Ya günün
birinde zorla rahibe olan Kozet, kendisinden hesap sorarsa? Böy-
lece Jan Valjan, oradan kurtulma plânları yapmaya başladı. Ara-
dan geçen yıllar, kendisini çok değiştirmişti, artık Javer'in
kendisini arayacağını sanmıyordu. Ve bir gün beklediği fırsat çı-
kageldi. İhtiyar Foşlövan öldü. Kozet de öğrenimini tamamla-
mıştı. Jan Valjan baş rahibenin huzuruna çıktı ve ağabeyinin
ölümünden kendisine kalan mirasla bundan böyle çalışmak iste-
mediğini bildirdi ve rahibeliğe eğilimi olmayan Kozet'in, beda-
vadan beş yılını orada geçirmesine gönlünün razı olmadığını
ekleyerek kızın masrafları için beş bin frank verdi.

Manastırdan çıkarken, kimseye emanet etmeye cesaret et-
mediği naftalin kokan küçük valizini kendi koluna almıştı. Kozet
babasıyla şakalaşıyor ve bu valizi kıskandığını söylüyordu. İşte
o günlerde bahçesi Plüme sokağına, cephesi Babil sokağına açılan
evi keşfederek oraya sığındılar. Jan Valjan, Paris'te iki küçük daire
daha kiralamıştı. Böylelikle peşine düşenlerin izini bulmalarını
imkânsız kılacağını düşünmüştü. Bu dairelerden biri, Fleur soka-
ğında, diğeriyse Taureav sokağında bulunuyordu. Zaman zaman
birkaç ayını geçirmek için Fleur sokağındaki evine giden Jan Val-
jan sonrasında bir süre Plüme sokağındaki köşkte kaldıktan sonra,
yine ortadan kaybolur Taureav sokağındaki dairesine sığınırdı.

Genellikle Kozet'i beraberinde götürür, fakat Tusen kadını
daima Plüme sokağındaki köşkte bırakırdı.

Zamanının büyük bir kısmını Plüme sokağındaki evde geçiren
Jan Valjan, geçmiş çağın şahane döşemelerine, genç kızlara hoş

görünecek bir kaç süslü eşya da eklemişti. Kızın odasında, üç renkli perdelerle süslü direkli bir karyola, etajerle tuvalet masası, kadife koltuklar koydurtmuştu.

Kozet'in sedeflerle süslü bir dikiş kutusu, nefis bir Türk halısı, Japon porseleninden bir tuvalet takımı da vardı. Bütün kış, Kozet'in küçük köşkü baştan aşağıya ısıtılırdı. Oysa Jan Valjan, avlu dibinde kendisine ayırdığı yerde oturur, odasında portatif bir karyola, bir tahta masa ve iki iskemleden başka eşya bulunmazdı. Bir köşede birkaç kitabı ve değerli valizi. Hiçbir zaman, odasında ateş yanmazdı. Yemeklerini Kozet'le birlikte yiyen adamın önünde daima siyah ekmek bulunurdu. Eve taşındıklarında hizmetçi kadına:

– Evin hanımı küçük bayandır, demişti.

Buna şaşan kadın:

– Peki ya siz? diye sorunca, Jan Valjan:

– Ben kendim için daha iyi bir rol seçtim, ben yalnızca bir babayım, cevabını vermişti.

Manastırda ev işlerine alışan Kozet, idareyi üzerine almış, evin masraflarını düzenliyordu. Her gün Jan Valjan, Kozet'i koluna takarak gezmeye çıkarırdı. Lüksemburg parkında, bahçenin en tenha köşesinde otururlardı. Her pazar sabahı, erkenden duaya giderlerdi. Bunun için, evlerine en uzaktaki kilise olan Sen-Jak kilisesini seçmişti Jan Valjan.

Aynı zamanda yoksul bir mahalle olduğundan, orada sadaka dağıtmanın daha olumlu olacağına karar vermişti. Fakirler kilisede çevresine toplanırdı. Esasen Tenardiye de onu burada görmüştü ya. Yoksulları ziyaret ettiğinde Kozet'i de beraberinde götürürdü. Plüme sokağındaki eve, hiçbir yabancı ayak basmamıştı. İhtiyar kadın mutfak alışverişlerini yaparken, yakınlardaki bir çeşmeden suyu Jan Valjan taşırdı.

Jan Valjan, Kozet ve Tusen kadın, hiçbir zaman bahçe kapısından Plüme sokağına açılan kapıyı kullanmazlar, daima Babil sokağındaki girişi kullanırlardı.

Onların Plüme sokağında bahçenin dibindeki köşkte oturduk-larını kimse bilmezdi. Parmaklıklı kapı daima kilitli ve bahçede bakımsızdı. Jan Valjan dikkati çekmemek için bahçeyi özellikle o hâlde bırakmıştı.

Yaklaşık yarım yüzyıldan bu yana kendi hâline bırakılan bu bahçe, tüm bakımsızlığına rağmen nefis bir yer olmuştu. Parmak-lıkların ardındaki esrarı bilmeyen yayalar durur, hayran gözlerle bu şahane bahçeye bakarlardı.

Aşk bir görünmeye görsün burada onu karşılamaya hazır bir mabet bekliyordu. Yeşillik, çiçeklerden yapılmış bir tapınak ve tatlı, saf, tertemiz bir ruh.

Kozet manastırdan çıktığında, henüz on dört yaşındaydı. Göz-lerinden başka bir güzelliği yoktu, gerçi çirkin sayılmamasına rağ-men zayıf, beceriksiz ve aynı zamanda küstah tavırlıydı. Sözün kısası, o büyümüş bir küçük kızdı. Öğrenimini tamamlamıştı, yani kendisine din, tarih ve coğrafya, gramer ve biraz da müzik öğre-tilmişti. Ancak kadınlık sanatından tamamıyla habersizdi.

Kozet bu bahçede oyalanıyor, böcekleri inceliyor, yaban çi-çeklerinden demetler hazırlıyor ve henüz düş kurma yaşına gel-mediği için, burada oyalanabiliyordu.

Bir sabah aynaya bakan Kozet kendisindeki değişikliği fark etti ve buna çok şaşırdı. Manastırda rahibeler ve arkadaşları, ken-disine çirkin olduğunu durmadan tekrarlamışlardı. Babasına çir-kin olup olmadığını sorduğunda, Jan Valjan gülümseyerek başını sallıyor ve "kesinlikle hayır" diyordu. Oysa şimdi önünde dur-duğu ayna da babası gibi konuşmuştu. Ertesi gün, sokakta birisi-nin kendisine şöyle bir laf attığını duydu. "Güzel kız, ancak pek biçimsiz giyinmiş, kılıksız."

Yine bir gün bahçede Tusen kadının Jan Valjan'a, "Mösyö fark ettiniz mi, küçük bayan bu son haftalarda pek güzelleşti," de-diğini duydu. Kız hemen odasına koştu, aynaya dikkatle baktı, - üç aydan bu yana aynaya bakmamıştı- ve birden sevinçle haykırdı, kendi güzelliğiyle gözleri kamaşmıştı.

Evet, artık güzeldi, bundan şüphe edilemezdi. Beli incelmiş, boyu uzamış, cildi beyazlamıştı. Saçları ipek gibiydi, mavi gözlerinde parıltılar belirmişti. Genç kız büyük bir mutluluk içinde yüzüyordu. Oysa Kozet'in böyle bir çiçek gibi açılıp güzelleşmesi babasını büyük bir endişeye düşürmüştü. Günün birinde onu bir yabancıya kaptıracağını, Kozet'in evleneceğini düşünmek bile adamı alt üst ediyordu.

Kozet o gününden itibaren kıyafetlerine dikkat etmeye başladı. Sırtındaki o siyah yünlü elbiseyi ve kaba kadife şapkasını bir dolaba attı, babası onun her istediğini yerine getirmişti. Genç kız sanki bir moda evinde çalışmış gibi, kendisine yakışacak giysilerden edindi.

Siyah damaskodan robu ve pelerini, beyaz krep şapkasıyla sokağa çıkmaya hazırlandığında, Kozet yüzünde tatlı bir gülüşle, Jan Valjan'ın koluna girerek sormuştu:

– Baba nasıl oldum?

Jan Valjan, kıskanç bir nişanlıya yakışacak bir sesle:

– Çok güzelsin, demişti. Ancak akşam parktan döndüklerinde heyecanla sormuştu:

– Kozet, o siyah giysini bir daha giyemez misin?

– Daha neler baba, bir daha o rüküş elbiseyi, o hantal şapkayı giyer miyim hiç! Cevabını vermişti.

Jan Valjan, üzgün üzgün iç çekmişti. Bu arada artık Kozet'in arka avluda kendisiyle birlikte oturmaktan zevk almadığını ve vaktinin çoğunu bahçede parmaklık önünde geçirdiğine dikkat etmişti.

İşte tam o sıralarda, Marius ile Lüksemburg parkında karşılaşacaklardı.

• • •

Kozet'de de Marius gibi büyük bir aşkın alevlerine hazır, kendi gölgesinde beklemekteydi. Esrarlı ve meşum sabrıyla, kader bu birbiri için yaratılan iki ruhu karşılaştırmıştı. Kozet'in bakışıyla, birden heyecanlanmıştı Marius, oysa genç adamın tek bir bakışı da kızı yakıp tutuşturmuştu.

Uzun bir süreden beri Kozet, Marius'u görüyor ve inceliyordu. O daha kızı çirkin bulurken, kız onun yakışıklı olduğunu fark etmişti. Ancak delikanlının kendisine aldırmadığını görerek, bunun üzerinde fazla durmamıştı.

Ne var ki, Marius'un saçlarının ve gözlerinin güzel olduğunu, arkadaşları ile konuşurken ses tonunun ne kadar ahenkli çıktığını çok daha önceden keşfetmişti.

Gözlerinin karşılaştığı o günden sonra, Kozet, Fleur sokağındaki dairelerine çok düşünceli dönüyordu. Geleneklerine sadık olan Jan Valjan, iki ay geçirmek için Fleur sokağındaki daireye taşınmıştı. Ancak Marius'un bakışı Kozet'de beklenmedik bir tepki yaratmıştı. Aylardan bu yana kendisine bakmayan, sırf güzelleştiği için şimdi dikkat eden bu delikanlıya karşı sevgiyle karışık bir öfke duyuyordu. Onu üzmeye karar vermişti. Güzelliğinin farkında olan Kozet artık güçlü bir silahının olduğunu da anlamıştı.

Kıza kalbini kaptıran Marius, artık ona yaklaşmaya cesaret edemiyor, geride bir sıraya oturarak, onu uzaktan seyretmekle yetiniyordu. Oysa buna hırslanan Kozet, bir gün babasına, "baba biraz yürüyelim," demiş ve onun koluna girerek Marius'uri oturduğu sıranın önüne kadar ilerlemişti. Genç adamın kendisine yaklaşmadığını görerek kendisi ona gitmişti. Aşkın ilk belirtisi genç erkekte çekingenlik olurken, genç kızlarda cüret olur.

O gün Kozet'in bakışıyla, aşkından çıldırmıştı Marius, oysa Kozet titreyerek dönmüştü evine. O günden sonra bu iki genç birbirlerini taparcasına sevmeye başladılar fakat aşkın ne olduğunu henüz bilmeyen Kozet, aniden sonsuz bir üzüntüye kapıldı.

Bilmeden sevdiği için, aşkı daha da güçlenmişti. Bunun iyi ya da kötü olduğundan haberi yoktu, aşkın tehlikelerini de bilmiyor, yalnızca saf bir sevgiyle seviyordu.

Hemen her gün, parka gidiş saatini sabırsızlıkla bekliyor, Marius'u uzaktan görünce kendisini çok mutlu hissediyordu.

Bu büyük aşka rağmen Marius ve Kozet sanki karanlıkta bocalıyorlardı, birbirleriyle konuşmuyor, selâmlaşmıyor, birbirlerini tanımıyorlardı. Gökyüzündeki yıldızlar gibi birbirlerini seyretmekle yetiniyorlardı.

Bu arada, Jan Valjan, esrarlı bir önsezi ile tehlikenin yaklaştığını hissediyordu. Bundan böyle, hayatında değer verdiği tek güzel şeyin, Kozet'in sevgisinin tehlikeye girdiğini görüyordu. Jan Valjan da Marius'u fark etmişti, aşkın verdiği çekingenlik ve dikkatsizlikle genç adam, kendisini ele vermişti.

Artık eskisi gibi onların oturdukları sıranın önünden geçmiyor, eski elbiseleriyle gelmiyordu. Sırtında bayramlık giysileri, elinde eldivenler. Hatta Jan Valjan onun saçlarını özellikle şekillendirdiğinden bile şüpheleniyordu. Sözün kısası yaşlı adam bu delikanlıdan nefret ediyordu.

Kozet duygularını açığa vurmuyordu, bunun yasak olup olmadığından haberi olmamasına rağmen, yine de bu hissettiklerini gizlemesinin daha doğru olacağını düşünüyordu. Kozet'in süslenmeye başlamasıyla, yabancı gencin her gün yeni kıyafetler giymesi arasında bir denklem kurmuştu Jan Valjan. Belki bu bir rastlantı olabilirdi, ancak yine de tehdit edici bir rastlantıydı.

Bu arada Marius bağışlanmaz bir pot kırmış, bir akşam onları Fleur sokağındaki evlerine kadar izlemişti. Başka bir akşam da kapıcıyla konuşmuştu. Kapıcı, Jan Valjan'a yakışıklı bir gencin kendileri hakkında bazı sorular sorduğunu haber vermişti. Bir hafta sonra yaşlı adam, kızıyla Plüme sokağındaki ıssız evine taşınmıştı. Uzun bir süre ne Lüksemburg parkına, ne de Fleur sokağına adım atmayacağına yemin etmişti.

Kozet sızlanmamış, bir şey dememiş, parka gitmeyi kesmelerinin nedenini bile sormamıştı babasına. Duygularını belirtmekten korkuyordu. O günden sonra genç kızın neşesi yok olmuş, âdeta gülmeyi unutmuştu.

Bir gün Jan Valjan sordu:
— Kozet, Lüksemburg parkına gidelim mi?
Kozet yüzünde güneş parlamış gibi bir aydınlıkla gülüm-seyerek:
— Evet, demişti. Gitmişler, fakat Marius'u görmemişlerdi. Son gidişlerinden sonra tam üç ay geçmiş olduğundan, Marius da umudunu keserek, parka gitmekten vazgeçmişti. Ertesi günü Jan Valjan, Kozet'e:
— Lüksemburg parkına gidelim mi? diye sorduğunda, genç kız acı bir gülüşle:
— Hayır, bu gün gitmeyelim, cevabını verdi.

Jan Valjan, genç kızın duygularını anlıyor, ancak asla sız-lanmamasından ve kendisine açılmamasından dolayı da çok üzü-lüyordu.

Öte yandan Kozet'de çok mutsuzdu. Marius'un yokluğu onu kalbinden yaralamıştı. Jan Valjan, onu Lüksemburg parkına gö-türmekten vazgeçtiğinde, aşkını belli etmemek için sesini çıkar-mamıştı.

Kalbinde bir sızı duyuyordu, artık onun için her şey ka-rarmıştı. Güneş parlasın ya da yağmur yağsın Kozet'e vız ge-liyordu. Kuşların cıvıltılarına bile aldırmıyor, çamaşırcının çamaşırları nasıl ütülediğine önem vermiyor, Tusen kadının çarşı masraflarını kayıtsız gözlerle denetliyordu. Üzgün, bitkin, mut-suzdu. Etrafında olanlara tüm ilgisini yitirmişti fakat derdini Jan Valjan'dan saklamaya çalışıyordu. Adam onun her gün daha sa-rarıp solduğunu görerek endişeleniyordu. Kimi zaman Jan Val-jan:
— Neyin var? diye sorduğunda, Kozet tatlı gülüşüyle:
— Bir şeyciğim yok baba, cevabını veriyordu. Birbirine bağlı ve yakın bu iki insan, yan yana acı çekmeye devam ediyorlardı.

Hayatları böyle ağır ağır kararıyordu. Tek teselli ve eğlen-celeri, yoksullara para ya da yiyecek götürmek olmuştu.

Fakirlere yaptığı bu ziyaretlerde Kozet, daima babasıyla beraber giderdi. Çoğu zaman yoksulların sevinmesinden yansıyan bir mutlulukla Kozet de neşelenirdi. İşte o günlerde Jondret'leri ziyaret etmişlerdi. Bu ziyaretin ertesi günü Jan Valjan kolunda bir sargı ile göründüğünde, Kozet çok telâşlanmıştı. Bu yanık yüzünden, adam yaklaşık bir ay kadar evden dışarı çıkamadı, akşamları ateşi yükseliyordu. Buna rağmen doktor istemiyor, Kozet'in tüm ısrarlarını reddediyordu. Genç kız, sabah akşam yaralı koluna öyle şefkatli bir pansuman yapıyordu ki Jan Valjan kızının kendisine yeniden yaklaştığını görerek sevinir ve yaralandığına âdeta memnun oluyordu.

Manastırda güzel sesli bir rahibe, Kozet'e çalgı çalmasını ve şarkı söylemesini öğretmişti. Kozet'in çok dokunaklı bir sesi vardı. Akşamları yaralı adamı avutmak için, ona içli türküler söylerdi.

Böylece ilkbahar gelmişti. Bahçe öylesine güzelleşmişti ki, kızın solgun yüzüne üzülen Jan Valjan, ona:

– Bahçede dolaşmanı istiyorum, diye diretti.

– Nasıl isterseniz baba, cevabını verdi Kozet.

Babasının sözünü yerine getirmek için bahçede dolaşmaya başladı; ancak bu gezintilerine daima yalnız çıkardı, parmaklığın ardında görünmek istemeyen Jan Valjan, bahçenin o kısmına ayak basmazdı.

Bu arada mart ayı geçmiş, nisan, çiçek kokuları, kuş sesleriyle onu izlemişti. Henüz çok genç olan Kozet, kendisini bu bahar sevincine kaptırdı. İlkbahar karanlık ruhları bile aydınlatır. Artık eskisi kadar kederli değildi. Onun yüzüne renk geldiğini, gözlerinin ışıldadığını fark eden Jan Valjan, kolunun yaralanmasına sebep olan Tenardiye'lere neredeyse şükran duyuyordu.

Yarası iyileştikten sonra yaşlı adam, akşam gezintilerine de başlamıştı.

Oysa Paris'in ıssız mahallelerinde tek başına ve gün batımında dolaşanlar daima bir macera ile karşılaşırlar.

•••

Bir akşam küçük Gavroş, kendisini çok aç hissetti. İki gündür bir lokma ekmek bulamamıştı. Acil bir ziyafete ihtiyacı vardı. Böylece Österlitz köyüne doğru yollandı. Bundan önceki gezilerinden birinde, orada ihtiyar bir adamla yaşlı bir kadının oturdukları bir evin bahçesini görmüştü. Bu bahçenin duvar dibinde nefis elmalarla yüklü bir ağaç vardı. Bir elma, aç bir mide için unutulmaz bir ziyafet olabilir. Gavroş bahçeyi buldu ve tam duvarın arkasında durmuş üzerine tırmanmaya hazırlanıyordu ki, bahçedeki ihtiyar adamla yaşlı kadın arasında geçen şöyle bir konuşmaya kulak misafiri oldu:

– Mösyö Maböf, diyordu yaşlı kadın, ev sahibi memnun değil, kendisine üç aylık kira borçluyuz.

– Ne yapalım bir ay sonra, dört aylığını birden öderiz.

– Manavcı kadın da memnun değil. O da bundan böyle kasaları vermeyeceğini söylüyor, bu kış neyle ısınacağız.

– Bir çaresine bakarız.

– Kasap artık veresiye vermeyeceğini kesinlikle söyledi.

– Aman ne iyi zaten et bana yaramıyordu.

– Bu arada fırıncı da borçlarınızı vermenizi istedi, para vermezsek ekmek vermeyeceğini söyledi.

– Ne yapalım? Biz de ekmek yerine bahçedeki elmalarla karnımızı doyururuz.

– Fakat Mösyö, böyle parasız pulsuz yaşayamayız.

– Ne yapalım Tusen kadın, şu an param yok.

Kadın homurdanarak uzaklaşmış, adam tek başına kalmıştı, üzgün üzgün düşünüyordu. Bu arada Gavroş da düşünmeye koyuldu.

Adama acımıştı, elmalarını çalmaya içi elvermedi, böylece duvara yaslanarak uyumaya çalıştı. Hiç değilse açlığını unuturdu. Ancak Gavroş'un uykusu tavşan uykusuna benzerdi. En ufak bir hışırtıda uyanırdı. O anda karşıki yoldan yaklaşan iki gölge belirdi. Gavroş, bu gelenleri seçebilmek için gözünü dört açtı. Bunlardan biri ihtiyar bir adamdı. İkinciyi tanımakta hiç güçlük çekmedi. Bu, haydut Montparnas'dı. Azılı hırsız, sokak çocuğu Gavroş'la iyi dosttu.

Ancak Gavroş, Montparnas'ın bu saatte burada bulunmasını hiç de hayra yormadı, o ihtiyara içi sızladı. Montparnas'ın kötü niyetle adamın peşinden geldiğini düşünmek işten değildi. Gavroş ne yapabileceğini düşündü.

O böyle düşüne dursun, saldırı ani ve şaşırtıcı oldu. Montparnas, iki sıçrayışta kaplan gibi ihtiyarın üzerine çullandı yakasına yapışarak, onu devirmeye çalıştı. Çocuğun kalbi burkuldu, yaşlı adamcağızın kötü durumda olduğunu görüyordu.

Birkaç saniye sonra adamlardan biri yerde inim inim inliyordu ki Gavroş gözlerine inanamadı, yerdeki yaşlı adam değil Montparnas'dı. İhtiyar, yumruğa öyle bir şiddetle karşılık vermişti ki, saldıran yerde kıvranıyordu.

Gavroş'un yüreği sevinçle doldu:

"Yaşasın, babalık," dedi ve kendisini tutamadan el çırptı, ancak kimse bunu duymadı, çünkü çocuk çalıların ardına saklı olduğu gibi, dövüşenler tüm dikkatlerini birbirlerine vermişlerdi. Mortparnas'ın kıpırdamaması Gavroş'u endişelendirdi, "Sakın bizim ahbap gebermiş olmasın?" diye düşündü.

Oysa babalık tek kelime söylememişti, doğrularak üzerindeki tozları silkti, çocuk onun hayduda:

– Kalk ayağa, dediğini duydu. Montparnas zorlukla doğruldu ancak ihtiyar onu yakasından yakalayarak bir ağaca yasladı. Genç eşkıya, bir koyuna yenilen bir kurt gibi süklüm püklüm sinmişti. Gavroş tüm dikkatiyle bu sahneyi izliyordu. Adamın haydudu sorguya çektiğini duydu.

– Kaç yaşındasın?

– On dokuz.

– Genç ve güçlüsün, neden sanki haydutluk yapıyorsun?

– Çalışmak bana göre değil, ben doğuştan tembelim.

Bir suskunluk oldu. İhtiyar düşünceli görünüyordu, hareketsiz duruyor ancak yakasından yakaladığı Montparnas'ı bırakmıyordu. Bu arada güçlü ve çevik haydut kurtulmak için vahşi bir hayvan gibi debeleniyor, çabalıyordu.

Birden yaşlı adam hüzün dolu bir sesle konuştu.

– Evlâdım, sırf tembellik yüzünden kendini en zor, en yorucu bir mesleğe hazırlamışsın. Bundan böyle, durmadan çalışmaya hazırlan bakalım, sana uyku durak yok artık. Henüz vaktin varken, gel dinle beni, yakanı kurtar ve kendini topla, yoksa nasıl cehennemi bir hayat seçtiğini sen kendin anlayacaksın. Namuslu işçinin yorularak kazandığı ekmeği çalarken onu rahat yiyemeyeceksin. Her geçen dakika kaslarını gerecek, adalelerini sızlatacak, koparacak. Bundan böyle nefes alabilmek için duvarını delmek, sokağa çıkmak için çarşaflarını parçalayarak yapacağın ip merdivenden uçurumlara asılmak zorunda kalacaksın.

Su içecek, kuru ekmek yiyeceksin. Tahta üzerinde ayağın zincirli olarak yatacaksın. Bu zinciri kırıp kaçtığını farz et, günlerce çalılar içinde sürünecek, orman hayvanları gibi ot yiyecek ve nihayet yine günün birinde yakalanarak birkaç yıl daha fazla ekleteceksin cezana. Hem de zincire vurulmak için. Yol yakınken gel vazgeç bu sevdadan. Köle olmaktansa dürüst işçi olmak bin kat hayırlıdır, hırsızlık sandığın kadar kolay değil gel sen rahat yolu, çalışmayı seç... Hadi git bu söylediklerimi iyice bir düşün. Benden bunu mu istemiştin?

İhtiyar cebinden çıkardığı yüklü bir meşin keseyi hayduda uzattı. Montparnas ağzı açık keseye bakakalmıştı. Uykuda gibi keseye uzandı bir süre ne yapacağını bilmiyormuş gibi kıpırdamadı sonra hızla keseyi cebine indirdi. Ne var ki, onun bu dalgınlığı kendisine uğur getirmeyecekti çünkü Gavroş sessizce yaklaşmış ve dostu Montparnas'ın arka cebine attığı keseyi, usulca çekip alıvermişti. Hayatında ilk kez derin bir düşünceye dalan Montparnas çalıların ardında gizlenen Gavroş'u görmemiş ve cebinden kesenin alındığını fark etmemişti. Gavroş ağır ağır duvar dibine dönmüş, Montparnos gider gitmez duvardan aşırarak Mösyö Maböf'ün ayaklarının dibine fırlatmıştı.

Birden havadan gelen bu keseyle, dalgınlığından sıyrılan ihtiyar adam keseyi alıp açtı. Kendi kesesiydi fakat buna bir anlam verememişti.

Mösyö Maböf bu keseyi hizmetçisi Tusen kadına götürdü. İhtiyar kadın:

– Şükürler olsun, bu para bizi bir süre idare eder, diyerek keseyi önlüğünün cebine indirdi.

· · ·

Dört beş ay önce Kozet'in kalbini sızlatan acı kederi, artık yavaş yavaş küllenmeye yüz tutmuştu. Evet genç kız iyileşiyordu.

İlkbahar, gençlik, babasına beslediği sevgi, kuşların ve çiçeklerin cümbüşü bu henüz bakir ruha unutmayı damla damla sunmuştu. Hatta günün birinde Marius'u hatırlayan Kozet:

– Hayret dedi, artık onu eskisi gibi düşünmüyorum bile. Oysa o günlerde Marius keder uçurumlarının en serinine inmiş, ölmeyi düşünüyordu. "Ölmeden önce, bir kez olsun onu görebilsem" diye kendi kendisini yiyordu. Aslında Marius'un anısı, Kozet'in ruhunun ta derinliklerinde uyumaktaydı.

Nisan ayının ilk günlerinde, Jan Valjan, yine bir yolculuğa çıktı. Genellikle evde para azaldığında bir kaç günlüğüne böyle kaybolurdu. Babasının evde olmadığı bu akşamların birinde, Kozet salonda yalnızdı, piyanosunu açtı ve koruda yitik avcılar romanını söylemeye başladı. Şarkısını bitirdiğinde bir süre hüzünlü bir şekilde hayallere daldı.

Birden bahçede ayak sesleri duyar gibi oldu. Salonun kapalı panjuruna kulağını dayadı, sanki bahçede biri yürüyor gibi geldi. Hemen yukarı odasına koştu ay ışığı bahçeyi gün gibi aydınlatmıştı ve ortalıkta kimsecikler yoktu.

Kozet aldandığını düşündü, belki de az önce Weber'in sihirli operasından okuduğu zihnini bulandırmış olacaktı. Ancak ertesi gece, karanlık bastığında bahçede dolaşıyor, bir gün önceki gürültünün benzerini duydu, tam o sırada çalıların ardından çıkan Kozet, ay ışığında kendi gölgesini gördü. Birden genç kız dehşetle olduğu yerde kaldı, gölgesinin hemen ardında başka bir gölge belirmişti hem de başında yuvarlak şapkası olan bir gölgeydi. Nihayet tüm cesaretini toplayarak başını geriye çevirdi fakat kimseyi göremedi. İki gün üst üste aynı hayali göremezdi. Ertesi sabah babası geri dönmüştü, Kozet ona korkusunu anlattı, babası hiçbir şey söylemeden bahçeye çıktı. Bir süre sonra kendisine seslenildiğini duyan Kozet, üzerine sabahlığını geçirerek penceresini açtı, babası aşağıda çimlerin yanında duruyordu.

– Kozet, diye seslendi, seni yüreklendirmek için çağırdım, bak yuvarlak şapkalı gölgeye. Çimlerin üzerinde uzayan bir gölgeyi işaret etti. Bu tıpkı başında yuvarlak bir şapka giymiş birisinin gölgesiydi. Oysa bitişik damda yükselen başlıklı bir bacaya aitti.

Ertesi gün kahvaltı masasında Kozet, babasıyla şakalaşarak kendi endişeleriyle alay ediyordu, ama babasına söylemediği bir şey vardı. Arkaya bakıldığında kaçan bir baba henüz görülmemişti, fakat kızcağız kafasını bu konu üzerinde daha fazla yormadı ve olanları unuttu.

• • •

Bahçede, sokak yanındaki demir parmaklıkta sarmaşıkların kapladığı taştan bir sıra vardı. Sokaktan geçenlerin kolay göremeyecekleri bu sıraya, elini uzatarak ulaşmak mümkündü. Bu olaylardan bir kaç gün sonra hava kararmak üzereyken Kozet bu sıraya oturmuş, derin derin düşünüyordu. Hava serinlemiş akşamın verdiği bir hüzün içini doldurmuştu.

Kozet yerinden ağır ağır kalktı ve bir kaç adım yürüdü, otlar nemlenmişti, ayakları ıslandığından yeniden taş sıranın üzerine döndü, tam oturacağı anda, az önce orada bulunmayan kocaman bir taşın durduğunu hayretle gördü. Kozet bu taşın manasını bir türlü anlayamamıştı, birden bu taşın buraya yalnız başına gelemeyeceğini düşünerek ürperdi. Hızla koşarak eve girdi. Tusen kadına, babasının gelip gelmediğini sorduktan sonra, ona akşamları kapı ve pencere panjurlarını sıkı sıkı kapamasını bir kez daha tembih etti.

Ertesi sabah gün doğarken uyanan Kozet, bir akşam önceki korkularına gülerek kendi kendisiyle alay etti.

Renkli perdelerden süzülerek, odasına altın bir göl gibi giren güneş onun tüm endişelerini dağıtmıştı. Oturma yerinde taş olmadığına kendi kendisini inandırmaya çalıştı. Giyinerek bahçeye koştu sıranın üzerinde bir şey bulmamayı isterdi, fakat birden buz gibi bir ter döktü.

Taş, sıranın üzerinde duruyordu. Ancak geceki korkusu gündüzün dağılmış olduğundan, Kozet taşın esrarını çözmek için yerinden kaldırdı. Oldukça ağır küçük bir kaya parçasıydı altında mektuba benzeyen bir kâğıt bulunuyordu. Bu beyaz bir zarftı. Kozet hemen aldı, üzerinde ne adres vardı ne de mühür. Kocaman zarfı açtı, içinden bir ince defter çıkmıştı.

Defterin sayfalarını açtı, çok güzel bir yazıyla doldurulmuştu bu sayfalar, Kozet bir imza, bir isim aradı fakat bulamadı. İçindekileri okumasının gerektiğini düşünerek sayfaları çevirdi.

Aşk, meleklerin yıldızlara selâmıdır.

Aşk yok olduğunda ruh derin bir kedere düşer. Sevilen kişi, seven için tüm evreni doldurmuş, sanki Tanrı olmuştur. Tanrı, o güzelliği kendisi yaratmamış olsaydı, belki aşkı kıskanırdı.

Beyaz krep şapka altından gülen gözleri görmek, ruhumun rüyalar sarayına girmesini sağladı.

Neden artık Lüksemburg parkına gelmiyor sanki? Nerede oturuyor? Ruhunun adresini bilmemek ne korkunç...

Ey aşktan acı çekenler, sevmekten vazgeçmeyin. Durmadan sevin, aşktan ölmek, aşkla yaşamak kadar asildir. "Sevenler olmasa güneş bile solardı." Bu tip düşüncelerle defterin yirmi beş sayfasını doldurmuştu bu güzel kelimeleri yazan esrarlı el. Okumayı bitirdiğinde Kozet kendini bambaşka bir dünyada buldu. Aklı bu yazının sahibindeydi. Bir bir kâğıda dökülen bu satırlar, asil bir ruhtan damlalardı. Kozet bir an bile kuşkulanmadı. Bir tek erkek yazabilirdi bunları.

Birden genç kızın kalbine güneş doğmuştu sanki içinde sonsuz bir mutluluğa karışan isimsiz bir hüzün hissetmişti.

Evet o bu sayfaları doldurmuştu ve defteri taşın altına bırakmıştı. Kozet onu unuta dursun, o yakışıklı genç kendisini aramış ve sonunda bulmuştu. Fakat Kozet, onu nasıl unutmuş olabilirdi?

Bunu düşünmenin bile bir çılgınlık olacağını anladı. Evet ateş küllenmiş ve bir süre gizli gizli yanmış fakat artık eskisinden daha şiddetle alevlenmişti aşkı. Kozet üçüncü kez defteri baştan okuyordu ki, Teğmen Teodül yeniden bahçe önünden geçti ve bu kez mahmuzlarını şaklatarak yürüdü. Teğmenin kendisine gülümsediğini görünce, hırsla başını çevirdi, bu herifin kafasına bir taş atabilirdi o anda.

Kozet içeri koştu odasına kapandı, defteri yeniden okumak ve ezberlemek için. Defalarca okuduktan sonra, onu öperek koynuna sakladı.

Kozet bütün gün, bir rüyada gibi yaşadı. Gülüyor, konuşuyor, fakat neler yaptığını bilemiyordu. Zaman zaman bütün bunların rüya olduğunu sanıyor, ancak elini göğsüne götürüp kâğıda dokunduktan sonra, olanların gerçekliğine inanıyordu. Genç kız, sevgilisinin meleklerin aracılığı sayesinde kendisini bulduğuna inanmıştı.

...

Gün batarken yeniden bahçeye indi. Tusen kadın arka avluya açılan mutfakta bulaşıkları yıkamakla meşguldü. Ağaçlar altında yürüyerek, sıranın yanına geldi. Taş orada duruyordu. Kozet oturdu ve sanki bu uğurlu taşı okşamak ister gibi beyaz elini üzerine koydu. Tam o sırada bir önseziyle başını yana çevirdi ve onunla göz göze geldi, birisi duruyordu.

– Sizi korkuttuysam affedin lütfen.

Korkudan bayılmak üzere olan Kozet, ses çıkarmadı. Nasıl olduğunu anlamadan bir kaç adım gerilemişti. Ancak sırtı bir ağaca çarpınca durdu. İşte o zaman tanımadığı sevgilisinin sesini tekrar duydu:

– Bağışlayın beni, kalbim aşkınızla dolu, artık siz olmadan yaşayamayacağımı anlamıştım. Sıra üzerine bıraktıklarımı okudunuz mu? Beni tanıyabildiniz mi? Benden korkmayın. Bana ilk baktığınız o mutlu gün üzerinden, hemen hemen bir yıl geçti hatırlıyor musunuz? 16 Haziran günüydü. Bir de babanızla birlikte, oturduğum sıranın önünden geçmiştiniz, o da 2 Temmuz gününde olmuştu. Ne kadar zamandan beri sizi göremiyordum. Gündüzlerim bile karanlık olmuştu. Sizi çok aradım. Fleur sokağında oturuyordunuz, oradan da başka yere taşınmışsınız. Bakın sizinle ilgili çok şey biliyorum. Daima sizi izliyordum, başka işim yoktu ki. Sonra birden hayatım karardı, siz yok oldunuz, günler, haftalar boyu çılgınlar gibi dolaştım. Fakat en sonunda size kavuştum. Geçen akşam tam arkanızda duruyordum, siz başınızı çevirince hemen kaçtım. Bir akşam da sizin şarkı söylemenizi dinledim. Ne denli mutlu olmuştum. Pancarlar ardından sesinizi dinlememe izin verir misiniz? Bunun size bir ziyanı olmaz ki. Galiba aşkımdan öleceğim, ne olur arada bir bu bahçeye gelmeme izin verin. Ah! Bilseniz size tapıyorum ben. Sizinle böyle konuştuğum için beni bağışlayın. Neler söylediğimi bilemiyorum. Kim bilir belki de bana kızıyorsunuzdur.

– Oh Tanrım, diye fısıldadı Kozet ve birden olduğu yere yığıldı.

Marius onu düşerken yakaladı. Kollarından tuttu bağrına bastı. Dinsel bir davranışta bulunduğunu sanıyor, başı dönüyor, gözlerinin önünde şimşekler çakıyordu. Kozet eliyle, göğsünde sakladığı kâğıtları çıkardı ve Marius'u gösterdi. Genç adam titreyerek sordu:

– Yoksa, siz de beni seviyor musunuz? Kozet, kısık gibi bir sesle cevap verdi:

– Sus!

– Bilmiyor musun?

Daha sonra başını mutluluktan sarhoş olan gencin omzuna dayadı. Kol kola şuanın üzerine düşercesine oturdular.

Dudakları nasıl birleşti, bunu kendileri de bilemedi. Bu öpüşme, kuşların ötüşü, karların erimesi güllerin açması, doğan günün gölgeli ufukları aydınlatması gibi kendiliğinden oluvermişti.

Bir öpücük, hepsi bu kadar. Her ikisi de ürperdiler ve karanlıkta ışıl ışıl gözlerle bakıştılar. Gecenin serinliğini duymuyorlardı. Kozet, ona bu bahçeye nasıl girdiğini de sormadı, onun yanında olmasını o kadar tabii buluyordu ki. Daha sonra doyasıya konuştular. Birbirlerine hasret bu iki genç, karşılıklı içlerini döktüler, kalplerini boşalttılar. Öyle ki bir saat sonra, delikanlı kızın ruhunu almış, genç kız sevdiği adamın ruhuna sahip oluştu.

Gereken her şeyi söyledikten sonra, kız, başını onun göğsüne yaslayarak sordu:

– Adınız ne?

– Marius, ya sizin adınız?

– Beni Kozet diye çağırırlar.

– Kozet, bu benim için en kutsal isimdir bundan böyle. O geceden sonra her akşam buluşuyorlardı. Birbirleriyle ilgili her şeyi öğrendiler. Zamanın nasıl geçtiğini anlamadan saatlerce el ele, göz göze konuştular.

...

Bu arada, Jan Valjan, hiçbir şeyden kuşkulanmıyor, Kozet'in mutluluğuyla seviniyordu. Genç kız, bu mutluluğunun arasında babasını asla ihmal etmiyor, onun her dediğine boyun eğiyordu. Jan Valjan gezmek istediğinde Kozet'i hazır, koluna sarılmış buluyor, kendisine kitap okumasını rica etse, genç kız elindeki işlemesini bırakıp babasına istediği hikâyeyi okuyordu. Jan Valjan, artık Marius'un varlığını da unutmuştu.

Çoğu zaman geç saatlere kadar sevgilisiyle birlikte kalan Marius, o saatten sonra Kurfeyrak'la paylaştığı odaya döndüğünde, arkadaşı onu alaylı gülüşlerle karşılardı.

Arada bir Kurfeyrak, kollarını kavuşturarak yüzünde sahte bir öfkeyle Marius'a:

– Olur şey değil delikanlı, işi iyice azıttınız, diyordu. Artık başka bir dünyada yaşıyormuş gibi dalgın bir hâlin var. Hadi inat etme de, anlat bana, adı nedir? Nerede oturur?

Ne var ki Marius'u hiçbir güç, hiç kimse konuşturamazdı. Kozet'in adını vermektense işkence çekmeye razı olurdu.

Bir akşam Marius heyecan içinde Kozet'le buluşmaya koşarken, Plüme sokağının köşesinde bir ses duydu:

– İyi akşamlar Mösyö Marius.

Genç adam, sesin geldiği yöne baktı ve Eponin'i tanıdı. Birden garip bir duyguya kapıldı, kendisine bu mutluluğu veren kızı o ana kadar, bir kez bile düşünmemişti. Ona karşı minnet duyması, mutluluğunu ona borçlu olduğunu bilmesi gerekirdi ancak bu karşılaşma, randevusuna geciktireceği için sinirlenmişti.

– Ah siz miydiniz Eponin?

– Neden, bana siz diyorsunuz, size bir şey mi yaptım?

– Hayır, dedi Marius. Tam tersine kız, ona büyük iyilikte bulunmuştu, ne var ki Kozet'e "sen" dediği bu günlerde başka bir kızla ancak "siz" diyerek konuşabilirdi. Bunları kıza söyleyemeyeceği için susmayı tercih etti.

Eponin, bir şey söylemek istiyor gibiydi, kısa bir tereddütten sonra:

– İyi akşamlar, Mösyö Marius, diyerek oradan hızla uzaklaştı. Marius ise şaşkınca ardından bakakaldı. Bu kız ne söylemeye çalışıyordu acaba? Randevusu aklına gelince, her şeyi unuttu ve hızla sevdiğine koştu.

• • •

Aslında, Eponin bambaşka bir görev için gelmişti o akşam oraya, babası ve suç ortakları Gölas, Babet ve Montparnas, Kozet'in oturduğu evi soymaya kararlıydılar. Eponin'in tüm tehditlerine rağmen o akşam kapı önünde toplanmışlar; ancak kızın hepsine dişi bir kaplan gibi avaz avaz haykırarak, jandarmaları ayaklandıracağını söylemesi onları biraz sindirmişti. Bu arada genç ve yakışıklı Montparnas'ın da pek keyfi yoktu. O sabah erkenden karşısına bir kara kedi çıkmış ve sonra da dövüşen iki serçeye rastlamıştı. Genç haydut için bunlar uğursuz alâmetlerdi, o da Eponin'i desteklemiş ve böylece hırsızlar hep birden oradan uzaklaşmışlardı. Tek başına kalan Eponin, sokakta aşağı yukarı dolaşırken ve sevdiği adamın sevgilisini korumaktan duyduğu acı zevki tadarken, Marius'la karşılaşmıştı.

• • •

Marius, birkaç dakika sonra sevgilisinin yanındaydı.

Gökyüzü yıldızlarla dolu, ağaçlar yapraklarını tatlı tatlı hışırdatmakta, çiçeklerin kokusu iç bayıltıcıydı. Çok güzel bir geceydi. Marius bile bu sihirli gecenin büyüsüne kapılmış gibi, kendisini her zamankinden daha âşık, daha mutlu hissediyordu fakat Kozet'i üzgün bulmuştu.

Delikanlının ilk sözü:

– Neyin var? diye sormak oldu.

Kozet titreyerek cevap verdi:

– Babam bana hazırlanmamı söyledi, acele işlerinin olduğunu, buradan gideceğimizi bildirdi.

Marius, buzdan bir el kalbini sarmış gibi tepeden tırnağa ürperdi.

Başını döndüren bu mutluluk sarhoşluğunun arasında bu gitme sözü onu beyninden vurmuştu, ilk olarak acı gerçeği idrak etti, "Kozet onun değildi." Marius rüyasından uyanmıştı, altı haftadan bu yana, o bir hayal ve masal dünyasında yaşıyordu, sevgilisinin bu sözleriyle gerçek hayata dönmüştü. Buna verecek bir cevap bulamadı. Kozet, elini tutan elin, birden buz gibi kesildiğini fark etmişti, sordu:

– Neyin var?

Genç adam öylesine kısık bir sesle cevap vermişti ki, Kozet onu zorlukla duyabildi.

– Ne söylediğini anlayamadım, Kozet. Genç kız, yeniden anlattı:

– Bu sabah, babam bana giysilerimi toplamamı ve hazır beklememi tembih etti, kendisi için de bir sandık hazırlamamı söyledi. Belki İngiltere'ye gidecekmişiz?

– Fakat bu korkunç, diye haykırdı delikanlı.

Şu anda, Marius için, kızım beraberinde İngiltere'ye götüren Mösyö Foşlövan, tarih öncesi çağlardan o zamana kadar gelen zalim hükümdarların en zalimiydi. Onu âdeta bir zorba, bir Firavun, bir Neron gibi görüyordu.

Umutsuz bir sesle sordu:

– Ne zaman gidiyorsun?

– Bilemeyeceğim, ne zaman döneceğimizi de söylemedi babam.

Marius yerinden kalktı ve buz gibi bir sesle sordu:

– Kozet, gerçekten gidecek misiniz?

Genç kız, yaşlarla dolu güzel gözlerini ona çevirdi.

– Neden bana birdenbire, siz diyorsun?

– Size gidip gitmeyeceğinizi soruyorum.

Genç kız ellerini kavuşturarak yalvarırcasına sordu:
— Ne yapabilirim ki? dedi. Söyle bana nasıl karşı koyarım babama?
— Yani babanız giderse, siz de gideceksiniz.

Kozet, Marius'un elini ellerinin arasına aldı ve cevap vermeden usulca öptü.
— Tamam, dedi Marius, öyleyse ben de nereye gideceğimi biliyorum.

Kozet bu sözün anlamını kavramadan önce hissetmişti, birden öylesine sarardı ki yüzü karanlıkta bembeyaz kesildi.

Fısıldadı:
— Ne demek istiyorsun?

Marius gözlerini gökyüzüne kaldırarak, cevap verdi:
— Hiç, hiçbir şey.
— Of, ne budalayız Marius, dedi kız, bak aklıma bir şey geldi. Sen de bizimle birlikte gelirsin böylece ayrılmamış oluruz.
— Sizinle gitmek mi? Çıldırdın mı? Bunun için para gerekir, oysa benim meteliğim yok. Kurfeyrak'a, tanımadığın bir dostuma on altın borçluyum. Başımdaki eski şapka, bitpazarına götürsem üç frank etmez, ceketimin dirsekleri aşındı, gömleğimin düğmeleri kopuk, çizmelerim su alıyor, sana bunlardan söz etmedim, ben sefil herifin biriyim Kozet. Gece beni iyice görmedin, kalbini verdiğin adamı gündüz görsen dilenci sanarak beş metelik uzatırdın, İngiltere'ye gitmek ha, pasaport çıkartmaya yetecek kadar bile param yok.

Kederinden yerinde duramayan genç adam, karanlıkta fark edemediği bir ağaç dalına çarptı, ağacın kabukları alnını çizmişti. Şakakları zonkluyordu, şu anda üzüntüsünün canlı bir heykeli olmuştu.

Bir süre böyle durdu, sonra birden bir hıçkırık sesi duyarak başını çevirdi. Kozet ağlıyordu. Marius onun önünde diz çöktü ve minik ayağını elleri arasına alarak öperek yalvardı:

– Ağlama lütfen.

Kız hıçkırıkları arasında:

– Nasıl ağlamayayım, ben gidiyorum ve sen gelmiyorsun.

Delikanlı sordu:

– Beni seviyor musun?

– Sana tapıyorum, söyle bana, sen de beni seviyor musun?

– Kozet, inan bana, ilk olarak şerefim üzerine and içerim ki sen gidersen ben de ölürüm.

Kozet onun bu sözlerinden öylesine etkilenmişti ki, dehşetten ağlamayı bile unuttu.

– Dinle beni Kozet, dedi, yarın beni bekleme.

– Fakat bir gün seni görmezsem, ben ne yaparım?

– Bütün hayatımızı birlikte geçirebilmek uğruna tek bugünümüzü feda edebiliriz. Ona akşam saatlerinde gitmeye mecburum, geleneklerine daima sadık kalmış bir adamdır; ancak ziyaretlerini akşamları kabul eder.

Kozet şaşırmıştı sordu:

– Hangi adamdan söz ediyorsun, Marius?

– Yarına kadar bekle, belli olmaz belki güzel haberlerle dönerim. Bir şey daha var Kozet, adresimi sana vermeliyim, belki bana bir haber göndermek istersin. Vitrier sokağı, numara on altı, Kurfeyrak'ın, az önce adını andığım arkadaşın evinde oturuyorum.

Kozet meraklanmış.

– Bütün gece uykusuz kalmamı istemiyorsan bana neler yapmak istediğini söyle Marius, diye yalvardı.

– Dinle beni Kozet, Tanrının bizi ayırmak istemeyeceğinden eminim. Beni öbür gün bekle. Bu arada cebinden çıkardığı bir çakıyla çardağın duvarına kendi adresini kazıdı.

– Ah! Kadın olmak, daima evde kalıp beklemek zorunda olmak ne kadar zor. Fakat istediğini yapacağım Marius, sana daha fazla soru sormuyorum. Yarın akşam senin sevdiğin o Avcılar

Operasından aryayı okuyarak oyalanmaya çalışacağım. Fakat öbür gün, akşam daha erken gel, seni tam saat dokuzda bahçede bekleyeceğim, ne olur gecikme. Ah! Sensiz bir gün ne denli uzun olacak?

– Emin ol bana da öyle gelecek sevgilim. Üzüntülerin en büyüğüne kendilerini kaptıran gençler, birbirlerinin kollarına atıldılar, bir kez daha dudakları birleşmişti. Sonunda ayrıldıklarında Marius zorluklarla vedalaşarak sevgilisinden ayrıldı.

O günlerde Mösyö Jilnorman tam doksan bir yaşındaydı, sağlıklı ve bir meşe gibi dimdik olmasına rağmen, kızı onun şu son günlerde bir hayli çöktüğünü fark etmişti. Artık Mösyö Jilnorman, uşağı Bask ve hizmetçisi Nikolet'i bastonuyla tehdit etmiyor, kapıyı kendisine geç açan uşağını azarlamıyordu. Hatta Temmuz ihtilâline gerektiği kadar sinirlenmemişti bile. O, tam dört yıldan bu yana, hiç bıkmadan Marius'u bekliyordu. Aslında ölümden bile korkmazdı, ne var ki torununu dünya gözüyle görmeden öleceğini düşünmek bile istemiyordu. Odasına, Marius'un annesinin on sekiz yaşındaki bir portresini koydurtmuş, sabahleyin gözlerini açar açmaz torununa benzeyen kızını görmek istemişti. Buna rağmen evde Marius'un adını andırmıyordu, hatta bir seferinde ondan söz eden kızını bir güzel başlamıştı ancak kızı, babasının gizlice süzülen bir gözyaşını sildiğini de görmüştü.

4 Haziran günü Mösyö Jilnorman, şöminede yanan ateşin karşısına elinde okumadığı bir kitap, dalgın dalgın düşünürken birden ihtiyar uşağı Bask içeri girdi ve sordu:

– Efendim, Mösyö Marius'u kabul edebilir mi?

İhtiyar adam birden yaylanmış gibi yerinden fırladı, duyduğuna inanmamış gibi titrek bir sesle sordu:

– Kim dedin?

– Doğrusu bilemiyorum, dedi uşak. Ben geleni görmedim, ancak Nikolet bana Mösyö Marius'un geldiğini haber verdi.

İhtiyar boğuk bir sesle:

– Gelsin, dedi.

– Titreyerek, gözlerini kapıya dikti. Birden eşikte Marius göründü. Yarı karanlıkta, kılığının yoksulluğu göze batmıyordu, ancak ciddi ve çok üzgün yüzü görünüyordu. Bir bakışta onun daha da güzelleşmiş, olgunlaşmış bir erkek olduğunu görmüştü. Kollarını açmak, onu bağrına basmak istedi ne var ki kalbini dolduran tüm şefkati ancak şu kelimelerle belirtebildi:

– Bu eve neden geldiniz?

– Marius, çekingen bir sesle:

– Efendim, diye mırıldandı.

Dedesi onun kollarına atılmasını bekliyordu ki, birden Marius'a kızdı. Kalbi sevgi ve şefkatle taşarken, torununa böyle haşin davrandığı için kendine duyduğu öfkenin acısını ondan almak istedi:

– Yoksa benden özür dilemeye mi geldiniz? Hatanızı nihayet anladınız mı?

Delikanlı üzgün bir sesle:

– Hayır Mösyö, dedi.

– Peki öyleyse ne halt etmeye beni rahatsız ediyorsunuz, diye haykırdı ihtiyar.

Marius ellerini kavuşturdu, öne doğru iki adım attı ve titrek bir sesle:

– Mösyö, dedi.

Bu söz Mösyö Jilnorman'ı duygulandırdı, ancak duygularını belli etmeyi sevmeyen bir adam olduğundan, yerinden ağır ağır kalkarak:

– Olur şey değil dedi, size acımak ha... Demek bundan böyle ihtiyarlar gençlere acıyacak. Siz hayatın başındasınız henüz, oysa benim iki ayağım çukurda, siz tiyatroya, baloya, eğlencelere gidiyor, yakışıklı bir genç olduğunuzdan kadınların kalplerini çalıyorsunuz, oysa ben yaz gününde bile sızlayan kuru kemiklerimi ısıtmak için ocak başında pineklemek zorundayım. İhtiyarlığın tüm sefaleti omuzlarıma yüklü, sizin otuz iki dişiniz ağzınızda, mideniz sağlam, gözünüz ışıl ışıl, gücünüz, iştahınız, neşeniz var. Saçlarınız orman gibi gür, bense ak saçlarımı bile döktüm, ağzımda dişim kalmadı, bacaklarım yürümüyor, hafızam zayıfladı... Siz güneşte ilerlerken, ben karanlıklarda bocalıyorum ve siz benden merhamet dileniyorsunuz. Eğer adliyede de müşterilerinizi bu mantıkla savunuyorsanız, çok başarılı bir avukat olduğunuzdan sizi kutlarım doğrusu.

Çok komiksiniz.

Doksanlık ihtiyar, hırslı bir sesle yeniden sordu:

– Benden ne istiyorsunuz?

– Mösyö, varlığımın sizin hoşunuza gitmediğini biliyorum ancak sizden bir izin istemeye gelmiştim, sonra yine geldiğim gibi gideceğim.

– Siz bir budalasınız delikanlı, size gidebileceğinizi kim söyledi?

Oysa adamcağızın kalbi kan ağlıyor, içinden torununa yalvarıyordu. "Haydi benden özür dile, boynuma atıl, ne duruyorsun?" Marius'un bu duygularını anlamadığını görerek, daha da sinirlendi, öfkesi daha da arttı:

– Dedenize saygısızlık ettiğiniz yetmedi mi? Yıllardan beri yaşayıp yaşamadığımı bile sormadan, benden uzak keyif ettiniz. Bekâr hayatı yaşadınız, gece yarılarına kadar kadınlarla, kumarla gönül eğlendirdiniz. Kim bilir belki borca da girmişsinizdir, benden borçlarınızı ödememi bile istemediniz, tam dört yıl sonra dönüyor ve size acımamı istiyorsunuz...

– Mösyö, dedi Marius, sizden sadece evlenmek için izin istemeye geldim.

– Ya öyle mi? Demek servetinizi doğrulttunuz ve evleneceksiniz. Avukatlık size kaç para kazandırıyor?

Marius sert bir ses tonuyla, hiçbir şey kazanmadığını söyledi.

– Bu durumda size yolladığım aylıktan başka paranız yok demek?

Marius bu paraya elini sürmediğini daima geri yolladığım açıklamadan, susup önüne baktı.

Dedesi sözlerine devam etti:

— Bu durum, kız zengin demektir.

— Hayır, o da benim gibi meteliksiz.

— Olur şey değil, yirmi beş yaşını doldurmadığın için, benden izin almak zorunda olduğunu düşünerek bana geldin. Hadi git evlen o sefil kızla ve sefalette çürüyün birlikte; ancak şunu da bil ki sana asla istediğin izni vermeyeceğim.

Marius umudunu yitirmiş bir durumda geriye döndü; ancak tam eşikten çıkıyordu ki, ihtiyar onun peşinden sendeleyerek koştu ve onu yakasından yakalayarak zorla içeri çekti:

— Hadi, dedi, anlat onu bakalım, nasıl biri?

Marius ona baktı ve yaşlı adamın gözlerindeki sevgiyi gördü. O da duygulanmıştı.

— Hadi haylaz, bana şu sevgilinden söz et, aman Tanrım günümüzün delikanlıları ne kadar da saf oluyor.

— Dedeciğim her şey için çok üzgünüm, dedi Marius. İhtiyar adamın yüzü aydınlanmıştı.

— Oldu, dedi. Bana "Dede" de, bak görürsün her istediğine evet derim. Hem bu kılığın ne, bir hırsız gibi giyinmişsin, al şu yüz altını, üstüne başına doğru dürüst bir şeyler satın al.

Bir çekmeceden çıkardığı şişkin bir keseyi genç adamın önüne koymuştu.

— İyi kalpli dedeciğim, bilseniz onu nasıl seviyorum. Ona bir yıl önce parkta rastlamıştım. Şimdi her gece evinin bahçesinde buluşuyoruz, babası seviştiğimizi bilmiyor, görseniz, o melekler kadar güzel fakat babası onu İngiltere'ye götürmek istiyormuş, o giderse ben önce çıldırır, daha sonra ölürüm. Onsuz yaşayamam, o bana aldığım temiz hava kadar gerekli, işte hepsi bu kadar, o Plüme sokağında oturuyor adı da Matmazel Kozet.

Mösyö Jilnorman, torununun yanına oturmuş, onu dinlerken

içi açılıyordu, bu arada enfiye kutusundan aldığı bir tutam tütünü burnuna götürdü fakat Plüme sokağı lafını duyunca, tütünün bir kısmını üzerine döktü.

– Plüme mi dedin, Plüme sokağı mı? Galiba oralarda bir kışla olacak. Evet senin yeğenin "Teodül" bana oradan söz etti. Canım hani şu benim yeğenimin oğlu süvari Teğmeni Teodül, tabi, sen onu pek hatırlamazsın.

Evet kızdan söz edildiğini duydum, bir bahçede oturan nefis bir parçaymış, doğrusu zevkin varmış evlat, Teodül onun hanım hanımcık olduğunu da eklemişti.

Bana kalırsa bu salak Teğmen, ona biraz kur bile yapmış. Aferin Marius, doğrusu senin yaşındaki bir gencin âşık olması hoşuma gitti, yaşa be evladım, gözüme girdin şimdi. Benim de vaktiyle böyle nice maceralarım olmuştu.

Ancak senin gibi işi ciddiye almadım, ölümden söz etmenin ne gereği var, kızı sevdin mi, aferin sana yavrum, al sana iki yüz altın daha eğlendir gönlünü, ancak böyle kızlarla evlenilmez, onu kendine metres diye tut bence.

Bu sözleri duyan Marius sarardı, dedesinin sözlerine hiçbir anlam verememişti. Bu Plüme Sokağı, kışla, uzak bir akraba olan Teğmen Teodül, bahçede dolaşan güzel kız, bütün bunlar zambaklardan daha temiz olan Kozet'le ilgili olamazdı. Fakat dedesinin son sözleri birden içine işledi, bu sözler sevgilisine müthiş bir hakaretti. "Onu kendine metres tut" sözleri kalbini dağlamıştı. Birden yerinden fırladı, düşürdüğü şapkasını yerden aldı ve dedesinin önüne koyduğu altınları, elinin tersiyle itti, eğilerek dedesini selâmladı ve titremeyen bir sesle:

– Beş yıl önce babama hakaret etmiştiniz Mösyö, dedi, oysa bu gün, karım olacak bir hanıma hakaret ediyorsunuz. Bundan böyle artık bir şey istemiyorum sizden, hoşça kalın, dedi.

Jilnorman dede, birden neye uğradığını şaşırmıştı ağzını açtı fakat sesi çıkmadı, kollarını uzattı yerinden kalkmak istedi, henüz bir kelime söyleme fırsatını bulamadan, kapı suratına çarpılmıştı. İhtiyar adam bir süre yıldırım çarpmış gibi öylece kaldı, sonra boğazlanır gibi haykırdı:

– İmdat... İmdat...

– Çığlıklarına, kızı ve uşakları koştular, adam inleyerek yalvardı:

– Koşun peşinden, onu geri getirin, yakalayın gidiyor, gitti, her istediğini yapacağım bu kez, artık bir daha geri dönmez. Aman Tanrım, onu bana geri getirin.

Zorlukla emekleyerek pencereye koştu, camı açtı ve yarı beline kadar sarkarak haykırmaya başladı:

– Marius, Marius...

Bu arada uşağı Bask ve hizmetçi Nikolet, düşmemesi için onu ceketinden yakalamıştı. Marius onun bu acıklı haykırışlarını duymadı çünkü köşeyi dönmüştü bile.

Doksanlık dede, ellerini şakaklarına götürdü sendeleyerek geriledi ve koltuğa yığıldı. Gözleri ve kalbi bomboştu, geceye ve ölüme benzeyen bir karanlığa gömülmüştü.

• • •

Aynı gün akşamüstü, saat dört sıralarında Jan Valjan, sırtında bir işçi kılığı, tek başına Şamdörmars yamacının bir köşesinde oturmuş dalgın dalgın düşünüyordu. Nedense şu son günlerde artık Kozet'le gezmiyor uzun yürüyüşlerine tek başına çıkıyordu. Her hâlde yalnız kalmaya ihtiyacı vardı. Son günlerde yine endişeleri artmıştı. Bulvarda dolaşırken Tenardiye'ye rastlamış, ancak kılık değiştirmiş olduğundan sefil hancı kendisini tanıyamamıştı, o günden sonra Jan Valjan onu defalarca görmüştü. Yeni bir tehlikenin çevresinde dolaştığını anlayan adam, ev değiştirmek gerekirse başka bir ülkeye geçme fikrini düşünmüştü. Tüm bu endişelerine yeni bir kaygı ekleniyordu, o sabah bahçede dolaştığında çardağın duvarında "Vitrier sokağı No: on altı" diye bıçakla kazınmış bir yazı dikkatini çekmişti. Bunun anlamı ne olabilirdi?

Bu arada bu yazıdan Kozet'e bahsetmemeyi daha uygun buldu, kızı korkutmak istemedi. Jan Valjan, Paris'ten hatta Fransa'dan, uzaklaşmayı ve İngiltere'ye yerleşmeyi kararlaştırmıştı. Kozet'e bir gün önceden haber vermişti. Bir haftaya kadar Fransa'yı terk etmeliydi. Bunları düşünürken, birden ayaklarının dibine düşen bir kâğıdı görünce, hemen eğilerek aldı, kâğıdı açtı, içinde kurşun kalem ve acemi bir yazıyla yazılmış şu kelimeleri gördü:

"Evinizden bir an önce çıkarak başka yere taşının."

Jan Valjan, hemen başını arkasına çevirdi, ta uzaklarda bir çocuk, çok genç, narin yapılı bir delikanlı gördü. Tarçın renginde kaba kadife pantolon giymiş bu genç koşarak uzaklaşıyordu. Jan Valjan, iyice endişelenmiş olarak evine döndü.

• • •

Marius bitkin bir hâlde dedesinin evinden ayrılmıştı. Zaten bu görüşmeden pek umutlu değildi, ancak yine de büyük bir hayal kırıklığına uğramıştı. Aslında dedesinin zırvalarında bahçedeki güzel kız, süvari Teğmeni Teodül, bütün bu sözler kafasında hiçbir iz bırakmamıştı. Bütün acı çekenlerin yaptıklarını yaptı. Nereye gittiğini bilmeden, sokaklarda serseri serseri yürümeye başladı.

Sabahın ikisinde evine döndü, elbiselerini çıkarmadan kendisini şiltesinin üzerine attı. Uyandığında odasında Kurfeyrak, Enjolras, Föyü ve Konfer'i gördü, hepsi de başlarında şapkaları sokağa çıkmaya hazır bekliyorlardı.

Kurfeyrak kendisine sordu:

– General Lamark'ın cenaze törenine gidiyoruz geliyor musun?

Marius bu sözlerden bir şey anlamadı; fakat yine de:

– Siz gidin, ben de birazdan gelirim, dedi. Arkadaşları çıktıktan az sonra kendisi de sokağa çıktı, odasını terk etmeden, aylar önce Javer'in kendisine vermiş olduğu tabancaları cebine yerleştirdi, bunu neden yaptığını bilmiyordu. Bütün gün, ne yaptığını bilmeden sokaklarda avare avare dolaştı. Bir ara fırıncıdan aldığı bir simidi ceketinin arka cebine koydu, ancak yirmi dört saatten beri ağzına bir lokma koymamış olduğu hâlde yemeyi unuttu. Sen ırmağının ıssız bir köşesinde soyunarak suya dalıp çıktı, sanki tüm vücudu yanıyordu, Marius böyle bir ruh hâli içinde bulunuyordu.

Tek belirli düşüncesi Kozet'i görmekti. Bu son mutluluk onun artık tüm geleceği sayılırdı. Bir ara garip gürültüler duydu. Sanki Paris'te savaş çıkmıştı. Gece bastırdığında, saat tam dokuzda Kozet'e söz verdiği gibi, onun evine gitti. Parmaklığa yaklaştığında tüm dertlerini unutmuştu. Kırk sekiz saatten beri görmediği sevgilisini görecekti, bundan sonsuz bir sevinç duyuyordu.

Marius demir çubuğu yerinden oynattı ve sessizce bahçeye süzüldü. Kozet onu her zaman beklediği yerde değildi. Genç adam çalılar arasından sürünerek geçti, kapı önüne vardı, kızı orada bulacağını ummuştu fakat Kozet orada da yoktu. Başını kaldırdığında tüm panjurların kapalı olduğunu ve evde hiç ışık yanmadığını dehşetle gördü.

İşte o zaman kederden sarhoş olmuşçasına çılgın gibi panjurları yumrukladı.

Kimseler yoktu, hayal kırıklığının yarattığı korkunç bir sesle avaz avaz "Kozet, Kozet" diye bağırdı fakat boşuna.

İşte o zaman, taş basamakların üzerine çöktü ve Kozet gitmiş olduğuna göre artık ölümden başka çaresinin kalmadığını düşündü. Birden sokaktan gelen bir sesle irkildi.

– Mösyö Marius, Mösyö Marius orada mısınız?

– Evet.

– Mösyö Marius dostlarınız sizi Şanveröri sokağındaki barikatta bekliyorlar.

Genç adam Eponin'in çatlak ve kısık sesini tanımıştı, hemen parmaklığa koştuğunda, bir gölgenin gün batımında koşarak uzaklaştığını gördü.

• • •

Bu sırada Mösyö Maböf de çok çetin günler yaşıyordu. Artık bir ekmek alabilmek için, en sevdiği kitaplarından birini satmak zorunda kalıyordu.

Birkaç franga almış olduğu kitaplarını böyle yok pahasına elden çıkara dursun bir felâket daha baş göstermiş, sadık hizmetçisi Plütark birden hastalanarak yatağa düşmüştü. Kadına doktorun yazdığı ilaçları alabilmek için zavallı adam en sevdiği kitaplarından biri olan, Diojen Laers'den vazgeçmek zorunda kalmış, bu eşsiz şaheserini de yüz franka satmıştı. O akşam eve döndüğünde, yaşlı kadının başucuna beş frank bıraktıktan sonra tek kelime söylemeden odasına girmişti.

Ertesi sabah tanyeri ağarırken bahçesinde bir taş üzerine oturmuş dalgın gözlerini rengârenk çiçeklerine dikmişti. Arada bir yağmur çiseliyor yaşlı adam farkında değil gibi kıpırdamıyordu. Akşama doğru Paris'ten korkunç bir gürültü yükseldiğini duyduğunda yoldan geçen bir bahçıvana sordu:

– Neler oluyor?

Adam cevap verdi:

– İhtilâl başladı. Dövüşüyorlar.

– Neden dövüşüyorlar?

– Hoppala, babalık ben ne bileyim, dedi köylü.

– Ne tarafta dövüşüyorlar?

– Galiba Arsönal tarafında...

Mösyö Maböf içeri girdi, şapkasını başına geçirdi, koltuğunun altına sokmak için bir kitap aradı boş yere, daha sonra, üzgün üzgün tüm kitaplığını satmış olduğunu hatırlayarak, perişan bir hâlde Paris yolunu tuttu.

• • •

Başkent bir ihtilâle hazır bekliyordu. Büyük Paris tam donatılmış bir top gibi patlamak için bir kıvılcımı beklemekteydi. Haziran 1832 yılında bu kıvılcım, General Lamark'ın ölümü olacaktı. General Lamark, adını tüm Fransa'ya duyurmuş ve hareketli bir adamdı. İmparatorluk ve yenileme devrinde, her iki çağa yakışacak kahramanlıklarda bulunmuş, savaş alanında olduğu kadar, kürsüde de sesini duyurmayı bilmişti. Yürekli olduğu kadar güzel konuşmasını da bilirdi, sözleri birer kılıç gibi deler geçerdi kalabalıkları. O özgürlük tarafını tutardı ve geleceğe inandığı için halk tarafından sevilmiş, imparatora kahramanca hizmet ettiği için millete kendisini saydırmıştı. Paris halkı, Lamark'ın Pantheon'a gömülmesini istemişti, bütün kentte bir haykırış yükseliyordu: "Lamark Pantheon'a" aynı zamanda, Ölen General için şahane bir ağıtta bulunan Lafayet'i de alkışlıyorlardı. Birden kalabalıktan bir haykırış yükseldi:

– Dragonlar, dragonlar!..

Dragonların nal seslerini duyan kadınlar korkarak kaçışıyorlardı. Ayaklanmanın nasıl başladığını, sonradan kimse hatırlamayacaktı. Söylenenlere göre küçük bir çocuğun bir dragon tarafından ezilmesi ve hemen ardından duyulan silah sesleriyle birlikte bir süvari yüzbaşısı ve yaşlı bir kadın vurularak ölmüşlerdi.

Artık fırtınanın kopmasına kimse engel olamazdı, halk ve askerler birbirine girmişti. Ateş ediliyor, taşlar fırlatılıyordu. Hırs, ihtilâli, rüzgârın yangını alevlendirdiği gibi alevlendirmişti. Bir saatten daha az bir zamanda sanki yerden bitme gibi yirmi yedi barikat birden kurulmuştu Paris sokaklarında.

Evlerin kapılarını sürgülüyorlar, önlerine barikatlar yükseltiyorlardı. Kadınlar ve analar, endişeyle etraflarına bakmıyor, kimi oğlunu, kimi eşini merakla bekliyordu. Birçoğu, ihtilâl sona erinceye kadar dışarı çıkmamıştı. Kimse bunun nasıl sona ereceğini bilemiyordu. İhtilâlın kızılboyasına boyanmıştı Paris.

• • •

Gavroş, bir kafilenin arkasına takılmış ilerliyordu. Bu grubun başında dostumuz Enjolras, Kurfeyrak, Komfer ve Foyi bulunuyorlardı. Hepsi de tepeden tırnağa kadar silâhlanmışlardı, Bahorel ve Jan Pruver'de yolda onlara katılmıştı. Enjolras bir av tüfeği, Komfer bir muhafız kara binası ve kemerinde iki tabanca taşıyordu.

Peşlerinden öğrenci, artist, işçi ve liman gemicilerinden kurulmuş bir grup daha ilerliyordu. Çoğunun bellerinde tabancaları vardı.

Aralarında zorlukla ilerleyen çok yaşlı birisi vardı ve yalnız o silâhsızdı. Arkada kalmamak, onlara yetişmek için çok güçlük çekiyordu. Gavroş birden onu tanıdı. Bu "Mösyö Maböf" idi.

Yaşlı adamı Marius aracılığıyla tanıyan Kurfeyrak, ona yaklaşmış ve evine dönmesini söylemişti. Adamcağız, bu gençlerin hükümeti devirmek için yürüdüklerini duyunca, her ne pahasına olursa olsun onlara katılmakta ısrar etmişti. Birden adımları daha da güçlenmişti sanki genç işçilerden birinin kendisine uzattığı yardım elini bir baş işaretiyle reddetmişti.

Öğrenciler ona hayran hayran bakarak:

– Babalık amma da zorlu, diyorlardı. Her hâlde eski bir ihtilâlcı olmalı.

Küçük Gavroş kafilenin en başında yürüyor ve avaz avaz bir isyan marşını söylüyordu. Hep birden Senmery'e doğru gidiyorlardı.

Kafile her adımda daha da kalabalıklaşıyordu.

Vitrier sokağından geçerlerken Kurfeyrak, unuttuğu para kesesini ve şapkasını almak için evine çıktı. Geri döndüğünde yolda genç bir işçi ile karşılaştı.

Genç işçi onun gözlerinin içine bakarak sordu:
– Nereye gidiyorsunuz böyle?
– Barikata gidiyorum.
– Sizinle gelebilir miyim?
– Elbette dostum. İstersen gelebilirsin sokaklar herkesin malıdır.

Bu sözlerden sonra bir hayli ilerlemiş olan arkadaşlarına yetişmek için koşarak çıktı. Bir süre sonra o genç ve cılız işçinin peşlerinden geldiğini fark etti.

Bu arada Lesgl ve Joly'de bir meyhaneye girmişler ve orada arkadaşları Granter'le karşılaşmışlardı. Granter durmadan şarap şişelerim devirmekteydi.

Lesgl kendisine sordu:
– Dostum midende bir delik mi var?

Granter:
– Neden olmasın, cevabını verdi. Senin gömleğin delik ya...

Granter dördüncü şişesine başlamıştı ki merdivende ayak sesleri duyuldu. Bir sokak çocuğu, Enjolras'dan bir pusula getirmişti.

Pusulayı okuyan Lesgl, arkadaşına sordu:
– Bizi çağırıyorlar, gidelim mi?

Joly:
– Hayır, dedi. Yağmur yağıyor, ateş yağmuruna seve seve giderdim, ancak yağmurda yürüyüp, nezle olmaya hiç de niyetim yok.

Tam o sırada pencerenin önünde duruyordu ki, sen Döny sokağında elinde tüfeği ile Enjolras'ı gördü, peşinden tabancalı Gavroş geliyordu. Föyü kılıcını, Kurfeyrak hançerini sallıyordu. Jan Pruver ve Komfer de dostlarını izliyorlardı. Bu kafileyi yığınla kadın ve erkek izlemekteydi. Lesgl, elini ağzına siper ederek haykırdı:
– Kurfeyrak, Kurfeyrak!

Çağrıyı duyan Kurfeyrak, arkadaşlarını pencerede görünce

durdu ve onlara uygun bir yerde barikat kurmak istediklerini söyledi. Joly ve Granter ona burada yerin uygun olduğunu söylediler. Kurfeyrak:

— Haklısınız dostlar dedi. O zaman burada savaşacağız. Kurfeyrak'ın bir işareti üzerine peşindekilerin hepsi Şanvröri sokağına girdi.

Birkaç dakika için de yol dolmuş kimse geçemez olmuştu, burası barikat için biçilmiş kaftan sayılırdı.

Pencereden sarkan Joly:

— Hey Kurfeyrak, doğrusu bir şemsiye almalıydın, nezle olacaksın, diye haykırdı.

Bir kaç dakika içinde meyhanenin pencerelerindeki demir çubuklar sökülmüş kaldırımlardan bir kısmının taşları barikatı sağlamlaştırmak için kullanılmıştı. Gavroş ve Bahorel, bir seyyar satıcının arabasını yakalayarak ters çevirmişler, Enjolras mahzenin demir kapısını ve meyhaneci kadının tüm fıçılarını kaldırıma yığmışlardı. Kısa bir zaman içinde yolun yarısında adam boyunda bir barikat yükseliyordu.

Bu arada meyhanede çalışan hizmetçi kızlarda erkeklere yardım ediyorlardı. Tam o sırada, iki beyaz atın çektiği bir omnibüs sokaktan geçiyordu. Lesgl koşarak arabayı durdurmuş yolcuları indirmiş ve arabacıyı savdıktan sonra serbest bıraktığı atları birer kamçı darbesiyle uzaklaştırarak, omnibüs'ü de yere yatırıp barikatı daha da yükseltmişti. Meyhane sahibi Madam Haslin, olanlardan şaşkına dönmüş ve yukarı kata sığınmıştı. Kadın artık kıyamet gününün geldiğine inanarak sızlanıyordu. Joly kadını yatıştırmak için şişko ve kırmızı ensesine bir buse kondurarak Granter'e:

— Dostum, dedi, benim için bir hanımın ensesi çok nazik bir yerdir.

İyice sarhoş olan Granter, şişko hizmetçiyi belinden yakalamış, pencereden sarkarak, aklına gelen saçmalıkları sıralıyordu.

Barikatta elinde tüfek bekleyen Enjolras, ciddi ve güzel yüzünde tiksinme ifadesiyle arkadaşına çıkıştı:

– Granter, git başka yerde sız. Burada sarhoş olarak davamıza hakaret etme.

Onun bu çıkışması Granter'in üzerinde beklenmedik bir etki yapmıştı.

– Sana inandığımı bilirsin Enjolras, dedi. Bırak da burada uyuyayım daha sonra sizlerle ölmeye hazır olurum.

– Bana bak dostum, sen inanmayı, düşünmeyi, istemeyi, yaşamayı ve ölmeyi bilmezsin.

Granter ciddi bir sesle:

– Öyle olsun dostum, görürsün, cevabını verdi.

•••

Enjolras meyhanenin salonunda fişekler yapan Gavroş'un yanına yaklaştı. Tam o sırada Biyet sokağında kendilerine katılan küstah suratlı adam içeri girmişti, Gavroş, Enjolras'a yaklaştı ve eliyle adamı işaret ederek onun polisten olduğunu söyledi kulağına. Enjolras hiç vakit yitirmeden adamın karşısına dikildi ve ona damdan düşercesine sordu:

– Kimsin? Burada ne işin var?

Adam hor gören bir hareketle güldü ve gururla cevap verdi:

– Kimliğimi öğrendiğinizi sanıyorum, evet ben hükümet memuruyum, yani polisim.

Enjolras dört adamına işaret verdi. Göz açıp kapayıncaya kadar Javer yakalanmış ve sıkı sıkıya bağlanmıştı. Cebinde kimlik kartını buldular, kesesinde birkaç altın vardı. Saatini ve kesesini almadılar. Adamı sürükleyerek, salonun tam ortasındaki direğe bağladılar. Gavroş keyiflenmişti:

– Sıçanın yakaladığı kedi, diye gülmekten kırılıyordu.

Javer tüm bunlar olurken hiç direnmemişti. Belki de böyle bir çabanın boşuna olduğunu anlamıştı. Kurfeyrak, Lesgl, Joly ve

Komfer koşarak yanlarına geldiler. Esirleri direğe bağlı, yüzünde görevlerine bağlı kişilerin huzuruyla kaderine razı bekliyordu. Enjolras arkadaşlarına dönerek:

– Bu bir casus, dedi, polisten sonra Javer'e dönerek:

– Barikat alınmadan iki dakika önce sizi kurşuna dizeceğiz.

Javer en otoriter sesiyle karşılık verdi:

– Neden sanki daha önce yapmıyorsunuz?

– Fişeklerimizi boşuna ziyan etmek niyetinde değiliz.

– Tamam, bıçakla işinizi görün. Enjolras, kollarını kavuşturarak haykırdı:

– Aynasız, bizler katil değiliz, biz yargıcız. Daha sonra Gavroş'u çağırarak:

– Haydi, dedi. Kimseye görünmeden şöyle çevreyi bir kolaçan et, sonra gelir bana durumu bildirirsin.

Gün batımında, kendisini Şanveröri sokağındaki barikata çağıran seste, Marius, kaderinin sesini tanımıştı. Tam ölmek istediği bir anda talih ona elini uzatıyordu.

Kederden çılgına dönen genç adam, nereye bastığını bilmeden gelişi güzel yürümeye başladı. Gençlik ve aşkın iki aydan bu yana sarhoş ettiği delikanlı, artık ölümden başka bir şey düşünemiyordu. Tesadüfen, üzerinde silah da vardı.

Az önce kendisine bu haberi getiren sıska delikanlı, gölgeler arasında yok olmuştu. Marius, sokaklardan ve mahallelerden geçtikten sonra barikatın kurulduğu yere vardı. Artık askerlerin olduğu yeri geçmişti, burası kanlı bir kavganın olacağı alandı. Sokaklarda kimse görünmüyordu, bu ıssızlık genç adamı dehşete düşürdü. Böyle bir sokağa girmek, bir zindana girmeye benziyordu.

Yine de ilerlemeye devam etti.

Birden karşısında barikatı gördü, daha ötede beyaz şekiller. Bunlar sabahleyin Lesgl'in arabadan çözdüğü beyaz atlardı. Hayvanlar bütün gün başıboş dolaştıktan sonra, omnibüsün bulunduğu yere geri dönmüşlerdi.

Kentin tam merkezinde tam bir ıssızlık hüküm sürüyordu. Barikatların yükseltildiği yerler karanlık deliklere benziyorlardı. Savaş için tasarlanılan yerde, hükümet kuvvetleriyle ile ihtilâlciler karşılıklı savaşa hazır bekliyorlardı. Her iki taraf için de tek bir seçenek vardı, zafer ya da ölüm. Birçokları için ilerlemek ölüm demek olmasına rağmen hiçbiri gerilemeyi düşünmüyordu. Ertesi güne kadar tüm bunların sona ermesi gerekiyordu. Hükümet de bu zorunluluğu nihayet idrak etmişti. Bundan böyle binlerce kişinin kaderini yönetecek bu mahallenin çevresini bir ölüm kokusu sarmıştı. Kiliselerden birinin çanından başka ses duyulmuyordu. Sessizliği yırtan bu acı çan sesi, duyanları ta iliklerine kadar ürpertiyordu. Doğa da sanki bu yasa katılmıştı. Gökyüzü kararmış, yıldızlar bir bir bulutların ardına gizlenmişlerdi.

Marius, Hal çarşısına varmıştı. Orası daha karanlık ve sakindi. Sanki mezarların dondurucu sessizliği yerden fırlayarak sokaklara kefenini germişti. Ancak Şanveröri Sokağı tarafında göklerde bir kızıllık görülüyordu. Bu da barikatlardan birinde yanan meşalenin aleviydi. Marius bu ışığa doğru ilerledi. Tam Şanveröri sokağının köşesinde bir meyhane önünde hafif bir aydınlığın sızdığını gördü. Ellerinde tüfekler yere çömelmiş adamlar bekliyorlardı. Sokağın sağ cephesinde sıralanan evler, meyhanenin geri kalan tarafını gizlemekteydi. Yüksek barikatla bayrağı gördü. Marius için artık tek bir adım atması bu savaşa katılması için yeterliydi.

Tam o sırada aklına babası, gururlu bir asker olan Binbaşı Pontmercy geldi ve onu saygıyla, içi yanarak andı.

Yıllarca vatanını savunmak için sayısız savaşlara katılan, imparatorun yanı başında kahramanca dövüşen o aslan yürekli askeri düşündü.

Artık sıra kendisindeydi. O da üzerine düşeni yapacak vatanına faydalı olacaktı. O da göğsünü kurşun ve süngülere siper edecek, kanını dökerek düşmanı püskürtecekti ve şerefiyle savaş alanında davası uğruna ölecekti.

Ancak bu iç savaşın çok kanlı bir kavga olacağını düşünerek ürperdi. Kardeş kardeşi boğazlayacaktı. Tam o anda zihninde bir şimşek çaktı, babasının kılıcını ve üniformasını eskicilere satan dedesine kalbinden teşekkür etti. Aslında aksi ihtiyar bu hareketiyle sevmediği damadının şerefini korumuş sayılırdı. Marius babasının kılıcını kardeşkanına bulayarak onun şerefini bir paralık edecekti. Birden gözyaşlarıyla boğazı tıkandı. İnanmadığı bir dava için, kardeşlerinin kanını dökmek istemiyordu, fakat artık Kozet'siz yaşamın da hiçbir anlamı kalmamıştı.

Sessizlik devam ediyordu. Kilisenin saati gecenin onunu çalmıştı ki birden Şanveröri sokağında genç ve neşeli bir sesin bir türkü okuduğu duyuldu.

Enjolras:

– Bu gelen Gavroş olmalı, dedi.

Komber:

– Her hâlde çocuk bize bir haber getirdi, cevabını verdi. Birkaç saniye sonra barikatın tepesine tırmanan çocuk, onların yanına atladı.

Çocuk nefes nefese, askerlerin gelmek üzere olduğunu söyledi ve bir tüfek istedi. Enjolras çocuğa karabinasını vermek istemişti, oysa Gavroş büyük tüfeği, Javer'in silahını istiyordu. Tam o sırada Senlö dolaylarında düzenli ayak sesleri ve kısa, sert emirler duyuldu. Birden gölgeler içinden bir ses yükseldi:

– Kim var orada?

– Fransız cumhuriyetinin askerleri teslim olun yoksa ateş açılacaktır.

Enjolras cevap verdi:

– Önce siz silahlarınızı bırakın ve geri çekilin.

Ses haykırdı:

– Ateş!

Sanki bir şimşek çakmış gibi, sokağın cephesi bir anda aydınlandı. Barikata isabet eden bu ilk kurşunlardan, isyancıların bir kısmı ölmüş, çoğu da yaralanmıştı.

Enjolras, bayrağı tutan adamın ölmesiyle ayaklarının dibine düşen bayrağı kaparak, haykırdı:

– Arkadaşlar içinizde bu bayrağı barikat tepesine dikecek bir gönüllü var mı?

Kimse yerinden kıpırdamadı. Enjolras ikinci kez çağrısını tekrarladığında, ak saçlı, temiz yüzlü bir ihtiyar'ın öne çıktığı görüldü. Az önce barikata giren Mösyö Maböf, yapacağı işin öneminin bilincinde olarak başı dimdik Enjolras'a yaklaştı hiçbir şey söylemeden bayrağı kaptı ve barikatın uydurma basamaklarından tırmanmaya başladı. Birden etrafı sessizlik kaplamıştı. Mucizeleri müjdeleyen bir suskunluk. İhtiyar adamın tepede bayrağı salladığını gördüler, bir yandan da haykırıyordu:

– Yaşasın Cumhuriyet, yaşasın eşitlik ve ölüm.

Tam o sırada silah sesleri duyuldu. İhtiyar adam dizleri üzerinde yere çöktü ve elindeki bayrağı düşürerek, sırt üstü yuvarlandı.

Enjolras çok duygulanmıştı:

– Arkadaşlar diye seslendi, bakın ihtiyarın bize verdiği örneğe, bundan böyle, her birimiz bu ulu ihtiyarın cesedini, babamızı korur gibi koruyalım.

Daha sonra, eğilerek ölünün alnına bir buse kondurdu ve sanki canını acıtmaktan korkar gibi, delik deşik olmuş, kandan ıslanmış ceketini çıkardı:

– Bundan böyle bayrağımız, bu kahramanın ceketi olacaktır, diye haykırdı.

Cesedin üzerine meyhaneci kadının siyah atkısını örttüler, altı adam tüfekleriyle yaptıkları bir sedye üzerinde kahraman ölüyü meyhane içindeki bir masa üzerine yatırdılar. Tam o sırada Gavroş, gençlere:

– Hadi yerimize geliyorlar, diye haykırdı.

Gençlerin hepsi birden meyhaneden fırladılar, barikatın cırdından süngülerin ışıltısı görünüyordu karanlık gecede, muhafızlar barikatı aşmak için tüm güçleriyle saldırıyorlardı, durum çok nazikti. Bahorel içeri ilk giren muhafızı kara binasıyla vurdu, ikinci muhafız da Bahorel'i öldürdü.

Bir üçüncüsü imdat diye haykıran Kurfeyrak'ı yaralamıştı, dev cüsseli bir asker Gavroş'un üzerine yürürken, tüfeğinde kurşun kalmadığını anlayan çocuk korkuyla bir çığlık attı. Muhafız gülmekten katılarak, süngüsüyle çocuğa saldırdı. Tam o anda bir silah sesiyle birlikte süngü askerin elinden yere yuvarlandı, alnının ortasından vurulan adam cansız yere serilmişti. Bir başka kurşun Kurfeyrak'ı öldüren askerin kalbine isabet ederek onu saf dışı bıraktı.

Bu kayıplar üzerine askerler geri çekilmek zorunda kalmıştı.

Marius, en kritik zamanda barikata girmiş ve arkadaşlarını muhakkak bir ölümden kurtarmıştı.

Hep birden genç adamı kuşattılar, Kurfeyrak, onun boynuna sarılarak:

– Hoş geldin dostum, dedi.

Arkadaşlarının tezahüratına sevinçle karşılık verdi Marius, artık bütün gayesi onlara yardım etmek, yenmek ya da ölmekti.

Bu karmaşa arasında direğe bağlı Javer'i görmedi. Bu arada kayıpları anlamak için yoklama yapmak isteyen isyancılar Jan Pruvenin ortalıkta görünmediğini fark ettiler. Jan Pruver'in.

Enjolras:

– Eyvah, dedi. Gerçi onların ajanlarını rehine olarak aldık ancak onlar da en sadık, en yürekli dostumuzu ele geçirmişler.

O sırada uzaklardan tanıdık bir ses yankılandı:

– Yaşasın Fransa, yaşasın cumhuriyet. Pruver'in güçlü sesiydi ve hemen ardından bir patlama duyuldu. Uzun bir sessizlik. Komfer haykırdı:

– Onu öldürdüler.

Enjolras, Javer'in önüne dikildi ve bakışlarını onun yüzüne dikerek:

– Dostların, Pruver'i kurşuna dizdiler ve sıra sana da gelecek, diye haykırdı.

• • •

Çoğu zaman saldırılar barikat'ın ön kısmında yoğunlaşıyordu. Bundan dolayı isyancılar tüm dikkatlerini, en tehlikede olan ön tarafa çevirmişlerdi. Marius bir ara arka barikatı düşünerek oraya bir göz atmaya gitti. Her şeyin yolunda olduğunu görerek geri döneceği sırada, duyduğu bir sesle başını çevirdi.

– Mösyö Marius:

Genç adam bir an bu sesi tanır gibi oldu. Çevresine bakındı fakat kimseleri göremedi. Aldandığını, yanlış duyduğunu sanmıştı ki, ses tekrarladı:

– Mösyö Marius... Mösyö Marius. .

Bu kez artık emindi, iyice etrafına bakındı yine bir şey göremedi, ses:

– Ayaklarınızın dibine bakın, dedi.

Marius yere bakınca sokak fenerinin dibindeki garip bir şekli görebildi. Çıplak ayaklar ve yerde bir kan birikintisi.

– Beni tanımadınız mı? diye sordu ses. Ben Eponin'im. Marius yere eğildi, gerçekten yerdeki bu zavallı kızdı ve erkek gibi giyinmişti:

Marius haykırdı:

– Fakat siz yaralısınız, durun sizi götüreyim pansuman yaptırır sizi kurtarırım.

Kızı kaldırmak istedi, kız canı yanarak haykırdı. Marius, kızın elinin parçalanmış olduğunu gördü:

– Elinize ne oldu?

– Az önce size bir kurşun atmak istemişlerdi, farkında mısınız? Benim elim bu tüfeğin namlusunu tıkadı.

– Aman Tanrım, çok şükür ki, yaralı bir elden ölünmez, bir pansuman yaptırır, sizi kurtarırız.

– Yaralanan yalnızca elim olmadı, kurşun elimi delerek göğsüme girdi. Bana bir iyilik yapar mısınız Mösyö Marius? Ölmeden önce bana yaklaşın ve oturun şu taşın üzerine, başımı koyun dizlerinize. Oh, bakın ne denli rahatım artık, sanki acım bile dindi.

Birden yüzünü buruşturdu ve kendisini zorlayarak genç adama baktı:

– Tuhaf değil mi Mösyö Marius, oraya sizi götürdüğüm hâlde, o bahçeye gitmeniz beni kahrediyordu. Oysa siz beni çirkin buluyordunuz değil mi? Bakın artık kimse sizi bu barikattan kurtaramaz ve sizi buraya ben sürükledim. Siz de benim gibi öleceksiniz. Bunu biliyorum fakat size ateş ettiklerini görünce, dayanamadım ve size siper olmak istedim. Nedense sizden önce ölmek istemiştim. Tanrım, bu kan beni boğuyor, nefes alamıyorum.

Biraz uzakta Gavroş'un türkü söyleyen sesi duyuldu, Eponin haykırdı:

– Oh, bu benim küçük kardeşim, beni görmesin lütfen buraya geldiğim için beni azarlar belki.

Sonra Marius'un şaşkınlığını görünce sordu:

– Siz Gavroş'la kardeş olduğumuzu bilmiyor muydunuz? Mösyö Marius, az sonra öbür dünyada karşılaşacağız, siz de bana inanıyorsunuz değil mi, ama bir yalanla ölmek istemem, bana size verilmek için bir mektup vermişlerdi, o güzel hanım vermişti alın, kâğıt koynumda.

Marius mektubu aldı. Kız acıyla içini çekti, fısıltıyla:

– Bu zahmetim için sizden bir şey isteyeceğim Mösyö Marius, ne olur yapacağınıza söz verin.

– Söz veriyorum, dedi Marius.

– Ben ölüyorum, öldükten sonra ne olur, beni alnımdan öpün, ruhum mutlaka hisseder bunu.

Başı düştü ve gözleri kapandı, Marius bu zavallı kızın öldüğünü sanmıştı ki birden genç kız ağır ağır göz kapaklarını kaldırdı ve sanki başka bir dünyadan gelen bir sesle konuştu:

– Baksanıza Mösyö Marius, galiba size biraz âşıktım. Gülümsedi ve gözleri sonsuza kadar kapandı.

Marius vaadini yerine getirdi, buz gibi terle ıslanmış bu alına bir öpücük kondurdu. Bu Kozet'e bir ihanet sayılmazdı. Mutsuz ölen kıza son bir veda oluyordu. Daha sonra mektubu acele ile açtı ve okudu:

– Sevgilim, ne yazık ki babam derhal gitmemizi istiyor bu akşam Silahlı Adam sokağındaki yedi numaralı evde olacağız. Bir hafta sonra İngiltere'ye geçiyoruz. Kozet-4 Haziran.

– 3 Haziran akşamından sonra Kozet, babasına kafa tutmak, burada kalmak için direnmek istemiş, fakat bunun imkânsızlığı karşısında Marius'a bir pusula yazmış ve parmaklık önünde dolaşan kılıksız genç bir işçiye beş frank bahşiş vererek pusulayı gönderebilmişti. Bu pusulayı alan erkek giysileri giymiş Eponin'den başkası değildi. "Başka yere taşının yazısını da Mösyö Foşlövan ile kızım, haydutlardan kurtarmak istediği için Eponin yazmıştı.

Daha sonra genç kız, Marius'u bulmak için Kurfeyrak'ın evine koşmuş hepsinin barikatlara gideceklerini öğrendiğinde ise aklına parlak bir fikir gelmişti; Marius'ta beraber olmak onu Kozet'ten ayırmak için onu da kendisini de bu ölüme sürüklemek.

Marius son bir vazifesinin kaldığını biliyordu. Kozet'e öleceğini bildirmek. Kızın kendisini sevdiğini ancak babasının sözünden çıkamadığını öğrenmek genç adamı mutlu etmişti. Kozet'in mektubunu doyasıya öptü, kokladı. Demek seviliyordu, bir an için ölmekten vazgeçecek gibi oldu. Daha sonra; Babası onu İngiltere'ye götürüyor, dedem evlenmemize engel oluyor, kaderimde bir değişiklik olmadı, diye düşündü.

O zaman iki görevi olduğunu hatırladı. Şimdi yapması gereken iki şey vardı. Kozet'e mektup yazmak ona öleceğini bildirmek ve barikat'ta arkadaşlarıyla omuz omuza dövüşen yürekli Gavroş'u, Tenardiye'nin oğlunu ölümden kurtarmak. Eponin'in kardeşini kurtarmakla, babasının vasiyetinin bir kısmını yerine getirmiş olacaktı. Cüzdanından bir kâğıt kopardı ve şu satırları karaladı:

"Kozet, güzel sevgilim, evlenmemiz imkânsız, dedem buna razı olmadı servetim yok, sen de parasızsın. Bahçeye geldim, fakat seni bulamadım, sana verdiğim sözü biliyorsun, yeminimi yerine getiriyorum, sensiz yaşamaktansa ölmeyi tercih ederim. Bu kelimeleri okuduğunda ruhum yanında olacak."

Kâğıdın arkasına Kozet'in yeni adresini yazdı. Daha sonra başka bir kâğıda da şunları yazdı: "Adım Marius Pontmercy, cesedimi "Kalver Kızları" sokağı altı numarada oturan dedem, Mösyö Jilnorman'ın evine götürün."

Gavroş'u çağırdı, sokak çocuğu koşarak yanına geldi, genç adam ona:

– Evlat, dedi, benim için bir iş yapmanı istiyorum, al şu pusulayı ve derhal barikattan çık, yarın sabah gün doğunca bunu üzerindeki adrese teslim edersin.

Kahraman çocuk:

– Fakat bu arada barikatı düşürürlerse, ben burada olamayacağım, diye sızlandı.

– Barikat yarın güneş doğarken kuşatılır ve ancak yarın akşama doğru düşebilir, dedi.

Henüz gece yarısı olmuştu, adresin pek uzaklarda olmadığını düşünen Gavroş, mektubu teslim edip, vaktinde döneceğini umarak hemen oradan uzaklaştı.

• • •

Endişeler içinde bocalayan Jan Valjan, alelacele "Taureav" sokağındaki ufak dairesine taşınınca, keyfi yerine gelmişti.

Hatta bu kez âdeti dışında, Tusen kadını da beraberinde götürmüştü. Gerçi Kozet biraz direnmiş, Plüme sokağındaki bahçeyi bırakmak istemediğini, burasını sevdiğini ileri sürmüştü, ancak

Jan Valjan buna pek aldırmamıştı. "Taşının buradan" diye aldığı pusuladan sonra, bir akşam, çardak duvarında "Vitrier" yazısını görmek adamı daha da kuşkulandırmıştı. Ve hemen orayı terk ettiler. Şimdi kendini emniyette hissettiği bu evde geçirdiği ilk gecenin sabahında Jan Valjan pek neşeli uyanmıştı.

Bir ara Tusen kadın, efendisine:

– Mösyö, uzaktan garip gürültüler duyuluyor, galiba ihtilâl başladı demiş, ancak adam bu haberi önemsememişti. Onu endişelendiren Kozet'in geleceğiydi. Bir süre için, İngiltere'ye geçmeyi düşünüyordu, kahvaltı masasından kalkmış ve odada bir aşağı bir yukarı dolaşmaya başlamıştı, ancak birden olduğu yerde taş kesilmiş gibi kalakaldı. Büfenin üstündeki bir kâğıtta yazılanlar dikkatini çekti.

Sevgilim, babam derhal yola çıkmamızı istiyor. Bu akşam "Taureav" sokağındaki daireye geçiyoruz. Bir hafta sonra Londra'da oluruz. Kozet.

Adam, yumruk yemiş gibi sersemledi. O güne kadar, felâketlerin çeşitlisini görmüştü, ancak kader kendisine en korkunç felâketi hazırlamaktaydı. Gerçi ihtiyar Jan Valjan, Kozet'i bir evlat gibi severdi, ancak her baba sevgisinde, kızını bir yabancıya kaptırmak korkusu bulunur, bundan dolayı, o taptığı çocuğun bir başkasına ait olacağını düşünmek adamı çileden çıkarıyordu. Jan Valjan, kelimelerin tanımlayamayacağı acı düşüncelerle akşamı etmişti, gece bastırdığında evinin önündeki bir iskemleye oturdu ve yakınlardan gelen tüfek seslerini dinleyerek, beynine üşüşen karamsar düşüncelerine daldı.

Böyle başı önünde ne kadar zaman kaldığını bilemeyecekti. Kiliselerden birinin saati gecenin on birini vurmuştu. Birden kulak kabarttı, ayak sesleri duymuştu ki, karşısında bir çocuk belirdi.

Çocuğun yorgun ve sefil görüntüsü, iyi kalpli adamı etkilediğinden, onu çağırıp, eline bir beş frank tutuşturdu. Gavroş hayretle bu paraya baktı daha sonra sordu:

– Bana yedi numaralı binayı gösterir misiniz?

Sokak çocuğunun elinde bir zarf gören Jan Valjan, durumu kavramıştı.

– Demek bana mektup getirdin?

– Evet, ama siz kadın değilsiniz?

– Biliyorum evlat, mektup Matmazel Kozet adına gelmedi mi?

Gavroş bu adamın o genç hanımla ilgisi olduğunu anlamıştı, adamın ısrarı üzerine hiç direnmeden mektubu ona uzattı.

– Oh mektubu genç bayana vereceğiniz için teşekkürler, ben Şanveröri sokağındaki barikattan getirdim bu pusulayı ve hemen oraya dönüyorum.

Jan Valjan eline geçen mektubu merak ve endişeyle okudu. Önce kendisine hiç de yakışmayacak bir düşünceye kapıldı, Kozet'in sevdiği adamın ölüme mahkûm olması onu bayağı rahatlatmıştı. Ancak pusulayı iç cebine yerleştirdikten sonra Tusen kadına muhafız üniformasını hazırlamasını söyledi ve giyinip kuşandıktan sonra da karanlıklara karıştı.

• • •

Barikattaki gençlerin cephane ve yiyecekleri azalmıştı, barikat lideri Enjolras, sabahın doğru sağ kalanları saydı, toplam otuz yedi kişi. Enjolras, içlerinde evli ve çocuk sahibi olanların çekilip evlerine dönmelerini istedi. Gerçi barikat kuşatılmıştı. Ancak haller tarafında, bir çıkış imkânı vardı. Boş yere aile sahibi olanları ölüme atmak istemiyordu. Fakat hiç kimse bu şerefli görevden ayrılmak istemiyordu.

Enjolras tüm otoritesini kullanarak, yuvalarına yollamak istediklerinin adlarını saydı. Birden muhafız kılıklı orta yaşlı bir adam göründü, evine gitmek istemeyen bir isyancıyı zorlayan bu meçhul adam, onunla kılığını değiştirmekteydi. Enjolras ve Kurfeyrak bu tanımadıkları adama hayretle bakıyorlardı, onun bir casus olmasından kuşkulanmışlardı. Ancak Marius, Kozet'in babasını tanımıştı. Arkadaşlarına, adamı tanıdığını onun kendilerine ihanet etmeyeceğini söyledi. Enjolras, yeni geleni şu sözlerle karşıladı:

– Arkadaş, aramıza hoş geldiniz. Buraya girenlerin öleceklerini biliyor musunuz?

Jan Valjan buna cevap vermeden, yerini aldığı isyancıya formasının ceketini giydirdi.

• • •

Bu arada askerlerin silahları susmak bilmiyordu. İsyancılar fişeklerini ziyan etmemek için karşılık vermediler. Bir ara Enjolras, yakın damlamı birinde ışıldayan bir miğferi işaretleyerek:

– Bu gözlemciyi hiç beğenmedim, dedi.

Jan Valjan tüfeğini ateşledi ve gözcü askerin başlığını düşürdü. Telaşlanan asker, hemen yere atlamıştı, ikinci bir gözlemci onun yerini aldı, bu bir subaydı. Jan Valjan ona da ateş ederek kasketini yere yuvarladı. Karşı taraf yılmıştı, barikatı gözetlemekten vazgeçtiler.

Komfer sordu:

– Neden öldürmediniz o adamları?

Jan Valjan cevap vermedi. Komfer, Kurfeyrak'ın kulağına eğilerek:

– Baksana, adama ateş ederek iyilik yapan birisi, diye mırıldandı.

Muhafız alayı, isyancılara karşı iyi savaşıyordu. Aslında meyhaneci ve esnaflar bile bir ara aslan kesilmişler işlerine set çeken bu isyanı sona erdirmek için muhafızlara katılarak kendilerini öldürtmekten çekinmemişlerdi. Bu arada gün doğmuş uyanan Paris'in her yönünde savaş başlamıştı.

Yine de bu ciddi bir isyan sayılmazdı, belli bir güce ulaşacakları günü bekleyen birçok insan isyana katılmamıştı. Atak bir subay olan Yüzbaşı Faniko, tek başına barikatı ele geçirmek hevesine kapılmıştı. Onun saldırısı Enjolras'ı çileden çıkardı:

– Budala, diye haykırdı. Emrindeki kahraman askerlerini hiçe sayarak öldürttüğü gibi bizim cephanemizi de boş yere tüketiyor. Bu saldırıyı püskürtmek için, haykırdı.

– Arkadaşlar ateş!..

Bir süreden beri susmakta olan barikat, nihayet ateş püskürmeye başladı. Sokak barut dumanıyla dolmuştu, ne var ki Enjolras umutsuzcasına başını salladı:

– Gerçi şimdilik başardık, ancak bir çeyrek daha böyle ateş edersek, barikatta tek fişek bile kalmayacak, dedi.

Kurfeyrak birden barikatın dışında birini gördü. Bu eline meyhaneden bir sepet almış olan Gavroş'du.

Çocuğa seslendi:

– Hey! Ne yapıyorsun oralarda?

– Görmüyor musun arkadaş, sepetimi dolduruyorum. Genç adam telaşla haykırdı:

– Ateş yağmurunu görmüyor musun? Çabuk geri dön.

Yirmi kadar ölü kaldırımlara serilmiştir onların çantalarından fişekleri toplayan Gavroş, sepetini dolduracağını düşünerek neşeli bir türkü tutturdu. Ölü bir çavuşun fişek çantasını kendi sepetine boşaltırken serseri bir kurşun cesede çarptı, Gavroş buna aldırmadı bile. Yürekli çocuk, kurşun yağmurunun altında eğilip kalkıyor, barikatın ihtiyacı olacak fişeklerle çantasını dolduruyordu. Bir kurşun da sepetini devirince Gavroş ayağa kalktı ve saçlarını rüzgârda uçurarak, elleri kalçasında, gözlerini askerlere dikerek türküsüne daha küstah bir tonla devam etti. Daha sonra sepetini yerden aldı, dökülen fişeklerden birini bile ziyan etmeden, hepsini içine doldurdu ve başka bir ölünün çantasına yanaştı. Kurşunlar çocuğun üzerine yağmaya devam ediyordu, bu korkunç ve aynı zamanda görülmemiş bir olaydı. Durmadan kendisine nişan aldıkları hâlde, bir türlü ona isabet ettiremiyorlardı. Ne yazık ki sonunda zalim bir kurşun bu cesur çocuğu vurdu, Gavroş'un sendelediğini ve düştüğünü barikattaki dostları gördü. Ancak

Gavroş öyle kolay kolay yenilgiyi kabullenenlerden değildi, yine ayağa kalktı, yüzünden kanlar akan çocuk, türkünün son mısralarını okurken ikinci bir kurşunla cansız olarak yere serildi. Marius dışarı fırlamış, Komfer de onu izlemişti, fakat geç kalmışlardı, artık Gavroş yaşamıyordu. Komfer fişek sepetini aldı. Marius cansız bedeni kucaklayarak barikata getirdi. Kahraman çocuğun babasının yıllar önce kendi babasına yaptığını bugün Marius onun oğluna iade ediyordu, ne yazık ki bu kez bir ölüyü taşıyordu. Eğildiği anda, bir kurşun alnını sıyırarak geçmiş ancak Marius bunu bile fark etmemişti. Komfer kravatını çözerek arkadaşının yarasını sardı. Gavroş'u da Maböf'ün yattığı masa üzerine uzattılar. Siyah atkı ihtiyarla çocuğun cesetlerini örtmeye yetti. Komfer getirdiği fişekleri içeridekilere dağıttı. Jan Valjan hep aynı yerde, olanları izliyordu. Komfer'in uzattığı fişekleri bir el işaretiyle reddetti.

Komfer, alçak sesle Enjolras'a:

– Garip bir adam, dedi. Kimseyi öldürmek istemiyor.

– Yine de, barikatı savunmayı ve bize yardım etmeyi başarıyor ya. Bize çok faydalı olduğunu kabul etmeliyiz.

Onları duyan Kurfeyrak da kendi fikrini açıkladı:

– Bu da Mösyö Maböf gibi kendine özgü garip bir kahraman.

Komfer beline bir önlük takmış, yaralılara pansuman yapıyor, Föyi bir başka arkadaşıyla, Gavroş'un ölü bir çavuştan aldığı barut kabından fişekler yapıyorlardı. Kurfeyrak tüfeğini, hançer ve kılıcını yanına düzenli bir şekilde yerleştirmişti.

Henüz saat on ikiyi çalmıştı ki Enjolras, Marius'a seslendi:

– Komuta ikimizde, ben içeriden emir vereceğim sen dışarıda dur ve etrafı izle.

Marius barikatın tepesine gözcü olarak dikildi. Enjolras son talimatlarını veriyordu, Föyi dinliyor ve herkesin adına cevaplandırıyordu.

– Birinci kat basamaktan yıkmak için baltaları hazır bekletin. Yirmi altı savaşçı kaldık, kaç tane tüfeğimiz var?

– Otuz dört.

– Sekizi fazla. Bu tüfekler de dolu olarak beklesin, elimizin altında olsun, kılıç ve hançerlerinizi belinizde tutun, yirmi kişi barikatta kalsın, altı kişi çatı katı pencerelerini gözlesin, herkes iş başına, az sonra davul sesiyle yeni bir saldırı başladığında yirminiz birden, aynı anda ateş açacaksınız.

Daha sonra Javer'e dönerek:

– Seni de unutmuyorum, dedi, barikat alınmadan önce, canını cehenneme yollayacağım.

Tam o sırada Jan Valjan göründü ve Enjolras'a yaklaşarak:

– Kumandan siz misiniz? diye sordu.

– Evet.

– Az önce yardımlarımdan dolayı bana teşekkür etmiştiniz.

Enjolras cevap verdi:

– Evet, cumhuriyet adına sizi kutladım.

– Bir ödül hak ettim mi, dersiniz.

- Evet, fakat...

– Güzel, o zaman hakkımı istiyorum, bu adamı bana verin, onun beynini dağıtmak zevkini ben tatmak isterim.

Enjolras bir süre bu isteği düşündü, sonunda Jan Valjan'a:

– Aynasız sizin olsun, dedi.

Jan Valjan, Javer'i yakasından yakaladı. Tam o sırada bir borazan sesi duyuldu. Barikat tepesinden çevreyi gözleyen Marius seslendi:

– Dikkat, geliyorlar.

Javer o sinsi gülüşüyle isyancılara döndü:

– Durumunuz benimkinden daha parlak değil.

Enjolras haykırdı:

– Hepiniz dışarı.

Javer'i yalnız kalan Jan Valjan, tutsağı bağlayan ipi çözdü ve ona ayağa kalkmasını söyledi. Jan Valjan, onu yakasından sürükleyerek meyhaneden çıkardı. Eski forsanın tabancası elindeydi.

Böylece barikatın iç bölümünden geçtiler. Marius onların geçişlerini görmüştü, Jan Valjan, Javer'le birlikte, Daraş Montedur sokağına girdi. Burası bomboştu ve kimse kendilerini göremezdi. Kaldırıma ölüler yığılmıştı, bu cesetler arasında kaldırıma dağılmış saçlar, genç ve soluk bir yüz ve kanlara bulanmış bir kadın bedeni gördüklerinde, Javer kendi kendisine konuşurcasına:

– Ben galiba bu kızı tanıyorum, dedi. Bu ölü Eponin'den başkası değildi.

Jan Valjan bakışlarını polis şefine dikmişti, Javer haşin bakışlarını ona çevirerek:

– Haydi, diye haykırdı. Ne bekliyorsun, al öcünü de bitsin bu iş.

Jan Valjan cebinden bir sustalı çıkartarak açtı.

– Bir bıçak ha, tam senin gibilerine yakışan bir silah.

Jan Valjan, Javer'in boynundaki ve kollarındaki ipleri kesti daha sonra eğilerek adamın ayaklarını bağlayan sicimi de kesti. Daha sonra bakışlarını adamın gözlerine dikerek:

– Serbestsiniz, dedi.

Javer hiçbir şeye şaşmazdı, ancak kendine hâkim olmasına rağmen ağzı açık kalakaldı.

Jan Valjan sözüne devam etti:

– Buradan sağ çıkacağımı sanmıyorum, ancak bir rastlantı sonucu ölmezsem bilin ki Foşlövan adıyla "Taureav" sokağında yedi numaralı evde oturuyorum.

Javer sırtlanı andıran bir sırıtışla:

– Kendini kolla o zaman, dedi.

Jan Valjan:

– Haydi dedi. Ne bekliyorsunuz, özgürsünüz gidin.

Polis şefi hiçbir şey olmamış gibi redingotunun düğmelerini ilikledi, omuzlarını dikleştirdi ve çarşı istikametinde ilerlemeye başladı.

Javer gözden kaybolduktan sonra Jan Valjan, havaya bir el ateş etti. Daha sonra barikatın içine dönerek:

– Tamam, dedi.

Marius, Jan Valjan'ın sürüklediği tutsağı tanır gibi olmuştu.
Ama isyanın bu karmaşasında konuyu fazla düşünmeye fırsat bulamadı.

Barikat son anlarını yaşıyordu, askerlerin oldukları yerden gelen davul sesleri son saldırıyı müjdeliyordu. Saldırı bir kasırga gibi oldu. Askerler, tüm hınçlarıyla barikata yüklendiler. İsyancılar ateş açtılar. Barikat bir kaç adımda aşıldı. Hücum öylesine ani olmuştu ki bir an içinde barikatın tepesi askerlerle dolmuş, ancak isyancılar tarafından bir kısmı geri püskürtülmüştü. Her iki taraf karşılıklı ateş ediyorlardı. Meyhanenin camları kırılmış, dış duvarlar kurşunlardan delik deşik olmuştu, Lesgel, Föyi, Kurfeyrak ve Joly ilk ateşte düşenlerdendi.

Yaralı bir askere yardım eden Komfer, bir süngü darbesiyle yıkılarak son nefesini verdi.

Ancak Enjolras yaralanmamıştı. Barikat'ın iki ucunda iki canlı adam kalmıştı. Enjolras ve Marius. Diğer isyancıların korudukları merkez kısmı düşmüştü. Barikatı koruyan isyancılar geriledeler. Hepsinde bir yaşama hırsı uyanmıştı, boşu boşuna ölmek istemiyorlardı. Bir ev vardı çıkmazın dibinde, bu ev kendilerini koruyabilirdi, kapıya koştular, tekme yumruk ve tüfeklerin dipçikleriyle vurdular, ancak ne yazık ki kimse kendilerine kapıyı açmadı.

Enjolras, Marius ve yedi arkadaştan daha, kaçan bu isyancıları koruyordu. Enjolras, askerlere ilerlemeyin diye haykırmış, bir subay buna rağmen saldırıya devam edince genç şef onu öldürmüştü.

Marius dışarıda kalmıştı, bir kurşun köprücük kemiğini parçaladı. Bayılıyordu, kendisini kaybetmeden önce güçlü bir el tarafından yakalanarak geri çekildiğini fark etti. Bayılmadan önce son düşüncesi şu oldu:

– Beni esir aldılar, kurşuna dizileceğim ve bir daha Kozet'i göremeyeceğim.

Enjolras da Marius'u göremeyince aynı şeyi düşünmüştü fakat öyle feci bir an yaşanıyordu ki, herkes kendi canını kurtarmaya çalışıyordu. Genç adam meyhanenin salonuna girmiş kapıyı üzerine sürgülemişti. Askerler baltalarıyla kapıyı kırmaya uğraşıyorlardı. Bu arada bir gece önce şarap şişelerini deviren Garnter hâlâ sızmış olarak uyumaktaydı, o bu kavgaların hiçbirine katılmamıştı.

Hükümet'in yolladığı askerler çok hırslanmışlardı. Subaylarının ölümü onları çıldırtmıştı, bir de isyancıların arasında kafası kopmuş bir askerin cesedinin olduğu söylentisini duymaları, onları büsbütün deli etmişti. Kapıya barikat yaptıktan sonra Enjolras sağ kalan arkadaşlarına:

– Kendimizi pahalıya satalım, dedi. Daha sonra Maböf ile Gavroş'un serili oldukları masaya yaklaştı. Örtünün altından yaşlı adamın eli sarkmıştı. Enjolras eğilip bu eli saygıyla öptü.

Meyhanenin içinde tam bir kargaşa başlamıştı. İsyancılar son fişeklerine kadar direndiler, salonda barut dumanından göz gözü görmüyordu. Nihayet hiç kurşunları kalmayınca, bu cesur insanlar ispirto şişelerini kaparak, birer silah gibi kullandılar. Fakat artık ne yapsalar faydasızdı, birbirlerini ezerek yirmi kadar asker bu cehennemi odanın ortasına daldılar. İçeride ayakta kalan tek kişi Enjolras'dı.

Askerlerden biri haykırdı:

– Bu şefleri, subayımızı o öldürdü, onu da biz gebertelim.

– Evet, beni de arkadaşlarım gibi öldürün, cevabını verdi Enjolras.

Kollarını göğsünde kavuşturmuş, başını arkaya atmış, altın saçları yele gibi omuzlarına dökülmüş, bir intikam meleğini andırıyordu.

On iki asker, Enjolras'ı duvara dayadılar, subayları sordu:

– Gözlerinizi bağlayalım mı?

– Hayır.

– Tam o sırada duyulan bir sesle herkes irkildi.

– Yaşasın Cumhuriyet, ben de onlardanım.

Bu, nihayet sarhoşluğundan ayılan Garnter'in haykırışıydı. Son anda kendisine gelen adam gerçi dövüşmesini bilememiş ancak ölmesini bildiğini hayatta kalan son arkadaşına kanıtlamıştı.

Genç adam, bir kez daha gür bir sesle:

– Yaşasın Cumhuriyet, diye haykırdıktan sonra, askerlerin şaşkın bakışları arasında kendinden emin adımlarla yürüyerek dostu Enjolras'ın yanında durdu ve ona sakin bir sesle sordu:

– Seninle birlikte ölmek istiyorum, izin verir misin?

Enjolras gülümseyerek ona elini uzattı. Henüz gülümsemesi dudaklarından silinmemişti ki bir patlama duyuldu, başından vurulan Garnter ayaklarının dibine serildi. Sekiz kurşunla vurulan Enjolras yine de düşmemiş, duvara çivilenmiş gibi dimdik ayakta kalmış, sonra yavaşça olduğu yere çökmüştü.

İhtilal bastırılmış, askerler sağ kalan diğer asilerin peşlerine düşmüşlerdi.

Marius da esir düşmüştü, fakat o Jan Valjan'ın tutsağı idi. Genç adamın bir kurşunla sendelediğini gören Jan Valjan, bir kaplan çevikliğiyle atılmış ve onu saçlarından kavrayarak ardından sürüklemişti.

Köşedeki evlerden birinin bir çıkıntısından kaçmayı tasarlamıştı adam. Bir süre Marius'u duvara dayayan Jan Valjan, etrafı kolaçan etti durum çok nazikti. Bir kaç dakika için, bu duvar kendilerini koruyabilirdi fakat sonra ne olacaktı? Bir kaç yıl önce Kozet'le birlikte Javer'den kaçarken duvar dibinde çektiği sıkıntıları hatırladı. Şu anda durum daha da berbattı. Bir çıkmazda bulunuyordu. Tam karşısında altı katlı bir ev yükseliyor, sağ yönde Trüyandöri sokağını kapatan küçük barikat bulunuyordu. Buradan kurtulmak için bir kuş olmak, kanatlanmak gerekirdi. Jan Valjan çok ani bir karar almak zorunda olduğunu biliyordu. Bir karşısındaki eve, bir yan tarafındaki barikata baktı, daha sonra bir delik açıp yeri yarıp toprak altına girmek istercesine gözlerini yere indirdi.

Yerdeki mazgal deliği dikkatini çekmişti. Yaralıyı bıraktı tüm gücüyle mazgalın kapağını kaldırdıktan sonra bu yer altı yoluna girip onu da yanına çekti. Baygın olan Marius kucağında, Jan Valjan bir yeraltı dehlizinde ilerliyordu artık. Burada rahatsız edici bir sessizlik hüküm sürüyordu.

Tam o sırada, korkunç bir gürültü duyulmuştu, Jan Valjan meyhanenin askerler tarafından ele geçirildiğini anladı.

Jan Valjan Paris kanalizasyonlarının tam içine dalmıştı. Burası bir labirent gibidir dalan, kaybolup boğulabilir.

Bir an için hiçbir şey göremedi. Sanki aynı anda sağır da olmuştu, çünkü hiçbir şey duymuyordu artık. Sadece ürkütücü bir karanlık ve sessizlik. Ancak ayağının altında sağlam bir zemin olduğunu biliyor, bu sayede ilerleyebiliyordu. Bir kaç saniye sonra gözleri karanlığa alışarak bulunduğu yeri az da olsa görebildi. Girdiği mazgallardan biraz ışık sızıyordu. Önünde bir duvar vardı. Elini uzattı ve duvarın ıslak olduğunu hissetti.

Barikatın bulunduğu yerdeki mazgal deliğinin altında yürüdüğünü fark edince yukarıdaki askerlere görünmemek için oradan hızlı adımlarla geçti. Kaybedecek bir dakikası bile yoktu.

Tehlikeler çeşit çeşitti. Savaşın baş döndürücü karmaşasından sonra daha başka nitelikte bir tehlike bekliyordu kendisini. Jan Valjan bir felaketten bir ikincisine sürüklenmişti. Bir elli adım ilerledikten sona yine durdu. Bir labirent içinde olduğunu anlamıştı, hangi yolu seçecekti, bu zifiri karanlıklar arasında yönünü nasıl bulacaktı?

İlerledikçe yürümek zorlaşıyordu. Su ayak bileklerine kadar çıkmıştı, demek artık yürüdüğü yol yokuş değil, aşağıya meyilliydi. Yoksa Sen ırmağına mı çıkacaktı? Bu büyük bir tehlikeydi.

Ancak gerilemek de aynı şekilde sakıncalıydı. Her kavşağa geldiğinde eliyle duvarları yokluyor, bulunduğu koridordan daha dar bir deliğe girmekten kaçınıyordu.

Savaşın olduğu kısımların altından uzaklaştığını, daha sakin mahallelerin altına girdiğini fark etti. Başının üzerinden arabaların geçtiklerini duyuyordu. Aşağı yukarı yarım saatten bu yana yürüyordu. Marius'u omzunun üzerine yüklemişti, karanlık daha da yoğunlaşmıştı. Birden önünde gölgeler gördü ve korkuyla başını çevirdi. Arkasındaki dehlizde sanki kendisini izleyen, korkunç bir ışık parıldıyordu. Bu ışığın ardında bazı şekillerin kıpırdadığını fark etti.

6 Haziran gecesi, kanalizasyonların polis tarafından aranması emredilmişti. Lağımların, yenilen isyancılar tarafından sığınak olarak kullanılmasından kuşkulanan polis devriyesi, lağımlarda kol geziyordu. Jan Valjan'ın gördüğü aydınlık, bu polislerin el feneriydi.

Şansına, kendisi ışığı görüyor, ancak jandarmalar kendisini seçemiyorlardı. Hemen duvarın bir çıkıntısına yapıştı ve bekledi. Aslında gördüğü şeylerin ne olduğundan kendisi de pek emin değildi. Uykusuzluk, açlık, yorgunluk ve heyecan onda hayal gücünü canlandırmış olabilirdi.

Jan Valjan olduğu yerde kıpırdamadan durmaya çalışırken, gürültü hemen kesildi.

Polislerde kulak kabartmış, etrafı dinliyorlardı ancak bir şey duymadılar. Jan Valjan gizlendiği yerden, adamların baş başa vererek, tartıştıklarını ve bir süre sonra da hepsinin sol taraftaki dehlizde kaybolduklarını görerek rahat bir nefes aldı. Başçavuş burada kuşku verecek bir şey görmediğinden araştırmalarını başka bir yönde sürdürmelerini önermişti. Fakat uzaklaşmadan önce çavuş, Jan Valjan'ın bulunduğu yere doğru kara binasını çevirerek bir el ateş etmişti, tavandan dökülen bir sıva parçası suya düştü. Kıpırdamaya cesaret edemeyen Jan Valjan, bir süre daha kulak kesilerek saklandığı yerde bekledi.

Bu arada Sen ırmağının kıyısında Envalidler Köprüsü dolaylarında garip bir sahne yaşanıyordu.

İki adam birbirlerini izliyorlardı. Birisi kaçmak, diğeri kovalamak durumunda iki kişi. Onların davranışları tıpkı bir satranç oyununu hatırlatıyordu. Hiçbiri acele etmiyor ve sanki arkadaki kendisini göstermek istercesine çok ağırdan ilerliyor, öndeki ise peşindekinin dikkatini çekmekten çekinir gibi yavaş yavaş yürüyordu. Kıyı çok ıssızdı, görünürlerde başka kimse yoktu. İçlerinden biri polis üniformalı, diğeri paçavralar içindeydi. Üniformalının amacı peşmerge kılıklı adamı yakalayıp hükümet hesabına giydirmekti. Ne var ki bu arada bir renk ayrımı vardı. Kendisi gibi maviler giydirmeyecekti bu yakalayacağı adama, ona kırmızı bir kazak giydirip, cezaevine yollayacaktı. Birden arkadaki adam hızlanmaya başladı, kovaladığı serserinin ağaçlıklı yokuşu tırmanarak Şanzelize meydanında kaybolmaktan başka kurtuluş yolu yoktu.

Oysa adam o tarafa sapmamıştı. Peki ne yapacaktı? Rıhtımda kıstırılıp yakalanacaktı. Birden çok şaşırtıcı bir olay oldu. Polis, izlediği adamın birden ortadan kaybolduğunu görerek derin bir hayrete düştü. Herif ya Sen ırmağına atlamış ya da kuş olup havaya uçmuştu... Üçüncü bir ihtimal yerin yarılıp onu içine almasıydı...

Redingotu çenesine kadar ilikli haşin yüzlü adam birden bakışlarını kaldırıma indirince eliyle alnına vurdu. Sırrı çözmüştü. Ayaklarının dibinde bir mazgal deliği vardı, kanalizasyonun Sen ırmağına aktığı nokta. Kovaladığı kaçağın bu mazgalı oynatarak karanlık dehlize indiğini nihayet anlayabilmişti. Kendisi de aynı yolu denemek istedi. Fakat tüm gayretlerine rağmen mazgalı bir türlü yerinden oynatamadı, o zaman bu mazgalın bir sürgüyle değil bir anahtarla kilitlenmiş olduğunu anladı. Bir av köpeği sabrıyla oradaki duvar dibine çömelerek beklemeye koyuldu.

• • •

Jan Valjan yeniden yürümeye koyulmuş ve artık bir daha dinlenmek için durmamıştı. Bir yeraltı meydanını andıran geniş bir yere vardı. Burası Montmant lağımının büyük kanalizasyonla birleştiği noktaydı. Jan Valjan bu kavşakta kararsızca durdu ne yapacağını bilemiyordu, birden her ne olursa olsun Sen ırmağının kıyılarına ulaşmasının gerektiğine karar verdikten sonra sola döndü. İsabet etmişti, eğer aksi istikametteki galeriye sapsaydı mahvolurdu. İçgüdüsüne itaat etmekle kurtuluşa yaklaşmıştı, yokuşu indi. Bir ara tavandaki bir delikten içeri süzülen bir ışıktan çevresini görebildi, sırtında taşıdığı yaralıyı bir kenara bıraktı. Marius'un ceplerini karıştırarak, kendisine gerekecek iki şeyi bulmuştu. Genç adamın bir gün öncesinden cebinden unutmuş olduğu bir parça ekmek ve bir kâğıda yazdığı şu sözleri:

"Adım, Marius Pontmercy, cesedimi Justice sokağı, altı numarada oturan dedem Mösyö Jilnorman'ın konağına teslim edin."

Tavandan süzülen yarı aydınlıkta, bu kelimeleri okuyan Jan Valjan ezberlemek istercesine adresi birkaç kez tekrarladı sonra cüzdanı delikanlının cebine yerleştirdi ve onu yine omzuna alarak galeriden inmeye başladı.

Biraz ilerlemişti ki ayaklarının yeniden ıslandığını fark etti, yumuşak kumlar üzerinde yürüyordu. İşte o zaman Jan Valjan gerçekten dehşete kapıldı, bataklıklara saplanarak ölenlerin korkunç sonlarını duymuştu. Paris kanalizasyonlarında böyle bir bataklık olduğunu, hatta yıllar önce metresinin kocasından kaçmak için lağıma giren yakışıklı Deskübo Dükünün, böyle korkunç bir bataklığa saplanarak öldüğünü gazetelerde okuduğunu hatırlamıştı.

Ne yazık ki Jan Valjan böyle feci bir akıbetle karşı karşıya kalmıştı. Bir gün önceki sağanak yağmur, bir duvarın yıkılmasına sebep olmuş ve her tarafı çamur yapmıştı. Bu çamurda yürümek zorunda kalan yürekli adam, Tanrının yardımıyla buradan da kurtulabileceğine inanmak istiyordu. Geri dönmeyi düşünemezdi, sırtında taşıdığı adam ölmek üzereydi. Her şeyi göze alarak ilerledi.

Önce sığ görünen hendek gittikçe derinleşiyordu, çamur Jan Valjan'ın dizlerine kadar çıkmıştı. Bir kaç adım sonra beline kadar suda yürüyen adam, nihayet boğazına kadar battığını hissetti ve sırtında taşıdığı yaralıyı korumak için, onu başının üzerine kaldırdı. Artık her adım bir işkence oluyordu. Çocuğunu koruyan bir ana gibi Marius'u havaya kaldırarak çenesine kadar yükselen pis suda bir kaç adım daha attı. Tam artık her şeyden umudunu kestiği bir anda birden ayağının altında sağlam bir taş hissetti. Tam zamanıydı, lağım suyunu yutmamak için çenesini yukarı kaldırarak nefes alıyordu. Kaderin bu yardımı karşısında birden güçlenen adam bir kaç adım sonra omuzlarına kadar sudan çıkabildi.

Artık sağlam bir yere bastığını ve hafif meyilli bir kaldırıma geldiğini anladı, son gücünü kullanarak yürüdü ve nihayet bataklığın öbür kıyısında sudan çıkarak bir taş üzerine sırtındaki yaralıyla beraber yığıldı. Vücudu leş gibi kokan adamcağızın ruhuna sonsuz bir huzur dolmuştu.

Bir kaç dakika dinlendikten sonra yeniden yola koyuldu.

Gerçi bataklıkta hayatını kaybetmemiş ancak gücünü tamamıyla yitirmişti. Öylesine halsizdi ki her üç-dört adımda bir nefes alabilmek için duruyordu.

Hatta bir keresinde Marius'u sağ omzuna alabilmek için duvara dayanmak zorunda kaldı. Artık adım atamayacağını hissediyordu, ancak gücü tükenmiş olmasına rağmen, henüz iradesini yitirmemişti. Bir yüz adım daha yürüdükten sonra, karşısında hafif bir aydınlık gördü. Artık yeryüzüne çıkacak bir çıkış kapısı karşısında olduğunu anlayarak rahat bir nefes aldı. Zorlukla, bir kaç adım daha atarak mazgalın tam altına geldi. Fakat birden beyninden vurulmuş gibi olduğu yere çöktü. Tam kurtulacağı anda Jan Valjan, buradan çıkamayacağını anlamıştı.

Mazgal kilitliydi. Dibanda hava kararmıştı. Marius'u yere bırakarak tüm gücüyle omuzlarını bir kaldıraç gibi kullanarak mazgalı yerinden oynatmaya çalıştı, ancak demir çubuklardan hiçbiri kıpırdamamıştı. Bu son engeli aşamayacağını anladı. Buraya kadar boşuna uğraşmış olduğunu düşündü, bu pislik yuvasında can verecekti; ancak bu son anında bile fedakâr adam kendisini düşünmeyerek, Kozet'in sevgilisi için üzülüyor, büyüttüğü kızın onun ölümü karşısında duyacağı kederi düşünerek tasalanıyordu.

Bütün yaptıkları boşa çıkmıştı. Tanrı, Jan Valjan'ın kurtulmasını istemiyordu. Olduğu yere yığıldı, artık burada kalıp ölümü beklemekten başka çaresi kalmamıştı.

Birden bu düşüncelerinin ortasında, omzuna birinin dokunduğunu hissetti ve bir ses duydu:

– Galiba yardıma ihtiyacın var ahbap.

Birden başını kaldırdı. Karşısında sırtında lime lime bir işçi önlüğü, ayakları çıplak biri vardı. Adam kunduralarını elinde tutuyordu. Her hâlde yanına gelmek için çıkardığından, Jan Valjan onun ayak seslerini duyamamıştı.

Onu görür görmez tanıdı, burada karşılaşmalarının gariplğine rağmen, bir an için bile onun Tenardiye olduğundan şüphe etmedi.

Hemen kendisini toparlayan Jan Valjan, durumunun zaten çok kötü olduğunu daha da korkunç olamayacağını düşündü.

Tenardiye eliyle gözlerini siper ederek, karşısındakini tanımak istedi ancak bunu başaramadı. Jan Valjan, vaktinde davranmış, hemen karanlık köşeye çekilmişti. Mazgal deliğinden gelen hafif aydınlıkta olan eski hancıyı derhal tanıyan Jan Valjan, öyle ustalıkla durmuştu ki, yüzünü belirli bir şekilde adama göstermiyor, gölgede kalıyordu. Suskunluğu ilk bozan Tenardiye oldu:

– Buradan çıkmak için ne yapacaksın?

Jan Valjan, ona cevap vermedi. Tenardiye sorusuna yine kendisi cevapladı.

– Mazgalı açman imkânsız, oysa burada kalıp çürüyemezsin de.

– Haklısın, dedi Jan Valjan.

– Hadi gel, bir iş birliği yapalım. Sen buradan çıkmak istiyorsun, bende de anahtar var. Gerçi seni tanımıyorum ancak, aynı yolun yolcusu olduğumuzu görür görmez anladım, sen bir dostsun.

Dinle beni arkadaş, her hâlde parasına göz koyduğun için bu herifi öldürmüş olmalısın, bana yarısını ver, sana mazgalı açayım. Bak, cennetin anahtarının nasıl olduğunu görmek ister misin? Yırtık önlüğünün cebinden çıkardığı paslı kocaman bir anahtarı Jan Valjan'a uzattı. Jan Valjan gözlerine inanamıyordu. Tenardiye cebinden bir de ip çıkartarak onu da uzattı:

– Bak sana bir yardım daha, bu iple cesedi bağlar sonra ucuna bir taş bağlayarak ırmağa atarsın, böylece seni bir delilden de kurtarmış oluyorum, fakat söyle bana dostum şu bataklıktan nasıl geçtin, doğrusu ben orayı aşmayı gözüme yediremedim. Pöh, bu arada çok kötü kokuyorsun.

Jan Valjan, Tenardiye'nin kendisini konuşturmak istediğini anlıyor ve hiç sesini çıkarmıyordu.

– Haydi artık işimizi bitirelim, sana anahtarı gösterdim, sen de paranın rengini göster bakalım.

Jan Valjan, Tenardiye'nin hâlinden kuşkulanmıştı, onun pek rahat olmadığını anlıyordu, adam elini dudaklarına götürüyor ve arada bir etrafı kolluyordu. Jan Valjan, belki etrafta başka haydutların gizlenmekte olabileceklerini tahmin etti.

Tenardiye, yeniden sordu:

– Haydi dostum sökül paracıkları, şu merhumun ceplerinde ne kadar vardı?

Jan Valjan elini cebine götürdü. Her dışarı çıktığında, yanına para alırdı. Daima en beklenmedik olaylarla karşılaşan adam, çoğu zaman kaçmak zorunda kaldığından parasız dışarı çıkmamayı bir tedbir edinmişti. Ne yazık ki, bir akşam önce muhafız üniformasını giyerken cüzdanını cebine koymayı unutmuştu. Yeleğindeki kesede biraz parası vardı. Hepsi aşağı yukarı otuz frank kadar tutardı. Jan Valjan ceplerini boşalttı, bütün parasını Tenardiye'nin önüne serdi. Bir altın, iki beşer franklık madeni para bir de beş on metelik kadar bozuk parası bulunuyordu.

Eski hancı paralara dudak bükerek baktı:

– Doğrusu herif pek ucuza gitmiş, dedi. Bunun için mi onun canına kıydın?

Jan Valjan'ın ceplerini yokladı, aynı zamanda Marius'un ceplerini yoklamayı da ihmal etmedi ve sinsi Tenardiye, Jan Valjan'a sezdirmeden delikanlının ceketinin ucundan bir parça kumaş keserek bunu da cebine indirdi.

Belki günün birinde maktul ve katili bu kumaş parçasıyla ispatlayabilirdi. Tenardiye, önüne çıkan fırsatların hiçbirini yabana atmayan çok kurnaz bir hayduttu.

– Evet, dedi. Yalan söylememişsin, üzerinizde başka para yok.

Az önce paylaşalım dediğini unutarak paranın tümünü avuçladı. Bir ara metelikleri alıp almamakta tereddüt etmişti, az sonra onları da cebine indirdi.

Daha sonra önlüğünün cebinden kocaman anahtarı çıkartarak:

– Haydi arkadaş dedi. Doğru dışarı, burası panayır gibidir, parayı veren dışarı çıkar.

Tenardiye anahtarı mazgalın deliğine soktu ve parmaklığı aralayarak sırtında Marius'u taşıyan Jan Valjan'ı dışarı itti, daha sonra anahtarla mazgalı iki kez kilitledikten sonra yine kanalizasyona dalarak karanlıklarda kayboldu.

Jan Valjan Marius'u Sen kıyısında toprak üzerine yatırdı. Hele şükür kurtulmuşlardı. Pislik, lağım ve karanlık artık geride kalmıştı. Çevresinde derin bir sessizlik vardı, güzel bir gün batımının insanı etkileyen sessizliğiydi bu. Güneş çoktan ufuklardan kaybolmuştu, gece bastırıyordu. Gece, acı çekenlerin, mutsuzların dostu, kurtarıcısı olan dost ve iyileştirici gece. Derin bir nefes alarak akşamın nemli havasını ciğerlerine kadar çekti. Sonra elini suya batırarak bir kaç damlayı Marius'un yüzüne serpti. Genç adam gözlerini açmamıştı, ancak Jan Valjan onun çok belirsiz şekilde nefes aldığını gördü.

Bir kez daha elini ırmağa batıracaktı ki aniden ardındaki biri tarafından izlendiğini hissetti.

Başını çevirince, gerçekten onu gördü. Boylu poslu bir adam duruyordu hemen arkasında. Bu heybetli yapılı adamın sırtında da çenesine kadar ilikli bir ceket vardı, kollarını kavuşturmuş, sağ elinde bir polis copu tutuyordu. Karanlıkta bambaşka dünyalardan gelen bir görüntüyü andıran bu kimseyi görür görmez tanıdı Jan Valjan. Bu, onun ezeli düşmanı olan Javer'di.

Birden Tenardiye'nin mazgalı aralayıp kendisini dışarı çıkardıktan sonra hemen üzerine kilitlemesinin nedenini anlamakta gecikmedi. Sinsi herif onu dışarıda pusu kuran polise bir av gibi atmıştı. Jan Valjan bir felâketten kurtulduğuna sevinemeden, başka bir felâkete sürüklenmişti.

Javer, henüz alaca karanlıkta onu tanıyamamıştı, sordu:

– Kimsiniz?

– Ben Jan Valjan'ım.

Javer birden sopasını dişlerinin arasına aldı ve elleriyle adamın yakasından tutarak yüzüne yaklaştırdı. Yüzleri birbirlerine yapışıyordu âdeta. Javer'in suratında korkunç bir ifade belirmişti. Jan Valjan:

– Javer, dedi. Beni tutukluyorsunuz. Esasen sabahtan beri kendimi sizin tutsağınız olarak bilmekteyim. Sizden kaçmak isteseydim size adresimi vermezdim. Ancak son bir ricamı kabul edin lütfen.

Javer sanki onu duymamış gibi gözlerini ona dikmişti. Nihayet elini adamdan çekti ve sanki bir rüyada konuşur gibi şu sözleri mırıldandı:

– Ne yapıyorsunuz? Bu yanınızdaki adam kimin nesi? Jan Valjan cevap verdi:

– İşte ben de size onun adına rica ediyordum, bana ne isterseniz yapın, ancak şu yaralı genci evine götürmeme yardım edin. Daha sonra size teslim olurum.

Javer, bütün bu duyduklarından hiçbir şey anlayamamış gibi yüzünü buruşturdu, fakat cevap vermedi. Eğildi mendilini suya batırdı ve yaralının yüzündeki kanları sildikten sonra kendi kendine konuşur gibi:

– Bu adamın adı Marius'dur, dedi. Bu gün barikatta, asilerin arasındaydı.

Bir numaralı casus olan Javer, bağlı olduğu direkte bile çevresinde olup bitenleri kaçırmamıştı. Eliyle delikanlının nabzını yokladı.

Jan Valjan mırıldandı:

– O ağır yaralı.

– Hayır o bir ölü, dedi Javer. Jan Valjan itiraz etti:

– Henüz ölmedi, o. "Justice" sokağı altı numarada oturuyor, onu dedesinin evine götüreceğim. Adamın adını unuttum.

Jan Valjan cebinden çıkardığı pusulayı gözlerine yaklaştırarak alacakaranlıkta okumaya çalıştı. Gözleri çok daha keskin olan Javer kâğıdı onun elinden kaparak adresi ve adı okudu ve oradan geçen bir arabaya seslendi:

– Hey arabacı...

Javer, Marius'un cüzdanını cebine indirdi. Bir dakika sonra, arabanın arkasına Marius'u yatırmışlar. Jan Valjan, Javer'le birlikte ön taraftaki sıraya oturmuştu.

Arabacı kamçısını şaklattı ve araba hızla yola çıktı. Rıhtımları arkalarında bırakarak mahalleye girdiler. Arabacı sıska atlarını durmadan kamçılıyordu. Yolda kimse konuşmadı.

Altı numaralı evin önünde durduklarında karanlık iyice bastırmıştı. Javer daha önce yere atlamış ve kapının demir tokmağını bir kaç kez vurmuştu.

Kapı aralanmış ve hâlâ esneyen kapıcı, başında gece şapkası, şaşkın suratını göstermişti. Evde çıt yoktu, buradakiler erken yatarlardı. Özellikle böyle şamatalı isyan günlerinde. Bu arada Jan Valjan, elini yaralının kalbine götürerek henüz yaşadığını anlayarak rahat bir nefes almıştı.

Javer, kendisine yakışan bir ses tonuyla kapıcıya seslendi:

– Burada Mösyö Jilnorman adında biri oturuyor mu?

– Evet, burası onun konağı, ne istiyorsunuz?

– Ona isyan sırasında ölmüş olan torununu getirdik.

Javer'in arkasında beliren perişan kılıklı Jan Valjan kapıcıya başıyla "hayır" işareti yapıyordu. Ancak sersemleyen adam öylesine dehşete düşmüştü ki ne Javer'in söylediklerine, ne de Jan Valjan'ın işaretlerine bir anlam vermişti.

– Haydi ne duruyorsun, dedesini uyandırsanıza. Kapıcı hızla harekete geçerek önce uşağı uyandırdı, uşak Bask, Nikolet'i kaldırdı, Nikolet, Matmazel Jilnorman'ın odasına koştu. Bu arada dedeye acımış olduklarından, onun bu felaketi ne kadar geç duyarsa o kadar iyi olacağını düşünerek, onu rahatsız etmemişlerdi.

Marius'u birinci kata taşıdılar ve onu Mösyö Jilnorman'ın küçük salonundaki bir kanepenin üzerine yatırdılar. Bask bir doktor getirmeye koşarken Nikolet dolaplarda bulduğu temiz çarşafları çıkarıyordu. Jan Valjan, Javer'in omzuna dokunduğunu hissetti, başını çevirdi, anlamıştı. Kapıcı onların gelişlerini nasıl şaşkınlıkla izlemişse, hiçbir şey söylemeden gidişlerini de aynı sersemlikle seyretti. Arabaya bindiler, yolda Jan Valjan konuştu:

– Javer, sizden bir ricam daha var lütfen bu lütfü de benden esirgemeyin.

– Ne istiyorsunuz?

– Bir kaç dakika için evime gireyim, son bir işim kaldı, daha sonra bana istediğinizi yapın.

Javer bir süre düşünceli durdu, sonra arabacıya seslendi:

– Toureav sokağı numara yedi.

Yol boyunca tek kelime konuşmadılar. Silahlı adam sokağının kavşağında araba durdu. Sokak çok dar olduğundan, buradan arabalar geçemezdi. Arabacı, müşterilerinden kadife koltukların, yaralının kanıyla lekelendiğini söyleyerek tam seksen frank istedi. Javer adamın istediği parayı kesesinden çıkartarak onu başlarından savdı. Jan Valjan, polis şefinin kendisini çok yakında olan karakola yaya götürmek istediğini düşündü.

Sokak her zamanki gibi ıssızdı. Yedi numaralı evin önünde durdular. Jan Valjan kapının tokmağını vurdu, Tusen kadın kapıyı açtı. Javer:

– Haydi, dedi. Çıkın sizi burada bekliyorum.

Jan Valjan, şaşkın şaşkın polise baktı. Javer'in böyle davranacağını hiç ummazdı. Daha fazla vakit yitirmemek için merdivenlere koştu. Birinci kata vardığında durakladı, sahanlığın penceresi açıktı, buradan sokak görülüyordu, Jan Valjan, nedenini bilmeden, her hâlde nefes almak için olacak başını pencereden dışarı çıkardı. Birden derin bir hayretle sarsıldı. Sokak boştu, Javer gitmişti.

• • •

Bask'ın çağırdığı doktor gelmişti, Matmazel Jilnorman, ellerini kavuşturmuş derin bir dehşet içinde, ne yaptığını bilmezcesine oradan oraya koşuyordu.

Doktorun emriyle, acele uydurma bir yatak yapmışlardı kanepenin üzerinde. Doktor yaralıyı muayene ettikten sonra göğsünde derin bir yara olmadığı ve yüzünü kaplayan kanın burundan geldiğini söylemişti. Perişan olan yaşlı teyze, bitişik odaya çekilmişti.

Genç adamın kaburga kemikleri kırılmış ve kolları süngü yaralarından delik deşik olmuştu. Ancak başında da yaralar vardı. Doktor bunun ne denli ciddi olacağını kestiremiyordu. Bu arada fazla kan kaybı yaralıyı bitkin düşürmüştü. Bask ve Nikolet çarşafları parçalayıp sargı bezi hazırlıyorlardı. Gaz bezi bulunmadığından doktor kanı pamuklarla durdurmaya çalışıyordu.

Cerrahın aletlerinin serili olduğu alçak masa üzerinde üç mum yakılmıştı. Doktor, Marius'un yüzünü ve saçlarını soğuk suyla yıkadı, kova bir anda kırmızıya boyandı. Doktor pek memnun görünmüyordu, yaralı gencin göz kapaklarına elini değdirdiğinde birden salon kapısı açıldı ve solgun bir yüz göründü, Mösyö Jilnorman.

İki günden beri isyan yüzünden adam telaşlanmış, geceleri uyuyamamış, bir gün önce akşama kadar ateşler içinde yanmıştı. Akşam dinlenmek için erkenden yatmış, kapısının kilitlenmesini ve kimsenin kendini rahatsız etmemesini sıkı sıkı tembihlemişti. Ne yazık ki ihtiyarların uykusu hafif olur, Mösyö Jilnorman'ın yatak odası salona bitişikti, gürültüden uyanmış kapı altından sızan ışıktan telâşlanmıştı. Yatak üzerinde balmumu gibi solgun yüzlü ve kanlar içindeki Marius'u görünce adamın gözleri büyüdü ve boğuk bir sesle haykırdı:

– Marius, Tanrım, Marius ne oldu sana böyle.

– Mösyö, diye anlattı Bask, az önce küçük beyi getirdiler barikata gitmiş ve...

İhtiyar korkunç bir sesle,

– Ve öldü değil mi? diye haykırdı. Ah, serseri...

Birden anlaşılmayan bir canlılıkla bu yüz yaşına yakın ihtiyar, sanki gençleşmiş gibi doktorun yakasına yapıştı:

– Doktor, bana gerçeği söyleyin, öldü değil mi?

Zaten endişeli olan doktor, cevap vermedi. Mösyö Jilnorman ellerini kaldırarak, tüyler ürpertici bir kahkaha kopardı:

– Öldü, öldü, kendini o uğursuz barikatlarda öldürttü ve bunu sırf bana nispet olsun diye yaptı. Ah, o bana böyle mi dönecekti Tanrım.

Pencereye koştu, sanki boğuluyormuş gibi ardına kadar açtı ve kendi kendisine söylenmeye devam etti:

– Bıçaklanmış, kurşunlarla delik deşik, parça parça olmuş, bu günleri de mi görecektim? Ah, hain çocuk, oysa seni nasıl dört gözle beklediğimi biliyordun. Her emrini yerine getireceğimi bundan böyle evin gerçek efendisi olduğunu da biliyordun. Oysa bana güvenmedin, dedem, kral taraftarı dedin ve yalnızca bana kötülük etmek, öç almak için gidip o eşkıyalara katıldın. İşte bunu bir türlü bağışlayamam, ah, o öldü ve ben hâlâ yaşıyorum.

Doktor yaşlı adam içinde endişelenmeye başlamıştı. Onun kolunu yakaladı. Mösyö Jilnorman başını çevirdi ve kanlı gözlerini ona dikerek:

– Bana bakın doktor, dedi. Ben bir erkeğim, her şeyi karşılamaya hazırım. XVI. Lui'nin katledildiğini gördüm, ancak o lanetli gazetelerin günümüzün gençlerini nasıl zehirlediklerini düşündükçe çıldıracak gibi oluyorum.

Hâlâ kıpırdamayan Marius'un yanına yaklaştı ve haykırdı:

– Ah! Hain, ah zalim, bana bunu nasıl yaparsın?

Tam o sırada Marius ağır ağır göz kapaklarını açtı ve buğulu gözlerini Mösyö Jilnorman'ın gözlerine dikti.

İhtiyar adam:

– Marius, diye haykırdı. Marius, sevgili yavrum, evladım benim, gözünü açtın, bana baktın, demek hâlâ yaşıyorsun. Tanrıma şükürler olsun.

Adamcağız olduğu yere yığıldı, bayılmıştı.

DOKUZUNCU BÖLÜM

Javer, ağır adımlarla Taureav sokağından uzaklaşmıştı. Hayatında ilk kez başı eğik, kolları arkasında yürüyordu.

O güne kadar Napoleon'u taklit eden Javer, iradesini belirtmek için yalnızca kollarını göğsünde kavuşturmuştu, ellerini arkasında saklamak bir çaresizlik ifadesi olduğundan bu hareketi şimdiye kadar asla yapmamıştı.

Sen ırmağının en akıntılı köşesine kadar gitti, dirseklerini köprü tırabzanına dayayarak akıntılı suya dalgın gözlerle bakarak düşünmeye başladı.

Javer'in tutumu gerçekten çok nazikti. Hayatını bir pranga mahkûmuna borçlu olmak, buna karşılık onu serbest bırakmak bütün bunlar Javer'in aklının alamayacağı işlerdi. Jan Valjan'ı ele geçirmemekle yasalara ihanet ettiğini, otoriteye karşı suçlu olduğunu biliyordu.

Jan Valjan'ın onu bağışlamasına ne kadar şaştıysa, kendisinin de eski kaçağı serbest bırakmasına o denli hayret etmişti.

Düşündükçe daha da bocalıyordu. Nihayet bir karara vardı ve yeniden Taureav sokağına dönerek, Jan Valjan'ın bileklerine kelepçeleri geçirmenin görevi olduğuna inandı.

Ancak bir şey ona engel oluyor, onun yolunu tıkıyordu.

Demek dünyada yargı ve mahkemelerden daha başka şeyler de bulunuyormuş, Javer bu yeni öğrendiği şeylerin varlığına hâlâ inanamıyordu.

İyi kalpli bir suçlu, merhametli bir pranga mahkûmu, kötülüğe karşı iyilik yapan bir cezaevi kaçkını, öç almaktansa affetmeyi yeğ tutan yüce ruhlu bir insan, düşmanını öldürmektense kendisini feda eden bir adam.

Javer, bu düşünceler içinde ağır bir bunalım geçiriyordu. Hayır, hayır bu böyle devam edemezdi.

Durmadan düşünüyor, düşündükçe sinirleri bozuluyordu. Hayalinde Jan Valjan büyüdükçe kendisi küçülüyordu.

Javer, kendisine lanetler yağdırdı. Ah, neden sanki Jan Valjan onun iplerini kestiğinde avaz avaz haykırmamış, neden diğer asileri çağırtıp kendisini zorla kurşuna dizdirmemişti? Hiç değilse, bu zor durumda olmazdı.

Javer sanki kökünden kopmuş gibi perişan hissediyordu kendisini. En fazla buna üzülüyordu ya, o güne dek inandığı değerlerin yıkılmasına nasıl dayanacaktı?

Jan Valjan'ı neden serbest bıraktığını bilemiyordu, ancak artık onu tutuklayamayacağını da iyice anlıyordu.

Ne kadar düşünürse düşünsün, hep aynı noktaya takılıyordu, mesleğine sadık kalmamış, kendi prensiplerine ihanet etmiş, kanunun suçladığı bir mahkûmu serbest bırakmıştı.

Javer tamamıyla bozguna uğramış bir adamın, bocalayan bir vicdanın azabını çekmekteydi.

Artık daha fazla düşünerek çıldırmaktansa, olabilecek iki ihtimal üzerinde durdu. Birincisi yeniden Taureav sokağındaki yedi numaralı apartman dairesinden Jan Valjan'ı yaka paça sürükleyerek karakola teslim etmek ya da...

Javer artık ne yapacağını kararlaştırmıştı. Dayandığı köprü korkuluğundan ayrıldı. Karakola doğru yürüdü. Nöbetçi Çavuş, Javer'in tavırlarından onun bir amir olduğunu anlamıştı hemen selâma durdu. Javer, bir masa başına geçti ve önüne bir kâğıt çekip, kalemi hokkaya batırarak yazmaya koyuldu...

Gecenin birine kadar yazdı, yazdı. Daha sonra kâğıdı katladı bal mumuyla mühürledi, üzerine "Polis Müdüriyetine" kelimelerini yazdıktan sonra karakoldan çıktı. Yeniden rıhtıma indi bir süre önce ayrılmış olduğu korkuluğa yaklaştı. Zifiri karanlıkta hiçbir şey seçilmiyordu. Bir süre kıpırdamadan duran Javer, önünde açılan bu gölgeler uçurumuna baktı. Sonra birden şapkasını çıkararak, korkuluğun üzerine koydu ve kendisini karanlığa bıraktı. Bir cismin suya düşerken çıkardığı hışırtı duyuldu sonra yine sessizlik.

Karanlık sular, Javer'in azabına nihayet son vermişti.

• • •

Marius haftalarca hayatla ölüm arasında bocaladı. Başındaki yaralardan dolayı bir beyin hummasına tutulmuştu. Günlerce yüksek ateşle sayıkladı durdu. Geceler boyunca hiç bıkıp usanmadan Kozet'in adını tekrarladı.

Hemen hemen her gün, hatta kimi zaman günde iki kez, ak saçlı, iyi giyimli bir adam yaralıdan haber sormaya gelir ve pansumanlar için kalın bir paket bırakırdı. Nihayet yaralandığının tam dördüncü ayında Doktor Marius'un tehlikeyi atlattığını bildirdi. Nekahet devresi başlıyordu, ancak yine de Marius, tam iki ay yatacaktı. Aslında uzun süre hasta yatmasının yararları olmuş, böylece bir sürü kovuşturmalardan yakayı sıyırmıştı. Bu arada Polis Genel Müdürünün doktorlara, yaralıları teslim etmelerini bildiren bildirisi kamuoyunda öylesine bir infial yaratmıştı ki, kral bile bu öfkeye katılmış ve böylece yaralılar kurtulmuşlardı.

Mösyö Jilnorman ise torunu yanında oldukça hayatından memnundu.

Her saniye doktora tehlikenin tamamıyla geçip geçmediğini soruyor, Marius'a sevinç dolu gözlerle bakıyordu, torunu yemek yemeye başladığında başucundan ayrılmıyordu. Artık kendisini tamamıyla unutmuştu. Marius, evin efendisi olarak görülüyordu.

Marius'a gelince, o bütün bu şımartmalar, sevgiler arasında, yalnız bir kişi için yaşıyor, yalnızca onu düşünüyordu: "Kozet." Ateşi düştüğünden bu yana artık sevdiği kızın adını söylemiyordu. Onu gören birisi artık Kozet'i unuttuğunu sanabilirdi, oysa Marius, ruhunun onunla aşırı şekilde dolu olmasından onun adını anmıyordu. Kozet'in ne durumda olduğunu bilmiyordu. Şanveröri sokağındaki barikat olayını sisler ardında hatırlıyordu. Bazı gölgeler kafasında belirsiz bir hâlde şekilleniyordu: Eponin, Gavroş, Maböf, Mösyö Foşlövan. Kozet'in babasının o garip davranışlarına bir anlam veremiyor, adam onun için bir sır olarak kalıyordu. Nasıl kurtulduğunu ve kimin kendisini kurtardığını da bilemiyordu. Bütün bildiği, o haziran gecesinde, bir kiralık arabayla dedesinin konağına getirildiği olmuştu.

Ne var ki canlandıkça, eski kinleri de uyanıyordu. Kendisine bu kadar iyi davranan dedesinin Kozet'in adını andığında bambaşka bir tepkide bulunacağını düşünüyor, babası "Baron Pontmercy", dedesi Mösyö Jilnorman ile kendi arasına giriyordu. Babasına karşı hainlik eden bir dededen aşırı şefkat beklemesinin gereksiz olacağını düşünüyordu.

Bu arada Mösyö Jilnorman'da, Marius'un evine getirildiği günden bu yana kendisine bir kez bile olsun "dede" demediğini düşünüyor ve buna kahroluyordu. Bir kriz baş göstermişti. Böyle anlarda olduğu gibi Marius savaş açmadan önce çevreyi kollamayı uygun buldu. Kendisine uygun anı sinsi bir sabırla bekledi. Bir gün laf arasında dedesinin tepkisini anlamak için kral aleyhinde bir söz söyledi ve onun susmasını öfkesine verdi.

Yine bir başka gün Mösyö Jilnorman, torununun başucunda oturmuş ona biraz et yemesi için yalvarıyordu. Artık tamamıyla güçlenen delikanlı saldırı zamanının geldiğine karar verdi ve yatağında doğrularak dedesine döndü:

– Uzun zamandan beri size bir şey söylemek istiyordum... Yakında evlenmeyi düşünüyorum.

– Tamam, her şey istediğin gibi olacak.

Marius sevinçten bayılacak gibi olmuştu, titremeye başladı, dedesi sözlerine devam etti:

– O güzel kızı sana alacağım tasalanma yavrum, aslında hemen hemen her gün bir yaşlı bey gelerek sana pansuman için sargılar bırakıyor. Evet her şeyi öğrendim, o, Taureav sokağında yedi numaralı apartmanda oturuyor. İyi yakalandın değil mi, sana itiraz edeceğimi mi sanıyordun. Bazı araştırmalarda bulundum, onun çok cici, güzel, hanım hanımcık bir aile kızı olduğunu öğrendim. Teğmen Teodül övünmek için, onun hakkında iftiralarda bulunmuş. Kız aylardan bu yana sana sargılar yapmaktan başka bir şey düşünmüyor, sen ölseydin o da ardından fazla yaşamazdı, çünkü sana tapıyor. Sen iyileşir iyileşmez, onu çağırmak istedim ne var ki teyzen bunu pek hoş görmedi, ne de olsa yarı çıplak yatıyorsun, genç kızların erkeklerin yatak odasına girmelerinin henüz adet olmadığını söyleyip kafamı şişirdi. İstediğin gün, onu sana çağırtırım, yeter ki sen mutlu ol...

Bu sözlerden sonra ihtiyar adam, hıçkırıklarla ağlamaya başladı. Marius'un başını kollarının arasına aldı ve ona sarıldı. Marius da, bu duygu seline kapılarak, daha çok mutluluğun etkisiyle gözyaşlarına engel olamadı.

– Dedem, dedeciğim benim.

– Ya demek kocamış dedeni azıcık olsun seviyorsun demek?

Anlatılmayacak kadar tatlı bir andı bu sanki her ikisi de sevinçten boğuluyormuş gibi bir süre konuşamadılar, yaşlı adam, kendi kendine tekrarlıyordu:

– Yaşasın bana dede diyor artık...

Marius dedesinin kollarından sıyrıldı ve yavaş bir sesle sordu:

– Artık iyileştiğime göre onu görebilir miyim?

– Elbette yavrum, haber veririz yarın gelir.

– Dedeciğim!

– Söyle evladım.

– Onu bu gün görmek istiyorum.

– Pekâlâ, bu gün görürsün, hemen koşup Bask'a, ona haber göndermesini söylerim.

• • •

Kozet geldiğinde, uşak Bask ve hizmetçi Nikolet'i de sayarsak bütün aile Marius'un çalışma odasında bekleşiyorlardı. Genç kız eşikte göründüğünde, sanki güneş doğmuş gibi çevresini aydınlattı. Tam o anda başını kaldıran Mösyö Jilnorman, şaşkınlıkla elindeki mendili yere düşürdü.

– Harika, tapılmaya değer, diye haykırdı.

Kozet, mutlu ve sevinçten uçuyor, fakat aynı zamanda biraz da korkuyordu. Kozet'in ardından beyaz saçlı, saygı değer yaşlı bir bey de içeri girmişti, adamcağız hüzünlü bir şekilde gülümsüyordu. Bu Mösyö Foşlövan, yani Jan Valjan'dı.

Mösyö Foşlövan'ın koltuğunun altında tuttuğu paketin kâğıdı, nemden küflenmiş gibi yeşilimsi bir renk almıştı. Kitapları sevmeyen Matmazel Jilnorman, alçak sesle Nikolet'e sordu:

– Bu bey neden sanki kitaplarını da getirmiş?

Kızının sorusunu duyan Mösyö Jilnorman, yavaş sesle cevap verdi:

– Kim bilir belki de bir bilgindir, hem ne çıkar, benim zamanımda bir "Mösyö Bular" vardı, o da elinde kitap olmadan adım atmazdı.

Daha sonra yüksek sesle yeni geleni selâmladı:

– Mösyö Tranşlövan.

Mösyö Jilnorman, bunu kasten yapmamıştı, ancak özel adlara dikkat etmemek onun züppeliklerinden biriydi:

– Mösyö Tranşlövan, torunum "Mösyö Lâ Baron Marius Pontmercy" adına kızınız, Matmazel Kozet'i istemek şerefini benden esirgemeyin.

Mösyö Foşlövan saygıyla eğilerek,

– Tek isteğim her iki gencin de ömür boyu mutlu olmalarıdır, dedi.

– Oldu bu iş, diye haykırdı Mösyö Jilnorman. Daha sonra kollarını açarak gençlere döndü:

– Hadi evlatlarım çifte kumrular gibi koklaşabilirsiniz? Gençler bu izni bir daha tekrar ettirmediler.

Yavaş sesle konuşuyorlardı. Marius kanepeye uzanmış, Kozet onun yanı başında bir kuş gibi cıvıldıyordu:

– Aman Tanrım, seni yeniden görüyorum, sensin ha Marius. Neden sanki gidip böyle dövüştün, sana çok kızdım doğrusu, ya ölseydin ne yapardım ben sonra?

Bu savaşa katılmanın ne gereği vardı, ben sana ne yapmıştım, haydi artık seni bağışladım ancak bir daha yapma lütfen. Az önce beni çağırdığını haber verdiklerinde öleceğimi sandım ancak bu kez sevinçtendi. Oysa öylesine üzgündüm ki, telaştan baksana giyinemedim bile, kim bilir ne kadar kılıksızımdır. Konuşsana hep beni konuşturuyorsun, biz hâlâ "Taureav" sokağında oturuyoruz. Duyduğuma göre omzunda yumruk sığacak kadar derin bir yara varmış, kederimden o kadar çok ağladım ki, gözlerim şişti. Deden çok iyi birisine benziyor.

Dikkat et dirseğinin üzerinde doğrulma yine canın acıyacak, sabahtan akşama kadar senin yaralarını sarmaları için sargı bezleri yaptım bakın beyefendi, sizin yüzünüzden, parmaklarım nasır tuttu. Of, ne budalayım, söyleyecek o kadar çok şey olduğu hâlde, hep aynı şeyleri tekrarlıyorum.

Marius ona tek bir kelimeyle cevap verdi:

– Seni seviyorum.

Matmazel Jilnorman, eskimiş konaklarını saran bu mutluluğu şaşkın gözlerle seyrediyordu.

Birden babası ona takıldı:

– Hey Matmazel Jilnorman, bak ve hiç değilse başkalarının mutluluğunu izle.

Daha sonra yaşlı adam, yeni gelinine dönerek ekledi:

– Ne kadar güzel, Gröz'in bir tablosu sanki. Seni gidi şanslı Marius, bütün bunlar yalnızca senin mi olacak, Tanrıya dua et ki yirmi beş yaş daha genç değilim. Doğrusu, bu güzel kızı senden kapmak için seninle dövüşürdüm bile. Size bin bir gece masalları gibi bir düğün hazırlıyorum, en büyük kilisede kıydıracağım nikâhınızı. Bir yıl sonra tombul sarışın bir bebek isterim. Torunumun oğlunu dizlerimde zıplatmadan Tanrı canımı almasın...

Çocuklarının yanlarına oturan Mösyö Jilnorman, buruşuk elleriyle gençlerin ellerini tuttu.

– Fakat ne felaket, servetim tükenmek üzere, bundan aşağı yukarı yirmi yıl sonra meteliksiz kalacaksınız evlatlarım, evet güzel Barones, bu minik beyaz eller meteliğe kurşun atacak.

Birden salonun dibinden, bir ses yükseldi:

– Matmazel Ofrazi Foşlövan'ın, altı yüz bin franklık bir drahoması vardır.

Konuşan Jan Valjan'dı. Mösyö Jilnorman şaşkınlıkla sordu:

– Ofrazi de kimin nesi?

Kozet cevap verdi:

– Ofrazi benim adım, gerçek adım.

Mösyö Jilnorman sersem sersem söylendi:

– Altı yüz bin frank mı dediniz?

– Belki on beş frank noksan olabilir, cevabını verdi Jan Valjan.

Okuyucuya durumu uzun uzun anlatmanın gereği yok. Sampamatiyö davasından sonra polise teslim olan Jan Valjan, Madlen adı altında, Banker Latif'te yatırdığı servetini bankadan çekmiş ve bunu Montferney köyündeki ormanın kuytu bir yerine, bir ağaç dibine gömmüştü.

Arada bir paraya ihtiyacı olduğunda gider, oradan azar azar alırdı, kâğıt paraları nemden korumak için, içi kuru yapraklarla dolu meşe bir çekmeceye yerleştirmişti, bu çekmecenin içine en değerli hazinesi olan gümüş şamdanlarını da koymuştu.

• • •

Doktorun, Marius için; "Ancak Şubat ayında tam olarak iyileşebilir" demesi üzerine, düğün tarihi olarak Şubat ayı kararlaştırdığı. Henüz Aralık ayında oldukları hâlde düğün hazırlıklarına başladılar.

Jan Valjan tüm zorlukları kolaylaştırdı, yıllar önce Valilik yapmış olduğundan bir sürü formaliteyi kendi yöntemiyle halletti. Kozet'in doğru dürüst bir kimlik kartı yoktu, becerikli adam, bunu da almayı başardı. Kendi kızı olmadığını, ancak kardeşinin kızı olduğunu açıkladı. Yapılan araştırmada bu konuda sorguya çekilen manastır baş rahibesi de bunu doğruladı. Aslında Kozet'in hangi Foşlövan kardeşin kızı olduğunu bile hatırlamıyordu.

Kozet yıllar yılı baba bildiği Jan Valjan'ın gerçek kızı olmadığını öğrendiğinde aşırı bir tepki göstermedi. Şu son günlerde öylesine mutluydu ki, aşkından başka hiçbir şeyi gözü görmüyordu.

Tozpembe bulutlar arasında uçan Kozet, nişanlısının dedesine hayrandı. Doğrusu Mösyö Jilnorman da torununun nişanlısını nasıl şımartacağını bilemiyordu. Onu durmadan armağanlara boğuyor, bulduğu en değerli, en güzel şeyleri onun nişan sepetine dolduruyordu.

Matmazel Jilnorman, bütün bu hazırlıkları, her zamanki sessizliğiyle karşılamıştı. Şu son beş altı ay içinde, kendisine yetecek kadar heyecanlı olaylardan payını almış sayılırdı. Marius'un geri dönmesi, kanlar içinde kucakta salona taşınması, ölü sandıkları Marius'un yeniden canlanması, dedesiyle barışması, Marius'un güzel bir kızla nişanlanması, yoksul sanılan nişanlının birden milyoner çıkması, bütün bunlar onu fazlasıyla oyalamıştı. Kızın drahoması olan şu altı yüz bin frank onu büsbütün şaşırtmıştı. Daha sonra, günlük normal yaşamına devam etmeye başlamıştı. Her sabah düzenli saatlerde kilisesine gidiyor, kutsal kitaplarını okuyor ve salonun bir köşesinde, gençler birbirlerine aşk sözleri fısıldanırken o da tespihini çekiyordu.

Bu arada onu hiçe sayan babası, yeğeninin evlenmesi konusunda onun fikrini almamıştı. Babası servetini dört bir yana savura dursun, ihtiyar kız da, bir hayli zengindi. Marius'un yoksul bir kızla evleneceğini öğrendiğinde kendi kendine şöyle düşündü, "Madem bu evlilikte benim fikrim sorulmadı ve yeğenim meteliksiz bir kız alıyor, ben de tüm mirasımı yeğenim Teodül Jilnorman'a bırakırım."

İhtiyar kızın süvari teğmenine karşı bir zaafı olduğunu unutmayalım. Ancak yeni gelinin altı yüz bin franklık bir drahoması olduğunu duyan Matmazel Jilnorman'ın aklı karışmıştı. Mademki bu gençlerin bol paraları olacak, hiçbir şeye ihtiyaçları olmayacaktı, o da bundan böyle mirasını olduğu gibi kız kardeşinin oğlu olan Marius Pontmercy'e bırakacaktı.

Yeni evlilerin, dedenin konağında oturmaları kararlaştırıldı. Mösyö Jilnorman, onlara en güzel daireyi, kendi dairesini vermekte ısrar etti:

– Bu beni gençleştirecek, diyordu. Odamda sevişen bir çiftin yaşaması beni sağlığımda mutlu kılacağı gibi, ölümümden sonra da ruhumu şad eder.

Güzel yatak odasını, bir sürü açık saçık tablolar ve biblolarla döşedi. Zemini, üzeri yeşil kadife çiçeklerle süslü nefis bir kumaşla kaplattı. Şömine üzerine çıplak karnında kürk bir manşon tutan güzel bir kadın heykeli koydurttu.

Mösyö Jilnorman'ın kitaplığı Marius'un avukat yazıhanesi hâline getirildi.

Bu arada sevgililer hemen hemen her gün görüşüyorlardı. Bu ziyaretlerde Kozet babasıyla birlikte geliyordu. Âdetlere uymak için erkeğin kızı ziyaret etmesi gerekir, fakat doktor henüz Marius'a sokağa çıkma iznini vermediğinden, genç kızın nişanlısını görmeye gelmesini herkes normal karşılamıştı. Marius, Kozet'in amcası bildiği Mösyö Foşlövan hakkında ne düşüneceğini pek bilemiyordu. Gerçi adam kültürlü birisi gibi güzel konuşuyordu, ancak, yine onda bir aksaklık olduğunu hissediyordu. Mösyö Foşlövan'ın kendi çevrelerinden olan erkeklerden noksan bir yönü olmasına karşılık, bu salon adamlarından çok da üstün taraflarının olduğunu inkâr edemezdi.

Kendisine karşı nazik, ancak soğuk davranan, uzak duran Mösyö Foşlövan, Marius için bir esrar perdesi altında yaşıyordu sanki.

Ya kendisi, kendisi de aynı adam değildi. Yıllarca yoksul yaşayan Marius birden servete kavuşmuştu. Kederler içinde sevgilisinden ayrı düştüğünü düşünen delikanlı, şimdi Kozet'le evlenmek üzereydi. Sanki karanlık bir mezara girmiş ve oradan yeniden aydınlığa çıkmıştı.

Oysa bu mezarda en sevdiği arkadaşları kalmışlardı. Bunu düşünmek Marius'u kahrediyordu, ancak böyle zamanlarda Kozet'i düşünmek onun tek tesellisi oluyordu.

Marius o korkunç günde Mösyö Foşlövan'ı barikatta gördüğünden emindi. Hatta adamın, bir hayli yararlılıklarına tanık olmuştu, ancak o günün kahramanı, salonun bir köşesinde oturan bu soğuk ve ciddi yüzlü adama hiç de benzemiyordu. Marius, bu ağır başlı adama soru soramayacağını bilmesine rağmen bir kez laf arasında onun ağzını aramak amacıyla sözü Şanveröri sokağına getirdi:

– Şu isyanda en büyük barikat'ın yükseltildiği Şanveröri sokağını bilir misiniz?

Mösyö Foşlövan, hayretle kaşlarını kaldırdı:

– Ne dediniz? Şanveröri sokağı mı? Hayır, böyle bir sokağın varlığından bile haberim yoktu.

Marius artık tamamıyla inanmıştı. Kendi kendine tüm bunların, yorgunluk ve acının doğurduğu birer hayal olduklarına inandı. Evet hayatının en uzun saatleri olan o acılı gününde açlık, üzüntü ve yorgunluktan bazı hayaller görmüş olacaktı. Herhalde tüfeğiyle askerlerin başlıklarını düşürmekle yetinen, kimsenin canına kıymayan o yabancı, Mösyö Foşlövan değildi, belki ona biraz benzeyen bir başkası olabilirdi.

Bu arada, Marius tüm mutluluğuna rağmen bazı vazifelerini ihmal etmiyordu. İlk amacı babasının kurtarıcısı Tenardiye'yi bulmaktı. Adamın cezaevinden kaçtığını öğrenmiş; ancak daha sonra onun izini kaybetmişti.

Onu da bulmak, ona teşekkür etmek isterdi. Tenardiye'nin, bir serseri bir dolandırıcı olması Marius'un ona olan minnet duygularında bir değişiklik yapamazdı.

Genç adam babasının vasiyetine itaat etmek amacıyla onu aratıyordu. Bu araştırmaların sonunda, o gün Gorbo viranesinde yakalanan haydutların hemen hemen hepsinin kaçtıklarını, Tenardiye'nin en önce kaçanlardan olduğunu öğrenmişti.

Tenardiye'nin karısı, kapatıldığı kadınlar cezaevinde ölmüş ve bu davada böylece kapatılmıştı.

Marius'u kurtaran esrarengiz adamı bulmaya gelince, genç adam bu hususta da hiç şanslı çıkmamıştı: Marius'un kullandığı ajanlardan biri, önce bir kaç ipucu elde edecek gibi olduysa da, sonra o da daha fazla bir şey öğrenemediğini bildirmişti. Büyük kanalizasyon yakınlarında, Şanzelize dolaylarında bekleyen kiralık araba, bunu polisin emriyle yaptığını, gecenin saat dokuzunda kanalizasyon mazgalının açıldığını ve sırtında baygın birisini taşıyan bir adamın oradan çıktığını, orada nöbette bekleyen polisin bu yaralıyı taşıyan adamı tutuklayıp, her ikisini de arabaya atarak onları Justice sokağına götürdüğünü, daha sonra adamlardan biriyle polisin yeniden arabaya bindiğini ve bir mahalle önünde, Relieur kavşağında durduklarını, polis memurunun ücreti vererek arabayı gönderdiğini bildirmişti. Hepsi bu kadardı, daha fazlasını kimse bilmiyordu.

Marius, yapılan tüm araştırmalara rağmen, meçhul kurtarıcısını bulamadığından derin bir üzüntüye kapılmıştı. Bir ipucu elde edebilmek için, o gün sırtında bulunan kanlı elbiselerini inceledi.

Ceketinin eteğinde bir kumaş parçasının kesilmiş olduğunu görerek buna çok şaşırdı.

Bir akşam Marius, Kozet'le Jan Valjan'ın önünde, bu garip macerasından heyecanla söz ediyordu. Bu macerasını dinleyen Mösyö Foşlövan'ın durgun, ifadesiz yüzünde hiçbir heyecan görememek genç adamı sinirlendirdi:

– Bu adam ne olursa, kim olursa olsun, ona sonsuz bir minnet borcum var, bunu nasıl anlamazsınız Mösyö diye haykırdı. Onun neler yaptığını biliyor musunuz. Savaşın en kanlı anında kurşunlarla delik deşik olmak pahasına araya atılarak, beni geriye çekti ve sürükleyerek oradan uzaklaştırdı. O pis kokulu kanalizasyon galerilerinde beni sırtında taşıyarak saatlerce yürüdü. Benim canlı olduğumu bile belki bilmiyordu, sırf bir cesedi kurtarmak için kendini tehlikeye attı. Her adımıyla, kendi yaşamını tehlikeye atan bu kahraman adam, bunu karşılıksız yaptı hem de hiçbir ödül beklemeden. Benden ne bekleyebilirdi? Ben yenilmiş bir isyancı, polisin aradığı bir anarşist sayılırdım.

Fakat Jan Valjan'ın yüzü her zamanki gibi ifadesizdi.

ONUNCU BÖLÜM

1 833 yılının 17 Şubat gününün gecesi, Marius'la Kozet'in düğün gecesi oldu. Bütün gün çok güzel geçmişti. İşin en hoş tarafı o günün karnaval eğlenceleriyle aynı zamana rastlamasıydı. Gerçi bütün gün yağmur yağmıştı, ne var ki sevişen âşıklar için gökyüzünde daima masmavi bir parça bulunur.

Jan Valjan, Tusen kadını Kozet'in hizmetine vermişti ve genç kız onu yeni evine götürüyordu. Jilnorman konağında, Jan Valjan için de güzel bir oda hazırlanmıştı. Kozet ona öylesine tatlı gözlerle bakmış, en yumuşak sesiyle, "Babacığım bizimle kal" diyerek boynuna sarılmıştı ki, adam hemen oraya yerleşeceğine söz vermek zorunda kalmıştı.

Düğünden bir kaç gün önce, Jan Valjan hafif bir kaza geçirdi. Sağ elinin başparmağını ezmişti. Çok acı çektiğinden kolunu askıya almış ve parmağına kalın bir pansuman yaptırmıştı. Bu durumda nikâh şahidi olarak imzasını atamayacaktı. Damadın dedesi olan Mösyö Jilnorman, Kozet'in de kayınbabası olacağından, şahitlik görevini üzerine aldı.

İki şahane araba yola çıkmıştı. Birincisinde Kozet, Matmazel Jilnorman, Mösyö Jilnorman ve Jan Valjan bulunuyordu. Nişanlısından ayrı gitmesi uygun görüldüğünden Marius, ikinci arabayla onları izliyordu. Justice sokağından çıkınca düğün korteji, trafik tıkanıklığından dolayı kuyruk olan arabaların ardında sıra beklemeye koyuldu. Sokaklar neşe, eğlence içindeydi. Karnaval eğlencelerinin en şatafatlı bu gününde, yüzleri maskeli insanlar birbirlerine konfetiler atıyor, çiseleyen yağmura rağmen, halk gülüp eğlenmeye devam ediyordu.

Birden maskelilerin doldurduğu bir araba karşı yönden gelerek düğün arabasıyla aynı hizada durmak zorunda kaldı.

– Hey şuraya bakın, bir düğün alayı.

Öbür maskeli, galiz bir kahkahayla karşılık verdi:

– O sahte düğün, gerçek düğün bizimki...

Ancak aynı arabada bulunan diğer iki maskeli de, düğün arabasındakileri görmüşlerdi. İçlerinden biri, kocaman burunlu, pala bıyık bir İspanyol soylu maskesi olan, yüzüne kadife bir maske takmış gencecik bir kıza:

– Bana bakma Azelma, dedi. Şu düğün arabasındaki yaşlı adamı gördün mü?

– Hangisi babalık?

– Hangisi olacak, kolu sargılı, siyah redingotlu şu herifi. Onu tanıdığımdan eminim.

– Bu gün Paris'te herkes maskeli, kimse kimseyi tanımaz, cevabını verdi kız.

– Kız beni dinle, damada dikkatli baksana?

– Damat bu arabada değil, yanındaki ihtiyar biri, en azından doksanlık, o evlenecek değil ya?

– Azelma pestilini çıkartırım senin, bana karşılık verme, eğil de gelini dikizle, ben göremiyorum.

– Ben de göremiyorum.

– İn arabadan güzelim, in de peşlerinden git, şu düğünün adresini istiyorum, bir bildiğim var elbet.

– Bana bak babalık, benim inemeyeceğimi biliyorsun, belediyeye kiralandım bu festival için.

– Evet, fakat ben inersem, bana rastlayan ilk jandarma beni enseler. Ben bu gün maskeli olduğumdan dışarı akabildim, yarın yine inimde saklanacağım, sen yarın kuşlar gibi hürsün ve yarın bana bu düğünün nereye gittiğini bildireceksin.

– Öf, baba amma yaptın, karnaval günü yapılan bir düğünün hangi kilisede olacağını, ertesi günü nereden öğrenirim? Bu saman yığınında bir iğne aramaya benzer.

– Azelma bunu öğreneceksin, bu benim için önemli olabilir. İtiraz istemem.

Az sonra arabalar harekete geçtiğinde maskelilerin arabası ters yöne giderek kalabalıkta gözden kayboldu.

* * *

Hayalini gerçekleştirmek, her kişiye kısmet olmaz. Marius ve Kozet'in Tanrının sevgili kulları olduklarından, bu mutluluğu tadıyorlardı.

Nikolet ve Tusen kadının giydirdiği Kozet bir melek kadar güzeldi. Beyaz tafta bir Japon üzerine, ağır dantel gelinliğini giyen Kozet'in Brüksel dantelinden bir duvağı, boynunda bir sıra incisi, portakal çiçeklerinden bir gelin tacı vardı. Bütün bunların hepsi beyazdı ve bu beyazlar içinde bir zambak gibi ışık saçıyordu.

Marius'un kıvırcık saçları briyantinle düzeltilmişti, saçlarının arasında soluk çizgiler görülüyordu ki, bu da aldığı yaraların izleriydi.

Mösyö Jilnorman, XVIII yüzyılın debdebesini yansıtan giysileriyle Kozet'in koluna girmiş, ona mihrap önüne giderken eşlik ediyordu.

Siyahlar giyinmiş Jan Valjan, hüzünlü gülümseyişle onları izlemekteydi.

Törenler bitmiş, önce vali beyin daha sonra da rahibin önünde gençler "Evet" demişler, gereken tüm imzaları atmışlardı. Daha sonra birbirlerinin parmaklarına yüzüklerini taktıktan sonra, el ele kilise kapısına doğru yürüdüklerinde herkes hayran hayran onları izlemişti. Gelin beyazlar damat siyahlar içinde genç ve güzel...

Yeni evliler, mutluluktan her tarafa ışık saçıyorlardı sanki. Gençlik ve sevginin âdeta simgesi olmuşlardı. Her ikisinin yaşları toplansa, kırkı bulmazdı henüz, ikisi de çocuk, zambaklar kadar saf ve temiz kalpliydiler.

Bir ara Kozet, Marius'un kulağına eğilerek:

– Plüme sokağındaki bahçemizi görmeye gideriz, değil mi? diye sordu.

– Elbette meleğim.

Yolda karşılaştıkları arabalar duruyor, içindekiler gelinle damadı seyretmek için başlarını uzatıyorlardı.

Konağa girdiler. Yemek salonunda bir ziyafet sofrası hazırlanmıştı. Bitişik salonda, üç kemancı ve bir flüt yavaş yavaş neşeli parçalar çalıyorlardı.

Jan Valjan salonda kapının arkasındaki bir iskemleye oturmuştu. Henüz sofraya oturmadan önce, Kozet onun yanına yaklaşarak sormuştu:

– Baba, hayatından memnun musun?

– Elbet memnunum.

– Öyle ise neden gülmüyorsun?

Jan Valjan, bu sözler üzerine gülmeye başlamıştı. Birkaç dakika sonra Bask yemeğin hazır olduğunu haber veriyordu. Yaşlı Mösyö Jilnorman, Kozet'i koluna takmış yemek salonuna yönelmişti, konuklarda onları izlediler. Masanın başına iki rahat koltuk konmuştu. Bunlardan biri, Mösyö Jilnorman, diğeri ise Jan Valjan içindi. Marius'un dedesi oturdu, öteki koltuk boş kaldı.

Herkesin gözü Mösyö Foşlövan'ı aradı. O burada değildi. Marius'un dedesi uşağı Bask'a sordu:

– Mösyö Foşlövan'ın nerede olduğunu biliyor musun?

– Evet beyefendi, ben de size bunu söylemek istiyordum. Az önce Mösyö Foşlövan size söylenmek üzere, bir mesaj bıraktı. Elinin fazlaca ağrıdığını ve çok acı çektiğinden, sizlerle yemek yiyemeyeceğini, kendisini bağışlamanızı rica etti. Yarın sabah gelecekmiş.

Bu boş koltuk bir süre düğünün neşesini bozmuştu. Fakat bir

kaç dakika sonra, bu da unutuldu. Mösyö Foşlövan olmasa bile, büyük baba buradaydı, onun neşesi herkesi coşturuyordu.

Önce kendisine babalık etmiş adamın yokluğundan üzülen genç kadın, kocasını yanında bulunca her şeyi unuttu. Beyaz saten iskarpinli minik ayağını Marius'un ayağına dayadı.

Yemek sonunda Mösyö Jilnorman yerinden kalkarak yeni evlilerin şerefine kadeh kaldırdı ve onların mutluluğuna değinen bir kaç söz söyledi.

Akşam neşeli ve hareketli geçiyordu. Mösyö Jilnorman'ın taşkın neşesi havayı değiştirmişti. Bir hayli içildi, dans edildi ve pek çok gülündü.

Az sonra yeni evliler ortadan yok oldular. Gece yarısından sonra misafirler gitmiş, konak bir mabet olmuştu, bir aşk mabedi...

• • •

Jan Valjan, neden erkenden çıkmıştı?

Kozet'in sitemleri üzerine onu sevindirmek için zorla neşeli görünmeye çalışan adam, daha sonra kimsenin kendisiyle ilgilenmemesinden faydalanarak yerinden kalkmış ve dış antreye geçmişti. Sekiz ay önce, çamur ve kanla bulanmış, yüzü kurşun içinden kapkara bir hâlde ve sırtında Marius'la birlikte buraya geldiği günü düşündü. Şimdi bu salon çiçeklerle süslenmiş, müzisyenler aletlerini akort ediyorlardı ve siyahlar giyinmiş Bask, elinde beyaz eldivenler, ziyafet sofrasını güllerle süslemekteydi. Jan Valjan ona elinin ağrıdığını ve ev sahiplerine özürlerini belirtmiş ve hemen oradan uzaklaşmıştı.

Yemek salonunun pencereleri sokağa açılıyordu, bir süre karanlıkta bekleyen yaşlı adam, düğün evinden yansıyan neşeli gülüşlere ve seslere kulak verdi. Mösyö Jilnorman'ın kaim sesine karışan Kozet'in ince, kuş cıvıltılarını andıran sesini dinledi.

Nihayet hüzünlü bir gülüşle başı önünde, oradan ayrıldı. Sokakları ve mahalleleri aştı, yaya olarak Taureav sokağındaki dairesine döndü.

Jan Valjan artık tek başına kalmıştı, Tusen kadın da Kozet'le birlikte gitmiş olduğundan, adam bu geceyi yalnız geçirecekti. Bir mum yaktı ve tüm odaları dolaştı. Kozet'in gidişiyle, ev sanki ruhunu yitirmişti.

Yatağına yaklaştığı sırada, gözleri daima yanında taşıdığı ve Kozet'in bile içinde ne olduğunu merak ettiği valize takıldı. Cebinden çıkardığı küçük bir anahtarla valizi açtı. Kozet'i Montferney'den götürürken ona giydirdiği, minik, siyah yünlü robu, önlüğü, örgü atkıyı, kalın kunduraları ve yün çorapları çıkardı. Bunları yatağının üzerine dizdi. Jan Valjan, küçük kızla el ele geceleyin geçtikleri karanlık ormanı düşündü, kaynak kıyısında ona rastladığı anı bir türlü unutamıyordu. Birlikte geçirdikleri bu uzun yıllar boyunca birbirlerine gerçek bir baba, kız gibi destek olmuşlardı. Şimdi ise Kozet'in hayatından çıkışıyla dünya kararmıştı Jan Valjan için.

Kozet'in mutluluğunu kendi eliyle kurmuştu; ancak bundan böyle sevdiği çocuk, kocasına aitti. Jan Valjan'ın bu mutluluktan pay almaya hakkı var mıydı? Zavallı adam bu sorunu tüm açılardan inceledi. Garip değil mi ruhunu bile değiştirebilen insanoğlu, kaderini değiştiremiyordu.

Duruma hangi açıdan bakarsa baksın bir çıkmaza düşüyordu. Sabaha kadar acı acı düşündü durdu. Nasıl bir sonuca vardığını daha sonra öğreneceğiz.

• • •

Yeni evliler için düğünden sonraki günler de hayat biraz geç başlar. Ertesi gün öğleye doğru uşak Bask, salonu temizlemeye koyulmuştu ki, zil sesini duyarak kapıya koştu. Gelen, gelin hanımın babası Mösyö Foşlövan'dı.

– Efendinizle görüşebilir miyim? diye sordu.

– Hangisiyle efendim Mösyö Jilnorman mı? Yoksa Mösyö Lö Baron Pontmercy mi?

– Mösyö Pontmercy'i görmek istiyorum. Ancak sakın benim adımı söylemeyin. Kendisine bir sürpriz yapmak istiyorum.

Bask, saygıyla eğilerek yukarı çıktı.

Salonda zaman öldüren adam az sonra bir gürültü duyarak başını çevirdi, Marius neşeli bir yüzle alt kata iniyordu.

– Baba, siz misiniz? diye sevinçle yaşlı adamı karşıladı. Olur şey değil, şu bizim budala Bask, gelenin siz olduğunu söylemedi, öylesine esrarlı bir hâl takınmıştı ki. Ne yazık ki çok erken geldiniz, henüz Kozet uyanmadı. Fakat sizi gördüğüme çok sevindim. Dün gece aniden gitmeniz hepimizi üzdü. Eliniz nasıl? Sorusuna cevap beklemeden, sözlerine devam etti:

– Kozet sizi öylesine seviyor ki! Burada odanız olduğunu unutmayın, bundan böyle şu Taureav sokağındaki dairenizi artık boşaltın. İki evin ne gereği var? Bugünden tezi yok buraya taşınacaksınız yoksa karışmam, Kozet'in ne kadar otoriter olduğunu bilirsiniz, kıyameti koparır. Odanızı gördünüz mü bilmem, bizim daireye bitişik, bahçelere bakan, güneşli güzel bir odadır, yatağınız bile yapıldı. Hatta Kozet karyolanızın yanı başına rahat bir koltuk bile koydurttu. Pencerenizin tam önündeki çalılığa her bahar, bir bülbül yuva yapar.

İki ay sonra sabahlara kadar bülbül sesinden uyuyamazsınız. Geceleri bülbül sizi mest eder, gündüz de Kozet'in tatlı sesini dinlersiniz. İskambil oynamasını bilir misiniz? Dedemle oynarsınız. Biraz sonra öğle yemeğine oturacağız, sizi asla bırakmam, bizimle birlikte yersiniz.

Jan Valjan sıkıntıyla nefes aldı ve bir an önce bu zor durumdan kurtulmak için söze başladı:

– Mösyö, dedi. Size bir şey bildirmeyi kendime borç bilirim, ben eski bir mahkûmum.

Bu sözleri duyan Marius bir an yanlış duyduğunu düşündü, ağzı açık, ona bakakaldı.

Birden karşısında kendisiyle konuşan adamın korkunç derecede solgun olduğunu fark etti, kendi mutluluğundan başka bir şey düşünmeyen Marius, ancak o anda bunun farkına varabilmişti. Jan Valjan kolunun askısını çekip elini göstererek:

– Bakın, dedi. Elim yaralı falan değildi. Marius, adamın eline baktı, Jan Valjan devam etti:

– Hiçbir zaman da elim yaralanmadı.

Bu da gerçekti, adamın elinde hiçbir yara izi görülmüyordu. Jan Valjan, anlatmaya devam etti:

– Sizin nikâhınızda, bir sahtekârın imzası olmaması için, bu yaralanma işini uydurdum.

Marius, nihayet konuşabildi:

– Bütün bunların anlamı ne?

– Kısacası, suç işlerken yakalanarak küreğe mahkûm edilip yıllarca orada çalıştım.

Marius:

– Anlayamıyorum, şunu doğru dürüst açıklayın yoksa beni çıldırtacaksınız, diye haykırdı.

– Mösyö Pontmercy, tam on dokuz yıl Tulon cezaevinde yatarak, suçumun cezasını çektim. Oraya bir ekmek çalmak suçundan gönderilmiştim, yani şu anda karşınızda eski bir kaçağı görüyorsunuz.

Marius, heyecanla sordu:

– Anlatın, her şeyi anlatın bana, Kozet'in babasısınız ve bunları bilmek benim hakkım.

Jan Valjan birden başını arkaya attı ve sırtını dikleştirdi.

– Bizim gibi eski kürek mahkûmlarına and içme hakkı tanınmaz, yine de şimdi söyleyeceklerime inanacaksınız Mösyö, Rozetle benim hiçbir akrabalığım yok. Hayır, ben Kozet'in babası değilim. Ben ancak Faverol'lu bir köylüyüm, gençliğimde köyümde rençperlik yapar, ağaç budardım, adım da Foşlövan değil, "Jan Valjan" Kozet'le hiçbir ilişkim yok, gönlünüzü ferah tutun.

Marius kekeledi:

– Bunu, bana kim ispat edebilir?

– Ben size gerçeği olduğu gibi söylediğime göre, bana inanmak zorundasınız. Ben itiraf etmeseydim, eski bir forsa olduğumu, nasıl öğrenecektiniz?

Marius, adama baktı, duruşunda öyle bir yücelik, solgun yüzünde öylesine bir asillik ışıldıyordu ki, birden sarsıldı:

– Evet, dedi. Ne yazık ki size inanıyorum.

Jan Valjan, boynunu bükerek anlatmaya devam etti:

– Ben Kozet için yabancıdan başka biri değilim. On yıl önce, onun varlığından bile haberdar değildim. İnsan yaşlandığında hayatına anlam kazandıracak bir sevgi arar. Ben de kendimi onun dedesi olarak gördüm, o da kimsesiz bir kızdı, ne anası vardı, ne de babası. Onun da bana ihtiyacı vardı.

Bundan ötürü onu sevmeye başladım, benim de kimsem olmadığından birisine bağlanmanın gereğini duyuyordum. Eğer yaptığım bir iyilik ise, ben de Kozet'e karşı bu iyiliği yaptım, onun hayatını neşelendirmek, her dileğini yerine getirmek istedim. Şu anda onun mutluluğunu sağlamış bulunmaktayım, belki de bu lehime bir puan sayılır, ne dersiniz? Bugün artık Kozet benim hayatımdan çıktı ve yollarımız ayrılıyor, artık onun için yapacak bir şeyim kalmadı. O bir Barones, Madam Pontmercy oldu. Benim de hayatından çekilme zamanım geldi.

Marius duyduğu bu sözlerle sersemlemişti, ne düşüneceğini bir türlü bilemiyordu, birden hırsla haykırdı:

– Hey Tanrım, neden sanki tüm bunları bana anlatıyorsunuz? Geçmişinizi size soran oldu mu? Bu sırrı saklayamaz mıydınız? Kimse sizi ele vermedi, her hâlde böyle bir anda bunu kendiliğinizden yapmanız için çok önemli bir nedeniniz olmalı. Neden bunu yapıyorsunuz? Neden tüm bunları bana söylediniz?

Jan Valjan, kendi kendine konuşur gibi, boğuk bir sesle söylendi:

– Neden? Gerçekten ben de bu soruyu kendi kendime sormaktayım. Evet, çok garip bir neden yüzünden, size bu itirafı yaptım, bu eski forsa, aslında namuslu ve dürüst bir adamdır, sırf sahtekârlık etmemek için size geçmişimi açıkladım. Evet, size hiçbir şey söylemeyebilirdim, siz bana evinizde bir oda, masanızda şeref yerini verdiniz, ben bunları seve seve kabullenirdim. Ancak böyle yaptığımda, kendi kendime olan saygıyı yitirmekten korktuğumdan, böyle davrandım. Oysa susmak ne kadar rahattı. Bana mutlu bir aile hayatı önermiştiniz, ne yazık ki benim gibilerin ailesi olmaz. Benim hiçbir zaman bir sevenim, bir ailem olmadı. Ancak Kozet'le beraber geçirdiğim yıllarda, biraz mutlu oldum, hepsi o kadar.

Evet, aranızda neşenizi paylaşır görünerek yaşayabilirdim, ancak ruhumun bir yönü daima karanlık kalacaktı. Dedeniz gibi saygıdeğer bir yaşlı bey elimi tutacak, beni kendisine eşit sanarak benimle bir dost gibi konuşacaktı, siz namuslu, dürüst bir genç, eski bir pranga mahkûmuyla aynı sofrada oturacaktınız. Yoo, hayır, yapamazdım bunu, bu bir cinayet olurdu, hem de her gün işlenen bir cinayet. Yular önce yeğenleri açlıktan ölürken, bir kış gecesi bir tek ekmek çaldığı için on dokuz yıl yatan Jan Valjan, her gün sahte bir isim altında cinayet işleyecek ve bunun cezasını çekmeyecek ha... Susmak, yalan söylemek değildir, diyeceksiniz, hayır haksızsınız, yalan söyleyen suskunluklar vardır. Ben de her gün yalan söylemek istemedim.

Benim mutluluğa hakkım yok Mösyö, ben bir sefilim. Benim kaderim kara harflerle alnıma yazılı... Kimse bunu değiştiremez... Beni kimsenin ele vermediğini söylediniz, bunda aldanıyorsunuz, ben daima en mutlu olduğumu sandığım anlarda, kendimi ele vererek eski bir borcu ödemeye çalıştım. Vicdanım asla huzura kavuşmazdı sussaydım. Vicdanlı bir pranga mahkûmu, belki bu size gülünç gelebilir, ne yazık ki, acı gerçek bu. Şu son yıllarda çok okudum, çok düşündüm, cezaevine atıldığımda, harfleri bile tanımayan cahil bir köylüydüm. Bir zamanlar yaşamak için bir ekmek çalmıştım, bugün yaşamak için bir isim çalmak istemiyorum.

Marius çok duygulanmıştı:

– Dedemin birçok dostları vardır Mösyö, dedi, sizi bağışlatabilir. Onun tek bir sözü, size büyük faydalar sağlar.

– Gereği yok, aslında beni ölü sanıyorlar. Ölüm de bir çeşit bağışlanma sayılmaz mı?

Daha sonra Jan Valjan, Marius'un yakaladığı elini çekerek:

– Sadece vicdanıma hesap veririm, dedi.

Birden salonun kapısı aralandı ve Kozet'in başı göründü. Dağınık saçları, güzel yüzünü çevreliyordu, göz kapakları uykudan şişmişti. Önce kocasına daha sonra Jan Valjan'a baktı ve gülerek seslendi:

– Olur şey değil, yine politika konuşması mı, ne ayıp, benim yanıma geleceğiniz yerde.

Jan Valjan ürperdi.

Marius:

– Kozet, diye kekeledi. Sanki iki suç ortağı gibi bakıştılar.

– Evet, diye devam etti yeni gelin. Babam Foşlövan'ın vicdan, görev yapmak, gibi sözler sarf ettiğini duydum, bayağı canım sıkıldı doğrusu. Bu politik bir konuşma, düğünlerin hemen ertesi gününde bu gibi konuşmalara başlanmaz.

Marius, genç kadının koluna girdi:

– İnan ki önemli bir işten söz ediyorduk, bizi biraz daha baş başa bırak güzelim. Senin de canını sıkmak istemiyoruz.

– Bu sabah yeni bir kravat takmışsın Marius, bu da size pek yakışmış, süsünüze düşkün olduğunuzu görüyorum. Hayır sevgilim, senin yanında olduğum sürece asla sıkılmam. Hem ben rakamlardan anlamam ki, yalnızca sevdiklerimin yanında kalmak, sevdiğimin sesini duymak istiyorum. Sizin yanınızda kalacağım.

– Olmaz, benim canım Kozet'im, olmaz.

– Ya! Demek böyle ha? Oysa benim de size verilecek yığınla

haberlerim vardı. Size dedenin henüz uyanmadığını, teyzenizin kiliseye gittiğini, babam için hazırlanan odanın ocağının tüttüğünü, Nikolet'in ocak temizleyicisi çağırdığını, Tusen kadınla Nikolet'in daha şimdiden kavgaya başladıklarını, Nikolet'in Tusen kadının kekemeliğiyle alay ettiğini bir bir anlatacaktım. Oysa artık hiçbir şey öğrenemeyeceksiniz beyefendi. Ben de sırası gelince, hayır olmaz, derim. Oh, bu işten kazançlı çıkan, yine ben olurum.

– Yemin ederim sana, yalnız kalmamız gerekiyor hayatım.

Jan Valjan tek kelime söylemiyordu, birden Kozet ona döndü:

– Baba, neden beni öpmediniz? Olur şey değil, neden öyle put gibi kıpırdanmadan duruyorsunuz? Aslında size de dargınım, benim evlilikte ne kadar mutsuz olduğumu görmüyor musunuz? Kocam beni dövüyor.

Jan Valjan yaklaştı. Kozet, kocasına dönerek:

– Size ancak dilimi çıkartırım, daha sonra alnını babasına uzatarak:

– Haydi dedi, öpün beni bakalım.

Jan Valjan bir adım attı ona doğru. Kozet endişeyle haykırdı:

– Baba, neden yüzünüz bu kadar solgun, yoksa kolunuz çok mu ağrıyor?

– Hayır, tam tersi, artık kolum iyileşti.

– İyi uyumadınız mı? Bir üzüntünüz mü var?

– Hayır.

– Öpün beni, sağlığınız yerinde ve memnunsanız sizi azarlamam. Haydi artık, beni kocama karşı savunun, burada kalmamda bir sakınca olmadığını söyleyin bakalım. Aman Tanrım konuştuklarınız, para, banka lafları olmalı, beni çok mu budala sanıyorsunuz? Marius bak bana, bu sabah çok güzelim.

Birden tatlı bir dudak büküşle omuzlarını silkerek kocasına baktı. Bu iki sevişen çiftin arasından bir elektrik akımı geçmişti sanki Jan Valjan'ın varlığını bile unutarak birbirlerinin kollarına atıldılar.

– Seni seviyorum Kozet, diye haykırdı Marius.

Kozet de ona:

– Sana tapıyorum, diye karşılık verdi. Kozet sabahlığının eteklerini düzelterek:

– Artık kalabilirim değil mi sevgilim? diye sordu.

– Hayır Kozet, çok rica ederim beni babanla baş başa bırakmalısın, çok önemli bir konuyu kapatmak üzereyiz.

– Ne, yine mi hayır?

– Maalesef yine hayır.

– Ya, demek şimdiden kocalık haklarınızı kullanmaya başladınız Mösyö, aferin size. Size gelince babacığım, size de çok darıldım doğrusu. Oh olsun baş başa kalın bakalım, ben de Jilnorman dede'ye gidip ikinizi şikâyet ederim, ne denli zalim olduğunuzu anlatırım.

Kapıyı kapattı, fakat iki saniye sonra tekrar kapıda göründü:

– Çok ama çok kızdım.

Marius kapının iyice kapandığından emin olduktan sonra mırıldandı!

– Zavallı Kozet, öğrendiğinde kim bilir ne kadar üzülecektir.

Jan Valjan birden titredi:

Eyvah, dedi. Bakın bunu hiç düşünmemiştim. Doğrusu bu aklımın köşesinden bile geçmedi. Bu duruma gücüm yetmez. Mösyö size yalvarırım, ne olur bunu Kozet'e duyurmayın. Onun benden nefret etmesini, benden tiksinmesini istemem. O bir şey anlayamaz, yıllarca baba dediği adamın gerçekte eski bir pranga kaçağı olduğunu öğrenmesin. Yalvarırım, son bir lütuf olarak bunu sizden istiyorum.

Koltuğa yığıldı, elleriyle yüzünü örtmüş, sessiz hıçkırıklarla sarsılıyordu. Marius onun kısık bir sesle, "Ah keşke girseydim" diye mırıldandığını duydu.

– Tasalanmayın, dedi genç adam. Sırrınızı gizleyeceğim, Kozet, hiçbir şey bilmeyecek.

Jan Valjan, gözleri ışıl ışıl Marius'a bakarak:

– Son bir şey öğrenmek istiyorum, dedi. Buna sizin karar vereceğinizi de söylemek isterim. Bundan böyle Kozet'i görmeme izin verir misiniz?

Bütün bu konuşmalar Marius'un üzerinde, çok değişik bir etki yaratmıştı. Elinde olmadığı hâlde fazlasıyla duygulanmış, Jan Valjan'ın güçlü kişiliğinin etkisinde kalmıştı. Ne diyeceğini bilemiyordu, bu arada taparcasına sevdiği karısının, eski bir kürek mahkûmuyla görüşmesine nasıl izin verebilirdi?

– Bence artık onu görmeseniz daha iyi olur, dedi.

– Ne? diye haykırdı Jan Valjan! Onu göremeyecek miyim?

Yüzü yeşilimsi bir renk almıştı, buna rağmen çok sakin bir sesle konuştu:

– Dinleyin beni, eğer önemli bir sakınca görmezseniz, arada bir onu görmeme izin verirsiniz. Birden ortadan yok olursam, Kozet bu durumdan kuşkulanabilir. Yıllardan bu yana ona öylesine alıştım ki. Tam dokuz yıldır birlikteyiz. O beni babası bildi. İzin verin geleyim, zemin katında kapının yanındaki küçük odada onu beş dakika görür giderim. Geldiğimi kimse görmez, ortalık kararırken gelirim.

– Pekâlâ, istediğiniz zaman gelebilirsiniz, dedi Marius.

Konuşma sona ermişti.

Marius tam anlamı ile altüst olmuştu. Genç adam Mösyö Foşlövan'dan daima tedirgin olduğunu düşündü. Bunun nedenini artık iyice anlıyordu. Kozet'in baba bildiği adamın eski bir forsa oluşu, o bunu bilmese de kendisini rahatsız etmişti. Genç adam mutlu olduğu bu günlerde, saadetine gölge düşüren bu gerçeği öğrendiğine çok üzülmüştü. Bu arada kendi kendisini de suçlu buldu. Aşkına kendisini kaptırmış, Kozet'i sevdiğinden gözü hiçbir şey görmeden acele ile evlenmişti. Ancak kendisi de bir kürek mahkûmuyla evlenmiş değildi ya. Hem de acayip bir karşıtlık vardı bu işte, bir kürek mahkûmu olan Foşlövan yani daha doğrusu Jan Valjan bazen insanüstü yücelikler ve niteliklere sahip olduğunu gösteriyordu. Sonra adamın harikulade bir ahlak anlayışı vardı, hayatının ta sonuna kadar kendisini lüks ve debdebe içinde yaşatmaya yetecek olan tam altı yüz bin frangı büyüttüğü kıza bağışlamıştı. Marius'un beyninde, bir şimşek çaktı. Artık geçmişi mükemmel olarak hatırlıyordu. Bu adamın, bu Jan Valjan'ın barikata geldiğini tüm detaylarıyla hatırladı. Böyle bir adamın ideal sahibi gençler arasında ne işi vardı? Neden Cumhuriyet, ihtilâl uğruna çarpışmaya gelmişti. Genç adam bunun cevabını bulmakta gecikmedi. Javer... Evet, Jan Valjan, sırf Javer'i ortadan kaldırmak için barikata girmişti. Evet, Korsikalıların kan davası gibi bu da bir öç alma meselesinden başka bir şey değildi.

Marius çeşitli sorulara zihninde cevap ararken, kendisini en çok ilgilendiren sorunun çözümünü bir türlü bulamıyordu. Jan Valjan gibi kanun dışı bir adamla, Kozet gibi bir kızın yolları nasıl birleşirdi? Kader nasıl ve hangi çapraşık yollardan, küçük kızı onun karşısına çıkarmıştı?

Adam Kozet'le hiçbir kan bağı olmadığına ant içmişti. İşin garip tarafı, Marius da ona inanmıştı. Bu Jan Valjan'dan hoşlanmamasına rağmen, onun yüceliği karşısında, ona karşı saygı duymasına engel olamıyordu. Susabileceği yerde, eski bir suçu itiraf eden, kimsenin kendisinden kuşkulanmadığı hâlde, yıllar önceki hayatını açıklayan bu adam kuşkusuz hiç kimseye benzemeyen, değişik bir insandı.

Marius ancak tüm bu dertlerini Kozet'ten gizledi. Aşk bir hünerdir, Marius da âşık bir eş olduğundan, usta bir aktör gibi davranarak karısına hiçbir şey belli etmedi.

Ancak delikanlı hiç hissettirmeden Kozet'in ağzını aradı ve genç kadının saf gevezeliklerinden kendisini, etkileyen pek çok şey öğrendi. Evet Jan Valjan yalan söylememişti. Tam dokuz yıl, bir baba gibi titremişti Kozet'in üstüne. Kızın bir dediğini iki etmemiş, onu en şefkatli bir baba gibi sevmiş, korumuştu.

...

Ertesi gün, hava kararmak üzereyken Jan Valjan, Jilnorman konağının kapısını çalıyordu. Bask tarafından, sanki onu bekliyormuş gibi karşılandı. Her hâlde bunun için özel emirler almış olacaktı.

– Mösyö Lö Baron, yukarı çıkmak isteyip istemediğinizi soruyor?

– Aşağıda kalacağım, dedi Jan Valjan.

Çok saygılı bir jestle Bask, zemin katındaki oda kapısını açtı ve:

– Madama haber vereyim, diyerek oradan uzaklaştı.

Burası nemli ve loş, kemerli bir mahzen odasıydı. Yerler kırmızı malta taşlarıyla döşeliydi. Demir çubuklu pencerelerden içeriye fazla aydınlık girmiyordu. Jan Valjan, kendini bitkin hissediyordu. Günlerdir çok az yemek yemiş, az uyuyabilmişti, kendini bir koltuğa bıraktı. Bask, şömine üzerine bir şamdan bıraktıktan sonra ayaklarının ucuna basarak sessizce çekilmişti. Jan Valjan onun içeri girip çıktığını bile fark etmedi. Az sonra Kozet'in sesini duyarak başını kapıya çevirdi.

– Olur şey değil baba, bir bu eksikti, Marius beni burada görmek istediğinizi söyledi. Bu durumdan bir şey anlamadım ama neyse. Hadi öpün beni bakayım.

Genç kadın yanağını uzatmıştı ki adamın kıpırdamadığını görerek öbür yanağını uzattı ve gülerek:

– İsa Hazretleri öbür yanağını uzat demiş, dedi. Fakat Jan Valjan donmuş gibi yerinden kıpırdamıyordu.

Kozet endişeyle:

– Neyiniz var baba? Bakın dedeye söyler, sizi bir güzel azarlatırım, aslında dedelerin rolü, babaları azarlamaktır zaten. Umarım yemeği bizimle yemeği reddetmezsiniz.

– Ben akşam yemeğini çoktan yedim.

– İnanmam, hemen benimle yemek salonuna çıkıyorsunuz.

Neden hayır diye başınızı sallıyorsunuz? Hem, beni görmek için neden bu konağın en çirkin odasını seçtiniz?

– Bilirsin, daha doğrusu bilirsiniz ki, ben öyle başkalarına pek benzemem Madam...

Kozet minik ellerini birbirine vurdu:

– Ne, bu da nereden çıktı, şimdi bir de üstelik Madam mı olduk?

Jan Valjan zoraki bir gülümseyişle:

– Siz istediniz madam olmayı, dedi. Evlenen kızlar madam diye çağırılır.

– Evet fakat sizin için Madam değilim, baba.

– Beni baba diye çağırmayın. Bana bundan sonra Mösyö Jan diyebilirsiniz ya da sadece Jan.

– Neler diyorsun baba. Mösyö Jan da kimin nesi? Aman Tanrım, neredeyse aklımı kaçıracağım, bütün bunlara nasıl alışırım. Bir değişiklik mi oldu? Hem de sizin için hazırlanan o güzel odada kalmıyor, bizimle yaşamak istemiyorsunuz? Ben size ne yaptım ki?

– Siz Madam Pontmercy olduğunuza göre, ben neden sanki Mösyö Jan olmayım?

– Hiçbir şey anlamıyorum, sizin gibi dünyanın en iyi kalpli babası birdenbire böylesine değişerek nasıl böyle küçük kızını üzebilir.

Aniden yaşlı adamın ellerini yakalayarak, yüzüne bastırdı:

– Ne olur baba, eskisi gibi olun, tüm bu bilmecelerden bir şey anlamıyorum. Bizimle aynı masada yemek yiyin, bizimle birlikte oturun, beni Kozet diye çağırın. Yine benim babam olun.

– Sizin artık bir eşiniz var, babaya ihtiyacınız kalmadı.

– Fakat böyle şey olur mu? Size yaşadığım sürece ihtiyacım var, yıllar yılı bana babalık ettiniz. Sevgisiz yaşanır mı, sizi ne kadar sevdiğimi bilmez misiniz? Bir de şu Mösyö Jan olmak istemeniz çıktı, bütün bunlar beni kahrediyor... Yoksa mutlu olduğum için mi bana darıldınız baba?

Jan Valjan birden daha da sarardı. Saf kızcağız, farkına varmadan adamı derinden yaralamıştı. Kendi kendine konuşur gibi söylendi:

– Onu mutlu görmek hayatımın amacıydı. Evet Kozet artık mutlu olduğuna göre ben de rahat ölebilirim.

Kozet sevinçle haykırdı:

– Bana yine "Sen" dediniz, diyerek adamın kollarına atıldı. Jan Valjan ne yaptığını bilmez gibi, genç kadını bağrına bastırdı, Kozet sevinç gözyaşları dökerek,

– Teşekkür ederim baba, diye mırıldandı.

Birden adamcağız kendisini toparladı ve Kozet'in kollarından yavaşça sıyrılarak:

– Gitmem gerekiyor Madam. Sizi yukarıda bekliyorlardır, diyerek, Kozet'i şaşkın ve üzgün bırakarak dışarı çıktı.

• • •

Ertesi gün Jan Valjan yine aynı saatte geldi. Kozet artık hiçbir tepki göstermiyor, hiçbir şeye şaşmıyordu. Kendisine, siz ve madam denmesine itiraz etmedi. Odanın loşluğundan ve neminden şikâyet etmedi. Herhalde, Marius bu hususta kendisine bazı uyanlarda bulunmuş olacaktı. Zemin katındaki oda temizlenmişti, Bask örümcek ağlarını süpürmüş, Nikolet boş şişeleri atmıştı. Marius bu akşam ziyaretlerinde dışarıda olmayı tercih ediyordu. Zamanla bütün konak bu garip ziyaretlere alışmıştı. Tusen kadının bu konuda çok yardımı olmuştu. Efendisi için, "Mösyö daima başkalarına benzemeyen şeyler yapardı" demiş, Mösyö Jilnorman, Kozet'in babasının kimseye benzemeyen bir karaktere sahip olduğunu söylemişti. Yaşlı adam aslında gelinin babasının kendilerini fazla rahatsız etmemesinden memnundu. Marius'la konuşurken şöyle demişti:

– Bazı kimselerin garip bir hayatları vardır, hiç unutmam, gençliğimde tanıdığım bir soylu vardı, "Kanaph Markisi" bir saray

satın almış olmasına rağmen, kendisi yalnız çatı katında yatardı.
Böyle garip yaşantıları olanlar, sandığımızdan da fazladır.

. . .

Böylelikle haftalar gelip geçti. Kozet için yepyeni bir hayat başlamıştı. Evini yönetmek, sabahleyin alışverişleri kontrol etmek ve geri kalan zamanında eğlenmek.

Ancak Kozet'i üzen bir şey olmuştu. Tusen kadın, Nikolet ile geçinemediğinden konaktan ayrılmak zorunda kalmıştı.

Bunun dışında dedenin sağlığı yerindeydi, Marius zamanını davalarda geçiriyordu. Matmazel Jilnorman, yeni evlilerin yanında, eski düzenli yaşamını sürdürüyordu, Jan Valjan her akşam geliyordu. Kozet bu yeni duruma da alışmıştı fakat Jan Valjan'la bir yabancıyla konuşur gibi konuşuyordu.

Bir gün ona şöyle dedi:

– Sizi baba biliyordum fakat babam olmadığınızı, yalnızca amcam olduğunuzu öğrendim, daha sonra benimle hiçbir akrabalık bağınızın olmadığını, sadece bir Mösyö Jan olduğunuzu söylediniz, kimsiniz o hâlde? Sizin ne kadar iyi olduğunuzu bilmesem, sizden korkardım şu anda.

Jan Valjan bir şey söylemedi fakat gözyaşlarını göstermemek için başını çevirdi.

. . .

Bu son olmuştu. O günden sonra bir daha birbirlerine hiç yakınlaşmadılar. Bundan böyle, günde birkaç dakika Kozet'i görmek, onun tatlı sesini, neşeli gülüşünü duymakla yetinecekti zavallı ihtiyar adam.

Birkaç hafta sonraydı, Jan Valjan iki gün üst üste Kozet'i görmeye gitmemişti. Nihayet üçüncü günü, genç kadın, onu merak ettiğinden Nikolet'i yolladı. Kadın, adamı bulunca hanımının me-

Victor Hugo

sajını tekrarladı. Bir gün önce gelmemesinin nedenini sordu ve sağlığını merak ettiklerini ekledi. Jan Valjan, kendisini merak etmemelerini, bir süre için bir yolculuğa çıkması gerektiğini söyledi.

1833 yılının bahar günlerinde, Mare mahallesinin halkı her akşamüzeri, temiz kılıklı bir ihtiyar adamın 'Taureav" sokağından çıktığını, Hamme sokağını geçtiğini ve daha sonra sola kıvrılarak Sen Lui caddesine girdiğini görüyorlardı.

Justice sokağına yaklaştıkça adamı bir telâş kaplıyordu, adımları kararsızlaşıyor, omuzları düşüyordu. Sokakla arasında birkaç ev kaldığında, adımlarını daha da yavaşlatıyor ve sokağın köşesini döndüğünde bakışlarını konaklardan birine dikiyordu. Böyle, taş kesilmiş gibi birkaç dakika kalır, daha sonra başı önünde üzgün ve bitkin adımlarla geri dönerdi.

Zamanla, bu zavallı ihtiyar Justice sokağının köşesini dönmekten vazgeçti, köşe başında durarak, sokağa bakmakla yetindi, birkaç gün sonra Sen Lui sokağına kadar geldi, uzaktan baktıktan sonra, kederli kederli başını sallayarak geri döndü. Daha sonraki günler "Sen Lui" sokağına kadar bile gelmedi.

Her gün, aynı saatte evinden çıkıyor, sokağını geçtikten sonra yarı yoldan geri dönüyordu. Yüzünde ve davranışlarında bir keder, bir bitkinlik ve kaderine teslimiyet ifadesi okunuyordu. Artık gözlerinden yaş bile gelmiyordu.

Yağışlı havalarda koltuğunun altında hiçbir zaman kullanmadığı bir şemsiye taşırdı. Mahalle kadınları onun için "Bunamış" diyor, çocuklar ise alay ederek peşinden koşuyorlardı.

Evlenmeden önce Mösyö Foşlövan'a hiçbir soru sormayan Marius, evlendiğinden bu yana, Jan Valjan'a yakın olmaktan çekinmişti. Jan Valjan'a Kozet'i görme iznini verdiğine pişman olmuş ve yavaş yavaş karısını ondan uzaklaştırmayı başarmıştı. Bunu çok ustalıkla yapmış, Kozet'le adamın arasına girerek Kozet'in onu düşünmesini, aramasını önlemişti. Marius bunu yap-

386

mak zorunda olduğuna inanıyordu. Bir rastlantı sonucu, son zamanlarda Paris bankasının bir memurunun davasına baktığından, ondan bazı bilgiler edinmiş, birkaç yıl önce yabancı bir adamın, Mösyö Madlen adına konan hesabından, altı yüz bin frangı geri çektiğini öğrenmişti. Marius bu adamın Jan Valjan olduğundan emindi, böylelikle Kozet'in dırahoması olan altı yüz bin frangın Mösyö Madlen adındaki Möntreysür Mer valisinin parası olduğunu ve bunun da Jan Valjan tarafından çalındığını öğrenmişti. Bu paraya artık elini süremezdi, ancak bu parayı kime vereceğini bilemiyordu. Kozet'e gelince o bütün bunlardan habersiz, tasasız yaşamına devam ediyordu. Ancak onu da fazla ayıplamayalım, genç kadın mutluluğunun bu ilk sarhoşluğu içinde canından çok sevdiği kocasından başka kimseyi gözü görmüyordu. İçgüdüsel bir sezişle kocasının babasından hoşlanmadığını hissetmişti, bundan böyle Marius'u sevindirmek için o da yıllarca kendisine babalık eden adamı unutmuş görünüyordu. Aslında Kozet, şu anda şaşkın bir durumdaydı, hâlâ kendisini sefaletten kurtaran, yetiştiren adamı seviyordu. Arada bir Kozet ondan söz ediyor, son zamanlarda akşamları hiç uğramadığından Marius'a yakmıyordu. Marius böyle zamanlarda belki Mösyö Foşlövan'ın henüz seyahatten dönmemiş olabileceğini söyleyerek onu yatıştırıyordu. Marius'dan başka bir dayanağı, bir isteği olmayan Kozet, bu açıklamayla yetinmiş görünüyordu.

• • •

Bir akşam, evinin merdivenlerinden inen Jan Valjan, kapı önüne vardığında daha fazla yürüyemeyeceğini anlayarak, taş merdivenin üzerine yığıldı. Bu onun son canlılık belirtisi olacaktı. Bundan sonraki günler odasından çıkamadı. Kendisine birkaç patates haşlaması getiren kapıcı kadın onun hastalığını fark ederek:

– Dün yemeğinize el sürmemişsiniz, yoksa hasta mısınız? diye sordu.

– Hayır, ancak canım yemek istemedi, yalnızca su içtim. Galiba biraz ateşim var. Nasıl olsa geçer...

Bir hafta daha böyle geçti, kapıcı kadın kocasına.

– Şu yukarıdaki bey, günlerdir, bir lokma bir şey yemiyor, yatağından da kalkmıyor, galiba üzüntüden. Kızını evlendirdiğinden bu yana kendisine hiç dikkat etmiyor. Bana kalırsa kızı kötü bir evlilik yapmış olacak, adamcağız dertlenmekten bu hâle düştü.

Aynı günün akşamı kapıcı kadın sokaktan geçen mahalle doktoruna, Jan Valjan'ın odasına çıkmasını rica etti. Birkaç dakika sonra, merdivenlerden inen doktora soruyordu:

– Nesi var doktor?

– Hastanız çok ağır durumda, bana kalırsa artık onun benimle pek işi yok. Onun beklediği başka biri...

• • •

Bir akşamüzeri Jan Valjan, artık dirseğinin üzerinde bile doğrulamadığını fark etti. Eliyle nabzını yokladı, çok yavaştı. Sandığından daha zayıf ve bitkin düştüğünü anladı. Sürünerek yatağından indi, Kozet'in çocukluk giysilerini sakladığı bavulu açtı. İçindeki giysileri yatağının üzerine sererek, bir süre seyretti. Sanki bu şekilde Kozet'e olan hasretini azaltabilecekti. Daha sonra şamdanındaki mumu yakarak masanın önüne kadar zorlukla geldi. Hokkaya kalemini batırdı; ancak bu kalemi bile zor tutuyordu, bir zamanlar Foşlövan'ın arabasını omzunda kaldıran adam, artık kalemi bile tutamıyordu...

Kâğıdı önüne çekti, elinin tersiyle alnında biriken terleri silerek şu satırları karalamak için son gücünü kullandı:

"Kozet, Tanrı seni korusun, dinle beni yavrum, kocan bana uzaklaşmamın gerekli olduğunu anlatmakta haklıydı. Aslında o gerçeği olduğu gibi bilmiyor; ancak bunda suçlu değil. O dünyanın en mert çocuğu, onu çok sev evlâdım, özellikle ben öldükten sonra onu daha da çok sev. Mutlu olun... Evlatlarım.

Mösyö Pontmercy, benim sevgili Kozet'imi, daima sevin...
Kozet ben öldükten sonra bu kâğıdı bulacaksın, bu yüzden sana
bazı şeyleri anlatmak istiyorum.

İyi bil ki sana bıraktığım para alın teriyle kazanılmış paradır.
Bu para senin hakkındır. Dinle kızım benim. Beyaz boncuk
Norveç'ten gelir, siyah boncuk İngiltere'den, yeşil boncuklar Al-
manya'dan gelir. Ancak Fransa'da, Almanya'dan gelen boncuk-
ların aynısını yapmak mümkün. Eskiden balmumu, reçine ve
duman işiyle yapılır ve kilosu dört franga mal olurdu, oysa benim
bir buluşum olan gomlak ve terebantinle yaparak ancak otuz me-
teliğe mal etmeyi başarmıştım. İspanya bu çeşit boncukları bizden
tonla satın alır...

Birden kalemi elinden düşürdü, artık titrek elleriyle, boşuna
yazmaya çabalamaktan vazgeçti, zavallı adam başını ellerinin ara-
sına alarak:

– Artık mahvoldum!" diye düşündü. Onu, Kozet'imi gör-
meden öleceğim. Hayatımı yıllar yılı aydınlatan onun gülüşünü
göremeden sonsuz karanlıklara dalacağım.

Oh Tanrım, bir an için onu görebilsem, sesini duysam, eline
dokunabilsem, mutlu ölürdüm. Ölüm bir şey değil, onsuz ölmek
korkunç. Bana güler, bana birkaç tatlı söz söylerdi. Ah ne olurdu,
onu görseydim... Ah, Tanrım, onu son bir kez görebilsem.

Tam o sırada kapısı vuruldu.

• • •

Aynı akşam, iki saat önce sofradan kalkan Marius, bir davanın
dosyasını incelemek için çalışma odasına girmişti ki, Bask, gümüş
tepsi üzerinde bir mektupla yanına girecek.

– Bu pusulayı yollayan bey sizinle görüşmek istiyor, Mösyö
Lö Baron, dedi.

Marius için kader rüzgârları esmeye başlamıştı. Yıllardan bu
yana, aradığı iki ipucunu, bu pusulayı açarak elde edeceğini bil-
meden zarfı açtı ve şu satırları okudu:

"Mösyö, size bir minnet borcum olduğundan, bunu şimdi ödemeyi uygun buldum.

Aileniz üyelerinden olan bir bey hakkında bazı sırlar bilmekteyim, bu serseriyi kapı dışarı etmeniz için size yardımcı olacağımdan asla kuşkunuz olmasın. Aslında saygıdeğer eşiniz "Madam Barones" çok soylu bir ailenin kızıdır. Faziletin cinayetle bağdaşmasına yüreğim razı değil.

Emirlerinizi bekliyorum Mösyö.
Kulunuz: Tenard"

Bu imza sahte değildi; ancak kısaltılmıştı. Marius, bunun Tenardiye olduğunu anlayınca meraklanarak, uşağına adamı yazı odasına getirmesini emretti. Birden Marius bir sürprizle daha karşılaştı. Karşısında dikilen yabancıyı tanıyamamıştı. Adam gözlerinde kalın gözlükler, başına bir peruk geçirmiş, çenesine kadar çıkan bir kravatı boynuna bağlamıştı. Marius el yazısını tanıdığından, karşısında eski komşusu Tenardiye'yi göreceğinden emin bulunuyordu. Hayal kırıklığına uğramıştı:

– Benden ne istiyorsunuz? diye sordu.

– Mösyö Lö Boran, beni tanımadılar. Oysa aylar önce kendilerine Prens Bağrasiyon'un balosunda rastlamıştım.

– Ben bu adı taşıyan bir prens tanımam bile, kısa kesin lütfen, ne istiyorsunuz?

– Mösyö Lö Baron, şu anda evinizde bir hırsız ve bir katil yaşamakta.

– Ne dediniz?

– Evet, Mösyö Lö Baron, sözlerime iyi kulak verin, ben size onun gerçek adını bildireceğim, o Jan Valjan'dır ve eski bir pranga kaçağıdır.

– Biliyorum, ben bunu aylardan bu yana biliyorum.

– Hayır, Mösyö Lö Baron, bu sır aslında eşiniz Baronesle il-gili. Tabii bunu size açıklayacağım fakat... Şu ara mali yönden biraz sıkıntıdayım. Bu yüzden, bu bilgiyi size en son yirmi bin franga satarım.

– Buraya baksana sahtekâr herif, ben Jan Valjan'ın kimliğini bildiğim kadar sizin de gerçek adınızı biliyorum. Siz Tenard de-ğilsiniz, sırası gelince işsiz Jondret, oyunca Fabu, şair Jenflö, İs-panyol Don Alvarez ve Balizar anasınız. Yani tek bir kelimeyle siz Tenardiye'siniz...

Cebinden bir banknot çıkartarak, herifin suratına fırlattı:

– Al bunu sahtekâr, dolandırıcı, serseri, cezaevi kaçkını ve burayı hemen terk et.

Tenardiye, yüzündeki gözlükleri, sahte peruğunu, çenesini örten kravatını çekip attı. Şimdi gerçek yüzüyle Marius'un karşı-sında dikilmişti. Adam, bu genç, ancak kendisine hâkim ve her-kesin adını sanını bilen delikanlıya, bir çeşit hayranlıkla bakı-yordu. Onu tanımıştı gerçi, ne yazık ki, yıllar önce, ceplerini so-yarken, kurtarma davranışlarıyla aldattığı yaralı binbaşı, kendisine adını söylerken sesi zayıf çıktığından Tenardiye onun adının Pont-mercy olduğunu pek kavrayamamıştı. Oysa şu anda sözde kurtar-dığı adamın oğluyla karşı karşıya olduğunu bilse, bu durumdan yararlanmayı da düşünürdü. 16 Şubat günü, düğün alayının peşine takmış olduğu kızı Azelma sayesinde pek faydalı bilgiler edin-mişti.

Gerçi Kozet'in gerçek kimliğini bilmiyordu; ancak Fantinin kızının piç olduğundan asla kuşkusu yoktu. Bu arada kendisine tamamıyla hâkim olan Marius, buz gibi bir sesle anlattı:

– Baksanıza Tenardiye, adınızı bildiğim gibi, bana satmak is-tediğiniz sırrı sizden çok daha iyi bilmekteyim. Evet Jan Valjan bir hırsız ve bir katil. Zengin bir sanayicinin iflasına ve ölümüne sebep olduğunu, ayrıca Mösyö Madlen'in paralarını çaldığını ve polis memuru Javer'i öldürdüğünden katil kişiliğini...

– Mösyö Lö Baron tamamıyla aldanmaktasınız, diye haykırdı
Tenardiye. Jan Valjan, çok kötü bir adam olabilir, ancak sizin söy-
lediğiniz suçların ikisini de işlemedi. Öncelikle o Madlen'in ser-
vetini nasıl çalabilirdi? Çünkü Mösyö Madlen adı altında fabrika
kuran ve Montreysür Mer kasabasında vali olan Jan Valjan'ın ta
kendisiydi. Evet yıllarca bu Madlen adını kullanarak yaşadı. Bana
inanın beyim, Jan Valjan ve Madlen aynı adamdır. Javer konusuna
gelince, bu konuda da suçsuzdur. O Javer'i öldürmedi.
Javer intihar etmiştir. Bunun gerçekliğini ispat eden yazıyı
ben Monitör gazetesinde okuduğum gibi, polisin kendisini suya
atmadan önce polis müdüriyetine bıraktığı mektupta canına kıy-
dığına dair elimde kanıtlarım var.

Bu sözlerle Tenardiye cebinden oldukça kalın bir zarf çı-
kartarak Marius'a uzattı. Marius şaşkındı ve neler olduğunu an-
lamıyordu. Bir haksızlık etmiş Jan Valjan'ı boş yere suçlamıştı.
Marius herifin uzattığı zarftan iki gazete çıkarmış bunları heye-
canla okuyordu. Bu gazeteleri okuyucularımız hatırlar. Bunlardan
biri "Bannière" Jan Valjan'la, Mösyö Madlen'in aynı kişi oldu-
ğunu, diğeri ise 1832 tarihli "Monitör" gazetesi,

Sen nehrinde cesedi bulunan polis Javer'in, intihar ettiğini ya-
zıyordu.

Tenardiye anlatmaya devam etti:

– Ancak bütün bu açıklamalar Jan Valjan'ın suçsuzluğunu
ispat etmez, Jan Valjan, aşağı yukarı bir yıl önce, büyük isyan
günü olan 1832 yılının 6 Haziran, akşam saatlerinde sırtında bir
ceset taşıyarak, büyük kanalizasyon kapısından çıkıyordu. Para-
sına tamah ederek zengin bir delikanlıyı öldürmüştü, bakın bunun
da delili bende. Bunu bana bir adam anlattı. Onu gözleriyle gör-
müş hatta ölünün cebindeki parayı Jan Valjan ona vermiş.

Tenardiye böyle diyerek, ölü zannettiği Marius'un elbise-
sinden kesmiş olduğu kanlı kumaş parçasını masa üzerine fırlattı.

– Bu adam siyasal nedenler yüzünden bir lâğıma sığınmış ve

lağımın anahtarını ele geçirmişti. Akşamleyin bir gürültü duymuş ve kilitli mazgalı sökmek isteyen perişan kılıklı Jan Valjan'la karşılaşmış. Jan Valjan bu lâğımdan çıkabilmek için, öldürdüğü gencin cebinden çaldıklarının bir kısmını kendisine vermiş. Cesedi herhalde ırmağa atmıştır. Ancak bana bunları anlatan adam, bir şeye şaşmış, bu pranga mahkûmunu çok bitkin bir durumda gördüğünü ve lâğım kapısına varmadan önce onun yağmur sularından taşan bir bataklıktan geçtiğini de ekledi, adam sırtındaki cesedi o lağım batağında bırakabilirmiş, fakat bilinmeyen bir nedenden, belki de lağım işçilerinin cesedi bulmalarından korktuğundan onu da dışarı kadar sürüklemiş...

Marius sanki taş kesilmişti, nefes almaya bile korkarak, bakışlarını o kardı kumaş parçasına dikmiş düşünüyordu. Sonra ağır hareketlerle duvarda bir dolaba yaklaştı, titreyen elleriyle anahtarı çevirdi, kanlı ve çamurlu bir ceketi çıkardı. Bu arada Tenardiye anlatmaya devam ediyordu:

– Mösyö Lö Baron, bana kalırsa Jan Valjan'ın öldürdüğü genç çok zengin bir yabancı olmalıydı. Adamı tuzağa düşürüp, parasına tamah ederek öldürdü.

Marius kanlı ceketi yere fırlatarak:

– O delikanlı bendim dedi. İşte giysim. Jan Valjan'ın kurtardığı nankör sefil bendim. Nasıl anlayamadım? Yanı başımdaki gerçeği neden uzaklarda aradım.

Tenardiye'den aldığı kesik kumaş parçasını ceketindeki kesilmiş yere yapıştırdı. Tıpatıp uymuştu.

Bu kez şaşırma sırası Tenardiye'ye gelmişti, herif kafasını kaşıyarak:

– Bu kadarı beni bile aşar doğrusu, diye mırıldandı.

Marius birden başını kaldırdı, gözleri sevinçle parlıyordu, cebinden çıkardığı, beş yüz ve bin franklık banknotları herifin suratına fırlatarak:

– Defol, serseri, hırsız, haydut, yalancı herif, defol sır satıcısı, defol, ancak şunu da bil ki, Vaterlo savaşları seni koruyor, yoksa seni kodese tıktırmak, benim için içten bile değildi.

Tenardiye şaşkın şaşkın sordu:

– Vaterlo mu?

– Evet, unutma savaş alanında bir binbaşıyı kurtarmıştın.

– Bir generali kurtardım, diye böbürlendi Tenardiye.

– Hayır, generalden bana ne, bir binbaşıyı kurtardın, o kahraman asker benim babamdı, bu yüzden seni şimdi bırakıyorum, defol, yıkıl karşımdan, yarından tezi yok kızınla Amerika'ya gideceksin. Senin ülkeyi terk etmeni izleteceğim ve gemiyle Fransa'dan ayrıldığında, sana yirmi bin frank daha vereceğim, hadi bas git şimdi...

Tenardiye şansının böyle dönmesi karşısında sevincinden ne yapacağını şaşırmış bir hâlde, Marius'un önünde yerlere kadar eğilerek, onu selâmladı ve para yağmurundan kaptıklarını ceplerine doldurarak oradan çıktı. Bu olaylardan tam iki gün sonra, Tenardiye, kızı Azelma ile Amerika'ya hareket edecekti. Ne var ki, bu sefil herif şansın bu yardımından da yararlanmayacak kötülüğünü, daima sürdürecek, Marius'dan aldığı parayla esir ticaretine başlayacaktı.

Tenardiye'yi başından savar savmaz, Marius hemen Kozet'i aramaya koştu. Kozet, tek başına bahçede dolaşıyordu.

– Kozet, Kozet, diye haykırdı. Çabuk gel, bir saniye bile kaybetmeyelim, koş üzerine bir atkı al, hemen bir arabaya atlayalım. Beni kurtaranı buldum, o, beni o kurtardı, anlıyor musun, koş, onu görmeye gidiyoruz.

Kozet neler olduğunu anlamamakla beraber denilenleri yaptı. Marius sanki nefes alamıyordu, kalbinin atışlarını düzeltmek için elini göğsüne bastırıyor, çılgınlar gibi oradan oraya koşturuyordu. Aylardan bu yana içini kemiren karanlıklar aydınlanmıştı.

– Ah, Kozet, ne kadar mutsuz, aynı zamanda ne denli sevinçliyim bir bilsen.

Kozet kocasının çıldırdığına artık iyice inanmıştı; ancak onun arabaya atlarken arabacıya: "Taureav sokağı" demesi üzerine sevindi, gülerek:

– Oh, demek babamı görmeye gidiyoruz. Marius onu çok özlemiştim ama sana söylemeye bir türlü cesaret edemiyordum.

– Baban Kozet, hatta benim de babam. Onun neler yaptığını biliyor musun? Benim hayatımı kurtardı. Hatırlar mısın, geçen yıl barikattan sana yolladığım mektubu bir türlü alamamıştın. Gavroş, pusulayı babana vermiş olacak, o sırf beni kurtarmak için barikata girdi; ancak fedakârlık ona özgü bir nitelik olduğundan, bu arada başkalarının hayatlarını da kurtardı. Javer'i de muhakkak bir ölümden kurtardı. Beni bu cehennemden kurtardı, beni sana kavuşturdu. Bunu yaparken, karanlık bataklıklarda sırtında taşıdı. Ah, ben ne nankör domuzum. Ah, Kozet boğulma tehlikesini göze alarak beni o balçıkta sırtında taşıdı. Evet Kozet, onu zorla eve götüreceğiz, bundan böyle onu başımızda taşıyacağız. Ah Tanrım, ne olur onu bulalım. Hayatımın sonuna kadar, ona tapacağım, onun dizinin dibinde oturarak ayaklarını öpsem, bana yaptıklarını ödeyemem. Anlıyor musun Kozet? Gavroş sana yazdığım mektubu ona vermiş olmalı, anladın mı?

– Anlıyorum, dedi Kozet, oysa tek kelime anlamamıştı.

Jan Valjan, kapısına vurulduğunu duyunca:

– Giriniz, diye söylendi.

Kapı açıldı ve eşikte Kozet ve Marius göründüler.

– Kozet, diye haykırarak Jan Valjan yatağında doğruldu, sönük gözleri sonsuz bir sevincin ışığı ile parlamıştı. Kozet kendisini Jan Valjan'ın kollarına attı:

– Baba! diye haykırdı.

Jan Valjan sevinçten şaşırmıştı:

– Kozet, siz, sen, ah Tanrım. Sensin, sen demek beni bağışladın?

Marius, gözyaşlarını tutamıyordu, hıçkırıkları arasında:

– Baba, diyebildi. Jan Valjan:

– Siz de, siz de mi beni bağışladınız?

Marius buna verecek cevap bulamadı, heyecandan dili tutulmuşçasına konuşamıyordu.

Jan Valjan:

– Teşekkür ederim, diye mırıldandı:

Kozet şapkasıyla atkısını, bir iskemle üzerine fırlattı ve ihtiyar adamın dizlerine oturarak narin ellerini onun beyaz saçlarında gezdirdi, onu alnından öptü. Jan Valjan mutluluktan sersemlemiş bir halde, hala gördüklerinin gerçekliğinden şüpheye düşüyordu. Kozet kocasının borcunu ödemek ister gibi, onu öpücüklere boğmuştu. Jan Valjan mırıldandı:

– Ne kadar budalalık ettim. Seni görmeden öleceğimi sandım. Düşünün Mösyö Pontmercy, siz içeri girmeden az önce, Kozet'i görmeden öleceğimi düşünerek kahroluyordum. Oysa Tanrı'nın bana son anda merhamet göstereceğini hesaba katmamışım. Tanrı benim gibi bir zavallının son uykusuna dalmadan önce, meleğini görmesine izin verdi. Kozet'ime kavuştum artık rahat ölebilirim. Kozet'i arada bir görmem gerekiyordu, onsuz yapamıyordum. O benim için içtiğim su, aldığım hava kadar gerekliydi.

Kozet onu azarladı:

– Neden bu kadar zaman bizi görmeye gelmediniz? Sizi öylesine özlemiştim ki, bir daha böyle hainlikler istemem. Eskiden üç dört gün gider sonra hemen yanıma dönerdiniz. Kaç kez sizden haber almak için Nikolet'i yolladım, hep sizi bulamadığını tekrarlıyordu. Ah baba, sizi çok zayıflamış buldum. Ne kadar solgunsunuz. Hastalanmışsınız ve biz bundan habersiz yaşadık. Bak Marius, eli ne denli soğuk.

– Demek beni bağışladınız, Mösyö Pontmercy.

Jan Valjan'ın bu sözüne artık dayanamazdı Marius, sanki kalbi çatlayacak gibi taşıp boşaldı:

– Kozet duydun mu ne dediğini, benden af diliyor. Benden, benim gibi bir nankörden, bir zalimden af diliyor. Onun neler yaptığım biliyor musun Kozet? Beni kurtardı saatlerce pis lağımlarda beni sırtında taşıyarak kaçınılmaz bir ölümden kurtardı ve en önemlisi seni bana verdi.

Bu da yetmez gibi kendisini feda ederek, aramızdan çekildi ve böyle bir insanüstü varlık, böyle kutsal bir adam, Tanrı'nın sevgili kulu benden af diliyor duyuyor musun? Bütün hayatımı onun ayaklarının dibinde geçirsem, ona olan minnet borcumu ödeyemem.

Jan Valjan kısık bir sesle:

– Susun, susun, dedi, bunları anlatmanın ne gereği var? Marius saygıyla karışık bir hırsla haykırdı:

– Ya siz, siz, neden bana bunları anlatmadınız, neden bana minnet borcunu ödeme fırsatını vermediniz. Doğrusu bu kadarı fazla, insanın hayatını kurtarıyor ve bunu ondan saklıyorsunuz. Bu da yetmez gibi, yaptığınız iyilikleri gizlemek için bir de kendinize iftira ediyorsunuz.

Jan Valjan:

– Ben yalnızca gerçeği bildirdim size, dedi. Marius haykırdı:

– Hayır, susmakta bazen yalan söylemekle eştir. Bana yalan söylediniz bunu neden benden gizlediniz. Javer'i kurşuna dizilmekten kurtardınız, bunu neden açıklamadınız? Size hayatımı borçluydum, neden bunu benim yüzüme vurmadınız?

– Çünkü ben de sizin gibi düşünüyordum, gitmemin gerekli olduğunu düşünüyordum, size her şeyi söyleseydim, beni asla bırakmazdınız. Konuşsaydım her şeyi berbat etmiş olurdum.

Marius, Jan Valjan'ın ellerine sarılarak:

– Ne, diye haykırdı, sizi burada bırakacağımızı sanıyorsanız, çok aldanıyorsunuz. Hayır efendim sizi hemen götürüyoruz. Aman Tanrım, Tenardiye gibi bir serseri, bir hırsızın bana bunları bildirmesi kaderin bir oyunu. Hayır, baba artık siz yalnızca Kozet'in değil aynı zamanda benim de babamsınız. Bu loş evde sizi bir dakika bile bırakmam hemen sizi kaçırıyoruz. Yarın burada olmayacaksınız.

– Yarın burada olmayabilirim, dedi Jan Valjan; ancak ne yazık ki sizin evinizde de olacak değilim.

Marius haykırdı:

– Ne demek istiyorsunuz, yoksa yine bir yolculuğa mı çıkacaksınız, dünyada artık sizi bırakmayacağız. Sizin yeriniz bizim evimizin başköşesi.

Kozet ekledi:

– Baba, araba aşağıda bekliyor, hadi izin verin de eşyalarınızı toparlayıp sizi hemen götürelim. Odanız hazır sizi bekliyor. Bilseniz bahçe ne kadar güzel oldu. Bütün çiçekler açtı, bir renk ve koku cümbüşü. Çiçekli yollar ırmağın kumuyla döşeli, minicik mor çakıl taşları var. Kendi elimle topladığım çilekleri size yedireceğim. Bir daha artık "Madam, Mösyö Jan" diye soğuk sözler yok aramızda. Baba sizin yokluğunuz, mutluluğumun tek gölgesiydi. Bizimle geleceksiniz, dede buna çok sevinecek. Bahçede size bir yer ayırırım, oraya çiçekler ekersiniz, bakalım sizin çiçekleriniz benimkiler kadar güzel olacak mı?

Jan Valjan, onun söylediklerini yarı anlıyor, sesinin ahengiyle adeta sarhoş olmuş gibi yüzünde mutlu bir tebessümle onu dinliyordu.

– Ah, haklısın yavrum, kim bilir, belki de kuşların cıvıldadığı o çiçekli bahçede senin yanında yaşamak çok tatlı olurdu. Yaşamak, sabahleyin seni alnından öperek sana günaydın demek, güllerin kokularını duyup, çiçekleri toplamak, bütün bunlar çok güzel olurdu, ne yazık ki bunun için çok geç oldu...

Sustu, gözlerinde yaşlarla mırıldandı:

– Ne yazık!...

Jan Valjan'ın gözyaşları yanaklarından süzülürken dudakları gülümsüyordu. Kozet, ihtiyarın ellerini avuçlarının arasına aldı:

– Baba! diye haykırdı. Elleriniz daha da soğumuş, bir ağrınız mı var? Nereniz ağrıyor, çok mu acı çekiyorsunuz?

Jan Valjan:

– Yok canım, dedi, bir şeyim yok, yalnız... Birden susmuştu.

Kozet heyecanla sordu:

– Yalnız ne?

– Birazdan öleceğim...

Kozet ve Marius ürperdiler.

Marius haykırdı:

– Ne, ölecek misiniz?

Jan Valjan:

– Evet, fazla zamanım kalmadı, dedi. Derin bir nefes alarak, gülümsedi ve sordu:

– Kozet konuş benimle anlat bakalım, konuş sesini duymak istiyorum...

Taş kesilen Marius, dehşetten irileşen gözlerini, ihtiyar adama dikmişti.

Kozet acı bir çığlık attı:

– Baba, babacığım, hayır ölmeyeceksin yaşayacaksın dinle beni, senin ölmeni istemiyorum, yaşayacaksın benim için yaşayacaksın, beni duyuyor musun?

Jan Valjan, çok sevdiği kıza baktı:

– Oh, evet ölmeyi yasakla Kozet. Kim bilir belki de yaşarım, belki sana itaat ederim. Siz gelmeden önce ölmek üzereydim, birden iyileşir gibi oldum, sanki yeniden canlandım.

Marius da sesini yükseltti:

– Daha güçlüsünüz baba, böyle kolay ölünmez. Biraz üzüldünüz, bundan sonra sizi mutlu etmek için Kozet'le birlikte var gücümüzle çalışacağız. Ben sizden af diliyorum babacığım, önünüzde diz çökerek beni bağışlamanızı diliyorum. Yaşayacaksınız, hem de uzun zaman bizimle birlikte yaşayacaksınız. Sizi buradan götürüyoruz, bundan böyle ancak sizin mutluluğunuz için yaşayacak iki evladınız var. Kozet, gözyaşlarını elinin tersiyle silerek:

– Baba bak Marius da ölmeyeceğim söylüyor, yaşayacaksın değil mi? diye yalvardı.

Jan Valjan yorgun bir sesle:

– Ah, Mösyö Pontmercy, beni yanınıza almakla kimliğimi değiştirebilir misiniz? Hayır, yavrum en güzel çare bu. Tanrı herkesten iyi bilir, Tanrı'nın yolu doğru olan yoldur, o benim için en uygun çözüm yolunu buldu. Ölüm en güzel son benim için. Evet Mösyö Pontmercy, Kozet'imi mutlu kılın, hayatınız sonsuz bir neşe kaynağı olsun, çevreniz güller, bülbüllerle dolsun. Hayatınızda daima güneşli günler görün, her gününüz bir öncekinden daha renkli, daha mutlu olsun. Dünyada hiçbir işi kalmayan benim de artık gitme zamanım geldi.

Kapıda bir gürültü duyuldu, hastasını sormaya gelen doktordu bu.

– Hoş geldiniz ve elveda doktor, dedi Jan Valjan. Bakın çocuklarım beni görmeye geldiler.

Uzun süren bir suskunluk oldu, kimseden çıt çıkmıyordu. Sanki nefes almaya korkuyorlardı.

Jan Valjan, Kozet'e döndü. Tüm sevgisini gözlerinde toplayarak sanki onun hayalini mezarda saklamak istermiş gibi ona baktı. Doktor hastasının nabzını yoklarken mırıldandı:

– Ah, demek hastanın beklediği sizdiniz Madam, ne yazık ki, çok geç kaldınız.

Jan Valjan bakışlarını Marius'a çevirdi ve dudaklarından şu sözlerin döküldüğünü duydular:

– Ölmek bir şey değil, sizlerle yaşayamamak korkunç.

Birden yerinden kalktı. Bir an sanki eski gücüne kavuşmuş gibi davrandı. Kararlı adımlarla duvara yaklaştı, orada asılı olan bir gümüş haçı aldı ve bu salibi masanın üzerine koyarak:

– İşte en büyük kurtarıcı, dedi ve olduğu yere çöktü. Kozet onu omuzlarından tutmuş, hıçkırıklarla ona destek olmaya çalışıyordu.

– Baba, babacığım, ne olur beni bırakmayın... Bizi yalnız bırakmayın. Sizi tamamıyla yitirmek için mi yeniden bulduk?

Jan Valjan, bu yarım baygınlıktan sıyrıldı, Kozet'in elini ya-kalayarak öptü.

Marius haykırdı:

– Doktor, kendine geldi, söyleyin, yaşayacak, değil mi?

Jan Valjan:

– Her ikiniz de iyi çocuklarsınız. Evlatlarım beni en çok üzen ne oldu bilir misiniz? Mösyö Pontmercy, Kozet'in parasına el sür-memenize çok kırıldım, bu beni kahretti. Bu para tamamıyla eşi-nizin, bundan emin olabilirsiniz. Siyah boncuk İngiltere'den gelir, beyaz boncuk Norveç'ten gelir. Bütün bunları, şu kâğıda yazdım. Bakın, bu benim buluşumla çok para kazanmak imkânı var. Evet Marius, Kozet'in parasını bundan böyle gönül ferahlığıyla kulla-nabilirsiniz, alın teriyle kazanılmıştır. Bunları huzura kavuşmanız için anlatıyorum.

Bu arada kapıcı kadın duyduğu gürültü yüzünden yukarı çık-mıştı, doktor ona uzaklaşması için işarete etti, ancak koyu bir din-den olan kadın gitmeden önce hastaya sordu:

– Bir rahip görmek ister miydiniz?

Jan Valjan:

– Benim rahibim yanımda, dedi.

Eliyle sanki tavandan kendisini bir izleyen varmış gibi bir işa-rette bulundu. Herhalde "Piskopos Bienvenü" dostunun bu son anlarında yanında bulunduğunu ima ediyordu. Kozet, ihtiyar ada-mın arkasına bir yastık yerleştirdi.

Bu arada Jan Valjan, Marius'a anlatmaya devam ediyordu:

– Evet yavrum bu para Kozet'indir onu rahat rahat kullanın. Bir zamanlar kurduğum fabrikada Almanya'dan gelen boncuk-larla yarışıyorduk, rekabeti bir hayli ilerletmiştik. Ne var ki Al-manların yaptıkları cam işi boncukları taklit edemedik.

Marius ve Kozet el ele, dehşetten donakalmış, sanki taş ke-silmiş karşılarında can çekişen adama bakıyorlardı. Jan Valjan, daha da sararmıştı. Gençleri yanına çağırdı:

– Yaklaşın, yaklaşın bana, dedi. Böyle öldüğüm için, çok mutluyum, oh yalnız ölmemek ne güzel... Sen de beni seviyorsun Kozet'çiğim, değil mi? Ah şu yastığı arkama dayamakla ne iyi ettin. Ben öldükten sonra, biraz benim için ağla ancak sakın fazla üzülme, senin kederlenmeni istemem. Evet Kozet arada bir operaya gidin, kocana söyle sana en güzel robları alsın, arada bir araba tutun, şöyle kırlarda dolaşın, dostlarınıza ziyafetler çekin, rahat yaşayın, güzel eğlenin birbirinizi sevin. Az önce sana yazıyordum Kozet, mektubumu bulursun... Şu şöminenin üzerindeki, ağır gümüş şamdanlar da senin Kozet'im. Bunlar sadece gümüş şamdanlardır ancak benim için altından bile daha değerlidir. Bunlar kutsal bir adamın bana armağanıdır. Bunlar pırlantadan bile kıymetlidir, bunlar kutsal şamdanlardır. Bilmem bunları bana veren, benden memnun kaldı mı, ona olan borcumu ödemek için elimden geleni yaptım. Evlatlarım benim yoksul bir adam olduğumu unutmayın, beni yoksulların mezarlığına gömdürün. Taşın üzerine adım bile yazılmasın, ancak arada bir Kozet'in gelip dua etmesini isterim, bu benim ruhumu sevindirir. Mösyö Pontmercy, size bir itirafta bulunmak isterdim, sizi önceleri pek sevmedim, galiba sizi kıskanıyordum. Oysa şu anda, siz de Kozet kadar benim evladımsınız. Oh, bunu anlamaya çalışın, hayatta ondan başka kimsem olmadı benim, onun varlığı, benim tüm mutluluğumdu. Onu solgun gördüğümde ben de kederlenirdim. Çekmece içinde, bir beş yüz franklık banknot var, onu yoksul dullara dağıtın. Kozet, yatağın üzerinde serili siyah robunu tanıdın mı?

On yıl oldu, ne mutluyduk, değil mi? Zaman ne de çabuk geçiyor? Hadi yavrularım, artık ağlamayın, ben çok mutluyum. Çok uzaklara gidecek değilim, olduğum yerden sizi daima izleyeceğim. Geceleyin gökyüzüne baktığınızda size gülümsediğimi görürsünüz. Kozet, Montferney'i unuttun mu? O gece karanlık ormanda nasıl titriyordun? Kovanın kulpunu yakaladığımda, ilk olarak minik elini tutmuştum. Elin ne kadar soğuktu? Evet, küçük Madam, o zaman elleriniz şiş ve kırmızıydı, çatlak elleriniz vardı, oysa artık elleriniz bembeyaz. Büyük bebeği hatırladın mı, ona Katrin adını takmıştın. Onu manastıra götüremediğine üzülüyordun. Ah, sevgili meleğim, beni ne çok mutlu ettin. Ne kadar neşeli kızdın, hemen gülerdin. Hatırlar mısın, yağmur yağdığında bahçenin sellerinde çiçekleri yüzdürürdün. Kiraz mevsimi kulaklarına kirazları takardın. Bütün bunlar geçmişte kaldı... Ah, bütün bunlara daima sahip olacağımı sanmakla ne kadar aldandım. Şu Tenardiye'ler, sana ne kötü davranır, seni ne kadar hırpalarlardı. Onları da bağışla, Kozet'im.

Kozet artık sana annenden söz etmenin zamanı geldi, onun adı Fantin'di. Ah Kozet, onun adım söylerken daima diz çök, onu dualarından eksik etme. O çok acı çekti, bütün hayatı, sonsuz bir çile oldu... Kiminin kaderi böyle kara harflerle yazılır... Tanrı işini bilir, senin mutluluğuna karşılık, annen felaketten başka şey görmedi. O yıldızların arasından bizi gözetliyor, evet, çocuklarım, Tanrı beni yanına çağırıyor, ona gitmeliyim. Birbirinizi daima sevin, hayatta sevgiden başka yüce hiçbir şey yoktur.

Arada bir bu çileli ihtiyarı anmayı unutmayın. Ah, Kozet'im, şu son zamanlarda seni görmeye gelemediğim için sakın beni kınama. Evlatlarım, gözlerim karardı, artık sizleri de iyi göremiyorum, size daha anlatacaklarım var, ne yazık ki, artık vaktim doldu. Gittiğim yerden her ikiniz için dua ederim. Oh, Tanrım bir ışık görüyorum, bana yaklaşın yavrularım, mutlu ölüyorum, çok mutluyum, kendimi hiç bu kadar hafif hissetmemiştim. Uzatın güzel başlarınızı son kez okşayayım.

Kozet ve Marius hıçkırıklardan boğularak, önünde diz çöktüler.

Jan Valjan, ellerini onların başına koyduktan az sonra bu eller artık cansızca yatağa düştüler.

Başını arkaya atmıştı. Gümüş şamdanların mumları, onun kutsal yüzünü tanrısal bir ışığa boğmuştu, o artık yaşamıyordu. Kozet hıçkırıklarını tutamıyor, boğulurcasına ağlıyordu.

Gece karanlıktı. Gökte yıldız yoktu, herhalde karanlık ufuklarda kanat çırpan bir melek, kendisine ulaşacak bu yüce ruhu bekliyordu.

SON SÖZ

Perlaşez mezarlığının, yoksullara ayrılan bölümünde, yıkık bir duvar dibinde sarmaşıklarla örtülü bir mezar vardır.

Suyun yeşillendirdiği, nemin kararttığı bu mezar, ıssız bir köşede olduğundan kimse oraya kadar gitmek istemez, çünkü bu yer dikenler ve yüksek otlarla kaplıdır. Yağışlı günlerde, ziyaretçiler ayaklarını ıslatmak istemediklerinden oraya yaklaşmazlar.

Güneşli günlerde, kertenkeleler burada oynaşırlar, ilkbaharda kuşlar bu yosun tutmuş taş üzerine tüneyerek, en güzel şarkılarını okurlar.

Bilinmeyen bir el yıllar önce, bu taş üzerine, şu mısraları yazmıştır.

"Uyuyor!
Zalim kaderine rağmen yaşamıştı, Meleği terk edince, o da öldü, Günün geceye dönüşmesi gibi. Bu iş kendiliğinden oluverdi."

BÖYLE BUYURDU
ZERDÜŞT

Friedrich Nietzsche

PAN

PANAMA